KB044167

시체와
폐허의 땅

시체와 폐허의 땅

조너선 메이버리 장편소설
배지혜 옮김
ROT & RUIN

황금가지

ROT & RUIN

by Jonathan Maberry

Copyright ⓒ Jonathan Maberry 2010
All rights reserved.

Korean Translation Copyright ⓒ Minumin 2021

Korean translation edition is published by arrangement with
Simon & Schuster Books for Young Readers,
An imprint of Simon & Schuster Children's Publishing Division through KCC.

No part of this book may be reproduced or
transmitted in any form or by any means, electronic or mechanical,
including photocopying, recording or by any information storage
and retrieval system, without permission in writing from the Publisher.

이 책의 한국어판 저작권은 KCC를 통해
Simon & Schuster Books for Young Readers와 독점 계약한 ㈜민음인에 있습니다.
저작권법에 의해 한국 내에서 보호를 받는 저작물이므로 무단 전재와 무단 복제를 금합니다.

차례

10대들을 위한 실험적 글쓰기(Experimental Writing for, Teens) 수업에
참여한 젊은 작가들에게 이 작품을 바칩니다.
레이첼 타포야, 클린트 존스턴, 브랜든 스트라우스, 브리아나 와이트먼,
제시카 프라이스, 타라 토스튼, 제니퍼 카, 넬리 홀링스워스,
내서니얼 게이지, 매기 브레넌, 그리고 크리스 듀가.
언제나 깜짝 놀랄만한 영감을 주는 여러분 고맙습니다.
그리고 언제나처럼, 사라 조에게 이 작품을 바칩니다.

제1부

가업

'우리가 죽으면 어떻게 될지 모르잖아.

지금보다 나을 수도 있고 나쁠 수도 있지.

내가 아는 건, 나는 아직 알 준비가 안 됐다는 거야.'

『어니언 걸(The Onion Girl)』 ― 찰스 드 린트(Charles De Lint)

1

마땅한 일자리를 찾지 못한 베니 이무라는 결국 사냥꾼이 되기로 했다.

사냥은 가족 사업이었다. 가족이라고 해봐야 형 하나뿐이었지만 베니는 형인 톰을 그다지 좋아하지 않았고, 무엇보다 '사업'이니 직업이니 하는 것들은 생각하고 싶지 않았다. 이 일이 괜찮을 수도 있겠다고 생각하게 된 이유는 딱 한 가지, 실제로 사냥을 할 수 있다는 점 때문이었다.

실전에 나가 본 적은 아직 없었다. 체육 수업이나 스카우트 훈련에서 시뮬레이션은 수도 없이 했지만, 아직 너무 어려서 진짜 사냥은 할 수 없었다. 적어도 열다섯 살 생일은 지나야 했다.

"왜 안 돼요?" 한때 TV 기상캐스터였던 뚱뚱한 스카우트 단장 피니 씨에게 물어본 적이 있었다. 그때 베니는 11살이었고 좀비 사냥에 한참 관심이 많을 때였다. '왜 진짜 좀비를 죽이는 훈련은 안 하

나요?'

"왜냐하면, 이런 일은 부모님께 배워야 하거든." 피니가 답했다.

"저는 부모님이 안 계시는데요." 베니가 대꾸했다. "엄마와 아빠 두 분 모두 첫 번째 밤에 돌아가셨어요."

"이런, 미안하다 베니. 깜빡했구나. 그래도 가족이라고 할 만한 사람이 있긴 하지?"

"뭐, 마을에서 제일가는 좀비 사냥꾼으로 유명하신 톰 이무라가 저희 형이기는 해요. 하지만 형한테서는 *아무것도* 배우고 싶지 않아요."

피니는 그를 빤히 보며 답했다.

"이야, 네가 톰 이무라와 형제 사이인 줄은 몰랐구나. 그가 네 형이라고? 그럼 답은 이미 나온 것 같은데. 전문가인 톰 이무라보다 사냥하는 법을 잘 가르쳐 줄 수 있는 사람이 세상에 어디 있겠니." 그는 잠시 말을 멈추고 마른 입술을 핥았다. "네 형이 좀비 사냥하는 모습을 실제로 보기도 했겠구나?"

"아뇨." 베니는 불만 섞인 목소리로 대답했다. "절대 안 보여 줘요."

"그래? 거참 이상하네. 그럼 13살이 될 때까지 기다렸다가 다시 물어보는 게 어떠니."

13살 생일이 되어 다시 물었을 때도 톰은 여전히 안 된다고 했다. 베니의 말은 들어보려 하지도 않고 '안 돼.'라며 딱 잘라 거절했다.

그 후 벌써 2년이 흘렀고, 베니가 15살이 된 지도 6주가 지났다. 앞으로 4주 안에 일자리를 찾지 못하면 마을 규칙에 따라 배급이

반으로 줄게 되어있었다. 베니는 자신의 상황이 싫었고, '자유로운 열다섯 살'이네 뭐네 하는 소리를 한 번만 더 들었다가는 비명이 터져 나올 것만 같았다. 열심히 일하는 사람에게 '대단도 하지, 먹을 것 떨어진 15살짜리 같잖아?'라고 말하는 것을 들을 때만큼 짜증이 치밀었다.

다들 베니가 처한 상황이 행복에 겨운 고민이라는 듯 굴었고, 뼈 빠지게 일만 하게 될 남은 생을 자랑스러워해야 한다는 듯 이야기했다. 베니는 어떤 부분에서 기뻐해야 하는지 도대체 알 수가 없었다. 학교를 반나절만 나갈 수 있으니 좋은 점이 전혀 없지는 않았지만 어쨌든 이 상황은 골치가 아팠다.

그의 친구 루 청은 포스트 아포칼립스의 인류가 새로운 형태의 노예 제도를 받아들이게 된 것이 점점 가중되는 사회적 압박의 증거라고 이야기했었다. 그 말이 도대체 무슨 뜻인지, 뜻이 있기는 한지 베니는 이해할 수 없었지만, 언제나 그렇듯 청은 자신이 하는 말을 확실히 이해하는 것처럼 보였고, 베니는 동의의 의미로 고개를 끄덕여 주었다.

베니의 생일날, 케이크를 미처 다 먹기도 전에 톰이 물었었다.

"나랑 같이 일해 보자고 하면 이번에도 날 잡아먹으려고 하겠지?"

베니는 독기가 가득 서린 눈으로 톰을 쏘아보며 또박또박 힘주어 답했다.

"형이랑. 일하기. 싫다고."

"알겠어. 거절하는 걸로 알게."

"그 제안을 듣고 내가 기뻐하기에 너무 늦었다는 생각 안 들어? 내가 이제껏 수백 번도 더……"

"사냥할 때 데려가 달라고 했었지."

"잘 아네. 그리고 내가 부탁할 때마다 형은……"

"베니, 내 일이 그렇게 간단하지가 않아." 톰이 말을 끊었다.

"나도 알아, 보이는 게 다가 아닐 수도 있다는 거. 그리고 나는 보이지 않는 부분들까지 감당할 준비가 되어있었어. 그런데 형은 재미있는 부분조차도 절대 보여 주지 않잖아."

"살인은 놀이가 아니야!" 톰이 날카롭게 쏘아붙였다.

"살인이 아니라 좀비 사냥이면 얘기가 좀 다를 수도 있지." 베니도 거칠게 받아쳤다.

베니의 말을 마지막으로 대화가 끊겼다. 톰은 자리를 박차고 나가 쿵쿵대며 주방을 서성거렸고, 베니는 소파에 털썩 주저앉았다.

톰과 베니 사이에서 좀비에 관한 이야기는 거의 금기였다. 이야기할 이유가 차고 넘쳤지만 둘 중 누구도 그 이야기를 입 밖으로 꺼내지 않았다. 베니는 이해할 수 없었다. 그는 좀비가 싫었다. 누구나 마찬가지였지만, 특히 베니는 자신 인생의 첫 기억 때문에 좀비라면 아주 치를 떨 정도로 싫어했다. 매일 밤 눈을 감으면 끔찍했던 인생의 첫 장면이 생생히 펼쳐졌다. 아주 어릴 때 겪은 일이었지만 아직도 기억 저편에 불에 덴 자국처럼 남아있었다.

아빠, 그리고 엄마.

엄마가 비명을 지르며 뛰었다. 그러고는 태어난 지 18개월 된 꼬물거리는 베니를 톰의 품에 급하게 밀어 넣었다. 귓가에 도망치라고 울부짖는 엄마의 목소리가 들렸다.

엄마가 의자며 전등이며 할 것 없이 잡히는 물건들을 닥치는 대로 쌓아 막아둔 침실 문을 그것으로 변해 버린 아빠가 뚫고 들어오려 하고 있었다.

엄마가 울부짖으며 무슨 말인가 했던 것 같지만, 오래전 일인 데다 당시 베니는 너무 어렸기 때문에 어떤 말이었는지 정확하게 기억나지는 않았다. 어쩌면 그저 처절한 울음이었는지도 모른다.

창문을 넘어 집 밖으로 탈출하던 순간 얼굴에 톰의 눈물이 떨어졌을 때 느껴지던 축축한 열기도 기억했다. 그의 가족이 살던 집은 마당이 있는 단층 주택이었다. 마당 쪽으로 활짝 열린 창문이 경찰차 경광등 불빛을 반사해 붉은색과 푸른색으로 번쩍였다. 여기저기서 비명과 절규가 들렸다. 이웃들이 보였다. 경찰이거나 군인인 것 같은 사람들도 보였다. 나중에 다시 생각해 보니 아마 그들은 군인이었던 것 같았다. 가까운 곳, 먼 곳 할 것 없이 여기저기서 총성이 울려 퍼졌다.

마지막 장면은 특히 잊을 수가 없었다. 톰의 품에 안긴 베니는 어깨너머로 침실 창문을 바라보았다. 엄마가 창문 밖으로 몸을 내밀고 그들을 향해 울부짖었고, 핏기없는 아빠의 손이 방 안 어둠 속에서 나타나 엄마를 데리고 가버렸다.

베니가 기억하는 가장 오래된 일이었다. 더 오래된 기억이 있었다 해도 그 기억이 너무나 강렬해서 다 타버린 것 같았다. 당시 베니는 너무 어렸고, 지금까지 남아있는 기억은 소리와 장면의 파편들을 이어붙인 정도에 지나지 않았지만, 베니는 이제껏 그 파편들을 한데 모으고, 의미를 찾고, 그때의 감정을 되살리려고 부단히 노력했다. 긴장한 톰의 쿵쿵대는 심장 박동이 베니의 가슴에 고스란히 전해졌고, 엄마 아빠를 잃어버린 어린 자신의 울음소리가 그칠 줄 모르고 울려 퍼졌다.

베니는 도망치듯 떠난 톰이 미웠다. 집에 남아 엄마를 구해주지 않은 형이 원망스러웠고, 첫째 날 밤 아빠를 빼앗아간 그것들이 정말 싫었다. 그리고 그것이 된 아빠에 의해 엄마를 잃었다는 사실도 끔찍했다.

이제 베니의 마음속에는 엄마도 아빠도 존재하지 않았다. 엄마 아빠도 이제는 그것들과 똑같은 좀비일 뿐이었다. 베니의 마음속에서 이글거리는 그것들에 대한 증오는 태양조차 차갑고 작은 존재로 만들 만큼 강렬했다.

"베니, 좀비를 왜 그렇게 싫어해?" 청이 물은 적이 있었다. "특별히 원수를 진 것도 아닌데."

"그럼 어쩌라고. 좀비한테 애틋한 감정이라도 품어야 해?" 베니가 퉁명스럽게 대꾸했다.

"그건 아니지만." 청이 머뭇거리며 답했다. "그래도 그렇게까지 싫어할 건 없잖아? 다른 사람들도 좀비를 싫어하지만, 너만큼은 아냐."

"너는 안 싫어하잖아."

청은 깡마른 어깨를 으쓱하며 짙은 눈동자를 떨궜다.

"좀비 좋아하는 사람이 어디 있냐."

부모님이 좀비에게 습격당하는 장면이 인생의 첫 기억인 사람이라면 좀비를 마음껏 싫어할 자격이 있다고 베니는 생각했다. 청에게 그렇게 설명할까 했지만, 어차피 청은 설득될 것 같지 않았다.

몇 년 전, 톰이 좀비 사냥꾼이라는 사실을 알게 되었을 때, 베니는 형이 하나도 자랑스럽지 않았다. 톰이 좀비 사냥꾼이 될 자질이 있었더라면 그날 밤 끝까지 엄마를 도왔어야 했다고 생각했다. 하지만 톰은 목숨이 위태로운 엄마를 두고 도망쳐 버렸고, 결국 엄마는 그것들 중 하나가 되었다.

톰이 거실로 돌아와서 테이블 위에 놓인 남은 생일 케이크를 물끄러미 보다가 소파에 앉은 베니에게 눈길을 돌렸다.

"제안은 아직 유효해." 그가 말했다. "네가 만약 나랑 같이 일하겠다고 하면 수습생으로 받아줄 수 있어. 내가 서류에 사인해 주면 배급량도 줄지 않을 수 있고."

베니는 형을 오랫동안 뚫어지게 쳐다보았다.

"형을 상사로 모시느니 차라리 좀비한테 먹히는 게 나아."

톰은 한숨을 푹 내쉬고는 터덜터덜 계단을 올라갔다. 그날 이후 형제는 며칠 동안 말을 하지 않았다.

2

그 주 주말, 베니와 청은 구인광고가 가장 많이 실리는 지역 신문인 《타운 펌프》의 토요일판을 훑어보았다. 가게 점원 일처럼 만만해 보이는 일자리는 이미 누군가가 채간 지 오래였다. 그렇다고 농장 일을 하며 매일 꼭두새벽에 일어나고 싶지는 않았다. 게다가 농장에서 일하려면 학교를 완전히 그만둬야 했다. 학교를 좋아하지는 않았지만, 딱히 싫어할 이유도 없었고, 학교에 가면 소프트볼을 하고 공짜 점심도 먹고 여학생들도 만날 수 있었다. 보수가 괜찮은 시간제 일자리를 구해 배급을 유지하는 게 가장 좋겠다고 생각한 베니와 청은 남은 몇 주 동안 괜찮아 보이는 구인 공고에 전부 지원하기로 했다.

그들은 구인 공고를 전부 오려 하나씩 읽으면서 '돈을 많이 벌 수 있는 일', '폼나는 일', '무슨 일인지 모르지만 괜찮을 것 같은 일'로 분류했다. 힘들어 보이는 일은 가차 없이 목록에서 빼 버렸다.

가장 먼저 지원한 자리는 '열쇠공 수습생'이었다.

할만할 것 같다고 생각했지만, 영어 실력이 형편없는 독일인 열쇠공 할아버지가 울타리 잠금쇠를 고치고, 문 양쪽에 비밀번호 잠금장치를 설치하고, 창문에 철망이나 쇠막대기를 설치하기 위해 꼭두새벽부터 이집 저집을 다니는 동안 무거운 장비 가방 여러 개를 들고 할아버지를 따라다니는 일은 생각만큼 쉽지 않았다.

늙은 열쇠공이 고객들에게 비밀번호 잠금장치를 사용하는 법을 설명하는 모습을 보고 있으면 웃음이 났다. 베니와 청은 열쇠공 할아버지의 고객들이 '네?', '뭐라고 하셨죠?'. '한 번만 다시 설명해 주실래요?'라고 몇 번이나 되묻는지 내기를 하기 시작했다.

어쨌든 중요한 작업이었다. 밤이 되면 사람들은 모두 방문을 잠갔고, 방에서 나오려면 비밀번호를 입력해 잠금장치를 열거나 아직 열쇠를 사용하는 사람들은 열쇠로 문을 열었다. 그러면 자는 동안 좀비로 변하더라도, 적어도 방 밖에 있는 다른 가족들을 공격하지 않을 수 있었다. 언젠가 마을 하나가 싹쓸이된 사건이 있었는데,

한밤중에 갑자기 좀비로 변한 할아버지가 방에서 나와 자식들과 손자들을 전부 물어뜯으면서 시작된 비극이었다.

"이해가 안 돼." 잠깐 둘만 있게 되자 베니는 청에게 속삭였다. "좀비들은 비밀번호 잠금장치가 없어도 문고리도 못 돌리잖아. 열쇠도 마찬가지고. 대체 왜 돈을 *들여가면서까지* 이런 장치를 달까?"

청은 어깨를 으쓱했다.

"아빠가 그러시는데, 문을 잠그는 건 전통이래. 나쁜 기운이 방 안에 못 들어온다고 생각해서 방문을 잠그는 거래."

"한심하네. 문을 닫기만 해도 좀비들은 못 들어올 텐데. 그것들은 머리를 못 쓰잖아. 햄스터보다도 멍청할걸."

청은 '하지만 사람들 생각은 다른걸'이라는 말 대신 베니의 말을 손으로 막을 수 있다는 듯 양 손바닥으로 펼쳐 베니를 향해 들어보였다.

독일인 열쇠공 할아버지가 양쪽에서 문을 열 수 있도록 양면 잠금장치를 설치하는 일도 했다. 그러면 좀비와 관련 없는 비상 상황이 생기거나, 방 안에서 좀비로 변한 사람을 마을 수비대가 처리할 때 바깥쪽에서도 문을 열 수 있었다.

베니와 청은 열쇠공이 되면 그런 사건들을 실제로 볼 수 있지 않을까 기대했지만, 할아버지는 일하면서 단 한 번도 좀비를 본 적이 없다고 했다. 둘은 완전히 흥미를 잃었다.

설상가상으로 독일인 할아버지가 일당이라고 준 돈은 쥐꼬리만 한 데다 할아버지 밑에서 3년은 있어야 본격적인 작업을 시작할 수 있다고 했다. 그 말은 처음 6개월 동안은 드라이버 한번 쥐어보지 못할 수도 있고, 1년 내내 무거운 짐 나르는 일 말고는 제대로 된 일을 못 할 수도 있다는 뜻이었다. 생각만 해도 끔찍했다.

"제대로 된 일을 안 해도 되면 네가 오히려 좋아할 줄 알았는데."

절대 다시 오지 않겠다고 생각하며 집으로 가는 길에 청이 말했다.

"일하기는 싫은데, 미치도록 지루한 건 더 싫어."

다음으로 지원한 일은 '담장 점검원'이었다.

열쇠공 일보다는 좀 더 재미있어 보였는데, 마운틴사이드시와 '시체들의 땅'의 경계에 세워진 철조망 너머로 진짜 좀비들을 볼 수 있기 때문이었다. 베니는 좀비를 가까이서 보고 싶었다. 살아있는 좀비를 100m보다 가까이에서 본 적은 없었다. 아이들은 좀비의 눈에 좀비가 된 자신의 모습이 비친다고들 했다. 흥미로운 이야기였지만, 일하는 내내 엽총을 든 경비병이 베니를 졸졸 따라다니며 잔소리를 해대는 통에 두 사람은 돌아버릴 것 같았고, 좀비들 눈을 보려고 노력한 시간보다 어깨 너머의 경비원을 의식하는 데 훨씬 더 오랜 시간을 쏟고 말았다.

엽총을 든 경비병은 말을 타고 다녔다. 베니와 청은 담장을 따라 걸으며 2~3m마다 한 번씩 멈춰서 철조망을 흔들어 뚫리거나 녹슬어 약해진 부분이 없는지 확인했다. 1.5km 지점까지는 할만했지만, 철조망을 흔들 때 나는 소리에 자극받은 좀비들이 몰려오기 시작했고, 5km 지점쯤 가서는 좀비에게 물리지 않으려고 철조망을 흔드는 손놀림이 점점 빨라졌다. 좀비를 가까이에서 보고 싶기는 했지만, 손가락을 희생하고 싶지는 않았다. 만약 좀비한테 물린

다면 엽총을 든 경비원은 망설임 없이 그에게 방아쇠를 당길 것이다. 건강한 사람이 산송장으로 변하는 데 걸리는 시간은 물린 크기에 따라 몇 분에서 몇 시간까지 천차만별이었고, 오리엔테이션에서 들은 설명에 따르면 좀비에게 물린 사람은 예외 없이 총살하게 되어있었다.

"총을 든 경비원들은 너희가 그것들한테 물린 것 *같다*고 판단하는 즉시 방아쇠를 당길 거야." 교육관이 말했다. "그러니 조심하렴!"

오전 늦게 베니는 소문을 시험할 기회를 포착했다. 넝마가 된 집배원 유니폼을 걸친 땅딸막한 멕시코인 좀비가 보였다. 베니는 용기를 내어 최대한 담장 가까이 갔고, 좀비는 베니를 향해 느릿느릿 다가왔다. 좀비의 입은 무언가를 씹는 듯 달싹거렸고, 얼굴은 때가 탄 눈 같은 창백한 잿빛이었다. 베니는 그것의 눈을 정면으로 응시했지만 희뿌연 먼지와 공허함 말고는 아무것도 볼 수 없었다. 아무것도 비치는 게 없었다. 배고픔도 증오도 악의도 없이 그저 텅 비어 있을 뿐이었다. 인형의 눈도 그것보다는 생기가 돌 것 같았다.

베니의 속이 울렁거렸다. 집배원 좀비는 그가 생각했던 것만큼 무섭지 않았다. *담장 저편*에 가만히 서 있을 뿐이었다. 베니는 그것을 괴물로 변하게 하는 동기가 무엇인지 찾아보려 했지만, 텅 빈 눈에서는 어떤 답도 찾을 수 없었다.

순식간에 집배원 좀비가 베니를 향해 돌진하더니 철조망을 뚫을 기세로 얼굴을 들이밀었다. 너무 눈 깜짝할 새에 일어난 일이라 좀비의 움직임이 훨씬 빠르고 위협적으로 느껴졌다. 농구나 레슬링 수업에서는 몸이 긴장하거나 얼굴 근육이 움직이는지 등을 관찰해서 상대의 움직임을 예측할 수 있다고 배웠지만, 좀비는 망설임이나 경고 따위 없이 갑자기 돌진했다.

베니는 소리를 꽥 지르며 뒷걸음질 쳐 담장에서 멀리 떨어졌다. 그러다 그만 김이 모락모락 나는 말똥을 밟고 미끄러지는 바람에 땅바닥에 엉덩방아를 찧고 말았다.

경비병들이 폭소를 터뜨렸다.

그날 점심 무렵 그들은 트레이닝을 관뒀다.

다음 날 아침, 베니와 청은 마을 반대쪽에 가서 '담장 기술자' 자리에 지원했다.

담장은 마을과 농작지를 둘러싸고 몇백 킬로미터에 걸쳐 세워져 있었기 때문에 트레이닝을 받으려면 무거운 공구 상자를 들고 퉁명스러운 할아버지 기술자를 따라 온종일 걸어야 했다. 일을 시작하고 세 시간 내내 그들은 철조망에 생긴 구멍을 비집고 나오려는 좀비에게 쫓겼다.

"담장 가까이 오는 좀비들은 총으로 쏴버리면 안 되나요?" 베니가 훈련 감독에게 물었다.

"좀비의 가족들이 가만히 있지 않을걸." 훈련 감독이 답했다. 그는 꾀죄죄한 얼굴에 눈썹이 짙었고, 틱이 있는지 계속 입꼬리를 씰룩거렸다. "마을에 가족이 있는 좀비들이 있고 그 좀비들에 관한 모든 권리는 가족에게 있어. 여태 이런저런 문제가 많았지. 그래서 우리가 담장을 튼튼하게 관리하는 거야. 간혹 배짱이 두둑한 사람은 담장 경비원들이 필요한 조치를 취하도록 허락하기도 하지만."

"참 어리석네요." 베니가 말했다.

"인간이니까." 감독관이 말했다.

그날 오후 베니와 청은 한참을 더 걸으면서 말 오줌을 맞고 좀비 떼에 끊임없이 쫓겼다. 좀비들의 탁한 눈에서는 역시 아무것도 읽을 수 없었다. 게다가 거의 모든 감독관들에게 한소리씩 꾸지람을 듣기까지 했다.

저녁이 되어 욱신거리는 다리를 끌고 어기적거리며 집으로 돌아가면서 청이 말했다. "꼭 두들겨 맞은 것 같아." 그러고는 잠시 생각하더니 말을 바꿨다. "아냐……. 차라리 두들겨 맞는 게 더 나은 것 같아."

베니는 청의 말에 대꾸할 힘조차 없었다.

'카펫 코트 판매원' 자리에는 딱 한 명만 지원할 수 있었지만, 문제 되지 않았다. 평소에도 걷는 것을 싫어하던 청이 다리가 너무 아프다며 집에서 쉬고 싶어 했기 때문이었다. 혼자 교육을 받게 된 베니는 가장 좋은 청바지와 깨끗한 티셔츠를 찾아 입고, 머리도 풀로 붙이지 않고는 더 이상 단정할 수 없을 때까지 신경 써서 빗어 넘겼다.

카펫 코트를 파는 일은 위험하지는 않았다. 다만 베니는 번지르르한 영업용 미사여구를 늘어놓을 만큼 능글맞지 못했다. 사람들마다 카펫으로 만든 코트를 한 두벌 씩 가지고 있어서 새 코트를 팔기가 쉽지 않다는 사실은 의외였다. 좀비가 닥치는 대로 물어뜯으려고 할 때 카펫 코트만 한 옷은 없었다. 하지만 바느질 좀 한다는 사람들은 전부 코트를 만들어 팔고 있어서 판매 경쟁이 치열하고 실적도 꾸준히 이어지지 않는다는 사실을 알게 되었다. 안타깝게도 방문 판매원의 수입은 온전히 실적에 달려있었다.

얼굴에 기름기가 자르르한 칙이라는 영업 책임자는 베니에게 긴 팔 카펫 코트를 입혔다. 여름용 코트는 짧은 융단 같은 재질이었고, 겨울용은 털이 북슬북슬했다. 그는 코트 위로 성인 남자 좀비에게 물리는 상황을 재현하는 장치를 작동시키면서 PSI, 박리, 부패 후 치아 보존도 같은 각종 용어를 들먹이며 인간의 치악력에 관해 설명했다. '바이터'라는 장치는 코트를 뚫고 들어오지는 못했지만 꼬집힌 부위가 아프지 않은 것은 아니었고, 두꺼운 코트를 입고 있으니 옷 속으로 땀이 비 오듯 흘러내렸다. 그날 밤 집에 돌아온 베니는 땀으로 빠진 무게가 얼마나 되는지 보려고 체중계 위에 올랐다. 더 빠질 것도 없는 앙상한 몸에서 500g이 줄어있었다.

"이거 괜찮아 보이는데?" 다음 날 아침 식사를 하면서 청이 말했다.

베니는 청이 가리킨 문구를 읽었다. "시투꾼. 이게 뭔데?"

'나도 몰라' 청이 입안에 토스트를 가득 넣은 채로 말했다.

"공을 던지거나 하는 일이 아닐까?"

청의 예상은 빗나갔다. 시투꾼은 수레에 실려 온 좀비 시체를 내려 브링커스 채석장 아래의 불구덩이에 던지는 일을 하는 사람이었다. 수레에 실린 좀비들은 대부분 토막 나 있었다. 오리엔테이션을 진행하던 여자는 계속 '토막 난 신체'를 언급하면서 2차 감염 위험에 대해 경고를 늘어놓았다. 그러더니 베니가 본 중 가장 억지스러운 미소를 지으며 무거운 토막 사체를 들어 올리고, 나르고, 던지면서 근육이 단련된다는 이야기로 그들을 설득하려 했다. 심지어 자기 소매를 걷어 올려 알통을 자랑해 보이기까지 했는데, 진한 주근깨로 덮인 창백한 팔뚝 위에 불룩 솟은 이두박근이 꼭 부은 종양 덩어리처럼 보였다.

청은 도시락 가방 안에 토하는 시늉을 했다.

채석장에서는 '연기 청소부' 자리에도 지원할 수 있었다. '마을에 좀비 태우는 연기가 자욱하면 좋을 게 없잖아요?' 팔근육을 자랑하던 여자가 말했다. '구덩이 갈퀴꾼'이라는 일자리도 있었는데, 설명을 듣지 않아도 어떤 일을 할지 눈에 선했다.

오리엔테이션이 끝나기도 전에 베니와 청의 인내심은 바닥이 났다. 토막 난 좀비들의 잿빛 관절과 머리통을 들고 활짝 웃는 시투꾼들의 사진이 화면에 등장하자마자 그들은 오리엔테이션 장을 몰래 빠져나왔다.

수동 발전기 수리공 일은 속이 뒤틀릴 일도 없고 몸도 힘들지 않았다. 첫 번째 밤 이후 몇 주 동안 전기가 완전히 끊겨버렸고, 이제 전기는 이동식 수동 발전기를 통해서만 생산되었다. 수동식 발전기는 마운틴사이드에 총 50개 정도가 남아있었는데, 청의 말로는 20세기 초 석탄 산업이 한창일 때 쓰이던 것들이라고 했다. 어떤 형태든 수동식이 아닌 발전기를 새로 만드는 것은 불법이기도 했고, 마을의 유일한 전기 기술자인 빅 산토리니 씨는 술에 절어 산지 오래였다.

베니와 청은 면접을 보기 위해 발전기 수리점 주인의 집을 찾아갔다. 수리점 주인은 바람이 잘 통하는 현관 앞에 그들을 앉히고 아이스티와 민트 쿠키를 내어왔다. 친절에 반한 베니는 이 일이 어떤 일이든 반드시 해야겠다고 마음먹었다.

"우리가 왜 수동식 발전기만 고집하는지 아니?" 수리점 주인 머클이 물었다.

"그럼요." 청이 말했다. "군인들이 좀비들을 공격하면서 핵무기를 사용했고, 그때 발생한 고농도 전자 방사 때문에 전기 시설들이 다 망가졌기 때문이죠."

"게다가 산토리니 씨가 항상 취해 있으시니까요." 베니가 거들었다.

머클은 미소를 머금은 얼굴로 아주 오랫동안 그들을 보았다. 베니는 머릿속으로 시간을 재기 시작했고, 그는 거의 1분 동안 베니와 청을 빤히 보고만 있었다. 그러고는 고개를 저었다.

"아니, 그런 이유가 아니란다 얘들아." 그가 말했다. "수동식 발전기는 소박하고 다른 발전기들은 허영으로 가득하기 때문이란다." 그는 모든 단어를 또박또박 힘주어 발음했다.

베니와 청은 서로의 눈치를 살피며 그 말을 이해해보려 했다. 도무지 알 수 없는 소리였다. 둘은 여전히 미소 짓고 있는 머클을 향해 다시 시선을 돌렸다.

"알겠니, 얘들아?" 머클이 말했다. "신께서는 소박한 것들을 사랑하신단다. 하지만 악마는 복잡하고 겉만 번지르르한 것들을 좋아하지. 거만함과 허풍을 사랑하는 건 악마야."

맙소사, 베니는 속으로 생각했다.

"산토리니는 사람들 집에 전기 제품을 설치하며 젊은 시절을 보냈지." 머클이 말했다. "악마들이나 좋아할 일이 아니니. 산토리니는 우리 인간이 전능하신 그분의 노여움을 사는데 일조한 대가로 지옥에서 영원히 썩게 되리라는 사실을 받아들일 수가 없던 거야.

그래서 악마의 술인 럼이 가져다주는 망각에 의존하게 된 거란다. 그런 사악한 작자들만 없었다면 전능하신 그분께서 지옥의 문을 열고 빌어먹을 군단을 내려보내 허영으로 가득한 인간 세상을 쓸어버리는 일은 없었겠지."

베니는 곁눈질로 청을 보았고, 청은 손마디가 하얘질 정도로 의자 팔걸이를 세게 쥐고 있었다.

"내 말이 믿기지 않는 모양이구나. 하지만 괜찮단다." 머클이 말했다. 그는 입꼬리를 올리며 웃어 보였지만 그 모습은 부자연스럽다 못해 고통스러워 보이기까지 했다. "하지만 옳은 길을 택하는 사람도 많아. 마운틴사이드 사람 중에도 꽤 많지." 머클이 코를 훌쩍였다. "아직 믿음을 목소리로 낼 만큼 용기를 내지는 못했지만 말이야."

머클은 앞으로 허리를 숙였고 베니는 그의 눈빛에서 뿜어져 나오는 광기를 느낄 수 있었다.

"학교, 병원 심지어 시청에서도 수동식 발전기로 전기를 생산하고 있지. 우리가 올바른 정신을 가지고 그분의 품 안에서 숨 쉬는 동안에는 조잡하고 허영 가득한 기계들이 우리 땅에 발붙일 수 없을 거야."

테이블 위에는 아이스티 한 병이 거의 그대로 남아있었고, 쿠키도 수북이 쌓여있었다. 자신의 청중을 위해 준비한 넉넉한 주전부리를 보니 그는 아직 할 말이 많이 남은 것 같았다. 베니는 버틸 수 있는 만큼 버티다가 화장실을 쓸 수 있겠냐고 물었다. 머클은 전력 이야기를 하다 신성을 모독하여 영혼을 말살시키는 수력 발전에 관한 이야기로 주제를 바꾸려던 참이었고, 베니의 질문에 잠시 이야기를 멈추고 화장실이 어디에 있는지 설명해 주었다. 집 안으로 들어간 베니는 곧장 뒷문을 찾아 밖으로 나갔다. 그는 나무 울타리를 뛰어넘으면서 청에게 손을 흔들어 인사했다.

두 시간 후, 청은 라퍼티네 잡화점 앞에서 베니를 발견하고 그를 잡아먹을 듯 노려보았다.

"정말 눈물 나는 우정이다. 네가 죽으면 진짜 보고 싶을 것 같아."

"친구야, 난 너한테도 도망칠 기회를 만들어 준 거야. 머클 씨가 날 찾으려고 자리를 비웠을 때 도망쳤어야지."

"웃기지 마, 머클 씨는 네가 울타리를 뛰어넘는 것도 알고 있었어. 그런데도 계속 실실 웃으면서 '네 친구는 지옥 불구덩이 속에 던져질 거다, 알겠니? 하지만 너는 절대 그분 얼굴에 침 뱉는 짓은 하지 않겠지. 그렇지?'라고 했다고."

"그래서 *계속* 앉아있었다고?"

"그럼 어떻게 해? 머클 씨가 손가락질하면서 나한테 '죄인이오!'라고 소리치면 벼락이라도 내릴 것 같았다고."

"어쨌든 이 일은 무리지?"

"당연한 걸 왜 물어?"

다음에 지원한 '감시원' 일은 꽤 괜찮은 일자리였다. 다만 둘 중 한 명한테만 맞았다. 베니의 시력은 멀리서 오는 좀비를 발견하기에 너무 형편없었다. 반면 매의 눈을 가진 청은 시력 측정판에서 제일 작은 글자까지 읽어냈고, 그 자리에서 일자리를 제안받았다. 베니는 마지막 줄에 있는 점들이 숫자였는지도 모르고 있었다.

청은 제안을 받아들였다. 베니는 풀이 죽은 표정으로 트레이너와 함께 높은 감시탑 위에 앉아있는 친구를 한번 돌아보고는 혼자 집으로 돌아갔다.

나중에 청은 감시꾼 일이 자신에게 꼭 맞는다고 했다. 계곡 너머 캘리포니아주에서 대서양까지 이어지는 시체들의 땅을 하염없이 바라보기만 하면 되는 일이라면서 채석장에서 불어오는 바람이 시야를 가리지 않는 맑은 날에는 전방 30km까지 볼 수 있다고 했다. 종일 혼자 감시탑 위에 앉아 생각에 잠기는 것이 청이 하는 일이었다. 베니는 친구가 그립기는 했지만, 감시꾼 일은 말로 하기에 부족할 만큼 지루해 보였다.

베니는 '병충전원' 자리에 지원하면서 음료수 공장에서 탄산음료 병을 채우게 될 줄 알고 내심 기대했다. 그는 탄산음료를 좋아했지만 쉽게 구할 수 없을 때가 많았다. 마침 면접을 보러 걸어가는 길에 공장에서 일하는 버트를 만났다. 버트는 베니의 친구 모기 미첼의 사촌 형이었다.

그를 마주치자마자 베니는 거의 구역질을 할 뻔했다. 그에게서 심한 악취가 풍겼는데, 마룻바닥 밑에서 죽은 동물이 썩어가고 있을 때나 맡을 수 있을 것 같은 냄새였다. 어쩌면 더 고약한 것 같기도 했다. 꼭 좀비 냄새 같았다.

버트는 베니의 표정을 보더니, 어깨를 으쓱했다.

"뭐, 어쩔 수 없잖아? 하루에 여덟 시간씩 담는데."

"뭘 담는데?"

"카다베린. 썩은 고기에서 기름 짜는 게 내 일이잖아."

베니는 가슴이 덜컥 내려앉는 것 같았다. 카다베린은 동물 세포가 부패하면서 단백질이 분해될 때 나오는 냄새가 아주 고약한 성분이었다. 과학 수업 시간에 배운 내용을 기억하기는 했지만 실제로 썩은 고기에서 카다베린을 얻는 줄은 몰랐었다. 사냥꾼들이나 추적꾼들은 좀비에게 쫓기지 않기 위해 옷에 카다베린을 묻혔다. 좀비들이 썩은 고기에는 관심을 보이지 않기 때문이었다.

베니는 버트에게 어떤 고기로 카다베린을 만드냐고 물었지만 버트는 우물쭈물 헛기침하며 말을 돌렸다. 버트가 공장 문을 열기 직전에 베니는 도망치듯 마을로 돌아갔다.

무슨 일을 하는지 이미 베니가 알고 있는 직업이 하나 있었다. '좀비 초상화가'였다. 담장을 따라 세워진 경계 초소의 벽에는 물론이고, 담장과 마을 사이에 펼쳐진 레드존과 가까운 건물들의 벽에는 좀비 초상화들이 붙어있었다.

베니는 그림에 꽤 소질이 있었던 터라 초상화가 일은 잘 할 수 있을 것 같았다. 사람들은 좀비가 된 자신의 가족들이 어떤 모습일지 알고 싶어 했고, 좀비 초상화가들은 가족사진을 바탕으로 좀비가 된 사람들의 모습을 상상해 그렸다. 베니는 톰의 사무실에서 이런 초상화들을 수도 없이 봤다. 초상화가에게 그의 부모님 사진을 가져가서 좀비가 된 부모님의 모습을 그려볼까 생각한 적도 몇 번 있었지만 실제로 그렇게 하지는 않았다. 부모님이 좀비가 되었다고 생각하면 화가 나고 속이 뒤틀렸다.

그런데 면접관이자 초상화가인 사케토는 그에게 가족의 초상화를 그려보라고 했다. 고객의 입장을 더 잘 이해하기 위해서라고 했다. 실기시험이나 마찬가지였기 때문에 베니는 지갑에서 부모님 사진을 꺼내 초상화를 그리기 시작했다.

사케토가 얼굴을 찡그리며 고개를 저었다.

"너무 무섭고 못돼 보이는데."

베니는 초상화가가 가지고 있던 다른 사람들의 사진을 가지고 초상화를 몇 장 더 그렸다.

"아직도 너무 못되고 무서워 보이는구나."

사케토가 입을 꾹 다물고 만족스럽지 않다는 듯 고개를 저었다.

"그것들이 악하고 못됐으니까요." 베니가 반발했다.

"고객들한테는 그렇지가 않지." 사케토가 말했다.

베니는 부모님을 잃은 자신도 좀비는 사람 잡아먹는 짐승일 뿐 친근한 존재가 아니라는 사실을 인정하는데 왜 다른 사람들은 그러지 못하냐고 따지다가 사케토와 거의 말싸움을 하다시피 했다.

"부모님께서 그렇게 되셨을 때 너는 몇 살이었지?" 사케토가 물었다.

"18개월이요."

"그럼 부모님에 대해 잘 몰랐겠구나."

베니는 머뭇거렸다. 오래된 기억이 다시 머릿속에 펼쳐졌다. 엄마의 비명이 들렸고, 아빠의 웃는 얼굴은 인간적인 모습이라고는 조금도 없는 창백한 괴물의 얼굴이 되어있었다. 톰이 베니를 안고 캄캄한 어둠을 속을 달렸다.

"그렇죠." 쓸쓸함을 삼키며 베니가 말했다. "하지만 부모님이 어떻게 생겼는지는 알아요. 부모님에 관해 아는 것도 있거든요. 그분들이 좀비가 되었다는 사실이요. 아니면 지금쯤 영원히 저세상에 가셨을 수도 있고요. 어쨌든, 좀비는 좀비잖아요. 아닌가요?"

"그렇게 생각하니?" 사케토가 물었다.

"당연하죠!" 베니 자신이 한 질문에 대한 답이기도 했다. "그리고 좀비는 다 썩어 없어져야 해요."

사케토는 고개를 살짝 기울이고 팔짱을 낀 채 여기저기 물감 자국이 말라붙은 벽에 기대어 베니를 빤히 보았다.

"그럼 답해보렴." 그가 말했다. "좀비 때문에 가족이나 친구를 잃은 사람들이 아주 많단다. 다들 가슴 아픈 사연 하나씩은 가지고 있을 거야. 너는 부모님을 잘 알지도 못했고, 네가 아주 어릴 때 일어난 일인데 증오가 가득하구나. 너를 안 지 삼십 분 정도밖에 안 됐지만 네 분노가 마음 깊숙한 곳에서부터 올라오는 건 잘 알겠어. 그런데 그럴 필요가 있을까? 이 마을은 안전해. 너는 네 삶을 살면 된단다. 바꿀 수 없는 것들은 그만 놓아 버려."

"잊고 용서하기에는 제가 너무 똑똑한가 보죠."

"아니." 사케토가 딱 잘라 말했다. "그런 이유는 아닌 것 같구나."

면접을 마친 후, 베니는 결국 일자리를 얻지 못했다.

3

"1967년형 폰티액 르망 컨버터블이었어. 핏빛 같은 붉은색이었는데, 멋지게 개조되어서 길거리에 나온 차 중에 제일 잘나갔어. 정말 *끝내주는* 놈이었지."

찰리 마티아스는 자기 차를 항상 이런 식으로 묘사했다. 그러고는 아주 크게 너털웃음을 터뜨렸다. 이미 수백 번도 더 한 이야기였지만 자기가 할 수 있는 가장 재미있는 농담이라고 생각했기 때문이었다. 찰리는 가슴둘레가 140cm, 팔뚝 둘레는 60cm에 달하는 근육질의 우락부락한 체형에 잭다니엘 위스키 향을 풍기는, 가만히 있어도 야성미가 넘치는 사나이였다. 그래서 사람들은 보통 그의 농담이 재미있어 웃기보다는 그를 *따라* 웃었다. 그는 웃지 않는 사람이 있으면 자신을 무시한다고 생각하고 괴롭히기도 했다. 찰리가 화가 나면 그 결말은 절대 좋지 않았다.

그가 농담할 때면 베니는 항상 웃었다. 찰리가 해코지할까 무서워서가 아니라 그가 정말로 재미있다고 생각하기 때문이었다. 베니는 찰리가 멋지다고 생각했다. 그의 눈에 찰리는 세상에서 가장 멋진 사나이였다.

찰리의 이야기 속에 항상 등장하는 자동차는 13년 전 연료가 바닥이 났고, 지금은 녹슨 고철 덩어리가 되어 시체들의 땅 어딘가에 처박혀 있다는 사실도 베니에게는 중요하지 않았다. 전자 방사 이후에 차가 굴러갔다는 말도 앞뒤가 맞지 않았지만, 이 또한 베니에게는 중요하지 않았다. 찰리의 이야기에서 자동차는 폭격과 좀비의 습격을 이겨내고 그와 모험을 함께한 절대 잊을 수 없는 존재였다. 찰리는 르망을 타고 도로를 누비며 좀비를 쓸어버릴 때, 자신이 진정한 '길 위의 무법자'였다고 이야기하곤 했다.

라퍼티네 잡화점에 있던 사람들은 모두 깔깔거리며 웃었다. 베니는 그중 몇 사람이 분명 억지로 웃고 있다고 생각했다. 찰리의 농담에 웃지 않는 사람은 '모터시티 해머'로 알려진 마리온 해머뿐이었다. 그는 찰리처럼 우락부락하지는 않았지만, 불도그처럼 험상 궂게 생긴 데다 옷에 달린 주머니란 주머니에는 전부 권총을 꽂고, 허리에는 검은 파이프를 곤봉처럼 매달고 다녔다. 해머는 잘 웃는 성격이 아니었지만, 기분이 좋을 때는 신난 아기 돼지처럼 눈을 반 짝이며 입꼬리 한쪽을 아주 살짝 올리며 미소 짓곤 했다.

베니는 해머도 정말 멋지다고 생각했다. 다만 찰리만큼은 멋지 지 않을 뿐이었다. 누가 뭐래도 찰리 마티아스만큼 멋진 사람은 없 었다. 찰리는 키가 거의 2m에 달하는 거대한 알비노였다. 눈 한쪽 은 푸른색, 앞이 보이지 않는 다른 쪽은 뿌연 분홍색이었다. 찰리가 푸른 눈을 감으면 앞이 보이지 않는 눈으로 귀신의 영역을 볼 수 있다는 소문도 있었다. 베니는 그 소문이 사실인지 의심하기는 했 지만, 찰리는 소문마저도 비범하다고 생각하며 감탄했다.

찰리와 해머 2인조는 시체들의 땅에서 활동하는 현상금 사냥꾼 전체를 통틀어 가장 강력했다. 모두 그렇게 이야기했다. 커시 시장 을 비롯한 몇몇 특이한 사람들은 톰이 그들보다 강하다고 했지만 베니에게는 다 헛소리처럼 느껴졌다. 찰리는 톰이 좀비에게 *너무 너그럽*다면서, 진짜 싸움을 피하거나 아니면 일류 사냥꾼이 될 자 질이 부족하기 때문이라고 말한 적이 있었다. 톰은 몸집도 찰리의 반에 못 미쳤고, 해머처럼 사납게 생기지도 않았다. 톰은 겁쟁이다. 그건 베니가 제일 잘 알았다.

좀비 사냥꾼 일은 거칠고 위험했다. 베니가 아는 그 어떤 일보다 힘들었다. 사냥꾼들은 보통 산등성이 군데군데 자리 잡은 주변 마 을과 마운틴사이드가 교역을 할 때 지나다니는 교역로에서 좀비를 처리한 뒤 마을 자치회에서 대가를 받았다. 무역 상인들이 물건을 구할 때 좀비들의 습격을 받지 않도록 용병단처럼 무리 지어 작은 마을들을 돌면서 쇼핑몰이나 창고, 심지어 작은 도시 전체를 소탕하는 사냥꾼들도 있었다. 찰리는 좀비 사냥꾼들의 기대 수명이 6개월이라고 했다. 사냥꾼이 되기로 마음먹은 젊은이들은 보통 한두 달 일하고 나면 좀비를 상대하는 일이 첫 번째 밤을 겪은 가족들에게 들은 이야기나 학교 수업 또는 스카우트에서 배운 내용과는 차원이 다르다는 사실을 깨닫고 일을 그만둔다고 했다. 찰리의 또 다른 이야기에 따르면, 그와 해머가 좀비 사냥꾼의 시초였고, 첫 번째 밤 이후 8개월이 지난 뒤 처음 현상금을 받았을 때부터 지금까지 이 일을 해왔다고 했다.

"육해공군 전체가 죽인 좀비보다 우리가 죽인 좀비가 더 많지." 해머는 한 달에 한 번 이상은 꼭 으스대며 이렇게 말하곤 했다. "오합지졸인 방위군까지 포함해서 말이야."

우렁찬 목소리와 악취와 거친 행동 덕에 마을에서 찰리와 해머를 모르는 사람은 없었다. 유명세 일부분은 아무것도 무서울 게 없어 보이는, 모른체하기에는 너무 추한 외모 때문이기도 했다. 어쨌든 찰리와 해머가 유명한 가장 큰 이유는 그들이 마을 사람 누구보다 좀비와 싸운 경험이 많고, 시체들의 땅에서 활동하는 다른 어떤 좀비 사냥꾼들보다 괴물들을 더 많이 처리했다고 사람들이 믿었기 때문이었다. 찰리와 해머는 전설적인 사냥꾼 휴스턴 존, 와일드 빌 페어차일드, 제이독, 닥터 스킬즈 그리고 메콩 형제보다도 훨씬 거칠었다. 베니는 이들의 업적이라고 알려진 이야기들을 어디까지 믿어야 할지 고민하기도 했지만, 결론은 누가 좀비를 제일 많이 죽였고 누구의 전적이 가장 뛰어난지는 중요하지 않다는 것이었다. 잡화점 주인인 던 라퍼티는 찰리와 해머가 신원이 확인된 좀비는 163명, 신원을 알 수 없는 좀비는 2000명을 처리했다고 했다. 그리고 그만큼의 대가도 당연히 받았다.

찰리와 해머는 영결식 의뢰도 받았다. 좀비가 된 고객의 가족이나 친구를 찾아 마지막을 인도하는 일이었다. 커시 시장은 해머와 찰리가 톰만큼 영결식을 많이 맡았다고 했지만 베니는 그 말을 믿지 않았다. 톰이 처리한 좀비의 수가 찰리가 처리한 좀비의 수와 *비슷할* 리 없었다. 톰은 배급 이외에 여윳돈이라고는 없는 반면 찰리는 항상 그의 무용담을 들으러 모인 사람들에게 맥주나 음료수, 치킨윙을 사곤 했다.

"은퇴는 언제쯤 할 거야?" 우체부 리글리 스퍼터가 찰리의 빈 잔에 아이스티를 채우며 물었다. "지금쯤이면 미다스 왕 저리 가라 할 정도로 부자여야 하잖아?"

"미다스?" 해머가 되물었다. "그게 누구야?"

"왜, 자동차 머플러 장사했던 놈 있잖아." 노버트가 말했다. 그는 말에 갑옷을 입혀 마차를 끌고 마을을 다니며 물건을 사고파는 무역상이었다. "궁전 같은 집을 샀다던데."

"그래, 맞아." 찰리는 노버트가 말이 맞다는 듯 끄덕였다. "미다스 왕, 디트로이트 출신. 자동차 부품 팔아서 돈깨나 벌었지."

사람들은 다들 찰리 말에 동의했다. 그러는 편이 현명하기 때문이었다. 자동차 머플러가 무슨 물건인지도 모르는 베니도 어쨌든 고개를 끄덕였다. 루 청과 모기 미첼도 마찬가지였다.

"뭐." 찰리가 눈을 찡긋하며 말했다. "왕만큼은 아니어도 금을 쌓아두고 있기는 하지. 시체들의 땅이 우리랑 잘 맞거든."

"그렇지." 해머가 동의했다. 그는 보랏빛 입술을 앙다물고 음흉하게 웃었다. "좀비를 수도 없이 죽였어."

"닉 삼촌 말로는 아저씨들이 지난달에 멩글러 4형제를 죽였다던데요." 군중 뒤편에서 모기가 말했다.

찰리와 해머는 웃음을 터뜨렸다. "하, 당연하지! 싹 다 황천길로 보냈어. 해가 뜨고 조금 있다가 해머가 침입해서 지붕 위에 화염병을 던지니까 4형제가 비틀거리면서 밖으로 기어 나왔지. 말똥인지 피인지가 덕지덕지 붙은 꾀죄죄한 몰골로 말이야. 썩어 문드러져서 돼지 시궁창 같은 구린내가 나는 삐쩍 마른 놈들이 15미터 앞까지 다가왔지."

"그래서 어떻게 됐어요?" 베니가 눈을 반짝이며 물었다.

해머가 코웃음 쳤다. "좀 놀아줬지."

찰리가 킥킥거렸다. "그래, 재미 좀 봤어. 일이 점점 식은 죽 먹기가 되어간다니까. 내 말이 맞아 틀려?"

누구는 웃으며 고개를 끄덕이고 누구는 대충 끄덕이는 시늉만 했지만, 제대로 답을 하는 사람은 없었다. 사람들은 어떤 답을 해야 찰리가 만족할지 몰랐다.

핑크아이 찰리가 말을 이었다. "그래서 나랑 해머는 좀 더 공평한 게임을 해보기로 했지."

"암, 공평해야지." 해머가 동의했다.

"그리고 무기를 다 내려놓았어."

"전부 다요?" 청이 놀라움을 삼키며 물었다.

"남김없이 싹 다. 총, 칼, 해머가 죽고 못 사는 파이프, 쌍절곤이랑 심지어 계곡 저쪽에서 가라테 수련원 하던 좀비를 해치울 때 썼던 표창까지 싹 다 내려놓았어. 청바지랑 신발만 빼고 윗옷도 다 벗어 던지고 마노-아-마노로 전장에 뛰어든 거야."

"어떻게 뛰어드셨다고요?" 모기가 물었다.

"정면 돌파하셨다고." 청이 말했다.

"마노-아-마노는" 찰리가 말했다. "남자 대 남자라는 뜻이야."

아무래도 찰리가 잘못 알고 있는 것 같았지만 베니는 대놓고 반박하지는 않았다. 그런 멍청한 짓을 할 사람은 없었다.

찰리는 껄끄러운 눈초리로 청을 흘깃 보고는 다시 이야기로 돌아갔다.

"어쨌든 맨주먹 하나만 믿고 가서 놈들을 흠씬 두들겨 패줬지. 그것들은 놀라 자빠졌다가 죽지도 못하고 깨어났는데 쪽팔렸는지 알아서들 저세상으로 갔다니까."

사람들은 웃음을 터뜨렸다.

누군가가 목청을 가다듬는 소리가 들리자 사람들은 일제히 고개를 돌렸다. 시장인 랜디 커시가 고개를 옆으로 기울인 채 팔짱을 끼고 서 있었다. 그는 베니와 청과 모기를 차례로 돌아보았다.

"너희들이 일자리를 구하느라 바쁜 줄 알았는데."

"저는 취직했어요." 청이 재빨리 답했다.

"저는 아직 열네 살이고요." 모기가 말했다.

"그냥 목이나 축이려고 들른 건데요." 베니도 덧붙였다.

"그럼 용건은 다 마친 것 같은데, 벤저민 이무라." 커시 시장이 말했다. "너희 모두 어서 돌아가거라."

베니는 찰리가 커시를 말려 주지 않을까 생각했지만, 그는 어깨를 한 번 으쓱할 뿐이었다.

"그래 뭐, 너희도 배급을 받으려면 어른들만큼 열심히 살아야지. 어서 가려무나."

베니와 다른 아이들은 자리에서 일어나 허리를 구부정하게 숙인 채 커시 시장 앞을 지났다. 그들이 문밖으로 나가기도 전에 찰리는 다시 자기 이야기에 심취했고 청중들은 모두 깔깔거리며 웃었다. 커시 시장도 아이들과 함께 가게 밖으로 나갔다.

"베니." 커시 시장이 조용히 베니를 불렀다. 뜨거운 태양 볕이 그의 민머리에 반사되어 왕관처럼 반짝이고 있었다. "네가 여기 드나드는 걸 톰도 알고 있니?"

"글쎄요." 베니가 얼버무렸다.

베니가 매일 오후 찰리와 해머가 떠벌리는 무용담을 들으며 시간을 보내는 줄 톰은 까맣게 모르고 있었다.

"네 형이 좋아할 것 같지는 않구나." 커시 시장이 말했다.

베니는 자신을 빤히 보는 커시와 눈을 마주쳤다.

"형이 좋아하든 싫어하든 상관없는데요." 그러고는 반항에 힘을 실어주기라도 한다는 듯 한마디를 덧붙였다. "시장님."

커시 시장은 검은 턱수염을 긁적였다. 무슨 말을 하려고 입을 열었다가 곧 굳게 다물었다. 하려던 말이 무엇이었든 말하지 않기로 한 것 같았다. 잔소리를 듣고 싶지 않았던 베니에게는 잘된 일이었다.

"너희 모두 돌아가렴." 마침내 커시 시장이 말했다. 그는 잡화점 문 앞에 한참 서 있었고, 베니가 길을 한참 내려가다 뒤를 돌아보았을 때 다시 가게 안으로 들어가는 그의 뒷모습이 보였다.

커시 시장과 가족들은 베니의 옆집에 살았고, 그와 톰은 친구 사이였다. 그는 톰이 얼마나 강인한지, 다른 좀비 현상금 사냥꾼들에게 얼마나 좋은 본보기인지 마르고 닳도록 이야기했다. 얼토당토않은 이야기들이었다. 듣고 있으면 속이 울렁거렸다. 톰이 그렇게 좋은 본보기라면 어째서 다른 사냥꾼들은 톰에 대해 단 한마디도 하지 않을까? 톰이 순식간에 좀비를 처리하는 모습을 봤다고 치켜세우는 사람은 한 명도 없었다. 톰 자신조차도 그런 이야기를 하지 않았다. 그는 한 번도 자신이 시체들의 땅에서 무엇을 하는지 베니에게 이야기해 준 적이 없었다. 고리타분하기 짝이 없는 형이었다. 베니는 시장이 살짝 정신이 나간 게 아닐까 생각했다. 톰이 본보기라니, 말도 안 되지.

청은 일하러 가야 한다고 했다. 감시탑에서 여섯 시간 동안 일을 한다면서 들뜬 눈치였다. 베니와 모기는 또 다른 친구 닉스 라일리를 찾으러 나섰다. 닉스는 얼굴에 주근깨가 가득한 빨간 머리 여자아이였다. 그녀는 계곡 옆 바위에 앉아 신발을 벗고 계곡물에 발을 담근 채 가죽 공책에 글을 쓰고 있었다. 빨간 매니큐어를 칠한 발톱이 물살 아래에서 루비처럼 반짝였다.

"안녕." 닉스는 붉은 기가 도는 금발 곱슬머리 사이로 베니를 발견하고는 미소를 머금고 인사했다. "일자리 구하는 건 어떻게 돼가?"

베니는 끙하고 앓는 소리를 내며 신발을 벗어 던졌다. 베니의 달 궈진 발을 차가운 물이 춤을 추듯 휘감았다. 모기는 구부정하게 걸 어가서 닉의 다른 쪽 옆자리에 자리를 잡고 투박한 장화 끈을 풀기 시작했다.

그들은 닉스에게 찰리와 해머의 무용담을 들려준 뒤, 커시 시장 이 나타나서 자신들을 쫓아버린 이야기를 덧붙였다.

"우리 엄마는 내가 그 사람들 근처에도 못 가게 하셔." 닉스가 말 했다. 닉스와 닉스의 엄마는 마을에서 가장 가난한 지역인 서쪽 절 벽 근처의 작은 집에서 살았다. 지난겨울까지 닉스는 길쭉하고 깡 마른, 여자라기보다 남자 녀석 중 하나에 가까운 아이였다. 닉스도 청처럼 책벌레여서 옆으로 메는 가방에는 언제나 책이 몇 권 들어 있었다. 하지만 그녀는 청과는 달리 직접 책을 쓰고 싶어 했다. 그 녀는 항상 공책에 시나 짧은 이야기를 끄적였다. 친구들 무리에서 언제나 가장 괴짜로 통하던 그녀가 지난 열 달 새 많이 달라져 있 었다. 닉스는 이제 볼품없이 마르기만 한 아이가 아니었고, 베니는 그녀 옆에 있을 때면 알 수 없는 기분에 사로잡혔다. 특히 더운 날 닉스가 딱 달라붙는 티셔츠에 짧은 바지를 입을 때면 더더욱 그랬 다. 눈길이 계속 닉스 쪽으로, 특히 그녀가 입은 티셔츠 쪽으로 향 했고 그럴수록 둘의 사이는 서먹해졌다. 여태 닉스는 모기와 청과 다를 게 없는 친구였는데, 어느 순간 여자가 되어있었고, 그 사실을 무시할 방법은 없었다.

게다가 베니는 닉스가 자신을 특별하게 생각한다는 사실을 알고 있었다. 베니도 닉스를 좋아했지만, 그 말을 입 밖으로 꺼내느니 팔을 자르는 게 나을 것 같았다. 청에게도 말할 수 없었다. 친구들 무리 안에서는 서로 사귈 수 없었다. 그와 청은 아홉 살인가 열 살 때 피의 맹세까지 했다. 닉스는 사랑스러웠고 그녀를 바라보면 행복했지만, 만약 닉스와 데이트를 하게 된다면 청과 데이트하는 것과 다를 바가 없었다. 게다가 기저귀를 막 떼기 시작했을 때부터 알았던 친구를 그녀가 과연 신비로워하거나 흥미롭다고 생각할지도 의문이었다. 닉스가 지금은 그를 좋아하지만, 막상 사귀게 되었을 때 베니에게 비밀이 없다는 것 말고는 아무것도 새로운 게 없다는 사실을 알고 나면 어떻게 될까? 혹시 고백했는데 닉스가 그에게 특별한 감정이 없다고 한다면? 베니는 자신을 속속들이 아는 친구에게 고백했다가 거절당하는 상황은 상상하고 싶지도 않았다. 이런 생각을 할 때면 벽에 머리를 들이받고 싶어졌다.

"왜?" 모기가 물었다. 그 소리에 베니는 생각을 멈추고 대화로 돌아왔다.

"복잡해." 닉스가 굽이치는 계곡물에 반사되는 햇빛을 내려다보며 말했다. "엄마가 전부 다 말해주지는 않으시지만, 내 생각에 찰리와 엄마 사이에 안 좋은 일이 있었던 것 같아. 엄마는 찰리라면 *치를 떠시니까.* 엄마나 커시 시장님이나 너희 형이랑 같이 있을 때 *빼곤* 찰리 근처에 얼씬도 하지 말라고 하셨어."

그녀는 이야기하며 발로 베니를 툭 쳤다.

베니는 아무것도 못 느낀 척하며 물었다. "우리 형은 왜?"

"좋아하시니까."

"좋아하신다고? 너희 집 강아지 파이럿을 예뻐하듯 좋아하신다는 거야, 아니면 *진짜* 좋아하신다는 거야?"

"진짜로." 닉스는 곁눈질로 베니를 힐끔 보며 말했다. "너희 형이 잘생기긴 했잖아."

"웃기시네." 베니가 대꾸했다.

"너도 너희 형이랑 많이 닮았어." 닉스가 말했다.

"더는 못 들어 주겠다." 베니가 짜증 섞인 목소리로 말했다.

"엄마나 베니네 형 있을 때 빼고 찰리 근처에 가면 왜 안 되는데?" 모기가 물었다. 베니와는 달리 모기는 이미 오래전부터 닉스를 좋아하고 있었고, 닉스의 외모가 변한 다음에는 더 깊이 빠졌다. 모기는 진심으로 닉스를 좋아했다. 그는 친구와 사귀지 않겠다는 맹세도 한 적 없었다. 베니는 아무렇지도 않게 닉스 옆에 딱 붙어 앉아있는 모기가 신기할 따름이었다.

"엄마는 찰리가 가끔 여자들에게 못되게 군다고 하셨어."

"그게 무슨 뜻이야?" 베니는 자신도 모르게 날카로운 목소리로 물었다.

닉스는 베니를 빤히 쳐다보았다.

"넌 가끔 너무 순진할 때가 있어."

"그러니까, 그게 무슨 뜻이냐니까?"

"찰리 같은 남자들은 자기가 손을 대면 다 가질 수 있다고 생각한다는 뜻이야. 엄마는 찰리나 해머가 있는 자리에 혼자 있기가 무섭다고 하시고, 나도 으슥한 골목길에서 그 사람들을 만나고 싶지는 않아."

"정말 말도 안 되는 소리다."

"넌 여자가 아니니까." 닉스가 말했다. "아니면 네가 남자라서 이해력이 떨어지는 건지도."

"난 이해해." 모기가 끼어들었지만, 둘은 대꾸하지 않았다.

"엄마가 말씀만 그렇게 하시는 게 아니라 정말 무슨 일이 있었던 거야?" 베니가 물었다. 그의 목소리에는 의심이 짙게 깔려있었고, 닉스는 고개를 절레절레 흔들며 다른 곳을 보고 앉았다. 그러고는 담장이 있는 쪽을 멍하니 바라보았다.

"어쨌든 *나*는 찰리와 해머가 멋있다고 생각해." 베니가 말했다.

아슬아슬한 정적이 흘렀고, 계속 이 주제로 이야기하면 안 될 것 같아서 셋은 아무 말 없이 침묵을 지켰다. 한참 뒤 시원한 바람이 불어오자 세 친구는 눈을 감고 몸을 뒤로 젖혀 바닥에 누웠다. 시원한 바람에 세 사람 사이에 흐르던 긴장감이 씻기는 듯했다.

닉스는 베니를 보지 않은 채 물었다. "일자리는 구했어?"

"아니." 베니는 친구들에게 여태까지 어떤 일자리에 지원했고, 왜 그 일들을 계속할 수 없었는지 이야기해주었다.

닉스와 모기는 아직 15살이 되기 전이었고, 베니만큼이나 일자리를 구해야 하는 현실을 끔찍하게 생각했다. 하지만 그들이 일자리를 찾으러 나가기 전까지 아직 몇 달이 남아있었다.

"이제 어떻게 하려고?" 닉스가 팔꿈치로 상체를 세우며 물었다. 베니는 계곡물에 반사되어 반짝이는 햇빛이 닉스의 초록 눈동자에 박힌 금색 점들 같다고 생각하고 있다가, 자신이 그런 생각을 한다는 데에 깜짝 놀라서 어색하게 딴청을 피웠다.

"몰라."

"너희 형한테 일자리를 줄 수 있는지 물어보지, 그래?" 닉스가 말했다.

"개미집 위에 있는 나무에 묶여서 종일 개미들한테 뜯기는 게 낫겠다."

"대체 너희 형제한테 무슨 일이 있는 거야?"

"왜 다들 그걸 궁금해하지?" 베니가 퉁명스럽게 말했다. "형은 겁쟁이야. 알겠어? 밖에서 잘난 척이란 잘난 척은 다 하고 다니지만, 형이 어떤 사람인지는 내가 제일 잘 안다고."

"형이 어떤데?" 모기가 물었다.

베니는 하고 싶은 말이 목구멍까지 차올랐다. 하마터면 친구들 앞에서 형은 찌질한 머저리라고 말할 뻔했지만 그래도 아직 그렇게까지 선을 넘은 적은 없었다. 형을 머저리 취급하면 사람들이 자기도 그렇게 볼 것 같았다. 이복형제이긴 했지만 어쨌든 둘은 가족이었고, 겁이 많은 것도 유전이 되는지 베니는 확신할 수 없었다.

"됐어. 입만 아프지." 베니는 그렇게만 답하고는 몸을 일으켜 앉아 위에서 물수제비를 뜰 만한 돌멩이가 있는지 주변을 살폈다. 몇 개가 눈에 들어왔지만 물 위에서 튕길 정도로 납작하지 않아서, 계곡물이 흐르는 가운데로 돌들을 힘껏 던졌다. 모기도 물이 튀는 소리를 듣고 일어나 앉아 베니를 따라 돌멩이를 던지기 시작했다.

닉스는 한참 동안 공책에 글을 썼다. 베니는 닉스 쪽을 보지 않으려고 안간힘을 써야 했다. 닉스를 보지 않고 버틸 수는 있었지만, 말 그대로 버텨야 했다.

"그런데." 잠시 뒤 닉스가 말문을 열었다. "여름이 거의 끝나가잖아. 만약 개학 전까지 일을 구하지 못하면 배급이……"

"끊기겠지." 베니가 퉁명스럽게 말했다. "알아. 나도 안다고."

닉스는 입을 닫았다. 모기가 그녀의 발을 건드리는 시늉을 하자 닉스는 진짜로 모기를 발로 차버렸고, 결국 둘 사이에 말싸움이 시작되고 말았다. 베니는 친구들을 비롯해 자신을 둘러싼 모든 상황에 진절머리가 나서 자리에서 일어났다. 그러고는 8월의 뜨거운 태양 아래 어깨를 구부정하게 숙이고 손은 주머니에 찔러 넣은 채 성큼성큼 걸어가 버렸다.

4

9월이 열흘도 채 안 남았을 때까지 베니는 일자리를 구하지 못했다. 도시 수비대가 되기에는 소총을 다루는 솜씨가 영 서툴렀고, 마을 수비대가 되기에는 너무 어렸으며, 농사를 짓기에는 인내심이 부족했고, 타작꾼이나 토막꾼이 되기에는 비위가 좋지 않았다. 좀비라는 괴물들을 혐오하기는 했지만, 그렇다고 큰 망치로 좀비 머리를 박살 내거나 시체를 조각내서 채석장 트럭에 싣는 일을 하고 싶지는 않았다. 좀비에게 분풀이할 수는 있어도 엄청나게 힘들어 보이는 데다가, 신문광고에 대놓고 '육체노동 가능자'라는 조건을 붙이는 일거리는 할 생각이 없었다. 그런 구인광고를 눈여겨보는 구직자가 있기는 한지 의문이었다.

청은 베니에게 선입견을 버리고 우주의 상호 생산 작용을 받아들여야 한다는 둥 끊임없이 훈수를 뒀고, 그는 일주일간 고민에 고민을 거듭한 끝에 결국 톰을 찾아 가 수습생으로 받아달라고 부탁하게 되었다.

처음에 톰은 눈을 가늘게 뜨고 의심 가득한 눈초리로 베니를 빤히 보았다.

그러다 베니가 진심이라는 사실을 깨닫고 눈이 휘둥그레졌다.

현실을 인지한 톰은 거의 울 것 같은 표정을 지었다. 톰은 베니를 끌어안으려 했지만, 이번 생에는 가능하지 않을 것처럼 어색하기만 했고 두 사람은 손을 내밀어 악수로 포옹을 대신했다.

베니는 미소 짓는 톰을 뒤로하고 저녁 식사 전에 낮잠을 좀 자려고 위층으로 올라갔다. 침대에 걸터앉아 내일과 모레, 그리고 그 뒤로 펼쳐질 날들이 미리 보이기라도 하는 듯 창밖을 뚫어져라 보았다.

"골치 아프게 생겼군." 베니가 혼자 중얼거렸다.

5

그날 저녁, 두 형제는 집 앞 현관에 나란히 앉아 산 너머로 저무는 해를 지켜보았다. 베니는 우울했다. 미래가 보이기라도 하는 듯 일몰에 시선을 고정했다. 억지로 형과 붙어 다니게 될 자신과 그러면서 생기게 될 문제들이 눈앞에 펼쳐졌다. 베니는 톰을 이해할 수 없었다. 무섭다고 도망칠 때는 언제고 지금은 좀비 사냥으로 먹고 살다니. 톰은 집에서는 절대 일 이야기를 하지 않았다. 자기 실적을 자랑하는 법도 없었고, 다른 좀비 사냥꾼들과 어울려 다니거나 자기 힘을 증명하려고 하지도 않았다.

1대1로 맞붙었을 때, 지능적이고 무기를 사용할 줄도 아는 인간에게 좀비는 상대가 안 됐다. 하지만 절대 실수가 용납되지 않았다. 그것들은 언제나 굶주려 있었고, 언제나 위험했다. 베니는 과연 톰이 그것들을 죽일 수 있을지 의심했고, 아무리 노력해도 그런 톰의 모습을 상상할 수 없었다. 닭장에 살던 닭이 여우를 공격하는 것 같은 모양새일 것 같았다.

베니는 지난 몇 년 동안 톰에게 직접 물어보려고 했지만, 그럴 때마다 톰은 답을 피했다. 아마 자신의 약점이 들통날까 두려운 것 같았다. 어쩌면 여태껏 다른 일을 하면서 거짓말을 했는지도 모른다. 베니는 별의별 상황을 지어내서 겁쟁이 톰이 좀비 사냥꾼이 될 가능성을 생각해 보려고 했지만 어떤 설명도 아귀가 맞지 않았다. 지금 저물어가는 해가 현실이라면, 내일 아침부터 자신이 톰과 하게 될 일 또한 현실이었고, 결국 베니는 꾹꾹 눌러왔던 질문을 입 밖으로 뱉었다.

"형은 이 일을 왜 하는 거야?"

톰은 베니를 슬쩍 보고 커피를 한 모금 들이켠 뒤, 한참 만에 입을 열었다. "네가 먼저 대답해봐. 내가 무슨 일을 한다고 생각해?"

"당연한 걸 왜 물어? 좀비 사냥하잖아."

"진짜 그렇게 생각해?"

"형이 그렇게 말했잖아." 베니는 이렇게 답한 뒤 마지못해 덧붙였다. "사람들도 그랬고. 위대한 좀비 사냥꾼 톰 이무라라고."

톰은 흥미로운 이야기라는 듯 고개를 끄덕였다.

"그래서 네가 보기에 그게 다야? 좀비가 보이면 다가가서 빵하는 거?!"

"뭐, 그렇지."

"사실, 틀렸어." 톰은 머리를 흔들었다. "어떻게 한집에 살면서 내가 무슨 일을 하는지도 모를 수가 있냐?"

"무슨 상관이야? 내가 아는 사람들 모두 좀비를 죽여본 가족이 하나쯤은 있던데, 뭐가 그렇게 대단해?" 베니는 하마터면 '찰리와 해머는 돌맹이만 들고도 마노-아-마노로 좀비를 잡는다던데, 혹시 형은 망원경 달린 스나이퍼 총을 가지고 다니면서 멀리서 좀비를 쏴 죽이는 게 아니냐'고 말할 뻔했다.

"베니. 그것들을 죽이는 건 내 일의 일부분일 뿐이야. 내가 정확하게 왜 이 일을 하는지, 누구를 위해 일하는지는 알아?"

"재밌어서?" 베니는 적어도 톰이 최소한 그 정도의 남자다움은 있길 바라며 답했다.

"다시 생각해봐."

"알겠어. 그럼 돈 때문에? 돈을 주는 사람을 위해서."

"반항하려고 일부러 그러는 거야, 아니면 진짜 이해를 못 하는 거야?"

"뭐가? 형이 좀비 사냥꾼인 걸 내가 모를까 봐? 세상 사람들이 다 알아. 잭 마티아스의 삼촌 찰리도 좀비 사냥꾼이잖아. 시체들의 땅 저 멀리까지 들어가서 좀비 사냥을 했다는 얘기도 들었어."

톰은 커피잔을 들어 올리다 멈췄다.

"찰리? 네가 핑크아이 찰리를 알아?"

"사람들이 그렇게 부르면 화내던데."

"핑크아이 찰리는 사람들이랑 *어울리면 안 되는* 인간이야."

"왜?" 베니가 물었다. "재밌는 이야기가 많던데. 되게 웃겨."

"그놈은 좀비를 죽여."

"형도 마찬가지잖아."

톰의 얼굴에서 미소가 사라졌다.

"이런, 내가 미쳤지. 네가 핑크아이 찰리랑 나를 같은 사람 취급하도록 만들었다니, 다 내가 못난 탓이다."

"사실, 형이랑 찰리가 같아 보이지는 않아."

"그렇지? 다행이네. 그럼……."

"찰리는 *남자답잖아.*"

"남자답다고?" 톰이 말꼬리를 잡았다. 그러고는 뒤로 기대어 앉아 눈을 비볐다. "맙소사. 그 깡패 같은 놈이 대체 뭐가 재미있다는 거야?"

"사실을 그대로 얘기해 주잖아." 베니가 말했다. "내 말은, 우리가 수십만 좀비한테 둘러싸여 사는데도 학교에서는 첫 번째 밤이랑 좀비에 대해서는 거의 뜬구름 잡는 얘기만 하는 게 이상하다는 거야. 다들 *자세히* 말해주지 않잖아. 진짜 이상하지 않아? 첫 번째 밤에 없어지지 않고 남아있는 교과서들 덕분에 정치나 자동차 같은 이전 세상에 대한 정보는 넘쳐나는데, 첫 번째 밤에 관한 내용은 몇 장 되지도 않아. 이게 말이 돼? 디트로이트가 어떻게 생겨났고 디트로이트에서 생산됐던 자동차들에 대해서는 알 수 있어도 디트로이트가 첫 번째 밤에 어떻게 몰락했는지는 절대 알 수 없다고. 휴대 전화나 컴퓨터, 오스카 시상식 같은 예전 일들에 대해서는 잘 알아도 마을을 둘러싼 담장 밖에 있는 존재에 대해서는 아는 게 없어. 찰리가 들려준 이야기 말고는. 한 달에 두 번 체육 시간에 짚 인형이랑 막대기로 좀비 사냥 실습도 하고 스카우트에서도 비슷한 활동을 하는데, 찰리랑 해머 말고는 누구도 좀비 이야기를 입 밖으로 *꺼내지* 않는다는 거야. 선생님들은 부모님들이 좀비에 대해 가르친다고 생각하는 모양이지만 내 친구들 중에 부모님과 그런 이야기를 하는 애는 없어. 형은 그중에서도 최악이야. 좀비 죽이는 일을 하면서 그런 이야기를 단 한 번도 입 밖으로 꺼내지 않으니까. 수학이나 역사 숙제는 도와주지만 좀비에 대해서는……. 형한테서 배운 것보다 좀비 카드에서 배운 게 더 많을 정도야. 이 거지 같은 동네에서 스무 살이 넘은 사람들은 우리가 마치 화성에 사는 것처럼 굴지. 솔직히 담장 밖은 고사하고 레드존까지 가본 사람도 몇 안 되잖아? 심지어 담장 경비원들도 좀비 이야기는 안 한다니까. 소프트볼이나 전날 저녁에 뭘 먹었는지 같은 이야기나 하면서, 담장 너머에 좀비가 안 사는 것처럼 행동한다니까?"

"레드존에 가는 사람이 왜 없어. 현상금 사냥꾼들이 볼 수 있게 좀비 초상화를 붙이러 가잖아."

"아, 그러셔? 내가 알기로는 꼬마들한테 돈 몇 푼 주고 초상화를 붙이라고 시키던데. 어떻게 아냐고? 내가 몇백 장 붙여봤으니까."

"네가?"

"그럼 좀비 카드들을 어떻게 샀겠어? 초상화 붙여달라고 시키는 사람들도 그 이야기는 안 하더라. 일을 시키는 쪽도 나도 좀비 초상화를 보고 있는데 '좀비'라는 단어는 입 밖으로 꺼내지 않아. 보통 '얘, 이것 좀 붙여줄래?'라고 물어만 보고 어디에 붙여달라고도 하지 않지. 어디에 초상화가 붙을지 뻔히 다 알면서 입 밖으로 꺼내지는 않는다고. 진짜 이상하다니까. 그리고 역사 얘기는 꺼낼 생각도 하지 마. 한 번도 타본 적 없는 자동차 브랜드에 대해서는 줄줄 읊을 수 있어. 예전 세상이 어땠는지 학교에서 배우니까. 자동차나 TV 프로그램이나 대통령이 누구였는지 같은 것들은 배워도 첫 번째 밤에 대해서는 배운 게 없지. 어른들은 세상이 원래대로 돌아갈 수 있다고 생각하는 것 같다니까. 우리가 거기에 대비해서 현금인출기나 문자메시지 같은 것들을 알아 둬야 한다고 생각하는 거지? 정신 나간 생각이야. 그리고 우리가 물어보지도 못 하게 하고. 첫 번째 밤에 대해 들으려면 아마 누군가를 붙잡고 고문이라도 해야 될 거야. 그나마도 *진짜* 무슨 일이 있었는지는 말해주지 않겠지만. 누구도 진실은 말해주지 않으니까."

"사람들은 무서운 거야, 베니. 그래서 현실을 부정하지. 넌 아직 15살밖에 안 됐고, 너희 또래 아이들은 첫 번째 밤 이전에 세상이 어땠는지 잘 모르지."

"잘난 척하시네, 내 말이 그 말이잖아! 우리도 알고 싶다고."

톰은 입을 앙다물었다. "난……. 사람들이 진실로부터 너희를 보호하고 싶어서 그런다고 생각해."

베니는 톰에게 뭐라도 던지고 싶었다. 두꺼운 책을 쳐다보며 책으로 한 대 맞으면 톰이 정신을 차리려나 생각했다.

"누가 우릴 어떻게 보호해? 철조망 하나에 의지한 채 시체들의 땅에 둘러싸여 사는데. 지금은 좀비들이 우글우글한, 한때는 아메리카라고 불렸던 거대한 땅 말이야. 그런데도 사람들이 진실을 말해주지 않는 게 정말 웃겨 죽겠다고."

"베니, 나는⋯⋯."

"어른들만 이 세상에 사는 게 아니잖아." 베니가 말을 끊었다. 톰은 한 대 얻어맞은 것 같았다. 그리고 잠시 흐른 정적 속에 베니가 폭탄을 하나 더 던졌다. "찰리 말을 듣는다고 뭐라고 할 생각 마. 찰리야말로 우리도 진실을 알아야 한다고 생각하는 유일한 사람이니까."

베니를 뚫어져라 보는 톰의 얼굴에는 여러 가지 감정이 겹쳐 있었다. 그는 컵에 남은 커피를 현관 옆 수풀에 홱 쏟아버리고는 자리에서 일어섰다.

"잘 들어 베니. 우리는 내일 아침 일찍 시체들의 땅으로 갈 거야. 아주 먼 곳까지 갈 거야, 찰리처럼. 찰리가 무슨 일을 하는지, 또 나는 무슨 일을 하는지 네 눈으로 직접 보고 판단했으면 좋겠어."

"무슨 판단?"

"많은 것들을 알게 될 거야, 꼬맹아."

그리고 톰은 집 안으로 들어가 잠자리에 들었다.

6

다음날 새벽, 톰과 베니는 남동쪽 게이트를 향해 걷고 있었다. 출입관리원은 톰에게 동의서를 내밀었다. 시체들의 땅에서 어떤 불상사가 생기더라도 마을과 출입 관리소 직원에게 아무런 책임이 없다는 내용이었다. 톰이 행상인에게서 카다베린을 열댓 병쯤 샀고, 두 형제는 각자의 옷에 카다베린을 뿌렸다. 찐득한 페퍼민트 반죽도 한 통 사서 역한 카다베린 냄새를 차단하도록 입술 위쪽에 살짝 발랐다.

"이러면 좀비를 막을 수 있어?"

"좀비를 막을 방법은 없어." 톰이 답했다. "하지만 물기 전에 주춤하게 만들어서 시간을 벌어줘. 그냥 물러나는 좀비도 있고. 하지만 이건 최소한의 안전장치일 뿐이니까 좀비 떼 사이를 유유히 지나갈 수 있을 거라고는 생각하지 마."

"용기가 샘솟네." 베니가 조용히 중얼거렸다.

둘은 오래 걷기 좋은 차림이었다. 톰은 베니에게 편한 신발과 청바지와 튼튼한 셔츠를 입으라고 일러줬고, 내리쬐는 태양에 뇌가 통째로 익지 않도록 모자도 쓰게 시켰다.

"지금이라도 용기가 난다니 다행이네." 톰이 말했다.

톰이 다른 곳을 보는 사이 베니는 몰래 약 올리는 표정을 지어 보였다.

날이 뜨거운데도 톰은 주머니가 많이 달린 경량 재킷을 입고 있었다. 날씬한 허리에는 낡은 군용 벨트를 차고 있었는데, 벨트에 달린 낡아빠진 가죽 총집에는 권총 한 자루가 꽂혀있었다. 베니에게는 아직 총을 가질 때가 아니라고 했다.

"언젠가는 쓸 수 있겠지." 톰이 말했고, 한 마디를 덧붙였다. "어쩌면."

"학교에서 총기 안전에 대해 배웠어." 베니가 볼멘소리로 말했다.

"나한테는 배운 적 없잖아." 톰이 단호한 목소리로 딱 잘라 말했다.

톰은 마지막으로 검을 몸에 둘렀다. 오른손으로 신속하게 검을 뽑을 수 있도록 검의 자루가 어깨로 향하게끔 해서 왼쪽 어깨에서 오른쪽 엉덩이로 비스듬하게 검을 매는 그의 모습을 베니는 흥미롭게 지켜보았다.

톰의 카타나는 일본식 장검이었고, 베니는 아주 어렸을 때부터 톰이 매일 검술 연습을 하는 모습을 봐왔었다. 베니가 생각하기에 톰에게서 찾을 수 있는 딱 한 가지 멋진 점이 바로 그 검이었다. 베니의 엄마, 그러니까 톰의 양어머니는 아일랜드인이었지만, 아버지는 일본인이었다. 톰은 언젠가 이무라 가문이 일본에서 대대로 내려오는 사무라이 집안이라는 이야기를 베니에게 해 준 적이 있었다. 그는 무장을 한 채 용맹한 표정을 짓고 있는 일본인들의 사진을 베니에게 보여 주었었다.

"형도 사무라이야?" 아홉 살이었던 베니가 톰에게 물었다.

"이제 사무라이는 없어." 톰이 말했다.

베니는 당시 어렸지만, 그렇게 말하는 톰의 표정이 조금 어색하다고 생각했었다. 마치 할 말이 더 있는데 그 자리에서 말하고 싶지 않은 눈치였다. 그 뒤로 베니가 두어 번 더 비슷한 이야기를 꺼냈을 때도 답은 마찬가지였다.

어쨌든 톰은 검을 아주 잘 다뤘다. 그는 번개처럼 빠르게 검을 뽑을 수 있었다. 베니는 언젠가 톰이 혼자 기술을 연마하고 있을 때 몰래 지켜본 적이 있었다. 톰이 포도알 한 주먹을 공중에 던진 뒤 검을 휘두르자 포도알 다섯 개가 땅에 떨어지기 전에 반으로 쪼개졌다. 검날은 보이지도 않았다. 베니는 톰이 가게에 간 틈을 타 바닥에 떨어진 포도알을 세었고, 공중에 던진 여섯 개 중 한 개만 멀찡했다. 정말 훌륭한 실력이었다.

하지만 톰의 검 실력을 칭찬하느니 깨진 유리를 씹는 편이 베니에게는 더 쉬웠다.

"그건 왜 가지고 다녀?" 톰이 어깨띠를 고쳐매고 있을 때 베니가 물었다.

"큰 소리가 나지 않아서." 톰이 답했다.

베니는 이해할 수 있었다. 좀비는 소리에 반응했다. 검은 총보다 조용했지만 검을 쓰면 좀비와 더 가까워질 수밖에 없었다. 현명하지는 않은 선택이라고 베니는 생각했다. 톰에게 이야기했지만, 톰은 어깨를 으쓱할 뿐이었다.

"그럼 총은 왜 가지고 다녀?" 베니가 집요하게 물었다.

"조용할 필요가 없을 때도 있으니까." 톰은 주머니를 더듬어 필요한 것들을 다 챙겼는지 확인했다. "됐다." 톰이 말했다. "이제 가도 되겠어. 시간 낭비 그만하고."

톰은 경계를 지키는 담장 경비원 몇 명에게 돈을 좀 주고 북쪽으로 500미터쯤 떨어진 곳에서 북을 쳐달라고 부탁했다. 어슬렁거리던 좀비들이 소리에 정신이 팔린 사이 톰과 베니는 재빨리 시체들의 땅으로 들어가 숲의 경계를 향해 걸었다.

감시탑에서 청이 그들을 향해 손을 흔들었다.

"처음 1.5킬로미터 정도는 빨리 움직여야 해." 톰이 경고하듯 말했다.

그는 좀비들에게 냄새를 풍기지 않을 정도의 거리를 유지하면서 베니가 뒤처지지는 않을 만한 속도로 저벅저벅 걷기 시작했다.

좀비 몇몇이 그들을 따라오기 시작하자 담장 경비원이 다시 한 번 북을 쳤고, 한 번에 여러 가지에 집중할 수 없는 좀비들은 소리가 나는 쪽으로 발길을 돌렸다. 그 사이 두 형제는 울창한 숲으로 들어갔다.

마침내 천천히 걸을 수 있게 되었을 때 베니는 이미 땀에 젖어있었다. 아침이 이 정도라면 한낮에는 뙤약볕이 내리쬘 것이다. 모기와 파리가 수도 없이 날아다녔고, 새들이 지저귀는 소리가 마치 나무들이 말을 거는 소리처럼 들렸다. 머리 꼭대기에서 태양이 열기를 토해내고 있었다.

"이제 쫓아오는 놈이 없으니 걱정 마."

"누가 뭐래?"

"네가 담장을 지난 후로 계속 뒤를 돌아보길래."

"그런 적 없어."

"아니면 친구들이 널 배웅하러 왔는지 본 걸 수도 있지. 청 말고 다른 친구들. 이를테면 빨간 머리 소녀라든가?"

베니가 톰을 쪄려보았다.

"그게 무슨 얼토당토않은 소리야."

"닉스 라일리한테 아무 감정이 없다는 거야?"

"단언컨대, 없어."

"그렇다면 닉스 라일리라는 이름이 수백 번쯤 적힌 종이는 대체 뭐였을까?"

"모기가 써놨겠지."

"네 글씨체던데?"

"그럼 글씨체 연습을 하고 있었나 보지. 대체 왜 그래? 우린 아무 사이 아니라고. 적당히 해."

톰은 말없이 다시 발걸음을 옮겼지만, 베니는 그의 얼굴에 스친 미소를 확실히 보았다. 베니는 그 후 한참 동안 욕을 중얼거리며 걸었다.

"얼마나 멀리 갈 생각이야?" 베니가 물었다.

"꽤 멀리. 하지만 걱정하지 마. 오늘 밤 안으로 못 돌아가더라도 눈 붙일 만한 중간 기착지가 있으니까."

베니는 톰이 마치 온몸에 기름을 두르고 불 구덩이로 들어가자는 제안이라도 한 것처럼 그를 보았다.

"잠깐만, 우리가 여기서 *밤을 새울* 수도 있다는 말이야?"

"당연하지. 내가 한번 나오면 며칠씩 집에 안 들어갈 때가 있다는 거 너도 알잖아. 이제 내 일이 네 일이야. 게다가 이 주변 좀비들은 떠돌이 몇을 빼고는 오래전에 정리됐어. 매주 점점 더 멀리 나갈 수밖에 없어."

"좀비들이 알아서 달려드는 게 아니었어?"

톰은 고개를 저었다.

"떠돌아다니는 좀비들도 있긴 해. 담장 경비원들은 그들을 '노마드'라고 부르는데 유목민 같은 좀비라는 뜻의 '노마딕 좀비'를 줄인 말이야. 하지만 좀비들은 보통 돌아다니지 않아. 너도 곧 알게 될 거야."

방치된 지 오래된 숲은 9월 중순의 뜨거운 열기 아래 놀랄 만큼 울창하게 자라고 있었다. 톰이 과일나무를 발견했고, 그들은 걷는 동안 달콤한 배를 실컷 먹었다. 베니가 주머니에 남은 배를 챙기려고 하자 톰은 고개를 저었다.

"무거워서 속도가 느려져. 그리고 예전에 농장이었던 땅을 가로지르는 길로 갈 생각이야. 들판에 과일이 널렸고 채소도 꽤 있어. 당근 같은 것들."

베니는 손에 가득 든 과일들을 한번 보고 아깝다는 듯 한숨을 쉰 뒤 땅에 떨어뜨렸다.

"왜 아무도 이런 것들을 재배하러 오지 않을까?" 베니가 물었다.

"무서우니까."

"뭐가 무서워? 담장을 지키는 경비원이 40명은 되는 것 같던데."

"아니, 좀비가 무서운 게 아니야. 마을 사람들은 이쪽 땅에서 난 것들은 믿지 않아. 모든 게 다 감염되었다고 생각해. 지난 14년 동안 이쪽 땅에서 자란 음식이나 가축들이 전부 오염됐다고 생각하지."

"그렇구나." 베니가 누그러진 말투로 수긍했다. 베니도 그런 이야기를 들어본 적 있었다. "그래서, 그런 말들이 사실이 아니야?"

"너도 방금 아무 의심 없이 배를 먹었잖아?"

"형이 줬으니까."

톰은 빙그레 웃었다. "이제 날 믿는다는 얘기로 들리네?"

"형이 좀 짜증 나는 스타일이기는 해도 나를 좀비로 변하게 하지는 않을 것 같아."

"돼지우리 같은 방 좀 치우라고 잔소리 안 해도 될 걸 생각하면, 아직 확신할 수는 없겠는데."

"아주 재미있어 죽겠네." 베니는 무심한 말투로 대꾸한 뒤 말을 이었다. "잠깐만, 이해가 안 돼. 무역 상인들은 끊임없이 음식이나 소고기 닭고기 같은 것들을 들여오잖아. 여행자나 사냥꾼 같은 사람들한테서 공급을 받는 물건들이고, 그렇지? 그런데……."

"그런데 왜 그런 음식은 안전하다고 생각하면서 이쪽에서 야생으로 자란 음식들은 먹지 않느냐는 거지?"

"응."

"좋은 질문이야."

"이유가 뭔데?"

"마을 사람들은 담장 안에 있는 것들은 신뢰하거든. 그들이 보고 있는 그 순간에만 담장 안에 있으면 되는 거야. 어떤 물건이 담장 밖에서 들어오면 사람들은 물건이 밖에서 왔다고 이야기하지. 매달 둘째 주 수요일에 '마차 들어올 시간이네?'라고 말들 하잖아? 그렇지만 그 마차가 어디에서 왔는지, 마차가 왜 철판으로 덮여있고, 말들은 왜 카펫이나 갑옷을 두르고 있는지는 알고 싶어 하지 않아. 알아도 모른다고 할 거야, 어쩌면 알고 싶지 않을 수도 있고."

"정말 이해할 수 없다."

톰은 조금 더 걸어가서 말했다. "마을과 시체들의 땅이 있어. 사람들은 둘 중 한쪽 세상만 인정해. 무슨 말인지 알겠어?"

베니가 끄덕였다. "알 것 같아."

톰은 걸음을 멈추더니 실눈을 뜨고 앞을 뚫어지게 보았다. 베니의 눈에는 아무것도 보이지 않았지만, 톰은 베니의 팔을 잡아끌고 재빨리 길에서 벗어나 나무들 사이로 걷기 시작했다. 베니는 나무

기둥 수백 개 사이 틈새로 길가를 유심히 살폈고, 비틀거리며 느릿
느릿 길을 걷는 좀비 셋이 눈에 들어왔다.

베니는 하마터면 톰에게 대체 어떻게 알았느냐고 소리 내어 물
어볼 뻔했지만, 톰은 손가락을 입에 갖다 댄 뒤, 부드러운 여름 잔
디 위로 소리 없이 앞으로 나아갔다.

좀비에게서 완전히 멀어지자 둘은 다시 길 위로 걷기 시작했다.

"나는 좀비가 오는 줄도 몰랐어!" 베니가 뒤를 돌아보며 감탄하
듯 말했다.

"나도야."

"그럼 어떻게 알았어?"

"그냥 느낌이 와."

베니가 여전히 좀비가 사라진 쪽을 보며 물었다. "이해가 안 가.
겨우 셋뿐이었잖아. 그러면 그냥, 그러니까……."

"무슨 말이야?"

"죽이면 되잖아." 베니가 무심하게 말했다. "찰리 마티아스가 좀
비 한둘 죽이는 건 별거 아니라던데. 찰리는 절대 도망치지 않는댔
어."

"그렇게 말했어?" 톰은 중얼거리며 길을 따라 계속 발걸음을 옮
겼다.

베니는 어깨를 으쓱하고는 톰을 따라 걸었다.

7

톰은 그 뒤로도 두 번 더 떠돌이 좀비들을 피해 멀리 돌아가기 위

해 베니를 숲속 길로 이끌었다. 두 번째로 좀비들을 피한 뒤, 냄새를 들키지 않을 만큼 멀어지자 베니는 톰의 팔을 붙들고 물었다.

"그냥 머리통을 날려버리면 안 돼?"

톰은 베니에게 붙들린 팔을 천천히 빼냈다. 그리고 고개만 저을 뿐 아무 답도 하지 않았다.

"대체 뭐가 두려운데?" 베니가 소리쳤다.

"목소리 좀 낮춰."

"왜? 좀비가 쫓아 올까 봐 무서워? 위대한 좀비 사냥꾼이라더니 벌벌 떨기나 하고."

"베니." 톰은 인내심에 한계를 느끼며 베니를 불렀다. "넌 가끔 멍청한 소리를 할 때가 있어."

"마음대로 생각해." 베니는 톰을 밀치며 앞장서서 걷기 시작했다.

"어디로 가는지는 알아?" 베니가 길을 따라 열댓 걸음쯤 걸었을 때 톰이 물었다.

"이쪽이잖아."

"아닌데." 톰은 길 왼쪽에 야트막하게 솟은 언덕을 오르기 시작했다. 베니는 분을 삭이며 한동안 길 한 가운데 꼼짝하지 않고 서 있었다. 그러고는 톰을 따라 언덕을 오르는 내내 자신이 아는 가장 심한 욕을 중얼거렸다.

언덕 위에도 좁은 길이 나 있었고, 두 사람은 말없이 길을 따라 걸었다. 10시쯤 되었을 때 좀 더 가파른 언덕들이 나타났고, 길은 곧 계곡으로 이어졌다. 푸른 떡갈나무 잎이 태양을 가려 시원한 그늘을 만들어 주었다. 시골길이 내려다보이는 산등성이를 오르며 톰은 베니에게 조용히 하라는 신호를 보냈다. 시골길이 굽어지는 곳에 울타리로 둘러싸인 작은 오두막 한 채와 세상이 생기기 전부터 그 자리에 있었을 것 같은 늙고 옹이가 많은 느릅나무가 한 그루가 있었다. 오두막 앞마당에 두 형체가 서 있었지만, 너무 멀어서 잘 보이지 않았다. 톰은 산등성이의 가장 높은 곳에서 몸을 낮추고 베니에게도 똑같이 하라는 신호를 주었다.

톰이 벨트 주머니에서 쌍안경을 꺼내 앞마당에 서 있던 형체를 한참 동안 살폈다.

"저들이 뭐라고 생각해?" 그는 쌍안경을 베니에게 넘겼고, 베니는 쌍안경을 휙 낚아챘다. 그러고는 렌즈를 통해 오두막 쪽을 살폈다.

"좀비들이네." 베니가 말했다.

"장난치지 말고, 헛똑똑이야. 좀비들이 *뭐*냐니까?"

"죽은 사람이지."

"그래."

"그래서, 뭐?"

"네가 방금 말했듯이 저것들은 죽은 *사람*들이야. 한때는 살아있는 사람이었다고."

"그래서? 사람은 누구나 죽어."

"그렇지." 톰이 수긍했다. "여태까지 죽은 사람을 몇 명이나 봤어?"

"어떤 죽은 사람? 저런 산송장들을 말하는 거야 아니면 캐시 이모처럼 진짜로 죽은 사람을 말하는 거야?"

"어느 쪽이든."

"글쎄. 담장 근처에서 좀비들을 본 적이 있어. 마을에서도 본 적 있지. 죽은 사람을 본 건 캐시 이모가 돌아가셨을 때가 처음이었어. 이모가 돌아가셨을 때 난 여섯 살쯤이었던 것 같아. 장례식이 기억나." 베니는 계속 좀비들을 살폈다. 하나는 키가 큰 남자였고, 하나는 젊은 여자 아니면 십 대 소녀인 것 같았다. "그리고, 공사장 작업대 무너지는 사고가 났을 때 모기 미첼의 아버지가 돌아가셨어. 나도 장례식에 갔었고."

"두 분이 그렇게 되셨을 때 안식 절차도 봤어?"

'안식 절차'는 '슬리버'라고 부르는 금속 막대기를 두개골 아래쪽에 꽂아 넣어 뇌 신경을 끊는, 꼭 필요한 장례 절차를 부르기 위해 사람들이 쓰는 말이었다. 첫 번째 밤 이후 죽은 사람들이 좀비로 되살아나기 시작했다. 물려서 좀비가 되기도 했지만, 죽은 지 얼마 되지 않은 사람들은 무조건 좀비로 깨어났다. 마을 어른들은 전부 슬리버를 적어도 하나 이상 가지고 다녔지만, 베니는 실제로 사용하는 모습은 본 적이 없었다.

"아니." 베니가 답했다. "캐시 이모가 돌아가셨을 때 형이 나더러 밖에 있으라고 했잖아. 모기네 아버지가 돌아가셨을 때도 나는 그 자리에 없었어. 장례식에만 참석했지."

"장례식은 어땠어? 네가 느끼기에 말이야."

"모르겠어. 되게 빨리 끝났어. 좀 슬펐고. 사람들은 한 집에 모여 파티를 하면서 열심히 먹고 마시더라. 모기네 어머니는 완전히 술에 떡이……."

"말 좀 곱게 해."

"모기네 어머니가 만취하셨었지." 베니는 고운 말을 쓰기가 생니를 뽑는 것보다 아프기라도 하다는 듯 불만이 가득한 말투로 하던 말을 바로잡았다. "모기네 삼촌은 농장에서 일하는 아저씨 한 명이랑 구석에서 아일랜드 민요를 부르면서 펑펑 우셨어."

"그게 한 일 년쯤, 아니 일 년 반쯤 되었나? 첫 봄심기 즈음이었지?"

"응. 옥수수 저장고를 지을 때였는데, 모기네 아버지는 밧줄 승강기로 지붕에서 작업하던 다른 일꾼한테 도구들을 올리고 계셨대. 그런데 작업대를 받치던 파이프 하나가 부러져서 그 위에 있던 것들이 다 아저씨 위로 쏟아졌다나 봐."

"사고였네."

"응. 그렇지."

"모기는 어땠어?"

"어땠겠어? 완전 미친놈, 아니, 완전히 정신이 나갔었지 뭐." 베니가 쌍안경을 톰에게 돌려주었다. "아직도 살짝 맛이 가 있기는 해."

"어떤데?"

"모르겠어. 아버지를 그리워하는 것 같아. 아버지랑 친했거든. 모기네 아버지는 좋은 분 같았어."

"너도 캐시 이모가 그립니?"

"당연하지. 그렇지만 난 어릴 때라 기억나는 게 별로 없어. 이모가 웃음이 많으셨던 건 기억나. 예쁘셨고, 일하시던 가게에서 아이스크림을 가져와서 나한테 주셨던 것도 기억나. 특별 배급의 반은 내 아이스크림 사는 데 쓰셨을 거야."

톰은 고개를 끄덕였다. "이모가 어떻게 생겼었는지도 기억나?"

"엄마랑 닮았어." 베니가 말했다. "엄마랑 비슷한 점이 많으셨어."

"엄마를 기억하기에 넌 너무 어렸는데."

"그래도 다 기억해." 베니의 목소리는 약간 날이 서 있었다. 베니는 지갑을 꺼내 투명 커버 아래 끼워진 사진을 톰에게 보여 주었다. "엄마를 완벽하게 기억하지는 못해도 엄마 생각은 한다고. 항상 생각해. 아빠도 마찬가지고. 첫 번째 밤에 엄마가 입었던 옷도 기억나. 소매가 빨간 흰색 원피스를 입으셨었지. 원피스 소매가 기억나."

톰은 눈을 감은 채 한숨을 쉬었고, 입술이 달싹였다. '빨간 소매'라고 중얼거린 것 같았다. 톰이 눈을 떴다.

"네가 그 사진을 가지고 다니는지 몰랐어." 그는 슬픈 표정으로 희미하게 미소 지었다. "어머니가 생각난다. 나에게는 친어머니보다 훨씬 어머니 같은 분이셨어. 아버지가 어머니와 결혼하실 때 얼마나 기뻤는지 몰라. 어머니 얼굴이 아주 또렷이 기억나. 머리 색도. 어머니의 미소도. 캐시 이모가 한 살 어렸지만 둘은 꼭 쌍둥이같았지."

베니는 일어나 앉아서 팔로 무릎을 감싸 안았다. 머릿속이 복잡했다. 오래된 기억과 새 기억 속에 수많은 감정이 녹아있었다. 그는 톰을 물끄러미 보았다.

"형이 지금 나보다 나이가 많았었네. 그러니까, 그 일이 있었을 때 말이야."

"첫 번째 밤이 있기 며칠 전에 스무 살이 되었지. 경찰 학교에 다니고 있었어. 아버지와 어머니가 결혼하실 때 나는 열여섯이었어."

"형은 두 분을 잘 알겠다. 나는 잘 모르지만. 나도……." 베니가 말끝을 흐렸다.

톰이 고개를 끄덕였다. "나도 그랬으면 좋았겠다고 생각해."

둘은 둘만의 기억에 젖어 들었다.

"대답해봐, 베니." 톰이 말했다. "청이나 모기 같은 네 친구 중 하나가 캐시 이모 장례식에 와서 이모의 관에다 오줌을 눈다면 어떨 것 같아?"

베니는 톰의 질문에 놀라서 생각나는 대로 말을 뱉었다.

"개 패듯 패줘야지. 말 그대로 죽도록 패버릴 거야."

톰은 끄덕였다.

베니는 형을 빤히 보았다. "대체 그런 걸 왜 물어보는 거야?"

"설명해봐. 친구들을 왜 때려주고 싶을 것 같아?"

"캐시 이모를 욕보였으니까. 당연하잖아?"

"하지만 이모는 돌아가셨잖아."

"무슨 상관이야? 관에 오줌이라니 말이 돼? 뒤통수를 갈겨줘야지."

"하지만 왜? 캐시 이모는 어차피 모르실 텐데."

"이모 장례식이잖아! 어쩌면 이모가, 그러니까 내 말은, 아직 거기에 계실 수도 있잖아. 켈로그 목사님 말씀처럼."

"뭐라고 하시는데?"

"우리가 사랑한 사람들의 영혼은 항상 우리와 함께한다고."

"좋아. 만약에 그 말을 믿지 않는다면? 캐시 이모가 관 안에 놓인 시체일 뿐이라고 생각한다고 치자. 그런데 친구들이 오줌을 눈다면 어때?"

"대체 왜 이래?" 베니가 쏘아붙였다. "그래도 두들겨 패 줄 거야."

"그래 믿을게. 하지만 이유는?"

"왜냐하면." 베니는 설명하려다 말고 잠시 망설였다. 자신의 감정을 어떻게 설명해야 할지 알 수 없었다. "왜냐하면, 캐시 이모가 우리 이모니까. 알겠어? 우리 이모, 내 가족이잖아. 누구도 내 가족을 욕되게 할 수 없어."

"네가 모기 미첼네 아버지 무덤가에 똥을 싸거나 무덤을 파서 쓰레기를 버리지 못하는 것처럼 말이지. 너는 그런 짓을 하지 않을 거지?"

베니는 소름이 돋았다.

"어디서 머리라도 다쳤어? 대체 그런 거지 같은 발상은 어디서 나온 거야? 그딴 엿 같은 짓을 내가 왜 해? 나를 대체 뭐라고 생각하는 거야?"

"쉿, 목소리 낮춰." 톰이 주의를 주었다. "그러니까 너는 모기네 아버지를 욕보이지 않을 거라는 거지. 살아계시든 돌아가셨든?"

"젠장, 절대로 안 그래."

"말조심."

베니는 했던 말을 더욱 강조하며 천천히 반복했다.

"젠. 장. 절대 안 그럴 거야."

"그래 다행이야." 톰은 쌍안경을 집어 들었다. "저 아래 죽은 사람들을 잘 봐. 그리고 뭐가 보이는지 말해줘."

"이제 하던 일이나 마저 하면 되는 거지?" 베니는 형을 한번 흘깃 보았다. "형 진짜 이상한 거 알아?"

"일단 보기나 해."

베니는 한숨을 쉬며 톰의 손에 있던 쌍안경을 낚아채 눈에 갖다 댔다. 오두막을 한참 응시한 뒤, 또 한 번 한숨을 쉬었다.

"그래. 좀비가 둘 있어. 아까랑 똑같은."

"구체적으로 말해봐."

"알겠어. 좀비가 둘인데 하나는 남자 하나는 여자야. 아까랑 같은 자리에 서 있어. 아 재미있다."

톰이 말했다. "저 둘은……."

"저것들이 뭐?"

"한때 누군가의 가족이었다고." 톰이 차분하게 말했다. "저 남자는 아마 누군가의 할아버지였겠지. 가족이 있고, 친구도 있었을 거야. 이름도 있었겠지. 한때는 소중한 누군가였어."

베니는 쌍안경을 내리고 뭔가를 말하려는 듯 입을 뗐다.

"아직이야." 톰이 말했다. "내려놓지 말고 여자를 봐. 죽었을 때 몇 살이었을까? 열여덟쯤 됐을까? 예쁜 얼굴이었을 거야. 몸에 걸친 누더기는 식당 종업원 유니폼인 것 같아. 어쩌면 캐시 이모가 일하던 가게 옆 식당에서 일했을 수도 있어. 집에는 저 여자를 사랑해주는 가족이……."

"형, 제발 좀……."

"늦게까지 집에 오지 않는 소녀를 걱정하는 사람들이 있었겠지. 저 여자가 행복하게 나이 들길 바랐을 거야. 부모님이 계셨을 거고, 형제나 자매가 있었을지 몰라. 할머니 할아버지도. 그 사람들은 저 소녀가 살날이 많이 남았다고 생각했겠지. 옆에 있는 늙은 남자가 할아버지일 수도 있어."

"하지만 지금 저 여자는 좀비일 뿐이야. 죽었다고." 베니가 방어적으로 대꾸했다.

"그렇지. 한때 살아있던 사람들이 거의 다 죽었어. 60억 명이 넘게 죽었으니까. 모두 가족이 있었고, 그 자신도 누군가의 가족이었어. 저 소녀나 할아버지를 욕보이면 낯선 사람이든 친한 친구든 가리지 않고 혼쭐을 내줄 너 같은 사람들이 있었다는 말이야."

베니는 머리를 세차게 흔들었다.

"아니, 아니, 아니야. 상황이 달라. 형, 저들은 좀비야. 사람들을 죽이고 뜯어 먹는."

"한때는 저들도 *사람*이었어."

"지금은 죽었잖아!"

"그래. 캐시 이모나 모기네 아버지처럼."

"아니. 캐시 이모는 암으로 돌아가셨고, 미첼네 아버지는 사고로 돌아가셨어."

"그래. 하지만 마을 사람들이 안식 절차를 밟아 주지 않았다면 그분들도 산송장이 되어 깨어나셨을 거야. 모르는 체하지 마. 캐시 이모에게 그런 일이 일어날 수 있다는 생각을 안 해봤다고도 하지 마." 톰은 언덕 아래쪽으로 고갯짓을 했다. "저 아래에 있는 둘은 병에 걸렸을 뿐이야."

베니는 아무 말도 하지 않았다. 학교에서 배우기는 했지만 실제로 무슨 일이 있었는지 정확히 아는 사람은 없었다. 지구로 귀환하는 우주 탐사선 안에서 방사능으로 인해 돌연변이로 진화한 바이러스 때문이라는 이야기도 있었고, 중국에서 발생한 새로운 독감의 일종이라는 이야기도 있었다. 청은 이 사단이 어느 실험실에서 시작되었다고 믿고 있었다. 모든 사람이 동의하는 사실은 이 사태가 원인 모를 질병으로 시작되었다는 것뿐이었다.

톰이 말했다. "저 남자는 농부였던 것 같아. 소녀는 식당 종업원이었고. 우주와 관련된 프로젝트나 바이러스를 연구하는 실험실과는 전혀 관련이 없는 사람들이야. 저들한테 일어난 일은 사고야. 병에 걸려서, 그래서 죽은 거야 베니."

베니는 아무 말도 하지 않았다.

"어머니 아버지가 어떻게 돌아가셨다고 생각해?"

베니는 답하지 않았다.

"베니? 두 분이 어떻게……"

"첫 번째 밤에 돌아가셨잖아." 베니는 짜증이 섞인 말투로 대꾸했다.

"그래. 하지만 어떻게 돌아가셨는지 알아?" 베니는 아무 말도 하지 않았다. "어떻게 돌아가셨을 것 같아?"

"형이 죽게 내버려 뒀잖아!" 베니가 간신히 목소리를 누르며 말했다. 베니가 내뱉는 한 마디 한 마디가 분노로 떨리고 있었다. "아빠가 병에 걸리셨고, 그리고……. 엄마는 아빠를 막으려고……. 그런데 형은 도망치기 바빴잖아!"

톰은 아무 말도 하지 않았지만, 눈에는 슬픔이 가득 차 있었다. 그는 천천히 고개를 저었다.

"다 기억하거든." 베니가 씩씩거렸다. "형이 도망친 거 기억한다고."

"넌 그때 아기였어."

"그래도 기억나."

"베니, 나한테 이야기를 했어야지."

"왜? 우리 엄마를 두고 도망친 이유를 지어내기라도 하려고?"

'우리 엄마'라는 단어가 머릿속에서 쉽사리 떠나지 않았다. 톰은 움찔했다.

"내가 도망쳤다고 생각해?" 톰이 물었다.

"그렇게 *생각하는* 게 아니라 확실히 기억한다니까."

"내가 왜 도망쳤는지는 기억나?"

"응. 형이 겁쟁이여서 도망친 거잖아."

"맙소사." 톰이 신음했다. 그리고 검이 달린 어깨끈을 고쳐매며 다시 한번 한숨을 쉬었다. "베니, 여기서 이런 때에 그 이야기를 하고 싶지는 않아. 하지만 그때 무슨 일이 있었고 지금은 상황이 어떤지 조만간 진지하게 이야기해보자."

"형이 무슨 이야기를 하든 진실은 바뀌지 않아."

"그래, 진실은 바뀌지 않아. 하지만 진실을 보는 시선은 달라질 수 있고, 어느 쪽에서 본 진실을 믿을지 선택할 수 있어."

"그래, 마음대로 생각하셔."

"내 이야기를 듣고 싶으면." 톰이 말했다. "다 이야기해줄게. 그 땐 네가 너무 어려서 알 수 없었던 이야기가 많아. 지금도 너무 어린지도 모르겠다."

둘 사이에 한동안 정적이 흘렀다.

"베니, 일단 지금은 저 둘이 죽은 이유와 같은 이유로 어머니와 아버지가 돌아가셨다는 것만 알았으면 좋겠어."

베니는 여전히 입을 굳게 다물고 있었다.

톰은 향기풀 한 줄기를 뽑아 입에 넣고 씹으며 말했다. "넌 부모님을 잘 몰랐지만 하나 물어볼게. 첫 번째 밤에 우리 부모님이 그렇게 되셨고 시간도 많이 지났지만, 만약 지금 누군가 부모님을 욕보이거나 모욕적인 행동을 한다면 어떨 것 같아?"

"그만해."

"대답해봐."

"싫어. 기분 나쁠 것 같다고. 됐어? 이제 만족해?"

"왜 싫은데?"

"당연한 거 아냐?"

"왜 당연해? 우리 부모님도 좀비일 뿐인데."

베니는 자리를 박차고 일어나 농장과 톰을 뒤로하고 언덕을 내려갔다. 그러고는 길 위에 서서 마운틴사이드 마을이 보이기라도 하는 듯 걸어온 길을 한참 동안 쳐다보았다. 톰은 한동안 잠자코 기다렸다가 베니에게 다가갔다.

"받아들이기 힘들겠지." 톰이 부드럽게 말했다. "하지만 우리가 사는 세상은 호락호락하지 않아. 살아남으려면 발버둥 쳐야 해. 자신을 지킬 수 있어야 하고 하루하루 살아남기 위해 더 강해져야 하지."

"형이 정말 싫어."

"그럴 수도. 진심이 아닌 것 같긴 하지만 어쨌든 상관없어." 톰은 집으로 돌아가는 길을 가리켰다. "여기에서 서쪽에 있는 사람들은 모두 누군가를 잃었어. 가까운 사람일 수도 있고, 먼 친척이나 사돈의 팔촌일 수도 있겠지만, 모두 누군가를 잃었어."

베니는 잠자코 듣기만 했다.

"난 네가 마을에 있는 사람들, 그러니까 지금 우리가 선 곳에서 서쪽에 있는 사람들 누구도 해치지 않을 거라 믿어. 그리고 네가 이 넓은 시체들의 땅을 배회하는 누군가의 아버지, 어머니, 딸이나 아들, 형제나 자매들을 해칠 마음이 없다고도 믿어. 아니, 그렇게 믿고 싶어."

톰은 베니의 어깨에 손을 올리고 베니를 돌아 세웠다. 베니는 저항하려 했지만, 톰 이무라를 힘으로 이길 수는 없었다.

두 사람 모두 동쪽을 바라보고 섰을 때, 톰이 말했다. "죽은 사람들 모두 존중받아야 마땅해. 살아있지 않아도, 우리에게 두려운 존재일지라도, 어쩔 수 없이 죽여야 할 때조차도. 저들은 그냥 '좀비'가 아니야. 어떤 병의 부작용이나, 방사능이나, 어쩌면 우리가 이해하지 못하는 어떤 물질 때문에 저렇게 된 사람들이야. 난 과학자가 아니니 자세히 알 수는 없어. 그냥 내가 할 수 있는 일을 할 뿐이지."

"그래? 지금 이렇게 고귀한 척해도 좀비 죽이는 게 형 일이잖아."

베니의 눈에 눈물이 고였다.

"맞아." 톰이 말했다. "나는 저들을 죽여. 지금껏 죽인 좀비가 수 백이 넘지. 내가 조심성 있고 현명하게 행동하면, 운이 나쁘지 않은 이상 앞으로도 수백을 죽이게 될 거야."

베니는 두 손으로 힘껏 톰을 밀쳐냈지만, 톰은 살짝 휘청할 뿐이었다.

"몰라, 이해가 안 된다고!"

"지금은 그럴 거야. 하지만 앞으로는 이해할 수 있길 바라."

"시체들을 존중하라더니 이제는 시체를 죽이겠다고?"

"죽이는 게 핵심이 아니야. 앞으로도 그게 핵심이 되어서는 안 돼."

"그럼?" 베니가 비웃는 듯한 말투로 되물었다. "돈이야?"

"우리가 부자야?"

"아니."

"그럼 돈이 중요하지 않다는 건 너도 알겠네."

"그럼 대체 뭔데?"

"죽이는 이유를 이해해야 해. 산 사람들과 죽은 사람들을 위한 이유." 톰이 말했다. "그래서 영결식이 중요한 거야"

베니가 고개를 저었다.

"따라와, 꼬맹아. 세상이 어떻게 돌아가는지 알아야 할 때야. 그리고 우리가 어떤 일을 하게 될지도 알게 될 거야."

8

둘은 뜨거운 태양 볕 아래를 걷고 또 걸었다. 페퍼민트 반죽이 계속 씻겨 없어질 정도로 땀이 나서 매시간 반죽을 덧발라 주어야 했다. 베니는 묵묵히 걷고 있었지만, 발이 점점 아파오고 허기진 배가 요동치기 시작하자 짜증이 치밀었다.

"아직 멀었어?"

"아직."

"얼마나 더 걸어야 해?"

"조금 더."

"배고파."

"곧 쉬었다 갈 거야."

"점심은 뭐 먹어?"

"콩이랑 육포."

"난 육포 싫은데."

"챙겨온 음식 있어?" 톰이 물었다.

"아니."

"그럼 육포밖에 없어."

톰은 폭이 좁은 길을 따라 걸었고, 길은 아스팔트가 깔린 도로에서 자갈길로 바뀌었다가 흙길이 되기도 했다.

"몇 시간 동안 좀비들이 안 보이네." 베니가 말했다. "어떻게 이럴 수 있지?"

"소리를 듣거나 냄새를 맡고 움직이는 경우가 아니면 집 근처에 머물러 있어서 그래."

"집?"

"응. 그들이 원래 살던 곳이나 일하던 곳 말이야."

"왜?"

톰은 한참이 지난 뒤에야 답했다. "여러 가설이 있는데, 말 그대로 가설일 뿐이야. 어떤 사람들은 좀비가 지능이 부족해서 자기가 있던 곳 외에 다른 세상이 있다는 걸 이해하지 못한다고 해. 무언가에 이끌리거나 유인당하지 않으면 좀비들은 보통 한 자리에 머물러 있거든."

"그렇지만 사냥은 해야 하잖아?"

"'해야 한다'는 말이 참 모호해. 전문가들도 좀비들이 사람들을 공격하고 죽인다는 데는 동의하지만, 그들이 사냥을 하는지는 확실히 대답하지 못해. 사냥은 배를 채우고 싶은 욕구가 있어야 할 수 있는 행동인데, 우리는 좀비에게도 욕구가 있는지 아직 밝혀내지 못했으니까."

"잘 모르겠어."

베니와 톰은 언덕 위를 올라 흙길이 내려다보이게 섰다. 길은 수양버들 아래 낡은 주유소로 이어졌다.

"좀비가 배고파서 쓰러지거나 죽는다는 이야기 들어본 적 있어?"

"아니, 하지만……"

"마을 사람들은 좀비가 생명을 먹고 산다고 생각하지?"

"뭐, 그렇지, 하지만……"

"저들이 먹는다는 '생명'이라는 게 뭘까?"

"뭐라고?"

"한 번 생각해봐. 미국에만 3억이 넘는 산송장들이 있어. 캐나다에 3000만이 더 있고, 멕시코에 1억 명쯤 있으니까 전부 합하면 이 대륙에는 좀비가 4억 5000쯤 있는 거야. 침략은 14년 전에 일어났어. 그들이 먹어야 살 수 있다면, 14년 동안 뭘 먹었을까?"

베니는 곰곰이 생각했다. "피니 단장님은 좀비들이 서로 잡아먹는다던데."

"아니 그렇지 않아." 톰이 말했다. "시체의 체온이 떨어지기 시작하면 좀비들이 건드리지 않아. 그래서 살점이 뜯기다 만 좀비들이 그렇게 많은 거야. 몇 년 동안 같은 집에 가둬놓아도 서로 공격하지 않아. 실제로 실험을 한 적도 있고."

"그래서 어떻게 됐어?"

"실험 대상 좀비들? 아무 일도 없었어."

"아무 일도? 썩어서 죽지 않아?"

"그들은 이미 죽었어." 계곡에 구름 그림자가 지나며 톰의 얼굴에 잠깐 그늘이 생겼다. "하지만 풀지 못한 수수께끼 중 하나야. 좀비들은 완전히 썩지 않아. 부패가 진행되다가 어느 시점이 되면 완전히 멈춰. 이유는 아무도 몰라."

"그게 무슨 말이야? 썩다가 멈추는 게 어딨어? 어이없네."

"어이없는 게 아니라 미스터리일 뿐이야. 죽은 사람이 살아나는 것만큼 중대한 미스터리지. 인간을 공격하는 이유도, 그들이 서로를 공격하지 않는 이유도 전부 베일에 싸여있지."

"뭐, 소라든가, 다른 동물을 잡아먹을 수도 있잖아."

톰은 어깨를 으쓱했다.

"그러기도 해. 사냥에 성공할 수만 있다면. 사람들이 잘 모르기는 하는데 어찌 됐든 사실이야. 좀비들은 살아있는 생물이라면 가리지 않고 먹어. 개, 고양이, 새, 곤충 할 것 없이."

"그럼 이제 뭘 먹고 사는지 알았……"

"그렇지가 않아." 톰이 말했다. "동물들은 굉장히 민첩해. 도망치는 고양이를 쫓아 본 적이 있지? 전략도 없이 천천히 움직일 수밖에 없는 몸으로 고양이를 쫓는다고 생각해봐. 외양간이나 목장에 갇힌 소 떼에 달려든다면 어떻게든 성공해서 맛을 볼 수도 있겠지만, 농장 동물들은 이미 우리 밖으로 탈출한 지 오래거나, 첫 번째 밤 이후 몇 달 안에 죽었지. 좀비들은 살기 위해 먹을 필요 없어. 그냥 존재할 뿐이지."

그들은 주유소에 도착했다. 톰은 오래된 주유기 옆에 서서 기름 파이프를 세 번, 두 번, 네 번차례로 두드렸다.

"뭐해?"

"인사."

"누구한테?"

베니의 귀에 낮은 신음이 들렸고, 뒤를 돌아보니 피부가 잿빛인 남자가 비틀대며 천천히 건물 모퉁이를 돌고 있었다. 남자는 위 아랫도리가 붙은 낡은 작업복을 입고 있었는데, 거무튀튀한 얼룩이 여기저기 튀어있었다. 그의 목에는 어울리지 않는 꽃목걸이가 걸려 있었다. 노랑 마리골드와 인동꽃으로 만든 목걸이였다. 그가 몇 걸음을 더 옮겨 밝은 쪽으로 나오자 처음 몇 걸음 동안 그늘에 가려 보이지 않던 얼굴이 드러났고, 베니는 거의 비명을 지를 뻔했다. 눈이 있어야 할 자리에는 텅 빈 구멍만 남아있었고, 신음이 새 나오는 입속에는 이가 하나도 없었다. 입술과 볼은 푹 꺼져있었다. 그뿐만이 아니었다. 좀비가 그들을 향해 손을 들어 올리자 손바닥에 붙은 한 마디를 제외하고 나머지 마디가 전부 잘린 그의 손이 눈에 들어왔다.

베니는 말문이 턱 막혀서 뒷걸음질 쳤고, 당장이라도 뒤돌아 도망칠 준비를 하며 바짝 긴장했다. 그러자 톰이 베니의 어깨에 지그시 손을 올려 베니를 안심시켰다.

"기다려 봐." 톰이 말했다.

잠시 뒤 주유소 문이 열리더니 자다 깬 듯한 여자 둘이 모습을 드러냈고, 그 뒤를 따라 여자들보다 조금 나이가 있어 보이는 갈색 수염을 길게 기른 남자가 나왔다. 세 명 모두 깡마른 몸에 낡은 침대 시트로 지어 입은 것 같은 튜닉을 걸치고 있었다. 그리고 풍성한 꽃목걸이를 목에 두르고 있었다. 세 사람은 베니와 톰을 보았다가 좀비에게 시선을 옮겼다.

"해치지 마세요!" 셋 중에 가장 어린 10대 후반으로 보이는 흑인 여자아이가 다급하게 외치며 좀비와 두 형제 사이로 달려오더니 땅에 발을 단단히 디딘 채 양팔을 벌리고 섰다.

톰은 한 손을 들어 모자를 벗어서 사람들에게 자신의 얼굴을 보였다.

"안심해요, 어린 자매님." 톰이 말했다. "누굴 해치러 온 게 아닙니다."

수염이 긴 남자가 튜닉 아래 주머니에서 안경을 꺼내 쓰더니 실눈을 뜨고 뿌연 렌즈 너머를 살폈다.

"톰?" 그가 말했다. "톰 이무라인가?"

"데이비드 수도사님, 잘 지내셨어요?" 톰이 베니의 어깨에 손을 올렸다. "이쪽은 제 동생 벤저민입니다."

"여긴 어쩐 일인가?"

"지나가던 길이예요." 톰이 말했다. "인사드리려고 들렀어요. 베니에게 이쪽 세상 돌아가는 것도 좀 알려줄 겸 해서요. 동생은 담장 밖이 처음이거든요."

베니는 톰이 '이쪽'이라는 단어에 힘을 주어 말하는 것을 눈치챘다.

데이비드 수도사가 수염을 긁적이며 다가왔다. 가까이에서 보니 아까보다 더 나이가 들어 보였다. 마흔 살쯤 된 것 같았다. 눈은 짙은 갈색이었고 이가 몇 개 빠져있었다. 옷은 깨끗했지만 낡아서 헤져있었다. 그에게서 꽃과 마늘, 민트 향이 섞인 냄새가 났다. 그는 베니를 한참 동안 뚫어져라 보았고, 그동안 베니는 몸을 배배 꼬았다. 톰은 옆에서 잠자코 기다렸다.

"믿음이 있는 친구가 아니군." 데이비드 수도사가 말했다.

"요즘 세상에 믿음을 가지기가 쉽지 않지요." 톰이 답했다.

"자네는 믿음이 있지 않나."

"직접 보고도 안 믿을 수가 있나요."

이전에도 같은 대화가 몇 번이나 오갔던 듯 두 사람은 물 흐르듯 자연스럽게 대화를 주고받았고, 그들의 말투가 꼭 성직자들의 기도 음률 같다고 베니는 생각했다.

데이비드 수도사는 베니 쪽으로 허리를 굽혔다.

"어린 형제님 답해보시게, 그분의 자식들에게 해를 치거나 고통을 주려고 여기에 왔는가?"

"음……. 아니요?"

"라자로의 자손에게 해를 치거나 고통을 줄 텐가?"

"저기요, 저는 그 사람들이 누군지도 몰라요. 그냥 형을 따라왔어요."

데이비드 수도사는 여자들을 향해 몸을 돌렸다. 그들은 좀비를 약하게 밀어서 건물 저편으로 보내는 중이었다.

"저기 올드 로저도 라자로의 자손이지."

"그럼……. 저게 좀비가 아니라……."

톰은 일부러 기척을 내서 베니의 말을 끊었다. 데이비드 수도사의 얼굴에 인자한 미소가 스쳤다.

"우리는 그 단어를 쓰지 않는다네, 어린 형제여."

베니는 어떻게 대답해야 할지 몰라 머뭇거렸고, 톰이 난처해하는 그를 구해주었다.

"베타니아의 라자로 이야기에서 온 말이야. 죽었다가 예수님에 의해 부활한 사람이지."

"그래, 교회에서 들은 적 있는 것 같아."

베니가 교회라는 단어를 꺼내자 데이비드 수도사가 희망에 찬 표정으로 밝게 미소 지으며 물었다.

"신을 믿나?"

"아마도요……."

"이런 세상에서는." 데이비드 수도사가 말했다. "믿는 편이 좋지." 그는 톰을 향해 의미심장하게 눈을 찡긋했다.

베니는 두 여자가 좀비를 데리고 사라진 데이비드 수도사의 뒤쪽을 살폈다.

"제가 지금 너무 헷갈려서 그러는데요, 저 사람은 죽었잖아요. 그렇죠?"

"죽었지만 살아있지." 데이비드 수도사가 베니의 말을 바로잡았다.

"그렇죠. 그런데 왜……." 베니는 무언가를 잡아 물어뜯는 시늉을 해 보였다.

"이가 없어서 그래." 톰이 말했다. "손도 어떤지 봤지?"

베니가 고개를 끄덕였다.

"여러분들이 그렇게 하신 건가요?" 베니가 데이비드 수도사에게 물었다.

"그럴 리가 있나." 데이비드 수도사가 얼굴을 찌푸리며 답했다. "올드 로저를 저렇게 만든 건 다른 사람들 짓이지."

"누구요?" 베니가 물었다.

"'왜' 저렇게 만들었는지가 궁금한 거겠지?"

"아뇨……. 누가 그랬는지가 궁금한데요. 대체 누가 저런 짓을 하죠?"

데이비드 수도사가 베니의 말에 답했다.

"올드 로저는 저런 고문을 당한 라자로의 자손들 중 하나에 불과하다네. 이 나라 어디를 가도 저런 이들을 볼 수 있어. 남자, 여자 할 것 없이 눈이 도려내지고 이가 뽑히고 턱뼈가 으스러졌지. 손가락이나 손이 없는 건 다반사고. 더 끔찍한 것도 많이 봤지만 더는 말하지 않겠네. 전부 알기에 아직 자네는 너무 어려."

"저도 이제 15살이에요." 베니가 대꾸했다.

"너무 어린 나이지. '열다섯'이 충분하다고 생각할 때가 나도 있었네만, 열다섯은 아직 어린 나이야."

데이비드 수도사는 좀비를 떼어놓고 돌아온 두 여자를 돌아보았다.

"헛간에 데려다 놨어요." 어린 흑인 소녀가 말했다.

"불안에 떨고 있어요." 피부가 창백하고 머리가 빨간, 20대 중반으로 보이는 여자가 덧붙였다.

"좀 있으면 안정되겠지." 데이비드 수도사가 말했다.

여자들은 주유소 펌프 옆에 서서 톰에게 시선을 고정했다. 정작톰은 구름이 신기하기라도 한 듯 하늘만 쳐다보았다. 다른 때 같았으면 톰을 놀렸겠지만, 지금은 왠지 그러고 싶지 않았다. 베니는 다시 데이비드 수도사에게 시선을 돌렸다.

"말씀하신 짓들을 하는 놈들이 대체 누구예요? 저 노인한테, 그리고 말씀하셨던 다른 사람들한테요. 어떤 몹쓸 놈들이 여기까지와서 그런 짓을 하죠?"

"현상금 사냥꾼들이지." 빨간 머리 여자가 말했다.

"킬러들 말이야." 흑인 소녀가 덧붙였다.

"왜요?"

"답을 알았더라면." 데이비드 수도사가 말했다. "주유소 지키는 수도사 나부랭이가 아니라 진즉에 성인이 되었겠지."

베니는 톰을 보았다.

"이해가 안 돼…… . 형도 현상금 사냥꾼이잖아."

"보기에 따라 그럴 수도 있겠지."

"형도 저런 짓을 해?"

"네가 보기에는 어떤데?"

베니는 톰이 말을 끝내기도 전에 고개를 저었다.

"현상금 사냥꾼에 대해 아는 게 있긴 하니?" 톰이 말했다.

"좀비 죽이는 사람들이잖아." 베니는 데이비드 수도사와 두 여자가 불쾌하다는 듯 자신을 쏘아보자 움찔했다. "그게…… . 맞잖아? 그러라고 현상금 사냥꾼을 고용하면 사냥꾼들이 시체들의 땅에 와서 그것들을…… . 그러니까, 살아있는 시체들을 죽이잖아."

"왜 죽이는데?" 톰이 물었다.

"돈을 벌려고."

"그 돈은 누가 주는지 알고 있나?" 데이비드 수도사가 물었다.

"마을 사람들이죠. 다른 마을 사람들일 수도 있고요." 베니가 답했다. "마을 자치회에서 돈을 받을 때도 있다고 들었어요."

"누구한테 들은 이야기야?" 톰이 물었다.

"찰리 마티아스."

데이비드 수도사가 의문이 가득한 표정으로 톰을 바라보았고, 톰은 "핑크아이 찰리요."라고 일러주었다. 수도사와 두 여자의 얼굴이 완전히 일그러졌다. 데이비드 수도사는 눈을 감고 천천히 고개를 저었다.

"무슨 문제라도 있나요?" 베니가 물었다.

"저녁 먹고 가게나." 데이비드 수도사는 여전히 눈을 감은 채 딱딱하게 말했다. "신께서는 그분의 자손들에게는 누구나 자비를 베풀고 함께 나누라고 하셨네. 하지만, 저녁을 먹는 즉시 떠나주었으면 하네."

톰은 수도사의 어깨에 손을 올리고 말했다.

"지금 떠나겠습니다."

빨간 머리 여자가 톰을 향해 걸어왔다.

"당신들만 안 왔으면 행복한 하루였을 텐데."

"당장 눈앞에서 사라져 주세요." 어린 소녀가 말했다.

"그만해." 데이비드 수도사가 날카롭게 말을 끊었다. 그는 곧 한층 부드러워진 말투로 빨간 머리 여자에게 "사라, 그쯤 해둬."라고 했고, "샨티도 그만하고."라며 흑인 소녀에게도 주의를 줬다. "톰은 우리의 동지인데 무례하게 굴어서는 안 되지." 데이비드 수도사가 눈을 떴고, 베니는 그가 아까보다 30년은 더 나이 들어 보인다고 생각했다. "미안하네, 톰. 자매님들을 용서하게나. 그리고 나도 용서해 주시게."

"아닙니다." 톰이 말했다. "괜찮습니다. 사라가 맞아요. 좋은 하루를 보낼 수 있으셨을 텐데. 그 작자 이름을 꺼낸 제 잘못이에요. 저야말로 형제자매님과 올드 로저에게 사과드려야지요. 베니는 이쪽 땅에 처음 나왔어요. 그놈에게 들은 이야기가 많은 모양이에요. 이쪽에서 사냥하는 이야기를 들었다는데, 아직 어린애라 이해하지 못하는 게 많습니다. 여기로 데리고 나온 이유도 진짜 세상을 알려주기 위해서였어요. 어떻게 세상이 무너졌는지도요." 톰은 잠시 말을 멈췄다. "선셋 할로에는 아직 데려간 적이 없어요. 이해하시지요?"

'신의 자손'이라는 세 명은 톰에게 시선을 고정하고 있다가 차례로 고개를 끄덕였다.

"선셋 할로가 어딘데?" 베니가 물었지만, 톰은 답이 없었다.

"그리고 식사에 초대해 주셔서 감사합니다." 톰이 말했다. "하지만 갈 길이 멀기도 하고 베니가 저한테 궁금한 게 많을 것 같아서요. 여기가 아니라 다른 곳에서 따로 이야기하는 편이 좋을 것 같네요."

사라가 다가와서 톰의 얼굴을 쓰다듬으며 말했다. "제가 말이 심했어요. 죄송해요."

샨티도 톰의 가슴팍에 손을 대며 말했다. "저도요."

"저한테 미안해하지 않으셔도 됩니다." 톰이 말했다.

두 여자는 톰에게 미소 지으며 그의 뺨을 어루만졌다. 샨티가 베니 쪽으로 몸을 돌려 베니의 얼굴에 두 손을 가져다 댔다.

"세상에 나와 있는 동안 언제나 신의 가호가 함께하시길." 그녀는 그렇게 말한 뒤 베니의 이마에 가볍게 입을 맞추고 돌아서 걸어갔다. 사라는 두 형제에게 미소를 지어 보인 뒤 샨티를 따라갔다.

베니는 톰을 보며 말했다. "내가 모르는 뭔가가 있는 것 같은데?"

"아마도." 톰이 답했다. "가자, 꼬맹아, 움직일 시간이야."

데이비드 수도사가 톰의 앞을 가로막았다.

"형제여." 수도사가 말했다. "한 번만 묻고 더는 묻지 않겠네."

"네, 말씀하시지요."

"자네가 하는 일에 확신이 있는가?"

"확신이요? 없습니다. 하지만 제가 하는 일이 옳다고 믿습니다."
톰은 주머니에서 카다베린 세 병을 꺼냈다. "받으십시오, 수도사
님. 하시는 일에 도움이 되었으면 좋겠습니다."

데이비드 수도사는 감사의 표시로 고개를 끄덕였다.

"신께서 언제나 형제의 앞날을 보살피시기를."

그들은 악수로 작별 인사를 했고, 톰은 흙길 쪽으로 발걸음을 돌
렸다. 하지만 베니는 머뭇거리며 자리를 뜨지 못했다.

"저기." 베니는 느릿느릿 조심스레 말문을 열었다. "제가 잘못
된 말이나 행동을 한 것 같은데, 어쨌든 죄송해요. 형이 저를 여기
로 데려왔는데 형이 약간 이상하기도 하고 저는 뭘 어떻게 해야 할
지……" 베니는 말끝을 흐렸다. 머릿속에 뒤를 이을 말이 떠오르
지 않았다.

데이비드 수도사는 손을 내밀어 악수를 청했고, 톰에게 했던 것
과 같은 축복을 내렸다.

"감사합니다." 베니가 말했다. "수도사님도요."

그는 이미 50m쯤 앞서 걷고 있는 톰을 종종걸음으로 따라갔다.
다시 뒤를 돌아보았을 때 데이비드 수도사는 아직 길 위에 서 있었
다. 그가 손을 들어 보였다. 축복을 내리려는 것인지 작별 인사인지
베니는 알 수 없었다. 어느 쪽이었든 왠지 기분이 찜찜했다.

9

한참 길을 걷다가 베니가 물었다. "아까 그게 다 뭐였어? 그 아저

씨는 왜 찰리라는 이름을 듣고 화가 난 거야?"

"찰리가 '남자답다'라고 생각하지 않는 사람들도 있어, 꼬맹아."

"찰리가 부러워?"

톰이 웃음을 터뜨렸다.

"이런! 핑크아이 찰리 같은 인간을 부러워하느니 내 손으로 몸에 스테이크 소스를 바르고 좀비들 사이로 뛰어드는 게 낫겠다."

"참 웃기다." 베니가 비꼬듯 말했다. "그럼 신의 자손, 라자로의 자손 같은 말들은 뭐야? 저 사람들은 시체들의 땅에서 뭘 하는 건데?"

"이 땅 여기저기에 저렇게 사는 사람들이 많아. 동쪽 끝 펜실베이니아나, 저 아래쪽 멕시코 시티에서도 저런 사람들을 봤다는 여행자를 만난 적이 있어. 나는 침략이 있은 지 1년이 지난 뒤에 그들을 처음 만났어. 말이 끄는 낡은 스쿨버스를 타고 무리 지어 대륙을 횡단하고 있었어. 버스 바깥에는 페인트로 성경 구절을 가득 적어 뒀더라. 어떻게 시작되었는지 이름은 누가 지었는지 확실하지 않아. 심지어 데이비드 수도사님도 모르셔. 그분은 처음부터 있는 그대로 받아들이셨을 테니까."

"그 아저씨 정신이 좀 이상해?"

"옛날에는 '신의 손길이 닿은 자들'이라고 불렀던 것 같은데."

"정신이 이상한 게 틀림없네."

"그분 정신이 어떤지는 모르지만 적어도 심성은 바른 분이셔. '그분의 자손들'은 어떤 폭력도 용납하지 않아."

"하지만 형은 좋게 생각하는 것 같던데. 형이 좀비를 죽이는 데도."

톰은 고개를 저었다.

"아니, 내가 하는 일을 좋게 생각하지는 않으셔. 하지만 내가 무슨 일을 하는지 충분히 설명했고, *어떤 식으로* 일하는지 데이비드 수도사님과 몇몇 사람들에게 직접 보여드렸어. 덕분에 탐탁지 않게 생각하시기는 해도 비난하지는 않으셔. 내가 잘못된 행동을 하고 있기는 해도 그 의도가 나쁘지는 않다고 생각하시니까."

"그럼 찰리는? 찰리는 어떻게들 생각해? 곱게 보지 않는 것 같기는 했어."

"핑크아이 찰리가 악당이라 생각하지. 찰리뿐만 아니라 그의 단짝 모터시티 해머도. 그 외에도 많아. 사실 현상금 사냥꾼 대부분을 싫어해. 그리고 사실 저분들이 잘못 생각하고 있다고 할 수도 없어."

베니는 아무 말도 하지 않았다. 그에게 찰리 마티아스는 여전히 세상에서 가장 멋진 사람이었다.

"그래서, '그분의 자손들'이라는 사람들은 하는 *일이라도* 있고?"

"딱히 없어. 저들은 좀비들을 도우려고 해. 마을을 지나게 되면 집마다 다니면서 거기에 살았던 사람들 사진을 찾아. 그리고 사진 속 사람들이 집 주변을 배회하고 있으면 집 안에 들여놓고 문을 잠근 다음 벽에 기도문을 적고, 또 다음 집에도 똑같이 하고. 저들은 대부분 끊임없이 이동해. 데이비드 수도사는 이 지역에 1년쯤 계셨는데 언젠가는 떠나실 것 같아."

"찰리도 좀비를 포획한다고 했어. 산속 어떤 장소에 좀비 수백을 가두고 감시한다더라. 시체들의 땅을 좀 더 안전하게 만들려고 자기랑 해머가 기꺼이 하는 일 중 하나라고 했어."

"흠, 그랬어?" 톰이 비웃음 가득한 목소리로 대꾸했다. "무역 상인들은 그곳을 '굶주린 숲'이라고 불러. 아마 이름을 찰리가 지은 것 같아. 지나치게 거창하지. 어쨌든 찰리가 하는 일은 '그분의 자손들'이 하는 일이랑은 달라. 찰리는 현상금이 걸린 좀비를 찾을 때 편하도록 좀비를 잡으면 나무에 묶어둬."

"똑똑한데?"

"찰리가 똑똑하지 않다고 한 적은 없어. 오히려 머리는 좋은데, 그 머리를 음흉하고 위험한 데다 써서 문제지. 그의 동기는 그다지 바람직하지 않아. 가끔 무역 상인들을 위해 작은 마을을 싹쓸이해서 좀비를 떼로 포획하기도 하는데, 한마을에 있던 좀비를 한 번에 이동시키면 신원 확인이 힘들어져서 사람들한테는 도움이 안 돼. 하지만 그들에게는 물자를 확보하는 게 더 중요하겠지. 사회가 농업 중심으로 변했어. 산업을 다시 일으킬 정도의 노력을 들이는 사람은 없고, 필요한 물품이 있으면 시체들의 땅에서 찾아오면 된다고 생각해. 옛날 사람들이 자동차나 공장에 필요한 석유를 뽑는 데만 열중하고 다른 재생 가능한 에너지원을 찾으려고 노력하지 않았을 때와 똑같아. 약탈자나 도굴꾼 같은 사고 방식에서 벗어나지 못하면 당연히 쓰레기더미나 뒤지면서 살 수밖에 없어. 먹이사슬에서 그리 유리한 위치는 아니지. 하지만 찰리는 그런 상태로 지내는 편이 행복하겠지. 좀비를 싹쓸이해서 큰돈을 만질 수 있으니까." 그는 어깨너머로 걸어온 길을 돌아보았다. "'그분의 자손들'이 미친 것 같거나 엉뚱한 일을 하는 것 처럼 보일지 몰라도 그들은 자신들이 옳다고 믿는 일을 해."

"저 사람들이 어떻게 좀비를 잡아? 그것도 좀비가 우글거리는 마을에서?"

"카펫 코트를 입지. 그리고 조용히 움직이는 법과 카다베린으로 사람 냄새를 감추는 법을 익혔어. 가끔 저들 중 한두 명이 카다베린을 사러 마을에 올 때도 있어. 하지만 보통은 나 같은 사람들이 몇 병씩 가져다주곤 하지."

"공격을 받지 않아?"

톰은 고개를 끄덕였다. "안타깝게도 공격은 항상 받지. 이쪽 지역에서 죽은 '그분의 자손들'이 내가 아는 것만 해도 50명은 족히 돼. 나는 안식 절차를 치르려고 했지만 데이비드 수도사께서 반대하셨어. '그분의 자손들' 중에는 스스로 좀비들의 먹이가 되기로 한 사람도 있다더라."

베니는 톰을 빤히 보며 물었다. "왜?"

"데이비드 수도사님 말로는 좀비들이야말로 이 세상을 이어받을 '온유한' 사람들이고 하늘 아래 모든 것들이 시체들을 위해 존재한다고 믿는 '그분의 자손들'도 있다고 하셨어. 신의 뜻에 따르려고 시체들에게 자신의 몸을 내어주는 거지."

"멍청한 사람들이네." 베니가 말했다.

"그런 사람들도 있는 법이지. 내 생각에 그분의 자손들이라는 사람들은 침략에서 살아남지 못한 것 같아. 음, 물론 몸은 살아남았지만, 그날 일 때문에 중요한 부분이 고장이 났달까? 난 그날을 겪었으니 이해는 가."

"형은 미치지 않았잖아."

"너는 모르지만 나도 오락가락해, 꼬맹아."

베니는 이해할 수 없다는 표정으로 톰을 보았다.

그러고는 미소를 지었다.

"사라라는 그 빨간 머리 여자가 형한테 홀딱 빠진 것 같더라? 좀 으스스하기는 하지만."

톰은 고개를 저었다. "내 상대로 너무 어리지. 그런데 사라가 닉스를 좀 닮지 않았어? 네 생각은 어때?"

"웃기는 소리하……"

그때, 총성이 한 발 울려 퍼졌다.

10

첫 총성이 허공에 울려 퍼지자 베니는 자리에 주저앉아 몸을 웅크렸지만, 톰은 꼿꼿하게 서서 먼 북동쪽을 바라보았다. 두 번째 총성이 들리자 고개를 약간 더 북쪽으로 돌렸다.

"권총이야." 톰이 말했다. "대구경. 5km 정도 거리."

베니는 고개를 들어 머리를 감싸고 있던 두 팔 사이로 톰을 보았다.

"총알이 5km까지는 못 날아오지?"

"보통은 그렇지." 톰이 말했다. "만약 여기까지 올 수 있다고 해도 우리한테 쏜 총소리는 아니었어."

베니는 조심스럽게 자리에서 일어났다.

"확실해? 어떻게 알아?"

"메아리가 들리잖아." 톰이 답했다. "총알이 멀리 날지 않았어.

가까운 물체를 쏴서 맞춘 거야."

"음……. 형이 그런 것도 알 수 있다니. 좀 무섭긴 해도 꽤 멋있다."

"그래, 내가 얼마나 멋진지 너한테 뽐내려고 여기까지 온 거 아니겠어?"

"비꼬는 거야?" 베니가 뚱하게 말했다. "알아들었거든."

"웃기지 마." 톰이 씩 웃으며 말했다.

"형이나 웃기지 마."

둘은 오늘 처음으로 서로를 향해 웃었다.

"가자." 톰이 말했다. "총으로 뭘 쐈는지 확인하러 가야지."

그는 총성이 울려 퍼진 쪽으로 발걸음을 옮겼다.

베니는 걸어가는 톰의 모습을 자리에서 지켜보기만 했다.

"잠깐……. 지금 총소리가 난 쪽으로 가는 거야?"

베니는 고개를 저으며 최대한 빠른 걸음으로 톰을 따라갔다. 톰은 속도를 높였다. 싫다던 육포와 콩을 배불리 먹은 베니는 톰을 쫓아가기 바빴다. 톰은 계곡을 따라 저지대 쪽으로 이동했다. 베니는 톰이 콜드워터 계곡 물줄기와 1km 이상 간격을 두고 걷고 있다는 것을 알아챘다. 그리고 톰에게 이유를 물었다.

톰이 물었다. "물소리 들려?"

베니는 소리를 들어보려고 귀를 기울였다. "아니."

"그게 이유야. 계곡물은 끊임없이 소리를 내잖아. 다른 소리를 가리지. 카누를 타고 계곡을 따라 빠르게 이동하지 않는 이상 위험하다는 소리야. 이쪽 계곡은 카누를 탈 만큼 수심이 깊지 않아. 우리는 계곡을 건널 때나 물통을 채울 때가 아니면 근처에 가지 않을 거야. 주변 소리를 들으려면 조용한 길로 다니는 게 좋아. 우리가 소리를 들을 수 있으면 저쪽도 우리 소리를 들을 수 있다는 걸 잊지 마. 그리고 우리는 아무 소리를 못 듣더라도 저쪽에서는 우리 소리를 들을 수 있고, 우리가 눈치챘을 때는 손 쓰기에 너무 늦어버렸을 수 있어."

하지만 총성을 따라가려면 계곡을 가로질러야만 했다. 톰은 잠깐 멈춰서 불만스럽게 고개를 저었다. "별로인데."라고 말하고는 이유는 설명하지 않았다. 둘은 계속 걸었다.

베니는 걸으면서 소리를 내지 않고 움직이는 법을 익히려고 노력했다. 생각했던 것보다 어려웠고, 베니의 귀에는 자신이 내는 소리가 마치 굉음처럼 들렸다. 나뭇가지를 밟자 폭죽 터지는 소리를 내며 부러졌고 숨소리는 불 뿜는 용같이 느껴지는가 하면 청바지통은 서로 스치며 톱질하는 소리를 냈다. 톰이 한 번에 한 가지 소리만 집중해서 없애보라고 조언했다.

"한 번에 너무 많이 배우려고 하지 마. 새로운 기술은 사용하면서 익혀야 해. 거기에서부터 시작이야."

총성의 진원지에 거의 도착했을 때쯤 베니는 훨씬 조용히 움직일 수 있게 되었고, 새로운 도전을 즐기고 있었다. 청과 모기와 함께 유령 잡기 놀이를 하는 것 같은 기분이었다.

톰은 멈춰 서서 소리를 들으려고 고개를 기울였다. 입술에 손가락을 가져다 대서 베니에게 조용히 있으라는 신호를 보냈다. 그들은 긴 수풀이 자란 들판 위에 서 있었다. 들판의 끝은 자작나무가 빽빽한 숲과 맞닿아 있었다. 나무들 뒤에서 남자의 너털웃음 소리와 고함이 들려왔다. 무의미한 총성도 띄엄띄엄 들렸다.

"여기서 기다려." 톰이 속삭이듯 말한 뒤, 바람처럼 재빠르고 조용하게 긴 수풀 사이로 사라졌다. 베니는 톰이 어디로 갔는지조차 알 수 없었다. 허공에 계속해서 총성이 울려 퍼졌다.

1분쯤 지나자 베니는 가슴이 조이는 것 같은 느낌을 느꼈다. 자신이 계속 숨을 참고 있었다는 사실을 깨닫고 숨을 훅 내쉰 뒤 크게 한 번 들이마셨다.

형은 어디로 갔을까?

다시 일 분쯤 지났고, 웃음소리와 목소리가 아까보다 커졌다. 불규칙한 총성이 여러 번 산만하게 울렸다. 또 일 분, 그리고 또 일 분이 지났다.

갑자기 몇 발자국 앞에 크고 어두운 형체가 나타났다.

"형!" 베니는 거의 비명을 지르듯 톰의 이름을 불렀지만, 톰은 베니를 조용히 시켰다. 그러더니 베니에게 다가와서 허리를 숙이고 속삭였다.

"베니, 잘 들어. 나무들 뒤에 네가 봤으면 하는 장면이 있어. 이 세상이 어떤지 확실히 이해하려면 꼭 봐야 해."

"뭔데?"

"현상금 사냥꾼들. 저기 세 명이 있어. 전에도 본 적이 있는 놈들인데 이렇게 마을 가까이에서는 처음 봐. 따라와. 절대 소리 내지 말고. 보기만 하고 말을 하거나 행동하면 절대 안 돼."

"하지만……."

"별로 좋은 구경은 아니야. 준비됐어?"

"난⋯⋯."

"됐어, 안 됐어? 남동쪽으로 가서 원래 가던 길을 계속 가도 되고, 아니면 집으로 돌아가도 괜찮아."

베니는 고개를 저었다.

"아니야⋯⋯. 나도 볼래."

톰은 미소 지으며 베니의 팔을 잡았다.

"상황이 안 좋아지면 도망쳐서 숨어. 알겠어?"

"응." 베니가 답했다. 그 말이 목에 걸린 가시처럼 껄끄러웠다. 도망쳐서 숨다니. 톰이 아는 전략이라고는 고작 그것뿐일까?

"약속할 수 있어?"

"약속할게."

"좋아. 이제 따라와. 내가 움직이면 움직이고, 내가 멈추면 너도 멈춰. 내가 디뎠던 곳만 디디면서 따라와. 알겠지?"

톰은 긴 수풀 사이로 길을 안내했고, 바람 방향에 따라 적절하게 자세를 바꿔가며 천천히 움직였다. 톰의 전략을 파악하자 걸음을 따라 걷는 게 훨씬 쉬웠다. 숲으로 들어서니 세 사람의 웃음소리가 더욱 잘 들렸다. 술에 취한 것 같았다. 말이 푸드덕거리는 소리가 들렸다.

말이 있나?

나무가 조금 덜 빽빽하게 자란 자리에서 톰은 쭈그리고 앉아 베니를 끌어당겼다. 눈 앞에 펼쳐진 광경은 악몽보다도 끔찍했다. 베니는 앞으로 절대 이 광경을 잊지 못할 것 같다고 생각했다. 모든 순간이 머릿속에 새겨지는 것 같았다.

나무 뒤로 공터가 보였다. 공터의 양쪽으로 깊은 계곡물이 굽이쳐 흘렀다. 공터를 끼고 흐르던 계곡은 나무보다 10m쯤 더 높이 솟은 깎아지른 듯한 사암 바위 절벽 뒤로 사라졌다가 공터의 반대편에서 다시 나타났다. 두 형제가 몸을 숨기고 있는 나무에서 계곡과 사암 절벽으로 둘러싸인 공터까지 좁은 오솔길이 나 있었다. 자연이 만들어 준 공터 안에 있으면 누가 어느 방향에서 다가와도 쉽게 알 수 있었다. 큰 말 두 마리가 끄는 마차 한 대가 자작나무 그늘 밑에 서 있었다. 마차 뒤 수레에는 달아나거나 공격하려고 절망적으로 몸부림치는 좀비들이 쌓여있었다. 말 그대로 절망의 몸부림이었다. 그들의 잘린 팔과 다리가 마차 옆에 수북이 쌓여있었고, 아무리 발버둥 쳐도 이미 그들은 관절이 잘려 아무것도 할 수 없는 몸이었다.

다른 좀비 무리가 절벽 옆에 몰려 있었다. 좀비 중 하나가 비틀비틀 남자들 쪽으로 다가가면 남자들은 좀비를 거칠게 발로 찼다. 남자 둘이 자신들의 점프 실력과 날아 차기 기술을 뽐냈고, 베니는 그들이 무술을 배운 것 같다고 생각했다. 현란한 발차기를 선보일수록 다른 두 명의 웃음소리와 박수갈채가 커졌다. 대화를 엿들어 보니, 한 명이 좀비 앞에 서면 다른 두 명이 어떤 발차기 기술을 쓸지 제안하는 것 같았다. 그들은 큰 소리로 떠들며 내기를 걸었고 서로의 발차기에 점수를 매겼다. 발차기할 줄 아는 두 남자는 차례로 기술을 뽐냈고 나머지 한 명은 흙바닥에 막대기로 숫자를 써가며 두 사람의 발차기 점수를 매겼다.

좀비들은 제대로 공격할 수조차 없어 보였다. 흐르는 물에 둘러싸인 좁은 구역에 모여있는 데다, 더 절망적이게도 대부분 눈이 없는 상태였다. 눈이 있어야 할 자리에는 찢긴 살점과 거무튀튀한 피가 뭉쳐있었다. 수레에 실린 좀비들을 보니 역시 눈이 엉망이 되어 있었다.

베니는 헉하는 소리를 낼 뻔했지만, 소리가 새 나가지 못하도록 손으로 입을 틀어막았다.

서 있는 좀비들은 다들 쓰러지기 직전까지 두들겨 맞은 상태였고 제대로 서 있을 수조차 없어 보였다. 세 남자가 이 놀이를 오랫동안 하고 있던 게 확실했다. 베니는 좀비는 이미 죽었고 고통을 느끼거나 수치심을 느끼지 못한다는 사실을 알면서도 왠지 짠한 마음이 들었다.

"저놈은 완전히 떡이 되어 가는데." 안대를 찬 흑인 남자가 소리쳤다. "수레에 싣자."

멋진 발차기 기술이 없는 남자가 몸을 낮춰 날이 휜 육중한 검을 들었다. 베니는 『아라비안나이트』라는 책에서 비슷한 칼을 본 적이 있었다. 언월도라고 불리는 검이었다.

"좋지." 칼을 든 남자가 말했다. "숫자는 몇으로?"

"데니는 3.1초 동안 네 번 휘둘렀어." 안대를 한 남자가 말했다.

"오, 좀 빠른데. 하지만 내가 더 빨라. 시간 재."

안대를 한 남자가 주머니에서 스톱워치를 꺼냈다.

"준비……. 땅!"

검을 든 남자가 가장 가까이에 있는 좀비에게 달려들었다. 10대

소년으로 보이는 좀비였다. 아마 베니와 비슷한 나이에 좀비가 된 것 같았다. 검날이 위로 치솟으면서 모서리가 반짝 빛났다. 검을 든 남자는 좀비의 어깨를 정확히 베어 오른쪽 팔을 잘라냈다. 잠시 숨을 고른 뒤 다른 팔을 베었고, 곧이어 몸을 회전시키면서 사타구니 바로 아래쪽을 가로로 그어 두 다리를 잘라냈다. 좀비는 바닥을 굴렀고, 얄궂게도 한쪽 다리는 아직 바닥을 딛고 서 있었다.

세 남자는 폭소를 터뜨렸다.

"멈춰!" 안대를 한 남자가 소리쳤다. "이런 제기랄, 스토시, 2.99초야!"

"그리고 세 번 휘둘렀어." 스토시가 소리쳤다. "단 세 번 만에 끝냈다고!"

그들은 한참 동안 깔깔댔다. 데니라는 남자가 다리를 쭈그리더니 건장한 팔로 팔다리가 잘려 나간 좀비의 몸통을 끙 소리를 내며 들어서 마차에 실었다. 안대를 한 남자가 팔다리를 하나씩 던지며 하나, 둘, 셋, 넷 숫자를 셌고, 데니는 그것들을 받아 좀비 탑 위에 쌓았다.

발차기 놀이가 다시 시작되었다. 스토시가 권총을 들더니 남은 좀비 중 하나의 가슴을 쐈다. 총알을 맞고도 죽지 못한 좀비의 몸이 옆으로 홱 틀어졌고, 좀비는 몸이 돌아간 쪽으로 비틀대며 걷기 시작했다.

데니가 소리쳤다. "뒤돌려차기!"

안대를 한 남자가 공중으로 뛰어오른 다음 몸을 회전시켜 좀비의 복부에 발차기 한 방을 힘껏 날리자 좀비는 다른 좀비들 사이에 내다 꽂혔다. 좀비들이 한꺼번에 고꾸라졌고 세 남자는 좀비들이 뒤뚱거리며 일어나려고 애쓰는 동안 깔깔거리며 술병을 돌려 목을 축였다.

톰이 베니 쪽으로 몸을 기울이며 속삭였다. "그만 가자."

톰은 자리를 뜨려고 했지만 베니는 톰의 소매를 붙들어 멈춰 세웠다. "지금 뭐 하는 거야? 어디 가?"

"저 멍청이들이 안 보이는 곳." 톰이 답했다.

"뭐라도 좀 *해*!"

톰은 베니를 향해 고개를 돌렸다. "내가 뭘 했으면 좋겠는데?"

"못하게 막아야지!" 베니가 다급한 목소리로 속삭였다.

"왜?"

"왜긴, 저들은……. 왜냐하면……." 베니가 씩씩거렸다.

"좀비들을 구하고 싶어? 그런 거야?"

베니는 무력감에 휩싸여 눈을 부릅뜨고 톰을 노려보았다.

"저 사람들은 현상금 사냥꾼이야 베니." 톰이 말했다. "좀비를 잡을 때마다 현상금을 받는다고. 왜 곧장 머리를 쳐내지 않는지 궁금해? 다른 사람이 죽인 좀비의 머리통만 주운 게 아니라 자기가 직접 죽였다는 사실을 증명해야 하기 때문이야. 몸통을 가지고 돌아가서 현상금 지급인이 보는 앞에서 끝내기 위해서라고. 그러고 나면 좀비 하나당 반나절치 배급을 받지. 저기 쌓인 좀비들을 다 가져가면 한 사람당 5일 치 배급은 받고도 남을 거야."

"그 말을 내가 믿을 줄 알아?"

"목소리 좀 낮춰." 톰이 다그치듯 속삭였다. "그리고 내 말이 사실이라는 거 너도 알잖아. 네 얼굴에 쓰여 있거든? 저 사람들이 하는 짓이 역겹지? 나한테 가서 뭐라도 해보라고 할 정도로 화나지? 내 말이 틀려?"

베니는 아무 말도 하지 않았다. 베니는 주먹을 꽉 쥐었다.

"저게 나빠 보이지만, 나는 더한 것도 봤어. 저들은 훨씬 더한 짓도 많이 해. 네 나이 정도 되는 순진한 아이들을 좀비랑 같이 구덩이에 넣고 싸우게 만들기도 해. 그나마 운이 좋으면 칼이나 뾰족한 꼬챙이나 야구 방망이 같은 거라도 받을 수 있어. 아이들이 이길 때도 있고 질 때도 있지만 어느 쪽이 이기든 싸움을 붙인 놈들은 돈을 벌지. 그 애들은 누구냐고? 결투에 *자원한* 애들이야."

"말도 안 돼……."

"그렇지 않아. 캐시 이모가 암 투병 중이셨을 때, 나 없이 너 혼자 이모를 돌봤다고 생각해봐. 어떻게 됐겠어? 이모가 굶주리지 않고 치료도 충분히 받을 수 있도록 하려고 어떤 상황까지 위험을 감수할 수 있었을지 생각해봐."

베니는 세차게 고개를 저었지만, 톰의 표정은 여전히 딱딱하게 굳어 있었다.

"구덩이 안에서 90초를 버텨 좀비를 이기기만 하면 한 달 치 배급이나 약이 생기는데, 그 기회를 모르는 체 할 수 있을까?"

"그런 일은 일어나지 않아."

"그래?"

"들어본 적도 없는 이야기야."

톰은 코웃음을 쳤다.

"네가 그런 결투를 했다고 생각해봐……. 누구한테 말할 수 있겠어? 청이나 모기한테도 말할 수 없을걸?"

베니는 아무 말도 하지 않았다. 톰은 날카롭게 지적했다.

"지금 다시 가서 저 사람들을 막을 수는 있겠지. 누구도 죽이지 않고, 나도 다치지 않고 막을 수 있을지도 몰라. 하지만 그게 무슨 소용이야? 저런 짓을 하는 사람이 저 셋밖에 없을 것 같아? 여기는 시체들의 땅이야. 첫 번째 밤 이후로 여긴 법이 없어. 좀비를 죽이기만 하면 그뿐이야."

"저놈들은 지금 좀비를 죽이는 게 아니잖아. 저건 완전히……."

"그래 맞아." 톰이 부드럽게 말했다. "그래, 그리고 네가 그렇게 말해줘서 정말 다행이고 기뻐. 네 생각이 그렇다는 걸 알게 되어서."

뒤에서 남자들의 웃음소리와 고함이 계속해서 들려왔다. 총성이 또 한 발 울려 퍼졌다.

"네가 원한다면 가서 못하게 막을 수도 있어. 하지만 그런다고 해도 이 땅에서 일어나는 일을 전부를 멈출 수는 없겠지."

베니의 눈에 눈물이 그렁그렁 맺혔고, 톰의 가슴팍을 세게 쳤다.

"그렇지만 형도 똑같잖아. 형도 좀비를 죽이잖아!"

톰은 베니를 붙잡아서 가까이 끌어당겼다. 베니가 발버둥 쳤지만, 톰은 그를 품으로 끌어당겨 꼭 안아주었다.

"아냐." 톰이 말했다. "아니야, 진정해……. 내가 하는 일이 뭔지 보여 줄게."

톰은 베니를 놓아주고는 그의 등에 부드럽게 손을 갖다 댔다. 그리고 베니를 데리고 숲을 빠져나가 다시 긴 수풀 쪽으로 발걸음을 옮겼다.

11

그 후 몇 킬로미터를 걷는 동안 둘은 아무 말도 하지 않았다. 베니는 계속해서 뒤를 돌아보았다. 누가 따라오나 확인하려는 것인지 아니면 아무것도 하지 않은 게 후회돼서 그러는지 베니 자신도 알 수 없었다. 이를 꽉 물고 있느라 턱이 아팠다.

두 사람은 긴 수풀이 자란 들판과 거대한 산의 아래턱을 가르는 언덕 꼭대기에 도착했다. 포장된 2차선 도로가 나 있었고, 도로의 갈라진 틈에는 잡초가 삐죽삐죽 자라있었다. 도로는 몇 킬로미터나 계속되는 산들을 따라 남동쪽으로 이어지다가 뜨거운 열기에 피어오른 아지랑이 속으로 사라졌다. 잡초들 사이에 오래된 뼈들이 널브러져 있었고 베니는 계속해서 뼈들을 힐끔거렸다.

"이 일을 하고 싶지 않아졌어." 베니가 말했다.

톰은 계속해서 걷기만 했다.

"형이 하는 일, 하기 싫다고. 만약 형이 하는 일이……. 아까 그런 일이라면."

"벌써 말했잖아. 나는 그런 일은 안 해."

"어쨌든 형도 관련이 있잖아. 형도 본 적이 있다며. 비슷한 일을 하는 거잖아."

베니는 돌멩이를 발로 차서 도로 아래 수풀밭으로 굴려 보냈다. 죽은 토끼를 쪼아먹고 있던 까마귀가 베니를 비난하듯 악을 쓰며 하늘로 날아올랐다.

톰은 멈춰서서 뒤를 돌아보았다.

"지금 돌아가면 진실의 단편만 보는 거나 마찬가지야."

"진실 같은 거 상관 안 해."

"그러기엔 너무 멀리 왔어. 이미 넌 진실을 봤잖아. 전체를 보지 않으면 아마 너는……."

"내가 뭐? 마음의 균형이라도 잃어? 그런 명상의 시간 같은 잔소리 좀 집어치……."

"말조심."

베니는 몸을 숙여 청소동물에 뜯기고 비바람에 시달려 허옇게 광택이 나는 정강이뼈를 주워서 톰에게 던졌다. 톰은 몸을 옆으로 살짝 기울여 날아오는 뼈를 피했다.

"진실이고 뭐고 다 집어치워!" 베니가 소리쳤다. "아까 그 사람들이랑 형이랑 뭐가 달라! 고상한 척, 똑똑한 척하면서 거짓말을 지껄여봤자 형도 똑같아. 형도 좀비 사냥꾼이잖아. 세상 사람들이 다 알아!"

톰은 베니에게 바짝 다가가서 베니의 셔츠 앞섶을 힘껏 잡고는 베니의 발끝이 간신히 바닥에 닿도록 들어 올렸다.

"입 안 닥쳐?" 톰이 이를 악물고 으르렁거렸다. "말로 할 때 입 닥아." 베니는 너무 놀라서 아무 말도 하지 못했다. "내가 누구인지, 어떤 사람인지 넌 몰라." 톰은 베니의 이가 부딪혀 달그락 소리가 나도록 세차게 흔들었다. "내가 어떤 일을 해왔는지, 너를 안전하게 보호하려고 어떤 노력을 했는지 넌 모르잖아. 내가……."

톰은 말을 멈추고 베니를 내동댕이쳤다. 베니는 비틀거리며 뒷걸음질 치다 바닥에 엉덩방아를 찧었고, 잡초와 해골이 널브러진 바닥에 다리를 뻗고 주저앉게 되었다. 충격에 눈이 휘둥그레졌고, 톰은 꼿꼿이 서서 여러 가지 감정이 겹친 얼굴로 베니를 내려다보았다. 분노, 자신이 방금 한 일에 대한 충격, 좌절. 그리고 동생에 대한 애정이 담긴 표정이었다.

"베니……."

베니는 일어서서 바지를 털었다. 그러고는 다시 한번 걸어온 길을 돌아본 뒤 톰에게 다가가서 역시 여러 가지 감정이 얽힌 표정으로 톰을 바라보았다.

"미안해." 두 사람이 동시에 말했다.

그러고는 서로를 빤히 보았다.

베니가 먼저 미소를 지었다. 톰이 베니를 따라 슬며시 웃었다.

"동생아, 넌 진짜 구제 불능이야."

"형은 세상에서 제일 짜증 나는 인간이야."

뜨거운 바람이 두 사람을 스쳐 지나갔다.

톰이 말했다. "돌아가고 싶으면 돌아가자."

베니는 고개를 저었다. "싫어."

"왜?"

"답이 있어야 해?"

"지금은 아니야. 하지만 조만간 생겨야 하지 않을까?"

"알겠어." 베니가 말했다. "잘 생각해 볼게. 그런데 한 가지만 말해줘. 형이 말해주기는 했지만 알고 싶은 게 있어. 진짜로."

톰이 고개를 끄덕였다.

"형은 아까 그 사람들이랑은 다르지? 맹세해 줘." 베니는 지갑을 찾아 사진을 꺼냈다. "엄마 아빠를 걸고 맹세할 수 있어?"

톰이 고개를 끄덕였다. "좋아, 베니. 맹세할게."

"엄마 아빠를 걸고?"

"엄마 아빠를 걸고." 톰이 사진에 손을 가져다 대고 고개를 끄덕였다.

"좋아." 베니가 말했다. "가던 길을 가보실까?"

그날 오후 내내 날이 푹푹 쪘고 둘은 산자락을 따라 이어진 2차선 도로 위를 계속 걸었다. 말없이 한 시간을 걸었을 때, 톰이 먼저 입을 열었다.

"꼬맹아, 우리가 계속 걷기만 하지는 않을 거야. 우린 일을 하러 나왔어."

베니가 톰을 힐끗 보며 말했다. "좀비 죽이는 일 말이지?"

톰은 어깨를 으쓱했다. "내가 말하려던 건 그게 아니지만……. 뭐, 그렇다고 할 수 있지."

두 사람은 다시 말없이 1km쯤 걸었다.

"그래서 대체 뭔데? 그러니까……. 형이 한다는 일 말이야."

"네가 '좀비 초상화가' 일을 배우러 가서 해본 일이랑 어느 정도 비슷해." 톰이 말했다. 그러고는 겉옷 주머니를 뒤져 봉투를 꺼내 열었다. 그리고 종이 한 장을 꺼내 펼친 뒤 베니에게 건넸다. 종이의 한쪽 구석에 붙은 작은 사진 속에는 옅은 갈색 머리에 수염이 듬성듬성한, 30대 정도로 보이는 남자가 웃고 있었다. 사진이 달려

있던 종이는 사진 속 남자가 좀비화된 모습을 그린 초상화였다. '해럴드'라는 이름이 한쪽 구석에 적혀있었다.

"좀비 초상화가 이래서 유용하다니까. 사람들은 자기 아내나 남편, 아이들처럼 소중했지만 지금은 잃어버린 사람들의 초상화를 그려. 첫 번째 밤에 어떤 옷을 입고 있었는지 기억하는 사람들도 더러 있는데, 그러면 일이 조금 쉬워지지. 아까 얘기했듯이 좀비가 원래 살던 곳이나 일터에서 멀리 떨어진 곳까지 이동하는 일은 드물거든. 나 같은 사람들은 그런 좀비들을 찾아."

"그리고 죽여?"

톰은 답 대신 어깨를 으쓱했다. 두 사람은 길모퉁이를 돌았고 산을 끼고 자리한 작은 마을의 집들이 보이기 시작했다. 베니는 몇 킬로미터 떨어진 곳에 있었지만, 마당이나 길가에 서 있는 좀비들을 볼 수 있었다. 태양을 향해 고개가 꺾인 좀비 하나가 길 한복판에 서 있었다.

모든 것이 멈춰있었다.

톰은 초상화를 접어 주머니에 넣고 카다베린 한 병을 꺼내 옷에 뿌렸다. 그리고 베니에게 카다베린을 건넨 뒤 민트 반죽을 입술 위쪽에 발랐다. 그리고 민트 반죽통을 베니에게 건넸다.

"준비됐어?"

"하나도 안 됐어." 베니가 말했다.

톰은 검을 쉽게 뽑을 수 있도록 칼집에서 살짝 뺀 뒤 다시 걷기 시작했다. 베니는 어쩌다 자신이 여기까지 오게 됐는지 모르겠다는 듯 고개를 저으며 형을 따라갔다.

12

"우리를 공격하지는 않겠지?" 베니가 속삭였다.

"조심성 있게 멍청한 짓만 하지 않으면 괜찮아. 천천히 움직여야 해. 빨리 움직이면 좀비가 반응할 거야. 냄새에도 반응하지만, 냄새는 다 가렸으니 괜찮을 거고."

"우리 소리는 못 들어?"

"들을 수 있지." 톰이 말했다. "그러니까 일단 마을에 들어서면 내가 말 걸지 않는 이상 말하지 마. 그리고 내가 말을 걸어도 가능한 말수는 적게, 소리는 낮춰서 답해. 말을 천천히 하는 것도 도움이 돼. 좀비들이 끙끙거리는 소리를 내잖아? 그래서 낮고 느린 소리에 익숙하거든."

"스카우트 활동 같네." 베니가 말했다. "피니 단장님이 자연 속에 있을 때는 자연의 일부인 것처럼 행동하라고 하셨는데."

"더 좋든 나쁘든, 여기도 자연이나 마찬가지야."

"형, 그다지 위로가 되지는 않는다."

"꼬맹아, 여긴 시체들의 땅이야……. 여기에서 편하게 있을 수 있는 사람이 어디 있겠어. 이제 입은 닫고 눈을 크게 뜨도록 해."

그들은 첫 번째 집에 다다르자 속도를 낮췄다. 톰은 걸음을 멈추고 몇 분 동안 마을을 살폈다. 오르막길 초입에 들어서니 마을 전체가 눈에 잘 들어왔다. 톰은 천천히 움직이며 주머니에서 봉투를 꺼내 좀비 초상화를 펼쳤다.

"고객 말에 의하면 큰길에서 여섯 번째 집이야." 톰이 중얼거렸다. "빨간 현관문에 울타리는 흰색이래. 보여? 저쪽, 우편물 트럭 지나서."

"응." 베니는 입술을 움직이지 않고 대답했다.

베니는 스무 걸음도 안 떨어진 마당에 서 있는 좀비가 말하는 소리를 들을까 봐 불안해 죽을 지경이었다.

"찾고 있는 남자의 이름은 해럴드 시먼스야. 마당에 아무도 없는 걸 보니 집 안으로 들어가야 할 것 같아."

"집 안으로?" 베니의 목소리가 떨렸다.

"어서 가자."

톰이 발걸음을 최대한 죽이고 천천히 움직이기 시작했다. 느리게 비틀대는 좀비의 걸음걸이와 똑같지는 않았지만, 톰의 동작은 아주 절제되어 있었다. 베니는 형이 하는 행동을 전부 똑같이 했다. 두 사람은 집 두 채를 지나쳤다. 두 집 모두 마당에 좀비가 서 있었다. 왼쪽에 있던 첫 번째 집 마당은 엉덩이 높이의 철조망 울타리로 둘러싸여 있었고, 그 안에 좀비 셋이 서 있었다. 여자아이 둘과 나이가 조금 들어 보이는 여자 좀비였다. 몸에 걸친 옷이 전부 해져서 뜨거운 바람이 불어올 때마다 파티 장식용 색 테이프처럼 나부꼈다. 톰과 베니가 가까이 가자 나이 든 여자 좀비가 그들 쪽으로 몸을 틀었다. 톰이 잠시 걸음을 멈춘 채 검에 손을 갖다 대고 눈치를 살폈고, 다행히 그녀의 초점 없는 시선은 그들을 그대로 지나쳤다. 몇 걸음 앞 오른쪽 집의 앞뜰에는 목욕 가운을 입은 남자 좀비가 무슨 일이 일어나기를 기다리기라도 하듯 집의 한쪽 구석을 뚫어지게 보고 있었다. 무성한 잡초 위로 보이는 그의 종아리를 타고 덩굴 식물이 자라고 있었다. 몇 년간 꼼짝하지 않고 그 자리에 서 있었던 것처럼 보였고, 정말 그럴 수도 있다고 생각하자 베니는 오싹한 기분이 들었다.

베니는 뒤돌아 도망치고 싶었다. 입속이 바짝 말랐고 식은땀이 등을 타고 흘러내려 속옷이 다 젖을 지경이었다.

베니와 톰은 아주 느린 속도를 유지하면서 길을 따라 걸었다. 해가 서쪽 하늘로 접어들기 시작했으니 네다섯 시간 안에 어둠이 내릴 것이다. 베니는 어두워지기 전에 집에 들어가기는 틀렸다고 확신했다. 톰이 기착지로 돌아갈지, 아니면 설마 이 유령마을의 집들 중 하나에서 밤을 지내자는 정신 나간 제안을 하지는 않을지 궁금했다. 만약 좀비가 살던 집에서 밤을 보내게 된다면 설사 집 안에 좀비가 없더라도 아침이 오기 전에 미쳐버릴 것만 같았다.

"저기 있다." 톰이 웅얼거리듯 말했고 베니는 빨간 현관문이 달린 집 쪽으로 시선을 옮겼다. 집 안에서 한 남자가 커다란 여닫이창 너머를 응시하고 있었다. 한때 탐스러웠을 옅은 갈색 머리와 턱수염은 거의 남아있지 않았고, 얼굴 피부는 쪼글쪼글 말라 동물 가죽이나 다름없어 보였다.

톰은 칠이 벗겨진 흰 울타리 밖에 멈춰 섰다. 그리고 좀비 초상화를 확인한 뒤 창문 너머에 있는 남자 좀비를 다시 보았다.

"베니?" 톰이 숨죽인 소리로 말했다. "저 사람이 맞는 것 같아?"

"응." 베니가 들릴 듯 말 듯 한 목소리로 겨우 답했다.

창문 너머에 있는 좀비가 마치 그들을 보고 있는 것 같았다. 베니는 그렇다고 확신했다. 지난 세월 동안 대문을 두들겨 줄 누군가를 애타게 기다린 사람처럼, 그의 말라비틀어진 얼굴과 흐리멍덩하고

111

초점 없는 눈이 울타리 쪽으로 고정되어 있었다.

톰이 대문을 발로 톡 쳤다. 잠겨있었다.

톰은 아주 천천히 허리를 굽혀 빗장을 풀었다. 빗장을 푸는 데만 2분이 넘게 걸렸다. 긴장한 베니의 얼굴에 땀이 비 오듯 쏟아졌지만, 좀비에게서 한순간도 눈을 떼지 않았다.

톰이 무릎으로 대문을 밀자 문이 열렸다.

"아주, 아주 천천히 움직여." 톰이 말했다. "빨간 불, 현관까지 쭉 초록 불."

베니는 불이 들어오는 신호등을 실제로 본 적은 없었지만, 형이 무슨 말을 하는지는 알아들었다. 둘은 마당으로 들어갔다. 그러자 첫 번째 집 마당에 서 있던 나이 든 여자 좀비가 그들 쪽으로 몸을 휙 틀었고, 목욕 가운을 입은 좀비도 이쪽을 보았다.

"멈춰." 톰이 다급하게 속삭였다. "만약 도망칠 일이 생기면 집 안으로 들어가. 일단 문을 잠그고 저들이 진정될 때까지 기다리면 되니까."

나이 든 여자 좀비와 목욕 가운 차림의 남자 좀비는 그들이 있는 쪽을 바라보기는 했지만, 고개를 돌린 것 말고 다른 행동을 하지는 않았다.

자리에 멈춰있던 1분이 마치 몇 시간처럼 느껴졌다.

"무서워, 형." 베니가 말했다.

"무서운 게 당연해." 톰이 답했다. "두려움을 느끼는 건 영리하다는 뜻이야. 허둥대지만 않으면 돼. 허둥대는 순간 큰 위험에 빠지게 되니까."

베니는 고개를 끄덕이려다 잠자코 있는 쪽을 택했다.

톰이 천천히 걸음을 뗐다. 그리고 또 한 걸음을 뗐다. 두 번째 걸음 폭이 너무 좁았는지 무릎이 굳은 사람처럼 불안정하게 앞뒤로 흔들렸다. 목욕 가운 입은 좀비가 그들에게서 시선을 거두고 계곡 위쪽으로 올라가는 구름 그림자를 바라보았다. 하지만 나이 든 여자 좀비의 시선은 아직도 이쪽을 향하고 있었다. 여자 좀비의 입이 뭔가를 씹는 것처럼 열렸다가 닫혔다.

곧 여자 좀비도 움직이는 그림자에 시선을 빼앗겼다.

톰은 한 걸음 더 나아갔고, 또 한 걸음을 옮겼다. 베니도 마침내 톰을 따라 움직이기 시작했다. 말할 수 없이 느리게 움직이고 있었지만 베니는 오히려 너무 빨리 움직이는 것 같다고 생각했다. 얼마나 천천히 움직이든, 길에 보이는 모든 좀비들이 당장이라도 갈라진 소리로 신음하며 그들을 향해 걸어올 것처럼 느껴졌고, 곧 굶주린 좀비 떼에 둘러싸이게 될 것 같아서 마음을 놓을 수 없었다.

톰은 문에 다다라서 문고리를 돌렸다.

문고리가 돌아가며 잠금장치가 딸깍하고 열리는 소리를 냈다. 톰은 조심스레 문을 밀어 열고 컴컴한 집 안으로 들어갔다. 베니는 좀비가 아직 창가에 서 있는지 보려고 힐끔 곁눈질했다.

좀비가 없었다.

"형!" 베니가 외쳤다. "조심해!"

어두운 형체가 현관 안쪽 복도의 어둠 속에서 튀어나와 톰을 덮쳤다. 좀비는 희끄무레한 손가락으로 톰을 낚아채며 굶주림에 지친 신음을 뱉어냈다. 베니가 비명을 질렀다.

그리고 곧 베니가 이해할 수 없는 일이 일어났다. 톰이 갑자기 자리에서 사라졌다. 톰은 몸을 휙 돌려 좀비의 오른팔 바깥쪽으로 빠져나간 뒤 낮게 허리를 숙인 다음, 뒤에서 좀비의 종아리를 잡고 자신의 어깨로 좀비의 등을 밀쳤다. 톰이 어찌나 잽싸게 움직이는지 흐릿한 형체만 간신히 보일 정도였다. 좀비는 곧바로 바닥에 얼굴을 박고 고꾸라졌고 카펫에서 먼지가 구름처럼 일었다. 톰은 좀비의 등 위로 착지해서 무릎으로 좀비의 어깨를 눌러 바닥에 고정했다.

"문 닫아!" 톰이 재킷 주머니에서 명주 노끈을 꺼내며 외쳤다. 그는 좀비의 손목에 노끈을 두른 다음 앉은 채로 몸을 씰룩씰룩 움직여 좀비의 엉덩이 쪽으로 내려가서 좀비의 등 뒤로 두 손을 묶었다. 그리고 위를 올려다보았다. "베니, 현관문! 빨리!"

베니는 멍하니 톰을 보고 있다가 톰의 다급한 목소리를 듣고 정신이 번쩍 들었고, 그제야 시야 가장자리에 들어온 움직임을 포착하고 고개를 돌렸다. 나이 든 여자 좀비와 좀비 소녀 둘이 자신을 향해 달려들고 있었고 마당으로 들어오는 길목에는 목욕 가운 차림의 좀비가 절뚝거리며 걸어오고 있었다. 베니는 현관문을 쾅 닫고 문을 걸어 잠갔다. 그러고는 마치 방금 좀비를 쓰러뜨려 손목을 묶은 사람이 자신인 것처럼 문에 기대 헐떡였다. 가슴이 철렁했고, 톰을 부르는 자신의 목소리가 좀비를 깨웠다는 사실을 깨달았다.

톰은 주머니칼의 날을 펼쳐 노끈을 잘랐다. 버둥거리는 좀비 위로 체중을 실은 채 남은 노끈으로 올가미처럼 생긴 고리를 만들었다. 좀비는 톰을 위협하며 계속 버둥거렸지만, 톰은 상관하지 않는 것 같았다. 좀비가 자신을 공격할 수 없다는 사실을 알기 때문이겠지만, 베니는 여전히 좀비의 썩어가는 회색 이빨이 두려웠다.

톰은 손을 빠르게 움직여 올가미를 좀비의 머리에 씌우고 턱 아래로 늘어뜨린 뒤, 느슨하게 묶은 올가미를 좀비의 입이 탁 소리를 내며 닫히도록 잡아당겨 조였다. 그리고 노끈을 좀비의 턱 아래와 머리 꼭대기를 지나도록 세 번쯤 단단히 감은 뒤 매듭을 꽉 묶었다. 그러고는 뒤뚱거리며 좀비의 몸통을 타고 내려가 좀비의 다리를 고정하고는 발목에도 매듭을 묶었다.

톰은 자리에서 일어나서 노끈을 주머니에 욱여넣고 주머니칼을 접었다. 옷에 묻은 먼지를 털며 베니 쪽으로 몸을 틀었다.

"경고해 줘서 고마워. 이미 알고 있기는 했지만."

"뭐? 이런……. 젠장……."

"말조심." 톰이 나지막한 목소리로 말을 끊었다. 톰은 창문 쪽으로 가서 밖을 내려다보았다. "밖에 여덟이 있어."

"우리……. 우리 그러니까……. 판자나 그런 걸로 창문 막아야 하지 않아?"

톰이 웃음을 터뜨렸다.

"캠프파이어 하면서 이상한 얘기를 많이 들은 모양이네. 벽에 못을 박는 소리가 이 동네 좀비들을 다 불러 모을 거야. 완전히 포위당하고 말걸."

"갇힌 건 맞잖아."

톰은 베니를 바라보았다.

"갇힌다는 건 상대적인 말이야." 톰이 말했다. "앞문으로 나갈 수는 없겠지. 아마 뒷문이 있을 거야. 여기서 볼일을 다 보고 나면 뒷문으로 조용하고 재빠르게 빠져나가서 가던 길 가면 돼.”

베니는 톰을 빤히 보다가 카펫이라도 물어뜯을 기세로 버둥거리는 좀비를 보았다.

“그런데…… 형 방금…….”

“연습을 열심히 한 덕분이지. 실전 경험도 무시할 수 없고. 자, 와서 일으키는 것 좀 도와줘.”

두 사람은 좀비의 양쪽에서 무릎을 꿇었지만 베니는 차마 좀비를 만질 엄두가 나지 않았다. 지금까지 한 번도 시체를 만져본 적이 없었고, 처음 만지게 될 시체가 자신의 형을 물어뜯으려고 했던 좀비인 것도 내키지 않았다.

“베니.” 톰이 말했다. “이 사람은 절대 널 해칠 수 없어. 아무것도 못 한다고.”

‘아무것도’라는 말을 듣자 베니는 한 대 얻어맞은 듯했다. 머릿속에 눈도, 이도, 손가락도 없었던 올드 로저와 그리고 그를 옹호하던 젊은 여자 두 명이 스쳤다. 그리고 수레에 쌓여있던 팔다리가 잘린 좀비 몸통들이 떠올랐다.

“아무것도 못 한다.” 베니가 웅얼거렸다. “이런…….”

“서둘러.” 톰이 부드럽게 다그쳤다.

두 사람은 함께 좀비를 일으켰다. 좀비는 베니가 생각했던 것보다 훨씬 가벼웠다. 좀비를 반은 들어 올리고 반은 질질 끌다시피 해서 거실 창문에서 멀리 떨어진 주방으로 자리를 옮겼다. 좀먹은 커튼 사이를 비집고 볕이 비스듬히 들어왔다. 식탁 위의 음식은 이미 형체를 알아볼 수조차 없이 썩어 문드러진 지 오래였다. 두 사람은 좀비를 의자에 앉혔고, 톰이 그의 몸통에 노끈을 감아 의자에 고정시켰다. 끊임없이 버둥거리는 좀비를 바라보며 베니는 확실히 깨달았다. 좀비는 정말 아무것도 할 수 없는 존재였다.

아무것도.

그 단어가 계속해서 머릿속에 맴돌았다. 특별할 것 없던 단어가 추악하고 끔찍한 의미를 담은 새로운 단어가 되어있었다.

톰은 주머니에서 봉투를 꺼냈다. 고이 접힌 좀비 초상화와 함께 들어있던 미색 편지지에는 손글씨로 짤막한 글이 적혀있었다. 톰은 눈으로 글을 한 번 읽은 뒤 한숨을 내쉬며 동생을 바라보았다.

"좀비를 잡는 것도 힘들지만, 가장 힘든 건 바로 이거야." 그러고는 편지지를 베니에게 건넸다. "읽어 봐."

베니가 편지지를 받아 들었다.

"내 고객들, 그러니까 나를 고용해서 이리로 보낸 사람들은 보통 마지막으로 전할 말을 글로 남겨. 직접 말하고 싶어도 그러지 못하니까. 그 말들을 적으면서 그들 나름의 영결식을 하는 거야. 이해할 수 있겠어?"

베니는 편지를 읽었다. 숨이 목구멍에 턱 막히면서 눈물이 뺨을 타고 흘렀고, 베니는 고개를 끄덕였다. 톰은 다시 편지를 가져갔다.

"베니, 이제 소리 내서 읽을 거야. 알겠어?"

베니가 다시 한번 끄덕였다.

톰은 희뿌연 빛 아래로 편지지를 비스듬히 들고 소리 내어 읽기 시작했다.

"사랑하는 해럴드, 당신이 정말 보고 싶어. 지난 몇 년간 당신을 얼마나 그리워했는지 몰라. 아직도 매일 밤 당신이 꿈에 나오고 매일 아침잠에서 깨면 당신이 좋은 곳에서 편안히 쉬고 있길 기도해. 당신이 나와 우리 아이들에게 하려고 했던 짓을 용서했어. 오랫동안 당신을 미워했지만, 당신은 그날 내가 아는 당신이 아니었다는 걸 이제 이해해. 모든 건 그날의 *재앙* 때문이었어. 당신이 그렇게 되고 우리 아이들은 내가 잘 보내주었으니 걱정 마. 아이들은 편안히 갔고 나는 일요일마다 꽃을 들고 아이들이 잠든 곳을 찾아 가. 당신이라면 그렇게 했을 테니까. 톰 이무라 씨에게 당신을 찾아달라고 부탁했어. 좋은 분이시니 당신도 잘 대해주시리라 믿어. 사랑해 해럴드. 신께서 당신이 편안하게 쉴 수 있는 곳으로 인도해 주시길. 때가 되면 나도 당신이 기다리는 곳으로 갈 수 있을 거야. 베티와 막내 스티븐과 더 좋은 곳에서 함께할 날을 손꼽아 기다리고 있어. 당신이 좀 더 빨리 편안하게 잠들도록 해줬어야 하는데, 용기가 없었던 나를 용서해 줘. 당신은 영원히 하나뿐인 내 사랑이야. 영원히, 클레어가."

톰이 편지를 다 읽어갈 때쯤 베니는 훌쩍이고 있었다. 고개를 돌리고 손으로 얼굴을 가린 채 흐느꼈다. 톰이 다가와서 베니를 안고 이마에 입을 맞췄다.

톰은 뒤로 물러나 숨을 한번 크게 들이쉬고 부츠에서 보조 칼을 뽑았다. 베니는 그 칼이 톰이 가장 좋아하는 칼이라는 사실을 알고 있었다. 쥐기 쉽게 골이 파인 검은색 손잡이가 달린, 길이가 17cm 정도 되는 양날 검이었다. 베니는 차마 눈을 뜨고 볼 자신이 없었지만, 고개를 들어 헤럴드 시먼스 앞 테이블 위에 편지지를 펼치고 있는 톰을 바라보았다. 톰은 좀비의 뒤로 돌아가서 좀비의 머리를 앞쪽으로 살짝 밀어 해골 아래 우묵한 부분에 칼끝을 꽂기 좋게 만들었다.

"베니, 보고 싶지 않으면 다른 데 보고 있어도 괜찮아." 톰이 말했다.

베니는 그 광경을 보고 싶지는 않았지만, 고개를 돌리지도 않았다.

톰이 끄덕였다. 그리고 다시 한번 숨을 크게 들이쉰 뒤 좀비의 목 뒤쪽에 칼날을 쑥 밀어 넣었다. 칼은 별로 어렵지 않게 척추와 머리뼈 사이의 움푹한 공간으로 미끄러져 들어갔고 날카로운 칼끝이 뇌간을 완전히 관통했다.

헤럴드 시먼스가 몸부림을 멈췄다. 미세한 꿈틀거림이나 사후 경련 같은 것도 없었다. 묶어 놓은 노끈이 팽팽해질 정도로 몸을 앞으로 축 늘어뜨린 채 미동도 하지 않았다. 그를 조종하는 힘이 무엇이었든, 병원균이었든 방사선이었든, 좀비의 모습을 한 껍데기만 남긴 채 그의 인간성을 앗아갔던 힘은 이제 사라지고 없었다.

톰은 헤럴드 시먼스의 팔을 묶고 있던 노끈을 자르고 그의 두 손을 테이블 위에 올려 손바닥이 편지지에 닿도록 했다.

"편한 곳에서 쉬십시오." 톰이 말했다.

그는 칼날을 잘 닦고 접은 뒤 뒤로 물러섰다. 그리고 아주 구슬프게 훌쩍이고 있는 베니를 보았다.

"베니, 이게 내가 하는 일이야."

제2부

좀비 카드!

(전체 세트를 모아 보세요!)

"사람들은 누구나 내면에 괴물을 하나씩 가두고 산다."

— 리처드 프라이어

13

시체들의 땅에서 돌아온 후 5일 동안 베니는 아무것도 하지 않았다. 아침이 되어 동쪽 하늘에 해가 뜨면 뒤뜰로 가서 시원한 그늘 밑에 몸을 숨기고 앉았다. 그러다 해가 꼭대기까지 떠오르면 집으로 들어가 방안에서 창밖만 바라보았다. 해가 지고 나면 아래층으로 내려가 현관 앞 제일 윗 계단에 자리를 잡고 앉았다. 종일 하는 말이 열두 마디를 넘지 않았다. 톰이 요리해서 차려놓은 음식을 먹을 때도 있었고 먹지 않을 때도 있었다.

톰은 베니에게 억지로 말을 시키지 않았다. 매일 밤 베니를 꼭 안아주며 말했다. "내일 말하고 싶어지면 얘기하자."

셋째 날에는 닉스가 찾아왔었다. 베니는 대문 밖에 서 있는 닉스를 보고도 고개만 까딱할 뿐 미동도 하지 않았다. 마당으로 들어온 닉스가 베니 옆에 앉았다.

"네가 돌아왔는지 몰랐어." 닉스가 말했다. 베니는 대꾸하지 않았다. "괜찮아?"

베니는 어깨만 으쓱할 뿐 여전히 아무 말도 하지 않았다.

닉스는 베니 옆에 다섯 시간 동안 앉아있다가 집으로 돌아갔다.

청과 모기가 글로브와 야구공을 가지고 놀러 왔다가 대문 앞에서 톰과 마주쳤다.

"베니한테 무슨 일이 있어요?" 청이 물었다.

톰은 컵에서 물을 한 모금 들이켠 뒤 곁눈질로 따뜻한 햇볕 아래 울타리 위를 날고 있는 꿀벌을 쫓으며 말했다. "그냥 시간이 좀 필요해서 그래."

"왜요?" 모기가 물었다.

톰은 답하지 않았다. 셋은 자신의 운동화 가장자리를 따라 휘어진 잔디를 멍하니 보고 있는 베니를 쳐다보았다.

"그냥 시간이 필요하대." 톰이 말했다.

친구들은 돌아갔다.

다음 날에도, 그다음 날에도 닉스가 찾아왔다.

여섯 번째 날 아침, 닉스는 오븐에서 금방 나온 것 같은 따뜻한 블루베리 머핀을 바구니 가득 가져왔다. 베니는 머핀 하나를 받아 냄새를 맡더니 말없이 먹기 시작했다.

까마귀 두 마리가 울타리 위에 앉았고 베니와 닉스는 까마귀들을 거의 한 시간 동안 바라보았다.

베니가 말했다. "거지 같은 것들."

닉스는 고개를 끄덕였다. 그 말이 까마귀나 눈앞에 보이는 무언가에 대고 한 말이 아니라는 것을 닉스는 이해했다. 누구를 두고 한 이야기인지 알 수는 없었지만 베니의 증오는 이해할 수 있었다. 그녀 엄마의 삶도 증오 때문에 망가져 버렸다. 엄마는 핑크아이 찰리에게 저주를 퍼부을 구실을 찾지 않고는 단 하루도 살 수 없었다.

베니가 허리를 굽혀 돌멩이 하나를 집어 들고 평소 모기와 놀던 것처럼 돌을 던지려고 까마귀들을 바라보았다. 새를 다치게 하지 않고 겁을 줘서 쫓아버리려고 했다. 베니는 손바닥으로 돌의 무게를 가늠하다가 손에 힘을 풀고 잔디밭에 돌멩이를 떨궜다.

"밖에서 무슨 일이 있었던 거야?" 닉스가 드디어 한주 내내 묻고 싶었던 질문을 던졌다.

베니는 그 뒤로 10분이 더 지나서야 시체들의 땅에서 있었던 일을 이야기하기 시작했다. 좀비뿐만 아니라 산속 계곡 옆 바위틈에서 보았던 현상금 사냥꾼 세 명에 관한 이야기도 들려주었다. 감정이 전혀 느껴지지 않는 단조로운 목소리였지만 닉스는 이야기가 끝나기 한참 전부터 울기 시작했다. 시체들의 땅에서 본 광경에 눈물이 전부 증발했는지 베니의 눈은 바짝 말라 있었다. 닉스는 자신의 손을 베니의 손 위에 얹었고, 둘은 베니의 이야기가 끝나고 한참이 지나도록 어둑어둑해지는 하늘을 보며 자리에 앉아있었다.

앉아있는 동안 닉스는 베니가 손바닥을 뒤집어 자신의 손을 잡아주길, 베니의 손과 자신의 손이 하나로 묶이길 바랐다. 이렇게 베니를 가깝게 느껴본 적은 없었다. 이 순간처럼 둘 사이가 발전할 수 있을 거라고 믿어본 적도 없었다. 하지만 얄궂은 시간만 하염없이 흘렀고, 베니는 그녀의 손을 잡아주지 않았다. 그의 손 위에 포개진 자신의 손도 간신히 허락한 것 같은 생각이 들었다.

저녁이 되었고, 귀뚜라미 소리가 들리기 시작하자 닉스는 자리에서 일어나 대문을 나섰다. 베니는 이야기를 끝낸 뒤로 한마디도 하지 않았다. 닉스는 자신이 손을 잡았던 것을 베니가 알기는 하는지, 자신이 떠난 것은 아는지 의심스러웠다.

닉스는 집으로 돌아가는 내내 울었다. 아무도 그녀가 우는지 모르도록 조용히 흐느꼈다. 베니를 잃어서가 아니라 이제껏 자신이 베니의 마음속에 자리한 적이 단 한 번도 없었다는 사실을 깨달았기 때문이었다. 그리고 베니가 느끼고 있는 아픔을 자신이 덜어줄 수 없다는 사실도 마음이 아팠다.

베니는 완전히 어둠이 깔릴 때까지 그 자리에 앉아있었다. 닉스가 대문을 열던 모습과 문밖을 나서며 등 뒤로 조심스럽게 문을 닫던 모습을 떠올리며 대문 쪽을 두 번 보았다. 마음이 아팠다. 닉스를 그렇게 보내서가 아니라 자신의 답을 원하는 닉스의 마음이 느껴졌기 때문이었다. 닉스의 마음을 느낄 수 있었다. 언제나 느끼고 있었지만, 오늘은 말로 정의할 수 없는 어떤 이유로 그녀의 마음이 더 절절하게 그의 마음에 와닿았다. 그리고 자신이 닉스를 원하고 있다는 것도 깨달았다. 청과 한 맹세를 깨고, 둘이 그저 친구일 뿐이라는 사실도 잊는다면…….

하고 싶었던 것이 많았다. 하지만 그의 세상은 예전 같지 않았고, 닉스의 손을 잡을 수 있었지만 그는 행동에 옮기지 않았다.

왜 그랬을까?

청과 한 맹세와는 아무 상관이 없었다. 우정을 깨기 싫어서도 아니었다. 베니에게 보이는 마음은 그 정도일 뿐, 나머지는 그림자에 가려 내면의 눈으로 아무리 보아도 보이지 않았다. 며칠 새 말이 안 되는 것들이 너무 많아진 느낌이었다.

닉스는 떠났지만, 그녀의 손에서 전해지던 온기가 아직도 느껴졌다.

"닉스." 그가 말했다. 하지만 그녀는 떠났고, 그는 그녀를 붙잡지 않았다.

베니는 일어나서 청바지에 묻은 먼지를 털고 울타리 너머 하늘에 걸린 노란 여름 달을 올려다보았다. 매일 뜨는 달이었지만 오늘은 왠지 달라 보였다. 더 이상 무엇도 예전과 같을 수 없었다.

14

다음 날 아침은 9월치고 선선했다. 베니는 침대에 누워 창밖을 내다보았고, 산 너머로 무거워 보이는 흰 구름이 층층이 쌓여있었다. 비가 내릴 모양인지 공기가 눅눅했다.

베니는 한 시간쯤 깨어있었다가 문득 자신의 기분이 좀 나아졌다는 사실을 깨달았다. 기분이 아주 좋거나 크게 달라지지는 않았지만, 적어도 조금은 나아져 있었다.

여름 방학의 마지막 주였다. 돌아오는 주 월요일이 개학이었지만 일을 시작했으니 반나절만 학교에 가게 되어있었다. 베니는 침대에 누운 채로 새들이 나무에서 지저귀는 소리를 들었다. 톰은 언젠가 베니에게 폭풍이 치기 전에 새들의 울음소리가 달라진다고 말해준 적이 했었다. 베니는 그 말이 사실인지 알 수 없었지만, 만약 그렇다면 그 이유를 알 것만 같았다.

베니는 자리에서 일어나 씻고 옷을 입은 뒤 아침을 먹으려고 아래층으로 내려갔다. 톰이 접시에 계란을 담아냈고, 베니는 접시를 비운 뒤 프라이팬에 남은 계란까지 싹싹 긁어 담았다. 아침을 거의 다 먹을 때까지 두 사람은 말이 없었고, 마침내 베니가 먼저 입을 열었다.

"형, 형이 일하는 방식으로……. 형 같은 일을 하는 사람이 또 있어? 영결식 말이야."

톰이 커피를 홀짝였다.

"몇 명 있어. 많지는 않아. 북쪽 헤이븐 지역에 남편과 아내가 함께 일하는 팀이 하나 있고, '자유의 땅 교회'라고 불리우는 남자도 이런 식으로 일해. 마운틴사이드에는 나 말고는 없어."

"왜?"

톰은 머뭇거리다 어깨를 으쓱했다. "시간이 더 걸리니까."

"그러지 마." 베니가 말했다. "그런 식으로 말하지 마."

"그런 식으로라니?"

"포장하지 말라고. 내가 만약 앞으로 형과 함께 일하게 된다면, 진실이 어떻든 나를 어린애 취급하지 말아줘. 날 속이려고 하지 마."

톰은 커피가 들어있던 잔을 내려놓고 고개를 끄덕였다.

"알겠어. 이런 방식으로 일하는 사람이 없는 이유는 감정 소모가 너무 크기 때문이야. 어쩔 수 없이……." 톰은 적당한 말을 찾았다.

"현실에 직면해야 하니까?" 베니가 톰 대신 말을 끝냈다.

"그런 것 같아." 톰이 말했다. 베니의 말을 곰곰이 생각했다. "'현실'. 그래…… . 아마도 그런 것 같아."

베니는 고개를 끄덕이며 마지막 남은 빵 한 조각을 먹어 치웠다.

한참 뒤 톰이 말했다. "만약 나랑 같이 이 일을 하려면……."

"아직 한다고는 안 했어. '만약'이라고 했지."

"나도 마찬가지야. 만약 나랑 일하게 된다면 몸을 어떻게 쓰는지 배워야 해. 몸을 단련하고 싸우는 기술을 익혀야 한다는 뜻이야."

"총 쓰는 법?"

"맨손으로 싸우는 법." 톰이 말했다. "그리고 검술도. 처음에는 목검으로 시작할 거야. 학교 끝나고 집에 와서 연습하자."

"알겠어." 베니가 답했다.

"뭘 알겠다는 거야?"

"알겠다고."

그날 아침 둘은 더 이상 아무 말도 하지 않았다.

베니는 대문 앞에 서 있었다. 톰을 따라 시체들의 땅에 가기 전의 자신과 이제부터 변하게 될 자신을 구분하는 경계라도 되는 듯 문을 바라보았다. 일주일 동안 차마 대문을 열 수 없었고, 지금도 빗장을 여는 손이 조금 떨렸다.

대문은 조용히 열렸고, 행진곡이 들리거나 구름을 가르며 불길한 번개도 치지 않았다. 베니는 멋쩍게 웃으며 청의 집 쪽으로 걷기 시작했다.

15

"좀비 나왔대!"

모기 미첼이 힘껏 소리를 질렀고 모두 뛰기 시작했다. 모기는 베니와 청과 나란히 달리면서 다른 아이들이 먼저 뛰어가지 못하도록 도로를 막았다. 하지만 재난이 닥치고 말았다. 잭 마티아스가 모기를 일부러 넘어뜨렸고, 넘어지던 모기의 손가락이 모비의 바지 뒷주머니에 걸리는 바람에 의도치 않게 모비의 바지가 무릎까지 벗겨지고 말았다.

모비는 얼룩진 사각팬티를 입고 있었는데, 무릎까지 내려온 바지에 다리가 걸리는 바람에 다음 걸음을 내딛지 못하고 넘어져 버렸다. 뒤따라오던 아이들이 바닥에 엎어진 두 사람을 피하지 못하고 넘어졌고, 아이들은 이제 희망이 없다고 생각하며 모두 주저앉았다.

베니와 청, 잭은 아직도 뛰고 있었다. 잭이 반 블록쯤 앞서 내려가고 있었다. 베니는 뒤를 돌아보고 잠시 머뭇거리다가 청의 소맷자락을 붙잡았다. 머릿속으로 '될 대로 돼라'라고 생각하며 더 빨리 달리기 시작했다.

좀비들을 향해.

좀비들은 라퍼티네 잡화점에 있었다. 좀비 카드가 발매되는 날이었다.

"모기한테는 좀 미안하네." 청이 말했다.

"그러니까, 좋은 친구였는데." 베니가 동의했다. "그리울 거야."

그들은 라퍼티네 잡화점 정문 앞 나무 계단의 꼭대기에 앉았다. 어두운 그림자가 그들 위로 드리웠다.

"이런 망할 자식들아." 모기가 말했다.

"으이그." 청이 무미건조하게 말했다. "좀비가 나타났다는데, 더 빨리 뛰었어야지."

베니는 탄산음료를 한 모금 마시고는 일부러 소리를 크게 내며 트림했다.

모기는 청의 발을 퍽 소리가 나게 찬 뒤 두 친구 사이를 비집고 나무 계단에 앉았다. 그리고 청의 운동화 사이에 놓인 카드 더미를 물끄러미 쳐다보았다. 비슷한 높이의 카드 더미가 베니의 앞에도 놓여있었다. 아직 뜯지 않은 카드 세트 두 개였다. 빤질빤질한 포장지가 구겨진 채로 계단 꼭대기에 놓여있었다.

"벌써 다 팔렸다더라." 모기가 툴툴거렸다.

"그러니까. 애들이 참 못됐어, 그렇지?" 베니가 중얼거렸다.

"네놈들이 마지막 남은 세트를 사 갔다던데?"

"아닐걸." 베니가 말했다.

모기의 표정이 밝아졌다. "뭐야……. 그럼 아직 남은 게 있다는……?"

"마지막 남은 *12세트*를 샀지." 청이 말했다.

"너희 진짜 재수 없어."

"이 자식 울겠는데?" 청은 모기가 듣거나 말거나 베니에게 말했다.

"나중에 후회할 일만 하나 더 생기겠지." 베니가 동의하며 말했다.

"내가 지금 할 일이 있다면." 모기가 말했다. "너희들 뒤통수를 한 대씩 때려주는 거야."

"어휴 무서워." 청이 하품하며 말했다.

베니는 발목을 긁는 척하면서 발을 옆으로 치웠고 열을 맞춰 쌓여있는 좀비 카드 세트가 4개 더 나타났다. 빤질한 포장지도 아직 뜯지 않은 상태였다. 모기는 의기양양하게 미소 짓는 베니를 못 본 체하며 카드를 집었다.

"그래도 재수 없는 건 마찬가지야." 모기가 첫 번째 세트의 포장을 뜯으며 말했다.

"그럼에도 불구하고." 청이 말했다. "우리는 산산이 부서진 삶을 이어 붙일 방법을 찾아 계속 투쟁할 걸세 친구."

모기는 청에게 엿이나 먹으라는 듯한 표정을 지어 보이고는 카드를 정리하기 시작했다.

좀비 카드는 남자아이들이 가질 수 있는 몇 안 되는 즐길 거리였다. 산자락을 따라 65km쯤 떨어진 곳에 있는 옆 마을에 인쇄소를 하는 형제가 있었다. 인쇄소의 기계는 전부 손으로 작동해야 했는데, 전기가 들어와도 언제 끊길지 몰라서 의존할 수가 없었기 때문이다.

그래서 인쇄소 형제들은 옛날 방식을 고집했다. 오프셋 인쇄 방식으로 네 가지 색을 사용해 깔끔하게 인쇄를 해냈다. 좀비 카드는 빳빳한 종이로 만들어졌고 한 세트에는 카드가 총 열 장 들어있었다. 각 카드의 앞면에는 제이 독이나 닥터 스킬즈, 샐리 투나이프, 메콩 형제 같은 유명한 현상금 사냥꾼들이나, 빅 마이크 스위니, 빌리 크리스마스, 캡틴 레저 같은 첫 번째 밤의 영웅들이나, 히스토리 안이나 헬리콥터 파일럿 같은 좀비 전쟁에 참여했던 인물들, 또는 마체테 헤드, 콜드워터 스프링 브라이드, 몽크 같은 유명한 좀비거나, 좀비가 된 유명한 사람들의 얼굴이 그려져 있었다. 카드의 뒷면에는 각 인물에 대한 짧은 설명과 함께 그림을 그린 화가의 이름이 적혀있었다. 베니는 '벤'이라는 사람이 그려진 카드를 가장 좋아했다. 영웅 같은 포즈로 선 키 큰 흑인 남자가 금발 여자를 등 뒤에 숨긴 채 정면으로 몰려드는 좀비들에게 횃불을 휘두르며 맞서는 장면이 그려진 카드였다. 카드 뒷면에는 '용맹했으나 불행하게도 패배로 끝난 펜실베이니아 전투에서 목격된 장면'을 바탕으로 그린 그림이라는 설명이 적혀있었다. 횃불은 벤의 고귀함을 상징했고, 횃불의 밝은 빛과 대비되는 삭막한 그림자는 좀비의 포악함을 잘 드러냈다. 가장 희귀한 카드이기도 해서 친구들 사이에서 벤 카드를 가진 사람은 베니뿐이었다. 베니는 찰리 마티아스 카드와 모터시티 해머 카드를 포함해 완전한 현상금 사냥꾼 카드 세트를 가지고 있기도 했다. 아닌 척 부인했지만 아직도 찰리와 해머를 좋아했고, 그들의 카드를 보고 있으면 숭배하는 마음이 샘솟곤 했다. 시체들의 땅에서 본 현상금 사냥꾼 세 사람이 그려진 카드들은 이미 세트에서 빼 두었지만, 어쨌든 찰리와 해머는 그날 그 자리에 없었으니 괜찮다고 생각했다. 그리고 자신이 알고 지내던 다른 현상금 사냥꾼들은 그런 짓을 하지 않는다고 믿기로 했다. 톰이 단단히 오해하고 있는 게 틀림없었다.

친구들에게는 아무 말도 하지 않았지만, 베니는 잭 마티아스 쪽을 흘깃 보았다. 그는 방금 산 열 개가 넘는 카드 세트에서 나온 카드들을 부채처럼 펴들고 가게 문 앞에 앉아있었다. 그는 베니와 눈이 마주치자 알 수 없는 미소를 지어 보이더니 다시 고개를 숙여 카드에 집중했다.

베니는 시체들의 땅에서 본 광경을 떠올리며 어깨를 으쓱했다. 아직까지 그 이야기를 아는 사람은 닉스뿐이었고 이틀 전 베니의 집 마당을 그렇게 나선 이후로 닉스를 마주친 적은 없었다. 마치 가슴에 구멍이 난 것 같은 느낌이 들었지만 애써 떠올리지 않으려고 노력했다.

청은 좀비 카드를 꽤 많이 가지고 있었는데 좀비 카드를 모으는 사촌이 둘이나 있어 똑같은 카드가 나왔을 때 교환할 수 있는 상대가 많았기 때문이었다. 모기와 베니도 카드를 꽤 가지고 있었다. 닉스는 몇 장 가지고 있지 않았다. 닉스는 가난했고 그냥 주는 카드는 받으려 하지 않았다. 그래도 베니가 같은 카드가 두 장 있을 때 주겠다고 하면 그의 카드는 거절하지 않았다.

"닉스 카드 좀 남겨놓을 거야?" 모기가 두 번째 세트를 뜯는 동안 청이 물었다.

"왜 주는데?" 모기가 무심하게 물었다. 그는 좀비 떼 가운데로 경찰차를 몰며 총을 발사하는 샌 안토니오 경찰 카드의 뒷면을 읽고 있었다. 그림 속 인물들이 아주 작게 그려져 있는데도 장면이 어찌나 생동감 넘치는지 모기는 완전히 그림에 빠져들었다.

청과 베니는 푹 숙인 모기의 고개 위로 시선을 교환하며 어깨를 으쓱했다. 모기는 가끔 흙으로 빚은 인형인가 싶을 정도로 둔할 때가 있었다.

세 친구는 카드 세트를 전부 뜯었고 가게 차양 밑 그늘에서 카드 뒷면을 읽고, 종류별로 나누고, 두 장 가진 카드를 교환하고, 다른 친구한테는 없는 좋은 카드를 자랑하기도 했다. 베니는 친구들과 웃고 떠들며 잡담도 나눴지만, 카드를 분류하는 동안 자신의 미소가 얼마나 의미 없는 것인지 생각했다. 예전의 자신처럼 행동하고 싶었다. 감정을 지어내는 듯한 자신의 모습이 싫었다.

"야, 듣고 있어?" 모기가 말했고 베니는 메아리처럼 들려오는 모기 목소리에 반응해 고개를 돌렸다. 하지만 모기가 뭘 물었는지 생각이 나지 않았다.

"뭐가?"

"정신을 어디에다 두셨나." 청이 중얼거렸다.

"닉스랑 무슨 일 있냐고 물었잖아?"

"닉스?" 베니가 날카롭게 물었다. "닉스랑 나랑 뭐가 어떤데?"

"닉스가 지난주에 너희 집에 매일 가더니 이제 우리랑 놀지도 않잖아. 여름 내내 카드놀이 하는 날 한 번도 빠지지 않고 같이 놀았는데, 대체 무슨 일이야?"

모기는 아주 옅게 미소 짓고 있었다.

베니는 어깨를 간신히 으쓱하며 태연한 척하려 애썼다.

"별거 없어. 친구니까 찾아와 준 거지."

"어떤 친구?"

"그냥 친구." 하지만 베니는 친구들이 그 답에 만족하지 못했다는 사실을 눈치챘고, 한숨을 쉬며 말했다. "들어봐. 닉스가 나한테 약간 감정이 있고 너는 닉스를 좋아하잖아. 다들 아는 얘기 아냐? 나는 닉스한테 *아무* 감정이 없어. 요 며칠 닉스가 통 안 보이는 이유는 닉스가 그걸 알아챘고, 마음이 상해서 그런 것 같아. 안타깝지만 어쩔 수 없잖아. 그러니까 닉스한테 고백하려면 알아서 해. 아마 지금이 좋은 기회일지도 모르니까."

"아닌 것 같은데." 청이 읽고 있던 카드에서 눈을 떼지도 않은 채 말했다. 다른 두 명이 청을 쳐다보았다. "닉스는 아마 지금쯤 완전 절망에 빠져있을 텐데. 친구라면 필요할지 모르지만, 발정 난 개 마냥 쫓아다니면 완전히 정떨어질걸."

"그게 무슨 소리야?" 모기가 눈을 가늘게 뜨며 말했다.

청이 모기를 보며 말했다. "대체 어떤 부분이 이해가 안 됐어?"

"나는 발정 난 개처럼 그러지 않거든. 나는 닉스를 좋아한다고. 그것도 많이."

청은 콧방귀를 뀐 뒤 다시 카드를 읽기 시작했다.

모기가 베니의 어깨를 때렸다.

"아야! 왜 때려?" 베니가 쏘아붙였다.

"닉스를 아프게 한 죗값이다!" 모기가 소리쳤다. "너 때문에 닉스가 남은 여름을 방안에 처박혀 울면서 쓸쓸하게 글만 쓰며 보내게 생겼잖아."

"미치겠네, 정말."

청과 우주의 기운에게 도움을 구하는 마음으로 베니가 한탄했다. 청은 좀비 카드를 읽는 척하며 웃음을 꾹 참았다.

셋은 레벨이 다른 카드들을 살펴보는 데 몰두한 채 5분쯤 아무 말 없이 앉아있었다. 머릿속으로는 다들 닉스를 생각하고 있었지만 겉으로는 아닌 척했다.

청이 팔꿈치로 베니를 치자 베니가 고개를 돌렸다. 청은 그림이 위로 향하도록 카드 한 장을 내밀었다.

"너 유명해지겠다." 청이 말했다.

그림 속에는 총알 자국이 가득한 벽에 기대어 선 잘생긴 남자가 그려져 있었다. 그의 손에는 총 대신 카타나가 들려있었다.

톰이었다.

"나한테 대체 왜 이러냐." 베니가 말했다.

청이 미소 지었다.

"너랑 형이랑 뽀뽀라도 하고 화해한 줄 알았는데. 둘이 엄청 친해진 줄 알았지."

"그래, 가끔 돼지도 탭댄스를 춘다더라." 베니가 카드를 받으며 중얼거렸다. 그는 카드를 뒤집어 뒷면에 적힌 글을 소리 내 읽었다. "113번 카드: 톰 이무라. 마운틴사이드 거주. '영결식 전문가'를 자처하는 1급 현상금 사냥꾼. 시체들의 땅에서 차분한 태도를 잃지 않으며 빛보다 빠른 검술을 쓰는 것으로 잘 알려져 있다."

베니는 카드를 돌려주었다.

"토할 것 같아." 베니가 말했다.

청은 뒷면을 읽는 척했다.

"'톰의 동생인 베니는 독한 방귀와 더러운 성격으로 잘 알려져 있다.' 이야, 카드가 너를 꿰뚫어 본다?"

"배나 채우러 가자." 베니가 제안했다.

모기는 카드를 받아 청이 했던 것처럼 재미있는 말을 지어내려 했지만 생뚱맞고 저속하기만 한, 전혀 웃기지 않는 단어들만 뱉어냈다.

"형한테 제대로 따져야겠어." 베니가 말했다. "이건 좀비 카드라고. 형은 대체 자기가 뭐라고 생각하는 거야?"

청이 톰 이무라 카드를 자기 카드 더미에 밀어 넣었다.

"왜 그래? 형이랑 같이 일도 할 거면서. 너희 둘이 시체들의 땅에서 영적인 의식이라도 치른 거 아니었어? 내면 성찰이라도 한 것처럼 심각하고 예민해져서 돌아왔잖아. 무슨 일이 있었던 거야?"

"다 잊었어." 베니가 말했다.

"그러지 말고, 밖에서 무슨 일이 있었냐니까?"

베니가 고개를 저었다.

"이제 말 좀 해봐." 모기가 말했다. "끔찍한 부분까지 하나하나 전부 다 말해줘."

모기의 말이 가슴에 날아와 꽂혔고, 베니는 속이 뒤집히는 것 같았다. 머릿속에 해럴드 시먼스와 눈이 없는 올드 로저, 그리고 수레에 쌓여있던 토막 난 좀비들의 몸통이 떠올랐다. 청은 베니의 안색이 변한 것을 눈치채고 모기가 다시 입을 열기 전에 뜯지 않은 마지막 카드 세트를 베니에게 건넸다.

"너 가져라. 네 얼굴 그려진 카드가 있을지도 모르잖아."

베니가 억지웃음을 지으며 포장지를 뜯었다. 처음 몇 장은 베니가 이미 가지고 있던 카드들이었다. 새로운 카드가 한 장 보였다. 유명한 좀비가 그려진 카드였고 뒷면에는 '래리 킹'이라고 적혀있었다. 베니가 보기에 그는 좀비가 되기 전과 후가 별다를 게 없어 보였다. 마지막 카드를 뒤집었다. 현상금 사냥꾼 카드도, 좀비가 되었다가 잡힌 유명인 카드도 아니었다. 가지기 꽤 힘든 '체이스' 카드였다. 스페셜 카드 여섯 장 중 하나였는데, 베니, 청, 모기, 닉스가 가진 모든 카드 중에서도 단 두 장밖에 없을 정도로 스페셜 카드는 구하기가 힘들었다.

"뭐야?"

모기가 베니 쪽으로 몸을 기울이며 묻자 베니는 카드를 멀리 떨어뜨렸다. 자기도 모르게 반사적으로 나온 행동이었고, 그 순간 베니는 마치 자신이 다른 공간에 와 있는 것처럼 느껴졌다. 짙은 먹색 하늘 아래 하얗게 바랜 해골들이 아무렇게나 널브러진, 뜨겁고 건조한 바람에 말라죽은 나무만 듬성듬성 남은 삭막한 들판 위에 홀로 선 기분이었다.

베니는 카드를 뚫어져라 보았다. 글이 아니라 그림이 베니의 눈길을 사로잡았다. 그림 속 소녀는 베니 또래거나 한 살 정도 많아 보였다. 너덜너덜한 청바지를 입고 대충 만든 가죽 모카신을 신고 있었다. 찢어진 부분을 누덕누덕 덧댄 블라우스는 너무 작아 보였다. 한때는 선명했을 꽃 무늬는 이제 안개속에 핀 꽃처럼 보일 정도로 물이 다 빠져있었다. 머리칼은 햇볕에 색이 바랬는지 눈처럼 희었고, 피부는 옅은 갈색으로 그을려 있었다. 허리에는 총집이 달린 남자용 가죽 벨트가 둘러져 있었는데 왼쪽에는 작은 권총이, 오른쪽에는 비바람을 맞아 색이 바랜 칼집에 칼이 꽂혀 있었다. 손에 들린 투박하게 생긴 창은 지름 0.5cm짜리 검은색 파이프를 가죽으로 감은 뒤, 끝에 해병대 총칼을 이어붙인 것이었다. 그녀 뒤에는 죽은 좀비들이 쌓여있었다. 그림이 믿을 수 없을 정도로 생생해서 사진이 아닌가 싶었지만 작동하는 카메라는 없어진 지 오래였다.

베니의 눈길을 사로잡은 것은 바로 사진 속 소녀의 표정이었다. 그녀의 아름다운 얼굴에 스치는 복합적인 감정을 그림 속에 잘 담아낸 것을 보니 화가는 사진 속 소녀를 잘 아는 것 같았다. 굳게 닫힌 입술에서 분노와 반항심이 드러났고. 살짝 들어 올린 턱에서는 당당함이 엿보였다. 그녀의 옅은 담갈색 눈 속에서 아주 오래되고 깊은 슬픔을 읽고 베니는 숨이 턱 막혔다. 베니는 그 슬픔을 *이해*할 수 있었다. 톰의 눈에는 언제나 슬픔이 서려 있었다. 시체들의 땅에서 방문한 작은 마을에서 돌아온 뒤, 아침저녁으로 마주하는 욕실 거울 속 그의 눈빛에도 슬픔이 짙게 드리워져 있었다.

이 소녀는 알고 있다. 베니가 본 것들을 이 소녀도 보았을 것이다. 어쩌면 더한 것도 봤을지 모른다. 그녀는 현상금 사냥꾼과는 다른 방식으로 세상을 보는 게 틀림없다. 이 소녀는 뭔가 알고 있고, 이 소녀가 아는 것을 베니도 *안다*. 닉스는 알 수 없는 것들을 이 소녀는 알고 있다.

카드 아래쪽 설명란에는 이름이 없었다. 대신 '사라진 소녀'라는 짤막한 설명만 적혀있을 뿐이었다.

청이 카드를 흘끔 보았다. 그는 베니를 놀리려고 시동을 걸었다가 베니의 표정이 심상치 않자 하려던 말을 속으로 삼켰다.

모기는 청보다 분위기 파악이 한참 늦었다. 그는 카드를 베니의 손에서 낚아챘다.

"이야, 몸매 좋은데. 닉스랑 비교해도 안 밀리겠다."

베니의 손이 모두가 깜짝 놀랄 정도로 빠르게 반응했다. 베니는 들고 있던 카트를 홱 팽개친 뒤 눈 깜짝할 새에 모기의 멱살을 잡았다.

"내놔." 베니가 다그쳤다. 톰이라고 해도 믿을 만한 성숙하고 강단 있는 어투였다.

웃고 있던 모기는 베니의 눈빛을 보자마자 마음에 상처를 입은 동시에 겁이 났다. 놀란 모기의 눈이 휘둥그레졌다.

"나, 나는……. 아, 알겠어, 알겠다고." 모기가 횡설수설했다. "줄게……. 난 그냥……."

베니는 모기의 손에서 카드를 낚아챘다. 조금 구겨지기는 했지만 완전히 접히지는 않았고, 베니는 카드를 허벅지에 놓고 문질러 잘 펼쳤다.

"미안해." 모기가 사과했다.

모기는 아직도 조금 전 일 때문에 기분이 얼떨떨한 듯했다. 베니는 모기를 흘깃 보기는 했지만 무시했다. 그리고 다시 고개를 숙여 카드를 보았다. 모기가 무슨 말을 하려고 했지만, 청이 베니에게는 보이지 않는 각도에서 조용히 고개를 저어 모기를 말렸다.

그들 위로 그림자가 드리웠고, 셋은 고개를 들었다. 잭이 베니의 카드를 내려다보며 계단 꼭대기에 서 있었다. 그는 끙 앓는 소리를 한 번 내고는 혼잣말을 중얼거리며 주머니에 자기 카드들을 쑤셔 넣은 뒤 쿵쿵거리며 계단을 내려가 집으로 가 버렸다.

셋은 잭을 못 본 체했다.

청이 베니에게 물었다. "그 여자애는 누구야?"

베니는 대답 대신 고개를 저었다.

"뒷면을 읽어봐."

베니가 카드를 뒤집어 인쇄된 내용 중 한 부분을 천천히 읽었다.

"체이스 카드 3번. 사라진 소녀. 시체들의 땅에서 홀로 야생을 누비는 아름다운 소녀에 관한 전설을 들어본 적이 있는가. 그녀를 찾으려는 사람은 많았지만, 누구도 그녀를 찾을 수는 없었다. 돌아오지 못한 이들도 있었다. 사라진 소녀는, 누구인가?"

"그다지 도움이 되는 내용은 아닌데?" 청이 말했다.

모기가 코웃음 치며 말했다.

"찰리 마티아스가 저 여자애는 떠도는 소문일 뿐이라던데."

베니가 모기 쪽으로 고개를 홱 돌렸다.

"이 여자애가 누군지 알아?"

"당연하지. 다들 한 번씩은 들어봤을걸?"

"나는 못 들어봤는데." 베니가 말했다.

"나도 못 들어봤어." 청도 거들었다.

"나랑 같은 동네 사는 거 맞냐?" 모기가 흥분하며 말했다. "몇 년 전에 들어본 적 있잖아. 머리가 눈처럼 하얀 어린 여자애가 시체들의 땅 어딘가에 숨어서 벌레 같은 걸 먹으면서 산다고. 완전히 야생에서, 영어도 못 하고 말도 안 통한다고. 뭐라더라? 방랑자 같다던가?"

베니는 고개를 저었지만, 청이 말했다. "그래……. 기억이 날 것도 같다." 그러고는 잠깐 눈을 감았다. "스카우트 있을 때. 피니 단장님이 이 여자애 이야기를 해 줬어. 우리가 아홉 살 정도 됐었을 거야. 라슈너 들판에서 캠핑했던 그 주말일걸?"

"나는 그때 아파서 빠졌어." 베니가 말했다. "독감에 걸려서. 기억나?"

"아아아, 맞다." 청이 느릿느릿 말했다.

"피니 단장님이 뭐랬는데?"

"별거 없었어. 무서운 이야기를 해 준다면서 좀비에 둘러싸인 농장에 갇힌 사람들 이야기를 들려 주셨어. 모두 죽었는데 그중에서 가장 어린 여자아이의 영혼이 산을 떠돌며 친구를 찾는다고 했어."

"흠." 모기가 끼어들었다. "그런 이야기가 아니었어. 농장에 살던 사람들이 먼저 나간 사람들을 도우려고 한 명씩 밖으로 나갔는데, 결국 아무도 돌아오지 못하고 집에 어린 소녀 하나만 남았다고 했어. 그 소녀가 아직도 그곳에 사는 거라고."

"그 소녀가 죽었다고 했거든." 청이 우겼다.

"단장님은 그런 말 한 적 없거든." 모기도 지지 않고 대꾸했다.

"여자애가 유령이 되었다고 했던 게 확실히 기억나. 사람들이 다 죽었다고 했어."

"이야기에서는 원래 사람들이 다 죽잖아." 모기가 말했다.

"모두가 죽었다면." 베니가 끼어들었다. "그 이야기는 처음에 누가 알렸는데?"

셋은 골똘히 생각에 잠겼다.

"추격꾼 중 한 명이 그 집을 찾아서 알려진 게 아닐까." 청이 말했다.

친구들은 청의 말을 곰곰이 따져보았다. 마을에서 추격꾼으로 일하는, 첫 번째 밤 이전에 경찰이나 사냥꾼이었던 사람들이 있기는 했다.

"아닐 거야." 베니가 천천히 고개를 저으며 말했다. "아닌 것 같아. 만약 어렸을 때 죽었다면 이렇게 10대 소녀로 그렸을 리가 없잖아?"

모기가 고개를 끄덕였다.

"가슴을 그렇게 크게 그릴 리도 없고?"

"모기, 제발 좀." 청이 말했다. "머릿속에 여자 가슴 말고 든 게 있긴 해?"

"아니." 모기가 진심으로 어리둥절한 표정으로 답했다. "있어야 해?"

베니는 카드를 뒤집어 뒷면을 뚫어져라 보았다. 왼쪽 아래 구석에 화가의 이름이 적혀있었다. "롭 사케토."

"야." 청이 말했다. "네가 일하려고 찾아갔던 그 사람 아냐? 좀비 초상화가, 저수지 옆 파란 지붕 집에 사는 사람."

"그렇네."

"가서 물어봐. 그 사람이 이 그림을 그렸다면 이 여자애를 본 누군가와 이야기라도 나눴겠지. 그러니까……. 이야기가 사실이라면 말이야."

"사실이야." 베니가 다른 카드들을 뒤졌다. 사케토 씨가 그린 인물은 사라진 소녀를 빼면 딱 셋뿐이었다. 찰리 마티아스와 모터시티 해머.

그리고, 톰 이무라.

"너희……." 모기가 무슨 말을 꺼냈지만, 그의 말을 다 듣기도 전에 베니는 자리를 박차고 일어나 마을 반대편 저수지 쪽으로 걸어가기 시작했다. 그는 좀비 카드를 그대로 남겨둔 채 자리를 떴다. 사라진 소녀가 그려진 카드 한 장만 손에 쥐고 있었다.

"쟤 뭐 문제 있지?" 모기가 물었다. "몸매 좀 좋다고 그 여자애한테 첫눈에 반하기라도 했나?"

청이 모기에게 면박을 주었다.

"내가 널 정말 생각해서 말해주는데, 다음에 여자 가슴을 볼 기회가 생기면 제발 가슴 위도 좀 봐. 아마 깜짝 놀랄 거야. 가슴 위에는 얼굴이란 게 있는데, 얼굴에 달린 눈, 코. 입을 한번 봐. 눈에서 읽을 수 있는 것들이야말로 그 사람이 어떤 사람인지 말해주니까."

"아이고, 공자 납셨네. 나도 알거든, 여자애들도 사람이라는 거. 시대를 뛰어넘는 진리 아니냐. 닉스는 여자고, 그러므로 사람이다. 나도 알아."

"그러셔?" 베니가 길모퉁이를 돌아 사라지는 모습을 지켜보며 청이 말했다. "닉스 눈을 제대로 봤다면 네가 그런 것도 안다는 걸 닉스도 알아챘을 텐데."

청은 자리에서 일어서서 주머니에 손을 찔러넣고 집으로 걸어갔다. 모기는 청의 뒷모습을 보며 좀 전까지 있었던 일들을 곱씹었다.

16

롭 사케토-좀비 초상화가 라고 적힌 표지판이 보였다. 양쪽 끝에 사슬고리 두 개가 연결되어 장대에 매달린 표지판은 서쪽에서 불어오는 뜨거운 바람에 끽끽 쇳소리를 내며 흔들렸다.

베니가 두 번째로 문을 두드렸을 때 사케토가 문을 열었다. 마른 페인트가 덕지덕지 묻은 청바지를 엉덩이에 걸치고 소매 부분을 잘라낸 체크무늬 셔츠를 입고 있었다. 발에는 아무것도 신고 있지 않았고, 물감이 알록달록 묻은 손가락에 김이 나는 커피잔이 끼워져 있었다. 그는 베니를 빤히 보았다.

"지난번에 왔던 녀석이구나." 사케토의 말에 베니가 고개를 끄덕였다. "같이 일할 수 없다고 결론이 났던 것 같은데."

"일자리 때문에 온 게 아니에요."

"그래. 그럼 여긴 어쩐 일로……."

베니가 카드를 꺼내자 사케토가 말끝을 흐렸다. 그는 카드를 한 번 보더니 곧 다시 베니에게 시선을 돌렸다.

"이게 누구죠?" 베니가 물었다.

사케토의 눈빛이 방어적으로 변했다.

"얘야, 그건 그냥 좀비 카드야. 캘리포니아 어느 마을에서든 구할 수 있는."

"시체들의 땅에 다녀왔어요." 뭔가 달라질 게 있을까 싶었지만, 베니는 이렇게 덧붙였다. "저희 형 톰 이무라를 따라서요."

대답이 없었다.

"톰 이무라라고."

그는 커피 한 모금을 들이켜 시간을 끌면서 베니를 찬찬히 뜯어보았다.

"이게 누구인지 알아야겠어요." 베니가 말했다.

"왜지?"

"이 여자애 이야기를 믿거든요. 저는 그 이야기가 진짜라고 생각해요. 이 여자애가 죽었다고 하는 친구도 있고, 흔한 귀신 이야기라고 믿는 친구도 있지만 저는 진짜라고 생각해요."

"그래? 그 이야기가 사실인지 네가 어떻게 알지?"

"느낌으로요."

사케토는 커피잔을 비웠다.

"커피 마시니?"

"그럼요."

"커피를 새로 내릴 건데, 시간이 좀 걸릴 거야."

그는 웃음기 없는 얼굴로 말했지만 베니가 안으로 들어올 수 있게 한 걸음 물러나 길을 터주었다. 사케토가 갑자기 뭔가를 발견하고는 바짝 긴장한 듯 얼어붙었고, 베니가 뒤를 돌아보니 모터시티 해머가 말 대여소 쪽으로 길을 건너고 있었다. 해머는 사케토를 정면으로 보며 못생긴 얼굴에 음흉한 미소를 지어 보였다.

화가의 집은 깨끗했지만 정돈되어 있지는 않았다. 벽에는 압정으로 스케치들이 고정되어 있었고 이젤 대여섯 개에 반쯤 완성된 그림들이 놓여있었다. 바퀴 달린 나무 테이블 위에 놓인 병에는 손수 만든 물감이 채워져 있었다. 두 사람은 작은 주방을 지났다. 사케토는 커피 주전자를 채우며, 베니에게 의자에 앉으라는 손짓을 했다. 마운틴사이드의 집들은 모두 물탱크 탑을 하나씩 가지고 있었다. 저수지에서 끌어올린 물과 빗물을 저장했다가 세면대와 변기에 필요한 물을 대기 위해서였다. 첫 번째 밤에 살아남은 사람들이 마운틴사이드에 몰려들었을 때, 무슨 조화인지 배관공은 23명이나 있었던 반면, 전기 기술자는 딱 한 명뿐이었다. 그 덕분에 전기 기술이 필요한 부분은 석기시대를 겨우 면한 수준으로 살아야 했지만, 주전자를 채우고, 볼일을 보고, 물을 내리는 데는 전혀 불편함을 겪지 않을 수 있었다. 베니는 그나마 다행이라고 생각했다.

"네 형이 톰 이무라란 말이지." 사케토가 중얼거렸다. "지금 보니 닮았는데 처음에 왔을 때는 전혀 몰랐어. 톰이 남동생이 있는 줄은 알았지만, 아시아계일 거라고 생각했거든."

베니가 끄덕였다. 톰의 부모님은 모두 일본인이었다. 그래서 톰의 머리칼은 새카만 직모였고, 피부는 옅은 갈색이었다. 눈동자는 검은색이었고, 자기가 보여 주고 싶은 표정만 얼굴에 드러낼 수 있었다. 베니의 엄마는 아일랜드계 조상들이 그랬던 것처럼 창백한 피부에 초록색 눈동자와 붉은 머리칼을 가졌었다. 베니는 엄마와 아빠의 유전자를 반반씩 물려받았다. 곱슬기 없는 갈색 머리칼 사이사이로 붉은 머리칼이 섞여 있었다. 눈은 숲을 닮은 짙은 초록색이었다. 피부는 창백한 편이었지만 볕에 적당히 그을려 있었다. 톰이 근육이 붙은 늘씬한 몸을 가졌다면 베니는 빼짝 마른 편에 속했다.

"이복형제예요." 베니가 설명했다.

사케토는 그제야 이해한 듯했다.

"형이 널 시체들의 땅에 데려갔다고?"

"네."

"왜 그랬을까?"

"제가 형 수습생으로 들어갔거든요. 15살이 되어서요."

"선셋 할로에도 갔었니?"

"아뇨, 그냥 말로만 들었어요. 그러니까 그게……. 다른 사람이랑 형이 대화하는 걸 듣기는 했는데, 아직 뭔지는 잘 모르고요."

"톰이 아직 말해주지 않았다면 내가 말해서는 안 될 것 같구나." 사케토가 찬장에서 깨끗한 머그잔 두 개를 꺼내며 말했다. 베니가 더 보채기 전에 사케토가 선수를 쳤다. "그래서 밖에서는 뭘 봤니?"

"저도 말을 해야 할지 모르겠네요."

"얘야, 이렇게 하자. 너는 네가 시체들의 땅에서 본 것들을 말해 주렴. 톰이 너에게 뭘 보여줬는지 말하는 거야, 그러면 나도 사라진 소녀에 대해 아는 걸 말해주마."

베니는 곰곰이 생각했다. 갓 내린 커피 냄새가 주방을 가득 채웠다. 사케토는 가슴 앞으로 팔짱을 끼고 싱크대에 기댄 채 베니의 답을 기다렸다.

"좋아요." 베니가 말했다. 그리고 사케토에게 시체들의 땅에서 있었던 일을 이야기했다. 닉스에게 했던 이야기와 똑같은 내용이었다. 사케토는 귀 기울여 베니의 이야기를 들었고, 좀비를 고문하던 현상금 사냥꾼 셋에 대해 더 자세히 말해 달라고 할 때 딱 한 번 베니의 말을 끊었다. 베니가 이야기를 다 마칠 때쯤 그는 커피를 두 잔째 마시고 있었다. 베니의 잔에 든 커피는 그대로 남아 차게 식어 있었다.

베니가 이야기를 끝냈을 때 사케토는 의자에 등을 기대고 입을 굳게 다문 채 베니를 빤히 보았다.

"네가 거짓말을 하는 것 같지는 않구나."

"같지는 않다고요? 제가 이런 이야기를 뭐하러 꾸며내요?"

"애야, 사람들이 나한테 얼마나 거짓말을 하는지 모르지. 그럴 이유가 전혀 없는데도 거짓말을 한단다. 좀비 초상화는 필요한데 사진을 안 가지고 있는 사람들이 어찌나 과장을 하는지, 그림을 다 그려놓고 보면 브래드 피트나 안젤리나 졸리처럼 생긴 초상화가 나온다니까."

"누구라고요?"

"중요하지 않아. 문제는 사람들이 거짓말한다는 사실이지. 습관적으로 하기도 해. 진실을 말하는데 익숙한 사람이 많지는 않단다. 어쨌든 내가 하려던 말은 시체들의 땅에서 돌아온 사람들이 자기들이 본 것들을 꾸며낸다는 이야기였어."

"어떤 사람들이요?"

"바로 그거야. 그런 질문들이 네가 *진짜* 거기 있었다고 생각하게 만든다니까. 사람들은 보통 '어떤 거짓말을 하는지' 궁금해하지. 뭐가 다른지 알겠니?"

베니는 사케토의 말을 이해할 것도 같았다.

"형은 마을 사람들이 자기가 믿고 싶은 진실을 믿는다고 했어요."

"톰이 맞아. 사람들은 진실을 알고 싶어 하지 않지. 진실을 알고 싶다고 말하는 사람들조차도 옳은 질문을 하지 않아."

"그게 무슨 말이에요?"

"우리가 사는 세상에 대해 당연히 궁금해야 할 것들이 있는데, 아무도 질문하지 않는다는 뜻이야."

"왜 마을을 더 확장하지 않는지 같은 질문이요?" 베니가 물었다.

"그렇지."

"또……. 뭐라고 하더라? 우리가 왜 잃어버린 것들을 탈환하지 않는지도요. 알 것 같아요. 돌아온 이후 저도 정말 궁금했거든요."

"그랬을 것 같구나. 넌 톰의 동생이니까."

"아, 형 이야기부터 해 주세요. 사실 시체들의 땅에 다녀온 뒤 형이 좀 다르게 보이기는 해요."

"그런데?"

"그런데 사람들이 왜 형이 강하다고 생각하는지는 아직도 이해를 못 하겠어요. 형이 그려진 좀비 카드도 있더라고요."

"톰이 일하는 모습을 못 봤구나?"

"삐삐 마른 좀비 하나를 묶는 장면은 봤어요."

"그게 다야?"

"네. 형은 현상금 사냥꾼 셋을 두고 도망쳤어요."

"'도망'이라." 사케토가 흥미롭다는 듯 베니의 말을 곱씹었다. "톰 이무라가 도망을 쳤다고."

그는 갑자기 머리를 뒤로 젖히고 한참 동안 깔깔거렸고, 그의 마른 몸 전체가 떨리고 눈가에 눈물이 찔끔 고였다. 그가 테이블을 쾅쾅 치는 바람에 베니의 잔이 요동치며 식은 커피가 쏟아졌다.

"어이구, 얘야." 웃음이 잦아들자 사케토가 숨을 들이쉬며 말했다. "이런! 산타 아나(미국 캘리포니아주에서 부는 국지풍-옮긴이) 때문에 커시 시장네 야외 샤워장이 날아갔을 때 비누 거품을 뚝뚝 흘리며 서 있던 커시 시장을 본 이후로 이렇게 신나게 웃어 본 게……."

"뭐가 그렇게 재미있으세요?" 베니가 끼어들었다.

사케토는 손바닥을 펼쳐 보이며 '미안하다'는 말을 대신했다.

"네 형을 아는 사람들이라면, 내 말은 톰을 잘 아는 사람들이라면 톰 이무라가 겁을 먹었다는 네 이야기를 들었을 때 다들 나처럼 반응했을 거야."

"진짜로 도망쳤어요⋯⋯."

"네가 같이 있었기 때문에 도망친 거지. 장담하는데, 만약 톰이 혼자 있었으면⋯⋯." 사케토는 말끝을 흐렸다.

"저는 형이랑 같이 산다고요." 베니가 짜증스럽게 대꾸했다. "형은 제가 더 잘 알아요. 그 상황을 직접 본 것도 아니시잖아요."

사케토는 어깨를 으쓱했다.

"그 반대일 수도 있지 않을까? 톰에 대해 네가 모르는 부분을 내가 알 수도 있지. 너도 내가 어떤 일을 겪었는지 모르잖니."

그들은 잠시 아무 말도 없이 앉아 이제껏 한 이야기를 곱씹으며 다시 대화를 시작할 구실을 찾았다.

마침내 사케토가 말했다. "사라진 소녀 말이다. 이제 내 차례잖니."

"네, 맞아요." 베니가 맞장구를 쳤다. "그 이야기가 진짜라고 말해주세요."

"진짜란다."

베니는 잠시 눈을 감았다 뜬 뒤 카드를 내려다보았다.

"아직 살아있죠?"

"그건 모르지." 사케토가 말했다. 베니는 불안한 눈빛으로 그를 올려다보았고, 사케토는 고개를 저었다. "그러니까 내 말은, 그 아이가 지금, 이 순간에 어디에 있는지 알 수 없다는 뜻이었어. 하지만 어쨌든 몇 달 전까지는 살아있었단다.”

“어떻게 아세요?” 베니가 캐물었다.

“내가 봤으니까.” 사케토가 답했다.

“그 소녀를……. 보셨다고요?”

“한 번, 아주 잠깐. 고작 30초 정도였지만 어쨌든 시체들의 땅에서 그 아이를 보았지. 그리고 돌아와서 그 그림을 그렸어. 톰이 세세한 부분을 기억해내도록 도와주었지. 네가 가지고 있는 카드에 그려진 모습과 아주 똑 닮았단다.”

“그 소녀를 보셨을 때 형이랑 같이 계셨다고요?”

사케토는 잠시 말을 멈추고 식탁 상판 위에다 손가락을 차례로 두드려 소리를 냈다.

“얘야……. 약속을 했으니 말은 해 주겠지만. 다는 말해줄 수 없을 것 같구나. 나머지 이야기는 말이지……. 네 형에게서 듣는 편이 좋을 것 같아.”

“형한테서 들으라고요? 왜요?”

사케토는 헛기침을 했다.

“왜냐하면, 톰이 그 소녀를 5년째 쫓고 있거든.”

17

사케토는 잔에 석 잔째 커피를 부으면서 골똘히 생각에 잠겼다. 그러고는 자리에서 일어나더니 찬장에서 버번위스키를 꺼내 커피잔 가득 부었다. 베니에게는 권하지 않았지만 베니는 차라리 잘 됐다고 생각했다. 위스키에서는 오래된 양말에서 날 것 같은 쿰쿰한 냄새가 풍겼다.

"나는 캐나다에서 어린 시절을 보냈어." 사케토가 말했다. "토론 토에서 자랐지. 미술 대학을 졸업한 지 얼마 되지 않아서 미국으로 왔고 얼마간은 베니스 비치에서 여행자들한테 기념 초상화를 그려 주면서 돈을 좀 벌었지. 그러다가 범죄수사미술 수업을 몇 개 듣고 로스앤젤레스 경찰청에서 일하게 되었어. 탈주범이나 용의자의 몽 타주를 그리는 것 같은 수사와 관련된 일을 했단다. 나는 예리한 질 문을 던져서 범죄 현장 목격자나 실종자 가족의 머릿속에 있는 정 보들을 꽤 잘 얻어냈어. 나는 얼굴을 잘 잊어버리지도 않는단다. 첫 번째 밤에도 경찰서에서 일하고 있었어. 내가 살아남은 건 그날 경 찰이나 총들과 가까이에 있었기 때문이야."

베니는 그의 이야기가 사라진 소녀와 무슨 관련이 있는지 알 수 없었지만, 사케토가 이미 이야기에 심취해 있었고, 이야기의 흐름 을 끊고 싶지 않았다. 베니는 식탁 위 자신과 사케토의 중간에 카드 를 놓고 의자에 등을 기댄 채 잠자코 이야기를 들었다.

사케토는 술을 탄 커피를 한 모금 들이켠 뒤 숨을 한번 내뱉고 다 시 이야기를 시작했다.

"너는 그 밤 이후 어린 시절을 보냈으니 네가 아는 세상은 지금 여기가 전부겠구나. 첫 번째 밤 이후의 세상 말이야. 사람들이 하는 이야기를 통해서나, 아니면 학교에서 이전 세상에 관해 많이 배웠 을 거야. 그래서 머리로 아는 것들은 많겠지만, 그건 그 세상에 진 짜 살았던 것과는 다르단다. 너는 이 마을에서 몇 안 되는 생존자들 과 함께 살고 있지. 이번 해 인구가 얼마였지? 8,000명? 내가 해변에서 초상화를 그리던 시절에는 일광욕하러 해변을 찾는 사람들의 수만 8,000명의 세 배는 되었단다. 고속도로를 가득 메운 자동차 수십만 대가 너나 할 것 없이 경적을 울려대고 사람들은 소리를 질러댔지. 사람들과 부대끼는 것도 싫고 소음도 싫던 때가 있었어. 하지만, 다 사라지고 나니 그 시절이 너무 그립구나. 지금 우리가 사는 이 세상은 너무 적막해."

베니는 고개를 끄덕였지만 동의할 수는 없었다. 마을에서는 언제나 사건이 터졌고, 언제나 시끌벅적하고 북적였기 때문이었다. 베니가 생각하기에 시체들의 땅이 아니고서는 적막을 느낄 장소는 없는 것 같았다.

"사람들의 삶이 빚어내던 소음은 시체들이 살아 돌아온 후 공포에 찬 죽음의 소리로 바뀌었지. 그날, 해가 저물어 갈 때쯤 첫 번째 비명이 들렸어. 술에 취한 상태로 강도를 당한 남자가 유치장에서 사망했단다. 경찰은 그가 어떤 상태였는지 정확하게 파악하지 못했던 것 같아. 그가 간이침대 누워 자고 있다고만 생각했지 죽었다고는 생각하지 않았어. 그리고 남자가 깨어났지. 깨어났다는 표현이 정확한지 모르겠구나. 아마 부활이라고 해야 좀 더 맞지 않을까 싶어. 아니면 새로운 단어를 하나 만들어야 하는지도 모르지. 시간이 좀 있었더라면, 세상이 조금만 더 오래 버텼더라면 새로운 단어들이 엄청나게 생겼을 거다. 어쨌든, 좀비들은 죽었다가 '돌아오는' 게 아니야. 그들은 *이미* 죽었어. 14년이 지났는데도 아직도 이해가 잘 안 되기는 해." 그는 잠시 눈을 감고 방금 자신이 한 말을 곱씹었다. 예술가적 상상력까지 동원해 보아도 여전히 이해할 수 없기는 마찬가지였다.

"사라진 소녀 말이에요." 베니가 조심스레 이야기를 꺼냈다.

"그래. 그 이야기를 하려면 아직 멀었어. 내 방식으로 이야기를 풀어나가게 해 주렴. 왜냐하면 이야기들이 서로 연관되어 있어서 순서대로 이야기하지 않으면 네가 이해를 못 할 수도 있거든." 그러고는 커피를 한 모금 더 들이켰다. "유치장에 갇혔던 남자가 다른 취객들을 물기 시작했어. 사람들은 비명을 질렀지. 경찰들은 항상 있는 소동이려니 하며 평소대로 조처했어. 싸움을 말리려고 유치장 문을 열고 들어갔단다. 하지만 이미 한두 사람이 목과 동맥을 물려 쓰러진 다음이었어. 엉망진창이었지. 벽이며 바닥에 피가 흥건했고, 다 큰 남자들이 비명을 질러대는 가운데 경찰들은 총을 쏘기 시작했어. 나는 멍하니 보고만 있었어. 그거 아니? 그 장면의 색감이 아직도 기억나. 선홍색 피와 핏기없는 시체들의 창백한 피부색, 회색빛 입술과 시커먼 눈알들. 경찰들의 푸른색 제복과 테이저 건을 발사할 때 번쩍이던 청백색 전기 호광까지도. 정말 거북하고 기괴하게 들리겠지만 아름다웠어. 이해해. 미친 소리처럼 들리겠지만 나는 예술가야. 그리고 나는 우리가 다들 조금씩은 미쳐있다고 생각하지. 세상을 보는 나만의 방식이 있단다. 게다가 나는 죽음이나 죽어가는 것들과 항상 가까이에 있었고, 고통과 상실을 매일 마주하며 일했잖니. 그 장면은 너무나 사실적이고 즉흥적이었어. 경찰과 일하면서도 범죄가 일어나는 순간을 체험한 적은 없었는데, 그 장면 속에 내가 있었던 거야. 물감통 속에만 존재했던 색들이 살인과 폭력이 난무한 가운데 살아 움직이고 있었어. 나는 완전히 얼어붙었어. 움직일 수 없었지. 그때 취객들의 시체가 깨어나서 경찰들을 물기 시작했어. 그리고 그다음에는……. 색들이 온통 뒤섞였고, 비명과 총소리 말고는 기억나는 게 별로 없어. 젊은 경찰들과 내근직원들은 완전히 정신이 나갔지. 비명을 지르며 뛰어다니고 서로 부딪혔어. 시체들 입장에서는 사람들을 공격하기가 더 쉬워진 셈이었고, 물린 사람이 많을수록 상황은 점점 더 지옥으로 치달았어. 나도 거의 좀비에게 물릴 뻔했는데, 알고 지내던 테리라는 경찰이 내 소매를 잡아당겨서 구해주었어. 테리는 주차장으로 통하는 복도 쪽으로 나를 밀치더니 차로 뛰어가서 시동을 걸고 기다리라고 말했어. 그리고 다른 사람들을 구하러 다시 안으로 돌아갔지." 그는 한숨을 내쉬었다. "그리고 다시는 보지 못했어. 총소리와 시체들의 신음만 들렸지."

"경찰서에서 모든 게 시작됐네요?" 베니가 물었다.

사케토가 어깨를 으쓱했다.

"그런 것 같지는 않아. 이제껏 사람들을 만나 이야기해보니 이 사태가 어떻게 시작되었는지 저마다 다르게 생각하더구나. 내 생각은 어떤지 아니?"

베니는 고개를 저었다.

"첫 번째 물린 사람이 누구든 아무 의미가 없어. 이미 일어난 일이잖니. 죽은 자들이 돌아왔고, 세상이 멸망했지. 우리가 전쟁에서 져서 세상을 잃었어. 그게 결말이야. *어떻게* 시작되었는지는 누구에게도 중요하지 않아. 우린 담장 하나를 놓고 아포칼립스와 나란히 살고 있지. 시체들의 땅이 *진짜* 세상이고, 이 마을은 인류가 마지막으로 꾸는 꿈에 불과하단다. 그리고 우리는 죽기 전까지 이곳을 벗어날 수 없어."

"항상 이렇게 비관적이세요? 아니면 커피에 넣은 술 때문이에요?"

사케토는 머리를 한쪽으로 기울인 채 10초 정도 베니를 뚫어져라 보다가 미소를 지었다.

"감정을 숨기는 데 재능이 없는 편이구나, 그렇지?"

"그런 게 아니고요." 베니가 반박했다. "저는 이제 막 15살이 되어서 삶이 막 시작되었다고 생각했단 말이죠. 그런데 세상은 멸망했고, 이곳이 멸망한 세상의 에필로그일 뿐이라고 믿는 게 저한테 좋을지 잘 모르겠어요."

사케토가 쿡쿡거리며 웃었다.

"생각했던 것보다 똑똑하구나. 네가 일하러 왔을 때 받아줬어야 했는데."

"이제 관심 없어요. 사라진 소녀 이야기나 해 주시면 돼요."

"횡설수설하고 있기는 하지만 요점을 향해 가고 있지 않니?"

베니는 '퍽이나 그렇네요'라는 듯한 표정으로 어깨를 으쓱했다.

"알겠다, 알겠어. 요약하자면 줄행랑쳐서 닷지를 벗어났단다."

"'닷지'요?"

"로스앤젤레스를 벗어났다고. 아무도 경찰서 밖으로 나오지 않았어…… 산 사람은 한 명도 안 나왔어. 차에 앉아서 기다린 지 10분쯤 지났을 때 내근직 경사 한 명이 느릿느릿 걸어 나왔지. 얼굴은 시뻘건 피로 범벅이 되어있었고 손에 뭔가를 쥐고 있었어. 사람 다리였던 것 같아. 그가 손에 쥔 걸 물어뜯었어. 점심으로 먹은 게 올라와서 창밖으로 뱉어내고는 후진해서 차를 뺀 다음 있는 힘껏 액셀을 밟아서 경찰서 주차장을 빠져나왔단다. 기름이 4분의 3 정도 차 있었는데 차가 소형차여서 꽤 멀리까지 갈 수 있었어. 지금까지도 내가 어떻게 로스앤젤레스를 빠져나왔는지 기억이 안 난단다. 그때 도로는 이미 아수라장이었는데 마비된 도시의 꽉 막힌 도로를 용케 뚫고 탈출했어. 나중에 누군가가 말하길 그때 도로 위 자동차 안에 수천 명이 갇혀 있었다고 하더라. 그리고 곧 좀비들이 몰려와서……. 그들한테는 뷔페 같았겠지." 그는 고개를 절레절레 저은 뒤 커피를 한 모금 들이켜고 이야기를 계속했다. "도망치는 동안 하늘을 보니 군용 헬리콥터가 도시 중심가 쪽으로 날아가고 있었어. 한 백 대쯤 되었던 것 같아. 차 창문이 닫혀있고 헬리콥터 프로펠러 돌아가는 소리가 엄청났는데도 도시에서 들려오는 총성이 생생하게 들렸지. 자동차 기름이 떨어졌을 때 나는 깜짝 놀랐어. 충격에 휩싸였지. 달리는 동안 연료 표시등을 한 번도 보지 않았던 거야. 기름이 완전히 바닥이 난 뒤에는 차에서 내려 달리기 시작했단다. 한 농장에서 사람들 몇 명을 만났어. 다른 생존자들이었지. 처음에는 15명이 있었어. 그때가 자정쯤이었는데 새벽까지 7명만 살아남았지. 사람들 중 한 명이 좀비에게 물려있었던 거야. 사람들은 그때까지도 물리는 것과 당시 상황이 어떻게 연관되어 있는지 이해하지 못했어. 죽은 사람이 깨어났다고 생각하지도 않았지. 사람들을 미치게 만들고 폭력적인 행동을 유도하는 감염의 일종이라고 생각했단다."

"휴대폰을 가진 사람이 있어서 여기저기 연락을 해 봤지만 다들 혼란스럽긴 마찬가지였어. 경찰이나 정부 쪽 라인은 전부 통화 중 아니면 먹통이었어. 그래도 포기하지 않고 끈질기게 시도했지. 당시 사람들은 휴대폰과 PDA 기기들을 가지고 있으면 무슨 일이 있어도 다른 사람들과 연결될 수 있고, 해결책을 찾을 수 있다고 믿었거든. 너는 모르는 물건들일 테지만, 무슨 상관이겠니. 전자기기 배터리가 결국 다 닳았고, 너도 알다시피 우리를 도와줄 사람은 아무도 없었지. 너나 할 것 없이 모두 피해자였으니까. 새벽에 사냥꾼들이 내가 있던 지역으로 몰려와서 좀비들을 소탕하기 시작했어. 우리는 선량한 사람들이 결국 승리했다고, 다 끝났다고 생각했지. 그래서 안전하고 질서가 있는 장소를 찾아서 왔던 방향과 반대 방향으로 걸었어. 하지만 3km를 채 못 가서 다시 마주치고 말았단다."

"좀비를요?"

"좀비들을. 만에서 만오천쯤 되었던 것 같아. 어디서 그렇게 나타났는지는 신께서만 아시겠지. 어느 도시나 마을이었거나……. 어쩌면 처음에는 한둘로 시작했는데 다른 좀비들이 따라붙으면서 그렇게 모였을 수도 있지. 좀비들은 움직임을 쫓게 되어있으니까. 그들이 어디에서 왔는지는 아직도 모르고, 알고 싶지도 않아. 우리는 죽어라 달리면서 숨을 곳을 찾았지만, 그것들은 우리 냄새를 맡거나 소리를 듣고 계속 쫓아 왔어. 우리는 계속 쫓겼어. 생존자들을 더 만났고 나중에는 우리 쪽이 백 명쯤 되었는데, 이미 말했듯이 저쪽이 압도적으로 많았어. 몇만이 있었으니까. 우리는 앞, 뒤, 옆이 전부 좀비에게 둘러싸였어. 온 사방에서 좀비가 나타났고 사람들이 죽어 나갔지. 나는 무리의 한 가운데 있어서 겨우 살아남을 수 있었어. 가장자리에 있는 사람들은 좀비에게 계속 붙잡혔고 몇 백 미터마다 한두 사람씩 사라졌어. 맞아. 우리가 좀비보다 훨씬 빠르고 일대일로 붙으면 훨씬 유리하지만, 그때 우리는 어디로 도망쳐야 하는지도 모른 채 무작정 뛰어야 했단다. 그러다가 포도밭 근처 계곡으로 들어서게 되었어. 그때까지 살아남은 사람은 25명 정도뿐이었어. 사람들은 돌멩이와 나뭇가지, 농장에서 찾은 농기구들로 무장하기 시작했지. 총을 가진 사람이 두세 사람 정도 있었지만, 총알은 이미 다 써버린 지 오래였어. 계곡을 따라 물이 흐르고 있었고 우리는 헤엄쳐서 계곡을 건넜어. 도움이 되었지. 좀비들이 우리 냄새를 놓쳤거나 물 흐르는 소리 때문에 우리 소리를 못 듣는 것 같았거든. 물살이 바위에 부딪혀서 소리가 크게 나는 쪽으로 건넌 사람들은 더 이상 쫓기지 않았어. 나와 남자 네 명, 여자 하나와 그녀의 어린 딸까지 일곱 명이 무사히 살아남았단다. 그런데 여자가…… 임신 중이었어. 예정일이 이틀 남았다고 했어. 도망치는 동안 남자 둘이서 임산부를 부축했고 나는 그 여자의 어린 딸을 맡았지. 우리는 계속 달아났고 백 미터쯤 뛰고 나자 두 살밖에 안 된 여자아이가 한 50kg은 나가는 것처럼 느껴지더구나." 사케토는 잠시 말을 멈췄고 베니는 그의 안색이 어두워지는 것을 느꼈다. "애야. 나는 그렇게 강한 사람이 아니야. 육체적으로도 그렇고…… 그냥 모든 사람이 네 형처럼 강인하지는 않다고 해 두자."

갑자기 사케토의 얼굴에 그늘이 지며 어딘가가 불편해 보였고, 원래 자기 나이인 50살보다 훨씬 나이 들어 보였다. 그는 잔을 비우고 싱크대 위에 놓인 위스키병을 빤히 보았지만, 가져오지는 않았다.

베니는 사케토의 얼굴을 스쳐 가는 여러 감정을 읽을 수 있었다. 그는 표정을 숨길 수 있는 사람이 아니었다. 그가 느꼈던 감정과 목격한 장면들이 전부 그의 얼굴에 고스란히 드러났다.

잠시 뒤 사케토가 이야기를 다시 시작했다.

"두려움 때문이었는지 아드레날린 때문이었는지 아니면 마침내 미쳐버렸던 건지 우리는 쉬지도 않고 계속 달렸어. 포도밭 반대쪽으로 6~7km쯤 떨어진 곳에 오두막이 있었어. 숲속에 잘 감춰진 예쁜 집이었지. 우리는 임산부를 그 집으로 데리고 들어가서 문을 잠그고 창문을 막고, 좀비가 들어올 수 있을 만한 구멍은 가구로 전부 막았어. 음식이랑 물이 있었고, 텔레비전과 노트북도 있었는데 주인은 보이지 않았어. 다른 사람들이 소파 위에 임산부를 눕히는 동안 텔레비전을 틀었지만, 재난 방송국에서 송출하는 '잠시 기다려 주십시오'라는 문구만 보였지. 그래서 컴퓨터를 켜고 뉴스를 검색했어. 아직 인터넷이 연결되어 있더구나. 인터넷은 들어본 적 있니?"

"네. 학교에서 이전 세상에 관한 것들을 달달 외우라고 시키거든요."

사케토가 끄덕였다.

"그래, 나는 전 세계 뉴스피드를 읽을 수 있었어. 이미 전 세계가 난리 통이었지. 말 그대로 온 *세상*이 난리였어. 유럽, 아시아, 아프리카 할 것 없이 도시들은 화염에 휩싸였고, 전기가 완전히 끊긴 지역도 있었지. 군인들이 투입되었고, 정부는 죽은 자들을 퇴치하고 피해를 막을 방책을 마련 중이라고 했어." 그가 어깨를 으쓱했다. "당시에는 사실이었을지도 모르지. 경찰서를 떠나면서 휴대폰은 두고 나왔었지만, 집 안에 있던 노트북으로 아는 사람들한테 전부 이메일을 보냈고, 그중 몇 사람한테서만 답장을 받았어. 아직 자기 지역은 조용하다고 쓴 사람도 있었지만, 날이 갈수록 이메일에 답장하지 않는 사람이 늘어갔단다. 더는 통제할 수 없을 정도로 상황은 점점 나빠졌어. 뉴스 기사도 엉망진창이 되어갔지. 어떤 뉴스 기사에서는 좀비들이 아주 빠르게 움직일 수 있다고 했고, 어떤 기사에서는 총으로 좀비 머리를 쏘아도 소용없다고 하기도 했어. 뉴욕에서는 유명한 남자 앵커가 자기 가족이 처참하게 당했다면서 카메라 앞에서 총으로 자기 머리를 쏘기도 했어."

"맙소사……." 베니가 나지막이 탄식했다.

사케토는 코웃음을 쳤다.

"애야, 나는 신을 믿어본 적이 없단다. 하지만 신이 존재한다면 그날 밤에는 일을 안 하신 게 틀림없는 것 같구나. 주일 학교에 가거든 이 주제로 토론을 해보렴. 내 생각에는 성스러우신 그분이 그날 밤 우리를 도와주신 것 같지가 않거든."

"그다음에는 어떻게 되었어요?" 베니가 물었다.

사케토가 숨을 크게 쉬었다.

"나는 온종일 인터넷에만 매달려서 뉴욕, 필라델피아, 시카고, 샌프란시스코에서 일어나고 있던 전투에 관한 뉴스를 읽었어. 그리고 런던, 맨체스터, 파리에서 보도되는 해외 뉴스도 읽었지. 나 같은 사람이랑은 비교도 안 될 만큼 대담한 어떤 여자 기자가 공군이 좀비를 소탕하는 동안 워싱턴 D.C.를 취재했어. 전투기가 네이팜 폭약을 쏟아부었고 백악관 앞 잔디밭에서 좀비들이 불길에 휩싸이는 장면이 보도되었지. 좀비들은 힘줄이 다 녹아내려 바닥에 엎어지는 순간까지도 반대편에 정렬한 군대를 향해 나아갔어. 그러고는 근육이 너무 심하게 타거나 뇌가 익어버려서 더는 움직일 수 없을 때까지 바닥을 기더구나. 헬리콥터들이 몇 차례나 떼로 몰려와서 총을 갈겼지. 머리 위 3m까지 고도를 낮춰서 기관총으로 좀비를 공격했어. 미니건이라고 부르는 총이었던 것 같구나. 1분에 몇백 발을 쏠 수 있는 총으로 좀비들을 갈가리 찢어 놓았지. 그 영상을 네가 본다면 아마 우리가 이기고 있었다고 생각할지도 모르겠구나. 하지만 내가 20시간 넘게 컴퓨터 앞에 앉아있는 동안 뉴스피드가 하나둘씩 사라지기 시작했어. 그리고 전기가 끊겼고 뉴스도 확인할 수 없었지. 텔레비전은 그때까지 한 번도 제대로 작동하지 않았어. 전기가 나가기 전에도 이미 무용지물이었지."

비록 베니가 가본 적 없는 장소와 더는 존재하지 않는 기술에 관한 이야기였지만, 베니는 당시의 참담한 현실에 공감하며 사람들이 느꼈을 절망감을 고스란히 느낄 수 있었다. 시체들의 땅에 나갔을 때, 톰은 첫 번째 밤 전까지 미국에 3억 명이 살았다고 이야기했다. 그 사람들이 죽을힘을 다해 싸우다 며칠 만에 전부 죽었다고 생각하니 가슴이 조여오면서 기운이 빠졌다.

"임신한 여자는 어떻게 되었어요?" 긴 침묵을 깨고 베니가 물었다.

"그래⋯⋯. 본론을 이야기할 때가 되었구나. 네가 듣고 싶다던 이야기지."

"무슨 말씀이세요?"

"산모는⋯⋯. 그날 밤 아이를 낳았지. 집 안에 있던 침대 겸용 소파를 거실로 끌고 와서 최대한 편안한 자세로 임산부를 눕혔어. 하지만 뭘 해야 할지 아는 사람이 아무도 없었단다. 난 정말 눈곱만큼도 아는 게 없었어. 다른 사람들은 여자를 도왔지만 나는⋯⋯. 나는 그럴 수가 없더구나. 범죄 현장을 그리면서 항상 피와 가까이에서 일했으니 출산 과정에서 피를 좀 보더라도 끄떡없었겠다고 생각하겠지만, 나는 그러지 못했어. 내가 부끄럽고 나 자신도 이해가 안되지만⋯⋯. 그때는 그랬단다. 아기 울음소리를 들었을 때 나는 여전히 인터넷 세상을 배회하고 있었지. 바로 그때였어. 아이가 첫 번째 울음소리를 내자 그녀 안에 있던 좀비가 깨어나기 시작했단다."

"아기는 그럼⋯⋯?"

"여자아이였단다." 사케토가 먼 곳을 응시하며 말했다. "아이의 엄마가 좀비에 물렸었는지 아무도 몰랐어."

"세상에!" 베니는 마른침을 삼켰다. 입안이 바짝 말라서 마치 깨친 유리 한 움큼을 삼키는 것 같았다. "그럼 아기도요? 아기도⋯⋯." 베니는 차마 말을 끝마칠 수 없었다.

하지만 사케토는 고개를 저었다.

"아니. 감염된 산모에게서⋯⋯. 괴물이 나온다는 이야기를 나도 들은 적이 있다만 그때는 아니었어." 그는 헛기침을 했다. "몇 년 후, 의사인 구리잘라 선생에게 물었더니 태반으로 침투하지 못하는 질병이거나 침투하기에 감염 시간이 너무 짧았을 수도 있다고 하더구나. 아이 엄마는 도망치는 동안 좀비에 물렸던 것 같아. 아무도 알아채지 못했지만."

"그래서 어떻게 되었어요?"

"음, 아이 엄마는 이미 완전히 좀비가 된 상태였어. 아이를 낳느라 땀 범벅이었던 데다 진통 때문에 신음하고 있어서 눈치를 못 챘지. 아기가 나오고 나서도 뭘 해야 할지 몰랐어. 사람들이 뒤처리하고 있는데 그만……. 세상을 떠났단다. 숨을 길게 내쉬더니 침대로 픽 쓰러졌어. 정말 소름 끼치는 소리였지. 목구멍에서 마지막 숨이 새어 나올 때까지 끊임없이 끽끽거리는 소리가 났어. 사람들은 죽어가는 사람이 으레 내는 소리라고 했지만 내가 들은 소리를 묘사하기에는 너무 평범한 표현이었어. 손톱으로 마룻바닥을 긁는 소리 같았달까. 영혼이 그녀를 떠나지 않으려고 그녀의 육신을 붙들고 놓아주지 않는 것 같았어."

베니의 팔뚝에 소름이 돋았다.

"그때까지 수백 명이 죽고 수천 명이 좀비가 되는 광경을 봤지만……. 아이 엄마의 죽음이 그중 가장 끔찍했어." 사케토가 말했다. "몇 년이 지난 지금까지도 가장 끔찍한 죽음으로 남아있단다. 그 가련한 여자는 로스앤젤레스를 간신히 빠져나와 딸을 살리고 배 속의 아이에게 세상을 보여 주려고 악착같이 버텼어. 하지만 목표를 이뤄내자마자, 마침내 안전한 곳을 찾자마자 죽음이 그녀를 데려가 버린 거야."

사케토는 벌떡 일어서서 싱크대 쪽으로 걸어갔고, 술병을 손에 쥔 채 뚫어지게 쳐다보았다. 하지만 곧 병을 다시 내려놓았고 무거운 유리병이 싱크대에 부딪히는 소리가 쿵 하고 났다.

"아기는요?" 베니가 머뭇거리며 말했다. "살았어요? 그러니까……. 아기가 카드 속 여자아이인가요? 사라진 소녀?"

사케토는 깜짝 놀라며 고개를 돌렸다.

"아니, 그 애는 너무 어리지. 아마 지금도 열네 살 정도밖에 안 됐을 거야."

"그럼 이해가 안 되는데……"

"아기한테 언니가 있었잖니." 사케토가 말했다. "엄마를 따라 도망친 여자아이. 라일라."

"라일라." 베니가 사케토를 따라 중얼거렸다.

사케토의 끔찍한 이야기로 달아오른 공기에 그녀의 이름이 한줄기 시원한 바람을 불어 넣어 주었다.

"라일라는 여동생이 태어나는 모습을 지켜봤어. 그리고 엄마가 죽는 모습도 보았지. 딱하기도 하지. 고작 두 살밖에 안 됐을 때였는데, 엄마가 비명을 지르고 사방에 피가 튀니 상당히 충격을 받았던 것 같아. 그전까지 라일라는 내 품에 안겨서 도망치는 동안에도 쉬지 않고 조잘댔어. 말할 수 있는 단어가 몇 개 있기는 했지만, 거의 알아들을 수 없는 옹알이였지. 제 엄마가 마지막 숨을 뱉은 후에……. 라일라는 5분 동안 비명을 질렀어. 그렇게 처절하게 울부짖은 뒤로 입을 닫아버렸지."

"얼마 동안요?"

사케토는 다시 한번 먼 산을 보았다.

"나도 잘 몰라. 그 밤이 어떻게 갔는지도 잘 모르겠어. 우린 완전히 좀비에게 포위되었어. 집 밖으로 비명이 새 나가서 좀비들이 몰려왔던 것 같아. 피 냄새도 진동했을 테고."

"아이 엄마는 어떻게 되었어요?"

사케토는 여전히 눈을 마주치지 못했다.

"당연히 깨어났어. 잠깐은 우리 모두 그녀가 살아있는 줄 알았다니까? 죽은 게 아니었는데 우리가 잘못 알았다고 생각했지." 그는 잠깐 아주 추하게 웃었다. "그녀가 남자 중 한 명을 물었어. 그녀에게 *다가가* 허리를 굽히고 말을 걸려던 순간에…… 그녀가 목을 길게 *빼더니* 순식간에 물어버렸지. 우리는 그때서야 깨달았어."

"그래서 어떻게 했어요?"

"할 일을 했지." 사케토는 천천히 식탁으로 돌아와서 자리에 앉았다. "그때까지 무기를 가지고 있었어. 나뭇가지랑 돌, 빈 총도 있었지. 그리고……."

사케토가 차마 말을 잇지 못했고 베니도 더는 추궁하지 않았다. 두 사람은 자리에 앉은 채로 벽에 걸린 태엽 시계가 하염없이 째깍거리는 소리를 들었다.

"새벽이 되었을 때." 한참 뒤 사케토가 다시 입을 뗐다. "남자들 중 한 명이 좀비를 뚫고 나가보겠다고 했어. 밖에 있는 괴물들은 움직이는 속도가 느리고 지능도 낮은 것 같다고 했지. 덩치가 큰 청년이었는데 고등학교 풋볼 선수여서 체격이 아주 다부졌지. 그는 자기가 좀비 떼를 뚫고 나가서 도움을 요청하겠다고 했어. 우리 모두 그를 말리고는 싶었지만, 최선을 다해 막을 사람은 없었단다. 그 방법만이 살길이라는 걸 다들 알았으니까. 우리는 거실로 가서 현관과 벽을 두들기며 정말 크게 소리를 질렀어. 집을 둘러싼 좀비들이 다 모여들기 시작했어. 몇 명이나 있었는지는 기억이 안 나는구나. 50명? 어쩌면 100명쯤? 집 뒤쪽이 텅 비자 그 청년이 뒷문을 통해 밖으로 나가서 죽기 살기로 달리기 시작했어. 아주 잘 달리더구나. 나는 뒷문을 닫은 뒤 벽에 난 틈으로 그가 달려드는 좀비들을 뿌리치며 어둠 속으로 사라지는 모습을 지켜보면서 헛된 희망을 품었지."

"그 사람은 어떻게 됐어요?"

"어떻게 됐을 것 같니?" 사케토가 날 선 목소리로 쏘아붙였다가, 곧 조금 누그러진 톤으로 말을 이었다. "도움을 요청할 곳은 아무데도 없었어. 그 뒤로 다시는 보지 못했단다."

"이런."

"하루가 꼬박 지나고 난 뒤 또 다른 사람이 용기를 냈어. 버뱅크에서 카페 매니저였던 체구가 작은 남자였어. 그는 식탁 다리에 침대 시트를 두르고 휘발유를 뿌려 만든 횃불을 들고 밖으로 나갔지. 그런데 달리기가 빠르지 않았어. 좀비가 불을 무서워한다는 소문이 있지? 다 거짓말이야. 좀비는 생각하거나 감각을 느낄 수 없어……. 그것들은 아무것도 두려워하지 않아. 좀비들은 그 남자를 둘러쌌어. 그는 죽기 전까지 좀비를 열댓쯤 불태웠지만 결국은 다른 좀비들에게 잡혔지."

베니는 식탁 위 자신 앞에 놓인 카드를 내려다보았다.

"오두막에 들어간 사람이 7명이었다고 하셨죠?"

"어른 여섯과 작은 여자아이 하나. 그리고 뱃속에 든 아이까지 하면 여덟이지. 아이 엄마가 죽었고, 그녀에게 물린 남자도 죽었어. 그리고 가장 슬픈 게 뭐였는지 아니? 우리가 그 두 사람의 이름조차 몰랐다는 거야. 여자아이도 제 엄마의 이름을 '엄마'라고 알고 있었으니까. 그들의 이름으로 죽음을 애도해 주지 못했어. 중요하지 않다고 생각할 수도 있지만, 우리한테는 중요했어. 적어도 나한테는."

"아뇨." 톰이 해럴드 시먼스에게 읽어주던 편지를 떠올리며 베니가 말했다. "이해해요. 중요한 것 같아요."

사케토가 끄덕였다.

"결국 두 사람이 남았어. 나와 마지막 남은 남자 하나. 신발 판매사원이었다던 조지라는 남자와 나는 다음 차례를 정하려고 가위바위보를 했어. 상상이 가니, 세상의 종말이 왔는데 성인 남자 둘이서 살 수도 있는 사람과 확실히 죽을 사람을 가위바위보로 정하는 모습을 생각해 보렴. 코미디가 따로 없지."

"하나도 안 웃겨요." 베니가 말했다.

"그래." 사케토가 말했다. "전혀 우습지 않았어. 우리 둘 다 결국은 죽을 거라 생각했어. 그저 다음번에 죽을 사람이 되고 싶지 않았던 거야."

"이기셨어요?"

"아니." 그가 말했다. "내가 졌어. 방법을 생각해야 했지. 조지는 아이 둘과 함께 뒤에 남았어. 나는 카펫을 잘게 찢은 뒤 옷장에서 찾은 두꺼운 겨울 코트를 입고 팔에 카펫 조각을 둘둘 감았단다.

톰에게 이 이야기를 했더니 내가 카펫 코트를 맨 처음 발명한 사람일 거라고 우스갯소리를 하더구나. 그럴 수도 있겠지. 얼굴에도 목도리를 다섯 겹이나 둘렀고, 밖으로 드러난 부위는 다리뿐이었어. 옷장에 골프 가방이 있길래 골프채 두 개를 꺼내 양손에 하나씩 들었어. 조지도 자기 몫을 해 주었지. 현관문을 두드려 소리를 내서 좀비를 유인했어. 좀비는 위험하지만 그만큼 멍청하기도 하단다⋯⋯. 놈들은 느릿느릿 현관으로 몰려들었고 나는 집 뒷문으로 나갔어. 아이가 우는 소리, 조지가 고함치는 소리가 들렸지만 나는 돌아보지 않았어. 그리고 무작정 뛰었어⋯⋯. 죽어라 달렸지. 아직도 그 기억 때문에 밤낮 할 것 없이 너무 괴로워."

"왜요?."

사케토는 베니를 보고 암울하게 미소 지었다.

"나 혼자 살자고 달렸으니까. 집에 남은 조지나 어린 여자아이나 아기는 안중에 없었어. 내 목숨만 생각하고 달렸지. 달리고, 달리고 또 달렸어. 나에 대해 조금이라도 연민이 생기는 날에는 오두막 가까이에서는 산 사람을 찾을 수 없어서 멀리 달릴 수밖에 없었다고 스스로 다독이기도 하지. 하지만 그건 진실이 아니야. 적어도 나 자신은 알지. 달리면서 두세 번쯤 연기가 피어오르는 곳도 봤고 총성도 들었어. 그쪽으로 갔으면 살아서 싸우고 있는 사람들을 만날 수도 있었겠지만, 나는 너무 두려웠단다. 총소리가 들렸다는 건 좀비를 향해 쏘고 있었다는 이야기고, 좀비를 마주할 생각만으로도 너무 두려웠어. 나는 달리는 내내 울면서 혼잣말했어. 오두막에 남은 아이들이 안전하다고, 사냥꾼이나 군인이나 무기를 가진 누군가가 찾아가서 그들을 구해 줄 거라고 나 자신을 속이면서 자신을 설득했단다. 그리고 계속 달렸어."

그는 말을 멈추고 또 한숨을 쉬었다.

"밤이 되면 빈집 헛간에서 자거나 배수로에서 잠을 청했어. 며칠이나 달렸는지 자각도 없었어. 아주 오래 달렸지. 그런데 어느 날 아침, 사람 목소리가 들렸어. 숨어있던 곳에서 조심스럽게 빠져나가니 무장한 남자들이 길을 내려오고 있는 모습이 보였어. 60명은 됐던 것 같아. 군인 두 명과 경찰들이 앞장서서 걷고 있었어. 나는 그 사람들에게 쏜살같이 달려가서 괴성을 질러댔어. 그들은 나를 쏠 뻔했지만, 나는 다행히 제대로 된 말을 몇 마디 뱉을 수 있었어. 사람들은 나를 둘러싸고 물과 음식을 나눠준 뒤 내가 어디에서 왔고 무엇을 봤는지 꼬치꼬치 캐물었어. 조리 있게 말할 수 있는 상태가 아니었지만, 마침내 정신을 가다듬고 오두막 이야기를 할 수 있게 되었지. 그런데 그 오두막이 어디에 있는지 모르겠더라. 캘리포니아 이쪽 지역은 잘 몰랐던 데다 달려온 길에 신경 쓸 정신도 없었으니까. 그 사람들이 가진 지도를 보고 기억을 떠올리려 해 봐도 소용이 없었지."

"어떻게 되었어요?"

사케토는 고개를 저었다.

"그들은 오두막을 찾지 못했어. 적어도 내가 그 사람들과 함께 있던 동안은. 무리에서 열댓 명 정도가 오두막을 찾으러 나갔지만 돌아오지 못했어. 나머지 사람들은 계속 싸우면서 일주일을 더 이동했어. 그러다 앞은 높은 철조망으로 막히고 뒤로는 산이 있는 저수지를 발견했지. 방어하기 좋아 보였고, 생존자들의 본거지가 되었단다."

"지금 여기 말씀이세요? 이 동네가 그렇게 시작됐어요?"

"그래. 나는 철조망을 보강하고 땅을 다진 다지고 집들을 지었어. 매일 죽어라 일만 했어……. 한두 번 톰과 시체들의 땅을 둘러보러 잠깐씩 나갔을 때를 빼면 마을을 떠난 적이 없어. 아마 앞으로도 없을 것 같구나."

"여자아이들은요? 라일라는요?"

사케토는 의자에 등을 기댔다.

"글쎄. 사라진 소녀에 대해 내가 이야기할 수 있는 건 여기까지고, 이제 톰의 차례인 것 같구나. 나머지 이야기는 톰에게서 들으렴."

베니는 일어나서 커피 주전자를 가져왔다. 그리고 사케토의 잔에 커피를 따른 뒤, 잔 옆에 위스키병을 놓았다. 사케토는 병을 빤히 보다 커피에 위스키를 따라 한 모금 마시더니 자리에서 일어나 개수대에 남은 커피를 흘려보냈다.

"이야기 들려주셔서 감사해요." 베니가 말했다. "사람들은 보통첫 번째 밤과 그 후에 무슨 일이 있었는지 이야기하지 않으려고 해요. 말하는 사람들이 있어도 자기가 영웅인 것처럼 이야기를 꾸며내죠."

"그래, 하지만 나는 그런 짓은 하지 않아."

"아저씨는 잘못이 없어요." 베니가 말했다.

사케토가 비웃음을 흘렸다.

"갓 태어난 신생아와 여자아이를 좀비로 둘러싸인 집에 내팽개치고 도망쳤어. 옳은 일은 아니지."

"아이들을 데리고 나올 수 있었을까요? 둘 다?"

사케토는 힘없이 고개를 한 번 저었다.

베니는 그를 보고 미소 지으며 말했다.

"하실 수 있는 일은 다 하셨어요."

"얘야, 노력은 가상하다만, 앞으로도 발 뻗고 자기는 글렀어." 사케토가 눈을 감았다. "단 하룻밤도."

18

"톰이랑 이야기해보렴." 베니와 현관 앞까지 걸어가며 사케토가 말했다. "톰이 이야기할 마음만 있다면 뒷이야기를 들을 수 있을 거야."

"네, 그럴게요."

"아직 너한테 이유를 듣지 못한 것 같은데, 뭘 알고 싶은 거니? 라일라를 알지도 못하는데. 너에게 무슨 의미가 있지?"

예상했던 질문이었지만, 대답할 일이 없었으면 했다. 베니는 어깨를 으쓱했다. 주머니에서 카드를 꺼내 그림이 잘 보이도록 들었다.

"말로 설명하기 힘들어요. 친구들이랑 새로 산 카드들을 정리하고 있는데 이 카드가 보였어요. 이 카드에서, *이 아이에게서* 뭔가가 느껴져요. 저는……."

베니는 말을 멈추고 적당한 단어를 생각했지만 떠오르지 않았다. 그래서 어깨를 으쓱했다.

사케토가 고개를 끄덕이자 베니는 적잖이 놀랐다.

"아니, 무슨 말인지 알겠어. 그 아이는 사람들에게 어떤 영향을 주는 것 같아. 톰도 몇 번이나 그 아이를 찾으러 갔었지."

베니는 깜짝 놀랐다.

"형이요?"

"응. 다른 사람들도……. 하지만 그 이야기도 톰이 맡아야 할 것 같구나."

사케토가 문을 열자 8월의 쨍한 햇빛이 집 안으로 쏟아져 들어왔다. 깨끗하고 포근한 햇빛은 방금 전까지 사케토가 이야기한 세상과는 전혀 다른 세상의 빛 같았다. 그들은 오늘이 마지막 만남이 될지 아니면 앞으로 발전할 우정의 시작일지 생각하며 잠깐 어색하게 머뭇거렸다.

"우리가 일을 함께하지 못한 건 유감이야." 사케토가 입꼬리를 한쪽만 올리며 웃었다.

"뭐, 제가 좀비 사냥에 인생을 걸지는 않았으니까 어쩌면……."

"아니." 사케토가 말을 끊었다. "내 말은, 네 그림이 별로였다는 이야기다. 너는 착한 아이야. 친해지기도 쉽고. 네 형보다도 말이지."

"제 그림이 별로라고요?"

"못 봐줄 정도는 아니었지." 사케토가 마지못해 말했다.

"전……."

"하지만 출중하다고는 할 수 없을 것 같구나."

"참 감사하네요."

"내가 거짓말을 했으면 좋겠니?"

"어쩌면요."

"그럼 네가 렘브란트만큼 재능이 뛰어나서 너와 있으면 열등감이 느껴질까 봐 두렵다고 해 두자."

"좀 낫네요."

둘은 서로를 보며 미소 지었다.

사케토는 물감으로 얼룩진 손을 내밀었고 베니는 그의 손을 맞잡고 흔들었다.

"그 애를 꼭 찾았으면 좋겠구나."

"찾을 거예요." 베니가 말했다.

그 말을 듣는 사케토의 표정이 심란해 보였지만, 베니가 무슨 말을 꺼내기도 전에 뒤에서 누군가의 목소리가 들려왔다.

"아니 이게 누구신가?"

베니가 아는 목소리였다. 고개를 돌리기 직전에 본 사케토의 얼굴은 두려움에 바짝 긴장해있었다. 뒤를 돌아보니 바로 뒤쪽 길가에 핑크아이 찰리가 서 있었다. 그의 옆에 서서 음흉한 미소를 짓고 있는 남자는 모터시티 해머였다.

"벤저민 도련님이 여기서 뭘 하고 계실까?" 찰리가 저급한 농담이나 그보다 더 험한 이야기를 할 때 주로 사용하는 가식적인 말투로 물었다.

베니는 손에 쥔 카드가 마음에 걸렸다. 자그마한 카드였지만 그 순간만큼은 벽에 붙이는 포스터만큼 거대하게 느껴졌다. 카드가 스스로 위험을 감지하고 긴장이라도 한 것처럼 베니의 손이 벌벌 떨렸다.

찰리가 그에게 바짝 다가오자 그의 큰 덩치가 해를 가렸다. 이상했다. 베니는 찰리와 해머를 *좋아했고*, 영웅처럼 우러러보았다. 적어도 이제까지는 그랬다. 하지만 시체들의 땅에 다녀온 이후, 마치 가구는 그대로인데 방이 바뀐 것처럼, 베니의 머릿속은 완전히 뒤죽박죽이었다. 찰리가 베니를 향해 짓고 있는 미소도, 그의 눈 속에 스친 어두운 그림자도 모두 역겨웠다. 당장 뒤돌아 도망치면 이 순간을 피할 수 있었지만 도망은 절대 좋은 선택이 아니었다.

찰리가 카드 쪽으로 손을 뻗었지만 베니는 카드를 꼭 붙들었다. 일부러 반항하려던 것은 아니었다. 상황이 다급하기는 했지만, 찰리에게 반항할 만큼 베니가 배짱이 좋지는 않았다. 그의 행동은……

베니 자신도 알 수 없었다.

보호하려는 마음이었을까?

그럴 수 있다고 생각했다. 무엇보다 핑크아이 찰리가 카드를 만지지 않았으면 하는 마음은 확실했다.

"그냥 좀비 카드야." 사케토가 말했다. "내 그림이 들어간 애들 장난감일 뿐, 별것 없네만."

"별것 없다고?" 찰리가 말했다. 그는 인형의 미소처럼 보일 듯 말 듯 한, 경직되고 가식적인 웃음을 지어 보였다. "내가 좀 봐도 괜찮지?" 찰리는 모기가 그랬던 것처럼 카드를 낚아채려고 잽싸게 손을 뻗으며 말했다. 자신에게 권리가 있다는 듯한, 혹은 이미 허락을 받았다는 듯한 능글맞은 말투였다. 언제든 피할 준비가 되어있던 베니는 찰리의 손가락이 카드 모서리에 닿자 얼른 카드를 뒤로 뺐다. 그 바람에 찰리는 헛손질을 하고 말았다.

"싫어요!" 베니가 성을 내며 카드를 등 뒤에 숨긴 뒤 반사적으로 뒷걸음질 쳤다.

그 순간, 모든 소리와 주변 나무의 떨리는 잎들, 심지어 바람까지 얼어붙어 버린 듯했다. 찰리의 눈이 휘둥그레졌다. 해머와 사케토는 둘 다 깜짝 놀란 표정이었다. 베니는 혈관 속 피가 얼음처럼 차갑게 식는 것을 느꼈다.

"얘야." 찰리가 웃음기와 정중함을 싹 거두고 목소리를 내리깔며 말했다. "방금은 실수였던 것 같은데, 지금 바로잡으면 우린 다시 잘 지낼 수 있어. 카드 이리 내렴. 그리고 웃으면서 '여기 있어요'라고 말해 봐."

다시 한번 손을 뻗는 대신 위협적인 말투로 나지막하게 뱉은 말에 주변 공기가 숨 막힐 듯 무거워졌다.

베니는 움직이지 않았다. 카드를 엉덩이까지 내려 완전히 보이지 않도록 가렸다. 베니는 사케토를 힐끔 보았지만 해머가 몽둥이 대신 들고 다니는 검은색 파이프에 손을 가져다 대고 그의 코앞까지 다가서 있었다. 도움을 청할 곳이 없었다.

"당장." 찰리가 말했다. 카드를 내놓으라는 뜻으로 굳은살이 단단히 박인 거대한 손바닥을 펼쳐 내밀었다. 서쪽에서 모래를 가득 실은 뜨겁고 강한 바람이 갑자기 불어왔다. 베니의 손가락 사이에 끼워진 카드가 팔랑거렸다.

"베니, 그냥 쥐버리거라." 사케토가 말했다.

"말을 듣는 게 좋을 텐데." 해머가 사케토의 어깨 위에 손을 올리며 맞장구쳤다. 해머의 손가락 끝이 닿은 셔츠 어깨 부분에 주름이 잡혔다.

찰리가 손을 뻗었고, 그의 손가락이 베니의 얼굴에서 3cm도 채 떨어지지 않은 곳에서 멈췄다. 그의 손끝은 화약 냄새와 찌릿한 오줌 냄새, 쾌쾌한 담배 냄새가 배어있었다.

"이런." 찰리가 속삭였다.

베니가 카드를 천천히 들었다. 네 사람의 시선은 베니의 엄지와 검지 사이에 잡혀 나비의 날개처럼 퍼덕이는 카드에 모였다.

"이리 주려무나." 불어오는 바람처럼 부드러운 목소리로 찰리가 말했다.

"싫어요." 베니가 손에 힘을 풀었고, 카드는 뜨거운 바람에 실려 날아갔다.

사케토가 숨을 들이켰다. 해머는 나지막이 욕을 뱉었다. 핑크아이 찰리가 카드를 따라 손을 허공에 휘저었지만, 카드는 그의 손가락을 요리조리 피해 멀리 날아가 버렸다. 그림이 인쇄된 작은 직사각형 종이가 바람을 타고 마치 살아있기라도 한 것처럼 허공을 구르는 동안 베니는 거의 울부짖다시피 했다. 카드는 사케토의 집 마당 구석에 세워진 표지판에 부딪혀 길 위로 떨어진 뒤 그대로 몇백 미터를 굴렀고, 어떤 이의 부츠에 밟혀 단단한 땅 위에 고정된 뒤에야 멈췄다.

베니와 사케토, 현상금 사냥꾼 두 명은 눈으로 카드를 쫓다가 카드를 밟고 선 남자가 누구인지 보려고 동시에 고개를 들었다. 그 남자는 허리를 숙여 신발 밑에 깔린 카드를 집어 들었다. 그는 잠시 카드를 보더니, 입김을 불어 먼지와 모래를 털어낸 뒤 사케토의 집 앞에 모여있는 네 사람과 카드를 번갈아 보았다. 그러고는 씩 웃으며 셔츠 주머니에 카드를 꽂아 넣었다.

베니는 그 남자가 이렇게 반가웠던 적이 없었다.

"형." 베니가 외쳤다.

19

톰은 주머니가 많이 달린 꼬질한 녹색 사파리 셔츠와 물 빠진 청바지를 입고 낡은 부츠를 신고 있었다. 피츠버그 파이어리츠 야구 모자 아래로 톰의 친절하고 환한 미소가 보였다. 그가 사케토의 집 앞으로 천천히 걸어오는 동안 찰리와 해머는 주변에 걸리적거리는 장애물이 없도록 살짝 옆으로 물러났다. 둘 다 벨트에 칼을 차고 있었다. 해머는 검은색 파이프 몽둥이를 가지고 있었고 찰리 역시 포배럴 데린저식 권총을 허리춤에 숨기고 있을 거라 베니는 확신했다.

"이봐." 톰이 평온하게 인사했다. "재미있는 일이라도 있어?"

닉스나 청이 베니에게 물놀이 가자고 할 때나 계곡으로 송어를 잡으러 가자고 할 때처럼 일상적인 말투였다.

"수다 좀 떨고 있었지." 해머가 말했다. "무슨 일이 있으려고."

"다행이야, 마리온."

베니는 놀라 숨을 들이켰다. 누구도 해머를 진짜 이름으로 부르지 않았다. 모기가 좋아하는 이야기가 하나 있었는데, 해머가 마음에 안 드는 이름을 지어준 아버지를 열네 살이 되자마자 드라이버로 찔러 죽였다는 이야기였다. 하지만 해머는 한마디도 토를 달지 않았다.

"베니, 별일 없지?" 톰이 물었다.

베니는 톰이 말로만 태연한 척한다고 생각했고, 대충 고개를 끄덕였다.

"롭, 괜찮아요?" 톰이 고개를 살짝 들어 올리며 물었다.

사케토가 답했다. "편하게 대화 좀 했어. 마침 근처를 지나던 참이었다는군."

톰은 찰리와 1m쯤 떨어진 곳에서 걸음을 멈췄다. 그는 청바지 뒷주머니에 손을 넣은 채 파란 하늘을 올려다보았다.

"날씨가 참 덥네, 그렇지?" 톰이 실눈을 뜨고 검은색 연처럼 높은 하늘을 유유히 날고 있는 독수리를 응시했다. 그는 하늘에 시선을 고정한 채 말했다. "사라진 소녀 좀비 카드를 주웠는데, 할 말들 없어?"

"톰, 네가 상관할 바는 아니잖아?" 찰리가 나지막하면서도 위협적인 목소리로 물었다.

톰은 동의한다는 듯 고개를 끄덕였다.

"네가 사라진 소녀는 그냥 전설이라고 떠벌리던 게 기억나는데. 아니, 그 애가 10년도 더 전에 죽었다고 했던가?"

찰리는 아무 말도 하지 않았다.

톰은 마침내 고개를 내리고 찰리를 향해 돌아섰다. 베니는 톰의 표정이 어떤지 볼 수 없었다.

"그런데 왜 네가 애들 장난감 카드에 그려진 이 아이 때문에 안절부절못하는 것 같지? 내가 어떻게 받아들여야 해?"

"좋을 대로 생각해." 찰리가 대꾸했다.

"그래." 해머가 웃으며 거들었다. "여긴 자유 국가니까."

현상금 사냥꾼 둘이 깔깔거리며 웃었고 톰도 그들을 따라 크게 웃으며 전혀 재미있지 않은 농담을 주고받았다. 베니는 살짝 짜증이 나서 어리둥절한 표정으로 사케토를 보았고, 그는 베니를 향해 고개를 저었다.

"찰리, 너랑 마리온이 사라진 소녀를 찾지는 않을 거야. 그렇지?"

"죽은 사람을 무슨 수로 찾아?" 해머가 말했다.

"우리가 하는 일이 죽은 사람 찾기 아냐?" 톰이 받아쳤다.

생각 없이 말을 뱉어서 말꼬리를 잡히자 해머의 얼굴색이 시뻘게졌다.

"너희들이 마지막으로 그 아이를 찾은 게 산에서 그 일이 있고 나서였지? 그리고 나한테는 우연일 뿐이라고 했어. 그때도 그랬지만 지금도 나는 사라진 소녀가 보지 말아야 할 무언가를 본 게 아닌지 의심이 든단 말이야. 아니면 봐서는 안 될 장소라든가……."

"볼 게 뭐가 있다는 거야." 찰리가 으르렁대며 말했다. "이미 전에도 여러 번 말했던 것 같은데."

톰은 어깨를 으쓱했다.

"그런데 카드를 보고 흥분한단 말이지. 왜일까? 그 아이가 그려진 카드를 보면 사람들이 그 아이가 살아있다는 걸 알게 될까 봐 두려워서 그래? 누군가가 그녀를 찾을까 봐? 그리고 마을로 데리고 올까 봐서? 그러면 시체들의 땅이 어떤지 물을 테고, 그녀의 동생은 어떻게 되었는지, 게임랜드는 어떤 곳인지 물어 볼 수 있으니까?"

베니가 얼굴을 찌푸렸다. 게임랜드는 또 뭐람.

"게임랜드는 불타 없어졌잖아." 찰리가 말했다. "너도 잘 알다시피."

"내가? 내가 뭘 아는데? 네 말처럼 게임장은 불타버렸지. 차가운 재랑 해골만 남기고. 그 뼈들이 누구 건지 알 수도 없게 말이야."

찰리는 아무 말이 없었다.

"누가 복원이라도 한 건 아닌지 모르겠어." 톰이 말했다. "뭐……. 원래 있던 자리가 아니라 다른 자리에라도 말이야. 아무도 모르는 어딘가에 존재할 수도 있잖아? 떠돌아다니는 여자아이가 우연히 발견할만한 곳이라든가."

누가 보면 두 사람이 요즘 근황 이야기를 하는 줄 착각할 만큼 톰의 목소리는 부드럽고 차분했다. 하지만 베니는 보기에 찰리는 속에서 화가 부글부글 끓어올라 안색이 흙빛이 되어가고 있었다. 밝은 푸른색 눈이 번쩍 빛났고 핑크색 눈은 이글이글 타오르는 듯했다. 찰리는 톰에게 한 발짝 다가섰다.

"톰, 그딴 식으로 자꾸 나를 몰아갈 거라면 아예 진지하게 이야기를 한번 해보면 어떨까."

톰이 빙그레 웃었다.

"찰리, 지금 이야기 중이잖아. 그리고 난 너를 몰아세우는 게 아니야. 그냥 너희같이 바쁜 사람들이 이까짓 종잇조각에 왜 벌벌 떠는지 궁금해서 물어본 것뿐이야."

찰리가 한 발 더 다가갔고, 큰 몸집이 해를 가렸다. 톰은 그의 그림자에 완전히 뒤덮였다.

"톰, 열받게 하지 마. 오늘은 운이 좋았지만 요즘 같은 세상에 운이 늘 좋기란 쉽지 않으니까."

톰의 얼굴에서는 미소가 떠나지 않았다. 옆으로 한 발짝 비켜서서 찰리 마티아스를 한번 훑어보았다.

"베니, 집에 올 시간이 지났잖아. 오늘부터 훈련을 시작하기로 했던 것 같은데."

"훈련?" 해머가 말했다. "꼬맹이한테 사냥을 가르치려고?"

톰은 미소를 머금은 얼굴로 해머를 돌아보았지만, 대꾸는 하지 않았다. 베니는 순간 해머와 찰리가 주고받은 표정을 포착했다.

찰리는 반걸음 정도 사선으로 걸어 톰에게 가까이 다가섰다. 톰을 내려다보고 있었지만 톰은 물러서지도, 바지 뒷주머니에서 손을 빼지도 않았다.

"어린애가 덤비기에는 위험할 텐데." 찰리가 말했다.

"일하기에 충분한 나이라." 톰이 말했다. "자기 입에 풀칠은 해야지, 다들 그렇듯이."

"그렇지……. 하지만 너무 물러 보이는데. 시체들의 땅이 호락호락하지가 않잖아."

"베니는 이미 밖에 다녀온 적이 있어. 제 몫은 톡톡히 했고."

찰리는 베니를 보았고, 그의 얼굴에 다시 미소가 번졌다.

"네가 좀비가 사는 세상에 다녀왔다고?"

베니는 대꾸하지 않고 있다가, 톰이 한마디 하자 흠칫했다.

"찰리가 묻잖니, 베니."

"그런데요."

"공손하게 대답해야지." 톰이 나무랐다.

"네……. 다녀왔어요."

찰리가 됐다는 듯 고개를 끄덕였다.

"훈련만 잘 시키면 좋은 사냥개가 되겠군."

베니가 거세게 받아쳤다. "사냥개가 아니라 *사냥꾼*이 되려고 훈련하는 건데요." 베니가 분을 억누르며 말했다. "그리고 저희는 꼭 사라진 소녀를 찾아서 마을로 데리고 올 거예요. 두고 보시죠."

어쩌다 그런 말이 튀어나왔는지 알 수 없었고, 말을 하면서도 그런 계획은 존재하지 않는다는 것을 알았지만 베니는 찰리의 얼굴에서 비열한 웃음을 지워버리고 싶었다.

베니의 말이 효과가 있었다. 찰리의 표정이 얼어붙더니 뭔가 말하려고 입을 뗐지만, 톰이 베니의 어깨에 손을 얹으며 말했다.

"친구들, 우린 이제 가볼게."

톰이 뒤를 돌면서 부드럽게 베니를 당겼다. 둘이 세 걸음을 가기도 전에 찰리는 해머에게 낮은 목소리로 뭔가를 속삭였고 둘은 웃음을 터뜨렸다. 끔찍한 계략을 담고 있는 듯한, 추하고 과장된 웃음이었다. 베니는 뒤를 돌아보려고 했지만, 어깨 위에 올려진 톰의 손이 단단하게 막고 있어서 그럴 수 없었다.

"톰!" 찰리가 그를 부르자 톰은 느릿느릿 반쯤 뒤로 돌아섰다.

"시체들의 땅에서 특별히 조심하라고 해. 네 동생처럼 어리고 연한 살점을 노리는 것들이 많아. 밖에서는 다들 죽이지 못해 안달이 났으니까."

톰이 걸음을 멈췄다. 그는 천천히 뒤를 돌아 몇 초 동안 말없이 찰리를 보았다. 그의 입가에는 아직 미소가 머물러 있었다.

"네 말이 맞아, 찰리. 다들 죽이려고 안달이 나 있지."

그러고는 돌아서서 베니의 어깨를 두드리더니 다시 걷기 시작했다. 베니는 자리를 뜨던 찰나의 순간에 찰리의 표정을 살폈다. 찰리의 얼굴에서 잠깐 웃음기가 사라졌던 것일까? 방금 그의 눈에 포식자의 자신만만함이 아닌 다른 감정을 담겨있었던 걸까? 베니는 확신이 없었다.

집으로 가는 내내 형제는 말이 없었다.

20

대문 앞에 도착했을 때, 베니는 자물쇠에 손을 뻗다 말고 멈춰 섰다. 그러고는 톰을 향해 돌아섰다.

"형." 베니가 물었다. "아까 일 좀 설명해줘."

"별일 아니야. 찰리랑 해머는 사람들을 열받게 하는 취미가 있잖아. 괴롭힘당해주기 싫었을 뿐이야."

"사라진 소녀가 시체들의 땅에서 뭘 봤고, 사람들한테 다 말할 수도 있다던 이야기는 뭐야?"

"세상이 미쳐 돌아가니까." 톰은 그 이상 말하지 않을 것 같았다.

"그럼…… 게임랜드는 뭔데?"

톰은 답하고 싶지 않은 눈치였지만 결국 입을 열었다.

"존재하지 않아야 할 장소지. 첫 번째 밤 이전에도 존재하지 말 았어야 했고, 이 세상에서는 특히나 더 엿 같은 곳이야."

베니는 이제까지 톰이 '엿 같다'라거나 그와 비슷한 경멸이 담긴 표현을 사용하는 모습을 본 적이 없었다.

"원래는 놀이공원이었어. 사람들이 순수하게 즐거움을 만끽하려 고 찾아가는 장소." 그는 '순수하게'라는 단어에 힘을 주어 말했다. "첫 번째 밤 이후 몇 년 동안 닫혀있었는데, 무역 상인 몇 명과 현 상금 사냥꾼들이 그 장소를 발견하고는 제집처럼 드나들기 시작했 어. 현상금 사냥꾼들이 어린 애들을 구덩이에 넣고 좀비랑 싸우게 한다던 이야기 기억나?"

베니가 고개를 끄덕였다. 당시에는 톰의 말을 믿지 않았었고, 그 이후로도 깊이 생각해 본 적 없었다. 막대기 하나만 들고 구덩이 아 래에서 좀비를 상대하며 이리저리 내던져질 아이들을 생각하니 소 름이 돋았다.

"그놈들은 게임랜드를 그런 용도로 사용했고, 그보다 훨씬 더한 짓도 많이 했어. 이 지역 곳곳에서 현상금 사냥꾼, 고립주의자들, 평범한 사람까지도 게임을 보려고 몰려들었어. 그리고 내기를 걸 었지. 그 사람들은 자기들이 벌이는 짓을 Z게임이라 불렀어." 그는 고통으로 가득 차 주름이 깊게 팬 얼굴로 잠시 말을 멈췄다. "닉스 가 어렸을 때 유난히 혹독한 겨울이 닥쳤었어. 너희가 6~7살 때쯤 이었던 것 같아. 닉스를 키우느라 제시는 항상 쪼들렸고, 찰리가 그 걸 이용해서 그녀를 게임랜드로 거의 끌고 가다시피 했어. 상상이

나 되니? 그놈들은 다 큰 어른을, 그것도 *아이까지* 있는 여자를 '유령의 집' 게임에 참가하도록 만들었어. 아주 더러운 게임이었지. 제시는 짧게 깎은 야구 방망이나 파이프 하나만 가지고 좀비가 우글거리는 건물에 들어가서 살아 나와야 했지."

"거짓말." 베니가 말했다. 그런 일은 일어나지 않는다는, 일어났을 리 없다는 확신이 밴 단호한 말투였다.

"제시는 돌봐야 할 아이가 있었어. 닉스가 있었잖아. 상황이 절망적이었어. 딸을 굶길 수 없었고, 아이를 지키기 위해서라면 뭐든 할 준비가 되어있었어. 영혼이 갈기갈기 찢기더라도 말이지. 내가 가서 제시를 데리고 나오기는 했지만, 제시는 더 이상 예전같지 않았어." 톰이 말했다.

"그런 일이 가능해? 내 말은, 그런 짓은 불법 아니야?"

"불법?" 톰은 쓴웃음을 지었다. "철조망을 넘어가면 법의 손길이 닿지 않지."

베니는 고개를 세차게 흔들었다.

"몇 년 전 누군가 불을 질러서 모든 게 불타 없어졌어. 그 뒤 게임랜드의 주인들은 새 장소에서 Z게임을 열었고, 위치는 비밀에 부쳤어. 도박꾼이나 관객들도 밖이 안 보이게 꽁꽁 싸맨 마차로 이동하기 때문에 정확한 위치를 모른다고 해."

"왜 그래야 하는데?"

"불을 지른 사람이 누구든, 또 그럴 수 있다는 이야기니까."

"형은 누가 그랬는지 알아?"

톰은 대답하지 않았다. 대신 하늘의 구름만 뚫어져라 보았다.

"곧 비가 올 것 같아. 그런 이야기나 하면서 오늘 하루를 낭비하고 싶지 않은데."

"무슨 이야기? 어차피 형은 이야기도 잘 안 해주잖아. 사라진 소녀가 뭘 봤는데? 그 아이가 진짜 찰리에게 불리한 말을 할 수 있어?"

"베니, 지금 너는 나도 답을 모르는 질문을 하고 있어. 그 아이가 뭘 봤거나 알고 있냐고? 그럴 수도 있겠지. 중요한 건, 찰리는 그렇게 생각한다는 거야. 그래서 사라진 소녀는 유령 이야기일 뿐이라는 둥, 그 애가 오래전에 죽었다는 둥 소문을 퍼뜨리기 시작했어. 자기가 못 찾으니까 다른 사람들도 못 찾았으면 하는 거지."

"그럼 소녀의 그림이 실린 카드가 나온 건 찰리가 한 일은 아니네?"

"절대로. 그랬다가는 사람들이 그녀가 진짜라고 믿을 수도 있고, 만약 누군가 그녀를 찾는다면 알아보기도 쉬워지잖아……. 찰리가 했을 리 없어." 톰이 잠시 말을 멈췄다. "꼬맹아, 찰리는 좋은 사람이 아니고 용서할 줄도 몰라. 그 무리 사람들이 다 그렇듯 찰리를 움직이는 힘은 두려움뿐이야."

"두려움? 찰리가 두려워하는 게 있어?"

톰이 답했다. "진실. 찰리 말고도 두려워하는 사람이 많지."

베니는 톰이 무슨 말을 하는지 완전히 이해하지 못했지만, 고개를 끄덕였다.

"내 카드 돌려주면 안 돼?"

톰은 셔츠 주머니에서 카드를 꺼내 잠시 보더니 베니에게 돌려주었다.

"롭이 이 그림을 인쇄소에 판 게 잘한 일인지 모르겠어. 나는 말렸어. 찰리와는 문제를 일으키지 않는 편이 좋으니까."

베니는 셔츠 앞섶에 카드를 잘 문질러 닦았다.

"그분 말씀으로는 형이 몇 달 전에 사라진 소녀를 봤다던데, 자세한 이야기는 형한테 물어보라고 하셨어."

두 사람 주변의 나무 위에 새들이 앉아 지저귀고 있었고, 매미들은 지칠 줄 모르고 긴 수풀 사이를 날아다녔다. 톰은 팔꿈치를 울타리에 기대며 한숨을 쉬었다.

"돌아온 뒤로 이야기를 많이 안 하기는 했지." 그가 말했다. "우리가 본 것들이 아주 충격적이었을 거야. 그러니까……. 너는 이제 어린애가 아니고, 물론 아직 어른도 아니지만 지난 14년 동안 나랑 같은 집에 살던 성가시고 버릇없는 꼬맹이는 적어도 아니야."

"시체들의 땅에 버려지지는 않겠네." 베니가 웃으며 말했다.

"걱정 마, 좀비도 너는 안 물어뜯을 거야. 기준 미달이라." 톰은 울타리에서 팔을 뗐다. "어쨌든, 네가 모든 과정을 다 겪고 나면 어떤 사람이 되어있을지 상상이 안 된단 말이야."

"사라진 소녀의 이야기를 해주기는 할 거야?"

"그게 문제야. 내 기억에는 네가 찰리를 '진짜 남자'라고 생각했던 것 같은데. 해머도 마찬가지고. 그런데 네가 몇 분 전에 찰리한테 대들더란 말이지. 너희가 친해 보이지는 않기는 했지만, 만약 네가 찰리나 해머한테 입을 뻥긋할 가능성이 아주 약간이라도 있으면 나는 라일라에 관한 이야기를 하지 않을 거고, 해서도 안 돼. 내가 너를 무조건적으로 믿을 수 있겠다는 생각이 들면 이야기를 해

줄 수도 있고."

"당연히……." 베니가 당장 답하려 했지만, 톰은 손가락을 들어 올려 베니의 말을 끊었다.

"지금 당장은 말하지 않을 거야. 훈련 먼저 하고 저녁을 먹은 다음 이야기하자."

"지금은 왜 안 돼?"

"지금은 네가 너무 간절히 원하니까."

"또 명상의 시간 같은 소리네."

톰은 어깨를 으쓱했다.

"나는 네가 어떤 사람인지 알아가는 중인데, 너도 내가 어떤 사람인지 알아야 공평하지." 그러고는 문을 열었다. "들어가자."

베니는 대문 밖에 서서 머리 위 문틀에 손가락을 차례로 두드렸다. 평소에도 톰을 이해하지 못할 때가 많기는 했지만 지난 몇 초 동안 자신이 중요한 농담을 놓친 것 같다는 생각이 들었다. 그러고는 사라진 소녀가 그 이유를 속삭여주기라도 할 것처럼 카드를 내려다보았다.

"솔직히 말해 봐……. 너도 형이 미쳤다고 생각하지?"

사라진 소녀의 눈은 무한개의 답을 품고 있었지만, 어떤 답도 직접 들을 수는 없었다. 베니는 숨을 푹 내쉰 뒤 카드를 주머니에 넣고 마당 안으로 들어갔다.

15분 후, 톰은 베니를 죽일 듯 칼을 휘둘렀다.

21

베니는 몸을 웅크려 아주 간발의 차로 검을 피했다. 검날이 공기를 가르며 쉭 하고 바람 소리를 냈다. 베니는 한쪽으로 몸을 던진 뒤 데굴데굴 굴러 야외용 테이블 뒤에 숨으려 했지만 톰은 마치 야생동물처럼 민첩했다. 그는 테이블 위로 뛰어올라 기다렸다가 베니가 한껏 웅크렸던 몸을 일으키기 시작하자 허리를 숙인 채로 풀썩 뛰어내렸다. 그리고 검 끝을 베니의 목에 갖다 댔다.

"죽은 목숨이네."

베니는 무딘 연습용 목검 날을 손가락으로 휙 밀치며 말했다.

"반칙이잖아."

톰이 검을 내렸다.

"내가 무슨 반칙을 했는데?"

"내가 검을 놓쳤잖아." 베니가 말했다. "그래서 기다려 달라고 했고."

"웃기는 소리 마. 시체들의 땅에서는 누구도 빈틈을 봐주지 않아."

"좀비들은 검이 없잖아."

"중요하지 않아."

"그리고 내가 아는 한 현상금 사냥꾼 중에 검을 들고 다니는 사람은 없어."

톰은 수건을 집어들어 얼굴에 흐른 땀을 닦았다.

"창피를 면하려고 거짓말까지 하는 거야? 그 남자들 중 한 명이 검 들고 있었던 거……."

"알겠어, 알겠다고. 숨 좀 돌리자." 베니가 자기 목검을 바닥에 떨어뜨린 뒤 아이스티가 담긴 병 쪽으로 터덜터덜 걸어가서 두 잔을 연거푸 가득 따라 마셨다. "그리고." 베니가 뒤를 돌아보며 덧붙였다. "나는 총 쓰는 법을 배우고 싶어."

"어떻게 쏘는지 이미 알잖아."

"형만큼 잘 쏘지는 않으니까." '찰리만큼은'이라고 말할 뻔했지만, 다행히 잘 참았다. 찰리 마티아스는 지난해 추수 감사제에서 권총과 소총 사격 시범을 보인 적이 있었다. 톰은 굳은 표정으로 눈을 가늘게 뜬 채 찰리의 시범을 끝까지 지켜보았다. 그때를 생각하면 톰이 찰리만큼 총을 잘 다룰지 의문이 들었다. 베니는 톰이 총을 사용하는 모습은 본 적이 없었다.

톰은 아무 말도 하지 않았다. 목검을 손에 들고 무게를 가늠하며 허공에 천천히 칼을 휘둘렀다.

"총 쓰는 법 알려줄 거야?"

"가르쳐주긴 해야겠지." 톰이 말했다. "그런데……. 지금도 문제가 생기면 좀비 하나쯤은 처치할 수 있잖아. 전에도 이야기했지만 나는 검이나 주머니칼이 더 낫다고 생각해. 더 조용하기도 하고 또……."

"장전할 필요도 없고." 베니가 끼어들었다. "그래, 알아. 여태 한열다섯 번쯤 말했어. 그렇지만 형은 조용한 게 소용없을 때도 있다고 했지."

"맞아. 하지만 소용 있을 때가 훨씬 많아." 톰이 자기 검날 끝을 바닥에 떨어진 베니의 검 아래에 넣고 손목 스냅을 이용해 뒤집자 베니의 검이 허공을 뱅글뱅글 돌며 날았다. 생각했던 것보다 훨씬 빠르게 검이 날아왔고, 손을 뻗어 그 검을 받아냈을 때 베니 자신도 깜짝 놀랐다. 톰은 슬며시 웃었다. "반사신경은 쓸만하네."

"다행이지."

톰은 베니가 불평을 그만두고 톰을 따라 검을 줄 때까지 두 손으로 검을 든 채 기다렸다. 톰이 옆걸음질을 치며 오른쪽으로 천천히 돌기 시작했고 검에 온 신경을 집중했다. 베니는 톰에게 맞서 왼쪽으로 움직였다.

"문제를 하나 낼게." 톰이 말했다.

"꼭 내야겠어?"

"아니, 지금이라도 구덩이에 시체 묻는 일을 하고 싶다면 필요 없고."

베니는 목구멍까지 차오르는 말을 애써 삼켰다.

"'켄주츠'가 무슨 뜻인지 알아?"

"일본어로 '검술' 또는 '검도'라는 뜻." 베니는 말투로 지루함을 최대한 드러냈다. 톰은 앞으로 반걸음 정도 걸음을 옮기는 척했고 베니는 뒤로 물러섰다.

"그럼 '사무라이'는?"

"'모신다'라는 뜻이야." 베니가 답했다. 그는 톰이 썼던 트릭을 쓰려고 했지만 톰은 물러서는 대신 앞으로 한 발짝 다가와 베니의 검을 쳐내고 어깨를 톡 두드렸다.

"이러면 팔이 있던 자리에서 피가 뿜어져 나오겠지."

"그래, 나는 그럼 좀비로 돌아와서 형 뇌를 먹어 버릴 거야."

톰이 웃음을 터뜨리며 한 번 더 칼을 휘둘렀지만 베니는 막아냈고, 그다음에 쏟아진 톰의 공격을 열 차례 넘게 쳐냈다.

"나 봐주는 거지?" 베니가 말했다.

"내가 제대로 공격했을 때 받아내려면 더 연습해야 돼."

"할 수 있어."

"아직 아냐."

"할 수 있어."

"아직 안— 이런 젠장." 톰이 앞으로 다가왔다가 옆으로 사라졌고, 베니는 해럴드 시먼스의 집에서처럼 형체가 흐릿하게 보일 정도로 빠르게 움직이는 톰을 다시 한번 보게 되었다. 톰의 검은 눈으로 좇을 수조차 없이 빨랐다. 그러다 '탁'하는 큰 소리와 함께 베니의 목검이 그의 손에서 벗어나 허공을 날았다. 순간 세상이 기울어지더니 베니의 등과 목이 풀밭에 닿았다. 톰이 베니 위에 무릎을 꿇고 앉으며 검으로 아랫도리를 겨눴다.

"알겠어." 베니가 켁켁거리며 말했다. "알겠다고. 난 아직 준비가 안 됐어. 이제 내 거시기 좀 놔주지?"

톰은 무릎을 세우며 말했다. "미안. 엉덩이를 노리려고 했는데."

"참 안타깝다." 베니가 작은 소리로 켁켁거렸다. "아야."

"정말이야." 톰이 말했다. "미안해."

톰이 물러났고 베니도 자리에서 일어났다.

"*진짜 멋졌어요!*"

베니가 돌아보니 모기, 청, 닉스가 대문 밖에서 그를 향해 웃고 있었다.

"한 번 더 해 주시면 안 돼요?" 모기가 말했다.

"저도 부탁드려요." 닉스도 거들었다. 그녀는 모기처럼 밝게 웃고 있지 않았고, 목소리는 약간 날이 서 있었다.

"아예 못 쓰게 만드셔도 되는데." 청이 말했다. "절대 철이 안 들 것 같거든요."

베니가 톰에게 따지듯 물었다. "쟤들이 왜 여기에 있어?"

"고통은 나누면 반이 된다잖아." 청이 대문 걸쇠를 올리며 말했다.

"뭐라고?"

"친구들도 훈련받으러 왔어." 톰이 말했다. "내가 불렀어."

"왜? 그리고 말해두는데 형이 자고 있을 때 내가 목을 조를지도 몰라, 절대 방어 못 할걸."

"솔직히 말하면, 할 수 있어. 그리고 난 방문 잠그고 자거든." 톰이 장비를 담아두는 오래된 검은색 천 가방 옆에 무릎을 꿇고 앉으며 어깨너머로 대꾸했다. 그러고는 낡기는 했지만 쓸만해 보이는 목검 세 자루를 꺼냈다. "너는 학교 같은 환경에서 더 빨리 배우는 것 같더라. 그러니까……. 친구들이랑 함께 배울 때 말이야."

베니는 친구들을 보았다. 닉스가 그를 노려보았다. 모기는 사타구니에 두 손을 모아 갖다 대고 소리를 지르는 척했다. 청은 보일 듯 말 듯 웃으며 손가락으로 목을 긋는 시늉을 했다.

"친구들이라고?" 베니가 툴툴거렸다.

세 시간 뒤 베니와 친구들은 다리를 후들거리며 서 있었다. 땀이 비 오듯 쏟아졌다. 땀에 젖은 옷은 몸에 착 달라붙었고 머리카락은 쥐 꼬리처럼 이마에 붙어 있었다. 모기는 검도 간신히 들고 있는 것처럼 보였다. 몇 시간 전까지 청의 얼굴에 머무르던 미소는 온데간 데없었다. 베니는 심장에 무리가 가지 않았는지 생각했다. 그나마 초롱초롱해 보이는 사람은 닉스뿐이었다. 다른 친구들과 마찬가지로 얼굴이 달아오른 채 땀 범벅이 되어있었지만, 훈련 막바지에 검을 들어 올릴 때 손을 떨지 않는 사람은 닉스뿐이었다.

톰은 나무 그늘 밑 해먹에서 오래 낮잠을 자고 일어난 것 같은 표정이었다.

"좋아." 톰이 말했다. "둘씩 서봐. 방금 했던 공격과 방어를 다시 연습할 건데, 다음 단계로 갈 수 있을지 한번 볼게. 서로 진짜 치지는 말고 안전을 유지하면서 최대한 실제처럼 공격해봐."

모기가 청을 밀며 옆으로 빠졌고 둘은 자세를 취했다. 청의 검 다루는 실력은 모기보다 아주 약간 나은 정도였다. 청이 모기보다 날렵하기는 했지만, 모기도 다부진 몸집에 비하면 몸이 가벼운 편인데다 청보다 힘이 거의 두 배쯤 셌다.

자연스레 닉스와 베니가 짝이 되었다. 베니는 그녀를 오후 내내 피했지만, 닉스는 베니와 짝이 된 것을 즐기는 것 같았다. 둘은 자리를 잡고 검도에 따라 검을 들어 올리며 자세를 취했다.

톰이 일본어로 시작을 알렸다. "하지메!" 베니는 공격하려고 앞으로 돌진했다. 닉스는 베니의 검을 옆으로 쳐내고는 베니의 머리를 세게 내리쳤다. 베니는 눈앞에 하얘졌다.

"그러면 안 돼." 톰이 말했다. "몸은 건드리지 않도록 해."

"아." 닉스가 건성으로 외쳤다. "그렇죠."

22

닉스와 베니는 뜨거운 오후의 태양 아래 서로를 향해 목검을 휘두르고, 찌르고, 막고, 피했다. 강한 햇빛에 피부가 익어가고 땀마저 뜨겁게 데워졌다. 마침내 동정심이 생긴 톰이 훈련을 끝내자, 베니와 친구들은 그대로 자리에 쓰러졌다. 모기는 해변에 밀려온 불가사리처럼 팔다리와 입을 벌린 채 바닥에 대자로 뻗었다. 청은 야외용 테이블 밑으로 기어가서 기절한 듯 태아처럼 웅크려 누워 꼼짝도 하지 않았다. 베니는 마당 전체에 뿌리를 내린 굵고 단단한 떡갈나무 밑으로 기어가서 털썩 미끄러져 앉은 뒤, 신발을 벗어 던지고 물 밖에 나온 물고기처럼 숨을 헐떡였다.

"여기." 닉스의 목소리에 베니가 한쪽 눈을 뜨고 보니 그녀가 찬물 두 잔을 들고 서 있었다. 닉스는 한 잔을 베니에게 내밀었다.

베니는 머뭇거렸다.

"독 안 탔거든." 닉스가 말했다. "침도 안 뱉었으니 걱정 마."

"고마워." 베니가 물잔을 받아 반을 마신 뒤 다시 닉스를 올려다보았다. 닉스는 여전히 자리에 서 있었다. "앉아."

"그래도 돼?"

"당연하지. 쓰러지기 전에 앉아."

닉스는 그늘 밑에 자리를 잡고 양반다리를 하고 앉았다. 톰은 이미 집 안으로 들어가 있었다. 마당은 고요했다. 나무에 앉은 새들도 날이 너무 더워서 노래할 힘이 없는 듯했다. 서쪽 먼 곳에서 천둥소리가 희미하게 들렸다. 폭풍이 칠 모양이었지만 아직 구름은 멀리 있는 것 같았다.

둘은 각자 물을 마셨다. 베니가 손을 휘둘러 날파리를 쫓았다. 시간이 아주 천천히 흐르는 것 같았다.

"미안해." 둘이 동시에 말했다. 그러고는 서로를 보며 눈을 끔뻑이다 미소를 지을 뻔했지만 이내 표정을 숨겼다.

"먼저 말해." 이번에도 둘은 동시에 똑같은 말을 뱉었다.

닉스가 나섰다.

"내가 먼저 할게." 그러고는 몇 초 동안 뜸을 들인 뒤 다음 말을 꺼냈다. "그러니까……. 갑자기 *계집애*같이 굴어서 미안해."

"아냐……."

"나부터 말 좀 끝낼게." 닉스가 말을 잘랐다. "아니면 영영 못 할 것 같아서 그래."

"그치만……."

"부탁이야."

베니는 체념한 듯 고개를 끄덕였다. 닉스는 건너편에 누워있는 모기를 힐끔 보았다. 그는 거의 죽은 것처럼 꼼짝하지 않았다.

닉스는 베니가 생각지도 않았던 이야기를 꺼냈다.

"모기가 너의 새 좀비 카드 이야기를 해 줬어. '사라진 소녀'라는 카드라며? 네가 그 카드를 보자마자 홀딱 반한 것 같은 표정으로 정신이 나갔다고 하던데."

"모기가 덜떨어져서 그런 말을 한 거야." 말은 농담하듯 했지만, 당장이라도 모기에게 달려가서 입을 가볍게 놀린 대가를 치르게 해주고 싶은 심정이었다. 사라진 소녀 카드는 지금 그의 베개 밑에 놓여있었고, 오늘 밤에도 베개 밑에 두고 자려고 했던 게 생각났다.

베니의 얼굴이 화끈거리기 시작했다. 햇볕 아래서 운동하며 달아오른 얼굴이 아직 식지 않은 것처럼 보이기를 바랐지만, 눈치 빠른 닉스가 못 알아챌 리 없었다.

"그럴 수도 있겠지." 닉스가 말했다. "그럼 모기가 잘못 알았다는 거네?"

"좀비 카드 그림이랑 사랑에 빠지는 게 말이 돼?" 베니는 웃음을 터뜨리며 말했지만 둘러댈 말을 생각하느라 답이 한 박자 늦어버렸고, 그 사실을 베니도 알았다.

"그러니까…… . 너는 누구랑도 사랑에 빠지지 않았다고?" 닉스가 톡 쏘듯 물었지만 베니는 이미 덫에 걸렸고, 닉스의 질문은 함정이라는 것도 알고 있었다. 학교에서 가르치는 미국 역사 교과서가 그들이 사는 진짜 세상과는 아무 상관 없는 것처럼, 닉스의 질문 역시 좀비 카드와는 아무 상관 없었다. 가시덤불이 무성하고 곳곳에 함정이 패인 미로나 다름없는 질문이었다.

베니는 자기가 다른 친구들에 비해 특별히 똑똑하다거나 통찰력이 날카로운 편이라고 생각해 본 적 없었다. 그렇다고 멍청하지도 않았다. 지금 무슨 일이 일어나고 있는지 잘 알았고, 잘못하면 크게 난처해질 수도 있다는 것도 알았다. 닉스는 베니가 자신의 감정과 속마음을 솔직하게 털어놓아 주기를 바라고 있었다. 베니가 마음의 문을 열고 두 사람 모두에게 이득이 없을 게 뻔한 대화를 시작해 주었으면 했다. 하지만 그날 닉스의 손을 왜 잡아주지 않았는지 이야기하기에는 너무 일렀다. 닉스에 대한 솔직한 감정은 고사하고 확실히 감정이 있기는 한지도 아직 이야기할 수 없었다. 베니 자신도 답을 찾지 못했고, 자신의 입 밖으로 어떤 말이 튀어나올지 알 수 없어 두렵기도 했다.

그래서 그는 닉스를 향해 몸을 돌리고 말없이 그녀를 바라보았다. 닉스도 베니를 바라보았다.

그들 머리 위 하늘에 번개가 번쩍했다.

"뭐 하자는 거야?" 닉스가 톡 쏘듯 말했고, 자신의 날카로운 목소리에 조급함이 묻어있었다는 사실을 깨달았다. 베니는 닉스의 눈을 보고 닉스가 이 상황을 어떻게 받아들였는지 알 수 있었고 닉스 역시 베니가 자신의 생각을 읽었다는 사실을 알았다. 순간 베니는 정신이 번쩍 들면서 이상하게도 나이가 드는 것 같은 기분이 들었다. 조금은 어른이 된 것 같았다. 닉스 역시 마찬가지가 아닐까 생각했다. 아주 잠깐 닉스의 초록색 눈동자에 들어가 있던 긴장이 풀렸고 입매도 곧 파르르 떨릴 것처럼 보였지만, 닉스는 정신을 차리고 턱을 굳게 닫았다. 엉뚱하게도 그 순간 베니는 감탄하고 말았다. 그는 닉스의 그런 성격을 좋아했다.

둘은 오랫동안 자리에 머물러 있었다. 먼 곳을 보다가 눈이 마주치기도 했고 무슨 말이라도 하려 했지만, 자신들이 조금 전 맞이한 새로운 관계 속에서는 어떤 언어로 이야기해야 하는지 알 수 없어 차마 입을 떼지 못했다.

"나는……." 베니가 먼저 말을 꺼냈지만, 닉스가 말을 잘랐다.

"됐거든. 미안하다고 하기만 해 봐. 가만 안 둘 거야."

닉스는 진심이었다. 닉스의 주근깨가 그녀의 살기에 달아올라 반짝이는 것 같았다. 하지만 골이 난 표정이던 닉스의 얼굴에 결국 미소가 피어오르며 입꼬리가 살짝 올라갔다. 베니는 자신과 닉스의 상황이 달랐다면, 함께 어린 시절을 보낸 사이가 아니라 지금 나이에 처음 만난 사이였다면 더 좋지 않았을까 생각했다. 그랬다면 문제가 이렇게 복잡하지 않았을 것이다.

베니는 헛기침을 한 번 하고는 입을 열었다. "그래서……. 너는 어떻게 했으면 좋겠어?"

"너는 어떻게 했으면 좋겠는데?"

"우리가 계속 친구였으면 좋겠어. 언제까지나."

"지금은 친구가 맞기는 해?"

"넌 나의 가장 친한 친구 중 한 명이야. 너랑 청은— 나한테는 가족이나 다름없어."

"나랑 청만? 모기는?"

베니는 어깨를 으쓱했다. "걔는 우리 집 반려견 정도로 해 두자."

모기가 웃음소리를 듣고 고개를 들었다. 마당 반대편 커다란 떡갈나무 그늘 아래서 베니와 닉스가 깔깔거리며 웃고 있었다.

"뭐가 그렇게 재밌냐?" 모기가 시비조로 물었다.

야외용 테이블 밑에 있던 청이 흐리멍덩한 눈빛으로 친구들을 보았다. 베니와 닉스가 한참 떨어져 앉아서 웃고 있었다. 청은 한숨을 쉬었다.

"왠지 기분이 나쁜데?" 모기가 투덜거렸다. "저 자식이 닉스 꼬드기려고 수 쓰는 거 같아."

"모기." 청이 말했다.

"왜?"

"닥쳐."

하지만 모기는 끈질겼다.

"뭐야……? 내가 걱정할 필요 없다는 거야?"

청은 곰곰이 생각했다. "내가 널 좀 알잖아, 네 습관이랑 네가 얼마나 더럽고 무식한지를 따져봤을 때 넌 아주 많이 걱정해야 해."

"야……."

청은 크게 한숨을 내뱉고 다시 눈을 감았다.

서쪽에서 또 한 번 천둥소리가 울려 퍼졌다.

한참 후 닉스는 가방에서 공책을 꺼낸 뒤 주머니칼로 연필을 깎은 다음 뭔가를 끄적이기 시작했다. 베니는 안 보는 척하면서 계속 닉스를 지켜보았다. 닉스가 가방으로 손을 뻗자 땀에 젖은 티셔츠가 몸에 착 달라붙었고, 베니는 티셔츠에서 시선을 뗄 수 없었다. 닉스의 초록색 눈동자가 햇빛을 반사하며 숨어있던 금색 점들이 반짝반짝 빛났다. 베니는 단단한 떡갈나무 밑동에 일부러 뒤통수를 두 번이나 세게 박으며 등을 기댔다.

대체 내가 왜 이럴까? 자신에게 이제껏 몇 번이나 물었던 질문이었다.

닉스는 베니의 눈길을 느끼지 못했거나, 표정을 감추는 연습을 마치고 숙녀가 되기에 14년 9개월이 충분했던 모양이었다. 그녀는 거의 20분 동안 공책에 얼굴을 묻고 글을 썼고, 각 장의 마지막 줄을 쓴 뒤 연필을 새로 깎을 때만 잠깐 글쓰기를 멈췄다.

닉스가 칼에 손을 뻗으며 글쓰기를 멈췄을 때 베니가 물었다.

"글은 왜 써?"

"나는 책을 쓰는 중이야." 능숙하게 연필을 깎아가며 닉스가 말했다.

"무슨 내용인데? 귀여운 토끼들의 사랑 이야기? 설마 내가 주인공 토끼들한테 뜯어먹히지는 않지?"

"유도 신문하지 마. 내 책은 소설이 아니야. 수필이야." 닉스는 뾰족해진 연필심을 후 불었다. "좀비에 관한 이야기야."

베니는 크게 웃었다.

"뭐야— 너도 좀비 사냥을 하고 싶어? 난 너희가 그냥 놀러 온 줄 알았는데."

"좀비를 죽이고 싶은 건 아니야." 닉스가 말했다. "이해하고 싶어."

"이해할 게 뭐가 있어?" 베니가 말했다. 말은 그렇게 했지만 어리석은 질문이라는 사실을 베니도 알았다. 사실 그의 머릿속은 닉스와의 관계가 전과 달라졌다는 생각으로 가득 차 있었고, 어떻게 행동해야 할지 감이 잡히지 않아 혼란스러웠다. 새로운 감정과 새로운 언어가 그저 어색했다. 베니는 다시 질문했다. "내 말은……. 좀비를 왜 이해하고 싶은데?"

닉스는 답을 하는 대신 질문을 던졌다. "마운틴사이드에 평생 살고 싶어?"

"어딘가에서 살긴 해야 하니까." 베니가 말했고, 닉스는 실망한 듯 보였다. 그녀는 고개를 젓더니 다시 공책에 얼굴을 묻고 연필을 사각거리며 글쓰기에 몰두했다. 닉스가 한 문단을 채 못 썼을 때 V자로 나는 갈매기 떼가 그들 머리 위를 지났다. 배는 흰색이었고 날

개 끝에 검은색 무늬가 있었다. 닉스가 갈매기 떼를 보며 끄덕였다.
"갈매기들은 바닷가 바로 옆 해변에서 자겠지. 지도에 따르면 우리
는 태평양에서 300km도 떨어지지 않은 곳에 있어. 그런데 나는 바
다를 한 번도 본 적이 없어. 우리 세대가 다 그렇지. 상황이 이대로
계속되면 우리는 영원히 바다를 볼 수 없을 거야. 그다음 세대도 마
찬가지고."

"바다가 왜 보고 싶어?"

"넌 왜 안 보고 싶은데?"

"나는……." 베니는 대답을 잘해야 할 것 같다고 생각했다. 닉스
의 질문에는 항상 함정이 패어있거나 덫이 놓여있는 것 같았다. 닉
스가 왜 그런 질문을 했는지는 몰라도 틀린 답을 했을 때 곤란해
질 수 있다는 사실쯤은 알았다. "한 번도 생각해 본 적 없어." 베니
가 답했고, 어찌 됐든 사실이었다. "네 생각은 알 것 같아. 이 마을
이 우리 세상의 전부라서, 우리가 여기를 벗어날 수 없어서 싫은 거
지? 이해해. 정말 끔찍한 사실이고 나도 불만이 없지는 않아. 하지
만 좀비를 공부한다고 상황이 바뀌지는 않잖아?"

"역사 수업 때 웨스트멘시 선생님께서 해 주신 전쟁 이야기 기억
나? 선생님은 정복이 통치보다 쉽다고 말씀하셨잖아. 청이 좋아하
는 말이 뭔지 알지?"

"'전쟁은 이겼지만, 평화를 내주었다.'." 베니가 답했다. "하지만
선생님이 어떤 전쟁을 이야기하신 건지는 기억이 안 나."

"이번 전쟁도 마찬가지인 것 같아. 마지막 전쟁. 첫 번째 밤은 기
습 공격으로 시작해서 체계적인 침략 전술로 이어졌어. 2차 세계

대전 초기의 독일군처럼. 당시 우리는 공격에 대비되어있지 않았고, 상대방이 누군지 파악했을 즈음에는 이미 반격을 준비하기에 늦은 뒤였지."

"지금 네가 말하는 것들은 다 책에서 본 내용이지?"

"아니, 왜?"

"글쎄…… 수준이 되게 높은 것 같아서."

"여자애가 하는 말 치고?" 닉스가 베니의 말에 발끈하며 말했고, 그녀의 주근깨가 다시 한번 빛을 내는 것 같았다.

"아니." 베니가 말했다. "나보다 어린 애가 하는 말 치고. 아니, 나보다 나이가 많았어도 놀랐을 거야."

닉스는 베니가 은근슬쩍 던진 칭찬을 무시하고 하던 이야기를 계속했다.

"우리는 우리 자신을 묶어두고 있어. 상대가 우리에게 올 수 없도록 만들어서 전쟁에서 지고 있지는 않지. 우리는 담장을 세웠고 저들은 그 울타리를 부술 수 없으니까. 우리는 죽은 사람이 좀비가 되어 돌아온다는 사실을 알고 아픈 사람과 죽어가는 사람에게 미리 조처해두기도 해. 우리에게는 총과 무기가 있고, 카펫 코트와 카다베린을 사용하지. 적에게 맞서기 위해 새로운 기술을 연구하기 시작했어."

"그래…… 그런데?"

"그러니까…… 우리가 나라를 되찾을 수 있다고."

베니가 끄덕였다. 톰, 사케토와 이 주제에 관해 이야기했던 내용을 닉스에게 말해주었다. 하지만 그 두 사람과 깊게 이야기하지는 않았었고, 그들은 닉스의 목소리에서 느껴지는 열정이 느껴지지 않았었다.

"태평양 해안에서 멀리 떨어지지 않은 곳에 섬들이 있대. 책에서 읽은 적이 있어. 산타크루스 섬, 산 미겔 섬, 카타리나 섬이라고 했어. 그중 몇 개는 주민이 몇천 명밖에 안 되는데 그들이 모두 좀비가 되었더라도 우리에게는 좀비를 몰아내고 섬을 차지하기에 충분한 병력과 무기와 지식이 있어. 좀비들은 수영도 못하고 배를 탈 줄도 모르잖아. 그 섬들을 차지할 수 있어. 책에서는 그중에 땅을 일굴 수 있는 섬도 있다고 했어."

"그러려면 몇 년은 걸릴 텐데."

"몇십 년이 걸리면 어때? 시간이라면 충분해. 몇 년, 몇십 년, 그보다 오래 걸려도 상관없어. 우리에게 남은 건 시간뿐이야."

"여기 사는 것보다 거기가 더 나은지 어떻게 알아? 여기에도 농사지을 땅이 있고, 지금도 좀비랑 싸우고 있지 않잖아."

"섬에는 사람들만 남고 아무것도 없을 테니까. 누군가가 문 잠그는 걸 깜빡하고 자던 중에 좀비로 변하더라도 첫 번째 밤처럼 되지는 않을 거야. 절대로. 우리 모두 좀비를 어떻게 다뤄야 하는지 알아. 모르는 사람이 없지. 1학년 때는 좀비 다루는 법을 응용한 게임도 했어. 사람들은 부인하기도 하고 모르는 척하기도 하지만 우리는 모두 좀비 사냥꾼들이야."

베니는 닉스의 말에 반박하려고 했지만, 도무지 흠잡을 곳이 없어 보였다.

"사람들만 남으면." 닉스가 말했다. "더는 두려움에 떨면서 살지 않아도 되잖아. 현상금 사냥꾼 같은 사람들도 필요 없겠지. 우리는 다시 진짜 세상에서 살 수 있을 거야." 닉스는 마을의 경계가 보이기라도 하는 것처럼 마당의 동쪽을 보았다. "너는 철조망이 좀비를 막아준다고 생각하지만 난 아니야. 나는 철조망이 우리를 가두고 있다고 생각해. 우리 모두 여기에 갇혔어. 갇혀 있는 건 '살아있는' 것과 달라. 갇힌 상태는 '안전한' 상태가 아니야. '자유'롭지 않은 건 당연하고."

베니는 닉스가 보이지 않는 담장을 향해 고개를 돌리고 있는 동안 그녀의 옆얼굴을 보았다. 닉스는 정말 예쁘고, 똑똑하고, 멋졌다. *말해 이 멍청아*, 베니는 속으로 자신을 나무랐다. *말하라고*.

"닉스." 베니가 나지막한 목소리로 닉스를 불렀다. 하지만 다음에 무슨 말을 해야 할지 생각이 나지 않았다.

"왜?"

닉스는 여전히 동쪽을 보고 있었다. 다른 갈매기 떼가 동쪽에서 날아와서 한 번도 본 적 없는 저 먼 해안가 쪽으로 사라졌다.

"*나도 보고 싶어, 바다*."

닉스는 고개를 돌려 베니를 보았다.

베니가 말했다. "바다뿐만 아니라 서쪽에 있다는 섬들도. 동쪽 시체들의 땅의 반대쪽에 있는 거라면 뭐든. 어쩌면 다른 나라는 어떤지도 볼 수 있겠다. 뭐든 다 보고 싶어. 닭장 안에 갇혀 평생을 보내기는 싫어." 베니는 숨을 한번 들이쉰 뒤, 자기 생각을 표현할 적당한 단어를 찾았다. "네 말이 맞아. 만약 우리가 이 마을을 벗어나지 못한다면 여기에서 생을 마감하겠지. 단지 너랑 나, 우리만 새장 안의 새는 아닐 거야. 사람들 전부 마찬가지야. 톰이랑 다른 사람들은 마운틴사이드 덕분에 살아남았다지만, 이제 이곳은……"

닉스가 베니 대신 말을 맺었다. "이제 이곳은 관짝 같아. 움직일 공간도 없고 숨 쉴 구멍도, 미래도 없는."

"맞아."

마음의 소리는 계속 말을 이으라고 아우성쳤지만 베니는 적당한 말이 떠오르지 않았다. 그는 자리에 앉아서 닉스의 초록 눈동자를 가만히 바라보았다. 한참 후, 닉스가 한숨을 쉬었다. 그러고는 베니의 얼굴에 손을 가져다 댔다. 얼굴에 손끝이 닿을 듯 말 듯 아주 조심스러운 손길이었다.

"너랑 나 둘 중 하나는 세상에서 제일 멍청하다는 것만 알아둬, 베니 이무라." 닉스가 말했다. 그러고는 자리에서 일어나 세수를 하기 위해 집 안으로 들어갔다.

23

산을 넘어온 먹구름이 계곡 전체를 덮어 해를 가렸다. 모기와 청, 닉스는 톰이 마당 석쇠에 굽고 있던 옥수수와 햄버거를 먹으려고 남아있다가 굵은 빗방울이 후드득 떨어지기 시작하자 서둘러 집으로 돌아갔다. 바람이 점차 거세졌고, 두 형제는 황급히 집 안으로 들어가 창문을 닫고 문을 걸어 잠갔다. 문단속이 끝날 즈음 끊임없이 번개가 치면서 마당 잔디 위로 으스스한 그림자를 드리웠고, 번쩍하는 빛이 창문 틈새를 뚫고 집 안까지 쳐들어왔다.

"보통 폭풍이 아닌데." 톰이 비 냄새를 맡으며 말했다.

베니와 톰은 운동복을 벗어 던지고 샤워를 한 뒤, 잠옷 바지와 티셔츠 차림으로 느긋하게 주방으로 모였다. 기온이 급작스럽게 뚝 떨어지자 톰은 홍차를 내리고 민트 잎을 띄워 냈다. 그들은 닉스의 엄마가 구워 보낸 꿀 아몬드 머핀과 함께 차를 마셨다.

"닉스네 엄마는 왜 그렇게 우리를 챙기시지?" 세 개째 머핀을 반 정도 먹었을 때 베니가 물었다.

톰이 알 수 없는 표정으로 어깨를 살짝 으쓱했다.

"나한테 빚을 졌다고 생각하거든. 이렇게라도 갚으려는 거야."

"빚을 지셨어?"

"아니. 내가 대가를 바라지 않고 친구로서 호의를 베풀었을 뿐이야."

"어떤 호의를 베풀었는데?"

"별일 아니야." 톰이 말했다. "아주 오래전 일이기도 하고. 하지만 이런 것들을 보내면 위안이 되는 모양이야."

베니는 톰의 답에 어떻게 대꾸해야 할지 몰라서 그저 끄덕였다. 그리고 머핀을 한 입 더 베어 물었다.

"정말 끝내주게 맛있네."

"이걸 만든 제시도 정말 좋은 사람이고." 톰이 말했다.

"정말?" 베니의 얼굴에는 장난스러운 미소가 번져있었다.

"그렇게 음흉하게 웃지 마, 제시랑 나는 친구일 뿐이니까. 제시는 내가 완전히 믿는 몇 안 되는 사람 중 하나고, 그게 다야."

베니는 머핀을 다 먹을 때까지 배실배실 웃었다. 우렁찬 천둥소리에 찻잔이 달그락거렸다.

톰은 자리를 떴다가 부츠와 비옷, 검을 들고 다시 나타났다. 훈련용 목검이 아니라 진짜 검이었다. 그는 문 옆에 검을 세웠다.

"그건 왜?"

"마지막 천둥이 마치 뭔가가 벼락에 맞은 듯한 소리였어. 북쪽 담장 근처에 있는 나무들일 수도 있어."

"그래, 하지만 경비병들이 지키고 있잖아."

"그렇지. 하지만 준비해두면 더 안전하잖아."

톰은 자리에 앉으며 베니가 식탁 한가운데 올려놓은 물건을 보았다. 아름답고 야성미 넘치는 소녀가 그려진 좀비 카드였다.

"아." 톰이 말했다.

"이제 이 소녀 이야기를 해 줄 거지?"

"아마도. 우선 내 질문에 답부터 해 줄래?"

"찰리 마티아스에 관한 거야?"

"응."

베니는 한숨을 쉬었다. "노력해 볼게."

톰은 그대로 자리에서 일어섰다. "잘 자, 꼬맹아. 푹 자 둬."

"형!"

톰이 말했다. "'노력해 보겠다'라니 신뢰가 안 가는데. 확실히 답하든지 아니면 아예 말든지 둘 중 하나만 해."

"또 그런 명상의 시간 같은 소리야?"

"응." 톰이 말했다. "맞아. 그러니까 잘 생각해 보고 확실히 대답해 줬으면 좋겠어."

"알겠어." 베니가 말했다. "라일라에 대해서 말해주기만 한다면 뭘 물어보든 다 대답할게."

"숨기지 말고, 꾸며내지도 말고. 정확하게 대답할 거야?"

"응. 하지만 형도 그렇게 한다고 약속해."

"좋아." 톰이 말했다. "그럼 바로 물어볼게. 핑크아이 찰리를 믿어?"

"오늘 있었던 일을 보고도 묻는 거야? 아니, 그다지."

"그다지는 얼만큼인데?"

"나도 모르겠어, 조금은 믿는다고 해야 하나. 나는 찰리가 좋아……. 아니, 좋아했어. 그런데 오늘은 무섭더라. 찰리가 카드를 강제로 뺏을 것 같다는 생각도 들었어. 무슨 짓이든 해서."

"너를 다치게 할 수도 있었을 것 같아?"

"카드를 빼앗으려고?"

톰이 끄덕였다.

"참 이상한 질문이네. 이건 그냥 카드일 뿐이잖아? 그런데……. 대체 이게 뭐라고? 내가 이 카드를 가지게 된 것도 그냥 우연이었어. 찰리의 조카 잭도 카드를 샀는데, 걔가 이 카드를 찾았을 수도 있잖아. 아니면 찰리가 모르는 다른 아이들이 가졌거나. 청이나 모기, 닉스일 수도 있었어."

"맞아, 가끔 설명할 수 없는 일들이 벌어지지." 톰이 말했다. 그는 차를 한 모금 들이켰다. "카드가 날아간 건……. 실수였어? 아니면 찰리가 못 가지게 하려고 일부러 떨어뜨린 거야?"

"일부러 떨어뜨렸어."

"왜? 카드를 그냥 보여줬어도 되잖아. 그냥 줬어도 되고."

"내 카드니까."

톰은 고개를 저었다. "아니, 너는 찰리한테 카드를 주느니 카드가 바람에 날아가는 편이 더 낫다고 생각했잖아. 네것 내것의 문제가 아니지? 대체 왜 그랬어?"

"설명하기 힘들어." 베니가 말했다. "그렇지만 카드를 처음 봤을 때, 이 소녀를 처음 봤을 때, 되게 이상한 느낌이 들었어. 이 소녀를 알고 싶어졌달까. 이해가 돼?"

"폭풍우 치는 밤에 미스터리한 이야기라니 잘 어울리는데?" 톰의 말에 동의라도 하듯 하늘이 쩍 갈라지며 천둥이 쳤다. 찬장에 놓인 그릇들이 달그락거렸고 나무집이 삐걱거리는 신음을 토해냈다. "계속해봐."

"나도 잘 모르겠어. 내가 보호해 줘야 할 것 같았어."

"찰리에게서?"

"모두에게서."

톰은 손을 뻗어 카드를 뒤집었다. 소녀는 야생적인 표정을 짓고 있었고, 그녀가 얼마나 강인한지 증명이라도 하듯 소녀 뒤로 죽은 좀비들이 쌓여있었다.

"자기 앞가림은 스스로 할 수 있을 텐데."

"꼭 그 애를 아는 것처럼 이야기하네." 베니가 말했다. "나는 형한테 솔직하게 이야기했고, 이제는 형 차례야. 사라진 소녀에 대해 말해줘. 아는 건 전부 다."

"베니, 재미있는 이야기는 아니야." 톰이 말했다. "슬프고 두렵고 악으로 가득 찬 이야기야."

천둥 치는 소리가 끊임없이 집을 흔들었다.

"형이 말했잖아……. 그런 이야기하기 딱 좋은 밤이야."

"그렇지." 톰이 말했다. "그런 것 같네."

그리고 톰은 이야기를 시작했다.

24

"5년 전에 사라진 소녀를 처음 봤어." 톰이 말했다. "롭 사케토가 자기가 겪은 일을 이야기해 준 뒤였지만 나는 롭이 오두막에 남기고 왔다는 여자아이와 내가 시체들의 땅에서 본 난폭한 여자아이가 관련이 있는 줄 몰랐어. 둘이 같은 사람이라는 생각을 어떻게 하겠어? 롭이 너한테 오두막을 찾으러 간 이야기는 해 줬니?"

베니가 끄덕였다.

"사람들이 그 애를 찾으려고 여러 번 노력했어. 처음 그 애를 찾으러 간 사람들은 마을 터를 잡았던 구조대 중 몇 명이었어. 그 사람들은 오두막을 찾지 못했어. 그들이 어떻게 되었는지는 아무도 몰라. 아마도 수색을 포기하고 다른 좋은 곳에 터를 잡았거나, 문제가 생겨서 목숨을 잃었겠지. 후자일 가능성이 더 크겠지만 말이야. 참 이상해. 첫 번째 밤이 마치 하룻밤인 것처럼 이야기하잖아? 그런데 시체들이 깨어나서 문명이 사라질 때까지는 사실 몇 주가 걸렸어. 전투도 여러 번 있었어. 군인들이 치른 큰 전투들도 있었고, 자기 집과 가족, 마을을 지키려는 사람들이 각자 치른 작은 전투들도 있었지. 하지만 결국 좀비들이 이겼다기보다 우리가 진 거나 다름없어."

"그게 무슨 뜻이야?"

"우리는 두려움에 지배당해 두려움에 의해 움직이게 되었는데, 그러면 절대 싸움에서 이길 수 없어. 절대로. 오래전에 어느 훌륭하신 분께서 '두려움 외에는 두려워할 것이 아무것도 없다'라고 말씀하셨어. 첫 번째 밤이 꼭 그랬어. 사람들은 두려움 때문에 이성을 잃고 방어도 포기했어. 두려움 때문에 힘을 합치지 못하고 다투기만 했어. 두려움 때문에 조금만 생각했더라면 절대 하지 않았을 행동을 하기도 했지."

"어떤 행동?"

"도시에 폭탄을 퍼부었어. 핵폭탄이며 미사일이며. 큰 도시들이 몰락했고 사람들은 포탄에 맞아 죽거나 방사선 때문에 병에 걸려 죽었어. 당연히 좀비들도 죽었지만, 폭탄 공격을 받고 죽었다가 좀비로 깨어난 사람들 때문에 또 다른 수백, 수천 명이 목숨을 잃었어. 시카고에서 마지막으로 보도된 뉴스에서 폐허가 된 도시를 배회하는 방사능 좀비들에 대해 보도했는데, 리포터가 비명을 지르고 흐느끼면서 기도하던 모습이 아직도 기억나. 방사능 때문에 좀비들이 뜨겁게 달아올라서 사람들은 좀비한테 물리기도 전에 열기 때문에 목숨을 잃었어." 톰이 고개를 저었다. "사람들이 폭탄을 쓰게 만든 것도 바로 두려움이었지."

"방금 그런 이야기도 학교에서는 알려주지 않아."

"그렇겠지." 톰이 말했다. "하지만 내 말을 믿어야 해. 이 마을과 산 이곳저곳에 흩어져 있는 다른 마을에 사는 사람들도 두려움에 지배당한 채 살아가고 있어. 우리나라나 이 세상 어딘가에 살아남은 도시가 있는지 모르겠지만, 만약 있다면 그곳 사람들 역시 두려움에 지배당해 살아가고 있을 거야."

"사람들이 다 두려워하는 건 아니야……."

"그래. 네 말이 맞아. 두려움에 휘둘리지 않는 사람들도 더러 있지. 만약 상황이 바뀌게 된다면 너희 세대가 변화를 이끌게 될 거야. 내 또래거나 나보다 나이가 많은 사람들은 두려움에 사로잡혀서 다시 돌아갈 방법을 절대 못 찾을 것 같거든. 하지만 너와 네 또래 친구들은 특히 첫 번째 밤을 모르는 어린 친구들은……. 두려움에 휘둘릴지 말지 정할 수 있어."

"형이 지난주에 그랬잖아, 마을 사람들은 시체들의 땅에서 온 것은 아무것도 믿지 않는다고, 전부 병에 걸렸다고 믿는다고……."

톰이 끄덕였다. "네 생각이 맞아. 우리가, 우리 마을 사람들이 캘리포니아의 중부 지역은 되찾을 수 있어. 로스앤젤레스는 안 되겠지. 아마 그곳은 영원히 못 찾을 거야. 하지만 농경지는 몇천만 평도 되찾을 수 있어. 마을들도 전부 찾을 수 있겠지. 해럴드 시먼스가 살았던 곳 같은 마을들 말이야. 사람들 삼사백 명이면 그 마을을 손에 넣을 수 있을 것 같지 않아?"

"그렇게 많이도 필요 없을 것 같아. 카펫 코트 입고 소총이나 도끼나 검으로 무장한 사람 50명만 있으면 될 것 같은데. 마을이 별로 크지도 않던걸."

"맞아. 여기에서 걸어서 하루 안에 도착할 수 있는 마을이 한 열 개쯤 있어. 며칠 안으로 도착할 수 있는 마을은 몇백 개가 있고 거기에서는 우리가 먹을 것보다 훨씬 많은 식량을 재배할 수도 있어.

그 땅을 차지하면 누구도 배고프지 않을 거야."

베니는 손에 들고 있던 머핀을 물끄러미 보았고, 닉스네 집이 사람들 말처럼 가난하다면, 머핀에 들어간 재료를 마련하기 위해 자기들 배급을 아껴야 했을 거라는 생각이 머릿속에 스쳤다. 베니는 머핀을 내려놓았다.

톰은 팔꿈치를 식탁 위에 올리며 조용히 말했다. "베니, 비밀 하나 말해줄게. 우리가 공유할 첫 번째 비밀이야. 알겠지?"

베니가 고개를 끄덕였다.

"나는 절대 제시와 닉스 라일리가 배고프게 두지 않을 거야. 우리가 돈도 충분히 있으면서 매일 진수성찬을 먹지는 않잖아. 너도 알지?"

베니는 다시 한번 고개를 끄덕였다.

"닉스네 식탁에도 맛있는 음식을 올려주고 싶었어. 닉스는 모르니까 절대 말하지 않겠다고 맹세해."

베니는 '맹세해'라고 말하려고 했지만, 충격에 입이 말라서 아무 말도 나오지 않았다. 베니의 답을 대신하듯 천둥이 쾅 하고 울렸고, 톰도 베니에게 약속을 받았다는 듯 고개를 끄덕였다.

충격을 가라앉힌 뒤, 베니가 말했다. "이해할 수 없어……. 정부에서 배고픈 사람들을 보고만 있다니. 그러니까, 우리는 배급 시스템이 있잖아. 사람들이 살 만큼은 식량을 줘야……?"

"믿거나 말거나, 첫 번째 밤 전에는 지금보다 심했어. 집도 없이 배를 곯는 사람이 수만 명쯤 있었어."

"그 사람들은 길바닥에서 자기라도 했어?" 베니가 깔깔 웃으며 말했다.

"정확해. 노숙자라고 불렀지. 온 가족이 노숙을 하기도 했어. 우리나라의 모든 도시에 그런 사람들이 있었어. 학교에서 이런 건 안 가르치겠지. 좀비들이 떼로 몰려온 이후에도 세상은 바뀌지 않았어."

베니는 톰이 한 말을 이해할 수 없어서 고개를 저었다.

"닉스가 항상 일기 쓰는 거 알지?"

"그럼."

"일기가 아니래. 닉스는 좀비에 관한 정보를 되는대로 모으고 있대. 마운틴사이드 밖으로 나가고 싶어 하더라."

베니는 톰에게 태평양에 있다는 섬들에 대해 이야기한 다음, 그 섬들을 되찾아 좀비를 두려워할 필요 없는 새로운 삶을 시작하겠다는 닉스의 야무진 꿈에 관해서도 이야기했다.

톰은 베니의 말을 새겨들은 다음 동의의 표시로 고개를 끄덕였다.

"정말 똑똑한 아이라니까. 데이트하자고 해보지 그래?"

"형, 그런 소리 하지 마."

"그-래-. 네가 정 싫으면 말고." 톰이 차를 한 모금 마셨다. "닉스의 생각 말이야……. 내가 아까 세상을 바꿀 수 있는 사람들은 너희 세대라고 했잖아. 몇 안 되긴 하지만 내 또래 사람들 중에도 세상을 좀 바꾸려고 노력한 사람들이 있었어. 사람들이 두려움을 잊게 해보려고 했지. 안타깝게도 소용이 없었어. 십수 년 동안 마운틴사이드는 반복적인 일상을 통해 자리를 잡았어. 두려움보다 더 강력한 힘으로 사람들을 움직일 수 있는 수단은 바로 틀에 박힌 일상이야. 틀 안에 갇힌 사람들을 틀에서 벗어나도록 하기란 정말 어려워. 사람들은 자기의 일상을 지키려 하지. 스트레스나 복잡한 일도 없고, 앞으로 무슨 일이 있을지도 예측할 수 있어서 삶이 쉬워진다고 하면서. 향수에 젖은 사람들은 좀비와 대립하며 살아가는 지금이 마치 인디언과 전쟁을 치르며 살던 옛 서부 같다고 생각하기도 해."

"멍청하네." 베니가 말했다.

"무섭지." 톰이 베니의 말을 바로잡았다. "하지만 안전하잖아. 적어도 그 사람들은 그렇게 생각해. 이렇게 살면서 자신들이 세상을 구석구석 안다고 생각하지. 너희 같은 아이들 말고 이전 세상이 어땠는지 이야기하는 사람 본 적 없지? 사람들은 서로 어디 출신인지 묻지 않아. 대충 알기는 하지, 주변을 둘러보면 마운틴사이드는 세계의 축소판이라고 볼 수 있어. 구리잘라 선생님은 북부 인도에서 왔고, 올드 맨 산체스는 멕시코 오악사카주에서 왔어. 메콩 형제는 베트남 사람이고. 청은 중국인이고, 우리 아버지는 일본인이시지. 그런데도 사람들이 대화할 때 보면 모두 '마운틴사이드 출신'이라고 하잖아. 그게 다야. 나머지 세상은 존재하지 않는 것처럼. 왜 그런지 알겠어?"

"알 것 같아." 베니가 말했다. "자기가 어디 출신인지 말하려면 무슨 일이 있었는지 말해야 하니까. 그리고 그곳에 남겨진 사람들 이야기를 해야 하니까."

"맞아. 슬픔은 두려움을 키워." 톰은 손바닥으로 얼굴을 문질렀다.

"현상금 사냥꾼들이랑……. 형이 하는 일은? 의뢰하려면 바깥세상 이야기를 할 수밖에 없잖아."

톰은 수긍하며 고개를 끄덕였다.

"맞아, 하지만 그건 가끔가다 한 번씩 있는 특별한 일이니까 영결식이 끝나면 고객들은 다시 원래대로 돌아가지. 내 고객이었으면서 길에서 아는 체도 하지 않는 사람들도 많아. 자기들을 대신해 내가 한 일을 기억하지 않으려고 나를 모른 체할 수도 있고, 기억의 방 하나가 닫힌 것처럼 정말로 깨끗하게 과거를 잊었을 수도 있지. 내 고객이었던 사람 중에서 자기들이 의뢰한 일에 관해 이야기할 수 있는 사람은 한 손에 꼽을 수 있어." 톰이 잠시 말을 멈췄다. "제시 라일리도 그중 하나고."

베니의 차를 마시려다 말고 입술 바로 앞에서 찻잔을 멈췄다.

"뭐? 닉스네 엄마가 형 고객이었다고?"

"응. 몇 년 전에."

"하지만……. 닉스는 엄마랑 자기 이야기 말고는 한 적이 없는데?"

"요즘은 그렇겠지. 하지만 사람들은 어디엔가 가족이 있게 마련이야. 닉스도 아버지가 있었고 남자 형제도 두 명 있었어."

"또 첫 번째 밤이야?"

"첫 번째 밤이야." 톰이 맞장구를 쳤다.

"이런! 닉스도 알아?"

"대답하기가 곤란해. 제시가 말해주었다면, 닉스는 자기 친구들에게 아무 말도 하지 않기로 했거나 다른 사람들처럼 기억을 지우기로 마음먹은 것일 테니까."

베니는 고개를 저었다.

"적어도 나한테는 말했을 텐데."

"과연 그럴까?"

"나한테는 말했겠지. 특히 내가……."

베니의 목소리가 점점 작아졌고, 톰이 끄덕였다.

"시체들의 땅에서 있었던 이야기를 해 준 다음에는 말이지?"

"응."

"너에게 뭘 말할지는 닉스가 결정하겠지만, 내가 너에게 해주려는 이야기는 절대 비밀이야. 가족 일이라 생각하고 누구한테도 말해선 안 돼."

"하지만……."

"우리는 의뢰인에게 들은 이야기를 절대 발설하지 않아. 너도 그러겠다고 약속해."

베니는 충분히 생각하며 찻잔을 비웠다. 맹세가 썩 내키지 않았지만 하지 말아야 할 이유를 찾을 수 없었다.

"그래." 베니가 말했다. "알겠어."

"좋아. 이제 네가 듣고 싶어 하는 이야기를 할 수 있겠네. 닉스의 가족이 사라진 소녀와 관련이 있거든."

"잠깐만." 베니가 말했다. "사케토 씨가 말해준 이야기에서 아이를 낳은 여자가 있었어. 설마 그 아기가 닉스야?"

톰이 고개를 한쪽으로 기울이며 뒤로 기대앉았다.

"첫 번째 밤이 몇 년 전이지?"

"거의 14년 전이지……. 그렇네, 닉스가 태어난 지는 14년하고 9개월쯤 되었으니까."

"내 동생이 알고 보니 수학 천재셨네."

"말 끊어서 미안."

"관련이 없지는 않아……. 하지만 혈연관계는 아니야." 톰이 말했다. "나는 제시 라일리에게서 영결식을 부탁받았었어. 롭이 마이크 라일리와 그들의 두 아이, 그렉과 대니의 초상화를 그려주었어. 제시는 자기가 집에서 도망칠 때 현관을 닫았다고 했어. 문고리를 돌리거나 창문을 기어오를 만한 신체 조정력이 있는 좀비는 거의 없어. 그래서 누군가 현관을 열지 않았다면 그들이 아직도 집 안에 있을 확률이 높았어."

"그게 얼마 전 이야기인데?"

"5년 전쯤이야. 내가 일을 나가 있는 동안 네가 프랜이랑 랜디 커시와 함께 며칠 지냈던 적이 있었지? 내 기억으로 일요일에 출발했던 것 같아. 나는 북동쪽으로 향했어. 그때는 떠도는 좀비들이 훨씬 많았고, 마운틴사이드에서 멀어질수록 좀비들이 더 많이 보였어. 보통은 사슴이나 토끼 같은 움직이는 형체를 따라 혼자 다녔지만, 무리 지어 다니는 좀비들도 있었어. 가장 큰 무리는 교차로 한 가운데 서 있는 50명 정도 되는 무리였어. 아마 그들은 각자 다른 길을 걷고 있다가 교차로에서 만났고, 더는 갈 곳이 없자 거기에 머무르게 된 것 같았어. 이상하지? 하지만 사냥할 거리나 쫓아갈 만한 물체가 아무것도 없으면 그렇게 돼. 그 자리에 멈춰 서지."

"떠돌이 좀비들은?

"좋은 질문이지만 나도 답을 몰라. 좀비들도 각자 다르니까. 변하기도 하고."

"좀비도 진화해?" 베니가 농담했지만, 톰은 어깨를 들썩했다.

"아마도. 또 모르지."

"어떻게 모를 수가 있지?"

"베니⋯⋯. 좀비에 관한 정식 연구는 누구도 한 적 없어. 현실적으로 생각해 봐. 누가 그런 걸 하겠어? 연구를 한다면 *어떻게* 할 건데? *당연히* 해야 할 것 같지만, 이미 말했듯이 마을 사람들은 담장 밖에서 벌어지는 일은 별로 신경 쓰고 싶어 하지 않아. 좀비들의 다양한 특징들도 시체들의 땅에 다니는 사람들을 통해서만 알 수 있지. 현상금 사냥꾼이나, 기착지 수도사들이나, 여러 도시를 다니는 무역 상인 같은 사람들. 그리고 고립주의자들도 있고."

"고립주의자?"

"시체들의 땅에서 혼자 사는 사람들이 있어. 사회에 적응하느니 혼자 좀비의 위협을 겪는 편이 낫다고 생각하는 사람들이지."

"왜?"

"그런 사람들을 어떤 '유형'으로 정의할 수는 없어. 내 말을 이해할지 모르겠지만. 각자 자기만의 이유가 있어. 그중 몇 사람을 알아. 친구가 된 사람도 있고. 심장이 뛰는 인간하고는 전혀 소통하지 않는 사람도 있어." 톰은 코로 숨을 들이쉬었다. "그리고 정말 나쁜 사람도 더러 있어. 손에 무기가 없을 때는 50m 이내로 가까이 가고 싶지 않은 사람들이야."

"왜?"

"만나는 사람은 다 죽이려 드니까. 사람이든 좀비든, 상관하지 않아. 보통 자기 영역을 표시해두는데, 거기가 자신만의 천국일 수도 있고 지옥에 마련된 지정석일 수도 있겠지. 그리고 자기 영역을 침범하는 사람은 전부 숨통을 끊어 놓는 거야."

"그 사람들 영역인지 어떻게 알아?"

"똑똑한 질문이야. 경계 표시가 되어 있어. 말하자면 사유지 표시인 셈이지. 아주 배타적인 사람들이야. 언덕 위에 사는 가족을 아는데 자기 집 주변에 말뚝을 박아 줄을 치고 말뚝마다 머리를 꽂아 놓았더라."

"사람 머리 아니면 좀비 머리?"

"까마귀들이 와서 쪼아 먹어서 구분할 수가 없었지만, 그들이 좀비만 죽였을 리는 없다고 생각해."

"사라진 소녀도 그렇게 살아?"

톰은 질문에 바로 답하지 않고 하던 이야기를 이어나갔다. "제시가 오래된 지도에 위치를 표시해 주었고, 그 지도를 따라 계속 앞으로 나아갔어. 셋째 날 밤이 되었을 때, 제시네 가족이 살았다던 도시에 도착했어. 첫 번째 밤과 그 후 있었던 일들 때문에 도시는 엉망진창이었어. 다른 주로 통하는 고속도로와 큰 길이 맞물리는 교차로가 있었는데, 녹슨 차들로 꽉 막혀 있었어. 좀비들이 자동차나 트럭 밑에 으스러져 있었어. 도망가던 사람들이 실수로 쳤거나 아니면 좀비를 죽이려는 사람들이 일부러 들이받았겠지. 시간이 그렇게 한참 지났는데도 좀비를 치고 차가 어느 쪽으로 미끄러졌는지, 길을 어떻게 벗어나서 다른 차와 어떻게 부딪혔는지가 다 보였어. 교통사고가 난 차들이 길을 막으니까 그 뒤로 따라오던 차들이 서로 엉기기 시작했고, 그때 좀비들이 몰려와서 사람들을 공격한 것 같았어. 정말 이상했어. 좀비들이 돌을 사용하거나 무거운 막대기를 사용해서 차 문을 부순 흔적이 있었거든."

"좀비가 도구를 사용한다고?"

"정말 이상하지? 하지만 몇 번 본 적 있어. 이상 현상 중 하나인데, 좀비들이 왜 일정 수준 이상은 썩지 않는지 설명할 수 없는 것처럼 이것도 설명할 수 없어." 톰이 머핀을 하나 집어 한 입을 베어 문 다음 잠시 꼭꼭 씹고는 다시 이야기를 시작했다. "군용 차량들도 있었어. 확실히 큰 전투가 벌어졌던 것 같더라. 보이는 것들은 모두 기관총 공격을 받아 너덜너덜해졌거나 수류탄이나 로켓탄을 맞아 형체를 알 수 없이 산산이 조각나 있었어. 죽은 사람들이 다시 살아났으니 당연히 시체는 거의 보이지 않았지. 우리가 전쟁에서 이기지 못한 이유야. 좀비를 영원히 잠들게 하려면 뇌간을 끊거나 운동 피질을 손상시켜야 한다는 사실을 높으신 분들이 깨달았을 때는 이미 엄청난 숫자의 전투 부대원들이 자기들이 쏜 총에 맞아 좀비가 된 사람들에게 공격을 당한 뒤였지. 초기에 전투하는 장면을 몇 번 본 적이 있는데, 기관총 부대가 좀비들을 향해 총을 쏘면 좀비들의 팔과 다리가 잘리고 몸통과 엉덩이에서는 살점이 떨어져 나갔어. 그래도 좀비들은 일어나고 또 일어나서 공격하더라. 군인들에게 달려들던 좀비의 반 이상은 공격에 완전히 나가떨어졌지만 살아남은 좀비들이 세 번이고 네 번이고 오뚝이처럼 일어나서 점점 더 가까이 다가갔어. 그리고 너도 알다시피 우리가 졌어. 도로 위에 뼈와 해골이 많이 보였어. 좀비 떼에게 공격당해 살점을 다 뜯어먹힌 사람들의 뼈였거나 머리를 정통으로 맞아 죽은 좀비들의 뼈였겠지."

"떠돌이 좀비들은 없었어?" 베니는 멈추지 않고 떠돌아다닌다던 좀비들에 대해 물었다.

"대부분 생존자들을 쫓아 도시 밖으로 나간 듯했어. 하지만…… 도시 안에도 여전히 많이 남아있었지. 나는 길을 따라 걸으면서 가게나 집 안을 살폈어. 어떤 집에는 물이 마른 수영장에 스무 명 정도 되는 좀비가 떨어져서 올라오지 못하고 있기도 했어. 차 안에 갇힌 좀비도 많았지. 내가 지나갈 때 안쪽에서 유리창을 치기도 했지만, 아무것도 하지는 못했어. 그래도 그런 소리 때문에 다른 좀비가 자극될까 빨리 이동해야 했어. 자동차 바퀴에 깔린 좀비들이 그중에서도 최악이었어. 다리와 엉덩이가 으스러진 채 허리 위쪽만 움직이는 상태로 영원히 깔려있어야 했지."

"맙소사……." 베니가 말했다. "닉스네 가족은 찾았어?"

"그럼. 제시가 말했던 대로 다들 집 안에 있더라. 앞문과 뒷문은 모두 닫혀있었어. 가족이 기르던 저먼 셰퍼드도 두 마리 있었는데, 거실에서 몇 차례 싸움이 있었던 것 같았어. 닉스네 가족은 짐승처럼 변했을 테고, 개들도 본성을 드러냈겠지. 세 가족의 몸 여기저기에 오래된 물어뜯긴 상처가 가득했어. 아이들 아버지는 손이 없었고, 큰아들 대니는 목에 살점이 거의 붙어있지 않았어. 그렇게 개들은 온 힘을 다해 버틴 것 같았지만……." 톰은 말끝을 흐렸다. "상처들 때문에 좀비들은 쇠약한 상태였어. 나는 일가족을 묶고 별 어려움 없이 보내줬어. 20분 정도 걸렸던 것 같아."

"편지도 읽었어? 닉스의 엄마가 쓴?"

"응. 긴 편지였어. 정말이지……." 톰이 말을 멈추고 고개를 저었다. "제시는 남편과 아들들을 정말 사랑했어. 편지를 읽기가 힘들 정도였지. 일을 마치고 나서 나는 혼잣말로 이제 끝이라고 다짐했어. 다시는 그 일을 하지 않을 거고, 할 수도 없다고 생각했지."

"그런데 아직도 하고 있잖아."

"하고 있지."

"이 일이 좋아?"

톰은 얼굴을 찌푸렸다.

"'좋아'하냐고? 사이코패스나 이런 일을 좋아하지 않을까?"

"그럼 왜 해?"

"해야 하는 일이니까. 누군가는 해야 하고, 할 거니까. 그리고 나 말고 이 일을 하는 사람들은 연민 없이 일할 수도 있잖아. 너도 본 적 있지. 나는 아주 많이 봤어. 훨씬 더한 것도 봤고."

번개가 번쩍하더니 귀가 찢어질 듯한 소리로 천둥이 쳤고, 베니는 자리에서 펄쩍 뛰었다. 톰이 일어나서 창문 셔터에 난 틈으로 밖을 살폈다.

"뭔가 맞은 게 확실한데, 마을 안인 것 같아."

"나가 봐야 해?"

"아니." 톰이 테이블로 돌아오며 말했다. "누가 나를 찾는 게 아니라면 안 나가도 돼. 어디까지 이야기했지?"

"제시 아주머니네 집에서 일을 마친 이야기까지."

"그래. 나는 최대한 빨리 도시를 벗어났어. 꽤 화가 나 있었어. 그 때의 네 형은 지금처럼 점잖은 사람이 아니었지. 나는 머릿속을 정리하고 내 삶에 대해 생각할 시간이 필요했어. 정확히는 너와 나의 삶이지. 그래서 고도가 높은 다른 길을 따라 돌아왔어. 좀비들이 고지대에는 많이 없거든."

"왜?"

"중력과 관련이 있어. 먹잇감을 쫓는 경우가 아니면 좀비들은 저항이 가장 약한 쪽을 따라 걷게 되어있어. 좀비는 네가 생각하는 것처럼 잘 걷지 못해. 낮은 곳으로 계속 떠밀리는 와중에 휘청거리며 발을 디뎌서 넘어지지 않고 버틴다고 보면 돼. 그래서 땅에 경사가 있으면 그쪽으로 쏠리게 되지. 시체들의 땅에 있는 계곡이나 저지대를 지날 때는 조심해야 해. 저지대에서 좀비를 만날 확률은 언덕 위에서보다 열 배는 높거든. 그래서 나는 거의 만년설이 쌓일락 말락 할 정도로 고도가 높은 길을 따라 걸었어. 밤에는 헛간에서 잠을 청했고 그다음 날에는 대형 트레일러의 운전석에서 눈을 붙였어. 트레일러는 전자레인지를 운반하다 변을 당한 것 같았어. 그런데 참 이상하게도 실려있던 박스들이 전부 찢겨있었고, 그 안에 들어있던 전자레인지들은 산산조각이 나서 도로 위에 널브러져 있더라. 사람들 짓이었지. 좀비들은 화물에는 관심이 없으니까."

"전자레인지가 뭐야?"

"전기로 작동하는 오븐이야." 톰이 답했다. "사람들이 언젠가 새 발전기를 만들거나 예전 발전기를 고칠 열정을 찾으면 너도 꼭 써봤으면 하는 물건이야. 일단 지금은 이야기를 잘 들어봐. 이제 진짜 이야기가 시작되니까."

톰과 베니는 둘 다 팔꿈치를 테이블 위에 올리고, 두 손으로 찻잔을 감싼 채 상체를 앞으로 기울였다.

"그날 아침, 트레일러를 떠난 뒤에, 길 한 가운데서 쓰러진 좀비를 발견했어. 별로 놀랄 일은 아니었지만, 좀비가 죽게 된 과정이 너무 흥미로웠어. 누군가 좀비 뒤에서 검을 휘둘러서 한쪽 무릎부터 다른 쪽 발목까지 사선으로 베었더라. 정교한 칼솜씨는 아니었지만 효과적이었어. 다리 힘줄이 끊어지면서 좀비가 고꾸라졌을 테고, 주머니칼을 꺼내 쓰러진 좀비의 뒤통수에 꽂아 넣었겠지. 이미 말했듯이, 노련한 기술은 아니었지만 현명한 방법이었어. 한 시간 뒤 그렇게 죽은 좀비 하나를 더 발견했고 그 뒤로도 또 하나가 보였어. 그날 날이 저물 때까지 같은 방법으로 처리된 좀비 시체를 18구나 발견했어. 몇 주 된 것도 있었고 죽은 지 얼마 안 돼 보이는 것도 있었는데, 모두 처리 방법이 같았어. 다리 힘줄이 끊어진 상태로 뒤통수에 칼이 꽂혀있었지. 다섯 번째인가 여섯 번째 시체가 보였을 때 그 좀비들을 죽인 현상금 사냥꾼이 어떤 사람일지 감이 잡히더라. 시체들의 땅에서 좀비 죽이는 일을 하는 사람들은 각자 자기만의 스타일을 개발해. 자기한테 잘 맞으면서 가장 쉽고 위험이 적은 방법을 찾아 계속 써먹는 거야. 어차피 좀비들은 사냥꾼이 일하는 방식을 파악해서 전술을 바꿀 수 없으니까."

"그래서……. 누가 한 짓인데?"

"아." 톰이 말했다. "당연한 걸 왜 묻는 거야."

"누군데?"

"생각을 해봐."

베니는 톰이 시키는 대로 곰곰이 생각한 끝에 답을 얻어냈다.

"잠깐……. 높은 지대에는 좀비가 많이 없다며. 그런데 죽은 좀비를 그렇게 많이 봤다고? 대체 거기에 왜 좀비가 많았던 거야?"

"그러니까 말이야. 그래서 종일 걱정했어. 처음에는 그 근처 어딘가에 있는 생존자 공동체에서 큰일이 난 줄 알았어. 만약 정말 그렇다면 내 발로 불구덩이 속에 뛰어드는 셈이었지. 그러다 머릿속에 번뜩 생각난 게 있었어. 그 특이한 사냥꾼이 죽인 좀비들을 곰씹어 생각하다가 전부 비슷한 특징이 있다는 사실을 깨달은 거지. 좀비들은 전부 남자였어. 서른이 넘고 덩치가 좋은 남자. 살이 바싹 마른 좀비라기엔 덩치가 좋은 편이었어."

"스포츠팀 선수들이 아니었을까? 아니면 군인이거나."

"예리한 추측이야, 꼬맹아. 하지만 답은 아니야. 나는 가장 최근에 죽은 것처럼 보이는 좀비 시체들을 보러 되돌아갔고, 그들의 흔적을 따라가다 보니 저지대가 나왔어. 하나는 농장에서 왔고, 다른 하나는 기착지 방향에서 왔더라. 하나는 농장에서 왔고, 다른 좀비는 기착지 방향에서 왔더라. 다시 언덕을 올라가다가 다른 시체를 찾았어. 꽤 최근에 죽었는지 사방에 피가 튀어있었지."

"피?" 베니가 말했다. "좀비가 피를 흘리던가?"

"아니, 흘리지 않지." 톰이 동의했다. "그럼 어떻게 된 일이었을까?"

"살해된 사람 아니었을까?"

"죽은 사람이었지. '살해됐다'라는 말은 상대적이니까."

"그럼 이해를 못 하겠어. 형이 이 이야기를 왜 하는지도 모르겠고. 사라진 소녀가 죽인 건 맞잖아? 그게 형 이야기의 반전이야?"

"반전이 아니야. 사라진 소녀에 대해 이야기해 달라며. 지금 나는 내가 겪었던 일을 최대한 자세하게 전달하려는 거야. 증거들을 하나씩 보여 주는 거라고." 톰이 씩 웃었다. "잊지 마, 나는 첫 번째 밤 전까지 경찰 학교에 다녔어. 형사가 되려고 공부하는 중이었지. 현장에 나가본 적은 없지만, 감사하게도 수사법이나 심리 분석 프로파일링의 기본은 배웠어. 그날 밤 잠자리에 들면서 내가 모은 증거들을 곱씹으며 기본적인 추론을 시작했지. 가정 말고 추론 말이야. 둘의 차이점을 알아?"

"추론은 증거를 기반으로 하고 가정은 추측을 기반으로 해." 베니가 말했다. "우리도 학교에서 '가정에만 의존하면 인정받지 못한다'고 배웠어."

"그래, 그럼 이제 추론을 해봐."

"좀비들과 그 남자를 죽인 사람이 사라진 소녀라는 사실 말고 뭐가 더 필요한데?"

"그건 추측에 불과하잖아. 그 애에 대해 이야기하는 중이었으니 당연히 그 애가 죽였겠거니 하는 거지."

"알겠어. 그럼, 죽어있었다는 남자에 대해 설명해봐. 좀비가 아니라 사람이었다는 그 남자들 말이야."

"좀비만큼 덩치가 크지는 않았지만, 꽤 건장했어."

"농부였어?"

"아니. 가지고 있던 무기와 장비들을 봤을 때, 그는 현상금 사냥꾼이었어."

베니는 뒤로 기대앉아 곰곰이 생각했고, 톰은 베니가 충분히 생각하도록 내버려 두었다. 톰의 이야기는 생각하면 할수록 점점 역겨워졌다.

"그때 그 애 나이가, 열한 살, 열두 살쯤 됐었나?"

"그 정도 됐지."

"그런데 살아있는 사람을 죽였다고?"

"응." 톰은 이제 웃고 있지 않았다.

"어떤 '유형'에 속하는 남자들만 죽였다는 거지?"

"응."

베니는 톰의 흔들림 없는 어두운 눈동자를 오랫동안 뚫어져라 보았다. 천둥소리에 벽이 울렸다.

"맙소사." 베니가 말했다. "그놈들이 그 애에게 무슨 짓을 한 걸까?"

하지만 그는 이미 답을 알고 있었고, 마음 한구석이 저릿했다. 게임랜드에서 벌어지는 구덩이 싸움에 대해 톰이 해 준 이야기가 생각났고, 칼 한 자루 또는 막대기를 든 어린 여자아이가 어두침침한 구덩이 밑에 서 있는 모습과 아이에게 다가가는 핏기없는 잿빛 손들이 눈앞에 그려졌다. 거기에서 살아남았다 해도 분명 마음에 깊은 상처를 입었을 것 같았다. 두 사람은 말없이 앉아서 폭풍이 마을을 벌주는 소리를 들었다.

"아직 이야기가 남았어." 톰이 말했다. "한참 많이."

하지만 톰은 남은 이야기를 끝내지 못했다. 적어도 그날 밤에는 할 수 없었다. 잠시 뒤 번개가 한참 동안 하늘을 밝혔고, 창문 셔터 틈새로 강하고 인위적인 흰 빛이 새어 들어와 주방 전체를 밝혔다. 잠시 뒤, 베니가 이제껏 들어보지 못한 엄청난 굉음을 내며 천둥이 울려퍼졌다.

그리고 비명이 들려오기 시작했다.

25

톰은 자리에서 일어나 뒷문을 열었고 베니는 아직 의자에 얼어붙어 있었다.

"뭐였어?" 베니가 물었다.

톰은 답하지 않았다. 바람이 문안으로 쳐들어왔고, 톰은 세찬 바람을 이기지 못하고 한 걸음 뒤로 밀려났다. 폭풍이 포효하는 소리를 뚫고 사람들의 고함소리가 들렸다. 비명이 멈출 줄 모르고 커졌고, 총성이 한 발 울려 퍼졌다. 곧 총성이 몇 발 더 들렸다.

"나오지 마." 톰이 명령조로 이야기했다. "문 닫고 빗장 걸어!"

"같이 갈게!"

"안 돼!" 톰이 무섭게 소리쳤다. 그리고 비옷을 낚아채 몸에 걸친 뒤 어깨에 검을 두르고 폭풍우 치는 어둠 속으로 맨발로 뛰쳐나갔다. 베니는 뒤쪽 현관 밖으로 나갔지만 이미 톰의 모습은 비바람에 가려 보이지 않았다. 5초도 지나지 않아 베니는 온몸이 흠뻑 젖었다. 계속해서 번개가 쳤고 그때마다 천둥이 울렸다. 베니는 첫 번째 밤에 전투를 치를 때도 이런 모습이었을까 생각했다. 어둠 속에 비명과 총성이 들리고 폭탄이 터지며 하늘을 밝혔을 것이다. 베니는 집 안으로 들어가 힘겹게 문을 닫았다. 잠금장치는 걱정할 것 없이 튼튼했지만, 베니는 문득 톰이 열쇠를 가지고 나가지 않았다는 사실이 떠올랐다. 톰은 비옷 아래 얇은 티셔츠와 잠옷 바지만 입고 있었다. 심지어 총도 가지고 나가지 않았다.

베니는 문 뒤에 세워진 무거운 떡갈나무 빗장을 쳐다보았다. 문양쪽 벽에 금속 빗장걸이가 붙어있었고, 빗장걸이에 떡갈나무 빗장을 채워 놓으면 절대 문을 열 수 없었다. 톰은 빗장걸이를 고정하는 나사가 벽을 관통해 집 밖에 붙은 금속판에 고정되도록 설치했고, 그 모습을 베니도 옆에서 지켜봤었다.

"문을 통과하려면 벽을 통째로 뜯어내야 할 거야." 톰이 말했었다.

베니는 빗장을 집어 들었다. 묵직하고 단단했다. 좀비 20명이 몰려와도 절대 뚫을 수 없을 것 같았다. 가까운 빗장걸이에 떡갈나무 빗장 한쪽 끝을 올린 뒤 문을 가로지르도록 밀었다.

하지만 톰은 지금 검 하나만 들고 밖에 있다. 신발도, 총도 횃불도 없었다. 만약 나무가 벼락을 맞아 쓰러져 울타리가 뚫렸다면 그 틈으로 좀비들이 얼마나 들어왔을지 알 수 없었다.

총소리가 더 들렸다. 총알 세례를 퍼붓는 것 같았다. 누군가 고함치는 소리가 들렸지만 무슨 말인지 알아들을 수 없었다. 비가 너무세차게 퍼붓고 있었다.

베니는 갈등하며 입술을 깨물었다.

톰은 문을 걸어 잠그라고 했다. 문은 이미 잠겨있었고 좀비는 문을 열 수 없다. 창문은 모두 셔터로 막혀 있었고 집 현관도 뒷문만큼이나 아주 단단하게 잠겨있었다. 베니는 안전했다.

하지만 톰은 그렇지 않다.

만약 마을 전체가 습격을 당했다면 톰은 몸을 숨기기 위해 집으로 돌아올 것이다. 마을은 몇 초안에 함락될 수 있었다. 베니가 뒷문으로 달려가서 무거운 빗장을 벗기고 잠금장치들을 전부 여는 데 얼마나 걸릴까? 10초? 8초?

너무 길었다.

베니는 빗장걸이에서 빗장을 빼낸 뒤 도로 벽에 기대 세웠다.

톰의 총은 자물쇠가 달린 사물함 안에 들어있었고, 열쇠는 톰이 항상 목에 걸고 다녔다. 자물쇠를 마음대로 부쉈다가 이 상황이 아무것도 아닌 일로 끝나면 톰은 베니를 가만두지 않을 것이다.

하지만…….

조바심이 점점 커져서 베니를 통째로 집어삼키고 있었다.

밖에서 무언가가 벽을 치는 소리가 들렸다. 강하고 날렵한 물체인 것 같았다. 비는 아니었다. 베니는 톰이 시체들의 땅에서 소리를 들을 때 했던 것처럼 귀를 쫑긋 세운 채 방금 들은 소리를 기억해 내려 애썼다. 떡갈나무에서 떨어진 도토리 때문에 난 소리일까? 아니다. 만약 그랬다면 조금 전 소리와는 다른, 가벼운 소리가 날 것 같았다. 집 바깥쪽 벽을 친 소리는 좀 더 빠르고 강력한 소리였다.

총알이었을까?

베니는 어쩌면 그럴 수도 있겠다고 생각했다.

그는 몸을 낮게 웅크리고 주방 창문 구석에 귀를 갖다 댔다. 밖에서는 아직도 비명과 총성이 들렸다. 갑자기 뒷문 밖에서 발걸음 소리가 들리더니 문고리가 돌아갔다. 베니는 창문을 통해 누가 밖에 있는지 보려고 몸을 최대한 기울였지만, 얼굴은 보이지 않고 반짝이며 펄럭거리는 물체만 보였다.

비옷이었다.

문고리가 계속해서 돌아갔다.

형이다!

베니는 쏜살같이 문으로 달려가 빗장을 풀었다. *제발…….* *제발 톰이 무사하게 해주세요.* 자물쇠 4개를 풀며 간절히 빌었다. 그리고 문을 활짝 열어젖혔다.

남자가 문 안으로 비틀비틀 걸어 들어왔다. 그는 갈기갈기 찢겨 걸레짝이 된 비옷을 걸치고 고개를 푹 숙이고 있었고, 어두운 머리칼에서는 물이 뚝뚝 떨어졌다.

베니가 뒤로 물러섰다.

남자는 톰이 아니었다.

롭 사케토, 좀비 초상화가였다.

그는 좀비가 되어있었다.

26

괴물이 허여멀건한 얼굴을 베니를 향해 들어 올리며 입을 벌렸다. 부서진 이빨 사이에 가득 고인 피가 비옷 앞섶으로 뚝뚝 떨어졌다.

"사케토 씨?"

좀비가 베니를 향해 비틀비틀 걸어오면서 뼈마디가 으스러진 것처럼 부자연스럽게 뒤틀린 손가락을 들어 올렸다. 베니는 그대로 얼어붙었다. 저주로 인해 엄마를 잃었지만, 그 후 베니가 아는 사람이 좀비가 된 적은 없었다. 베니와 청, 닉스는 만약 그런 일이 일어나면 어떨까 이야기하고, 궁금해하고, 심지어 농담도 하곤 했지만, 그런 상상은 이 세상에 사는 그들에게도 어딘가 현실적이지 않은

236

일처럼 다가왔다. 좀비들은 담장 밖에 있고 자신들의 삶은 이 마을에 있다고 생각했기 때문이었다. 순간 베니는 자신도 다른 마을 사람들과 마찬가지로 현실을 부인하며 살고 있었다는 사실을 깨달았다. 죽은 가족에게 '안식' 절차를 수행해야 하는 세상에서 부인할 수 없는 증거들과 매일 마주하면서도 사람과 좀비가 한 끗 차이라는 생각은 해본 적이 없었다. 시체들의 땅에 다녀와서도 둘이 완전히 같다고는 생각할 수 없었다. 하지만 지금 베니에게 다가오는 바로 이 좀비, 혹은 이 *사람*은 베니의 눈앞에 노골적으로 세상의 진실을 들이밀고 있었다.

베니는 공포에 휩싸여 꼼짝없이 얼어붙은 채 깨달음의 순간을 마주하고 있었다. 괴물과 눈이 마주친 찰나의 순간, 말도 안 되지만 베니는 좀비가 자신을 알아봤다고 확신했다. 베니는 괴물의 텅 빈 눈에서 사케토가 느끼고 있는 숨 막히는 공포를 읽을 수 있었다.

"사케토 씨." 베니가 다시 말했다. 그의 목소리는 금방이라도 잠길 듯 완전히 갈라져 있었다.

무슨 말을 하려는 듯 좀비의 입이 달싹거렸다. 베니는 눈에 보이는 증거와 이제껏 보고 들은 상식을 모두 무시한 채 괴물의 내면에 인간 사케토가 조금은 *남아있길*, 완전히 몸을 내어주지 않고 어떻게든 버티고 있길 간절히 바랐다. 하지만 좀비의 목구멍에서 나온 소리는 괴물 자신조차 이해할 수 없는 채워지지 않는 허기 외에는 아무 의미 없는 신음일 뿐이었다.

사케토는 껍데기만 남았고, 그를 인간으로 살게 했던 알맹이는 영원히 사라졌다는 사실에 베니는 마음이 찢어질 듯 아팠다. 그 사실을 잊어버리지 않으면 머리가 깨져버릴 것 같았다.

좀비가 부러진 손가락을 베니를 향해 뻗으며 다가오기 시작했지만, 베니는 비가 쳐들어와 물이 흥건한 주방에 서서 여전히 꼼짝도 하지 못하고 있었다. 좀비의 차가운 손가락이 볼에 닿자 비로소 정신이 번쩍 들었다.

베니가 비명을 질렀다.

두려움과 분노가 섞인 비명이었다. 그에게 느릿느릿 다가오는 시체는 두려웠지만, 괴물에게 자기 사람을 빼앗겼다는 사실에 화가 났다. 사케토는 그가 알던 사람, 그의 친구였다.

베니는 뒤로 물러나 자신을 붙잡으려는 손가락을 피했다. 발이 미끄러져 넘어지면서 중간 방으로 통하는 문틀에 허리를 찧었다. 그 충격에 화들짝 정신이 든 베니는 재빨리 몸을 일으켜 쏜살같이 거실로 달렸다. 걸리적거리는 작은 테이블을 들어 뒤쪽으로 던졌다. 돌아보지는 않았지만, 테이블에 맞은 좀비의 정강이뼈가 부러지는 소리가 들렸다. 괴물이 테이블 위로 넘어지면서 무릎과 팔꿈치가 나무 상판에 부딪혀 쿵 소리를 냈지만, 좀비는 비명 한 번 지르지 않았다. 비현실적이었다.

거실로 뛰어 들어가 훈련 장비 가방을 뒤졌다. 칼이나 망치, 도구 상자 같은 쓸만한 무기들은 전부 주방에 있었다. 톰이 목검을 가지고 있던 것을 기억해냈다. 목검이라도 있으면 좀 나을 것 같았다. 베니는 거친 천 가방을 잡아당겨 떨리는 손으로 지퍼를 붙잡고 욕을 뱉으며 거칠게 잡아당겼다. 손톱 하나가 거의 찢어졌지만 아픔도 느껴지지 않았다. 베니가 열린 가방 안으로 손을 넣었을 때 사케토가 절뚝거리며 거실로 들어오고 있었다. 베니의 시선이 잠시 현관에 멈췄다. 문은 잠겨있었고 좀비한테 잡힐지언정 절대 문을 열지 않겠다고 생각했다. 조금 전에 톰을 걱정하며 생각했던 것과는 완전히 다른 방향으로 일이 흘러가고 있었다.

좀비의 손가락이 베니의 머리카락 사이로 들어와 머리채를 잡으려 했지만 베니는 가방을 쥔 채 소파 위로 몸을 던졌다. 목검들이 달그락 소리를 내며 쏟아졌다. 좀비가 소파 위로 몸을 굽혔고, 베니는 무릎을 꿇고 목검 하나를 들어 휘둘렀다.

그리고 목검 끝으로 좀비의 가슴팍을 쑤셨다. 검이 좀비에게 닿자 두려움이 잊혀졌지만 목검으로 가슴팍을 찌르기는 생각보다 힘들었고, 충격이 그의 팔에 고스란히 전해졌다. 베니는 거의 검을 놓칠 뻔했다.

좀비가 베니의 얼굴 쪽으로 팔을 휘둘렀다. 베니는 귀에서 코까지 뺨을 스치는 좀비의 손톱을 느낄 수 있었다.

베니는 무술봉을 쥐듯 두 손 사이에 간격을 두고 목검을 잡은 다음 좀비의 어깨를 힘껏 밀쳐 균형을 잃게 만들었다. 생각했던 것보다 힘을 쓰기가 어려웠고, 베니는 사케토가 좀비가 된 지 얼마 되지 않았다는 사실을 생각했다. 기껏해야 폭풍이 몰아치기 직전이나 폭풍이 시작된 후에 좀비가 되었을 것이다. 아직 부패가 시작되지 않아서 체중이 많이 줄지 않은 상태였다. 어쩌면 정신도 아직 남아 있을 수 있지 않을까? 문고리를 돌릴 수 있었던 것도 그 때문이 아닐까? 베니는 톰이 했던 말을 기억했다.

문고리를 돌리거나 창문을 기어오를 만한 신체 조정력이 있는

좀비는 거의 없어.

톰은 거의 없다고 했다. '아예' 없지는 않다는 소리였다. 어쩌면 그런 능력이 있는 좀비는 변한 지 얼마 되지 않은 좀비들일지도 모른다.

그렇게 생각하고 나니 상황이 한결 명확해졌지만, 마음은 조금도 편해지지 않았다. 사케토가 어쩌면 생각보다 더 위험할 수도 있다는 뜻이었다. 베니가 상상해왔던 좀비들보다 더 세고 더 빠르고 어쩌면 더 똑똑할 수도 있었다.

좀비가 다시 한번 베니 쪽으로 달려들면서 소파를 기어오르기 시작했다.

베니는 펄쩍 뛰어 뒤로 물러났고, 그러면서 자신도 모르는 사이 두 손으로 검을 바르게 고쳐 쥐었다. 손잡이를 잡은 두 손은 검에 힘을 싣기 알맞게 벌어져 있었고, 팔꿈치는 검날이 위로 뻗도록 살짝 굽어있었다.

좀비가 베니를 향해 다가와 손목을 움켜쥐려고 했다.

"죄송해요." 베니가 말했다.

그러고는 검으로 사케토의 머리 꼭대기를 후려쳤다.

괴물은 아랑곳하지 않았다. 베니는 검을 휘두르고 또 휘둘렀다. 사정없이 그의 머리를 내리쳤다. 팔에 힘을 실어 여러 차례 들었다 내리치면서 단단한 목검으로 좀비의 두개골을 때렸다. 검을 휘두르는 동안 베니의 귓가에는 비명이 들렸다. 좀비가 내는 소리가 아니라 베니 자신의 비명이었다.

"그만해!"

톰의 목소리가 들리자 베니는 목검을 머리 위로 든 채로 얼어붙었다. 베니의 손을 타고 사케토의 피와 뇌 조각들이 흘러내렸다. 고개를 돌리니 중간 방으로 통하는 문 앞에 톰이 서 있었다. 톰은 피와 진흙과 빗물로 범벅이 되어있었고, 한 손에는 강철 카타나가, 다른 쪽에는 짧은 총검이 들려있었다.

"베니." 톰이 말했다. "끝났어. 네가 이겼어." 톰이 총검을 테이블 위에 올려놓고 베니의 곁으로 다가갔다. 그러고는 목검을 향해 손을 뻗었다. "네가 해냈어, 꼬맹아. 괴물을 죽였어."

"'괴물'이라고?" 베니가 꿈꾸는 듯한 작은 목소리로 답했다. 그러고는 만신창이가 되어 바닥에 쓰러진 사케토를 내려다보았다. 그는 이제 인간도 좀비도 아닌 죽은 고깃덩어리와 부러진 뼛조각, 그리고 축축하고 번들거리는 살점에 불과했다. 베니는 톰이 목검을 가져가도록 놔두었다. 자신의 손이 느껴지지 않았다. 얼음장처럼 찬 손이 마치 남의 손처럼 낯설게 느껴졌다. 방금 그 손으로 자신이 절대 하지 못했을 것 같던 일을 저질렀다. 베니는 자기 손을 멍하니 보았다. 피로 물든 살인자의 손이었다.

베니는 뒤를 돌아 화분에 속을 게워냈다. 차와 머핀과 버거가 올라왔다. 지난 몇 분간 있었던 일도 음식물과 함께 토해내서 머릿속에서 깨끗이 지울 수 있으면 좋겠다고 생각했다.

톰은 멀찍이 떨어져서 양손에 검을 쥔 채 숨을 몰아쉬고 있었다.

"다쳤어?" 톰이 물었다. "롭한테……"

"물렸냐고?" 베니가 입을 닦고 고개를 저었다. "아니. 안 물렸어."

톰은 천천히 고개를 끄덕이면서, 눈으로는 베니를 위아래로 훑으며 다친 곳이 없는지 확인했다. 하지만 상처라고는 뺨에 난 손톱자국과 가방 지퍼에 걸려 찢어진 손톱뿐이었다. 베니는 톰의 마음을 이해했다. 그리고 만약 자신이 좀비에게 물렸다면 톰이 어떻게 했을지 궁금해졌다. 그랬다면 지금 이 순간이 어떻게 흘러갔을까?

마침내 톰이 목검을 내려놓고 헝겊으로 카타나에 묻은 피를 닦아냈다.

"어떻게 된 거야?." 베니가 잠긴 목소리로 물었다. "번개 때문이었어? 나무가 쓰러졌어?"

"북쪽 망루가 벼락을 맞았어. 무너지면서 라몬 올리베라가 울타리 밖으로 떨어졌어. 탑이 무너지자 좀비 떼가 그에게 달려들었고. 다른 두 경비원은 폭풍 때문에 겁을 먹어서 상황 판단이 안 됐던 것 같아. 겁에 질려서 라몬을 구하려고 게이트를 열었는데 좀비들이 들어온 거지. 샐리 파커 알지? 모기네 옆집에 사는 여자. 그 여자가 죽었어."

"말도 안 돼……."

"다른 경비 대원들은 천둥소리 때문에 비명을 듣지 못했고, 상황을 파악했을 때는 이미 좀비 몇십 명이 길거리를 배회하고 있었대. 산전수전을 다 겪고 여기까지 왔으니 사람들이 더는 겁을 먹지 않을 것 같지? 아니야. 방아쇠를 당길 수 있는 멍청이들은 전부 총을 쏴댔어. 세 명이 총에 맞았고 두 명은 좀비에게 당했어. 총상을 입은 사람들은 생명에는 지장이 없을 것 같지만, 다른 둘은……."

톰은 말을 잇지 못했다. 일단 좀비에게 물리면 감염을 막을 방법이 없다는 사실을 모르는 사람은 없었다. 물린 사람의 면역 체계가 얼마나 튼튼한지에 따라 하루에서 일주일까지 버티기도 했지만, 결국은 좀비가 될 수밖에 없었다. 피해자들은 마을 저편에 있는 안식원으로 보내졌다. 그들에게는 물과 음식과 책이 제공되었고 목사나 사제 또는 랍비가 방문해 함께 시간을 보내주었다. 문은 잠겨 있었고, 사람들은 기다렸다. 청은 좀비에게 물린 사람들이 자살하는 경우가 꽤 자주 있다고 했었다. 그들이 고통받기를 원하지 않는 친구들이나 가족에게 살해당하는 사람들도 있다고 했었다. 베니는 청을 믿지 않았다. 하지만 이제 보니 어쩌면 청이 맞을지도 모른다는 생각이 들었다.

"좀비들을 전부 처치했어?"

"응." 톰이 말했다. "스트렁크 대장과 그의 대원들이 처리했어. 라몬은 괜찮을 거야. 다리가 부러지고 화상을 좀 입었지만 부서진 탑 파편들에 가로막혀서 좀비들이 가까이 가지 못했던 것 같아."

"또 물린 사람은 없고?"

"없어……. 좀비가 레드존 밖으로는 나오지 못했거든. 울타리를 수리하는 동안 스트렁크 대장이 소총으로 무장한 사람들 마흔 명을 데리고 북문 앞을 지킬 거야." 톰이 욕을 뱉었다. "내가 시 의회에 울타리를 이중으로 만들어야 한다고 건의하는 걸 한 번이라도 제대로 들었더라면……."

"형." 베니가 말을 끊었다. "형이 좀비를 놓쳤을 수도 있어."

"아니. 그럴 리가 없어."

"하지만……. *사케토 씨*가 당했잖아. 사케토 씨는 북문이랑 먼

저수지 근처에 사셨고."

톰은 쭈그려 앉아서 사케토의 시체를 돌려 등을 바닥에 대고 눕혔다. 그리고 사케토의 손과 손목을 관찰하더니 셔츠를 말아 올려 가려져 있던 부분까지 살폈다. 톰은 입을 굳게 닫은 채 눈을 찌푸렸다. 무슨 생각인지 읽을 수 없었다. 그는 자리에서 일어나 집을 가로질러 뒷문 빗장을 풀고 밖으로 나갔다. 베니가 톰의 뒤를 따라 나갔다. 집 밖으로 나간 톰은 허리를 굽히고 문 앞 나무 바닥과 계단에 남아있는 진흙 자국을 살피기 시작했다. 진흙 자국들은 빗물에 거의 씻겨나가고 없었지만, 톰은 뭔가를 발견했는지 역겹다는 듯 신음을 내뱉으며 몇 초간 어둠 속을 응시했다. 베니는 그제야 폭풍이 잠잠해졌고, 비명이나 총성도 더는 들리지 않는다는 사실을 깨달았다.

톰은 베니를 살짝 밀며 함께 집 안으로 들어간 뒤 문을 잠갔다. 그리고 조금 뒤에 떡갈나무 빗장을 들어 잠금장치에 밀어 끼웠다. 톰은 베니에게 손에 묻은 피를 씻으라고 시키고는 손가락과 찢어진 손톱에 붕대를 감아주었다. 아팠지만 그 정도 고통쯤은 하찮게 느껴졌다. 둘은 붕대를 감는 내내 말이 없었고, 처치를 마친 두 사람은 거실로 가서 시체를 내려다보고 섰다. 베니가 보기에 톰은 분명 뭔가를 생각하고 있었다. 그는 뒷문과 사케토의 시체를 번갈아 쳐다보았다.

"젠장." 톰이 나지막하게 말했다. "내 예감이 맞을 때가 정말 싫다니까."

베니는 시체를 내려다보며 톰 옆에 서 있었다. 그가 내려다보고 있는 것은 좀비가 아니라 사라진 소녀의 초상화를 그린 화가였다. 이 마을을 세웠고 그의 친구였던 남자.

"무슨 말이야?" 베니가 톰에게 물었다.

톰은 잠시 베니의 얼굴을 보더니 머릿속에 든 의심을 베니와 공유해도 괜찮다고 생각한 듯 고개를 끄덕였다.

"롭의 손가락을 봐. 뭐가 보여?"

베니는 다시 볼 필요도 없었다. 그의 손가락이 얼마나 기괴하게 꺾여있는지는 이미 알고 있었다.

"누군가가 일부러 저렇게 만든 거야." 베니가 말했다. "아직 살아 있을 때."

톰이 고개를 끄덕였다.

"갈비뼈 부분에 멍도 들어있고 누군가에게 주먹으로 맞아서 이도 뽑힌 것 같아. 몇 개 부러진 것도 보이고. 롭은 죽을 때까지 고문당했어. 그리고 좀비로 깨어난 뒤 누군가에 의해 여기로 옮겨졌어."

"'옮겨졌다'고? 누가 좀비를 여기에다 데려와?" 베니가 물었다.

톰이 차갑고 살기 어린 눈빛으로 베니를 보았다.

"당연히 우리를 죽이기 위해서겠지."

27

"누가 우리를 죽이려고 하지?"

톰은 아무 말도 하지 않았다. 대신 베니에게 되물었다.

"밖에 아무도 없었어? 뭔가를 들었다거나."

"아니 비바람 소리 말고는 아무것도 못 들었어." 베니는 잠시 말을 멈췄다. "그게⋯⋯. 무슨 소리가 들리기는 했어. 집 옆쪽을 치는 것 같은 소리였어. 총알이었던 것 같아. 총알이 멀리까지 날아가기도 한다기에 먼 곳에서 쏜 총알이 어쩌다 여기로 날아 온 줄 알았어. 그리고 누군가 문고리를 달그락거리기 시작했고. 나는 형이 들어오려고 하는 줄 알았어. 형이 열쇠를 안 가지고 나갔으니까⋯⋯."

톰은 베니의 어깨에 손을 짚었다.

"괜찮아. 네가 문을 왜 열었는지 이해해. 그리고 암호를 정하지 않고 나간 내 잘못이지. 암호를 정했어야 했어. 세 번, 두 번 차례로 두드린다거나 하는 암호."

"아니면 문 열어달라고 소리를 친다거나?" 베니가 말했다.

톰이 싱긋 웃었다.

"맞아. 미안해⋯⋯. 머릿속이 너무 복잡하네. 일단 문고리 이야기를 계속해 봐. 누군가 문고리를 돌렸다고?"

"두세 번."

둘은 시체를 내려다보았다.

"롭이 그랬을 수도 있을 것 같아."

"손가락이 다 부러졌는데?"

"좀비는 고통을 느끼지 못한다니까, 기억나?"

"하지만⋯⋯. 문고리를 돌린다고? 좀비는⋯⋯"

"드문 경우지만 종종 일어나는 일이야. 보통 좀비가 된 지 얼마 안 됐을 때 볼 수 있는 현상이지. 변한 지 얼마 안 된 좀비가 막대기를 집어서 몽둥이로 쓰는 것도 본 적 있어. 하지만 시간이 흐를수록 신체 기능이 점점 떨어지지. 뇌가 점점 죽어가니까."

"사케토 씨가 죽은 지 오래되었을까?"

톰이 무릎을 꿇은 채 손끝을 사케토의 피부에 갖다 댔다.

"음, 잘 모르겠어. 날이 아주 더웠고, 찬비도 내렸으니까. 하지만 죽은 지 한두 시간 이상 된 것 같지는 않아. 판단하기 애매해."

"만약 오래되었다면?"

"만약 롭이 문고리를 돌리지 않았다면 누군가 다른 사람이 돌렸겠지. 롭을 여기로 데려온 사람과 같은 사람, 또는 *사람들*일 거야. 롭이 문고리를 달그락거렸을 수는 있겠지만 좀비로 변한 뒤에 우리를 공격하려고 마을을 가로질러 여기까지 걸어올 수는 없어. 좀비는 습성상 그런 짓을 *하지 못할* 뿐더러 저수지랑 우리 집 사이에 사는 사람이 수백 명 살고 있어. 불가능해……. 누군가 우리한테 총을 겨누고 방아쇠를 당긴 거나 마찬가지야."

"그렇지만……. 대체 왜?"

톰의 입술이 굳게 닫히면서 얼굴에 분노가 그대로 드러났다.

"이 경우에는 왜 우리를 공격했는지와 누가 우리를 공격했는지가 같은 질문이야."

"무슨 소리야?"

"너무 뻔하잖아. 우리가 사라진 소녀를 찾길 바라지 않는 누군가겠지."

더는 설명이 필요 없었다. 퍼즐이 맞춰졌다.

"찰리?" 베니가 의심스럽다는 듯 물었다.

"찰리랑 마리온 해머 짓이야."

"사케토 씨네 집에 어쩌다 갔을 리는 없겠지? 새 좀비 카드가 출시된 걸 안 것 같아. 잭 마티아스가 카드를 10세트도 넘게 샀어. 그 중 하나에는 사라진 소녀 카드가 있었을 거고, 자기네 삼촌에게 보여줬겠지."

"그런 것 같네."

"내가 사라진 소녀 카드를 찾았을 때 잭도 가게에 있었어. 그 나쁜 자식이 집에 가서 자기네 삼촌한테 말했겠지. 하지만……. 찰리는 왜 라일라한테 집착할까? 알지도 못하잖아." 베니는 잠시 말을 멈추고 톰을 빤히 보았다. "찰리는 라일라를 모르지?"

"알아." 톰이 말했다. 그는 가만히 시체를 내려다보면서 고개를 기울여 빗소리를 들었다. "비가 거의 그친 것 같아. 베니, 잘 들어. 날이 밝으면 떠날 건데, 너도 같이 가줬으면 좋겠어."

"떠나? 어디로?"

"시체들의 땅이지, 꼬맹아."

"하지만……. 왜?"

"핑크아이 찰리와 모터시티 해머가 사라진 소녀를 해치지 못하게 하려고." 톰이 말했다. "우리가 너무 늦지 않았길 바라."

28

하지만 그날 밤, 더 많은 일들이 두 형제를 기다리고 있었다.

두 사람은 사케토의 시체를 집 밖으로 끌어내 마을 수비대에 넘겼다. 수비대원 두 명과 함께 조금 전 사태를 해결하느라 해쓱해진 스트렁크 대장이 시체를 수거하기 위해 말수레를 끌고 왔다. 스트렁크 대장은 한때 연기 선생이자 학교 교장이었다. 첫 번째 밤이 시작되었을 때 그는 늦게까지 새로운 공연의 리허설을 하고 있었고, 학교가 좀비에게 포위당하자 그는 학생들은 데리고 학교 방위대를 조직했다. 그들은 좀비에 맞서 3주를 버티며 도움의 손길을 기다렸다. 끝끝내 누구도 그들을 도와주지 않았지만, 시간이 지나면서 학교 밖에 있던 좀비들이 그의 학교가 있던 작은 도시에서 도망치는 사람들이나 동물들 같은 방해물을 쫓아 흩어지기 시작했다. 학교 마당에 좀비가 열 명도 안 남자, 스트렁크는 학생들에게 두꺼운 코트와 성가대 가운을 입히고 체육관에서 가져온 골프채, 하키 스틱, 야구 방망이로 무장시킨 뒤 아이들을 인솔해 학교를 벗어났다. 학생 37명과 어른 4명이 스트렁크와 함께 학교 건물을 떠났지만, 캘리포니아 중부에 있는 마을로 향하던 다른 피난민 그룹을 만날 때까지 학생 28명과 어른 2명만 감염되지 않은 채 살아남았다. 스트렁크는 마을 방범대를 조직한 공으로 첫 번째 시장으로 선출되었고, 지금은 담장 순찰대와 마을 수비대의 지휘를 맡고 있었다. 톰과 생각을 같이하는 부분이 많았지만 스트렁크는 마을을 확장하거나 잃어버린 세상을 되찾고 싶어 하지는 않았다. 그는 아직도 자신이 구하지 못한 아이들에 대한 죄책감에서 헤어나오지 못하고 있었다.

스트렁크 대장은 대원들이 사케토의 시체를 수레에 싣는 모습을 지켜보았고, 톰에게 자초지종을 들었다. 커시 시장이 와서 둘의 대화에 합류했다.

"그래서, 찰리와 해머가 벌인 일이라고 생각하나?" 스트렁크 대장이 숱 많은 회색빛 곱슬머리를 쓸어 올리며 물었다.

"제 생각에는 그렇습니다."

커시 시장이 한숨을 쉬었다.

"톰…… 나는 잘 모르겠어. 온통 정황 증거뿐이고 직접 증거는 거의 없지 않나. 추측과 증거는 다르지."

"그렇지." 톰이 말했다. "하지만 정황이 너무 딱 들어맞는 것 같은데."

"내가 어떻게 했으면 좋겠나?" 스트렁크 대장이 말했다.

"체포는 어떨까요?" 베니가 말했다.

"무슨 죄목으로 체포를 하지?"

"살인. 고문이요. 그놈들이 더 나쁜 짓을 할 때까지 기다리시는 건가요?"

"베니, 가만히 있어." 톰이 다그쳤다. 그리고 다른 사람들에게 말했다. "내 이야기만으로 할 수 있는 일이 많이 없겠지. 하지만 나는 가만히 있을 수가 없어."

"워워, 톰, 너무 멀리 가진 말자고." 커시가 재빨리 끼어들었다.

"걱정하지 마, 랜디. 마을 안에서는 아무 짓도 하지 않아. 증거 없이는 말이야."

"가만히 있을 수는 없어요!" 베니는 말하면서 자신이 고함을 치고 있다는 사실을 깨달았다. 그는 얼른 목소리를 낮추고 다급히 속삭였다. "형— 뭐라도 해야 해. 형도 그랬잖아……."

"내가 한 말은 나도 기억해, 꼬맹아. 안으로 들어가서 좀 씻어. 잠도 좀 자고."

"자? *자라고*? 지금 이 상황에 잠이 오겠어?"

"노력이라도 해." 톰이 말했다.

"자네 동생이 맞는 말을 한 것 같은데, 톰." 스트렁크 대장이 말했다. 엄지를 서부 스타일 허리띠에 찔러 넣은 자세로 서 있는, 그의 모습이 마치 책에서 본 옛 서부의 청부살인업자처럼 보였다. 베니가 보기에 스트렁크 대장은 톰이 마음대로 일을 처리하지 않도록 자기 권력을 사용할 준비가 되어있거나, 혹은 그렇게 하겠다는 무언의 암시를 주려는 것 같았다. 베니는 스트렁크 대장의 얼굴에 주먹을 날리고 싶었다. 찰리 마티아스도 버젓이 길거리를 활보하는데 그가 톰을 못마땅해하는 이유를 이해할 수 없었다. 무슨 말이라도 해야겠다 싶어 입을 떼려던 찰나 톰과 눈이 마주쳤다. 톰은 그를 향해 살짝 고개를 저었다.

베니는 마지못해 입을 다물었다.

톰이 스트렁크 대장에게 말했다. "롭의 집으로 가서 한번 둘러볼까 합니다. 저 혼자 가도 되고 따라오셔도 상관없어요. 롭은 죽기 전에 고문을 당했는데 집에서 당한 것 같거든요. 단서를 찾을 수 있을지도 모르죠."

"그다음에는 어쩔 셈이야?"

"내일 아침 날이 밝으면 베니와 시체들의 땅으로 나가서 사라진 소녀를 찾아볼 생각입니다."

커시 시장이 코웃음을 쳤다.

"반경 800km 안에 있는 현상금 사냥꾼과 기착지 수도사들이 전부 사라진 소녀를 찾았지만 아무도 찾지 못했어."

"나는 찾았어." 톰이 말했다. "두 번이나. 다시 찾을 수도 있고."

사람들은 놀란 표정으로 톰을 쳐다보았다. 그들은 톰을 믿고 싶지 않은 눈치였지만, 베니가 아는 한 톰은 절대 허풍을 떨 사람이 아니었다. 톰이 완벽한 사람은 아니었지만 적어도 거짓말은 할 줄 몰랐다.

"그 두 사람이 왜 사라진 소녀를 신경 쓸까요?" 대원들 중 하나가 물었다.

"게임랜드 때문이겠죠." 톰이 말했다.

"불타 없어지지 않았나요?"

스트렁크 대장은 한숨을 쉬었다. "톰은 그들이 게임랜드를 재건했고, 아이들을 끌고 가서 좀비와 싸움을 붙인다고 생각하네. 그리고 사라진 소녀가 그 위치를 안다고 생각하지."

사람들은 서로 눈빛을 교환하며 불편한 기색으로 자세를 바꿔섰다. 베니는 톰에게 그 말이 사실인지 확인하는 사람이 아무도 없다는 사실을 눈치챘다. 새 게임랜드가 어디에 있을지 묻는 사람도 없었다. 누구도 입을 열지 않았고, 톰은 지긋지긋하다는 듯 탄식을 내뱉었다.

스트렁크 대장이 고개를 끄덕였다.

"좋아, 톰. 자네 방식대로 하지. 가엾은 롭의 집으로 가서 확인을 해보세나."

"나도 갈래." 베니가 말했다.

"넌 좀 자둬."

"이미 그 이야기는 끝난 것 같은데. 40살쯤 되면 잠이 올지도 모르지, 하지만 좀 전에 내가 알던 사람이 좀비가 되었고 내가 그 사람을 죽였어. 눈을 감으면 눈앞에 그 장면이 펼쳐질 것 같아. 차라리 깨어있는 편이 나아."

농담으로 한 말이 아니었고, 농담으로 받아들이는 사람도 없었다. 베니를 제외한 세 사람은 이해한다는 듯 고개를 끄덕였다.

"좋아, 너도 가자." 톰이 말했다.

사케토의 집으로 가기 전 톰은 집 안으로 들어가서 카우보이 부츠와 청바지를 입고 권총 벨트를 허리에 두른 뒤 오른쪽 부츠에 양날 단검을 꽂아 넣었다. 그리고 등에는 카타나를 맸다.

"톰, 그게 다 뭐야? 전투는 끝났어." 커시 시장이 말했다.

톰은 대꾸하지 않았다.

그들은 길 가운데를 따라 걸었다. 톰과 스트렁크 대장이 베니를 사이에 두고 양 끝에서 걸었다. 베니는 톰이 시킨 대로 목검을 들고 있었다.

"진짜 검을 주면 안 돼?"

"안 돼. 그랬다가는 우리 둘 중 한 사람 머리가 날아가고 말 거야. 게다가 이걸로도 충분히 싸울 수 있다는 거 알잖아."

"그럼 총은?" 베니가 기대에 찬 목소리로 물었다.

"그냥 집에 있고 싶어?"

"알았어, 알았다고. 참나."

일행은 어둠 속을 걸었다. 폭풍은 완전히 물러났고, 점등원이 나타나 길가에 가로등 대신 놓인 횃불을 밝혔다. 스트렁크 대장은 그중 하나를 빼 들고 마을을 가로질러 걷는 동안 길을 비췄다. 마운틴사이드는 넓고 평평한 땅 위에 펼쳐져 있었다. 마을 뒤로는 아슬아슬하게 가파른 산줄기가 버티고 있었고, 철조망 담장이 이쪽 절벽에서 저쪽 절벽까지 마을의 삼면을 둘러싸고 있었다. 오래전부터 마을에 있었던 집들은 판잣집보다 약간 나은 수준에 불과했다. 3m 폭으로 앞뒤로 길쭉하게 지어진 집들의 양 끝에는 각각 문이 달려있었다. 말 여러 필을 이용해 마을로 옮겨진 이동식 주택도 몇백 채 있었다. 물론 전자 방사 때문에 자동차 시동 장치나 전자기기들이 망가지기 전에 옮겨진 집도 있었다. 거친 무역 상인들이 간혹 시체들의 땅 어딘가에 버려진 농장이나 마을에서 옷, 책, 도구, 값나가는 물건들과 함께 건축 자재를 잔뜩 싣고 오기도 했다. 그런 자재들로 마을 사람들은 이층집을 짓기도 했다. 이무라 형제는 톰이 직접 지은 아담한 이층집에 살았다.

마을에서 가장 처음 지어진 집 중 하나인 사케토의 집은 지나치게 아담했고, 화가인 그가 바깥벽에 벽화를 그려놓지 않았다면 영 볼품없는 집이었을 것 같았다. 일행이 집 밖에서 걸음을 멈추자 베니는 벽화에 시선을 고정한 채 심장을 파고드는 슬픔을 느꼈다. 사케토를 겨우 두 번 만났을 뿐이지만 베니는 그를 좋아했었다.

톰이 베니의 생각을 읽었는지 베니의 어깨에 지그시 손을 올렸다.

"대문이 열려있군." 스트렁크 대장이 말했다. "롭이 스스로 걸어 나갔을 수도 있겠는데."

"내일은 서쪽에서 해가 뜨겠네요." 베니가 들릴 듯 말 듯 한 소리로 웅얼거렸다. 스트렁크 대장이 굳은 표정으로 베니를 쏘아보았고, 톰은 새어 나오는 미소를 감추려고 고개를 돌렸다.

"내 말은, 우리가 섣불리 가정하지 말아야 한다는 뜻일세." 스트렁크 대장이 쏘아붙였다.

베니는 농담을 한마디 더 하려다가 톰이 베레타 9mm 권총을 꺼내 슬라이드를 당기고 열린 대문 안으로 조심스럽게 발걸음을 옮기기 시작하자 입을 다물었다. 스트렁크 대장도 자기 총을 들고 등불을 높이 쳐든 채 톰을 따라 들어갔다. 베니는 옷을 제대로 갖춰 입지 않고 파티에 온 것 같은 허전함을 느꼈지만 목검을 쥔 손에 더욱 힘을 주며 두 사람의 뒤를 살금살금 따랐다.

톰은 현관으로 이어지는 길에서 약간 옆으로 벗어나 걸으면서 허리를 굽혀 진흙을 살피고는 고개를 저었다.

"발자국은 많이 있는데 비가 너무 많이 왔네요."

일행은 계단 꼭대기까지 올라갔지만, 상황은 마찬가지였다. 의미 없이 뭉개진 진흙 자국만 가득했다. 톰이 손가락으로 현관을 살짝 밀었다. 문이 스르르 열렸고, 스트렁크 대장이 톰의 옆으로 서자 망가진 잠금장치가 세 사람의 눈에 들어왔다.

"좀비 짓은 아니네요." 베니가 말했다.

스트렁크 대장도 이번에는 딴지를 걸지 못했다.

톰이 문을 활짝 열었고, 스트렁크 대장은 집 안을 최대한 밝히려고 등불을 고쳐 들었다.

집은 엉망이었다. 문 안으로 들어가기도 전에 집이 쑥대밭이 되었다는 것을 알 수 있었다. 일행은 발자국처럼 보이는 흔적을 밟지 않도록 계속 발밑을 살피며 집 안으로 들어갔다. 집 안은 아주 가관이었다. 캔버스들은 모두 난도질 되어 있었고, 스케치들도 벽에서

뜯겨 갈가리 찢긴 채 바닥에 흩어져 있었다. 물감통이 벽에 던져지 거나 바닥에 엎어지는 바람에 온 사방에 물감이 튀어있었다.

"대장님, 아직도 이게 좀비가 한 짓이라고 생각하세요?" 톰은 조용히 물었다.

스트렁크 대장은 한참 동안 갖가지 욕을 퍼부었다. 베니는 조금 놀랐지만, 스트렁크 대장의 기분을 이해할 수 있었다. 살인자들은 사케토를 죽이는 것만으로는 성에 차지 않았는지 그의 작품까지 전부 망쳐놓았다. 온전히 남아있는 그림이 단 한 점도 없었다. 살인자의 만행은 거기에서 끝나지 않았다. 접시들이 깨져있고 유리병들도 모두 산산이 조각나 있었다. 가구들 역시 땔감이 되어 이리저리 나뒹굴고 있었다.

"미친 짓이야." 스트렁크가 말했다.

"네, 그렇네요." 톰이 말했다. "그리고 왜 롭이 침입자가 원하는 걸 주지 않았는지 궁금해지네요."

"그들이 원했던 게 뭔가?" 스트렁크가 물었다.

톰은 권총 해머를 올린 뒤 총집에 권총을 꽂아 넣었다. 횃불의 노란 빛에 비친 톰의 얼굴이 저녁나절 동안 폭삭 늙은 것처럼 수척해져 있었다.

"제가 사라진 소녀를 본 장소를 몇 사람한테만 말했어요. 롭이 그중 하나였는데, 오늘 롭과 베니가 사라진 소녀에 대해 이야기하는 모습을 찰리가 봤습니다. 찰리 패거리가 정보를 캐내려고 롭을 고문한 것 같아요."

베니는 몸이 뻣뻣해져서 톰을 붙잡았다.

"잠깐! 사라진 소녀를 본 장소를 아는 사람이 몇 명 안 된다고? 또 누구한테 말했어?"

톰의 얼굴이 하얗게 질리더니 눈이 휘둥그레졌다.

"나는 정말 병신이야!"

"무슨 일인가?" 스트렁크 대장이 물었다.

"맙소사, 살아있어야 할 텐데."

톰이 스트렁크 대장을 빠르게 지나쳐 집 밖으로 쏜살같이 튀어 나갔다. 베니와 스트렁크 대장도 재빨리 톰을 쫓아 나갔지만 그들이 계단 꼭대기까지 나갔을 때 톰은 이미 한 블록 앞서 마을의 빈민 지역을 향해 전속력으로 달리고 있었다.

"어디로 가는 거지?" 스트렁크 대장이 베니의 어깨를 낚아채며 물었다.

베니는 그의 손을 뿌리친 뒤 대답도 하지 않고 톰을 쫓았다. 톰이 어디로 가는지 베니는 알고 있었다. 톰이 그 정도로 신뢰하는 사람은 딱 한 명뿐이었다.

제시 라일리.

뛰는 동안 베니는 같은 말을 반복했다.

"닉스."

29

베니는 사력을 다해 달렸다. 처음에는 톰이 한참 앞에 달리고 있었지만, 말 훈련소를 지날 때쯤에는 톰을 거의 따라잡을 수 있었다. 스트렁크 대장은 몇 블록 뒤처져 달리고 있었다. 길고 납작한 배급

사무소 건물을 지날 때쯤 형제는 나란히 달리게 되었고, 제시네 마당 왼쪽 울타리를 함께 뛰어넘었다. 둘은 축축한 잔디 위에 멈춰 섰다.

남자아이 하나가 작은 집으로 올라가는 계단의 맨 꼭대기에 앉아있었다. 멀끔하게 옷을 차려 입은 남자아이의 손에는 수선화 한 다발을 들고 있었는데, 꽃들이 마구 헝클어져 그의 허벅지에 축 늘어져 있었다.

베니가 화들짝 놀라며 말했다. "모기?"

모기는 미동도 하지 않았다. 마치 현관 앞에 앉아 졸고 있는 것처럼 머리가 앞으로 기울어져 있었다. 구름을 뚫고 달빛이 쏟아졌고, 희뿌연 달빛에 비친 모기의 얼굴은 부자연스럽게 창백해 보였다.

"조심해, 베니." 톰이 경고했다. 그는 검을 들고 길 양쪽을 살폈지만 흔들리는 등불 외에 움직이는 물체는 없었다. 말 훈련소의 말들이 콧김을 뿜고 히힝 거리는 소리 말고는 아무 소리도 들리지 않았다.

베니는 한 걸음 앞으로 나아갔다. 모기는 무릎을 나란히 붙이고 두 팔을 배 위에 포갠 채 꼼짝도 하지 않고 앉아있었다. 마치 차가운 비를 피해 웅크리고 있다가 잠든 것처럼 보였다. 하지만 그의 옷은 뽀송하게 말라 있었다.

"모기……. 괜찮아?"

모기는 고개를 들지도, 움직이지도 않았다.

"야……. 정말 왜 이래." 베니가 가까이 다가가며 나무라듯 말했다. 그는 목검을 두 손으로 쥐고 앞으로 내밀었다. "대답 좀 해봐."

모기가 느릿느릿 부자연스럽게 고개를 들었고, 베니는 숨이 멎을 듯 놀랐다. 모기의 얼굴은 차가운 달빛만큼 창백한 데다 퀭한 눈은 심연에 빠진 듯 초점이 없었고, 입술도 힘없이 늘어져 있었다.

그의 입에 새빨간 피가 묻어있었다. 피가 달빛에 번들거렸다.

"안 돼⋯⋯." 베니가 숨을 들이쉬자 폐가 타들어 가는 것 같은 통증이 전해졌다. 그는 고개를 세차게 흔들며 눈 앞에 펼쳐진 광경을 애써 부인했다.

톰이 어깨 위로 검을 쳐들었고, 검날이 차가운 달빛을 반사하며 빛났다.

"대답해, 모기." 톰의 말투는 명령하듯 딱딱했다.

모기의 입이 달싹였지만 아무 말도 나오지 않았다. 검 손잡이를 쥔 톰의 손가락에 힘이 들어갔다.

"형⋯⋯. 하지 마." 베니가 애원했다.

"해야 할 일을 할 뿐이야." 톰이 이를 꽉 다문 채 말했다.

베니가 한 걸음 더 다가갔다. 거의 닿을 듯 말 듯 한 거리였다. 모기가 푹 꺼진 눈으로 베니의 움직임을 감지하고 고개를 돌렸다.

"모기, 뚱땡이 자식아, 빨리 *아무* 말이라도 해." 베니가 고함을 지르듯 말했다. 뒤에서 스트렁크 대장이 숨을 헐떡이는 소리가 들렸다.

"맙소사!" 그가 말했다. "미첼네 아들인가?"

"얘 이름은 모건이에요." 베니가 쏘아붙였다. "모기요."

"혹시⋯⋯. *당했나?*" 스트렁크 대장이 톰에게 물었고, 톰은 뻣뻣하게 고개를 흔들었다. 질문에 대한 답이 아니라 조용히 하라는 명령에 가까웠다.

베니는 모기에게 한 걸음을 더 다가갔다. 손을 뻗으면 확실히 닿을 거리였다. 톰이 베니를 제지하려고 나지막하게 멈추라는 신호를 보냈지만, 직접 막아서지는 않았다. 그의 검은 누구든 벨 준비가 되어있었고 베니는 톰이 얼마나 민첩한지 잘 알았다. 하지만 만약 모기가 자신을 공격한다면 톰이 구해줄 수 있을지는 확신할 수 없었다.

"모기……. 이제 무서워지려고 해. 농담하는 거면 하나도 재미없거든."

모기의 입이 계속 달싹거렸다.

"모기……. 부탁이야."

모기가 속삭였다. "닉스!"

그의 허리가 앞으로 기울더니 계단으로 푹 고꾸라졌다. 스트렁크 대장은 큰 소리로 경고하면서 손을 더듬어 권총을 잡았다. 톰은 모기의 목을 내리치려 했지만, 베니가 그의 앞으로 뛰어들어 모기를 감싸자 허공에서 검을 멈췄다. 모기는 축 늘어져 무거웠다. 그는 차가운 손가락으로 베니의 팔을 붙들고 자신의 입이 베니의 목 옆쪽에 닿기 직전까지 몸을 일으켰다. 베니의 목에 모기가 힘겹게 내뱉는 숨이 느껴졌다.

"베니, 저리 비켜!" 톰이 소리쳤다. 그는 한 손으로 모기의 어깨를 잡고 다른 손으로 검을 힘껏 내리칠 준비를 한 뒤 소리쳤다. "베니!"

"끝내버리게." 스트렁크 대장이 외쳤다.

베니는 그들을 향해 거칠게 쏘아붙였다. "입 닥쳐요!" 그러고는 다시 모기를 돌아보며 몸을 기울였다.

"베니……." 모기가 꺼져가는 목소리로 헐떡이며 말했다. "닉스를 데려갔어."

"뭐? 무슨 일이 있었던 거야?"

"닉스네 엄마한테……. 말하라고……. 뭔가를……. 그런데 말하지 않았어. 놈들이……. 때렸어. 날 세워놓고 보게 했어. 머리에 총을 갖다 댔어. 닉스가……. 막으려고 했어. 그런데 막지 못했어. 다쳤어. 닉스네 엄마……."

모기의 눈이 흰자를 보이며 뒤집혔고, 그는 마침내 베니 쪽으로 푹 고꾸라졌다. 힘이 풀린 팔다리와 머리가 축 늘어졌다.

"형!" 모기가 바닥으로 구르지 않도록 붙잡으며 베니가 외쳤다. 톰과 스트렁크 대장이 모기의 겨드랑이를 잡아당겨 그를 뒤쪽으로 옮겼다. 꽃들이 꽃잎을 흩뿌리며 힘없이 바닥으로 굴러떨어졌다. 그들은 모기를 바닥에 눕혔다.

"불 좀 비춰주세요." 톰이 명령하듯 말했고, 스트렁크 대장은 모기에게 횃불을 비췄다.

"물렸나?" 스트렁크 대장이 물었다. "죽은 건가?"

톰이 모기의 목에 손가락 두 개를 가져다 댔다.

"아니요. 살아있습니다. 하지만 많이 다쳤어요." 그는 모기가 잘 보이도록 손을 뻗어 횃불 위치를 조정하고는 모기를 자세히 살폈다. 모기의 옷은 말라 있는 반면, 머리 뒷부분과 셔츠 등 부분이 축축했다. 베니는 좀 더 가까이서 보려고 몸을 숙였다가 구역질을 할 뻔했다. 모기의 뒤통수에는 머리카락이 피와 엉겨 붙어 떡져 있었고, 피가 목을 타고 흘러 등까지 적시고 있었다. 상처를 세심하게 관찰하는 톰의 얼굴은 수심이 가득했다.

"심각해?" 베니가 물었다.

"좋지 않아. 두개골에 금이 간 것 같고. 쇼크 상태인 것 같아. 대장님, 당장 도움 요청해 주세요."

스트렁크 대장은 마을 수비대의 수장이었고, 시장 이외에 누구의 명령도 들을 필요 없었지만 군말 없이 고개를 끄덕였다. 그는 경보 장치가 있는 블록 끝까지 달려가서 세차게 알람을 울려 마을 수비대를 소집했다.

톰은 베니에게 다가오라고 손짓한 뒤 모기 미첼의 머리를 베니의 무릎 위에 올렸다.

"같이 있어 줘. 나는 집 안을 좀 볼게."

닉스네 집에는 불이 켜져 있었지만 밖에 무슨 소란이 났는지 확인하러 나오는 사람은 없었고, 그 사실을 톰과 베니 모두 의식하고 있었다. 닉스네 개 파이럿조차도 짖거나 문밖으로 달려 나오지 않았다. 베니는 심장은 차가운 돌덩이가 되어 차디찬 우물 아래로 끝없이 가라앉고 있었다.

"형, 모기 말로는……."

"들었어." 톰이 검을 칼집에 꽂은 뒤 권총을 꺼내고는 해머에 엄지손가락을 가져다 댔다. 톰이 현관을 향해 몸을 돌리는 찰나 베니는 달빛에 비친 그의 표정을 보았다. 그의 얼굴에는 분노와 공포가 반씩 섞여 있었다.

베니는 무릎으로 모기의 머리를 고인 채 진흙 바닥에 앉아있었다. 모기의 입이 한두 번 달싹거렸다. 아무 소리도 나지 않았지만, 모기가 하고 싶은 말이 무엇인지 베니는 알아들을 수 있었다.

"닉스."

마을 사람들이 총이나 도끼, 날을 세운 쇠스랑을 들고 집 밖으로 나와 큰 소리로 떠들고 있었다. 기름 등불을 들고 있는 사람들도 있었고 횃불을 밝히기 위해 가로등 옆에 멈춰선 사람들도 보였다. 경비대와 마을 수비대가 전속력으로 달려왔다. 말들은 목 아래부터 옆구리까지 두꺼운 카펫 갑옷을 걸치고 있었다.

"톰은 어디 있지?" 스트렁크 대장이 달려오며 물었다. 손에는 총이 들려있었다.

"집 안에 있어요." 베니가 말했다.

집은 고요했다. 비명도, 총소리도 들리지 않았다.

숨통을 조이는 고요함이었다.

마을 수비대 중 의무병 두 명이 베니를 살짝 밀어 물러나게 한 뒤 모기를 살폈다. 베니는 일어서면서 자신의 손에 아는 사람의 피가 묻은 것이 오늘만 두 번째라는 사실을 깨달았다. 그는 허리를 숙여 목검을 집어 들고 계단을 올랐다.

스트렁크 대장이 베니의 앞을 가로막았다.

"어디 가는 거지?"

"비키세요." 베니는 목검으로 그를 한 대 치고 싶은 심정이었다. "안으로 들어갈 거예요."

스트렁크 대장은 베니의 눈을 빤히 보았다. 그리고 그의 눈빛에서 톰을 느꼈거나 새로 태어난 베니를 알아본 듯했다.

그는 고개를 끄덕이며 말했다. "좋아…… . 하지만 나도 함께 가야겠어. 그리고 총에 맞지 않게 조심하게나."

무장한 경비대원들이 현관으로 올라서서 언제든지 발사할 수 있도록 소총과 산탄총을 조준했다.

현관은 열려있었다. 거실에는 촛불이 밝혀져 있었다. 일행은 집 안으로 들어갔고, 그림자가 흔들릴 때마다 경비대원들의 총신이 바쁘게 움직였다. 거실은 난장판이었다. 사케토의 집만큼 심하게 망가지지는 않았지만, 가구들이 전부 제멋대로 나뒹구는 가운데 꽃병은 깨져있고 기타는 짓밟혀 잘게 부서져 있었으며 벽에 걸려 있던 그림은 바닥에 떨어져 있었다. 진흙 묻은 발자국이 온 사방에 찍혀있었다. 체구가 작은 혼혈 견종인 닉스네 파이럿은 넘어진 찬장 아래 잔뜩 웅크린 채 떨고 있었다. 들썩이는 옆구리에는 진흙 범벅인 장화 앞굽에 차인 자국이 선명했고 눈에는 고통이 가득했다. 파이럿은 조용히 낑낑거리기만 할 뿐 움직이거나 짖지 않았다. 하지만 베니가 자신을 향해 손을 뻗자 베니의 손가락을 미친 듯이 핥았다. 베니는 바닥에 튄 핏자국과 닉스 방 바깥쪽 벽에 찍힌 피 묻은 손자국을 발견했다.

발 디딜 곳 없이 엉망진창인 바닥을 가로질러 곧장 닉스의 방으로 달려갔다. 방은 비어있었다. 매트리스가 엎어져 있었고 닉스의 인형들은 머리 부분이 잘린 채 몸통이 찢겨있었다. 닉스의 옷들은 옷장에서 전부 꺼내져 칼로 난도질 되어있었다. 몇 장 안 되는 좀비 카드들도 전부 반으로 잘려있었다.

닉스는 보이지 않았다.

보안관보 골먼이 그의 뒤를 따라와서 방을 조사했다.

"네 친구가 꽤 격렬하게 싸웠나 본데." 그가 말했다.

베니는 침을 삼키며 고개를 끄덕였다.

"그랬을 거예요."

"용감한가 보구나?"

"상상도 못 하실 거예요."

"계속 그래야 할 텐데." 골먼이 뒤를 돌며 말했다. "놈들에게 끌려간 것 같으니까."

이미 예상했던 일이었지만 직접 듣고 나니 가슴이 총에 맞은 듯 아팠다. 돌아서서 방을 나서려는 순간 책상 위에 쌓인 잡동사니들 가운데 삐져나온 낯익은 책이 눈에 띄었고 허리를 굽히고 책을 빼냈다. 닉스의 일기장이었다. 베니는 일기장을 품에 안았다.

"닉스." 베니가 속삭였다.

"여기 좀 봐." 누군가 소리치는 소리에 베니는 닉스의 방을 빠져 나갔다. 제시 라일리의 방문 앞에 경비대원들이 옹기종기 모여있었다. 베니는 사람들을 뚫고 방으로 들어가려고 했지만 스트렁크 대장이 그의 어깨를 붙들었다.

"안 들어가는 게 좋을 거다."

"이거 놓으세요. 형!" 베니는 스트렁크 대장의 손을 홱 뿌리치고 방으로 돌진했다. 그리고 그대로 얼어붙었다.

아담한 방이었다. 닉스와 베니는 어렸을 때 닉스네 집에서 숨바꼭질 놀이를 하곤 했는데, 닉스 엄마의 방은 언제나 깔끔하게 정돈되어있어서 숨을 만한 장소가 마땅치 않았다. 그랬던 방이 지금은 엉망진창이 되어있었다. 싸구려 옷장이 조각조각 부서져 있었고 그녀의 옷들은 바지, 블라우스, 스타킹, 속옷 할 것 없이 바닥에 떨어져 짓밟혔거나 피로 물들어 있었다.

톰은 무너진 침대 한쪽에 앉아있었다. 권총은 바로 옆 바닥에 놓여있었다. 제시 라일리가 톰의 바로 앞에 웅크린 채 쓰러져있었다. 베니는 제시 라일리의 얼굴을 보았다. 언제나 친절하고 예쁘장했던 얼굴은 멍이 들고 살점이 찢어져 형체를 알아볼 수 없이 망가져 있었다. 한쪽 눈은 퉁퉁 부어 떠지지 않는 듯했고 다른 한쪽은 충격에서 헤어나오지 못한 채 초점 없이 멍했다. 그녀는 톰을 향해 기어가서 마치 이쪽 세상과 연결되는 마지막 동아줄을 붙잡듯 톰의 가슴팍과 소매를 붙들었다. 손가락 마디마디에 새빨갛게 상처가 나 있었다. 닉스처럼 그녀 역시 격렬히 맞서 싸운 것 같았다.

"아주머니." 베니가 불렀지만, 그녀는 베니의 목소리를 듣지 못하는 것 같았다.

"베니, 지금은 조용히 하자." 톰이 중얼거렸다. "제시는 좀 쉬어야 해."

"형." 베니가 말했다. "괜찮으실까?"

톰이 천천히 고개를 들었다. 그의 눈은 상실감과 고통으로 가득했고, 베니는 지금 이 상황이 절대 괜찮아지지 않으리라는 것을 알아챘다. 가슴이 텅 빈 무뢰한들이 이 집에 침입한 이상, 무엇도 예전과 같을 수는 없었다.

"톰, 의무병이 밖에 있네." 스트렁크 대장이 말했다.

톰은 고개를 저었다.

"슬리버 주세요."

슬리버. 너무 쉬운 단어였지만 베니는 그 단어가 너무 소름 끼쳐서 비명이라도 지르고 싶은 심정이었다. 톰이 요청한 15cm짜리 금속 물체의 한쪽 끝은 어디든 뚫기 쉽도록 폭이 좁고 뾰족했고, 다른 쪽 끝은 힘을 실어 밀기 편하도록 평평했다. 마을 수비대원들은 모두 허리에 슬리버를 몇 개씩 차고 있었다. 톰은 슬리버를 들고 다니지 않았다. 대신 부츠 안에 꽂고 다니는 양날 단검을 사용했다. 베니는 톰이 단검을 사용하는 모습을 본 적이 있었지만, 오늘 톰은 그 단검을 쓸 생각이 없었다. 제시 라일리에게만큼은 절대 쓰고 싶지 않았다.

"안 돼⋯⋯." 스트렁크 대장이 자신의 벨트에 꽂은 슬리버 중 하나를 뽑아 톰에게 건네자 베니가 그를 말렸다.

톰은 고개를 끄덕이고는 문 쪽을 한 번 본 뒤 다시 스트렁크 대장을 올려보았다. 그러자 스트렁크 대장은 뒤를 돌아 다른 대원들을 밖으로 내보냈다. 하지만 대원들은 복도에서 쉽사리 떠나지 못했다. 베니도 계속 자리를 지키고 서 있었다.

베니가 톰에게 말했다. "형, 어쩌면 괜찮아질 수도 있잖아. 형이 틀렸을 수도 있어."

"아니." 톰이 지친 목소리로 말했다. "이미 끝났어."

베니도 곧 깨달았다. 톰의 셔츠를 붙잡고 있던 제시의 손은 셔츠의 접힌 부분에 걸쳐 간신히 매달려 있기는 했지만, 마디에는 힘이 하나도 없었고 팔꿈치도 무게를 이기지 못하고 축 처져 있었다. 톰이 그녀를 가까이 당겨 가슴에 안자 손이 힘없이 침대 가장자리 쪽으로 툭 떨어졌고, 죽어가는 꽃처럼 손가락이 힘없이 늘어졌다. 톰은 한 손으로 그녀를 안은 채 뒤통수 아래쪽에 슬리버를 꽂아 넣기 위해 그녀 뒤로 팔을 굽혔다.

"베니, 나가."

"……싫어."

"베니…… *제발!*"

베니는 문 앞까지 물러났지만 차마 방을 벗어날 수 없었다.

톰은 처음에는 스르르 잠드는 것처럼 살며시 눈을 감았다가, 곧 악몽에 갇혀 비명조차 지르지 못하는 사람처럼 온 힘을 다해 눈을 질끈 감았다. 그는 입술이 안쪽으로 말리도록 이를 꽉 물었고, 숨을 한 번, 또 한 번 크게 들이쉰 후 슬리버를 제시의 뒤통수 아래로 푹 찔러 넣었다.

제시 라일리는 깨어나지 않았다. 더는 고통받지 않고 인간으로서의 마지막 고귀함은 지킬 수 있었다.

톰이 침대 가장자리에 걸터앉아 제시 라일리를 안고 몸을 앞뒤로 왔다 갔다 하는 동안 베니는 문가에 가만히 서 있었다. 톰은 흐느끼지도, 크게 울음을 터뜨리지도 않았다. 대신 영혼까지 독기가 퍼지도록 속으로 고통을 삼키는 것 같았다. 베니는 이해할 수 있었다. 지금 이 분노가 터져 나올 순간이 있을 것이다. 하지만 지금 여기에서는 아니었다.

닉스가 어딘가에서 고통받고 있는 동안에는 그럴 수 없었다.

한참 후 톰은 제시 라일리를 눕히고 침대 시트를 걷어내서 그녀를 완전히 감쌌다. 후들거리는 다리로 그녀를 내려다 보고 서서 고개를 숙였고, 베니는 톰의 입술이 움직이고 있다는 사실을 눈치챘다. 기도일까, 아니면 그녀에게 다짐이라도 하는 것일까?

베니는 아무 말도 하지 않았다. 자신이 끼어들 자리가 아닐뿐더러 톰의 사생활을 엿보는 침입자 같은 기분이 들었지만 자리를 떠날 수 없었다. 닉스의 엄마도, 형도 버려두고 갈 수 없었다.

톰이 베니를 향해 돌아섰을 때 그의 얼굴은 평안했다. 적어도 그렇게 보였다. 톰의 흔들리지 않는 침착함이 진짜인지 아니면 세상과 차단되고 싶을 때 쓰는 가면인지 베니는 헷갈렸다. 지금까지는 톰의 침착함 때문에 짜증이 나곤 했지만, 이 상황에 어울리지 않는 부자연스러운 표정에 지금은 불안하기만 했다.

톰은 베니를 지나쳐 거실로 나갔다. 마을 수비대는 범죄 현장인 거실을 꼼꼼히 살피고 있었다. 키 작은 나바호 인디언 혈통인 골먼이 손가락을 튕겼다.

"여기 좀 봐야 할 것 같은데!"

톰과 스트렁크 대장은 서둘러 그에게 다가갔고 베니는 목을 길게 빼고 사람들 너머를 살폈다. 골먼이 깨진 그릇더미를 치우니 바닥에 낡은 동전 하나가 모습을 드러냈다. 한 면에는 이국적인 꽃이 새겨져 있었고 다른 면에는 글자가 새겨져 있었다. *Chúc may mắn.*

골먼은 스트렁크 대장에게 동전을 건넸지만, 톰이 대신 받아들었다.

"'행운을 빈다'는 뜻입니다." 톰이 말했다.

"어느 나라 말입니까?" 골먼이 물었다. "제시네 가족은 아일랜드인인데……. 스코틀랜드 켈트 어일까요?"

"아니요." 톰이 말했다. "베트남어입니다."

스트렁크 대장은 얼굴을 찌푸렸다.

"그렇다면……. 찰리와 해머가 한 짓이 아니라는 말인가?"

"메콩 형제들인 것 같습니다." 골먼이 말했다.

톰은 손가락으로 동전을 요리조리 뒤집으며 살폈다. 그는 골먼의 추측에 동의한다는 뜻으로 고개를 끄덕이지도, 메콩 형제에 대한 의심을 표현하지도 않았다.

"베니……. 집에 가서 짐을 싸야겠어."

"짐을 싸서 어디로 간단 말인가?" 스트렁크가 따지듯 물었다. "망할 놈의 메콩 형제를 당장 잡아들이겠네."

"그렇게 하시죠." 톰이 말했다. "저와 제 동생은 진짜 범인을 찾으러 떠날 테니까요."

"무슨 소린가? 여기 버젓이 증거가 있는데."

톰은 그의 말에 대꾸조차 하지 않았다. 그러고는 바닥에 동전을 떨어뜨린 뒤 현관을 향해 걸어갔다.

그들은 집 밖을 몇 겹으로 둘러싼 인파를 뚫고 나아갔다. 다들 궁금해 죽겠다는 표정이었지만 톰의 얼굴은 돌처럼 굳어 있었다. 베니는 톰의 뒤에 바짝 붙어 사람들 사이를 뚫고 앞으로 나아갔다. 모기는 이미 의무병들이 병원으로 데려간 후였다.

인파에서 벗어나 길을 걷기 시작했다. 머리 위 하늘은 맑게 개어 있었고, 놀랍게도 쌀쌀한 바람이 불어왔다. 베니는 사람들이 자기 목소리를 듣지 못할 만한 거리가 될 때까지 기다렸다.

"형……. 닉스네 엄마 일은 정말 안됐어."

톰은 베니의 말을 들었는지 못 들었는지 아무 대답도 하지 않았다.

"우리 닉스 찾으러 가는 거야?"

"찾아봐야지."

"놈들이 사케토 씨와 라일리 아줌마를 죽인 건 사라진 소녀에 대해 듣기 위해서였잖아. 모기는 왜 그렇게 만든 걸까?"

"봤잖아. 좋은 옷을 입고 꽃을 들고 있었어. 닉스를 보러 왔던 것 같은데, 타이밍이 좋지 않았던 거지. 딱한 녀석."

"그럼…….. 닉스는 왜 데려갔을까?"

톰의 절망적인 표정은 답이 되기에 충분했다. 닉스는 죽거나…… 게임랜드로 끌려가게 될 것이다.

마을 수비대원 중 하나가 그들을 따라와서 고삐를 당겨 말을 멈췄다.

"톰." 그가 말했다. "보초병들이 말하길, 찰리와 해머가 세 시간 전에 이미 문을 통과했다더군."

"닉스도 함께 있다던가?"

경비대원이 답했다.

"알다시피, 소란이 막 끝났을 때잖아? 해머가 큰 장비 가방을 들고 있었다더라고. 항상 들고 다니는 큰 천 가방 알지? 꽤 무거워 보이는 가방을 어깨에 메고 있었다는데 그 안에 뭐가 들었는지 물어볼 생각도 안 했던 모양이야. 총이나 무기가 들어있다고 생각했겠지. 현상금 사냥꾼이 가지고 다니는 사냥용품들이나. 오늘 밤 일 때문에 찰리와 해머가 의뢰를 받은 줄 알았다나 봐."

"그렇군." 톰이 딱딱하게 말했다. "메콩 형제는?"

"찰리와 해머보다 조금 늦게 게이트를 통과했다던데. 항상 데리고 다니는 못생긴 당나귀 안장에 장비 가방을 매달고 지났다고 했어. 엉클 샘이라 부르는 그 당나귀 말이야."

톰은 언제나 메콩 형제의 작명 센스를 한심하게 여겼었다.

"고마워, 빌리." 톰이 말했다.

"놈들을 쫓을 생각이야?"

"응. 베니랑 둘이서."

빌리는 안장 위에서 허리를 굽히고 말했다. "잘 들어. 자네가 무슨 일을 하든 내가 상관할 바는 아니지만, 그들이 진범이라면 누군가 자기를 쫓아오리라는 생각은 하고 있을 거야. 너무 일찍 따라잡으면 어둠 속에서 자네들을 해치우기가 쉬워져. 자네는 공격을 당하기 전까지 아무것도 볼 수 없을 거고. 그렇다고 오밤중에 산에서 횃불을 들면⋯⋯. 젠장, 반경 150km 안에 있는 좀비는 자네가 다 끌어모으게 될 거야."

"그럼 날이 밝으면 떠나야겠군."

"잠깐." 베니가 둘의 대화에 끼어들었다. "그럼 닉스는?"

"빌리 말이 맞아. 우리가 죽으면 영영 닉스를 찾을 수 없어."

둘은 말없이 걸었다. 그날 밤 두 사람은 결국 한숨도 자지 못했다. 두 사람은 몸을 씻고 단백질이 풍부한 큰 고기 한 덩이와 달걀로 배를 채운 뒤, 걷기 좋은 옷으로 갈아입었다. 카다베린 몇 병과 튼튼하고 가벼운 카펫 코트를 포함해 꼭 필요한 물품들만 챙겼다. 무기도 여러 개 챙겼다. 이번 여정은 좀비 사냥이 아니라 구출 임무에 더 가까웠고, 어쩌면 그보다 더 큰 의미가 있는지도 몰랐다. 두 형제는 전쟁에 나갈 채비를 마쳤다.

해가 뜨기 한 시간 전쯤 현관문 밖을 나서면서 베니는 뒤를 돌아 집을 한번 쳐다보았다. 갑자기 등골이 서늘해지고 팔에 소름이 돋으면서 집을 다시 볼 수 없을 것 같은, 어쩌면 마운틴사이드로 다시는 돌아올 수 없을 것 같은 나쁜 예감이 들었다. 예감은 한동안 사라지지 않고 머릿속에 머물러 있다가, 찾아왔을 때와 마찬가지로 갑작스럽게 사라졌다. 불길한 예감이 사라진 자리에는 이제까지 베니가 한 번도 느껴본 적 없는 냉혹함이 남았다. 집이나 마을 때문이 아니었다. 베니의 세상이 다시 한번 변했고, 베니 자신도 변화를 느꼈다. 이번에는 순진한 시선을 벗어던지기만 한 것이 아니었다. 베니도 그 정도는 느낄 수 있었다. 이번에는 그의 마음 한구석이 강제로 도륙을 당한 것 같은 기분이었다. 사케토처럼 고문을 당하거나 닉스네 엄마나 모기처럼 두들겨 맞지는 않았지만, 베니 역시 많이 다쳤고, 그 상처를 느낄 수 있었다. 그의 영혼 한구석에 칼에 베였다 아문 흉터처럼 아무 감각도 느껴지지 않는 자리가 생겨버렸다.

베니는 톰과 함께 현관 앞 제일 높은 계단 위에 집을 등지고 섰다. 둘은 말없이 가방끈을 조절했고 주머니를 더듬어 시체들의 땅에서 꼭 필요한 물품과 무기를 잘 챙겼는지 확인했다. 베니는 목검을 챙기고 톰의 말에 따라 튼튼한 사냥용 칼을 허리에 찼다. 칼로 목검 날을 다듬어 날카롭게 만들 작정이었다. 장난감 같은 칼은 필요 없었다. 톰이 그런 생각을 조금이라도 했다면 진즉에 진짜 무기를 줬을 테지만, 그렇지 않다고 해도 자신이 가진 무기가 기능을 제대로 수행할 수 있도록 스스로 확실히 해둘 생각이었다.

베니가 마지막으로 챙긴 물건은 가죽으로 제본된 닉스의 작은 공책이었다. 아직 읽어 보지는 않았다. 공책에 적힌 내용으로 닉스를 찾을 수는 없겠지만 부적처럼 가지고 다니고 싶었다. 그는 바지 뒷주머니에 공책을 꽂아 넣었다.

"형." 베니가 말했다.

"응?"

"그놈들 짓이 확실할까? 찰리랑 해머?"

"응."

"메콩 형제들이 아니라?"

"그들이 이 일과 관련되어 있다면 아마도 찰리가 고용했기 때문일 거야. 아니면 찰리가 일부러 집 안에 동전을 떨어뜨려서 메콩 형제들이 의심받도록 만들었을 수도 있어. 마운틴사이드로 당당히 돌아오려는 거겠지. 사라진 소녀를……."

"사라진 소녀를 죽인 다음에?"

"응."

"형이 여기 있는 한 절대 못 돌아온다는 걸 알아야 할 텐데." 베니가 말했다. "그리고 나도 있고. 우리는 사라진 소녀를 알고, 그들이 한 짓도 아니까. 스트렁크 대장님이나 다른 사람들한테 증명해 보이지는 못해도, 적어도 놈들이 의심받도록 만들 수는 있잖아. 안 그래?"

"그렇지."

"그러니까……. 오늘 우리가 시체들의 땅에 나가지 않더라도 언제나 위협적인 존재였을 거야."

274

달이 기울고 있었고 톰의 얼굴은 어둠에 가려 거의 보이지 않았다. 가로등 횃불이 너무 멀리 있어서 톰의 얼굴이 보이지는 않았지만, 톰이 자신의 표정을 살피고 있다는 것을 느낄 수 있었다.

"네 말이 맞아, 베니."

"앞으로 무슨 일이 일어나도 우리는 그들과 맞설 수밖에 없어."

"그렇지."

"우리가……. 그러니까 형이 그들을 해치울 수 있을까?"

"해 봐야지." 톰이 말을 멈췄다. "너는 내가 능력이 없다고 생각하지?" 베니가 답을 하기 전에 톰이 말을 이었다. "꼬맹아, 그렇게 빙 돌려 말하지 않아도 네가 날 겁쟁이라고 생각하는 거 알아. 내가 첫 번째 밤에 어머니를 두고 도망쳤다고 생각하잖아." 베니는 아무 말도 할 수 없었다. "도망친 게 맞아. 미친 듯이 달렸어. 어머니를 등지고 너를 안은 채 뛰었어. 나한테 듣고 싶은 말이 이거야? 나한테서 듣고 나니 마음이 편해?"

"난……."

"세상은 네가 생각하는 것보다 넓고 이해하기도 힘들어. 첫 번째 밤에도 그랬고 지금도 마찬가지야. 눈을 크게 뜨고 마음도 넓게 써야 해. 왜냐하면 보이는 것과 실체가 같은 경우는 거의 없거든."

"그게 무슨 말이야?"

톰이 한숨을 내쉬었다.

"설명하려면 오래 걸릴 텐데 그럴 시간이 없어. 40분쯤 후면 해가 뜰 텐데, 앞이 보일 만큼 환해졌을 때 우리는 담장 밖에 있어야 해. 준비됐어?" 톰이 물었다.

"응."

"확실해? 한 번만 물을게. 커시네나 청네 집에 머무르면서 마을에 남아도 괜찮아…… 지금 나와 함께 시체들의 땅에 가도 되고."

"나도 꼭 가야 해."

톰은 고개를 끄덕였다.

"그 말이 너와 나한테 같은 뜻이길 바라. 난 이제 널 배려하지 않을 거야. 신속하게 움직여야 해. 우리는 재미 삼아 밖에 나가는 게 아니니까. 험한 꼴을 많이 보게 될 거야. 할 수 있겠어?"

"닉스네 집에서도 함께였잖아." 베니가 말했고, 두 사람 모두에게 충분한 답이었다.

"좋아."

"이제 두 명이 되었네."

"뭐가?"

"사라진 소녀들이 되었잖아. 닉스와 라일라. 우리가 둘 다 구해야 해."

톰은 베니의 어깨에 손을 얹고 지그시 힘을 주었다가 놓았다.

"가자."

둘은 담장을 향해 걷기 시작했다. 한 블록을 지나기도 전에 그들은 뛰고 있었다.

제3부

사라진 소녀들

"사람은 음식 없이 40일, 물 없이는 3일, 공기 없이는 8분을 살 수 있다.
하지만 희망이 없이는 1초도 견딜 수 없다."

— 작자 미상

30

키가 크고 마른 사람 하나가 길 위에 서 있었다. 톰과 베니가 옆을 지나자 그 역시 뒤를 돌아 두 사람과 함께 뛰었다. 세 사람은 메인스트리트를 따라가다가 담장과 마을 사이에 광활하게 펼쳐진 레드존 쪽으로 길을 건넜다.

"들었어." 루 청이 달리면서 말했다. 그리고 세 사람 모두 그 말의 의미를 깨닫고 10m를 말없이 달렸다. "방금 병원에서 오는 길이야. 모기는 상태가 안 좋아 보이기는 했지만 구리잘라 선생님께서 괜찮아질 거라고 하셨어."

"다행이다." 베니가 가슴에 맺혀있던 긴장을 숨과 함께 훅 뱉어내며 말했다. "다시 보러 가게 되면 우리가 닉스를 찾아오겠다고 전해줘."

"그럴게. 걔도 알아야지."

이른 시간이었지만 지난밤에 일어난 일 때문인지 거리는 사람들로 북적였다. 두 형제가 레드존에 가까워질수록 인파가 점점 많아졌고 결국은 속도를 늦추고 걸어야 했다. 사람들은 톰에게 위로의 말을 전하려고 몰려들었고, 베니의 학교 친구들은 모기에 관해 물었다. 톰은 말을 거의 하지 않으면서 어둡고 음울한 표정으로 앞으로 나아갔다.

두 사람이 레드존으로 들어서자 인파가 현저히 줄었고 베니는 난생처음 깨달았다. 사람들이 레드존을 피한다는 사실을 언제나 알고 있기는 했지만, 그 이유는 좀비가 두려워서라고 생각했었다. 베니는 이제야 깨달았다. 사람들이 레드존 안으로 들어오지 않는 이유는 담장에서 멀리 떨어진 마을 안에 있으면 마을 밖에 좀비가 우글거리는 땅이 있다는 사실을 잊기가 쉽기 때문이었다. 베니는 진실을 깨닫고 마음이 씁쓸해지는 동시에 화가 났다.

마을 사람들에게 목소리가 들리지 않을 만큼 멀어지자 청이 말했다. "형, 저희 아빠가 스트렁크 대장과 골먼 씨가 하는 이야기를 들었어요. 닉스네 집에서 찾은 동전을 두고 말다툼을 하시더라고요. 빈 트랑이 항상 가지고 놀던 동전이라면서요."

빈 트랑은 메콩 형제 중 한 사람이었다. 빈과 전혀 피가 섞이지 않는 다른 한 명은 조이 더크였다. 베트남계이기는 했지만 두 사람 모두 로스앤젤레스에서 자랐고, 그들이 기억하는 가장 베트남과 가까운 추억은 첫 번째 밤이 오기 전에 UCLA 캠퍼스 안 푸드 트럭에서 파는 쌀국수와 반 꾸온을 먹어본 것이었다.

"대장은 닉스와 닉스네 엄마를 공격한 범인은 빈과 조이가 확실하다고 했어요. 어쩌면 초상화가도 그들이 한 짓일 수도 있다고요." 청이 베니를 바라보았다. "모기가 무슨 말 안 했어?"

"안 했어." 베니가 답했다. "닉스를 데려갔다고만 했어. 이름도 못 들었어."

청은 뒤돌아 톰을 보며 말했다. "아주머니는……. 아무 말씀 없으셨어요?"

톰은 레드존을 지나는 내내 담장에서 눈을 떼지 않았다.

"숨이 넘어가기 전에 딱 한 마디 했어." 톰이 한참 뜸을 들였고, 청과 베니는 그가 말을 끝마치지 않을 거라 생각했다. 하지만 그는 곧 다시 말을 이었다. "자기 딸을, 닉스를 구해달라고 하더라."

"이런 일이 일어나다니 믿을 수가 없어요." 청이 흐르는 눈물을 닦으며 말했다. "아빠는 메콩 형제들이 찰리 마티아스 밑에서 일하기도 한다고 하셨어요."

"알고 있어." 톰이 말했다.

"그리고 스트렁크 대장에게 닉스네 집에서 발견한 발자국을 리로이 윌리엄스에게 보이라고 하셨어요. 대장님이 그렇게 하실 것 같아요."

톰이 끄덕였다.

"그 사람이 뭘 할 수 있는데?" 베니가 물었다. 그는 윌리엄스가 피난민을 가득 실은 SUV를 몰고 시체들의 땅을 건너다 교통사고로 한쪽 팔을 잃은 농부라고만 알고 있었다.

"첫 번째 밤 전에." 톰이 말했다. "리로이는 샌디에이고에서 특수 강도를 전문으로 다루는 형사였어. 팔만 그렇게 되지 않았다면 경비대장이 되고도 남았지."

셋은 보초병 초소로 쓰이는 통나무집에 도착했다. 건물 밖에는 말 두 필이 묶여 있었고, 리로이 윌리엄스와 스트렁크 대장이 말 근처에 서 있었다. 그들 뒤로 담장 경비대 한 무리와 마을 수비대 소속 보안관들이 모여있었다.

리로이 윌리엄스가 그들 쪽으로 다가왔다. 그는 위아래가 붙은 데님 작업복 안에 흰 면티를 입고 있었다. 그가 톰에게 왼손을 내밀었고, 두 사람은 악수를 했다.

"제시 일은 유감이네, 톰." 윌리엄스가 말했다. 그는 60대 후반 또는 70대 초반으로 보이는 흑인이었다. 어두운 피부는 여기저기 깊이 베인 상처들로 가득했지만, 눈빛은 친절했다. "정말 끔찍한 일이야. 전 세계가 그 난리를 겪었는데 사람들은 아직도 서로 잡아먹지 못해서 안달이지. 정신들을 못 차렸다니까."

"그러게 말입니다." 톰이 씁쓸하게 맞장구쳤다.

리로이가 속을 꿰뚫어 보듯 베니를 빤히 보았다.

"어쩌면 너희 같은 아이들은 정신이 똑바로 박혔을 수도 있지."

"맞아요." 베니가 답했지만, 당찬 말투만큼 확신이 들지는 않았다. 찰리에게 쪼르르 달려가 입을 놀린 잭 마티아스에서부터 이 사단이 시작되었기 때문이었다.

"선생님." 톰이 말했다. "청 말로는 선생님께서 제시네 집을 살펴보기로 하셨다더군요."

"방금 보고 오는 길이네." 스트렁크 대장이 답하며 대화에 끼어들었다.

"어떻게 보셨나요……?"

"그게." 리로이가 답했다. "자네가 찾은 범인 족적들 위로 수비대원들 발자국이 마구 찍혀있어서 말이야." 그는 스트렁크 대장을 원망하듯 힐끔 보았고, 스트렁크 대장은 자신의 부츠 사이의 진흙 바닥만 내려다보고 있었다. "하지만 닉스의 방에서 꽤 쓸만한 족적을 발견했다네……. 제시의 방에서도. 부츠 족적 대여섯 쌍을 채취해서 조이 덕이 사는 낡은 판잣집으로 갔지. 세탁실에서 맞아떨어지는 족적을 발견했어. 그가 현장에 있었다는 이야기지. 빈 트랑 그 친구와 함께 말이야. 그것만큼은 아주 확실해."

"선생님, 제가 그 말에 속아 넘어갈 거라 생각하십니까?" 톰이 쏘아붙였지만, 덩치 큰 농부는 손을 들어 올리며 말했다. "아직 말 안 끝났네."

리로이가 한 걸음 다가오며 목소리를 낮췄고 베니와 청은 그의 목소리를 들으려고 몸을 기울여야 했다. 스트렁크 대장도 마찬가지였다.

"메콩 형제들이 집에 없기에 곧장 찰리 마티아스의 집으로 갔네. 빅 잭에게 찰리 방을 좀 봐도 되겠냐고 물었어. 그랬더니 놈이……. 내가 들은 말을 자네에게 그대로 전하지는 않겠네. 아무튼, 놈은 어젯밤 일어난 일에 찰리는 아무 상관도 없다는 식으로 말했지만 믿지 않았네. 입만 열면 거짓말인 놈 아닌가. 땀을 삐질삐질 흘리고 표정도 어딘가 모르게 구린내가 나더군. 나를 현관 밖으로 던지기라도 할 기세였네. 늙고 팔도 한쪽 없는 나를 말일세."

"그래서 어떻게 됐어요?" 베니가 물었다.

"어떻게 됐겠니? 그놈을 걷어차서 현관 밖으로 날려버리고는 집 안으로 들어가 찰리 방문을 발로 차서 경첩을 다 뜯어버렸단다. 빅 잭 아들놈이 막아서지 않을까 걱정했는데 제 아비가 장미 덩굴에 내다 꽂히는 걸 보더니, 남은 인생을 망치고 싶지는 않았는지 옷장으로 쏙 숨어 버리더군.”

“뭐 좀 찾으셨어요?” 톰이 물었다. “족적에 맞는 신발이 있던가요?”

“아니. 지금 어디에 있든 아직도 그 신발을 신고 있는 것 같네. 어찌됐건 그 허여멀건한 덩치가 발볼 넓은 320mm 사이즈 신발을 신은 것만은 확실하지. 마운틴사이드에 그렇게 발이 큰 사람이 몇 명이나 될 것 같은가?”

“정황 증거일 뿐이야.” 스트렁크 대장이 중얼거렸지만, 베니는 대장의 목소리에 힘이 빠져있다는 사실을 눈치챘다. 그리고 스트렁크 대장이 진실을 외면하는 것은 그의 신념이나 지능과는 상관이 없다는 것도 알았다. 스트렁크 대장은 똑똑하고 배려심 많은 사람이었다. 하지만, 살인을 저지른 범인이 150km 떨어진 작은 빈민촌에 본가를 두고 마운틴사이드에는 셋방을 얻어 필요할 때만 드나드는 메콩 형제라고 믿는 편이 훨씬 덜 골치 아팠다. 반면 찰리는 바로 이곳, 마운틴사이드 주민이었고, 만약 그에게 잘못이 있다면 스트렁크는 사람들을 모아 시체들의 땅으로 그를 쫓으러 가야 했다. 핑크아이 찰리와 모터시티 해머를 애써 외면하도록 만드는 힘은 바로 두려움이었다. 톰은 리로이의 어깨에 다정하게 손을 올렸다. “감사합니다, 선생님.”

덩치 큰 농부의 얼굴에 고통과 슬픔이 스쳤다.

"정말이지 자네들과 함께 가고 싶네만."

"말씀만으로도 감사합니다. 선생님, 부탁 하나만 드려도 될까요?"

"뭐든 하시게."

"아직 총은 쏠 수 있으시지요?"

"권총만 간신히 쏠 수 있지만, 목표물을 놓쳐본 적은 없지."

"만약 찰리가 마을로 돌아오고, 저희는 돌아오지 못하면……."
톰은 말끝을 흐렸다.

"이보게, 자네. 그런 부탁은 굳이 할 필요가 없다네. 핑크아이 깡패놈이 마을에 한 발짝이라도 들인다면 그날이 놈의 제삿날이 될 걸세."

"잠시만." 스트렁크 대장이 말을 끊었다. "너무 성급……."

리로이가 그를 향해 돌아섰다. 스트렁크 대장의 눈높이는 리로이 윌리엄스의 넓은 가슴팍 중간 정도까지밖에 오지 않았다.

"하실 말씀이라도 있으신가, 대장?" 마지막 단어에 힘을 주어 말했고, 그의 매서운 말투에 달궈지기 시작한 콘크리트 바닥이 녹아내릴 것만 같았다.

"있소만." 리로이의 태평양처럼 넓은 가슴 근육에 굴하지 않고 맞서며 스트렁크 대장이 말했다. "핑크아이 찰리나 해머가 마운틴 사이드로 돌아오면 나와 우리 대원들이 그들을 체포할 거요. 살인, 납치와 함께 곧 알아내게 될 몇백 가지 다른 죄목으로 기소될 테고, 법정에 서게 되겠지." 누군가 끼어들 틈도 없이 스트렁크 대장이 말을 이었다. "그러니까……. 12명이나 되는 공정한 배심원을 찾기가 무척 힘들기는 하겠지만 말이오. 마을에는 제시 라일리의 친구가 찰리의 친구보다 훨씬 많고, 또……. 현재로서는 사형을 선고할 만한 죄목도 살인과 납치 둘뿐이지 않소."

스트렁크의 의도를 파악한 톰과 리로이는 그를 빤히 보았고, 공중에 스파크가 튀었다. 베니와 청은 눈썹을 치켜올리고 서로 의미심장한 눈빛을 주고받았다. 청은 슬며시 손가락으로 목을 긋는 시늉을 해 보였다.

"이쯤 해 두죠." 톰이 말했다. "갈 길이 멉니다. 그들이 한참 앞서 있을 테니까요."

"그럼……. 이만 가보게나." 스트렁크가 말했다. 그가 손을 올려 손가락을 튕기자 골면 보안관보가 말 두 필의 고삐를 잡고 그들에게 다가왔다. 베니는 말 두 마리를 발견했다. 한 마리는 애팔루사, 다른 한 마리는 벅스킨 종이었고, 두 마리 모두 가벼우면서 튼튼한 야외용 카펫으로 만든 코트를 걸치고 있었다. 스트렁크 대장이 고삐를 받아 하나는 톰에게, 하나는 베니에게 넘겼다. 질긴 카펫 재질로 만든 승마용 챕이 안장 뿔에 걸려 있었다.

"애팔루사의 이름은 치프, 벅스킨의 이름은 아파치네. 젊고 영양 상태도 좋은 데다 아주 잘 달리지." 스트렁크 대장이 말했다. "그 아이를 꼭 데려오게나."

톰은 스트렁크 대장의 얼굴을 3초쯤 빤히 보다가 고개를 끄덕였다.

동쪽에서부터 새벽의 어둠이 물러나기 시작했다. 엽총으로 무장한 채 횃불을 든 스물댓 명쯤 되는 경비대원들이 게이트 앞에서 형제를 기다리고 있었다.

"우리 대원들도 최대한 멀리까지 따라갈 걸세." 스트렁크 대장이 말했다. "대원들이 좀비들을 유인하면 속도를 내기가 쉬울 거야."

"고맙습니다, 대장님." 그리고 베니에게 물었다. "준비됐어?"

"응, 오늘따라 시간이 빨리 가는 것 같아."

톰은 지난밤 이후 처음으로 베니를 향해 간신히 미소 지었다.

"놈들은 걸어가고 있을 거야." 그러고는 애팔루사 말의 안장 위로 가뿐히 뛰어 올라섰다. "충분히 따라잡을 수 있어."

멋지게 안장에 오른 톰과 달리 베니는 엉성한 모양새로 벅스킨의 등에 기어올랐다. 청이 밑에서 베니의 엉덩이를 받쳐주었다. 베니가 이제껏 타본 말들은 전부 조랑말이었고, 이렇게 큰 말을 타는 것은 오늘이 처음이었다.

스트렁크 대장이 보초병에게 문을 열도록 지시했고 대원들은 일제히 담장부터 산자락까지 광활하게 펼쳐진 평원으로 달려 나갔다. 들판에는 좀비가 50명은 있는 것 같았다. 가만히 서 있는 좀비가 있는가 하면 의미 없이 앞뒤로 왔다 갔다 하는 좀비들도 있었다. 경비대원들은 게이트에서 100미터쯤 떨어진 곳에서 왼쪽으로 방향을 틀어 질주하면서 허공에 총을 쏘고 횃불을 흔들기 시작했다. 좀비들은 텔레파시로 명령이라도 받은 듯 입을 쩍 벌린 채 소음과 움직임을 향해 고개를 돌렸다. 잔디밭을 가로질러 대원들을 향해 비틀비틀 걷기 시작한 굶주린 좀비들의 애처로운 신음이 엽총 소리를 뚫고 베니의 귓가를 울렸다.

"전방이 비었네!" 리로이가 다급하게 속삭였다. "어서 가게나, 어서!"

톰과 베니는 말 옆구리를 발로 차서 천천히 게이트를 빠져나간 뒤 남쪽으로 방향을 잡고 박차를 가했다. 젊고 힘 좋은 말들은 두 형제를 싣고 가뿐히 질주하며 시체들의 땅으로 통하는 좁은 산길을 향해 달렸다. 말타기가 서투른 탓에 말이 한 걸음 내디딜 때마다 베니의 엉덩이와 배, 허벅지에는 타는 듯한 고통이 전해졌지만, 빠르게 움직이려면 고통을 참는 수밖에 없었다. 베니는 이를 악물고 불편함을 견디며 산 저편에 빨리 도착하겠다는 의지를 불태웠고, *이까짓* 통증쯤 얼마든지 견딜 수 있다고 생각했다. 닉스는 지금 그가 느끼는 고통의 몇백 배는 더한 고통을 느끼고 있을 것이다. 그런 생각으로 가슴이 뜨겁게 타오른 베니는 고통을 삼킨 채 말을 더 빨리 달리기 시작했다.

청은 망루에 올라 베니의 말이 작은 점이 되었다가 타는 듯 붉은 여명 속으로 완전히 사라지는 모습을 지켜보았다.

31

두 형제는 아침나절 내내, 말이 한계에 다다를 때까지 전력을 다해 달렸다. 요란한 말발굽 소리를 듣고 서너 번쯤 좀비들이 쫓아오기도 했지만, 말이 본능적으로 좀비를 피하는 데다 그들이 탄 말들은 등에 탄 사람에게 위험을 알리도록 훈련도 되어있었다. 게다가 비틀대며 걷는 좀비들이 전속력으로 달리는 말을 따라잡을 수는 없었다. 어쩌다 가까이 오더라도 말들이 걸친 카펫 코트가 시간을 벌어주었고, 그동안 톰과 베니는 검을 사용해 괴물을 쓰러뜨렸다.

베니는 달리는 내내 좀비가 나타날까 봐 겁이 났지만, 닉스에게 훨씬 끔찍한 일이 일어나고 있을지도 모른다는 생각에 이를 악물고 톰의 뒤를 악착같이 따라붙었다.

공기가 선선했던 새벽에는 바람 같은 속도를 유지하며 질주하던 말들이 해가 점점 높이 떠오르고 온도가 치솟자 푸드덕거리는 소리를 내기 시작하더니 이내 쌕쌕거리기 시작했다. 입 주변에 거품이 부글부글 끓고 가벼운 카펫 코트 아래 옆구리로 땀이 비 오듯 흘렀다. 마침내 톰이 속도를 줄여 말을 걷게 한 뒤 말에서 내렸다. 덩치 큰 애팔루사 종인 치프는 멈춘 것이 다행이라는 듯 숨을 몰아쉬었다.

"뭐 하는 거야?" 베니가 따지듯 물었다. "계속 움직여야지."

"이 속도로 계속 달리다가는 말들 숨이 넘어갈지도 몰라. 그러면 그다음에는 어떻게 하려고? 물도 좀 주고 잠시 걷게 해 줘야 해. 다시 달릴 힘이 생길 때까지."

베니는 화가 났지만 톰의 말이 맞다는 사실을 알았다. 아파치의 안장에서 미끄러져 내려오면서, 내심 다행이라는 생각이 들었다. 가랑이가 비정상적으로 벌어지다 못해 찢어진 것 같았고, 걸음을 내디딜 때마다 바지 안에 사포라도 든 것처럼 살갗이 쓰라렸다. 백번 조랑말을 타봐야 진짜 말을 탈 때는 전혀 도움이 되지 않는 것 같았다. 베니는 다리뼈와 엉덩이뼈가 분리된 것 같은 고통을 느끼면서, 계속 불편한 자세로 말 안장 위에 엉덩방아를 찧다가는 나중에 남자구실도 못 하게 되는 게 아닐까 생각했다. 그는 말하면서 힘든 티를 내지 않으려고 애썼다.

두 사람은 톰의 가방에서 사발을 꺼내 물병에서 물을 따라 말에게 주었다. 그들이 걸음을 옮기자 말들도 그들을 따라 걸었다. 태양이 머리 위에서 이글이글 타고 있었다.

산길에서는 말을 타는 것보다 걷는 편이 흔적을 쫓기에 수월하기도 했다. 마을 게이트에서 산기슭까지는 발자국이 직선으로 이어져 있어 쫓기가 쉬웠지만, 산을 오를수록 발자취가 희미해졌다. 톰은 때때로 단단한 맨땅 위에 납작 엎드려서는 베니가 보기에는 별 의미가 없어 보이는 길가의 흔적들을 살피며 얼굴을 찌푸리거나 실눈을 뜨고 끙 앓는 소리를 냈다.

톰을 가만히 보던 베니는 짜증이 치밀었다. 잠을 한숨도 못 잔 터라 지쳐있던 데다, 주변을 맴도는 파리들이 자꾸 달라붙어 신경을 긁었다. 나무 사이로 바람이 불어올 때마다 그를 부르는 닉스의 목소리가 들리는 것 같았다.

"거기서 뭘 하고 있기는 한 거야?" 베니가 물었다.

"아니." 톰이 웅얼거렸다. "그냥 꾸물거리면서 네 화를 돋우는 중이야."

베니는 잠자코 아무 말도 하지 않고 있다가 곧 톰에게 사과했다. "미안해."

톰이 답했다. "확실하게 쫓을 만한 발자국이 있는지 찾고 있어."

발자국? 베니는 생각했다. 그의 눈에는 말라붙은 진흙과 군데군데 박힌 바위 말고는 아무것도 보이지 않았다. 베니는 걷고 있던 길 위를 살폈다. 길은 텅 빈 고개 너머 남동쪽으로 구불구불하게 이어지고 있었다. 지난밤 내린 폭우로 땅이 흠뻑 젖어있던 덕분에 톰은 마운틴사이드에서부터 이어지는 발자국을 쉽게 쫓을 수 있었지만,

아침이 밝은 후로 점점 발자국을 알아보기가 힘들어지고 있었다.

톰은 일어서서 옷에 묻은 흙을 털었다. 비에 푹 젖었던 지표면의 흙이 단 몇 시간 만에 뽀송하게 말라 옷에 묻어있었다.

"왜 그래?" 베니가 물었다.

"문제가 있어." 톰이 말했다. "지난밤에 비가 너무 많이 내려서 땅이 물을 다 흡수하지 못하는 바람에 땅 위로 물이 흘렀어. 비탈을 타고 물이 흐르면서 이 길이 한동안 작은 강처럼 변했던 것 같아. 이쪽 길로 지나간 사람이 누구든 폭풍이 멎은 직후에 지나간 것 같은데 이 길에 아직 물이 흐르던 상태였던 것 같아. 그래서 부츠 자국이 거의 뭉개져 버렸고."

"그럼 우리는 어떻게 되는 거야?"

톰은 물통에 담긴 물을 벌컥벌컥 들이켰다.

"이건 우연이 아니야. 찰리는 아주 교묘하고 비열한 놈이야. 여태까지 세 번이나 갔던 길을 돌아가고, 솔로 자기 발자국을 지우고, 물을 건너기도 했어. 이 길을 택한 것도 이쪽 흙이 물을 잘 흡수하지 않는다는 사실을 알고 일부러 그런 거야. 이런 땅에는 발자국이 잘 찍히지도 않고 오래 남지도 않으니까."

"그래서 놈들을 따라가는 중이야? 아니면 제자리를 돌고 있는 거야?"

"둘 다라고 할 수 있어." 톰은 말하면서 슬며시 웃었다.

"그래서, 길을 잃지는 않았다는 거지?"

"잃을 뻔했지. 몇 번이나……. 하지만 찰리가 함정을 파 놓은 곳은 매번 예상 가능한 길로 이어졌어. 찰리는 자기보다 똑똑한 사람이 있다는 걸 생각할 줄 모른다니까. 아마 스트렁크 대장이 자기를 쫓으리라고 생각했겠지."

"대장님도 똑똑하시지 않아?"

"응? 뭐, 그렇지……. 그런데 추격은 전문 분야가 아니시니까. 찰리는 이런 속임수를 모르는 사람한테나 먹힐 방법으로 발자국을 감추고 있어. 다른 현상금 사냥꾼이 자기를 쫓으리라고 생각했다면 다른 방법을 썼을 거야."

"찰리가 모르는 게 확실해?" 베니가 말했고 아주 잠깐 톰의 미소가 사라졌다.

톰은 잠시 동생을 바라보다가 입술을 꾹 다문 뒤 입으로 동그란 원을 그리며 상대의 발자취를 곱씹었다.

"이 언덕을 넘어 갈 수 있는 안전한 예상 경로가 세 개 있어. 그러니까, 길 주변에 있던 좀비들이 깔끔하게 처리됐다는 뜻이야. 이 길이 어쩌다 보니 무역로가 되는 바람에 무장한 경비대원들과 무역 상인들이 길을 지날 때마다 보이는 좀비들을 다 처리했거든. 이쪽으로 좀비를 더 끌어들이지 않으려고 아주 조용히 처리했을 거야. 무슨 말인지 알겠어?"

베니는 고개를 끄덕였다.

"그래서 우리가 지금 보고 있는 발자국은 거의 인간의 발자국이야. 문제는 이 발자국들이 흐르는 물에 거의 씻긴 오래된 발자국인지, 아니면 무거운 짐 없이 빠르게 움직이는 남자들이 남긴 것인지 확실하지가 않단 말이지. 물이 흐르면서 마지막에 가장자리를 흐려놓은 데다 이 지역의 표층은 다른 곳보다 얇아. 바위가 많은 지역으로 이어지거든.”

“알겠어, 하지만 최근에 이쪽을 지났던 사람들이라면 찰리랑 해머가 *확실하겠지?*”

톰은 바로 답하지 않았다. “크기가 작은 발자국이 안 보여서 걱정이기는 해.”

“닉스 발자국?”

톰은 고개를 끄덕였다. “아까는 닉스 발자국이 있었는데 지난 한 시간 동안은 보이지 않았어. 하나도.”

“놈들 중 하나가 안고 갔을 수도 있잖아?”

톰은 곰곰이 생각했다.

“땅이 좀 더 부드러웠더라면 더 깊이 난 발자국이 눈에 띄었을 테고, 그렇게 생각할 수도 있었겠지. 네 말이 맞을 수도 있지만 확신할 수는 없어. 각각 다른 신발 서너 켤레의 흔적이 보이거든.”

“찰리랑 해머 말고 일행이 있다는 소리야?”

“응.”

“메콩 형제일까?”

“그럴 수도 있지, 그러면 우리는 둘이 아니라 넷을 쫓고 있는 거야.” 톰이 뭔가 덧붙여 말하려다가 갑자기 말을 끊었다. 베니는 즉시 눈치를 채고 물었다.

“왜?”

“다른 가능성도 있으니 준비를 해둬야 해.”

“다른 가능성이라니?”

“좋은 쪽으로 생각하면 닉스가 도망쳤을 수도 있어. 만약 그렇다면 닉스 발자국은 어딘가에서 다른 방향으로 갈라졌을 거야. 닉스가 도망쳤다면 마을로 서둘러 돌아가지 않고 고지대로 다니고 있길 바라는 수밖에 없어."

"고도가 높으면 좀비가 많이 없으니까?"

"응, 그리고 고도가 높은 곳에서는 언제든 먹을거리나 잘 곳을 찾을 수 있어. 수도사들도 있고. 닉스가 수도사 한 명과 마주치기만 한다면 안전할 거야. 닉스를 잘 돌봐주고 나한테 소식도 전해줄 테니까."

"또 다른 가능성은 뭔데? 좋은 쪽이 아닌 가능성 말이야."

톰은 베니의 눈을 바라보았다.

"이쪽에는 시체를 숨길 만한 장소들이 아주 많아."

베니는 톰의 말에 대꾸하고 싶지 않았다. 미신이나 다름없지만, 톰의 말에 답을 하면 진짜 그런 일이 생길 것만 같았고, 그런 생각은 머리로도 가슴으로도 절대 받아들일 수 없었다. 닉스의 일기장은 아직도 바지 뒷주머니에 꽂혀있었고 베니는 부정적인 기운을 피하려고 부적을 만지듯 닉스의 일기장을 만지작거렸다.

베니의 목구멍이 바짝 마르고 목소리가 잠겼다.

"그래서 이제 어떻게 해? 우리가 할 수 있는 일이 있어?"

"내가 찰리라면 가능한 시선을 끌고 싶지 않을 거야…… 무역 상인들이 많이 다니는 동쪽 비탈로 가거나 아니면……" 그러고는 얼굴을 찌푸렸다.

"아니면 뭐?"

"게임랜드."

"새로운 게임랜드가 있을 만한 짐작 가는 장소 있어?"

"아니. 하지만 놈들이 어디로 향하든 지날 수밖에 없는 길이 있어. 그 길로 곧장 갈 수 있는 옛 소방 도로를 알아. 좀비들이 거의 제거된 지역을 관통하는 길이라 여행자들은 전부 그 길로 다녀."

발걸음을 옮기며 톰이 말했다. "사라진 소녀를 어떻게 찾았는지 이야기를 하다 말았지? 나중에 더 이야기하겠지만 우리가 게임랜드를 찾았을 때를 대비해서 네가 알아둬야 할 내용을 말해줄게. 라일라가 죽인 남자들의 시체를 목격한 뒤로 나는 그 애의 흔적을 쫓을 수 있었어. 나흘이나 걸리긴 했지만 결국 여기서 그리 멀지 않은 산 하나까지 그 애를 쫓아갔어. 깊은 산 속에 탑처럼 세워진 산림 관리소가 있길래 꼭대기로 올라가서 쌍안경으로 그 일대를 훑었어. 그 위에서 두세 시간쯤 되었을 때 그 애를 발견한 것 같아. 라일라는 나무들 사이에서 걸어 나와서 공터에 서서 몇 분간 생옥수수 하나를 먹었어. 좀비 카드 그림과 같은 옷을 입고 있었어. 네가 가진 카드 말고, 이전 카드에서 입었던 옷."

"이전 카드? 그게 무슨 말이야? 내가 한 세트를 거의 다 가지고 있는데?"

톰이 고개를 저었다.

"베니, 너는 몰랐겠지만, 원래 좀비 카드는 아이들 놀잇감으로 만들어진 물건이 아니었어. 지금 너희가 가진 카드는 인쇄업자들이 돈을 좀 더 벌어볼까 하고 만든 버전이야. 애초에 좀비 카드는 현상금 사냥꾼들이 시체들의 땅에서 목격된 좀비의 초상화를 가지고 다니려고 만든 물건이야. 초상화를 가지고 있으면 사람들한테 영결식을 의뢰받기가 쉬워지니까."

톰은 한 손에 치프의 고삐를 쥔 채 다른 손을 짐 속에 넣어 부드러운 가죽 주머니를 꺼낸 뒤 베니에게 건넸다. 베니가 주머니를 열어 카드 뭉치를 꺼냈다. 그는 카드를 대충 훑어보기 시작했다.

"거의 본 적이 없는 카드들이네. 그리고 좀 다르게 생겼어."

카드에는 좀비 카드 상표가 붙어있지 않았고, 뒷면에 과장된 인물 설명도 적혀있지 않았다. 그림은 사람들이 레드존에 근처에 걸어두는 일반적인 좀비 초상화와 비슷했다. 카드 뒷면에는 이름과 목격된 장소의 대략적인 위치, 그리고 짧은 신상 정보가 표시되어 있었다. 왼쪽 아래 구석에는 가격이 붙어있었다. 영결식 절차를 마무리했다는 확인을 받았을 때 받을 수 있는 배급액이었다. 그리고 몇몇 카드의 오른쪽 아래에는 S, L, SU, Q로 시작하는 날짜가 적혀 있었다.

"S는 'Spotted', 발견된 적이 있다는 의미야. L은 'Living', 살아있다는 의미인데 사람들은 보통 'Loner', 즉, 외톨이라는 뜻으로써. Q는 'Quieted' 안식 절차가 끝났다는 의미야." 톰이 말했다. "SU는 'Status Unknown', 상태 미확인이라는 뜻이야. 라일라 카드도 그 안에 있어."

베니는 카드를 L과 SU가 함께 표시된 카드를 찾을 때까지 카드를 섞었다. 그림 속에는 눈처럼 흰 머리카락을 가진 11살짜리 소녀가 지저분한 청바지와 한참 헐거워 보이는 UCLA 스웨터를 입고 있었다. 그녀는 최근 좀비 카드에 그려져 있던 것과 같은 긴 창을 들고 있었다. 이름 아래 적힌 문구도 같았다. 사라진 소녀. 베니는 카드를 뒤집어 뒷면에 적힌 정보를 읽었다.

톰 이무라에 의해 감염되지 않은 상태로 산속에서 발견. 발견 시 마운
틴사이드의 톰 이무라에게 연락하거나 기착지 네트워크를 통해 조지 골
드먼에게 소식을 전할 것. 라일라 또는 애니라는 이름에 반응할 수 있음.
위협적인 것으로 알려져 있으며 외상후 스트레스 장애를 앓고 있을 가능
성이 있으므로 주의해서 다가갈 것.

"조지가 누구야?"

"롭이 해 준 이야기 기억나?"

"맞다! 아이들과 오두막에 남았다던 남자 이름이 조지였어…….
난 그 사람이 죽었겠거니 했는데."

"라일라를 발견하고 나는 산장 관리소 아래로 재빨리 내려갔지
만, 공터에 도착했을 때 그 애는 이미 사라지고 없었어. 그 후에도
며칠을 더 찾아 헤맸지만, 아무것도 발견하지 못했어. 나를 발견하
고 흔적을 지웠는지 아니면 원래 가던 길을 갔는지는 모르겠어. 다
음번에 시체들의 땅에 나갔을 때, 데이비드 수도사를 만났던 바로
그 기착지에서 조지 골드먼과 마주쳤어. 좋은 사람이었지만 몹시
지쳐 보였고 약간 정신이 나간 것 같기도 했어."

"아이들이랑 함께 있지 않았어? 라일라랑 아기와 함께 남았다고
했잖아?"

"그랬지." 톰이 말했다. "조지는 몇 년간 아이들과 함께 지냈어.
좀비로 둘러싸인 오두막에서 거의 2년을 머물렀다더라. 처음에는

식량이 충분해서 아이들을 잘 먹일 수 있었지만, 식량이 바닥나자 조지는 큰 결심을 하고 밖으로 나갔지. 화장실 안에 마지막 남은 음식과 물과 함께 아이들을 가두고 집을 나섰어. 그리고 롭이 했던 방식을 모방했어. 카펫을 찢어서 몸을 감싸고 집에 있던 골프채 중 제일 무거운 채를 챙겨서 조용히 집을 나갔어. 그날 밤과 다음날까지 열 번도 넘게 죽을 고비를 넘겼지만, 농장을 하나 찾았어. 그곳에 원래 살던 사람들이 좀비가 된 터라 집에 들어가기 위해 그들과 싸워야 했지만 어쨌든 조지는 집 안으로 들어가는 데 성공해서 음식을 충분히 챙길 수 있었어. 바퀴 달린 여행 가방 두 개에 챙길 수 있는 만큼 음식을 챙기고 길 아래쪽으로 가방을 끌며 오두막으로 향했어. 오두막 주변 좀비들을 처리하기가 만만치가 않아서 좀비를 유인하고, 달리고, 몸을 숨기고, 살금살금 걸으면서 집에 도착할 때까지 꼬박 하루가 걸렸어. 그리고 그게 그들의 일상이 되었어. 조지가 한 달에 두 번 집 밖으로 나가서 주인 없는 집을 찾아 식량을 구해왔지. 살아있는 사람을 만나 도움을 요청할 수 있길 간절히 바랐지만 몇 년 동안 살아있는 사람은 만나지 못했어. 상상이 돼?" 톰은 고개를 저었다. "조지는 결국 근처에 있던 좀비들을 거의 다 해치웠고 전보다는 집 밖을 자유롭게 드나들 수 있었어. 식량 원정을 나가서 책이나 옷, 장난감처럼 아이들에게 도움이 될만한 물건들도 수레에 싣고 돌아올 수 있었지. 그는 아이들에게 읽는 법을 가르치고 최선을 다해 교육했어. 조지는 선생님이나 학자가 아니었어. 특별할 것 없는 일반적인 중년 남자였지, 어디서나 볼 수 있는 평범한 사람."

"전혀 평범하게 들리지 않는데." 베니가 말했다. "영웅담 같아."

톰이 미소를 지었다.

"맞아, 그는 영웅이야. 나는 첫 번째 밤과 그 이후에 자기가 어떻게 살아남았는지 이야기하는 사람들을 많이 봐왔어. 사람들이 많이 죽었고 영웅도 많이 탄생했지. 영웅이 된 사람들은 보통 전혀 그런 삶을 살고 있지 않다가, 어느 순간 자기 내면에서 타오르는 큰 불꽃을 발견한 사람들이었어. 불꽃은 언제나 마음속에 있었겠지만, 발견할 기회가 없었던 거지. 자신이 가장 최악의 시기에 가장 밝게 빛나게 되리라는 것을 평생 모르고 사는 거야. 조지 골드먼도 그런 사람 중 하나였어. 아마 그는 사람들이 자신을 영웅으로 생각한다는 사실조차도 인정하려 하지 않을 거야."

"그분은 어떻게 됐어?"

"라일라가 어느 정도 자랐을 때 좀비를 처치하는 법을 가르치기 시작했어. 라일라는 작고 민첩했고 조지는 라일라에게 좀비의 뒤로 다가가서 다리 힘줄을 잘라 쓰러뜨리는 법을 가르쳤어. 좀비가 쓰러지고 나면 뒤통수를 공격할 수 있었지. 조지는 시범을 보이고, 가르치고, 라일라가 자신보다 빨라질 때까지 함께 연습했어. 라일라가 타고난 재능이 있었다고 말하기도 했지."

"멋지지만 어쩐지 씁쓸하네." 베니가 말했다. "슬픈 쪽에 더 가까운 것 같아."

"그래, 하지만 그 덕분에 살아남을 수 있었잖아."

"아기는 어떻게 됐어?"

톰의 얼굴이 굳어졌다.

"이 이야기에서 가장 마음 아픈 부분이 바로 여기야. 조지는 아기의 이름을 자기 여동생의 이름을 따서 애니라고 지었어. 시체들이 깨어났을 때 조지의 여동생은 필라델피아에 살고 있었다고 해. 그는 라일라에게 가르친 것과 같은 방법으로 애니를 가르쳤고 아이는 제 언니를 쏙 빼닮았었지. 강하고, 똑똑하고 필요할 때는 맹렬해질 수도 있고."

둘은 말에게 물을 먹이려고 계곡가로 가서 잠시 걸음을 멈췄다. 평소의 톰이라면 흐르는 물가를 피해 길을 잡았겠지만, 지금 그는 흔적을 쫓는 중이었다. 숲속은 아주 고요했지만, 흔적을 쫓아 숲을 걷는 내내 톰의 눈은 주변을 구석구석 살폈다. 말들은 귀를 끊임없이 움직이며 긴장한 듯 껑충거렸다. 치프는 덩치는 아파치보다 컸지만 겁이 더 많았다. 끊임없이 숲속을 살피며 토끼나 새의 움직임에도 예민하게 반응해 고개를 홱 쳐들었다. 느릿느릿 주변을 둘러보는 아파치의 몸도 긴장으로 파르르 떨리고 있었다.

"계속 움직여." 톰이 말했다. "앞으로 10분만 더 걷다가 다시 말을 타자."

베니는 고개를 끄덕이면서 나쁜 기운을 쫓는 기분으로 뒷주머니에 꽂힌 닉스의 공책을 만졌다.

톰은 계속해서 이야기를 풀어갔다.

"조지는 첫 번째 밤으로부터 8년이나 지난 뒤에야 산 사람을 만났어. 그들이 있던 오두막에 근처 숲을 지나던 남자였어. 그 남자는 사냥꾼처럼 옷을 입고 시체 냄새가 났고, 조지는 그 사람이 좀비라고 생각해서 거의 죽일 뻔했지."

"카다베린을 묻히고 있었던 거네?"

톰은 끄덕였다.

"조지는 그의 뒤를 밟았고, 그가 권총을 쓰는 모습을 확인하고 나서야 그 남자가 살아있는 사람이라는 것을 알았어. 마치 벼락에 맞은 듯한 느낌이었대. 괴성을 지르며 그 남자를 향해 언덕을 뛰어 내려갔고, 엉엉 울면서 횡설수설했어. 그 남자가 나타났으니 이제 악몽이 끝났다고 생각했지. 그 남자는 뒤를 돌아보고는 조지를 향해 총을 쐈고, 조지는 거의 총에 맞을 뻔했지만 간신히 나무 뒤에 숨어서 자기는 악귀가 아니라고 울부짖었지."

베니는 '악귀'라는 단어에 끙하는 소리를 내며 한숨을 쉬었다. 나이 든 사람들은 좀비를 그렇게 부르기도 했다.

"사냥꾼은 조지가 좀비가 아니라는 것을 깨닫고 밖으로 나와도 괜찮다고 안심시켰어. 조지는 그에게 달려가서 끌어안고 악수를 하면서, 그의 말을 빌리자면 '덜떨어진 놈'처럼 행동했대. 사냥꾼은 친절하고 살가웠어. 조지에게 음식을 나눠준 다음 멀지 않은 곳에 생존자들이 모여 사는 마을이 있고, 캘리포니아 전체에 다른 마을들이 많다고 일러줬어. 그리고 자기가 그 지역 일대에 마을을 세우기 위해 좀비들을 처리하던 중이었는데, 함께 작업 중인 일행이 열 명 남짓 있다면서 캠프로 같이 가겠냐고 물었어."

"하지만……."

"기다려, 이야기를 끝까지 들어봐. 조지는 남자의 일행에게 두 소녀에 대해 말했고 사냥꾼은 기뻐하는 듯 보였어. 두 아이가 신의 은총을 받아 그렇게 오래 살아남을 수 있었다면서 말이야. 그는 조지에게 소녀들도 안전한 캠프로 함께 가야 한다면서 소녀들이 있는 곳으로 안내하라고 했어. 조지는 당연히 좋다고 했어. 몇 년 동안 올린 기도에 대한 답을 마침내 듣게 되었다고 생각했지. 그들은 숲을 빠져나가서 조지와 소녀들이 몇 년 동안 머물렀던 농장 오두막으로 향했어. 당연히 소녀들은 사냥꾼을 보고 겁에 질렸어. 라일라는 두 살 이후로, 애니는 태어나서 한 번도 살아있는 사람을 만난 적이 없었으니까. 라일라는 사냥꾼을 공격하다시피 했지만, 조지는 라일라를 진정시킨 뒤 무기도 거둬들였지. 사냥꾼이 위험한 사람이 아니라고 조지가 소녀들을 달래고 설득하는 동안 사냥꾼은 위협적으로 보이지 않으려고 바닥에 앉아 미소를 지어 보이며 조용히 기다렸지."

"사냥꾼은 좋은 사람이었나 보네." 베니가 말했다.

"그래? 그렇지……. 여기까지만 들으면 착해 보일 수도 있지. 어쨌든 사냥꾼은 조지에게 값나가는 물건들을 챙겨 함께 캠프로 가자고 했어. 조지는 바퀴 달린 수레에 음식과 책, 필요하거나 귀중한 물건들을 실었어. 옥수수밭 사이로 난 구불구불한 시골길을 따라 캠프에 도착하기까지 네 시간이 걸렸어. 캠프에 있던 남자들은 모두 굉장히 건장해 보였고 다들 무기를 가지고 있었어. 세상이 흉흉하기도 했고 그들이 하는 일을 생각하면 거기까지는 충분히 이해할 수 있었지. 하지만 조지는 자기 수레를 보는 남자들의 비웃는 듯한 표정과 소녀들을 보는 그들의 눈빛이 마음에 걸렸어. 그렇게나 많은 사람들을 만나게 된 것이 기뻤지만, 점점 의심이 들기 시작했지."

"잠깐― 그 사람들이 현상금 사냥꾼이었던 거야?"

"응."

"어떻게 됐어?" 가슴이 철렁 내려앉는 것을 느끼며 베니가 물었다.

"얼마 지나지 않아 일이 틀어지기 시작했어. 사냥꾼은 소녀들이 강인해 보인다며 칭찬했고, 조지는 아이들이 좀비를 죽인 적도 있다고 대꾸했지. 사냥꾼은 아주 신이 나서 소녀들이 '게임'에 참가하면 떼돈을 벌겠다고 했고, 조지가 무슨 소리냐고 묻자 누군가 그의 뒤통수를 쳐서 쓰러뜨렸어. 조지는 몇 시간 뒤 깨어났지만 옥수수밭은 텅 비어있었고 사냥꾼들은 모두 떠난 뒤였어. 조지는 무기도 음식도 없었고, 소녀들에게 무슨 일이 일어났는지 알 수도 없었어. 들판과 뒤쪽 숲까지 샅샅이 뒤졌지만, 소녀들은 이미 사라지고 없었지. 말이 지난 흔적과 사람 발자국을 찾았지만, 남자들은 캠프를 파한 뒤 각각 다른 길로 흩어진 것처럼 보였어. 조지는 자신이 그때 살짝 정신이 나갔었다고 했고, 충분히 그럴 만했다고 생각해. 소녀들을 보호하려고 삶을 바치다시피 했는데, 괴물들로부터 소녀들을 완전히 지켜냈다고 생각한 바로 그 순간에 살아있는 *사람*들에게 아이들을 빼앗겼으니 심정이 어땠겠어. 눈이 완전히 뒤집히고도 남지. 조지는 비틀거리며 걷다가 빈집을 하나 찾아 찾았고 집안에서 오래된 통조림 음식을 발견하고 배를 채웠어. 그리고 날이 밝자마자 소녀들을 찾아 나섰지. 그 뒤로 소녀들을 찾는 데 집착한 나머지 깨어있는 모든 순간을 집착에 사로잡힌 채 살게 되었어."

"아이들은 어떻게 됐어?"

"조지는 여기저기를 다니며 사람들을 점점 많이 만나게 되었어. 기착지에서 사는 수도사들을 만나 무슨 일이 있었는지 털어놓았고, 그들이 조지의 이야기를 널리 퍼뜨려 주었지. 그리고 이런저런 소문들도 들을 수 있었어. 현상금 사냥꾼 무리와 여행자들이 산속에 지었다는 게임랜드라는 장소에 대해서도 듣게 되었지. 사람들이 그 장소에 대해 하는 이야기를 듣고 조지는 마음이 찢어질 것 같았어. 조지가 소녀들과 그들을 데려간 남자들에 대해 이야기하자 사람들은 갑자기 그와 말을 섞지 않기 시작했어. 게임랜드를 운영하는 놈들에 대한 두려움이 사라진 두 소녀를 동정하는 마음보다 컸던 거지. 곧 사람들은 조지를 피하기 시작했어. 수도사들만은 계속 조지를 도왔고 아이들을 찾으러 나갔다가 사라진 이들도 있었어."

"형은 그 수도사들이 좀비한테 당했다고 생각해?"

"너는?"

베니는 고개를 저었다.

"내가 조지를 만났을 때 그는 이미 지칠 대로 지쳐있었어. 나는 조지에게 여자아이 하나를 발견했다고 이야기했고 그 아이의 생김새를 묘사하자 그는 내가 본 아이가 라일라가 맞다고 확인해 주었어. 조지는 제발 애니도 봤다고 말해달라며 거의 빌다시피 했지만 안타깝게도 그럴 수가 없었지……. 그 아이가 서 있던 자리를 찾아갔을 때 발자국은 한 사람 발자국뿐이었어."

"애니는 어떻게 되었을까?"

"나도 확실히는 모르겠어. 내가 만났던 여행자들은 조지와는 이야기하기를 꺼렸지만 나와는 흔쾌히 대화를 나누곤 했어. 그중 몇 사람이 게임랜드로 끌려갔던 여자아이들에 대한 오래된 소문이 있다고 알려주었어. 게임랜드에서 안 좋은 일이 있었고, 여자아이 한 명만 탈출했다는 소문이었지."

"안 돼……." 베니가 나지막이 말했다. "찰리와 해머도 관련이 있을까?"

"조지는 캠프에 있었던 남자들 중 몇 사람의 생김새를 꽤 자세히 말해줬어. 누가 그의 머리를 내리쳤고 누가 아이들을 데려갔는지는 모르겠지만, 찰리와 해머가 캠프에 있었던 건 확실해."

베니는 고개를 끄덕였다. 한때 찰리를 동경했던 마음은 이제 지독한 증오로 변해있었다.

"조지는 어떻게 됐어?"

"나도 모르겠어. 데이비드 수도사님께서는 조지가 목을 맸다는 소문이 있다고 하셨지만 나는 안 믿어. 조지가 죽었을 수는 있지만, 자살하지는 않았을 거야. 라일라가 어딘가에 살아있는 동안은 그랬을 리 없어."

"누가 죽었을까?"

"이쪽에서는 살인이 아주 쉬우니까."

둘은 계속해서 걸었다. 말들은 기력을 회복했는지 아까보다 덜지쳐 보였고, 베니는 어서 다시 말을 타고 달릴 수 있길 바랐다. 걷는 동안 점점 벌어졌을 놈들과의 격차를 빨리 따라잡고 싶었다.

"라일라를 찾으면……. 그다음은 어떻게 하지?"

"마운틴사이드로 같이 돌아올 수 있도록 설득해야지. 다른 사람들과 함께 인생다운 인생을 살 수 있도록."

베니는 주머니에 넣어두었던 카드를 꺼내 야생에서만 지내던 그림 속 소녀가 학교에 다니고 평범한 삶을 사는 상상하며 카드를 빤히 보았다. 웬지 그 모습이 쉽게 그려지지 않았다.

"자." 톰이 힘찬 목소리로 말했다. "말들이 충분히 쉬었으니 이제 달려보자. 나쁜 놈들을 잡으러 가야지."

32

하지만 산 정상에 거의 다다랐을 때 말들은 다시 입에 거품을 물기 시작했다. 잠시 뒤 평평한 땅이 펼쳐지더니 소방 도로가 눈에 들어왔다. 시체들의 땅에 있는 여느 도로와 마찬가지로 소방도로 위에도 잡초가 무성하게 자라 있었지만, 발자국과 바퀴 자국, 그리고 최근에 생긴 것으로 보이는 딱딱하게 굳은 말똥들이 눈에 띄었다.

"무역 상인들이 이 길로 다녀?"

"응. 내가 처음 라일라를 본 장소와 같은 지역이야." 톰이 말했다. "라일라가 죽인 좀비들을 처음 발견한 곳이기도 하고. 덩치나 생김새가 비슷했다고 이야기했었지?"

"응." 베니가 답했다. "마치 한 사람을 죽이고 또 죽인 것 같았다며. 어린 애가 어떻게 그럴 수 있었는지 정말 신기해."

"성인 남자를 죽인 것 말이야? 민첩하게 움직이고 맞는 무기를 쓰면 돼."

"아니." 베니가 말했다. "어린 소녀가 누구든 죽였다는 게 신기하다고. 좀비들이라도 말이지……. 어린아이가 다른 사람의 목숨을 해치려는 마음을 먹기까지 무슨 일이 있었을까?"

"적절한 질문이야. 답을 하는 대신 하나만 물어볼게. 핑크아이 찰리가 지금 네 앞에 있다면 죽이고 싶을까?"

베니가 끄덕이며 말했다. "당장이라도."

"확실해?"

"놈들이 한 짓이 있잖아?"

"우리가 닉스를 멀쩡히 되찾을 수 있더라도?"

"형, 당연하지."

톰은 한동안 베니를 빤히 보다가 말했다. "몇 가지 해둬야 할 말이 있어. 너는 찰리를 죽이겠다고 했고, 나는 네 진심을 알아. 하지만 네 목소리는 조금 망설이는 것처럼 들렸어. 만약 내가 어젯밤에 같은 질문을 했다면 너는 조금도 망설이지 않고 당장 죽이겠다고 했을 거야. 마음이 다친 지 얼마 지나지 않았을 때였으니까. 네 얼굴만 봐도 알 수 있었어. 하지만 지금은 그 일이 있은 지 몇 시간이 지났고 복수심에 끓던 피도 조금은 식었겠지. 복수심이 끓어오른 시점과 복수를 행동으로 옮기는 시점이 멀어질수록 살인 같은 일은 저지르기 어려워져. 차가운 복수심에 의한 살인이라는 말 들어본 적 있지? 마음을 가라앉히고 생각할 시간을 가진 후에도 저지를 수 있는 살인이라는 뜻이야. 만약 우리가 한 달 뒤에 찰리를 찾으면 아마 너는 죽이고 싶은 생각이 들지 않을 수도 있어. 네 손에 피를 묻히는 대신 재판에 넘기거나 사법제도에 처리를 맡기고 싶어질 거야."

"알겠어, 무슨 말인지 알겠다고. 할 말이 몇 가지 있다며. 다른 건 뭐야?"

"너는 왜 찰리가 죽기를 바라?"

"진심으로 묻는 거야?"

"당연하지. 그러니까 내 말은, 찰리가 너를 다치게 하지는 않았 잖아. 네 가족을 죽이지도 않았고. 우리가 아는 한 닉스를 죽인 것도 아니고……. 지금도 아마 죽이지는 않았을 거야."

"찰리는……." 베니가 머뭇거리며 말을 시작했다. "사케토 씨와 닉스의 엄마 때문이지. 그리고 닉스에게 했을지도 모르는 짓 때문에. 왜 그런 걸 물어?"

"그래서 복수하기 위해 죽이고 싶다고?"

베니는 답하지 않았다. 아파치가 크게 콧김을 내뿜자 수풀에 숨어있던 울새들이 화들짝 놀라 일제히 날아올랐다.

"그런다고 롭 사케토나 제시 라일리가 살아 돌아와? 모기의 머리가 멀쩡해지거나 닉스를 온전하게 찾을 수 있다는 보장이라도 생겨?"

"아니, 그래도……."

"그럼 왜 찰리가 죽었으면 좋겠는데? 무슨 이득이 생기길래?"

"형은 찰리가 왜 죽었으면 좋겠는데?" 톰의 질문에 사기가 꺾인 베니가 쏘아붙였다.

"내 얘기를 하자는 게 아니야." 톰이 말했다. "할 수도 있지만, 지금은 아니지."

베니가 말했다. "찰리는 내가 사랑하는 사람들을 다치게 했고, 형도 어젯밤에 찰리가 우리를 가만두지 않을 거라는 데 동의했잖아. 우리 입을 닫게 하기 위해서나 다른 무슨 이유로든. 우리가 진실을 안다는 걸 찰리도 알고, 자기가 법정에서 무죄를 받더라도 우리가 이번 일을 그냥 넘어가지 않으리라는 것도 아니까."

"맞아." 톰이 말했다. "찰리도 그 정도 머리는 있어. 그래서, 찰리가 널 죽일지도 모르니까 네가 먼저 죽이겠다고?"

"나뿐만이 아니라 우리를 죽일지도 모르니까. 적절한 이유잖아?"

"슬프지만, 그렇지."

"왜 '슬프지만'이야?"

"우리 인간들 사이에서 아직까지 통하는 방식이라는 생각이 들어서. 리로이 윌리엄스 씨가 말했듯이, 우리는 아무것도 배우지 못한 것 같아."

"그럼 어떻게 해야 하는데? 아무것도 하지 말고 찰리가 우릴 죽이게 둬?"

"아니. 나는 평화주의자에 가깝지만 나한테도 한계가 있어. 그리고 무엇보다 나는 순교자 체질은 아니거든."

"그래서, 형도 찰리를 죽이고 싶다는 거야?"

톰의 눈빛이 차갑게 식었다.

"응."

"그런데 나한테는 왜 그렇게 꼬치꼬치 물었어?"

"왜냐하면, 어제 일어난 일로 너도 사라진 소녀가 사는 세계에 발을 들이게 되었거든. 그 세계에는 어느 정도 타당성도 있고 정의도 있지만 깊이 들어갈수록 점점 다치게 돼. 나는 우리가 돌아갈 방법이 없다고 생각해. 다시는."

"그게 무슨 말이야?"

"내가 찾은 시신들을 생각해봐. 라일라는 특정한 사람이나 특정한 유형의 사람들을 이유없이 죽인 게 아니었어……. 기억 속에 있는 누군가를 벌주려던 거야. 자기 자신을 영원히 바꿔 놓을 만큼 악랄하고 비극적인 일을 당했겠지. 그 아이가 느끼는 감정이나 그런 짓을 하는 이유를 설명하기에 복수라는 단어는 충분하지 않아. 영혼의 상처가 곪아 그 아이의 생각과 행동을 엉망으로 만들고 있다고 보는 편이 더 정확하지."

"그래서." 베니가 톰의 말을 정리하며 말했다. "어떤 남자에 대한 기억을 죽이려고 했다고? 곪은 상처의 원인을 없애려고 했던 거야?"

톰이 곁눈질로 베니를 흘끔 보았다.

"왜?" 베니가 물었다.

"네가 했던 말 중 제일 똑똑한 말이었어, 꼬맹아. 네가 통찰력은 좀 있네. 그래, 라일라가 한 일이 바로 그거야."

"그래서, 라일라가 죽이려던 남자가 누군데?"

"아마 애니를 죽인 현상금 사냥꾼 중 하나거나, 혹시 애니가 Z게임에 나갔다가 죽었다면 애니를 구덩이에 넣은 남자의 얼굴을 기억하겠지. 그 질문에 대한 답을 찾으려고 라일라를 찾고 있기도 해."

그들은 나무 그늘을 벗어나 활짝 핀 야생화들이 각자 색을 뽐내며 자유를 만끽하는 아름다운 들판을 가로질렀고, 그동안 베니는 톰의 말을 골똘히 생각했다. 파랗게 물든 높은 하늘에 도톰하고 새하얀 구름들이 떠다녔다. 눈 앞에 펼쳐진 풍경이 눈부시게 아름다워서 베니는 군데군데 눈에 띄는 무성한 잡초로 뒤덮인 버려진 자동차와 그 안에 들어있을 해골들을 애써 모른 체했다.

"이쪽 땅에 그토록 고통과 상처가 만연하다니, 믿기 힘들지?" 톰이 부드러운 말투로 물었다.

베니는 고개를 끄덕이는 것 말고 아무것도 할 수 없었다. 주머니에서 사라진 소녀 카드를 꺼내 물끄러미 보았다. 라일라의 얼굴은 아름답고, 당당하면서도 비극적이었다.

"라일라." 베니가 중얼거렸다.

키 큰 수풀 사이로 불어오는 바람을 타고 닉스의 목소리가 들리는 듯했다.

그들은 물이 흐르는 계곡에서 북쪽으로 방향을 틀었고, 말을 탄 채 아무 말도 하지 않고 몇 킬로미터를 걸었다. 갑자기 톰이 안장에서 풀썩 뛰어내리더니 녹슨 철제 다리 앞에 쭈그리고 앉았다. 그는 뒤죽박죽으로 남겨진 찰리 일당의 발자국을 살펴본 다음 주위를 둘러보며 그들이 어느 쪽으로 갔을지 골똘히 생각했고, 베니는 그의 표정을 가만히 살폈다.

33

두 사람은 내리막을 따라 말을 몰았고, 수천 년 전 빙하가 깎아놓은 길쭉한 바위들 사이로 흐르는 계곡이 나타났다. 계곡은 마치 숲 한가운데 놓인 반짝이는 파란 리본 같았다. 둘은 말에서 내려 고삐를 손에 쥔 채 구불구불한 길을 따라 걸었다. 길옆으로 나무들이 빽빽하게 자라있어 저쪽 편에 현상금 사냥꾼이나 좀비가 있더라도 안전할 것 같았다. 치프는 앞으로 나아가고 싶지 않은지 고삐를 뒤로 당겼다. 아파치도 긴장한 것 같았다.

톰이 흙과 나뭇잎 조각을 주워 공중에 던져서 바람이 어느 쪽으로 부는지 확인했다.

"바람이 우리 쪽으로 불고 있어. 계곡 이쪽에만 있으면 괜찮을 거야. 하지만 목소리는 낮춰야 해."

계곡을 따라 난 길은 한때는 경치가 아름다웠을 시골길이었고, 두 사람이 말을 끌며 나란히 걸을 수 있을 정도로 폭이 넓었다.

"형······?"

"응."

"찾을 수 있겠지?"

"라일라? 난······."

"아니." 베니가 말했다. "닉스 말이야. 찾을 수 있겠지?"

"노력해 봐야지."

"형, 노력으로는 모자라. 꼭 찾아야 해. 닉스는 전부 잃었어. 모두. 우리는······. 닉스를 버리면 안 돼."

"안 버려."

"맹세해줘."

톰은 베니를 바라보았다.

"무슨 일이 있어도 닉스를 찾는다고 맹세할게. 절대 포기하지 않을게."

다른 장소나 다른 상황이었다면 다음 순간에 톰이 한 행동이 어리석고 유치해 보였겠지만, 시체들의 땅에서만큼은 위엄있고, 고결해 보였다. 톰은 그의 손을 가슴에 얹었다.

"이렇게 맹세할게. 우리는 닉스 라일리를 반드시 찾을 거야. 절대 포기하지 않겠다고 맹세해."

베니가 고개를 끄덕였다.

둘은 계속 앞으로 나아갔고, 계곡을 둘러싼 숲에서 나무가 가장 울창하게 자란 지역으로 들어섰다. 나뭇잎이 지붕처럼 빽빽하게 덮여있어 공기는 동굴 속처럼 서늘하고 축축했다. 나무에 앉아 지저귀는 새들이 셀 수 없이 많아서 어떤 새가 어떤 소리를 내는지 분간하기 힘들 정도였다.

톰은 800m 정도 걷다가 무릎을 꿇더니 젖은 잔디 위를 손으로 훑었다.

"잡았다, 개자식들!"

"무슨 일이야?"

"발자국이야. 거대한 크기를 보아하니 찰리의 발자국이야. 오래되지 않아서 발에 짓눌린 잔디가 아직 일어서지도 못했어."

"얼마나 된 것 같아?"

"30분쯤. 놈들이 가까이에 있어. 이제 신속하고 조용하게 움직여야 해."

"말들이 소리를 많이 낼 것 같은데."

"알아, 하지만 어쩔 수 없잖아. 우리가 두 배 더 긴장하는 수밖에 없어."

두 사람은 말 안장에 올라탔고 톰은 잔디가 덮인 길로 베니를 이끌었다. 푸른빛으로 반짝이는 계곡 옆으로 부드러운 초록빛 잔디가 깔려있었고 새들이 지저귀는 소리가 온 사방에서 들렸다. 마치 동화 속으로 들어온 것 같은 착각이 들었다. 비현실적이고 꿈속 같은, 포근하고 아름다운 풍경이었다. 고통과 상처와 긴장으로 가득한 이 세계와는 어울리지 않는 아름다움이었다.

"형……. 게임랜드 말이야. 놈들이 진짜로 다시 만들었는지 확실히 알아?"

"직접 보지는 못했지만 믿을 만한 사람들한테 들었어. 라일라가 그곳에 있었다고 알려준 사람들이지. 오늘 못 찾더라도 계속 찾아볼 거야."

"왜? 마을 사람 누구도 신경 쓰지 않잖아. 사람들은 아무것도 하지 않을 거야."

"알아. 하지만 나는 신경이 쓰여." 톰이 한숨을 쉬며 말했다. "베니, 우리는 세상을 다 잃었어. 그랬으면 생명의 가치에 대해 배웠어야 해. 게임랜드가 존재해서는 안 돼. 없애버려야 한다고."

"한 번 다시 만들었는데, 또 만들지 않을까?"

"그럴 수도 있지. 만약 그렇더라도 그곳에 불을 지를 누군가가 또 나타날 거야."

"누가?" 베니가 물었다. "형이?"

베니는 형의 능력을 얕보는 자신의 속마음이 조금 전 냉소적인 말투에 고스란히 드러났다는 사실을 깨달았다. 그리고 말을 뱉자마자 바로 후회했다. 원래 톰에게 하던 버릇대로 말을 뱉었을 뿐 이제 베니는 톰을 싫어하지 않았다. 처음 시체들의 땅에 함께 다녀온 후 지난밤 일까지 겪고 나니 톰이 좀 다르게 보이던 참이었다.

하지만 이미 입 밖으로 말을 뱉어버렸고, 뱉은 말을 주워 담는 방법은 없었다.

톰은 태양을 바라보며 눈을 찌푸렸다. 그의 턱 가장자리의 작은 근육들이 뭉쳤다 풀어졌다.

"내가 만난 여행객이나 무역 상인들 말로는 남자아이 여자아이 할 것 없이 닥치는 대로 게임랜드로 끌고 가는 현상금 사냥꾼들이 있다고 했어. 이름은 말할 수 없다고 했지만."

"어디서 아이들을 데려가는 거야? 우리 마을에서 아이들이 사라 졌다는 이야기는 들은 적이 없는데?"

"다른 마을들이 있잖아. 그리고 기착지에서 수도사와 함께 사는 아이들도 있고. 아이가 있는 고립주의자 가족도 있고. 그런 아이들 은 마운틴사이드 사람들의 관심 밖에 있지. 그래서 현상금 사냥꾼 들은 그런 아이들을 노려. 보호해 줄 사람이 아무도 없으니까. 아이 들을 위해 나서거나 목소리를 내 줄 사람도 없고. 여기는 정말 악랄 하고 추악한 세상이야."

"사람들이 다 그럴까?" 베니가 물었다. "모두? 마을에는 두려움 만, 여기에는 악함만 있을까?"

"아니길 바라."

길이 한쪽으로 굽더니 물길에서 점점 멀어지다가 곧 숲을 벗어 나 바위가 울퉁불퉁한 언덕으로 이어졌다. 볕을 가려주던 나뭇잎 지붕이 없어지니 태양이 저주를 퍼붓듯 내뿜는 열기가 고스란히 느껴졌다. 베니의 어깨와 등은 셔츠에 가려져 있는데도 햇빛에 구 워지는 듯했다. 팔뚝은 볕에 그을려 붉게 달아올랐고, 모공에서는 땀방울이 끓어 넘쳐 올라 피부의 열을 빼앗을 새도 없이 증발해버렸다.

톰은 앞쪽을 뚫어지게 보다가 걱정이 가득한 표정으로 속도를
줄여 멈춰 섰다.

"왜 그래?"

"말이 안 돼." 톰이 속삭였다. 그러고는 바위 절벽 사이에서 꺾어
지는 길을 손가락으로 가리켰다. 길 위로 높이 솟은 붉게 녹슨 아치
기둥이 철도교를 받치고 있었다.

"이 길로 쭉 가면 사람들이 꺼리는 장소가 나와. 좀비들이 우글
우글한 곳인데 좀비들이 보통 모이게 되어있는 저지대 지역 중 하
나야. 마지막으로 갔을 때는 몇백 명 정도 있는 것 같았어."

"몇백?"

"응. 아마 첫 번째 밤부터 그 자리에 있던 좀비도 있을 거야. 떠돌
아다니다 정착한 좀비도 있고."

"중력 때문에 그렇지? 좀비는 내리막을 따라 걸으니까."

"정확해. 아래로 내려가다 보면 교차로가 나와. 고속도로와 농로
두 개, 그리고 우리가 지금 가고 있는 이 길이 만나는 지점이야. 아
주 큰 교차로지."

"그럼……. 돌아가면 안 돼?"

"돌아갈 수 있지. 하지만 우리가 쫓고 있는 발자국이 이 길을 따
라 쭉 이어져." 톰은 길 가장자리 부드러운 점토 흙에 찍힌 눈에 잘
띄는 발자국을 가리켰다.

"말도 안 돼. 찰리가 왜 좀비 소굴로 뛰어들겠어? 형만큼 시체들
의 땅을 잘 알지 않아?"

"나보다도 더 잘 알지. 여기서 보낸 시간이 훨씬 많으니까."

"그래, 하지만 생각해봐. 나는 형의 동생일 뿐, 현상금 사냥꾼도 뭣도 아니지만······. 지금 이 상황에서 함정이라는 생각 안 들어?"

톰은 슬며시 웃으며 말했다. "그렇게 생각해?"

"그럼 형도 함정이라는 걸 알고 있었어?"

"베니, 이 모든 게 다 함정이야. 롭을 공격한 것부터 찰리가 한 짓은 전부 함정이었어."

톰은 말을 멈추고 갑자기 길이 꺾어지는 곳까지 이어진 발자국을 가리켰다. 발자국은 대부분 발이 큰 남자의 것이었다. 찰리가 틀림없었다. 하지만 중간쯤에서 찰리의 발자국 옆에 다른 발자국이 나타났다. 작은 맨발 자국이었다.

"닉스야?" 베니가 물었다.

톰은 입술에 손가락을 가져다 대고 속삭이듯 말했다. "찰리가 닉스를 들어 나르다가 여기에서 내려놓은 것 같아. 보여? 발자국이 길이 꺾어지는 곳을 지나잖아. 교차로 쪽으로 갔어."

"우리가 얼마나 가까이에 있는지 모르는 것 같아." 베니가 말했다. 그는 톰의 표정을 살피며 자신의 말이 맞는지 판단해 보려 했지만, 아무것도 읽을 수 없었다. 베니는 주머니칼을 빼 들었지만, 톰은 고개를 저었다.

"필요할 때까지 기다려." 톰이 말했다. "금속에 빛이 반사될 거야. 좀비들은 움직임뿐만 아니라 빛에도 반응해. 이제 가만히 있어, 꼬맹아. 우리가 코너를 돌면 예상치 못한 일이 벌어질 거야. 함정일 수도 있고 아닐 수도 있어. 만약 아니라도 이 지역은 시체들의 땅에서 가장 위험한 지역 중 하나야. 곧 너도 알게 될 거야."

"아주 위안이 됩니다, 코치님."

톰이 빙긋 웃었다.

소리를 내지 않으려고 아주 천천히 조심스럽게 움직이면서 벽에 바짝 붙어 그늘 밑으로 커브를 돌았다. 아파치와 치프는 이런 상황에 대비해 훈련을 받은 터라 고삐를 당길 때만 걸음을 옮기고, 고삐가 당겨진 방향으로만 움직였다.

커브를 돌자 눈앞이 탁 트였고 언덕 아래로 사방에서 이어진 도로들이 만나는 교차로가 보였다.

"와!" 베니가 숨을 내쉬며 감탄사를 뱉었다가 곧장 손으로 자기 입을 틀어막았다.

베니가 놀란 이유는 끝없이 이어진 산이 아름다워서도 아니었고 도로 위에 미동도 하지 않고 빽빽하게 서 있는 자동차 수십만 대 때문도 아니었다. 교차로와 교차로를 둘러싼 들판에 좀비들이 우글거리고 있었다. 적어도 천 명은 되는 것 같았다. 바다를 이룬 괴물들이 금방이라도 자신을 향해 비틀거리며 다가올 것 같아서 베니는 조금이라도 움직이는 좀비가 있는지 들판을 뚫어져라 쳐다보았다. 하지만 움직이는 좀비는 없었다. 한 덩어리로 뭉쳐 자리에 가만히 서 있을 뿐이었다. 작은 그룹으로 모여 도롯가나 들판 위에 서 있는 좀비들도 있었다. 그들 역시 가만히 서서 아무 소리도 내지 않았다.

말들은 좀비가 있는 장소에서 소리를 내지 않도록 훈련받았고, 그 훈련은 효과를 발휘하고 있었다. 하지만 겁먹은 아파치의 몸이 바르르 떨리면서 베니에게까지 떨림이 전해졌다.

베니는 눈앞의 광경을 받아들이려고 애썼다. 단지 땅이 경사져 있고, 좀비들이 중력을 거스르지 못한다는 이유만으로는 좀비들이 이렇게나 많이 모일 수 없을 것 같았다. 그렇다기에는 수가 너무 많았다. 누군가를 쫓아 언덕 아래로 내려갔다가 사냥이 끝난 후 갈 데가 없어졌고, 다시는 쫓을 만한 물체를 발견하지 못했던 것 같았다. 자동차를 타고 가다 변을 당해 목적지도, 목표도 없는 좀비로 깨어난 사람도 있을 것이다. 억센 풀이 좀비들의 허리 높이까지 자라 있었고 몸에 담쟁이덩굴이나 등나무, 능소화 덤불이 휘감긴 좀비도 있었다. 군인, 간호사, 베니와 비슷한 또래의 아이, 평범한 사람, 나이 든 사람 할 것 없이 좀비가 되어 한낮의 뜨거운 볕 아래 동상처럼 미동도 없이 서 있는 모습이 괴이하기 짝이 없었다.

어쩌면 동상이 아니라, 자신이 어디에서 죽었고 어디에서 영원히 지내게 될지를 표시하려고 비석 대신 시체를 세워둔 것 같기도 했다. 이들은 관에 담겨 묻히는 대신 썩어가는 살갗 속에 영원히 갇혀서 사냥하거나 공격할 때를 제외하고는 움직일 수 없는 존재가 된 것이다. 끔찍하고 슬픈 생각이었다. 갑자기 베니는 가슴 깊은 속에서 변화가 시작되는 것을 느낄 수 있었다. 시체들의 땅만큼 거대했던 두려움이 쪼그라드는 것 같았다. 완전히는 사라지지는 않았지만, 변화를 느끼기에는 충분했다. 베니는 그 이유를 알 것 같았다.

베니가 처음 시체들의 땅에 나왔을 때, 톰은 사람이 두려움 때문에 현명해진다고 했다. 베니는 톰이 말한 두려움이 조심하는 마음에 가깝다는 사실을 이제야 이해했다. 지금 눈앞에 있는 좀비들은 모두, 심지어 아주 어린 아이조차도 기회만 잡으면 베니를 죽일 수 있다. 하지만 누구도 베니를 해칠 *의도*를 가지고 덤비지는 않는다. 좀비들에게는 의미나 의도, *의지*가 없다. 벼락이 치고 녹슨 못에 균이 붙는 것처럼 좀비가 인간에게 반응하는 것도 의지와는 상관없이 일어나는 일일 뿐이다. 말 위에 앉아 교차로에 모여 있는 좀비들을 지켜보는 동안, 베니의 마음속에 자리 잡고 있던 좀비에 대한 두려움은 그들이 그저 위험한 존재일 뿐이라는 깨달음에 자리를 내어주었다. 반면 찰리는 두려워해야 할 존재였다. 고의로 악의를 품을 수 있는 찰리가 지구상에 있는 어느 좀비보다 훨씬 위험했다.

악한 의도가 없는 위협과 고의가 담긴 위험이 어떻게 다른지 이해하게 되면서 계시를 받은 것처럼 벅찬 감정이 든 베니는 당장 톰과 대화를 나누고 싶었지만 일단 침묵을 지키기로 했다. 지금은 그럴 때가 아니었다.

톰이 안장 위에서 몸을 휙 돌려 뒤쪽을 보았다. 좀비 몇몇이 톰의 움직임을 느끼고 바짝 시든 얼굴을 들어 올리는 모습이 베니의 눈에 들어왔다.

"왜?"

"뭔가 타고 있어." 톰이 대답을 하자마자 베니도 타는 냄새를 맡았다. 낯익은 유황 냄새였다. 채석장에서 좀비를 태운 뒤 잿더미와 타다 만 뼈를 흙과 돌로 덮기 위해 다이너마이트를 터뜨릴 때 수백 번은 맡아 본 냄새였다.

"폭탄이야!" 베니가 소리쳤다. 적어도 베니는 자신이 그렇게 말했다고 생각했다. 베니의 목소리는 절벽에서 사암 몇만 킬로그램이 떨어져 나가며 울려 퍼진 폭발음에 묻혀버렸다. 양쪽 절벽에서 단단한 파편이 섞인 어마어마한 연기가 터져 나왔고, 절벽 아래 길을 메우며 빠르게 퍼져나갔다. 아파치는 괴성을 내며 앞다리를 치켜들었고, 주변에 있는 모든 것들을 집어삼키며 그들을 바짝 쫓아오는 바위 폭풍을 등진 채 전속력으로 내달렸다.

베니는 말 위에서 계속 비명을 질렀다. 말들은 무너지는 절벽을 피하려고 좀비들을 향해 전속력으로 달렸다. 좀비들이 일제히 베니를 향해 고개를 돌렸다. 검은 입 구멍 수천 개가 열리고, 창백한 손 수천 쌍이 손짓을 시작했고, 그 한가운데로 전력을 다해 뛰어드는 것 말고 베니가 할 수 있는 일은 없었다.

34

한 사람의 인생을 결정짓는 순간이 있다. 이 순간에 어떤 결정을 내리느냐에 따라 살아온 인생과 살아갈 인생이 송두리째 바뀐다. 삶과 죽음, 희망과 절망, 성공과 실패가 위태롭게 갈리며 우연이나 운도 힘을 미치지 못하는 순간이 있다. 이 순간의 결정에 따라 삶을 누릴 권리를 얻을 수도, 빼앗길 수도 있다.

베니 이무라가 탄 말은 죽음을 향해 달리고 있었다. 길가에 죽음으로 가는 길이라는 이정표를 붙여도 좋을 만큼 그의 죽음은 확실해 보였다. 지금 아무것도 하지 않으면 광기와 공포에 사로잡힌 말이 좀비의 바다로 곧장 뛰어들 것이고, 베니는 목숨을 잃게 된다. 아파치의 속도를 늦추면 좀비들은 곧 그를 에워싼 뒤 말 안장 아래로 끌어 내릴 것이다. 말에서 뛰어 내려 달린다 해도 곧 좀비들에게

빽빽이 둘러싸여 꼼짝도 하지 못하게 될 것이다. 할 수 있는 일은
한 가지뿐이었다. 정신 나간 행동인 만큼 성공할 확률도 거의 없어
보였다. 열흘 전 망설이며 형을 따라 시체들의 땅에 나올 때의 베니
이무라였다면, 좀비로 변한 초상화가를 죽이고 그 뒤에 이어진 끔
찍한 사건들을 아직 겪기 전의 베니 이무라라면 이런 결정을 내리
지 못했을 것이다.

아파치는 굶주림으로 신음하는 입들을 향해 달렸고 베니는 입술
사이로 한 마디를 내뱉었다. 도와달라는 울부짖음도, 형의 이름도,
기도도 아니었다. 베니의 마음속에서 자신의 죽음보다 더 큰 의미
가 있는 존재, 좀비에 대한 두려움보다 더 강력한 힘을 가진 존재는
하나뿐이었다.

"닉스!" 베니가 외쳤다.

그리고 목검을 빼든 채 아파치의 옆구리를 있는 힘껏 차며 괴물
들 가운데로 돌진했다.

35

말은 베니의 발길질에 반응했고 힘을 실어 발길질한 의도를 알
아챘다. 공포에 질렸던 말은 도움닫기 하듯 세 걸음을 달린 후 공중
으로 높이 뛰어올랐다가 좀비들 가운데로 착지했다. 아파치의 넓
은 가슴이 제일 앞에 서 있던 좀비들과 충돌하자 베니는 괴성을 질
렀고, 오른손을 들었다 내리기를 반복하며 단단한 목검 날로 좀비
들의 얼굴과 손과 목과 어깨를 사정없이 공격했다. 좀비들이 바짝
다가오자 양발로 발길질을 하며 계속해서 좀비를 내리쳤다. 카펫

코트로 무장한 아파치는 카펫을 뚫고 자신을 물기에는 한참 모자란 좀비의 입질에 그다지 고통을 느끼지는 않았지만 성가신 존재에 분노가 극에 치달았다. 앞발을 치켜들고 강철이 박힌 앞굽을 휘둘렀다. 말발굽에 좀비의 턱뼈가 으스러지고 두개골이 부서졌고, 가장 앞줄에 있던 좀비들이 나가떨어지자 베니는 줄지어 선 자동차를 향해 전속력으로 달렸다. 하지만 좀비들은 뒤를 돌아 베니를 따라왔고, 앞쪽에 있는 좀비들도 그를 향해 비틀거리며 다가오고 있었다.

베니는 말의 방향을 틀고 고삐를 잡아당겨 계속해서 앞발을 치켜들도록 만들었다. 500kg에 육박하는 거구의 짐승이 힘과 두려움을 실어 말굽을 휘두르자 말라비틀어진 시체들은 뒤로 나가떨어졌다. 카펫으로 만든 챕이 다리를 보호해 주고 있었지만, 카펫 코트를 입고 있지 않아서 만약 떨어지거나 좀비에게 손목을 잡힌다면 카다베린이 시간을 벌어주길 바라는 수밖에 없었다. 하지만 여태까지의 상황을 보니 괴물들은 카다베린 냄새 따위는 신경조차 쓰지 않는 것 같았고, 카다베린 때문에 가까이 오기를 꺼리는 좀비가 있기는 한지도 알 수 없었다.

"가! 달려!" 베니는 아파치에게 소리쳤고 아파치는 또 다른 좀비 장벽을 향해 앞으로 돌진했다. 그곳만 지나면 탁 트인 땅이었다. 목검을 쉼 없이 들었다 내리치는 충격으로 팔이 후들거렸지만, 베니는 그 고통을 사용해 분노를 더 활활 태웠다. 허공을 울리는 야수 같은 괴성을 지르며 왼손으로 사냥용 칼을 빼 들고 자신을 끌어내리려는 손을 찌르고 베었다. 그러다 칼날이 뼈를 건드리면서 홱 뒤

틀렸고, 결국 칼을 놓치고 말았다.

베니가 탄 말이 두 번째 좀비 무리를 향해 돌진했다. 손 하나가 불쑥 나타나 바짓단을 잡아당기는 바람에 베니는 거의 안장에서 떨어질 뻔했다. 몸을 반쯤 휙 돌려서 목검으로 자신을 붙잡은 손을 내려쳤고, 검에 맞자마자 좀비의 뼈가 부서지는 느낌이 들었다.

형은 대체 어디 있는 걸까? 절벽이 폭발할 때부터 톰이 보이지 않았고, 위험을 무릅쓰고 뒤를 돌아보아도 희미한 절벽과 갈색 먼지구름 말고는 아무것도 보이지 않았다.

잠시 두려움에 휩싸여 활활 타오르던 분노가 식는 듯했지만 창백한 손들이 자신을 향해 다가오는 모습이 보이자 다시 분노가 머리끝까지 차올랐다. 베니는 끊임없이 검을 휘둘렀다.

파랗고 반짝이는 무언가가 눈에 들어왔다. 계곡이다! 절벽 저쪽에서 멀어졌던 계곡이 지금 100m 앞에 다시 나타나 차들이 빽빽하게 들어찬 도로 옆으로 흐르고 있었다. 베니는 고삐를 한쪽으로 당기며 다시 한번 발을 굴렀고, 말은 거의 인간의 소리 같은 울음소리를 냈다. 아파치가 엉덩이에 붙은 두툼한 근육에 순간적으로 힘을 주며 앞으로 도약하자 좀비들 여럿이 옆으로 나가떨어졌다. 베니는 아파치의 목에 바싹 붙어 몸을 낮췄고, 둘은 하나가 되어 들판을 가로질러 물가로 향했다. 키 큰 수풀에 가려져 보이지 않았지만 들판 곳곳에 푹 꺼진 부분이나 고랑이 있었고, 베니는 들판을 가로지르기가 생각했던 것보다 오래 걸리고 힘들겠다고 생각했다. 게다가 세차게 흐르는 푸른 계곡물을 건너 몸을 숨기기 전까지 해치워야 할 좀비가 적어도 50명은 돼 보였다.

베니는 한쪽에서 남자의 움직임을 포착했다. 좀비가 아닌 인간 남자가 들판 저쪽에서 숲으로 들어가고 있었다.

모터시티 해머였다.

다이너마이트를 폭파한 것도 해머 짓이 틀림없었다. 그가 조금만 더 빨랐더라면 산의 절반을 무너뜨려 베니를 깔아뭉갤 수도 있었다. 톰도 함께.

형.

베니는 자신이 이쪽 절벽 쪽에 갇혔다는 사실을 알았다. 돌아갈 방법은 없었고, 숲으로 들어갈 수도 없었다. 해머가 그곳에 있다면 찰리도 있을 것이다. 아마 메콩 형제도 있을 것이다. 그리고 그들은 모두 총을 가지고 있었다. 닉스도 함께 있겠지만, 닉스를 구하느냐 마느냐는 적어도 지금 당장은 선택지에 없었다. 우선 베니가 여기에서 살아남아야 닉스도 구할 수 있었다. 지금 유일하게 안전한 장소는 콜드워터 계곡 반대편에 있었다. 좀비는 세차게 흐르는 물을 헤치며 걸을 수 없다. 톰이 그렇게 말했었다.

좀비 하나가 그를 가로막았고 차마 방향을 틀지 못한 아파치가 좀비를 그대로 밟고 지나갔다. 좀비의 약한 뼈가 말발굽에 깔려 소름 끼치는 소리를 내며 부서졌다.

소방관 좀비 하나와 복싱 반바지 하나만 입은 남자 좀비 하나가 베니를 둘러싸고 길을 막았다. 베니가 무릎으로 말에게 신호를 주자 말은 약간 왼쪽으로 방향을 틀었다. 베니는 오른쪽으로 칼을 휘둘러 소방관 좀비의 옆머리를 가격해 다른 좀비 쪽으로 날려 보냈다. 두 좀비는 창백한 팔다리가 서로 엉키며 넘어졌다.

마지막 언덕을 올랐을 때, 베니는 피가 얼어붙는 것 같았다. 긴 내리막이 끝나는 지점에 3m 남짓한 깊이의 얕은 골짜기가 패여 있었다. 말을 달린다면 쉽게 건널 수 있었지만, 계곡 밑에 좀비들이 우글거리고 있었다. 베니는 그들을 보고 여태까지와는 또 다른 충격에 휩싸였다. 백 명쯤 되는 좀비의 반이 어린아이들이었던 것이다.

어린아이들.

아이들은 교복을 입고 있었고 그들 사이에 다 헤진 스쿨버스 기사복을 입은 남자 좀비가 서 있었다. 그는 기괴하게 생긴 양 떼를 모는 양치기 같았다. 몇몇 아이들의 얼굴이 유난히 주름지고 거무죽죽했다. 스쿨버스 기사가 사고를 내서 버스가 불탔던 것일까? 베니는 그런 생각을 하며 구역질했고 좀비에 정면돌파하기로 했던 결심이 흔들렸다. 땀 때문에 목검을 잡은 손에 힘을 주기가 힘들었다. 베니는 이들이 이미 죽었으며 한때 살았던 사람들의 모습으로 되살아났을 뿐이라는 사실을 알았지만, 톰의 말이 머릿속에 맴돌았다.

그들도 사람이었어.

그들을 어떻게 때릴 수 있을까? 어떻게 다치게 할 수 있을까?

그들은 영혼을 잃어버린 아이, 여자, 노인들이다.

아파치가 언덕을 마구 내려갔고 푸른 물줄기가 베니를 향해 손짓했다.

그의 코앞에서 뭔가가 번쩍하며 지나갔고, 베니는 어리석게도 꿀벌이나 말벌이 지나갔다고 생각했다. 그리고 거의 동시에 탕! 하는 총소리가 들판에 울려 퍼졌다.

그리고 베니의 귀에 여자아이의 비명이 들렸다.

"베니!"

소리가 나는 쪽으로 고개를 돌리니 작은 형체가 나무 사이에서 뛰어나와 들판을 달리고 있었다. 얼굴을 알아보기에 거리가 너무 멀었지만 베니는 그녀가 누구인지 확실히 알아보았다.

"닉스!" 베니가 외쳤다.

닉스는 쓰러진 나무를 뛰어넘은 뒤 잠시 멈춰 서서 두꺼운 나뭇가지 하나를 주웠다. 그리고 자신을 쫓아오던 남자 중 한 명이 나무를 뛰어넘자 들고 있던 나뭇가지를 휘둘렀다. 어찌나 세게 휘둘렀는지 들판 이쪽에 있던 베니도 우직 하고 나뭇가지가 부러지는 소리를 들을 수 있을 정도였다. 하지만 남자 세 명이 더 따라붙었고, 닉스는 온 힘을 다해 달렸다. 곧 들판 위 나무들에 가려 닉스의 모습이 사라졌다. 네 번째로 달리고 있던 남자가 야트막한 언덕 위에 올라가 뭔가를 들고 베니 쪽으로 겨눴고, 남자가 들고 있던 물체에서 푸른 빛이 번쩍했다. 베니는 얼떨결에 고개를 숙였고, 그의 목덜미 위로 총알이 아슬아슬하게 스쳤다. 총알에 이어 날카로운 총소리가 허공에 울려 퍼졌다. 총성이 한 번, 그리도 또 한 번 울렸다. 등에 메고 있던 짐 꾸러미에 뭔가 꽂히는 느낌이 나자 베니는 몸에 통증이 퍼지기를 잠자코 기다렸지만, 아무것도 느껴지지 않았다. 대신 좀비 하나가 50m 앞에서 빙그르 돌다가 넘어졌고, 좀비의 배에는 검은 구멍이 뚫려 있었다. 하지만 베니가 말을 타고 옆을 지날 때쯤, 총에 맞은 좀비는 다시 몸을 일으켜 보려고 버둥거리고 있었다.

엎어지면 코 닿을 거리에 물가가 있었고, 어린 좀비 떼가 그 앞을 막고 있었다.

베니는 자신이 죽는다면 무엇 때문일까 생각했다. 좀비일까 아니면 현상금 사냥꾼이 쏘는 총일까?

"베니!" 닉스의 맑은 목소리가 언덕 너머에서 울려 퍼졌다. 그는 자신을 향해 달려오는 닉스를 돌아보았다. 다섯 남자가 닉스의 뒤를 바짝 쫓고 있었다. "도망쳐!"

베니는 달렸다. 30m만 더 가면 된다. 20m만 더 가면.

닉스의 비명이 또 한 번 들리자 베니는 다시 고개를 돌렸고, 닉스는 무리 중 가장 덩치가 큰 남자에게 붙잡혀 있었다. 남자는 마치 아기를 들어 올리듯 가뿐하게 닉스를 낚아챘다. 닉스를 쫓던 남자들은 일제히 뒤를 돌아 숲 쪽으로 달렸고, 한 무리의 좀비들이 비틀거리며 그들을 쫓아갔다.

"안 돼!" 베니는 도망치는 상대를 향해 허무하게 손을 뻗으며 외쳤다.

그 순간 무엇인가 번쩍하며 그의 옆을 지나치더니 좀비 무리를 향해 돌진했다. 태양 빛 아래 은색 섬광이 춤을 추듯 움직이자 괴성을 지르며 그들에게 달려들던 괴물들의 바싹 마른 팔다리와 머리가 사정없이 잘려 허공에 흩어졌다.

"베니!" 톰이 외쳤다. "따라와!"

믿을 수 없게도 톰이 바로 눈앞에 있었다. 피와 먼지로 덮인 검은 마치 흐르는 수은처럼 반짝였다. 톰이 검으로 괴물을 베며 푸른 계곡물로 뛰어들 때까지 치프의 눈은 미칠듯한 공포로 흔들리고 있었다.

베니의 말이 마지막 남은 좀비들 위로 뛰어올랐고, 말굽이 스쿨버스 기사의 머리를 정통으로 때렸다. 그리고 마침내 그들은 흐르는 물속으로 첨벙 뛰어들었다. 차가운 물살이 그들을 휘감았고 아파치는 히힝 거리며 콧김을 내뿜었다. 베니는 얼음처럼 찬물이 가슴팍에 닿자 헉하고 숨을 들이쉬었다. 40명이 넘는 좀비들이 그들을 쫓아 물속으로 뛰어들었지만, 곧 거친 물살에 휩쓸리고 말았다.

베니는 뒤를 돌아 숲 쪽을 바라보았다. 닉스는 이미 사라진 뒤였다. 그리고 아주 잠깐, 작은 형체가 들판을 가로질러 숲으로 들어가는 모습이 보인 것 같았다. 남자들이 닉스를 데리고 사라진 쪽이었다. 베니의 상상인지, 햇볕이 너무 뜨거워서 생긴 신기루인지, 떠돌이 좀비였는지 확인할 길은 없었지만, 작은 형체는 허리를 숙인 채 빠르게 달리고 있었고, 손에는 반짝이는 금속 물체가 들려있었다. 눈에 들어간 땀 때문에 잠시 눈을 감았다 뜨니 뛰어가던 작은 형체는 이미 사라지고 없었다.

들판과 숲의 경계에는 떡갈나무와 단풍나무가 빽빽하게 서 있었다. 오랫동안 인간의 발길이 닿지 않은 숲인 듯했다. 들판은 이제 몇만은 돼 보이는 좀비들로 북적였고, 절벽이 무너지면서 막힌 길만큼이나 가로지르기 불가능한 길이 되어 있었다. 말들이 계곡 반대편 둑을 기어 올라갔다.

그들은 안전했다.

하지만 닉스는 사라져버렸다.

그들은 닉스를 쫓을 수 없었다.

36

계곡에서 나온 후 두 사람은 씁쓸하고 지치고 화가 난 상태로 언덕들을 가로질러 안전한 고산지대를 향해 말이 지칠 때까지 달렸다. 울창한 숲속에 도착해서 마침내 톰이 근처에 좀비가 없다고 확신하자 두 사람은 미끄러지듯 안장에서 내려 푹신한 잔디밭에 그대로 쓰러졌다. 그리고 몇 분 동안 꼼짝도 하지 못한 채 물 밖에 나온 물고기처럼 숨을 헐떡였다. 아무 생각도 할 수 없었다. 그들 옆에 서 있는 아파치와 치프의 다리가 긴장과 두려움으로 후들거렸다.

"괜찮아?" 어느 정도 숨이 돌아오자 톰이 물었다.

"아니." 베니가 신음하듯 답했다.

톰은 마치 어깨에서 머리가 빠지기라도 한 것처럼 재빨리 고개를 돌리며 물었다. "어디 다친 거야? 설마 물린……?"

"아니……. 나 말고. 닉스!"

"베니, 적어도 닉스가 살아있다는 건 알았잖아. 얻은 게 있는 거야. 그걸로 일단 만족하자."

"그리고 놈들은 우리가 쫓고 있다는 걸 알았지."

톰은 일어나 앉았다. 몸 여기저기 몇 군데가 베여 피가 흐르고 있었지만, 절벽이 폭파할 때 튄 돌조각이 스쳤을 뿐이라며 베니를 안심시켰다. 그는 엉금엉금 기어가서 안장에서 물통을 잡아 뺀 뒤 몇 입 벌컥벌컥 들이키고는 베니에게도 물통을 건넸다.

"아마 한참 전에 알았을 거야." 톰이 말했다. "그런 식으로 무작정 너 자신을 몰아세우면 안 돼. 네 탓이 아냐, 그들은 우리가 쫓고 있는 걸 진즉에 알고, 교묘하게 함정을 판 거라고."

베니는 바싹 마른 목구멍으로 물을 밀어넣으려 했지만 곧 사레가 들려 구역질을 하고 말았다.

"괜찮은 거 맞아?" 톰이 미심쩍다는 듯 베니를 뚫어지게 보며 물었고 팔과 다리를 구석구석 살폈다. "놈들한테 안 당한 게 확실……"

"안 물렸어." 베니가 딱 잘라 말했다. "닉스를 찾으러 가고 싶어."

"찾을 거야." 톰이 약속했다. "하지만 말들이 거의 죽을 뻔했어. 발로 뛰면서 그들을 쫓을 게 아니라면 지금 반드시 쉬어야 해."

"얼마나?"

"적어도 한 시간은. 두 시간이면 더 좋고."

"두 시간씩이나?"

"쉿. 목소리 낮춰. 잘 들어 베니." 톰이 말했다. 표정이 굳어 있었다. "우리가 두 시간 정도 쉬었다가 말을 달리면 한두 시간 만에 놈들을 잡을 수 있을 거야. 하지만 만약 지금 쉬지 않으면 하루가 더 걸릴지도 몰라. 따라잡을 수 있다고 가정해도 말이야. 급할수록 돌아가라는 말을 기억해야 할 때야."

베니는 톰을 노려보다가 곧 신음을 뱉으며 고개를 돌렸다. 톰의 말이 맞다는 사실을 알았지만, 자리에 앉아있을수록 닉스의 수명이 줄어드는 것 같은 기분이 들었다. 일 초가 일 분이 되고 한 시간이 되고, 두 시간이 되기까지 몇백 년은 지난 것 같았다. 톰이 다시 이동할 수 있다고 말할 때쯤에는 거의 미쳐서 비명을 지르기 직전이었다.

"찰리 패거리가 바위 뒤에 숨어서 우리를 총으로 쏠 수도 있었는데, 왜 그러지 않았을까?" 톰은 카펫 코트를 말에게 입히느라 정신이 없었다. "형?"

"총격전에 자신이 없어서 그랬겠지." 톰이 말했다.

"말이 돼? 여섯 일곱 명이 하나를 못 맞추겠어?"

톰은 대답 대신 어깨를 으쓱했고 베니는 톰을 빤히 보았다. 톰이 대체 무슨 말을 하는지 이해할 수 없었다.

"게다가." 톰이 마지막 끈을 조이며 말했다. "다이너마이트가 빅뱅 수준으로 시끄러워서 모든 좀비를 거의 다 끌어모을 정도였어. 숲에 있던 좀비들은 다 기어 나오게 되었지. 만약 우리가 죽었으면 놈들은 우리를 총으로 쏠 생각을 하지도 않았을 거야. 그리고 우리가 놈들 총에 맞았다 한들 정말 멍청한 발상이었어. 소리 때문에 좀비 몇 명이 자기들한테 따라붙었잖아. 총을 쏜 놈이 누구든 찰리가 아마 엄청 화가 나 있을 거야."

"해머 아니었어?"

"아니. 너무 말랐어. 아마 메콩 형제 중 하나인 것 같아. 하지만 누구였든, 나는 놈이랑 대화를 좀 나눠 보고 싶네."

"'대화'라고?" 베니가 몇 시간 만에 처음으로 웃으며 말했다.

"아주 의미 있는 대화." 톰이 말했다. "자, 어서 말에 올라. 당분간은 나무 그늘로 갈 거야. 계곡 이쪽은 전부 농장이니까 농장을 가로지른 다음 계곡 상류에서 물을 건널 거야. 운이 좋다면 놈들이 도착하기 전에 먼저 고속도로를 가로지를 수 있겠지. 그리고 우리도 함정을 놓아야겠어. 고속도로는 건너기 쉽지 않을 테니 충분히 시간이 있었으면 좋겠어. 그러니 이제 출발하자."

"좋아." 베니가 안장 뿔에 손을 뻗어 말 위에 올라타며 말했다.

"아마 곧 추격전이 끝날 거야." 톰이 말했다. "여태까지도 많이 힘들었겠지만, 사람과 싸우는 건 좀비랑 싸울 때와는 많이 달라. 우리는 닉스를 찾을 거야. 내가 찰리랑 다른 놈들을 맡는 동안 너는 닉스를 데리고 도망쳐. 어디로 가든 내가 찾을 테니 걱정하지 말고 도망쳐. 가능하면 물가로 가. 그리고 둑으로 곧장 올라가지 말고 물길을 따라서 갈 수 있는 만큼 최대한 남쪽으로 가. 자취를 남기면 안 되거든."

"그럼 형은 나를 어떻게 찾아?"

"걱정 마, 꼬맹아. 나는 아직 쓰지 않은 능력이 많거든." 톰은 말 안장에 오르며 베니가 안심할 수 있도록 웃어 보였다. "가자."

둘은 계속되는 농로를 따라 북동쪽으로 달렸다. 농로는 거의 울창한 숲으로 변해있었다. 말을 타고 달리는 동안 톰은 주머니에서 카다베린 병을 꺼내서 그의 옷에 묻힌 뒤 베니에게 병을 건넸다. 아파치가 악취를 맡고 짜증스럽게 히힝 소리를 냈다. 베니는 병을 뚫어지게 보았다.

"형, 우리가 도망칠 수 있었던 게 이것 때문일까?"

"도움이 돼. 좀비가 망설이도록 만들거든. 좀비들은 시체 냄새가 심하게 나면 물지 않아. 기억해 둬."

"이해가 안 돼." 고약한 냄새가 나는 액체를 몸에 뿌리며 베니가 말했다.

"아무도 이해 못 해. 좀비와 관련된 미스터리 중 하나야. 어쨌든 효과가 있으니 감사한 일이지. 잠깐, 너무 많이 들이붓지는 마. 또 써야 하니까. 이제 두 병밖에 안 남았어."

베니는 병뚜껑을 닫고 톰에게 돌려주었다. 하지만 뚜껑이 제대로 닫히지 않은 탓에 톰이 병을 잡는 순간 셔츠에 액체가 쏟아져버렸다.

"이런, 젠장." 베니가 외쳤다. "미안해!"

톰은 옷에 쏟아진 액체의 냄새에 움찔하며 뚜껑을 꼭 닫았다.

"뭐……. 잘 됐지. 이제 좀비랑 끌어안고 춤을 춰도 안 물리겠다." 그는 상체를 굽혀 베니에게 병을 돌려주었다. "아직 반병 남았어. 가지고 있어. 내가 나머지 한 병을 가지고 있을게."

"다 써버리고 나면 어떻게 하지?"

"그러지 않기를 바라자."

물길이 꺾어지는 곳에서 농로가 끊겼고, 그들은 계곡을 건넜다. 소리를 내지 않기 위해 천천히 움직이며 주변을 꼼꼼히 살폈다. 세상이 고요했다. 물에서 나오니 자동차로 완전히 꽉 막힌 고속도로가 눈에 들어왔다. 양쪽에 갓길이 난 4차선 도로였다. 도로는 그들의 왼쪽 뿌연 수평선 너머에서 나타나 오른쪽으로 1.5km 정도 떨어진 지점에서 꺾어졌다. 톰이 UH-60 블랙 호크라고 설명해준 추락한 군용 헬리콥터가 초원 위에 널브러져 있었다. 커다란 프로펠러가 부러지고 뒤틀려 헬기를 덮은 덩굴 식물에 매달려 있었다. 베니는 어쩌다 헬리콥터가 추락하게 되었는지 궁금해졌다. 조종사 중 한 명이 감염되었던 걸까? 그저 고장 난 헬리콥터 때문에 발생한 항공사고였을까? 아니면 연료가 충분하지 않은 상태로 너무 멀리 와 버린 걸까? 어쩌면 전자기 펄스 때문에 추락했을 수도 있었다. 확실히 알 방법은 없었지만, 이 거대한 기계가 어떻게 추락했든, 들판 위에 버려진 헬리콥터는 고도화된 기술이 아무 쓸모가 없었던 패배한 전쟁을 상징하는 기념비처럼 보였다.

그들은 말을 타고 걷다가 갓길 밖에서 멈춰 섰다. 베니가 보기에 자동차들 사이에 좀비들이 숨은 것 같지 않은데도 말들은 고장 난 자동차 사이를 걷고 싶어 하지 않았다.

하지만 뼈들이 너무 많이 눈에 띄었다. 좀비들에게 뜯어먹힌 뒤 청소동물이나 비바람에 의해 깨끗하게 닦인 뼈들이 여기저기에 널려 있었다. 해골과 갈비뼈, 팔 다리뼈 수천수만 개가 캘리포니아의 뜨거운 태양 볕에 새하얗게 바래있었다. 불에 탄 자국이 있기도 하고 삐뚤빼뚤 자리를 이탈하거나 뒤집힌 뼈도 보였다. 어떤 뼈들은 고속도로에서 굴러떨어져 길가의 높은 수풀에 반쯤 가려져 있기도 했다. 베니는 모든 차의 창문이 깨져있다는 사실을 깨달았다. 도망치려 했거나 도망친 사람들이 안에서 밖으로 깬 창문이 있는가 하면 아직 돌을 집어들 수 있을 정도로 뇌 기능이 남아있던 좀비들이 밖에서 안으로 깬 창문도 있었다. 사방에 돌들이 떨어져 있었다. 도로변에 자두만 한 흰색 돌들로 채워진 배수로가 있는 걸 보니 배수로의 돌들이 무기로 사용된 모양이었다.

베니가 발로 부서진 허벅지 뼈를 툭 찼다.

"형, 뼈가 왜 이렇게 많을까? 사람들이 전부 좀비가 된 거 아니었어?"

"대부분 그랬지만 싸우다 완전히 죽은 사람도 수천 명, 어쩌면 수백만 명이 있어. 좀비로 다시 깨어나지 않을 방법으로 죽었지. 목이 부러지거나 두개골이 부서지고, 머리에 총알이 박히기도 했지. 그리고 팔과 다리가 찢겨 나갔을 테고. 뼈들이 여기저기 널브러져 있지? 우리가 마을에서 시체를 묻는 장소와는 달라. 여기에서, 뼈만 남을 때까지 썩어버린 거지."

자동차 수백 대에 난 총알 자국으로 보아, 헬리콥터에서 멈춰있는 차들을 향해 총을 쏜 것 같았다. 톰은 베니가 무엇을 보고 있는지 알아채고는 망가진 블랙 호크 헬리콥터의 문 옆에 우뚝 솟은 검은색 물체를 가리켰다.

"미니건을 사용했네. 1분에 3000발을 쏠 수 있는 7.62mm짜리 멀티 배럴 기관총이야."

"좀비를 상대하기에는 한참 부족했겠네." 베니가 말했다.

"그랬지." 톰이 동의했다.

자동차 행렬 반대편으로는 키 큰 야생 밀과 수풀이 자라 녹색과 갈색으로 수 놓은 평원이 광활하게 펼쳐져 있었다. 일렁이는 수풀 사이에 작은 소나무, 떡갈나무, 포플러 나무, 단풍나무 같은 어린나무들이 서 있었다. 나무들 때문에 초원에 좀비가 있는지 없는지 가늠이 되지 않았고, 설상가상으로 수풀은 끊임없이 부는 바람을 따라 끊임없이 방향을 바꾸며 누웠다가 일어서기를 반복했다.

새가 까악까악 우는 소리에 베니가 고개를 돌렸고, 군데군데 털이 빠진 까마귀가 추락한 헬리콥터 날개 위에 걸터앉아 있었다.

"어느 쪽으로 가?"

"그게 문제야." 톰이 말했다. "놈들이 캠프에 도착하기 전에 잡으려면 이 도로를 가로질러 가야 해. 캠프에 일행이 얼마나 있는지 알 수가 없으니까. 도로를 가로질러 저 평원을 지나면 놈들을 앞지를 수 있어. 우리는 말을 타고 가니까 충분히 앞지를 수 있을 거야." 톰은 고갯짓으로 평원의 북동쪽 끝에 우뚝 솟은 초록색과 회색으로 뒤덮인 산을 가리켰다. "찰리의 캠프가 산 너머에 있어. 사냥하는 사람들이 만든 등반로가 여섯 개쯤 있는데. 놈들이 어느 길로 갈지 알 것 같아. 내가 두 번째로 라일라를 만난 장소도 저기였어. 저 산 중턱이었지. 롭 사케토와 함께 나왔을 때였어. 마을 사람들의 가족으로 보이는 좀비들의 초상화를 그려달라고 부탁하려고 함께 나왔었지. 이번에는 성능이 좋은 망원경을 가지고 관리소 탑 위로 올라갔어. 그날 아침 라일라의 흔적을 발견하고는, 사케토를 관리소에 남겨두고 숲속으로 들어갔지. 반나절 만에 라일라를 찾아서 내가 자기를 다치게 하지 않을 거라고 믿게 한 다음, 나를 해치면 안되는 이유도 납득시켰지."

"라일라랑 이야기도 나눴어?"

"응. 나 혼자만 떠들고 라일라는 거의 말이 없었어. 그러다 마침내 입을 열려고 하는 찰나에 무언가에 겁을 먹고 사라져버렸어. 어디로 갔는지 전혀 알 수가 없었지. 흔적도 남기지 않고 사라졌거든."

"이 지역에서 라일라를 두 번이나 발견했네." 베니가 말했다. "이 근처에 사나 봐."

"아마도. 그 뒤로 다른 곳으로 거처를 옮겼을 수도 있고. 은신처가 하나가 아닌 것 같았어. 하지만 우선 가장 중요한 이야기부터 하

자. 우리는 말과 함께 이 길을 건너야 해."

"하지만 어떻게?" 베니가 자동차들이 빽빽하게 늘어선 도로를 왔다 갔다 하며 말했다. 톰과 둘뿐이었다면 좁은 틈 사이를 비집고 지나가거나 자동차 지붕 위로 걸을 수도 있었겠지만, 말이 지나갈 틈이 보이지 않았다. "멀리 돌아가면 안 돼?"

"이미 반나절이 지났어."

총알 자국으로 벌집이 된 큰 자동차의 옆면을 배달 트럭이 들이받은 듯했다. 큰 자동차의 바퀴 덮개 부분에는 빛바랜 은색으로 '에스컬레이드'라는 글자가 적혀있었다.

충돌한 두 차량 사이에 말과 함께 몸을 숨길 만한 그늘진 공간이 눈에 띄었다. 둘은 말에서 내렸고, 톰은 고삐를 당겨 트럭 뒷바퀴 쪽으로 말을 몰았다.

"여기 있어. 나는 말들과 지나갈 수 있을 만한 틈을 찾아볼게. 눈과 귀에서 긴장을 놓지 마. 좀비들이 있을 수도 있으니까. 그리고 무엇보다 핑크아이 찰리 일당이 오는지 잘 살펴야 해."

하지만 톰은 몇 걸음 가다 말고 갑자기 멈춰서 허리를 숙였다.

"베니!" 톰이 목소리를 낮추고 다급하게 소리쳤고, 베니는 잽싸게 뛰어가 톰이 가리킨 쪽을 살폈다. 도로 한복판에 생긴 작은 물웅덩이가 뜨거운 볕에 말라가고 있었다. 큰 접시 정도 크기였지만 말라가는 가장자리를 보니 원래 훨씬 컸다가 물이 증발하면서 크기가 작아진 것 같았다. 톰이 물웅덩이를 손가락으로 한번 훑은 후 킁킁거리며 냄새를 맡았다.

"빗물이 아냐. 어젯밤 비는 짠 냄새가 섞였었어. 이 물에는 짠 냄새가 없어. 한 번 걸러낸 마시는 물이야."

베니는 무더운 날씨에 갈증을 달래려고 자리에 멈춰서 물을 벌컥벌컥 들이켜는 남자를 상상했다. 남자의 목과 가슴을 타고 흐른 물이 바닥에 떨어져 웅덩이가 생긴 것 같았다. 톰은 일어서서 자기 물병을 들고 머리 꼭대기 높이에서 기울여 물을 조금 쏟았다. 바닥에 떨어진 물이 사방으로 튀면서 톰이 발견한 웅덩이와 비슷한 자국이 생겼고, 물이 떨어진 지점에서 옆으로 튄 가장자리까지의 거리도 비슷했다.

"키 큰 남자야. 찰리나 해머." 톰이 말했다. "메콩 형제는 둘 다 키가 작아."

베니는 감탄하며 다른 증거를 찾으려고 주변을 둘러보았고, 곧 눈이 휘둥그레질 만한 단서를 발견했다.

"형!"

열 걸음쯤 떨어진 곳에 젖은 발자국이 보였다. 뜨거운 햇볕에 빠르게 말라 반밖에 남아있지 않았다. 어른 남자의 발자국은 아니었다. 작고 부드러운 맨발이 만든 자국이었다.

"닉스야." 베니가 말했다.

"그렇겠지." 톰은 베니의 말에 동의하며 불안한 표정으로 물웅덩이 쪽을 다시 힐끔 보았다.

"왜 그래?"

"거리가 너무 멀어. 닉스가 걷다가 물웅덩이를 밟았다면 발자국이 더 가까이에 찍혔을 거야." 톰은 평소 보폭보다 짧게 걸어서 키가 150cm 정도인 여자아이의 보폭을 짐작해 보았다. "뭔가 잘못됐어. 물웅덩이를 한쪽 발로만 밟고 지나갔다고 해도 거리가 너무 멀어. 젖은 발자국은 여기쯤 찍혔어야 해." 그는 발로 아스팔트 도로위 한 지점을 찍으며 말했다.

"그래서 어떻게 됐다는 뜻이야?"

톰은 갑자기 베니의 소매를 붙잡고 뒤집힌 트럭 아래 그늘로 잡아당겼다.

"찰리 일당 말고 이쪽으로 나오는 사람은 없어. 놈들이 무슨 수를 써서 우리보다 앞서간 것 같아. 이 지역은 찰리가 나보다 훨씬잘 알거든……. 내가 모르는 도로나 길도 알고 있을 거야."

"그러니까, 우리가 놈들을 놓쳤다는 거지?"

"우리는 이 차들 사이로 말을 데리고 지나가야 해. 우리는 또 뒤처졌고 앞으로 흔적이 몇 번이나 더 끊길지 몰라."

"끊겼다고? 여태까지 흔적이 끊긴 적이 있어?"

"여기서 기다려." 톰은 명령하듯 말한 뒤 몸을 낮추고 줄지어 선자동차들 옆을 따라 뛰어갔고, 사고 난 자동차의 잔해 뒤로 사라졌다. 톰은 3분쯤 사라졌다가 돌아왔고, 그동안 베니는 아파치와 치프를 데리고 자동차를 뛰어넘을 방법이 없을지 궁리하고 있었다. 톰은 아무 말도 하지 않은 채 베니를 그대로 지나쳐 수평선까지 이어진 자동차 행렬을 따라 뛰었다. 베니는 톰이 중간중간 멈춰서서 팔을 벌려 틈새 폭을 재는 모습을 지켜보았고, 말이 지나갈 만큼 폭이 넓지 않을 때마다 톰의 어깨는 점점 축 처졌다. 그는 거의 1km 가까이 뛰어갔다가 패배감에 휩싸인 얼굴로 돌아왔다. 표정이 딱딱하게 굳어 있었고, 실망감을 삼키느라 턱도 꾹 닫혀있었다.

"없어?"

"없어. 어려운 길로 갈 수밖에 없겠어. 말에 줄을 묶고 자동차를 끌어서 틈을 벌려야겠어. 그렇지 않아도 말들이 지쳐있는데 큰일이네." 톰이 나지막하게 욕을 뱉었다.

그는 베니 앞을 지나 물웅덩이와 닉스의 발자국을 살폈다. 둘 다 이제 거의 증발해 사라지고 없었다. 톰은 물이 증발한 양을 보고 현상금 사냥꾼 일행이 그곳을 지난 지 얼마나 되었는지 시간을 계산했고, 베니는 톰의 표정을 살폈다. 베니는 그런 계산은 할 줄 몰랐지만, 계산할 새도 없었다. 톰이 벌떡 일어나더니 권총을 꺼냈다.

그 순간, 베니는 그의 뒤쪽 허공에서 이상한 소리를 듣고 뒤를 돌아 고개를 들었고, 현재 상황과 전혀 어울리지 않는 물체가 뜨거운 공기를 가르며 날아오더니 두 형제가 몸을 숨기고 있던 망가진 차들 바로 앞 아스팔트 위에 착륙했다. 떨어진 물체는 커다란 붉은색 뱀처럼 보였다. 뭉툭한 다리가 여러 개 달린 모양이 어떻게 보면 지네 같기도 했다. 바닥에 툭 떨어진 뒤 몸통을 배배 꼬고 쉭쉭 소리를 내면서 연기를 뿜어댔다. 베니는 입이 벌린 채 자리에 얼어붙었고, 아무 생각도 할 수 없었다. 그 물건은 한여름 페스티벌이나 야외 파티나 새해 카운트다운 때나 볼 수 있을 법한 물건이었다.

"폭죽이다." 베니가 이상하리만치 침착하게 말했다.

그는 고개를 돌려 톰을 보았고, 근심 가득했던 톰의 표정이 공포에 질린 표정으로 바뀌고 있었다. 그는 권총을 허리에 쑤셔 넣고 검을 뽑아 들었다.

폭죽이 터지기 시작했을 때, 놀라움은 사라지고 모든 것이 명확해졌다. 물웅덩이, 잘 보이게 찍힌 발자국. 모두 우연히 일어난 일도, 단서도 아니었다. 누군가 일부러 심어 놓은, 그들의 시선을 빼앗아 자리에 묶어두기 위한 장치였다.

폭죽은 펑, 펑, 소리를 내며 끊임없이 터졌고, 자동차 표면에 반사된 소리는 메아리가 되어 키 큰 수풀 들판과 뒤쪽 숲까지 울려퍼졌다. 고요했던 허공에 울려 퍼지는 폭죽 소음이 엄청난 굉음처럼 느껴졌다. 자고 있던 좀비들을 깨워 불러 모으기에 충분했다.

그와 거의 동시에 나무와 수풀 사이에서 움직이는 형체들이 베니의 눈에 들어왔다. 시커먼 형체들이 망가진 자동차들 사이에서 느릿느릿 모습을 드러냈고, 빛이 어른거리는 숲에서 비틀거리며 걸어 나왔다. 베니의 등 뒤에 있던 말들이 비명 같은 울음을 토해냈다.

형제는 또다시 함정에 빠져버렸다.

37

마지막 폭죽이 터지고 아슬아슬하게 정적이 흘렀다. 베니의 귀에 좀비들이 발을 끌며 걸어오는 소리 말고는 아무 소리도 들리지 않았다. 가장 가까운 좀비는 아직 200m 밖에 있었지만 온 사방에서 모여들고 있었다. 계곡으로 돌아가는 길도 완전히 막혀버렸다.

"톰 이무라!" 누군가 톰을 부르는 소리에 베니와 톰이 돌아보니, 도로 저편에서 빈 트랑이 수풀을 헤집고 나오는 모습이 보였다. 그는 좀비에게서 멀찍이 떨어져 서 있었지만, 그의 목소리를 듣고 좀비 몇몇이 그쪽으로 움직이기 시작했다. 그는 한 손에는 권총을, 다른 손에는 두꺼운 폭죽 몇 개를 더 들고 있었다.

톰은 입을 꽉 깨물었다가 아주 침착한 목소리로 말했다. "아이는 어디 있나, 빈?"

"아이?" 빈이 웃었다. "어떤 아이?"

"장난치지 말자."

두 사람의 왼쪽에서 쉭 하는 소리가 들렸고, 두 번째 폭죽 다발이 뒤쪽 숲에서 포물선을 그리며 날아오고 있었다. 폭죽 다발은 아스팔트 위에 떨어지자마자 터지기 시작했다. 자동차 사이로 걷던 좀비들이 신음하기 시작했다.

"형." 베니가 속삭였다.

"알아." 톰이 복화술을 쓰듯 입술을 움직이지 않고 말했다. 그러더니 목소리를 높여 소리쳤다. "아이 어딨어!"

"죽었어." 빈 역시 소리쳐 답했다. "좀비한테 잡혀갔어."

베니가 악을 쓰려고 했지만, 톰이 베니를 향해 재빨리 고개를 한번 저어 보였다.

"지금 그 애 발자국이 보이거든. 아직 다 마르지도 않았어."

"나한테 무슨 말이 듣고 싶은 거야?"

"쓸만한 함정을 팠네. 누구 생각이지?"

"내 생각."

"누가 알려주지 않으면 바지 지퍼도 못 올리는 네가? 찰리가 생각인 거 다 알아."

빈이 폭소를 터뜨렸다.

"그 꼬마가 대체 너한테 뭐길래 그래? 난 네가 제시랑 잘돼가고 있는 줄 알았는데. 하긴, 그 꼬맹이도 볼만해질 것 같더군. 아직 제 엄마만큼은 아니지만."

베니가 이를 갈며 한마디 쏘아붙이려고 했지만, 톰은 이번에도 그를 살짝 건드리며 고개를 저었다. 그리고 허리를 숙여 속삭였다.

"한 귀로 듣고 흘려버려."

"저 자식 주둥이를 갈가리……"

"나도 그러고 싶어. 하지만 내가 알아서 할게. 너는 좀비들을 보고 있어. 100m보다 가까이 오면 알려줘. 그 정도가 우리 레드존이라 생각하고."

톰이 다시 소리쳤다. "빈, 어젯밤 제시네 집에 있었지? 거기서 아이를 데려간 거 아냐?"

"제시네 집? 난 그 집에 발도 들인 적 없어. 뭐, 재미 좀 보러 가는 건 나쁘지 않겠지만. 찰리야말로 제시한테 빠져있지."

"어젯밤에 그 집에 안 갔다고? 참 재밌네, 왜냐하면 어젯밤 스트렁크 대장이 그 집에서 네 부적을 찾았거든."

"내 부적? 무슨 소리야? 부적은 2주 전에 잃어버렸는데."

"제시네 집에서 잃어버렸겠지."

"제시네 집에 간 적이 *없다니까*."

"그럼 스트렁크 대장이 그걸 어떻게 그 집에서 찾았을까?"

"120m." 베니가 속삭였다.

뒤에서 폭죽 또 한 줄이 터지기 시작했고 빈이 베트남어로 뭐라고 외쳤다. 더 이상 폭죽은 날아오지 않았다.

톰이 낮은 소리로 말했다.

"빈이 방금 조이 덕에게 잠깐 멈추라고 했어. 내 말에 신경이 쓰이는 모양이야."

"스트렁크 그 양반이 제시네 집에는 왜 갔는데?" 빈이 소리쳤다. "그 집에서 내 동전을 찾았다는 건 또 무슨 말이야?"

"범죄 현장에서 '행운의 동전'을 잃어버렸으니 너한테 엄청난 불운이 찾아올 거야."

"범죄 현장? 아니, 이봐……. 범죄 현장이라니? 조이랑 나는 마을 안에서는 법에 어긋나는 짓 안 해. 알잖아?"

"마을 수비대에 그렇게 말 해봐. 지금 너를 찾아서 목을 치려고 벼르고 있으니까. 조이도 마찬가지고."

"대체 뭣 때문에?" 빈이 다그쳤고 베니가 듣기에 그는 진짜로 화가 난 것 같았다.

"너희들이 제시 라일리에게 한 짓 때문이지."

아무 답도 돌아오지 않았다. 그리고 곧 다시 목소리가 들렸다.

"톰, 장난치지 마. 우리는 제시에게 아무 짓도 안 했어."

"증거는 네 말과 다르던데."

"그럼, 제시한테 물어봐. 범인을 알겠지."

톰의 입꼬리 한쪽을 치켜올리며 미소 지었다. 먹잇감을 발견한 맹수의 미소 같은 냉정한 미소였다.

"빈, 제시는 죽었어. 너희 '형제'가 죽도록 패 놓았잖아."

정적이 흘렀고, 귓가에는 좀비들의 신음이 점점 크게 울려퍼졌다.

"90m." 베니가 말했다.

"나한테 이상한 누명 씌울 생각 마." 빈 트랑이 거세게 저항했다.

"나야말로 장난할 기분 아니야. 제시가 내 품 안에서 죽었고, 네 동전이 제시네 집 바닥에 떨어져 있었다고. 넌 지금 수배 중이야. 조이도 마찬가지고. 마을에서 너희에게 어떤 벌을 주려나? 곧 잡힐 것 같던데?"

"이런, 잠깐만······. 그럴 리가 없어." 빈의 목소리는 이제 의심으로 가득 차 있었다. 두려움도 섞여 있었다. "톰, 너는 날 믿어야 해."

"내가 왜 널 믿어야 하지? 지금 나와 내 동생을 좀비 먹이로 던져 놓은 사람이 너인데. 결백을 믿어주기에는 지금 상황이 도움이 안 되는 것 같은데."

"60m밖에 안 남았어, 형."

가장 가까이 다가오는 좀비 무리에 평범한 옷을 입은 시민들과 불에 타다만 옷을 입은 군인들이 섞여 있었다. 그중 하나는 녹색 항공 슈트를 입고 헬리콥터 조종사 헬멧을 쓰고 있었다.

"걔가 네 동생이야?" 빈이 외쳤다. "꼬맹이 베니구나. 아, 이런 젠장."

"그래, 퍽이나 믿을 만하다. 여자를 때리고 어린아이를 납치하고 이제 죄 없는 아이까지 죽이려고 하고 있네. 네가 퍽이나 결백하겠다. 너 같은 성인군자가 따로 없지, 암."

"톰, 네가 단단히 잘못 알고 있는 것 같은데 지금 이 상황은······. 나는 내 일을 할 뿐이야. 너, 나, 조이 우리 모두 프로잖아. 이 일이 얼마나 위험한지, 시체들의 땅이 어떻게 돌아가는지 잘 알지. 여기 서는 규칙도 없고, 자비도 없어. 우리 일이 다 그렇듯이."

"살인도 우리 일 중 하나였던가?"

"시체들의 땅에서 일하는 현상금 사냥꾼 사이에 법이 어디 있어? 너도 잘 알잖아."

"형." 베니가 다급하게 톰을 불렀다.

톰은 고개를 돌려 숲에서 나오는 좀비들을 보았다. 겁에 질린 말들이 턱을 치켜들고 울음소리를 내면서, 차 바퀴 축에 연결된 고삐를 잡아당겼다.

"그래 알겠어. 그런데 여자애는 왜 여기로 데려온 거야?"

"찰리의 조카래. 사촌이라던가. 뭐 그런 관계라던데."

"그리고 넌 그 말을 *믿었어*?" 답이 없었다. 빈 트랑은 찰리의 말을 믿지 않았을 수도 있다. 하지만 사람들이 다들 그렇듯, 그 역시 찰리 마티아스를 거짓말쟁이 취급할 수 없는 위치에 있었다. "자기 조카를 한밤중에 엄마에게서 강제로 떼어내서 데려온 게 이상하다고 생각하지 않았어?" 역시 답이 없었다. "그럼 동전은……. 동전은 어떻게 된 거야?"

"누군가 심어 놓은 거야."

"왜?"

"나한테 누명을 씌우려는 거겠지."

톰은 미소 지으며 베니를 향해 눈을 찡긋했다.

"왜 너에게 누명을 씌우려고 할까? 너에게 의심을 돌리려고 그런 짓까지 할 사람이 대체 누굴까?"

길고 불편한 침묵이 흘렀다. 좀비 떼는 이제 거의 30m까지 다가왔다. 첫 줄에서 걷고 있는 좀비 열여섯이 베니의 눈에 들어왔다. 식은땀이 얼굴과 등을 타고 흘러서 척추 아래쪽에 눈 녹은 물처럼 고였다. 손에 목검을 들고 있었지만, 자신에게 다가오는 괴물들에 맞서려니 단단한 목검이 이쑤시개처럼 느껴졌다.

"찰리가 그랬을 리 없어." 빈이 거칠게 대꾸했다. "빈과 내가 마을로 돌아가서 우린 죄가 없다는 걸 밝히면 그만인데 뭐하러 그런 누명을 씌워."

"만약 돌아갈 수 있다면 말이지. 네가 그랬잖아, 시체들의 땅에는 규칙이 없다고."

"30m." 베니가 경고하면서 두 손으로 검을 들어 올리며 뒤로 살짝 물러섰다. "이제 가야 해!"

"빈." 톰이 외쳤다. "여기서 베니를 빼내야겠어. 우리가 여기서 빠져나가도록 해주면 스트렁크 대장에게 네 이야기를 잘해주고 법정에서도 도와줄게."

"네가 약속을 지킬지 어떻게 알아?" 약간 뜸을 들인 뒤 빈이 말했다.

"내가 헛소리하는 사람이 아닌 건 잘 알 텐데?" 톰이 말했다.

시체들의 신음이 인간의 고함만큼 크게 들리기 시작했다. 톰은 몸을 돌려 조종사 좀비와 다른 좀비 하나가 첫 줄에서 걸어오는 것을 확인했다. 톰은 으르렁거리며 그들을 향해 껑충껑충 뛰어갔고, 이내 카타나의 은빛 날이 햇빛에 반짝였다. 좀비 둘이 한쪽으로 고꾸라졌고, 잘린 머리통 두 개가 서로 부딪히며 돌돌 굴러가는 동안 톰은 뒷걸음질을 쳐서 유유히 제자리로 돌아왔다.

"제안을 받아들일 시간이 얼마 없어, 빈."

"네가 좀비 밥이 되도록 두고 법정에서 내가 알아서 할 수도 있지. 조이랑 나는 마을에서 법을 어긴 적이 한 번도 없어. 범죄 기록

이 전혀 없다고."

"스트렁크 대장이 현장에서 발견한 증거를 제출할 텐데, 법정에서 그렇게 말해봐. 분노의 화살을 돌릴 사람이 필요해지면 널 목매달고도 남을걸."

좀비 열넷이 15m 앞까지 다가왔다. 톰은 그들을 뚫어지게 보다가 말들 쪽으로 시선을 돌렸다. "제기랄!" 그는 으르렁거리는 소리를 내며 재빨리 검을 휘둘러 뒤집힌 트럭에 묶여 있던 말 고삐를 끊었다. 검을 잡은 반대쪽 손으로 말 엉덩이를 때리며 소리쳤다. 치프는 등을 떠밀 새도 없이 멀찌감치 달아나고 있었다. 아파치는 몇 걸음을 달리다가 멈춰 서서 베니를 돌아보았다. 그러다 이쪽으로 돌아오려고 발걸음을 돌리다가 좀비 하나에게 붙잡힐 뻔했다. 아파치는 앞발을 치켜들어 좀비의 얼굴에 발길질을 한 뒤, 크게 한번 울음소리를 내고는 발길을 돌려 전속력으로 치프를 따라 달렸다. 말들은 숲 쪽으로 도망쳤지만, 숲에도 굶주린 좀비들이 우글거리기는 마찬가지였다. 카펫 코트를 입고 있기는 해도 말들이 살아남을 가능성은 거의 없어 보였다.

그리고 말들 없이 톰과 베니가 살아남을 가능성 역시 거의 없어 보였다.

"베니!" 톰이 외쳤다. "올라가!"

그는 베니를 에스컬레이드 쪽으로 밀었고, 베니는 후드 위로 기어 올라간 다음 옆에 있는 배달 트럭의 찌그러진 앞부분을 밟고 트럭 위로 올라섰다. 톰이 자리에서 뒤돌아 점점 가까이 다가오는 좀비 떼를 향해 검을 휘둘렀다. 좀비들의 손과 팔과 머리가 끊임없이 잘려 나갔지만, 해치워야 할 좀비가 많아도 너무 많았다. 톰은 검을 칼집에 꽂아 넣은 뒤 좀비의 손을 아슬아슬하게 피하며 에스컬레이드 위로 뛰어올라 좀비를 향해 뒷발길질을 했다. 베니가 톰을 끌어주려고 트럭 위에서 손을 내밀었다.

두 사람은 이미 좀비들에게 완전히 포위되어 있었고, 넘어진 트럭 위에서 몸을 최대한 낮추는 것 말고는 아무것도 할 수 없었다.

빈 트랑이 길 저편에서 권총을 들고 서 있었다.

톰은 천천히 일어섰고, 그의 움직임은 마치 흐르는 물처럼 유연하고 자연스러워 보였다. 톰은 권총을 꺼내 빈을 겨눴다. 권총으로 목표물을 정확히 맞히기에는 거리가 너무 멀었지만, 톰의 팔은 한 치의 흔들림도 없었다. 반면 빈의 팔은 멀리 있는 베니의 눈에도 보일 만큼 후들거리고 있었다.

"그 총을 쏘려면." 톰이 말했다. "첫발에 나를 정확히 맞혀야 할 거야."

빈 트랑은 남자답게 톰의 눈을 마주 보려 했지만, 몇 초 만에 총을 내려놓았다.

"찰리가 여자아이를 어디로 데려갔지?" 톰이 물었다.

하지만 빈 트랑은 고개를 저었다. 톰과 정면으로 싸울 마음이 없어진 지 오래였지만 아직 찰리를 두려워하는 마음이 톰을 두려워하는 마음보다 훨씬 컸다. 그는 고개를 저으며 뒷걸음질 치다가 뒤를 돌아 키 큰 수풀 사이를 전속력으로 달렸다. 그가 조이에게 베트남어로 소리치는 것이 베니의 귀에도 들렸고, 조이 덕은 숲에서 나와 빈의 뒤를 따라 달렸다.

"쫓아야 하지 않아?" 베니가 물었지만, 답은 듣지 않아도 뻔했다. 달아나는 메콩 형제와 둘 사이에 적어도 좀비가 백 명은 모여있었고, 점점 더 많은 좀비들이 비틀거리며 숲 밖으로 나오고 있었다. 몇백이 아니라 몇천은 될 것 같았다.

트럭 주변으로 모인 창백한 손들이 다가와 그들이 있는 쪽을 더듬었다. 넘어진 트럭의 옆면 한가운데 서 있어야 간신히 손길을 피할 수 있었다. 하지만 계속 그 상태로 있을 수는 없었다. 톰이 눈으로 도로의 이쪽저쪽을 바쁘게 훑었다.

"이제 어떻게 하지?" 베니는 속삭였다. 사실 이제 조용히 할 이유도 없었다. 주변 좀비들은 베니와 톰이 어디에 있는지 이미 알고 있었다. 톰은 적절한 답이 생각나지 않았다.

"방법이 없어." 톰이 말했다. "다른 자동차 위로 뛰어내려서 달릴 수 있는 만큼 멀리 달려야겠어. 좀비들 수가 줄어들 때까지 뛴 다음에 초원 쪽으로 도망치자. 빈과 조이가 어디로 갔는지 알 것 같아. 찰리의 캠프가 저쪽 산 위에 있어." 그는 화강암이 불쑥불쑥 튀어나온 바위투성이 산을 가리켰다. "닉스를 게임랜드로 데려가지는 않은 것 같아. 그나마 다행이지." 톰이 덧붙였다.

베니는 빽빽이 늘어선 자동차들을 보았다. 차들 중에는 지붕 위에 서 있어도 좀비들이 손을 뻗으면 닿을 정도로 높이가 낮은 소형차들도 있었다.

"절대 안 될 것 같은데." 베니가 말했다.

톰이 고개를 저었다. "시도는 해 봐야 해. 그렇지 않으면……"

톰은 말끝을 흐렸고, 좀비들의 굶주린 신음이 정적을 채웠다.

"네가 먼저 가." 톰이 말했다. "내가 뒤에 있어야 너한테 문제가 생겼을 때 도와줄 수 있으니까. 빨리 달려야 해. 그리고 다음 발을 디딜 넓고 평평한 자리를 눈으로 미리 봐둬. 중간에 절대 멈추지 말고." 톰이 검을 뽑았다. "내가 바로 뒤따라갈게."

차가운 손이 발목을 감싸자 베니는 비명을 지르며 발길질했다. 톰의 계획을 망설임 없이 실행하기에 충분한 자극이 되었다. 그는 트럭 아래를 보았다. 에스컬레이드 옆 차선으로 중형 자동차들과 SUV들이 줄지어 서 있었다. 그 모습이 마치 작은 산맥 같기도 했다. 바깥쪽 차선에는 좀비들이 우글거렸지만, 안쪽 차선에는 틈이 있어 보였다. 베니는 안쪽 차선을 가리키며 톰을 보았고, 톰도 고개를 끄덕였다.

"좋은 생각이야, 꼬맹아. 이제 가, 뛰어, 당장!"

베니는 트럭 위에서 두 걸음 도움닫기 한 후, 자신을 향해 손짓하는 창백한 손들을 뛰어넘었다. 그의 발목과 신발을 스치는 말라비틀어진 손가락들이 느껴졌다. 그는 충격을 흡수하기 위해 무릎을 굽혀야 한다는 것도 잊은 채, 쿵 소리와 함께 에스컬레이드의 후드로 뛰어내렸다.

좀비들이 베니에게 달려들었지만, 목검으로 그들의 손을 세차게 내리친 뒤 앞 유리를 밟고 지붕 위로 올라가 불에 타 껍데기만 남은 SUV 위로 점프했다. 그리고 좀비의 손이 닿을 수 없을 정도로 지붕이 높은 네모반듯하게 생긴 차 위로 재빨리 건너갔다. 하지만 다음 자동차 세 대가 모두 소형차였다. 그는 뛰고, 검을 휘두르고, 또 뛰고, 검을 휘둘렀고 좀비들의 마른 힘줄이 끊기고 약한 뼈가 부러지는 충격이 목검을 통해 고스란히 전해졌다. 좀비 하나가 그의 앞에서 몸을 일으키더니 거의 부러지거나 빠진 이빨을 드러내며 입을 벌렸다. 베니가 목검을 휘두르자 입에서 흰 조각이 후드득 떨어졌다. 좀비는 자신과 함께 생지옥에 사는 동료들의 품으로 내팽개쳐지면서 텅 빈 검은 눈으로 베니를 쏘아보는 듯했고, 그 잔상이 한동안 베니의 머릿속에 남았다.

그의 뒤에서 톰이 자동차 지붕에 발을 딛는 소리와 카타나가 제역할을 하며 내는 매끈한 쉭 소리가 들려왔다.

그리고 베니의 인생을 송두리째 바꿔 놓은 세 가지 사건이 한꺼번에 일어났다.

우선, 베니는 곁눈으로 왼쪽 들판에서 두 형체가 나타나는 모습을 보았다. 한 사람은 덩치가 크고 건장했다. 피부는 좀비들만큼 창백했고, 한쪽 눈동자가 불꽃을 품은 것 같은 붉은색이었다. 핑크아이 찰리였다. 다른 하나는 마른 체구에 얼굴에는 주근깨가 가득했고, 부스스한 붉은 곱슬머리를 하고 돌멩이와 쐐기풀로 덮인 땅 위를 맨발로 걷고 있었다.

"닉스!" 베니가 외쳤고 동시에 닉스도 거의 비명을 지르듯 베니의 이름을 불렀다.

"베니!" 닉스가 울부짖었다. "함정이야!"

자신들이 함정에 빠졌다는 것쯤은 *이미* 알고 있었기 때문에 닉스가 굳이 다시 한번 경고하는 것이 이상하다고 생각했다.

그리고 그다음에 일어난 일로 베니는 자신이 교활하고 악랄한 핑크아이 찰리의 정신세계에 대해 얼마나 모르고 있었는지 뼈저리게 깨달았다. 갑자기 모터시티 해머가 넘어진 경찰차의 창문으로 고개를 내밀더니 그에게 총을 겨눴다. 그리고 도로 한참 아래쪽 자동차들 뒤에서 남자 두 명이 나타났다. 베니도 얼굴을 아는 터크와 스킨스 해리스라는 현상금 사냥꾼들이었다. 그들 역시 엽총을 가지고 있었다.

닉스는 멈추지 않고 비명을 질렀고, 해머가 방아쇠를 당기자 베니가 몸을 피하며 지른 비명과 한목소리가 되었다. 베니는 빽빽하게 모인 좀비들을 넘어 2차선을 향해 뛰었고, 절대 가능하다고 생각조차 하지 않았을 거리를 점프해 포드 픽업트럭의 후드에 착지했다. 지붕으로 올라가 몸을 굴려 짐칸으로 떨어졌고, 몸을 이쪽저쪽으로 틀며 자신이 어디쯤 와있는지 확인했다.

그와 동시에 세 번째 사건이 일어났다. 톰이 피를 뿜으며 비틀거리는 모습이 베니의 눈에 들어왔다. 엽총이 천둥 같은 소리를 내며 발사되었지만, 자동차 위에 있던 톰이 베니의 시야에서 벗어나 좀비 떼의 손아귀에 떨어지는 동안 베니가 지른 비명은 그 천둥 같은 소리를 가리기에 충분할 만큼 크고 절망적이었다.

"형!"

베니는 자리에서 일어나 트럭 뒤에서 손을 뻗는 좀비들에게 목검을 휘둘렀고, 엄청난 힘에 좀비의 머리가 반쯤 잘려 나갔다. 베니는 그때까지도 형을 애타게 부르고 있었다.

"베니!"

몸을 돌리자 옆 차선 자동차들 위로 달리고 있는 닉스가 보였다. 그녀의 옷은 찢겨있었고 얼굴은 피로 얼룩져있었다. 닉스가 다가

오자 베니는 차선 사이를 뛰어넘었고, 닉스를 자신의 품으로 끌어당기는 동안 잠깐 세상이 멈춘 것 같았다. 둘은 숨을 쉴 수 없을 정도로 서로를 세차게 끌어안았다.

해머가 엽총을 장전하는 소리에 둘은 현실로 돌아왔고, 함께 뒤를 돌아 베니가 달리던 방향으로 달리기 시작했다. 몸을 낮추고 좀비의 손길을 피하며, 차 앞 유리를 오르고 후드에서 트렁크로 뛰었다.

"잡아!" 찰리가 악을 쓰며 소리쳤고, 해머는 계속해서 총을 발사했다. 터크와 스킨스도 총을 쏘기 시작했지만, 그들을 맞히기에는 너무 멀리 있었다. 산탄 총알과 함께 유리 조각과 금속 파편이 공중에 마구 튀었다. 해머는 터크와 스킨스보다 가까이에 있었고, 그가 쏜 다음 한 발에 베니와 닉스 가까이에 있던 자동차 창문이 박살났다. 하지만 베니와 닉스가 저무는 해를 향해 달리고 있어서 해머는 해를 마주하고 그들을 조준해야 했다. 찰리가 권총으로 그들을 쏘기 시작했다. 몇 번 날카로운 소리가 들렸지만 베니는 커다란 꽃배달 트럭 뒤로 닉스를 잡아 끌어당겼다. 총알이 날아와 피슝, 퍽, 하는 소리를 냈지만 두 사람을 맞추지는 못했다.

"톰을 찾으러 돌아가야 해!" 닉스가 말했다.

베니는 뒤를 돌아 톰이 떨어진 자리를 보았다. 적어도 좀비가 50명은 모여있는 것 같았고, 그의 심장이 쿵 하고 내려앉는 듯했다.

"이미 끝났어." 베니가 씁쓸한 목소리로 말했다.

"베니." 닉스의 눈에서 눈물이 흘렀다. "미안해."

트럭이 한쪽으로 기울어져 있었고, 좀비 다섯이 트럭 옆면을 따라 올라오려 하는 모습이 베니의 눈에 들어왔다.

"가야 해. 당장!"

닉스도 좀비들을 보더니, 고개를 끄덕였다. 마음은 찢어질 듯 아팠지만 둘은 뒤돌아 자동차 행렬 위를 달렸다. 찰리와 해머가 계속해서 총을 쐈지만 곧 그들은 자신들을 향해 다가오는 좀비들을 향해 총을 겨눠야 했다. 베니와 닉스는 달리고, 점프하고, 기어오르고, 좀비를 피했다. 오래전 형이 엄마를 버리고 도망쳤듯, 베니는 톰을 구하지 못하고 도망치고 있었고, 베니를 책망이라도 하듯 태양이 이글거리는 눈빛으로 그를 노려보았다. 하지만 베니는 돌아갈 수 없었다. 지금 베니 옆에는 닉스가 있었고, 그녀를 구해야만 했다. 그리고 톰을 구하기에는 이미 너무 늦었다.

심장 구석구석에 통증이 전해지고, 옆구리가 쑤시는 듯 아팠지만 그들은 달리고, 달리고, 계속해서 달렸다.

38

베니는 얼마나 달렸는지 감이 오지 않았다. 1.5km, 어쩌면 3km쯤 달린 것 같았다. 다리는 납처럼 무거웠고 가슴이 터질 것 같았다. 하지만 그는 자동차 위를 점프할 때마다 닉스가 넘어지지 않도록 손을 꽉 잡았다. 한 걸음 내디딜 때마다 닉스가 살아있고 안전하다는 생각에 잠시 마음이 가벼워졌다가, 톰을 생각하면 가슴이 덜컥 내려앉는 것 같았다.

"저길 봐!" 닉스가 SUV 지붕 위에서 베니를 잡아당겨 멈춰 세웠다. 그녀는 높은 수풀 속으로 사라지는 뱀처럼 구불구불한 길을 가리켰다. "아무도 없어."

닉스 말이 맞았다. 좀비는 이제 100m쯤 뒤에 있었다. 겁에 질려 무작정 달리다보니 좀비들보다 훨씬 앞설 수 있었고, 잠시 숨을 돌릴 여유도 생겼다.

"찰리는 어디 있지?"

베니가 까치발을 들고 온 길을 돌아보며 움직임이 있는지 살폈지만 현상금 사냥꾼들은 어디에도 보이지 않았다.

"모르겠어." 닉스가 말했다. "일단 아래로 내려가자."

둘은 도로 위로 뛰어내린 뒤 잠시 자리에서 꼼짝도 하지 않고 앞뒤를 살피며 혹시 다가오는 좀비가 있는지, 혹시 자신들이 움직이면 식욕이 깨어날 좀비들이 있지는 않은지 확인했다. 하지만 빈 자동차와 썩은 고기를 먹는 새들, 바람에 일렁이는 수풀, 죽은 이들의 해골 말고는 아무것도 보이지 않았다.

베니는 팔을 들고 눈가에 고인 눈물인지 땀인지 모를 액체를 닦아냈다.

"가자." 베니가 속삭였다. "천천히 움직여. 따라와, 내가 하는 대로 하고, 움직이는 쪽으로만 움직여, 내가 멈추면 멈춰야 해."

톰이 늘 하던 말을 똑같이 하려니 베니의 마음 한구석이 저렸다. 하지만 그는 닉스와 자신이 살아남으려면 형이 자신에게 가르쳐준 모든 것들을 다 기억해내야 한다는 사실을 알았다.

둘은 여전히 손을 잡은 채로 빽빽하게 줄지어 선 자동차 행렬에서 벗어났다. 베니는 바람이 불길 기다렸다가 수풀과 야생 밀이 왼쪽으로 눕자 왼쪽으로 걸음을 옮겼고, 바람이 멈추자 걸음을 멈췄다. 수풀이 다시 일어서자 이번에는 오른쪽으로 움직였다. 톰에게 배운 대로 서두르지 않고 천천히 이동했다. 고속도로에서 구불구불한 길까지 가는 데만 5분이 걸렸고, 그들은 마침내 수풀 속에 몸을 숨긴 채 걸을 수 있게 되었다. 땅거미가 지면서 수풀 길은 저녁 하늘을 닮은 보랏빛으로 물들었고, 두 사람은 우울한 보랏빛 그림자 속으로 완전히 모습을 감췄다.

얼마나 달려왔는지 알 수 없었다. 고도가 높은 산길에는 좀비가 나타날 확률이 적다는 톰의 말을 떠올리며 계속해서 오르막길을 따라 걸었다. 불에 탄 집들을 지날 때, 집 마당에 좀비들이 보이자 울창한 나무 뒤에 몸을 숨긴 채 숨 소리도 내지 않고 움직였다. 좀비가 언제 나타날지 모른다는 생각에 긴장을 늦출 수 없었고, 좀비를 발견할수록 좀비들의 눈에 띄거나 그들에게 쫓기지 않도록 이동하는 기술이 늘었다.

마지막 남은 햇빛 한줄기마저 어둠 속으로 사라져갈 무렵, 베니는 마지막으로 좀비를 본 지 한 시간도 더 지났다는 사실을 깨달았다.

"놈들한테서 어떻게 도망쳤어?" 베니가 닉스에게 물었다.

"현상금 사냥꾼 중 한 놈 거시기를 발로 찬 다음에 무작정 달렸어."

베니가 닉스를 향해 웃어 보였다.

"진짜 무서운 계집애라니까."

"한 번만 더 '계집애'라고 불러봐. 얼마나 무서운지 직접 경험하게 해 줄게." 농담으로 한 말이었지만 별로 웃기지는 않았다. 그래도 베니는 닉스를 보며 활짝 웃어 주었다. 둘은 산길을 따라 점점 높은 곳으로 올라갔다.

닉스가 그의 팔을 잡고 무언가를 가리켰다. 베니가 고개를 들어 보니 그리 멀지 않은 곳에 건물이 하나 보였다. 가파른 바위 경사 위에 30m 높이 기둥을 세우고 그 위에 지은 건물이었다. 건물 처마에는 아직 해가 비치고 있었다. 둘은 건물 아래 사다리 쪽으로 달렸다.

"올라갈 수 있겠어?" 베니가 물었다. 닉스는 숨이 차서 말이 안 나오자 답 대신 고개를 끄덕였고, 둘은 녹슨 사다리 오르기 시작했다. 한참이나 오르막 경사를 달린 뒤 사다리를 오르려니 죽을 맛이었다. 근육이 불타는 듯했고 온몸 마디마디가 후들거렸지만 둘은 멈추지도, 비틀거리지도 않았다.

사다리는 나무로 네모반듯하게 지어진 산림 관리소의 사방을 빙 두르는 철제 통로로 이어져 있었다. 통로는 녹이 슬어 붉은색으로 변해있었고 오래된 새집과 동물 배설물이 군데군데 떨어져 있었다. 창문에 뿌연 먼지와 때가 잔뜩 껴있어서 관리소 안이 보이지 않았다. 그는 벨트에서 목검을 빼 들었다.

"여기서 기다려." 베니가 닉스에게 말했고 닉스는 사다리 꼭대기 바로 옆에서 몸을 웅크렸다. 닉스는 가진 무기가 없었다. 베니가 보기에 닉스는 겁에 질렸거나 조금 정신이 나간 것 같았다. 어찌 보면 당연했다. 닉스가 겪은 일을 생각하면 미치지 않은 것이 신기할 따름이었다.

목검을 바로 휘두르거나 때릴 수 있도록 자세를 취하며 조용히 느릿느릿 통로를 따라 걸었다. 어둠이 서서히 그들을 감쌌고 황금색 태양 빛은 이제 산림 관리소의 뾰족한 꼭대기에 살짝 걸쳐있었다. 산림 관리소의 벽과 창문은 비바람을 맞아 구멍이 여기저기 뚫려 있어 전혀 안전해 보이지 않았다. 진흙 때문에 생긴 것 같은 오래된 자국이 여기저기에 나 있었다. 어쩌면 진흙이 아닐 수도 있을 것 같았다.

구석에서 걸음을 멈춰 다른 쪽 통로를 살폈지만, 통로는 비어있고 초소로 들어가는 문이 살짝 열려있었다.

좋은 신호일까 나쁜 신호일까? 알 수 없었다.

그는 몸을 바짝 숙이고 가늘게 숨을 쉬었다. 달아오른 얼굴을 타고 땀이 흘러내렸다.

살금살금 세 걸음을 옮겨 문 앞에 도착한 베니는 잠시 멈춰서 숨을 들이마시고 문을 발로 찼다. 오래된 경첩이 아프다고 투정이라도 부리는 듯 삐걱거리는 소리를 냈다. 문이 안쪽으로 열리다가 나뭇잎처럼 바삭거리는 소리를 내는 부드러운 물체에 걸려 멈췄다. 베니는 안쪽으로 들어가기 전, 공격하는 사람이 있는지 파악하려고 잠시 기다렸다. 아무 일도 일어나지 않았다.

그는 관리소 안으로 들어가서 내부를 훑어보고는, 그제야 목검을 쥔 손에 긴장을 풀었다.

문 뒤쪽 구석에 둥지를 만들다가 떨어뜨린 나뭇잎과 나뭇가지, 그리고 가구에서 떨어져 나온 썩어가는 나무 조각들을 제외하고 방은 비어있었다. 뒤쪽 벽에 문이 하나 있었고 '화장실'이라는 표지판이 붙어있었다. 베니는 가까이 가서 조심조심 문을 열었다. 조명이 너무 어두워서 앞이 제대로 보이지 않자, 주머니에서 나무 성냥을 꺼내 문틀에 그었다. 잠시 환해진 틈에 작은 방 안에 설치된 변기와 세면대를 둘러보았다. 하지만 물은 이미 말라버린 지 오래였고 방 한쪽 구석에는 쓰레기와 걸레 더미가 버려져 있었다.

베니는 순간 얼어붙었다. 걸레 더미를 좀 더 자세히 살펴보려고 깜빡이는 성냥을 그 위로 가져갔다. 벽과 변기 사이 구석에 나뭇잎과 다른 쓰레기에 뒤덮인 걸레 더미가 처박혀 있었다. 그 주위로 죽은 벌레들의 사체가 가득했다.

성냥 빛을 반사하는 물체를 살펴보니 권총이었다. 권총 주변에는 오래된 나뭇가지들이 아무렇게나 널브러져 있었다.

아니, 나뭇가지가 아니라 뼈였다.

베니는 겁을 내린 뒤 엄지와 두 번째 손가락으로 걸레 더미를 살짝 들어 올렸고, 눈앞에 보이는 물체가 무엇인지 알게 되었다. 걸레라고 생각했던 것은 금색 끈이 달린 갈색 유니폼이었고 나뭇가지라고 생각했던 것들은 뼈였다. 유해 아래에 평평한 챙이 달린 모자가 놓여있었다. 색이 바랜 배지가 모자 앞부분에 달려있었다. 베니는 만나본 적이 없었지만, 산림 관리원의 사진을 책에서 본 적이 있었다. 죽은 사람은 산림 관리원이었다. 좀비에게 물린 뒤 화장실 안으로 기어 왔을까? 절망에 빠진 생존자가 여기에서 삶을 마감했을까? 시간이 오래 지났고, 알 방법은 없었다. 성냥이 거의 다 탔지만 옷을 뒤적여 이름표를 확인하기에는 불빛이 충분했다.

M. 호로비츠.

"명복을 빕니다." 베니가 말했다.

톰과 사케토 씨가 쌍안경을 들고 왔었다던 관리소와 같은 곳일까? 그렇다기에는 둘의 흔적이 전혀 남아있지 않았고, 베니는 이 산에 비슷한 관리소가 여러 개 있는 게 아닐까 생각했다.

그는 일어서서 화장실에서 나와 관리소 밖으로 나갔다. 그리고 통로를 돌아 아직도 웅크리고 있는 닉스에게 다가갔다. 날이 더운데도 닉스는 벌벌 떨고 있었고, 베니는 칼로 쑤시는 듯한 두려움을 느꼈다. 스카우트에서 쇼크에 대해 배웠고, 쇼크는 어쩌면 총상만큼 위험할 수도 있었다.

"올라가자." 베니가 손을 뻗으며 말했다.

닉스는 잠시 넋이 나간 것 같았다. 마치 베니를 알아보지 못한 것처럼 눈에 초점이 없었다. 그녀는 곧 베니를 향해 손을 뻗었고 베니는 닉스를 잡아당겨 품에 안았다. 닉스가 그를 꽉 안으며 매달렸고, 거의 동시에 베니도 닉스의 어깨와 등을 양팔로 감싸 온 힘을 다해 안아주었다.

둘은 여전히 서로에게 매달려 엉거주춤하게 걷다가 문간에서 발을 헛디디는 바람에 휘청거리며 관리소 안으로 들어갔다. 베니는 발로 문을 닫은 뒤 닉스를 안은 채 문에 등을 기대고 바닥으로 미끄러졌다.

닉스가 애처로운 목소리로 한 마디를 뱉었다.

"엄마!"

베니는 닉스를 자기 쪽으로 당겨 닉스에게 온기를 나누어 주었다.

"알아." 베니가 말했다.

닉스가 듣고 싶었던, 그녀에게 필요한 한 마디였다. 자신이 겪은 일을 베니가 알아주고 이해해준다는 사실이 큰 위로가 되었다. 닉스가 무너져 내리며 눈물을 흘렸고, 눈물은 베니의 뺨과 목을 타고 흘렸다. 그는 닉스를 안아주었다. 닉스와 닉스의 엄마, 사케토 씨, 그리고 형을 애도하는 마음으로부터 거대하고 참을 수 없는 통증이 밀려와 베니를 휘감았다.

베니와 닉스의 피난처 위로, 그리고 두 사람을 노리는 산 자와 죽은 자들의 세상 위로 밤이 내렸다. 둘은 서로를 안고 말없이 흐느꼈다.

제4부

가족 사업

"두려움은 마음이 허락하는 마음만큼 커진다."

— 일본 속담

39

베니는 눈을 뜨고 자신이 잠깐 잠들었었다는 사실을 깨달았다. 그리고 곧 자신이 혼자라는 사실도 깨달았다. 산림 관리소 안은 완전히 캄캄했다. 베니는 바짝 긴장해서 손을 더듬거리며 검을 찾았지만, 검이 있어야 할 자리에 아무것도 없었다. 곧 자신이 화장실에 목검을 두고 온 것이 기억났다.

"닉스?" 베니가 속삭였다.

아무 대답도 들리지 않았다.

베니는 무릎을 먼저 바닥에 댄 뒤 아주 천천히 두 발로 일어섰다. 몸을 최대한 낮춘 상대로 주변 소리에 귀를 기울였다. 닉스의 눈물에 젖었던 셔츠가 아직도 축축한 것을 보니 그리 오래 잠들지는 않은 것 같았다. 30분쯤 지났을까?

베니는 밖으로 나갔다. 닉스가 팔짱을 낀 채 통로 코너에 서 있었다. 닉스의 머리칼이 바람에 날리고 있었다. 밤하늘을 수놓은 가느다란 초승달과 쏟아질 것 같은 별들이 닉스의 얼굴 윤곽을 선명하게 비췄다. 닉스의 뺨을 타고 흐르는 눈물이 달빛에 반짝였다. 베니는 그녀 옆에 서서 난간에 팔을 기댄 채 광활한 하늘을 올려다보았다. 시선이 닿는 곳 너머 광활하게 이어진 숲의 나뭇잎 지붕 위로 은은한 별빛이 내리고 있었다.

"무슨 소리라도 들었어?" 베니가 속삭였다.

"아니."

"다행이다. 안전한 것 같네." 베니는 자신 없게 덧붙였다. "이 위에서는 말이야."

닉스는 끄덕였다. 가까운 나무에서 지빠귀가 기묘한 선율로 노래하기 시작했다.

베니가 말했다. "해가 뜨면 마을로 돌아갈 길을 찾아봐야 해."

닉스는 말없이 고개를 저었다. 그 고갯짓에 너무 많은 의미가 담겨 있어서 베니는 아무 것도 물을 수 없었다.

"모기는." 닉스가 말했다. "설마……."

"아냐, 모기는 괜찮아. 곧 괜찮아질 거야. 놈들한테 머리를 심하게 맞기는 했는데 이상 없을 거라고 하더라."

베니는 닉스가 다음 질문을 하기 전에 마음을 다잡고 있다는 것을 눈치챘다. 그리고 다음 질문이 무엇일지도 알 것 같았다.

"우리 엄마는." 닉스가 입을 뗐고 베니는 철제 통로에 앉아 손으로 바닥 가장자리를 쥐었다. "그 사람들은 엄마가……. 엄마가 이미……." 닉스가 말을 멈추고 고개를 저으며 다르게 말할 방법을 찾으려고 했다. "톰에게 선물을 남기고 싶다고 했어. 그렇게 말했어. '선물'이라고."

"그렇지는 않았어." 베니가 말했다. "우리가 너희 집에 일찍 도착했어. 너희 엄마는 아직……. 너희 엄마셨어. 형이 마지막까지 너희 엄마를 안고 있었어. 그게……. 잘 모르겠어. 그런 광경은 처음이었어. 하지만 너희 엄마는……. 돌아가셨어. 마지막 순간에도 고통스러워 보이시지는 않았어. 조용히 잠드시는 것 같았어."

"잠." 닉스가 조용히 되풀이했다. "그리고……. 그다음은? 혹시……. 그러니까……. 엄마가……. 베니, 내가 이걸 꼭 말로 해야겠어?"

"아니야." 베니가 닉스를 진정시켰다. "아니야. 엄마는 변하지 않으셨어. 그럴 시간을 주지 않았어. 형이 제때 할 일을 했지."

"너희 형이?"

"응. 슬리버로. 눈 깜짝할 새에 의식을 치렀어. 너희 엄마는 눈치도 못 채셨어. 그리고 형이 한동안 너희 엄마를 안고 있었지."

닉스는 아무 말도 하지 않았다. 하지만 베니는 닉스의 아픔을 느낄 수 있었다. 밤이 깊어가고 있었다. 닉스는 자리에 앉아 자기 마음속 상처를 들여다보았다.

"닉스, 놈들은 왜 너를 쫓았을까?"

닉스는 어둠 속에서 베니를 향해 고개를 돌렸다.

"그 카드 때문이야. 여자애가 그려진 좀비 카드."

"이해가 안 돼."

"잭 마티아스도 그 카드를 하나 가지고 있어. 어제 우연히 잭을 만났어. 가게에서 좀비 카드를 사서 집으로 돌아가는 길이었고, 내가 카드를 보여달라고 했어. 좀 이상하게 생각하는 것 같았지만 어쨌든 보여 주었어. 나는 사라진 소녀 카드를 보고 그 그림을 본 적 있다고 말했어. 그랬더니 엄청 흥미를 보이면서 어디서 봤는지 묻길래 나는 우리 엄마가 초상화가 사케토 씨와 친구라고 이야기해 줬어. 사케토 씨가 톰과 함께 우리 집에 몇 번 와서 사라진 소녀에 대해 이야기한 적이 있다고."

"나한테는 그런 얘기 한 적 없었잖아."

닉스는 어깨를 으쓱했다.

"굳이 왜 하겠어? 우리랑은 상관없는 이야기라고 생각했어. 엄마랑 엄마 친구들이 하는 이야기였으니까. 하지만 잭은 내 말을 듣자마자 이것저것 캐묻기 시작했어. 사라진 소녀에 대해서 우리 엄마가 얼마나 아는지. 너희 형과 사케토 씨가 엄마에게 뭐라고 했는지. 사라진 소녀의 행방을 나도 아는지." 눈물이 닉스의 뺨을 타고 흘러내리자 닉스는 손으로 눈물을 쓱 닦았다. "내 생각에 잭은 그저 사진에 관심이 있었던 것 같아. 사진 속 여자 애가 예쁘기는 하잖아. 책에 나오는 캐릭터나 동화 속 공주님처럼 생겼지. 잭은 나랑 이야기하는 내내 웃고 있었고……. 모르겠어……. 잭처럼 잘생긴 애가 친절하게 대해주니까……."

"나 따위는 네 고백을 거절했는데 말이지?"

닉스가 베니를 한번 매섭게 쏘아 보았지만, 곧 표정이 풀어지면서 고개를 돌렸다.

"모르겠어. 그런 것 같기도 하고."

"무슨 이야기를 했는데?"

닉스는 대답하기 전에 한참을 망설였고, 영혼을 찢는 것 같은 고통을 참느라 얼굴이 두 배는 더 어두워졌다.

"난……. 내가 아는 것들을 전부 말했어. 내가 아는 게 많지도 않았어. 엄마가 친구들이랑 사라진 소녀에 대해 이야기할 때 그다지 집중해서 듣지 않았으니까. 그런데 잭에게 우리 엄마가 그 애에 대해 많이 안다고 해버렸어." 닉스는 혼란스러워하며 고개를 저었다. "잘 모르겠어. 베니. 잭이 너무 친절했어……. 내가 무슨 말을 한 건지 모르겠어."

"닉스, 괜찮아……."

닉스가 베니를 향해 고개를 휙 돌렸다.

"괜찮다고? 하나도 괜찮지 않아! 이해가 안 돼? 내가 잭한테 우리 엄마가 사라진 소녀에 대해 안다고 이야기했고 그래서 우리 집에 놈들이 찾아온 거야. 내가 입을 잘못 놀려서 모든 일이 시작됐다고!"

닉스는 고통과 자기혐오가 가득한 목소리로 마지막 말을 거칠게 쏘아붙였다.

"우리 엄마는 나 때문에 죽었어!"

"아냐, 그렇지 않아." 베니도 거칠게 맞섰다. 그는 닉스의 팔을 붙잡았다. 힘이 만만치 않게 센 닉스가 베니의 손길을 뿌리치려 했지만, 베니는 팔을 꽉 잡고 놓아주지 않았다. "잘 들어! 너희 엄마는 찰리 마티아스 때문에 돌아가셨어. 그 나쁜 놈, 살인자, 그리고 또……."

베니는 괴물 같은 찰리의 본성을 표현할 수 있을 만큼 악한 뜻을 가진 단어를 찾았다. 닉스의 얼굴에 눈물이 쏟아지고 있었지만, 이는 앙다물려 있었다.

"찰리는 네가 같은 카드를 가지고 있는 것도 알고 있었어. 우리 집에 있는 내내 계속 너한테서 카드를 뺏어 버렸어야 했다고 말했어. 너한테 엄청나게 화가 나 있었어. 네가 자기한테 건방지게 굴었다면서, 톰이 방해만 하지 않으면 제대로 예의를 가르쳤을 거라고도 했어. 예의를 가르친다고……. 찰리가 우리 집에서 한 말 그대로야. 우리가 자기한테 예를 갖춰야 한다나 뭐라나."

베니는 닉스의 팔을 놓아주었고, 닉스는 다시 난간에 기대섰다. 달빛에 비친 손이 하얗게 빛났다.

"놈들이 왜 너희 엄마를 찾아갔을까? 인쇄된 카드는 엄청 많을 텐데. 마을에 쫙 깔렸을 거야. 그 카드를 가진 사람들을 다 죽일 수도 없을 텐데."

"아니, 카드 때문만이 아니야. 찰리는 우리 엄마가 사라진 소녀에 대해 뭔가를 안다고 생각했어. 어디에서 그 애를 찾을 수 있는지. 그리고……. 아마 우리 엄마가 확실히 뭔가를 알기는 했던 것 같아. 사라진 소녀가 어디에 있을지 너희 형이 말해줬겠지." 닉스가 베니의 얼굴을 힐끔 보며 말했다. "형이 혹시 너한테 우리 엄마랑 게임랜드에 대해 말해준 적 있어?"

베니가 끄덕였다.

"엄마는 그 장소가 나오는 악몽을 꾸곤 하셨어. 꿈에서 우리 두 식구에게 필요한 돈을 벌려고 좀비와 싸운다고 했어. 정말이지, 엄마가 고통받은 건 언제나 나 때문이었다는 사실이 너무 마음 아파."

"이런……. 그렇게는 생각하지 마. 그러다가 미쳐버릴지도 몰라. 게다가 사실도 아니야. 너희 엄마는 옳다고 생각하신 일을 하신 거야. 할 수밖에 없으셨을 거야. 너를 사랑하셨으니까. 보통 사람들은 너희 엄마처럼 행동할 엄두도 못 낼뿐더러 그런 결심을 할 생각조차 못 할 거야. 그런 생각이 널 좀먹게 두지 마. 네가 그러면 엄마의 선택이 잘못된 일이 돼버리잖아."

닉스는 점점 더 많이 쏟아지는 눈물을 닦으며 고개를 끄덕였다. 하지만 베니는 닉스가 완전히 자신을 용서하려면 몇 년이 걸리리라는 사실을 알았고, 그동안 닉스가 잘 버텨주기를 바랐다.

"찰리가 게임랜드를 다시 지었다고 몇 달 전에 엄마가 말씀해주셨어. 너희 형이 엄마한테 말해준 것 같아. 그 뒤로 엄마가 악몽을 더 심하게 꾸기 시작했고, 나한테는 찰리랑 해머가 있는 데서 절대 혼자 있지 말라고 신신당부를 하셨어. 그리고……. 어젯밤에 찰리가 날 게임랜드로 데려가겠다고 말했어. 엄마는 놈들한테 맞은 것보다 그 말에 더 아파하셨어. 그리고 새파랗게 질린 채 밀대로 놈의 머리를 세게 쳤어. 놈이 죽어버렸으면 좋겠다고 생각했지만, 찰리는 곧장 뒤를 돌아서 엄마에게 득달같이 달려들었어."

닉스는 말을 멈췄고, 베니는 계속 말해 보라고 채근하지 않았다.

화음을 맞춰 지저귀는 밤새소리가 끊임없이 들려왔다.

"놈들이 나를 세게 쳐서 나는 정신을 잃었어. 깨어나고 보니 이미 시체들의 땅이었어. 놈들은 나를 게임랜드로 데려갈 거라고 했어."

"게임랜드가 여기에서 가까운 곳에 있을까?"

"그런 것 같지는 않아. 해머가 다른 현상금 사냥꾼들한테 하는 말을 엿들었는데, 우선 산속에 있는 찰리의 캠프로 간다고 했어. 그리고 아침에 게임랜드가 있는 동쪽으로 간다고 하더라."

"네가 도망쳐서 너무 다행이야, 닉스. 네가 그 미친놈한테 잡혀 있다는 생각을 할 때마다 돌아버릴 것 같았어."

"찰리는 다른 놈들이 날 너무 많이 때리거나 괴롭히지 못하게 했어. 내가 Z게임에 '팔팔한' 상태로 참가해야 한다면서."

"그 자식들이 어젯밤에 마을에서 저지른 일." 베니가 말했다. "그리고 게임랜드에서 벌이는 짓은……. 좀비들보다 훨씬 악랄해."

"알아." 닉스가 말했다. "좀비들은 공격하려는 의도나 의지 없이 병 때문에 사람들을 공격하는 거잖아. 하지만 놈들은 자신들이 무슨 일을 하고 있는지 똑똑히 알면서도 고의로 나쁜 짓을 저질러. 한 번도 아니고 반복해서."

저 멀리서 누군가가 비명을 지르는 것 같은 소리가 들렸다. 하지만 인간의 소리는 아닌 것 같았다. 혹시 아파치나 치프일까? 아니면 그냥 밤에 사냥하는 새들이 내는 소리였을까?

베니는 닉스에게 조금 더 가까이 다가갔다.

"형은 놈들이 연고 없는 아이들을 잡아간다는 소문을 들었다고 했어. 게임랜드로 데려간다고 하더라. 그런 이야기 들은 적 있어?"

"응. 놈들 중 하나가 캠프에 아이들 여럿을 구해놨다는 말을 한 적이 있어."

"캠프가 어딘지 혹시 알아?"

"아니. 그런데 여기에서 멀지 않을 것 같아."

베니는 그 말을 곱씹었다.

"만약 형이 여기에 있었다면……. 그러니까……. 형은 뭘 해야 할지 알았을 거야. 캠프가 어디인지 찾아서 그 아이들을 구했을 텐데."

닉스는 베니를 쳐다보았다.

"맙소사. 우리가 할 수 있는 일이 뭐라도 있었으면 좋겠어."

"우리가? 가망 없어. 무기도 없고, 훈련도 제대로 받은 적 없는데 아래에는 좀비 몇백만이 우글거리잖아."

"그게 무슨 뜻이야? 아무것도 하지 않겠다고? 아이들이 잡혀가는 걸 보고만 있겠다고?"

베니가 말하며 고개를 저었다.

"그런 게 아니야, 닉스……. 우리가 할 수 있는 일이 없다는 것뿐이야. 내 말은, 현실적으로 생각한다면 말이야."

"현실적으로? 누가 보면 네가 언제나 현실에 충실한 줄 알겠다."

"무슨 뜻이야?"

"좀비 카드에 그려진 여자애랑 사랑에 빠진 주제에 현실적으로 생각하라니."

닉스가 고개를 절레절레 흔들었고, 둘 사이에 팽팽한 긴장감이 돌며 잠시 침묵이 흘렀다.

"내가 누구랑 사랑에 빠졌다고 그래? 그 여자애를 알지도 못하는데. 웃기는 소리 하지 마." 베니가 말했다.

닉스는 베니의 말에 코웃음만 칠 뿐이었다.

"베니." 닉스가 한참 뒤에 입을 열었다. "몇 년 전에, 엄마는 내가 자고 있다고 생각하시고는 너희 형에게 찰리를 죽여달라고 애원하셨어. 여기 시체들의 땅에서 찰리를 찾아 죽여 주길 바라셨어……. 하지만 너희 형은 그렇게 해주지 않았지. 그때 엄마 말대로 했어야 했는데……. 그러지 못했어."

"알아. 하지만, 내 생각에는 형이 게임랜드에 불을 지른 것 같아."

"그래서? 장소는 문제가 아니야. 사람들이 문제지. 결국은 놈들을 멈추지 못했잖아. 너희 형도 찰리가 두려웠던 거야."

베니는 고개를 저었지만, 닉스는 계속해서 쏘아붙였다.

"너는 네 형을 좋아한 적도 없었잖아." 닉스가 말했다. "항상 형이 나약하다고 했었지. 그렇게 대단하다던 너희 형은 우리 엄마 부탁을 들어주지 않았어. 아니, 들어주지 못 한 거겠지……. 그리고 무슨 일이 일어났는지 봐. 엄마가 죽었어."

닉스는 철제 난간을 주먹으로 쳤고, 그 소리는 메아리가 되어 컴컴한 나무 숲속에 울려 퍼졌다. 베니는 메아리가 울리자마자 재빨리 닉스의 손목을 붙잡았다.

"그만해." 베니가 말했다. "여기서는 그러면 안 돼. 소리가……."

닉스가 베니를 향해 고개를 홱 돌리며 비웃듯 말했다. "너도 무서워?"

"응." 베니가 말했다. "무서워." 그는 하마터면 '형이랑은 다르게'라는 말을 덧붙일 뻔했지만, 왠지 그 말을 해서는 안 될 것 같았다. 톰을 들먹이는 옛날 버릇이 남아서였을 뿐, 지금 베니가 느끼는 감정과 톰은 아무 상관이 없었다. "닉스, 밖에는 좀비들이 있어. 찰리 패거리도 있고. 소리는 생각보다 멀리 퍼져."

하지만 닉스의 상처받은 가슴은 아직 분노를 쏟아부을 상대가 필요했다.

"너도 너희 형이랑 똑같아. 너도, 모기도, 청도, 너희는 찰리 같은 현상금 사냥꾼들을 숭배하잖아. 찰리가 *남자답고 멋지다*면서."

닉스는 독기를 가득 담아 마지막 말을 뱉었고, 베니는 이제 절대 그 말을 하지 않아야겠다고 다짐했다. 공허하고, 유치하고, 멍청하기 짝이 없어 보였다.

"이제 아니야." 베니가 말했다.

"그래, 그러시겠지. 그런데 어쩌나? 현명하고 고상한 행동을 하기에는 이미 너무 늦었는데."

닉스의 목소리는 분노로 가득 차 있었고, 점점 커지기 시작했다. 베니는 별빛에 기대 닉스의 표정을 읽어 보려 했지만 어렴풋한 윤곽 말고는 아무것도 보이지 않았다.

"그리고, 우리 형은……. 나는 이제 내가 형을 어떻게 생각하는지 잘 모르겠어. 형이 보고 싶어. 아주 많이. 생각했던 것보다도 훨씬 더." 베니가 고개를 저었다. "형이 시체들의 땅에 나를 처음 데려왔을 때부터 모든 게 달라졌어. 형을 잘 모르겠어. 앞으로도 이해할 수 있을지 모르겠고."

닉스가 가슴을 밀치며 말했다.

"알 게 뭐야? 너희 형은 우리 엄마를 살릴 기회를 놓쳤어."

"닉스, 네 마음이 어떤지 알아. 내가 전부 되돌려 놓을 수 있으면 좋겠어. 진심이야. 내가 전부 고쳐놓을 수 있다면, 모두 없던 일로 돌릴 수만 있다면, 뭐든 할 수 있어. 너와 너희 엄마를 위해 목숨이라도 내놓을 거야."

닉스가 무슨 말을 하려 했지만 베니가 닉스의 팔에 살포시 손을 얹었다.

"나를 몰아세우든, 나한테 무슨 짓을 하든, 그렇게 해서 네 마음이 풀린다면……. 뭐든 해, 지금 여기에서 밀어도 상관없어. 너한테 조금이라도 도움이 된다면 그렇게 해. 나한테 무슨 일이 일어나든 이제 난 괜찮아. 바라던 일을 이뤘으니까."

"바라던 일이 뭐였는데?" 닉스가 물었다.

"너." 베니가 말했다. "네가 안전하게 돌아왔잖아. 괴물들에게 붙잡히지 않고."

닉스는 베니를 뚫어져라 보며 뭐라 말하려 했지만, 입 밖으로 아무 말도 나오지 않았다.

베니가 뒷주머니에서 낡은 가죽 일기장을 꺼냈고, 닉스의 손에 쥐여주었다.

"네 방에서 찾아서 가지고 다녔어. 펼쳐본 적도 없고, 읽지도 않았어. 지니고 있으면 너를 반드시 찾을 수 있을 것 같았거든."

닉스가 일기장을 받아들고 창백한 달빛과 별빛을 맞으며 손가락으로 일기장 겉표지와 등을 쓰다듬었다. 그러고는 고개를 들어 베니를 바라보았다. 그녀의 눈은 눈물이 고여 촉촉이 젖어있었다.

"베니, 내가……." 닉스가 입을 열었지만, 베니는 그녀의 말이 채 끝나기도 전에 허리를 숙여 키스했다. 타이밍도, 장소도, 상황도 적절하지 않았다. 이 순간, 그들의 세상에서 적절한 것은 아무것도 없었다.

둘의 키스 말고는.

40

닉스는 베니의 무릎을 베고 잠들어 있었다. 베니는 닉스가 잠든
뒤에도 오랫동안 깨어있었다. 손으로 닉스의 머리칼을 쓰다듬으며
별들이 수 놓인 광활한 밤하늘을 올려다보았다. 뜨거운 첫 키스 뒤
로 몇 번인가 더 입을 맞췄다. 그러다 문득 현실을 깨닫고 상실감이
밀려오자 닉스는 다시 눈물을 흘리기 시작했다. 하지만 이번 눈물
은 훨씬 차분한 감정에서 비롯된 눈물이었다. 그녀는 이제 충격에
휩싸인 채 현실을 부정하지 않았다. 폭풍처럼 몰아쳤던 감정은 이
미 잦아든 지 오래였다. 그녀는 현실을 받아들이느라 찢어질 것 같
은 마음을 애써 달래며 눈물을 흘리고 있었다.

두 사람의 삶이 바뀌었고 그들이 살던 세상이 달라졌다. 자리에
앉아 닉스의 머리를 쓰다듬는 동안, 베니는 뒤를 돌아보면 어제와
그 전날, 그리고 톰의 수련생이 되기로 한 날이 눈에 보일 것 같은
이상한 느낌이 들었다. 안정적이고 순탄했던 그의 삶에서 벗어나
게 된 바로 그날이었다. 열흘 전의 자신에게 이 길을 택하지 말라고
이야기해주고 싶었다. 채석장 밑 구덩이에서 일하라고, 열쇠 수리
공 밑에서 일을 배우라고, 아니면 청과 함께 감시탑에서 일하라고
전해줄 수만 있다면. 이 일을 하지 말라고 말릴 수만 있다면.

그런 생각을 하는 동안 베니의 가슴속에서는 부정적인 기운이
스멀스멀 자리를 넓히며 고통스러운 의문을 던졌다.

만약 형에게 일을 배우기로 하지 않았더라면 과연 이 모든 일이

일어났을까?

더 뼈아픈 의문이 꼬리를 물었다.

이 중 하나라도 일어났을까?

이런 의문들이 얼마나 어리석고 의미 없는지 머리로는 잘 알았다. 찰리와 해머는 여전히 톰과 사케토 씨와 닉스의 엄마를 괴롭혔을 것이다.

아니었을까?

엄마가 라일라에 대해 안다는 사실을 잭에게 말했다는 이유로 닉스가 느끼는 죄책감과 지금 자신이 느끼는 죄책감이 다를 게 없다는 사실도 알았다. 나쁜 의도 없이 뱉은 말이나 우연히 일어난 일에 책임을 물을 수는 없었다. 마침내 베니는 죄책감을 느껴야 할 사람은 찰리여야 한다고 결론지었다.

그의 이름을 생각하는 것만으로 뱃속 저 밑에서부터 불꽃이 타오르는 것 같은 느낌이 들었다.

태어나서 처음으로 톰이 옆에 있었으면 좋겠다고, 지금 자신이 느끼는 감정이 무엇인지 설명해 주었으면 좋겠다고 생각했다. 형. 베니는 이제껏 살면서 형을 좋아했던 적이 없었다. 여전히 이해할 수는 없었지만, 이제 막 형을 좋아하게 된 참이었다. 하지만 형은 좀비에게 잡혀가 버렸다.

톰이 그저 죽기만 한 것이 아니라 지금쯤 좀비가 되었을지도 모른다는 생각이 번뜩 들자, 베니는 주먹으로 얼굴을 한 대 맞은 듯했다. 베니는 눈을 감았다. 도망치라고 소리치며 톰에게 자신을 안기던 빨간 소매 원피스를 입은 엄마와 엄마를 남겨둔 채 도망치던 형의 모습이 떠올랐다. 좀비 사냥꾼 톰. 겁쟁이 톰.

좀비가 된 톰. 새로운 좀비 카드에 형이 실릴까?

2주 전이었다면 재미있는 상상이었을 것이다. 혹은 톰에게 꼭 어울린다고 생각했거나.

지금은 자신을 둘러싼 깊은 밤의 어둠보다 머릿속 생각이 훨씬 무섭게 느껴졌다. 베니는 식당 종업원 유니폼을 입은 여자 좀비와 나이 든 남자 좀비를 보며 톰과 벌였던 말싸움이 기억났다.

"그게 어떻게 똑같아?" 베니는 말했었다. *"저들은 좀비라고. 저것들은 사람들을 죽이고 뜯어 먹어."*

톰이 대답했다. *"한때는 저들도 사람이었어."*

이제 톰은 그들 중 하나였다. 베니는 톰의 마지막 순간이 어땠을지 상상하지 않으려고 했다. 해머의 엽총이 굉음을 내며 톰을 쓰러뜨렸고, 베니는 피가 사방으로 튀는 모습을 보았다. 총에 맞아서 완전히 죽었을까? 차라리 그랬다면 좋았을 것이다. 만약 그러지 않았다면 공포라는 말로는 설명할 수 없는 일이 벌어지게 된다. 톰은 피를 뒤집어쓴 채 좀비 떼 사이로 떨어졌다. 창백한 손이 그의 살을 할퀴고 썩어가는 이빨들이 톰의 살점을 물어뜯었을 것이다……

톰은 그렇게 가서는 안 됐다. 베니는 톰이 겁쟁이였는지, 혹은 한 번이라도 겁쟁이였던 적이 있었는지 확신할 수 없었다. 그는 첫 번째 밤에 대한 자신의 기억에 의심이 생겼다. 적어도 그 기억이 의미했던 바는 달라진 것 같았다. 어찌 됐건, 톰에게 그런 일이 생겨서는 안 됐다.

베니는 오한이 느껴졌고, 닉스도 몸을 계속 들썩였다.

닉스를 보고 있으니 베니의 마음속에 다른 생각들이 피어올랐다. 닉스와 키스라니.

많고 많은 사람들 중에 닉스라니. 어처구니없고 불가능한 일이었다. 둘은 이미 마을에서 이 고비를 마주했었고, 그때는 함께 고비를 넘기지 못했었다. 친구와 사랑에 빠지다니 위험하고 잘못된 일이다. 머릿속이 복잡했다. 베니와 청은 맹세까지 했었다. 아홉 살인가 열 살이었던가, 둘이 함께 아는 여자애와는 절대 사랑에 빠지지 않겠다고 맹세했었다. 마운틴사이드처럼 작은 마을에서 정말 무모한 맹세였다. 지금, 닉스 라일리가 그의 무릎을 베고 잠들어 있었고, 그는 아직도 닉스의 입술에서 느껴지던 따스함을 느낄 수 있었다.

베니는 셔츠 주머니에서 땀으로 얼룩진 낡은 좀비 카드를 꺼내 사라진 소녀의 얼굴을 보았다. 칼날처럼 날카로운 죄책감이 갈비뼈 아래쪽을 쑤셨다. 그는 닉스를 흘깃 내려다보았다. 감긴 눈꺼풀 뒤에 가려진 닉스의 눈동자가 움직이고 있었다. 닉스는 꿈을 꾸고 있는 것 같았다. 벌어진 입술에서 가느다란 흐느낌이 새어 나왔다. 그 흐느낌 속에는 갈가리 찢긴 감정의 조각들이 가득했다. 상처와 상실과 절망과 공포, 그리고 분노와 반항을 모두 느낄 수 있었다.

베니는 닉스의 뺨 위에 붙은 머리카락 한 올을 쓸어내렸다.

그의 뱃속에서는 혼란과 갈등이 소용돌이쳤다. 닉스와 믿을 수 없이 황홀한 키스를 나누고도 사라진 소녀의 사진을 보고 있으면 가슴이 두근거렸다. 라일라를 찾아서 보호하고 싶은 마음은 라퍼티네 잡화점 문 앞에서 처음 카드를 뒤집었을 때와 조금도 달라지지 않았다. 그때는 그 마음을 이해할 수 있다고 생각했지만, 이제

와서 보니 말이 안 되는 것 같았다. 베니는 라일라를 알지도 못했다. 사케토와 톰조차도 그 아이를 잘 안다고 할 수 없었다. 라일라가 시체들의 땅 어딘가에 아직 살아있다고 하더라도 그녀는 베니에게 아무 의미 없는 특별할 것 없는 존재였다. 그렇지만……

그럼에도 불구하고.

베니는 지칠 대로 지쳐 눈꺼풀이 무거웠지만 오랫동안 카드를 뚫어져라 보았다.

닉스가 잠을 설치며 혼자만의 지옥 속에서 신음했다.

베니는 닉스에서 사라진 소녀로 시선을 옮겼다가, 다시 닉스를 보았다.

"미안해." 베니가 말했다.

그러고는 카드를 든 손을 쭉 뻗은 채 바람에 카드가 날아가도록 카드에서 손을 뗏다. 카드는 하늘 높이 날며 허공을 구르고 또 굴렀다. 두꺼운 판지는 별빛을 반사해 반짝이다가 곧 어둠 속으로 추락했다.

베니는 허리를 숙여 닉스의 뺨에 키스했다. 그리고 등을 벽에 기댄 채 별이 쏟아질 것 같은 밤하늘을 뚫어져라 보다가 곧 깊은 잠에 빠져들었다.

41

"이야, 참 아름다운 장면일세."

목소리에 놀라 화들짝 잠에서 깬 베니와 닉스는 눈부신 새벽빛에 눈을 끔뻑이다가 서로에게서 떨어져서 자신들이 있는 곳이 어디인지 기억을 더듬었다.

남자 두 명이 외딴 산림 관리소를 빙 둘러싼 철제 통로 위에 서 있었다. 두 사람 모두 허리춤에 권총을 차고 어깨에는 엽총을 매고 있었고, 입꼬리를 올리며 음흉하게 미소 짓고 있었다.

스킨스와 터크였다.

"풋사랑이라니 좋을 때다." 터크가 말했다.

"산전수전 다 겪은 내 마음까지 간지러워지는걸." 스킨스가 맞장구쳤다.

베니는 닉스와 현상금 사냥꾼 사이를 가로막으며 본능적으로 양팔을 벌렸다.

"찰리가 좋아하겠어." 스킨스가 말했다. "저 계집애가 그렇게 도망치게 놔뒀다고 단단히 화가 나 있었는데 말이야."

"우릴 내버려 둬요." 베니가 으르렁거렸다.

"그래." 터크가 웃음을 터뜨렸다. "물론이지. 우리가 지난 밤을 새워가며 이 망할 숲속을 뒤지고 여기까지 힘들게 올라왔는데 너희가 부탁하면 당연히 너희를 봐 줘야겠지. 예, 대장! 알겠습니다. 저희는 이만 가보겠습니다. 주무시는데 깨워서 죄송했습니다."

스킨스는 마치 강아지를 부르듯 허벅지를 손바닥으로 치며 말했다. "자, 이리 온."

베니와 닉스가 천천히 일어섰지만, 현상금 사냥꾼들 쪽으로는 한 발짝도 움직이지 않았다. 터크는 관리소 안으로 들어가서 목검을 들고나왔다.

"이것 봐." 그가 말했다. "꼬맹이가 장난감 칼을 가졌네."

그는 목검을 머리 높이로 들어 올렸고 두 손으로 칼을 힘껏 내리쳐 철제 난간을 때렸다. 단단한 목검은 난간을 밀어내며 튕겨 오를 뿐 부러지지는 않았다. 터크는 욕을 뱉으며 검을 고쳐 쥔 뒤 이번에는 평평한 면으로 난간을 내리쳤다. 목검은 날카로운 쩍! 소리와 함께 반으로 부러졌다. 검의 긴 날이 빙그르 돌며 산림 관리소 아래 숲으로 떨어졌다. 터크가 깔깔대며 부러진 손잡이를 통로 위에 던졌다.

"다른 건 뭐 없고?" 스킨스가 물었다.

"없어."

"그럼 이제 가자고." 스킨스가 베니와 닉스를 향해 날카롭게 말했다. "자, 찰리가 너희에게 해 줄 이야기가 아주 많대. 되게 재미있을 거야."

"허심탄회한 이야기지." 터크는 껄껄 웃었다.

"아주 의미 있는 대화가 될 거야." 스킨스가 맞장구쳤다.

"봐 주세요." 닉스가 말했다. "그럴 수 있잖아요. 찰리에게 우릴 못 봤다고 해주면 되잖아요."

스킨스는 진심으로 혼란스러워하는 것처럼 보였다. "대체 우리가 왜 그래야 하는데?"

베니가 한 걸음 앞으로 나섰다. "어젯밤에 찰리가 무슨 짓을 한 줄 알아요?"

"내 알 바 아니야."

"당신도 같이 있었잖아. 찰리를 도와 일을 저질렀지?"

스킨스는 지루한 표정을 지었다.

"그렇게 협박하면 내 마음이 바뀔 것 같으냐, 애송아?"

그의 뒤에서 터크가 폭소를 터뜨렸다. "열심히 해보렴."

"제발……." 베니가 말했다. "우린 당신들한테 아무 짓도 안 했잖아."

"그래서?"

"절대 닉스 데려가게 놔두지……."

스킨스가 갑자기 손등으로 베니의 얼굴을 쳤다. 너무 빠르고 센 공격이라 베니는 맞았다는 사실을 깨닫기도 전에 바닥으로 나가떨어졌다. 그는 난간에 허리의 움푹 들어간 부분을 부딪쳤고, 닉스가 붙잡아 끌어당겨 주지 않았더라면 난간 밖으로 떨어질 뻔했다. 베니는 바닥에 무릎을 찧으며 넘어지면서 통로 위에 피와 깨진 이빨을 뱉었다.

"베니 가만히 둬요!" 닉스가 소리쳤다.

현상금 사냥꾼은 닉스의 머리채를 한 움큼 잡아 베니에게서 떼어낸 뒤 초소 벽으로 던지다시피 했다.

"닥쳐, 계집애야. 네가 뭔데 이래라 저래라야."

베니가 자리에서 벌떡 일어나서 스킨스의 옆구리에 주먹을 날렸다. 꽤 민첩한 공격이었지만 아직도 스킨스에게 맞은 충격으로 머리가 어지러운 상태였고, 그의 주먹은 덩치 큰 남자의 옆구리를 살짝 스치는 데 그치고 말았다. 스킨스는 몸을 돌려 베니의 날갯죽지 사이에 힘껏 주먹을 날렸고, 베니는 바닥에 납작하게 엎어졌다.

"한 번만 더 허튼짓해 봐, 애송아. 사지를 찢어 놓을 테니까."

베니는 숨을 헐떡이는 것 말고 아무것도 할 수 없었다. 넘어질 때

부러진 목검 손잡이에 갈비뼈가 부딪혔고, 단단한 나무가 가슴에 구멍을 낸 것 같았다.

"베니!" 닉스가 울부짖으며 베니를 도우려고 허리를 숙이자 터크가 닉스의 소매를 잡아당겨 베니에게 가지 못하게 막았다. 터크의 손길에 셔츠가 올라가면서 닉스의 배가 훤히 드러났다. 현상금 사냥꾼 둘은 휘파람을 불고 깔깔 웃으며 위협적이고 천박하기 짝이 없는 말들을 뱉어냈다. 닉스는 굴복하거나 포기하지 않았다. 몸싸움을 벌이며 힘껏 발길질을 해대는 한편, 손바닥으로 터크의 얼굴을 때리고 손톱으로 팔뚝을 할퀴고, 그의 가슴팍과 얼굴에 주먹을 날리기도 했다. 닉스가 너무 갑작스럽고 사납게 공격해오자 터크는 잠시 뒤로 휘청거리며 자신의 얼굴을 가리느라 닉스를 잡고 있던 손을 놓았다. 닉스가 터크의 사타구니를 차려고 했지만, 그는 엉덩이를 옆으로 틀며 닉스의 뺨을 때렸고, 닉스는 그 충격에 휘청하며 다시 벽 쪽으로 쓰러졌다. 벽에 몸을 세게 부딪힌 닉스는 스르르 미끄러지더니 바닥에 무릎을 대고 주저앉았다.

"한주먹 거리도 안 되는 창녀 같은 계집이!" 터크가 으르렁거렸다. 그의 입술과 오른쪽 귀가 부어오르고 있었다.

하지만 닉스는 멈추지 않았다. 닉스가 무릎을 세우고 몸을 일으켜 터크의 다리를 향해 달려들어 그를 난간으로 밀쳤다. 닉스는 성난 고양이 같은 소리를 내며 울부짖었다. 분노와 수치심과 그들 앞에 놓인 운명에 대한 한탄이 섞여 뱃속 깊은 곳에서 우러나오는 소리였다. 닉스가 으르렁거리는 소리가 온 산에 울려 퍼졌고, 소리에 놀란 새들이 나무에서 푸드덕 날아올랐다. 터크는 계속 뒤로 밀리고 있었다. 겁을 먹고 달아났던 연약한 소녀가 엄청난 괴력을 발휘해 눈 깜짝할 사이에 자신을 공격해오자 깜짝 놀라 어찌할 바를 몰랐다.

"계집애가 정신 차리게 뺨따귀를 날려버려." 스킨스가 소리쳤다. "제기랄……. 내가 직접 하지."

스킨스는 베니를 넘어가 닉스의 머리채를 잡으려고 손을 뻗었고, 그 사이 터크는 닉스의 한쪽 손목에 이어 다른 손목까지 붙잡았다. 스킨스는 남은 손으로 칼을 꺼냈다.

"여태 많이 봐준 줄 알아, 버릇없는 계집 같으니. 좀비 싸움하는 데 눈이 두 개나 있을 필요 없잖아."

베니는 견딜 수 없이 화가 났다. 아직도 거의 숨을 쉴 수 없었지만 한 손으로 가슴 밑에 깔려있던 부러진 목검 손잡이를 빼 들었다. 그리고 다른 손으로 통로 바닥을 짚고 무릎으로 몸을 지탱하며 두 발로 일어섰다.

"닉스를 놔 줘!" 베니는 자신 안에 가득 차 있던 분노와 두려움을 가득 담아 소리치며 스킨스에게 달려들어서 부러진 목검으로 그의 등 뒤를 찔렀다. 검이 부러지면서 진짜 검 못지않게 날카로운 절단면이 만들어져 있었다. 베니는 날카로운 쪽을 스킨스의 허리에 꽂아 넣으며 몸무게를 있는 힘껏 실었다. 뾰족한 목검 끝이 현상금 사냥꾼의 벨트 위쪽 말랑한 살 부분을 찔렀고, 베니는 목검의 손잡이만 보일 때까지 검을 밀어 넣었다. 뜨거운 피가 터져 나와 베니의 손을 붉게 물들였다. 스킨스는 뒤를 돌아 베니를 내쳤다. 베니는 바닥에 고꾸라졌고 다음 공격을 피하려고 팔로 얼굴을 막았지만, 스킨스는 자리에 서서 당황한 듯 눈을 동그랗게 뜨고 물 밖에 나온 물고기처럼 헐떡이기만 할 뿐이었다.

닉스는 터크의 발을 세게 밟아 그의 손아귀에서 벗어났다. 그리고 그를 난간에서 밀어버리려고 있는 힘을 다해 터크의 가슴팍으로 달려들었다. 스킨스에게 정신이 팔려있던 터크는 무방비 상태로 있다가 뒷걸음질 치며 사다리 옆 난간까지 밀렸지만, 난간 뒤로 넘어가지는 않았다.

터크는 아슬아슬하게 중심을 찾았다. 스킨스가 무릎을 꿇고 바닥에 주저앉았고 그 충격에 철제 통로에서 댕, 하는 소리가 울려 퍼졌다. 그의 눈이 뒤집히더니 앞으로 고꾸라지면서 바닥에 얼굴을 철퍼덕 박고는 더 이상 움직이지 않았다.

"죽여버리겠어." 터크가 베니를 향해 으르렁거렸다. 그는 허리춤에 찬 주머니에서 권총을 잡아 빼고는 능숙한 손놀림으로 해머를 내렸다. "너희 둘 다 아주 죽여버릴 줄……."

그리고 그는 말을 마치지 못했다. 그 말이 그가 살아서 뱉은 마지막 말이었다.

터크는 자신의 가슴팍을 내려다보았다. 왼쪽 갈비뼈 위로 뭔가가 솟아 있었다. 베니와 닉스도 그에게서 시선을 떼지 못했다. 뾰족하게 갈린 금속 물체가 현상금 사냥꾼의 가슴팍 위로 8cm 정도 솟아 있었고, 곧 그의 셔츠가 온통 붉은색으로 물들기 시작했다. 터크는 뭐라고 말하려 했지만, 폐에 숨이 남아있지 않아 목소리조차 낼 수 없었다.

그의 뒤에서 흐릿하게 움직이는 물체가 보였다. 끙하고 힘주는 소리가 나더니 뾰족한 창날이 터크의 가슴팍에서 쑥 뽑혀 나갔다. 터크 뒤에 있던 형체가 그의 등을 발로 밀어 스킨스 바로 옆에 엎어지도록 하는 모습을 베니는 멍하니 지켜보았다.

강렬한 아침 햇빛 아래 낯익은 형체가 서 있었다. 그녀는 낡은 청바지를 입고, 손으로 꿰맨 가죽 모카신을 신고, 색이 다 빠진 야생화 무늬 셔츠 위에 얇은 끈이 달린 가죽 주머니를 사선으로 메고 있었다. 볕에 그을린 얼굴 위로 방금 내린 눈처럼 흰 머리칼이 휘날렸고, 아름다운 담갈색 눈은 닉스와 베니를 뚫어지게 살피고 있었다. 볕에 그을린 손에는 길고 얇은 검은 파이프에 해병대 총검을 가죽끈으로 묶어 만든 투박한 창을 쥐고 있었다.

사라진 소녀였다.

42

"누구시죠?" 닉스가 물었고, 그와 동시에 베니가 그녀의 이름을 말했다.

"라일라!"

소녀는 긴장한 듯 피 묻은 창을 휘둘러 베니를 향해 겨눴다. 가늘게 뜬 담갈색 눈이 위협적이었다.

베니는 손을 들어 보였다.

"아니야, 기다려……. 나는 베니 이무라라고 해." 그녀는 아무 반응이 없었다. "톰 이무라의 동생이야." 아무 대답도 없었다. "우리 형 톰이……. 조지를 알아!"

베니가 그녀의 얼굴을 한 대 쳐도 그렇게 표정이 빨리 변하지는 않을 것 같았다. 그녀는 의심은 거둔 듯했지만 베니의 말에 충격을 받은 모양이었다.

"조…… 조지……?"

라일라는 한동안 말을 하지 않아 목구멍이 막혀 있던 것 같은 목소리로 답했고, 베니는 충분히 그럴 수 있다고 생각했다. 곧 라일라의 얼굴이 다시 의심으로 가득 찼고 창을 베니의 눈높이까지 조금 더 들어 올렸다.

"어디?" 라일라가 물었다. "조지."

닉스는 재빨리 상황을 파악하며 베니를 보았다.

"이 아이가 그 소녀야?" 닉스가 속삭이듯 말했다.

"조지!" 사라진 소녀가 창을 흔들며 답을 재촉했다. 여전히 속삭이는 듯한 허스키한 목소리였고, 베니는 롭 사케토가 해 준 끔찍한 이야기가 기억났다. 오두막에 있던 사람들이 좀비로 변한 자기 엄마를 죽였을 때 라일라는 비명을 질렀다고 했었다.

처절하게 울부짖은 뒤로 입을 닫아버렸다고 했다. 어쩌면 그때 비명을 지르다가 성대가 완전히 망가지면서 유령처럼 속삭이는 목소리를 가지게 됐는지도 모른다.

맙소사.

"나도…… 그가 어디에 있는지는 몰라." 베니가 재빨리 말했다. "우리 형이 조지를 알았어. 조지가 널 찾는 걸 도왔었다고 했어."

"찾아……? 나?" 라일라는 문장으로 이야기할 줄 모르는 듯했다. 시간이 지나면서 그럴 능력을 잃어버린 것 같았다. 베니는 몇 년 동안 아무와도 말하지 않고 어떻게 살 수 있는지 상상조차 할 수 없었다. 곳곳에 좀비가 도사리는 버려진 땅에 사는 것만큼 끔찍한 일이었다.

"현상금 사냥꾼들이 너와 네 동생을 납치했을 때부터 조지는 너희를 찾았어." 베니가 날카로운 창에 찔릴 위험을 무릅쓰고 라일라에게 한 걸음 다가섰다. "계속 찾았어, 라일라. 조지는 포기하지 않고 너희를 찾았어. 그리고 애니도."

동생의 이름을 언급하자 라일라의 눈가가 촉촉해졌지만 입은 아직도 일자를 그리며 굳게 닫혀있었다.

"라일라⋯⋯. 들어봐. 너를 다치게 한 사람들⋯⋯. 애니와 조지를 다치게 한 사람들은⋯⋯."

"베니." 닉스가 나지막하게 말했다. "더는 가까이 가지 마⋯⋯."

"그 사람들이 닉스의 엄마도 다치게 했어." 베니는 잠시 고개를 돌려 닉스를 가리켰다. "닉스의 엄마를 다치게 했어⋯⋯. 닉스의 엄마는 돌아가셨어."

라일라는 꼼짝도 하지 않고 베니를 뚫어지게 보았다.

"그리고 우리 형도 죽였어." 베니가 입술을 핥았다. "그놈들이 우리가 사랑하는 사람들을 데려갔어. 우리 모두 사랑하는 사람을 잃었어." 베니는 그렇게 말하면서 자신이 톰을 사랑했다는 사실을 깨달았다. 한때는 갈등이 많았던 불편한 사이였지만 베니는 심장 한가운데가 저릿하게 아파 오는 것을 느꼈다. "우리 모두를 다치게 했어, 라일라. 이해해? *우리 모두 다쳤다고.*" 베니는 마지막 말에 기대를 걸었고, 라일라의 눈빛과 앙다물어진 입이 서서히 풀리는 모습을 지켜보았다. 창끝이 약간 흔들리기 시작했다.

"우리." 베니가 다시 말했다. "너…… . 닉스…… . 나. 우리."

베니는 잠시 아무 말도 하지 않고 기다렸다. 심장이 요동쳤지만 라일라를 향해 한 걸음 더 내디뎠다. 이제 창끝은 얼굴에서 3cm도 떨어지지 않은 곳에 있었다. 시선을 라일라에게 고정한 채 아주 천천히 손을 들어 올려 해병대 총검과 파이프가 연결된 지점에 가져다 댔다. 베니는 창을 옆으로 밀었고 사라진 소녀는 창이 움직이도록 내버려 두었다.

잠시 뒤 그녀가 물러서며 창을 내렸다.

"우리." 라일라가 말했다.

"우리." 베니가 답했다.

잠시 뒤, 닉스도 말했다. "우리."

사라진 소녀의 얼굴이 갑자기 굳어지더니 난간 너머를 살피기 시작했다. 베니와 닉스도 사라진 소녀와 같은 방향을 보았지만, 아무것도 보이지 않았다. 하지만 라일라는 뭔가 확실히 본 것 같았다.

"가." 라일라가 다급하게 말했다. "지금. 지금!"

라일라는 베니와 닉스가 쫓아오는지 보지도 않고 뒤를 돌아 원숭이처럼 능숙한 몸놀림으로 사다리를 내려갔다. 닉스도 그녀를 따라 사다리를 내려갔지만 베니는 자기가 죽인 현상금 사냥꾼을 내려다보며 잠시 머뭇거렸다.

"베니!" 닉스가 재촉했다.

"기다려. 잠시만." 베니가 말했다. "할 일이 있어."

그는 죽은 남자들의 무기를 챙겼다. 터크의 허리띠를 벗겨 자신의 가는 허리에 맸다. 총이 무거웠지만, 그 무게 덕분에 마음은 한

결 편안해졌다. 엽총은 챙기지 않았다. 너무 크고 거추장스러운 데다 엽총은 사용해 본 적이 없었다. 지금은 쓸 줄 모르는 무기를 시험할 때가 아닌 것 같았다. 하지만 스킨스의 칼은 챙겼다. 톰의 양날 단검이나 베니가 들판에서 떨어뜨린 사냥용 칼만큼 좋지는 않았지만 어쨌든 없는 것보다는 나았다.

베니는 손에 칼을 들고 시체 옆에 무릎을 꿇고 앉았다.

"당신한테 너무 관대한 처사이기는 하지만." 베니가 중얼거렸다. "우리가 여기로 다시 돌아오게 될지도 모르거든."

그는 칼날 끝을 현상금 사냥꾼의 두개골 바로 밑 움푹한 곳에 찔러 넣어 그에게 안식을 주었다. 거북함에 입술이 뒤틀린 채로 칼을 뽑은 뒤 터크에게도 똑같이 했다. 그는 터크의 셔츠에 피 묻은 날을 닦고 칼을 허리띠에 매인 칼집에 넣었다. 그리고 닉스와 라일라를 따라 사다리를 타고 내려갔다. 방금 전 일 때문에 속이 울렁거렸다. 그가 영결식 비슷한 의식을 치렀다. 하지만 방금 그가 한 일은 죽은 자들에게 평안을 주는 의식이 아니라 쓰레기를 배출하는 작업에 가까웠다. 어느 쪽이었든 해야만 하는 일이었다.

그리고 가족 사업이기도 했다.

43

베니와 닉스는 사라진 소녀를 따라 산림 관리소를 둘러싼 숲속으로 들어갔다. 라일라는 빗물에 패인 구불구불한 길을 따라 약 30미터쯤 위로 올라가면서 발자국을 남기지 않으려고 바위와 쓰러진 통나무를 밟으며 이동했다. 닉스가 라일라의 방식을 먼저 알아차리고 베니에게 알려주었다. 라일라처럼 자연스럽게 움직일 수도 없었고 이동 속도도 느려졌지만, 곧 그들도 라일라를 따라 발자국을 남기지 않고 걷는 방법을 익히기 시작했다.

라일라가 갑자기 걸음을 멈추더니 고개를 기울인 채 소리에 집중했다.

"숨어!" 라일라가 조용하지만 다급한 목소리로 외쳤고, 곧 야생장미 덤불 속으로 모습을 감췄다. 닉스는 베니를 잡아당겨 오래된 진달래 수풀 뒤에 앉혔다. 둘은 최대한 덩치를 작게 만들려고 딱 달라붙어 몸을 웅크렸다.

"뭘까?" 베니가 속삭였고, 닉스는 그의 가슴팍을 한번 쿡 찌르고는 손가락으로 어딘가를 가리켰다.

그들이 앉은 자리에서 산림 관리소 기둥 아래 공터와 공터로 이어지는 구불구불한 사냥용 등반로가 한눈에 들어왔다. 처음에는 아무것도 보이지 않았지만, 곧 키 큰 수풀이 움직이더니 그 속에 숨어있던 남자 하나가 조심스럽게 모습을 드러냈다.

찰리 마티아스였다.

닉스가 쉭 하는 소리를 내며 숨을 들이켜곤 뼈를 부러뜨릴 수 있을 정도의 힘으로 베니의 팔을 꽉 잡았다. 닉스의 손가락이 베니의 살을 파고들면서 그녀가 느끼는 혐오감과 무서운 살기에서 오는 떨림이 베니에게 생생하게 전해졌다. 닉스의 엄마를 죽인 사람이 바로 앞에 있었다. 베니는 다른 손을 엉덩이 쪽으로 가져가 권총을 뽑으려 했지만, 라일라가 불쑥 나타나 베니의 팔을 살짝 건드렸다. 베니가 라일라를 쳐다보자, 그녀는 고개를 젓고 턱으로 공터의 반대쪽을 가리켰다. 남자 셋이 햇살 아래 모습을 드러냈다. 해머와 메콩 형제들이었다. 그들은 모두 총을 들고 있었다.

남자들은 관리소 탑 아래로 걸어가면서 주변 나무들과 바닥에 남은 발자국들을 의심스러운 눈초리로 살폈다. 하지만 라일라를 따라 베니가 닉스가 지나온 길에서는 정작 특별한 점을 찾지 못한 듯 무심히 지나칠 뿐이었다.

해머가 사다리 맨 아래서 두 손을 입가로 가져다 대고 숲새 소리 같은 짧고 날카로운 휘파람을 불었다. 그는 잠시 기다렸다가 한 번 더 새소리를 냈다. 그리고 찰리에게 돌아서서 고개를 저었다.

"위에 올라가서 어떻게 됐는지 알아봐." 찰리가 빈에게 위협적으로 말했다. 깨끗한 아침 공기에 그의 목소리가 쉽게 울려 퍼졌다.

"그래, 저 위에서 내 행운의 동전이 나올지도 모르지." 빈이 사다리 쪽으로 몸을 돌리며 말했다. 하지만 찰리가 그의 어깨를 붙잡아 돌려세웠다.

"할 말이 있는 것 같은데, 내 얼굴에 대고 직접 하지 그래."

빈은 찰리를 올려다보았고, 베니는 아주 잠깐, 빈이 뭐라도 하지 않을까 기대했다. 그는 엽총을 들고 있었고, 뒤로 한 걸음 물러서서 찰리의 얼굴을 겨눌 수도 있었다. 그가 한 번만 용기를 내준다면, 혹은 자존심을 지키기로 마음 먹는다면 저 악마 같은 놈을 쓰러뜨릴 수 있었다. 닉스는 베니의 손목을 잡고 마치 빈에게 옳은 행동을 하라고 응원이라도 보내듯 손에 힘을 꽉 주었다.

하지만 결국 빈은 겁쟁이 같은 짓을 하고 말았다. 그는 뭐라고 중얼거리더니 눈을 내리깔고 총구를 아래로 떨궜다.

"그럼 가서 네 할 일이나 하고 와." 찰리가 딱딱하게 명령했다. "네 말라빠진 다리로 잽싸게 올라가서 멍청이 두 놈이 뭘 하고 자빠졌는지 보고 오라고."

빈 트랑은 조이 덕을 한번 흘깃 보았고, 찰리에게는 자신의 표정을 들키지 않게 조심했다. 그는 엽총을 어깨에 메고 사다리를 오르기 시작했고, 다른 남자들은 각자 무기를 들고 관리소 통로를 겨눴다. 천천히 조심스럽게 사다리를 오른 빈이 머리와 어깨를 통로 위로 내밀었을 때, 그는 그만 얼어붙고 말았다. 그가 내뱉는 욕이 나무 지붕을 뚫고 그의 귀에까지 들렸다.

"뭐야?" 찰리가 캐묻듯 말했다.

"직접 올라 와 보는 게 좋겠어, 대장."

찰리와 해머는 짜증을 내며 사다리를 타고 올라갔고, 조이는 땅에 남아 사다리를 지켰다. 관리소 통로에 쓰러진 동료들을 살피고 있는 세 남자를 보려고 베니는 옆걸음질을 쳤다.

그제야 베니는 자신이 무슨 짓을 했는지 깨달았다.

내가 사람을 죽였다.

좀비가 아니라…… 진짜 살아있는 사람을 죽였다.

그는 자신을 꾸짖는 양심의 소리를 들으려고 귀를 기울였다. 하지만 마음속 어둠 밖으로 들려오는 소리는 닉스네 집 앞에 앉아있던 모기의 떨리던 목소리와 제시 라일리를 안고 있던 톰의 목소리였다. 어젯밤 닉스가 서럽게 흐느끼던 소리도 들렸다. 만약 그의 양심이 아까 일에 대해 할 말이 있더라도 그에게 들릴 만큼 크게 외치지는 못하는 것 같았다. 오히려 아까 자신이 부러진 목검으로 찌른 남자가 지금 30m 떨어진 곳에서 허리에 손을 받치고 서 있는, 창백한 피부에 한쪽 눈이 빨갛고 덩치가 큰 남자였다면 좋았겠다고 외치는 다른 마음의 소리가 들려왔다. 톰이 그에게 총 쏘는 방법을 알려주었다면 얼마나 좋았을까. 하지만 베니는 권총에 대해 꽤 많이 알고 있었고, 그가 아는 한 아무리 능력이 좋아도 권총으로 30m 밖에 있는 목표물을 맞힐 수는 없었다. 탄창이 빌 때까지 관리소 통로를 향해 총을 쏘더라도 아무도 맞출 수 없을 것이고, 화력이 더 센 장총을 가진 찰리 패거리에게 보복만 당할 게 뻔했다. 심지어 찰리는 등에 라이플을 메고 있었다.

그는 닉스와 라일라 쪽으로 허리를 숙이며 입 모양으로 말했다. "더 있어 아니면 이동해?"

라일라는 손바닥을 펼쳐 아래로 내렸다. 기다리라는 뜻이었다.

찰리가 통로의 난간으로 가서 난간 너머 산의 경사와 주변 숲을 살폈다. 그의 눈이 한쪽에서 다른 쪽으로 천천히 옮겨갔고, 그의 시선이 잠시 베니 일행이 웅크린 곳에 머무르자 등골이 오싹했다. 악마 같은 빨간 눈에는 그들이 보이는 것일까? 그 순간 찰리의 시선이 옆으로 옮겨갔다.

해머가 찰리의 뒤에 섰다.

"완전히 시간 낭비야, 찰리. 그냥 여자애들을 데리고 언덕을 넘자."

"이런 식으로 그냥 갈 수는 없어." 찰리가 으르렁거렸다. "일을 제대로 끝내지 않으면 찜찜하거든."

"그래, 하지만 시간 낭비는 곧 돈 낭비야." 해머가 받아쳤다. "이미 게임에 넣을 애들은 충분하고도 남잖아."

"이무라네 꼬맹이가 마을로 돌아오면?"

해머가 그 말을 비웃으며 껄껄 웃었다.

"찰리, 돌아가는 길목마다 좀비 떼가 버티고 있을 거야. 좀비한테 잡히기 전에 넘어져서 목이 부러지는 편이 애송이한테는 더 나을걸."

"그놈이 운이 없다면 내가 놈 흔적을 찾아내서 쫓을 수도 있고."

"맞는 말이야, 친구." 해머가 찰리의 등을 치며 말했다. "맞는 말이고 말고."

"좋아, 가자고. 휴스턴 존과 불이 오늘 밤 합류할 거야. 내일 날이 밝으면 바로 이동해야겠어."

찰리는 뒤를 돌았고, 묻어줄 만한 가치도 없다는 듯 한때 동료였던 이들의 시체를 그대로 남겨둔 채 사다리를 내려왔다. 땅으로 내려온 남자들은 다시 수풀 사이로 사라졌다. 그들이 사라진 방향을 보니 고속도로 쪽으로 돌아가는 것이거나 자신들이 남긴 흔적을 따라 그 근처 자신들의 캠프로 돌아가는 것이라고 베니는 짐작했다.

베니는 닉스 쪽으로 고개를 돌려 말을 하려고 입을 뗐지만 라일라가 손가락을 자기 입술에 갖다 댔고, 한참을 말없이 기다리게 했다. 잠시 뒤 라일라는 천천히 일어나 공터와 공터 너머에 있는 나무들을 살폈다. 라일라의 어깨에서 긴장이 풀리는 듯 보였고, 그녀는 곧 베니와 닉스를 향해 돌아섰다.

"고마워." 베니가 라일라에게 말했다.

사라진 소녀는 잠시 혼란스러운 표정을 지었다. 베니의 말에 어떻게 대답해야 할지 모르는 듯했다.

닉스가 말했다. "우리가 도움이 필요하다는 거 어떻게 알았어?"

라일라가 여러 단어를 맞춰보며 대답을 생각해내는 동안 그녀의 입이 달싹거렸다. 베니는 그녀가 다른 사람과 말을 섞지 않은 지 대체 얼마나 되었는지 다시 한번 궁금해졌다.

"따라가." 라일라는 마침내 입을 뗐다. 그리고 곧 자기가 한 말을 바로잡았다. "따라갔다. 남자들. 남자들 따라갔다?"

라일라는 자신의 질문을 두 사람이 알아듣길 바라며 말끝을 살짝 올렸다.

"네가 남자들을 따라가고 있었다고?" 닉스가 물었다.

"응." 라일라가 답했다. "저 남자들 따라갔다. 내가. 음…… 깜깜한 아침부터."

"새벽부터?"

"새벽부터." 라일라가 살짝 웃으며 닉스의 말을 따라 했다. "나 새벽부터 남자들 따라갔다."

게임랜드에서 도망친 후로 라일라가 완성한 첫 문장일 것 같았다. 그게 얼마 전일까? 톰 말이 맞다면 아마 5년쯤 되었을 것이다. 생각을 말로 표현해야 할 이유가 없어졌을 때 그녀가 고작 열한 살이었다는 뜻이다.

"왜 따라갔어?" 베니가 물었다.

라일라가 곰곰이 생각했다. "너희."

"우리?"

"너희 봤다. 어젯밤. 너희 그것들 피해서 뛰었다. 걷는 사람. 남자들. 총소리 들었어. 따라갔다. 너희 소리 들었어. 어젯밤에. 울었다. 얘기했다."

베니는 닉스를 힐끔 보았고 닉스는 베니의 눈을 피했다. 이 야생 소녀가 두 사람이 키스하는 소리도 들었을까? 베니는 곧 생각을 떨쳐버렸다. 뜨거운 키스였지만 아래에서 들릴만한 소리를 내지는 않았다. 그리고 그는 골똘히 생각했다. 라일라가 지금 이 자리에 서 있었다면 둘이 키스하는 장면을 봤을 수도 있다. 베니는 그 생각을 하고 나서야 깨달았다. 닉스의 생각은 이미 진작에 거기까지 미쳤고, 그래서 좀 전에 자신의 시선을 피했던 것이었다.

"라일라……. 어젯밤에 우리가 말하는 소리를 들었잖아? 우리가 말하는 이야기를 다 들었어?"

라일라는 한참 생각하다가 어깨를 으쓱한 뒤, 고개를 끄덕였다.

"다 이해했어?"

옅은 미소가 라일리의 입가에 스쳤다.

"나……. 이해해. 하지만……." 라일라는 두 사람과 자신 사이에서 손을 왔다 갔다 해 보였다.

"말하는 게 어렵구나." 닉스가 말했다. "대화가 익숙하지 않아서?"

"'대화'." 라일라가 단어를 음미하듯 천천히 읊조렸다.

베니가 말했다. "우리는 여기에서 벗어나야 해. 마을로 돌아가야 해. 마운틴사이드 마을에 대해서 알아? 우리가 사는 곳인데."

"알아. 조금. 많이 몰라."

"우리를 데려다줄 수 있을까?" 닉스가 물었다.

"있다." 라일라가 말했다. "안 한다."

베니가 얼굴을 찌푸렸다. "데려다줄 수 없다고? 어째서?"

"먹는다." 라일라가 말했다. 두 사람이 반응이 없자 짜증이 난 듯, 음식을 집어 먹는 동작을 해 보였다. "먹는다."

"알겠어." 베니가 말했다. "우리가 먹어야 한다는 건 알아. 하지만 우리는 집에 가야 해."

베니가 말한 집이라는 단어에 문득 현실이 피부로 느껴지며 마주하고 싶지 않은 기억들이 떠올랐다. 그리고 집이라는 단어의 의미가 예전과 같을 수 없다는 사실도 깨달았다.

"무슨 집?" 닉스가 베니를 향해 몸을 홱 틀며 물었다. "누구 집?"

"난……." 베니가 말을 시작했지만 답할 말이 떠오르지 않았다. 닉스 말이 맞았다. 대체 누구의 집으로 가겠다는 걸까? 닉스의 엄마가 돌아가셨다. 톰도 없었다. 마운틴사이드에 있는 두 사람의 집은 텅 비어있었다. 텅 빈 집에 상처받은 사람들만 남았다.

"먹는다." 라일라가 말했다. "먼저 먹는다. 먹는다. 그리고 생각한다."

"어디에서 먹어? 여기에서?"

라일라는 고개를 저었다. "따라와."

라일라는 다른 말은 하지 않고 뒤를 돌더니 나무들 사이에 난 구불구불한 오솔길로 들어갔다. 오솔길은 산 중턱을 가로질러 나 있었다. 닉스는 라일라에게 말을 걸려고 했지만 사라진 소녀는 고개를 저으며 앞질러 나아갔다. 야생에 있을 때는 혼자만의 생각에 잠겨있고 싶어 하는 것 같았다.

곧 계곡물이 흐르는 소리가 들렸고 초원을 가로질러 콜드워터 계곡으로 흐르는 물줄기가 언뜻언뜻 보였다. 베니는 흐르는 물을 보고 마음이 편해졌다. 물줄기를 따라가서 콜드워터 계곡만 찾으면 거기에서부터 마운틴사이드로 가는 길을 찾을 수 있겠다는 생각이 들었기 때문이었다. 하지만 콜드워터 계곡을 생각하니 톰이 떠올라 마음이 아팠다.

닉스가 베니의 표정을 읽고 무슨 일이냐고 물었다.

"형 생각이 나서." 베니가 답했다.

닉스가 끄덕였다.

"그럴 것 같았어. 너희 형에 대해서 했던 말들은 사과할게. 엄마가······. 우리 엄마가 톰을 많이 챙겼어. 어쩌면 우리 엄마가 너희 형을 좋아했었던 것 같기도 해."

"형도 마찬가지였던 것 같아." 베니는 자신을 비웃듯 헛웃음을 지었다. "나는 내가 똑똑한 사람이라고 생각했었어. 청만큼은 아니지만······."

"누구도 걔만큼은 안 될 거야." 닉스가 웃으며 말했다.

"······그리고 너처럼도 아니지만." 닉스는 아무 말도 하지 않았다. "하지만 멍청하지는 않다고 생각했거든."

"그래서, 하고 싶은 말이 뭔데?"

"이 이야기는······. 아무한테도 말 한 적 없는 이야기야." 베니는 닉스에게 첫 번째 밤에 대한 자신의 기억을 이야기했고, 빨간 소매의 흰색 원피스를 입은 엄마, 엄마가 지르던 비명, 그리고 자신을 안고 도망치던 톰에 대해서도 이야기했다. "내 첫 기억이야." 베니가 이야기를 마치며 말했다. "그리고 내가 생각하는 형은 그런 사람이었어."

"그런……. 어떤 사람?" 닉스가 물었다. 베니는 그녀가 자신의 답을 이미 예상했을 거라 생각했다.

"겁쟁이. 형이 도망쳤다고 생각했거든."

"그럴 수도 있지." 닉스가 말했다. "너를 안전한 곳으로 데려가라고 엄마가 부탁하셨을 수도 있고."

"그러셨대. 형이 말해줬어. 난 형을 믿지만, 그래도 돌아가서 엄마를 구할 수도 있었잖아. 형은 엄마를 돕기 위해 *아무것도* 하지 않았어. 그저 도망치기 바빴지."

두 사람이 바위를 기어오르는 동안 닉스는 아무 말도 하지 않았다. 라일라는 벌써 100m쯤 앞서 있었다. 닉스와 베니를 배려해 속도를 줄일 기미도 보이지 않았다.

"네가 찾던 사람이 이런 소녀일 거라고 예상했어?" 닉스가 한쪽 눈썹을 올리며 물었다.

"전혀 아니야." 베니가 말했다. "좀 특이한 것 같아."

"그럴 수밖에 없었잖아." 닉스가 말했다.

"여기 살아서? 매일 좀비랑 싸우고 찰리 같은 사냥꾼들을 피하며 살아서? 그래 맞아. 나였으면 아마 오래전에 미치고도 남았을 거야."

닉스는 바위 위에 잠시 누워서 베니가 기어오르기를 기다렸다가 베니와 걸음을 맞춰 나란히 걸었다.

"문제는 이거야." 베니가 말했다. "내가 형을 잘 몰랐던 거라면 어쩌지?"

"왜 지금 그런 의문이 생겼는데?"

"여태 일어난 일 때문에. 나를 처음 시체들의 땅으로 데려왔을 때 형이 어떤 사람인지 보기도 했고. 형은 똑똑하고 능력도 좋았어. 내가 못 하는 것, 모르는 것도 형은 잘 알았어."

"알고 보면 다들 그런 것 같아." 닉스가 말했다. "잘 안다고 생각했던 사람도 마찬가지고."

베니가 끄덕였다.

"그리고 사람들이 형에 대해 하는 이야기들 때문이기도 해. 다들 형이 대단하다고 하잖아? 사케토 씨네 집 마당에서 봤을 때는 해머나 찰리도 형한테 겁을 먹었던 것 같아. 그게……. 해머는 정말 겁을 먹은 것 같았고 찰리는 조심하는 것처럼 보이기는 했어. 하지만 대체 왜? 형은 그렇게 크지도 않고 그 둘 만큼 힘도 세지 않잖아."

"우리 엄마는 너희 형이 싸우는 모습을 본 적이 있다고 했어. 하지만 어떤 상황이었는지는 말해주시지 않으셨어."

베니는 그 상황이 톰이 게임랜드에서 닉스네 엄마를 구할 때가 아니었을까 생각했다.

"응, 그리고 형이 좀비들에게 포위당했을 때 빈 트랑과 조이 덕에게 겁을 주는 것도 봤어. 형은 방법을 생각 중이었고 스트레스를 받았던 것 같아. 하지만 나는 형이 조금이라도 두려워할 줄 알았어. 방법이 없었으니까."

"그런데……?"

"그런데 형은 묵묵히 맞섰어. 형은 용감하게 싸우다 죽었어."

"하나 더 있어." 닉스가 슬픈 눈빛으로 말했다. "찰리와 해머가 사케토 씨네서 그분을 죽였잖아. 집을 쳐부수고 들어갔다던데. 하지만 너희 형을 직접 공격하지는 않았어."

베니는 한숨을 쉬었고 닉스에게 걸음을 맞춰 터벅터벅 걸었다. 마음이 침울해졌다.

"정말 거지 같네." 베니가 한마디 했다. "형은 죽는 순간까지 형의 유일한 핏줄인 내가 형을 겁쟁이라고 생각하는 줄 알았겠지." 베니는 고개를 저었다. "하지만 형이 나를 처음 여기로 데려온 날부터 그런 생각은 하지 않았어. 기회가 있었다면 우리 사이를 바꾸려고 노력했을 거야."

닉스는 베니의 손을 꼭 잡았다. 간절하게 바꾸고 싶은 것들이 너무나 많은 세상이었다.

44

둘은 라일라를 따라 오래된 떡갈나무와 어린 소나무가 울창한 숲을 지났다. 시체들의 신음을 먼저 들은 사람은 닉스였다.

"기다려!" 닉스가 몸을 웅크리며 다급하게 속삭였다. "좀비야!"

베니는 죽은 현상금 사냥꾼에게서 챙긴 커다란 사냥용 칼을 꺼내 들었다.

굶주림으로 가득한 알아들을 수 없는 신음이 떡갈나무 기둥 사이를 돌고 돌아 그들의 귀에 들려왔다. 구천을 떠도는 유령이 애처롭게 흐느끼는 소리 같기도 했다.

"어디 있지?" 닉스가 속삭였다.

"저기." 베니가 손가락으로 한쪽을 가리키며 말했다. "저쪽에서 들리는 것 같아."

라일라가 자세를 낮추고 언제든 던질 준비가 된 창을 손에 쥔 채, 발소리가 나지 않도록 이끼 위를 달려 소리가 나는 방향으로 돌진했다.

"저기……. 베니?" 닉스가 말했다. "라일라가 좀비 쪽으로 뛰고 있어."

오솔길 50m쯤 앞에서 라일라가 멈춰 서더니 그들에게 손짓했다.

"우리더러 따라오라는 것 같은데?"

"이런 젠장."

"흠, 네가 바라고 바랐던 일인 줄 알았는데?" 닉스가 말했다.

"퍽도 재미있다."

그들은 머뭇거리며 느릿느릿 라일라를 따라갔다.

가까이 가면 갈수록 좀비들의 신음소리가 더 커졌고, 딱 꼬집어 말할 수는 없었지만 베니가 이제껏 들어본 다른 좀비들의 신음과는 어딘가 달랐다. 하지만 팔에 소름이 돋고 머리카락이 쭈뼛 서기는 마찬가지였다.

두 사람은 라일라에게 다가갔고 다 같이 살금살금 오솔길의 모퉁이를 돌았다. 좀비 하나가 그들 바로 앞에 서 있었다. 살아서는 덩치 큰 남자였을 것 같았다. 이미 죽어 썩어가고 있는데도 가슴팍과 어깨가 떡 벌어져 있었고, 손은 당장이라도 베니의 허리를 부러뜨릴 수 있을 만큼 컸다. 그는 기술자들이 입는 멜빵 작업복 차림이었는데, 떡 벌어진 가슴팍과 배에 일렬로 총알구멍이 나 있었다.

닉스가 겁을 먹고 비명을 질렀고, 베니도 울부짖으며 칼을 들고 싸울 준비를 했다. 베니는 닉스를 위해 목숨을 내놓겠다고 다짐하며 그녀를 자기 등 뒤에 바싹 붙이고 섰다.

좀비의 신음이 갑자기 으르렁거리는 소리로 변했고, 주름진 입술이 틀어지면서 누런 이빨이 드러났다.

좀비 떼가 그들의 살점을 노리며 울부짖기 시작하자 그들을 둘러싼 숲이 굶주린 좀비들의 신음으로 가득 찼다. 베니와 닉스가 고개를 돌리자 남자, 여자, 어른과 아이 좀비까지 말 그대로 좀비 수백 명이 주변에 가득했다. 라일라가 그들을 유인한 것이 틀림없다. 안전한 곳으로 이끌어 주리라고 믿었건만, 끔찍한 함정에 던져버리다니.

라일라가 덩치 큰 좀비 아주 가까이에 서 있었다. 그녀는 베니와 닉스를 향해 돌아서서…… 깔깔 웃기 시작했다.

"뭐야……?"

닉스는 라일라를 믿었던 마음이 아니라 좀비를 보고 있는 눈이 잘못되었다는 듯 눈을 연신 깜빡였다.

"나쁜 년!" 베니가 으르렁거리며 말했다. "우릴 속였어!"

45

죽은 자들의 신음이 숲을 가득 메웠다.

베니와 닉스는 서로 등을 맞대고 섰다. 그들은 알아채지 못했지만 라일라를 따라 숲속을 걸으며 이미 좀비 열댓 명을 지나친 뒤였고, 왔던 길을 돌아보니 이제야 텅 빈 눈으로 자신들을 바라보고 있는 좀비들이 보였다.

라일라는 자기 손을 커다란 좀비의 가슴팍 위에 올렸다.

그녀는 아직도 웃고 있었다. 덩치 큰 좀비는 그녀를 물어뜯으려고 허우적거렸다.

하지만 그는 아무것도 하지 못했다.

"뭐야……?" 베니가 나지막하게 말했다. 머릿속으로 이게 대체 무슨 상황인지 이해하려고 애썼다.

그러다 의외의 단서 하나가 베니의 눈에 들어왔다.

좀비가 나무에 묶여 있었다. 단단하고 긴 줄이 좀비의 허리에 감겨있었고, 좀 더 짧은 길이로 양손이 매여있었다. 좀비는 손을 몇 센티미터 이상 뻗을 수 없었다.

베니가 고개를 돌려보니 그 옆 나무에도 비슷한 방식으로 좀비가 묶여 있었다. 다른 나무도 마찬가지였다.

"다들……. 묶여 있어." 닉스가 천천히 제자리를 돌며 말했다.

닉스 말이 맞았다.

숲속은 좀비 수백으로 가득 차 있었고, 모두 나무에 묶여 있었다. 기둥이 두꺼운 떡갈나무에는 셋이나 넷이 함께 묶여 있기도 했다.

"이해가……. 안 돼." 닉스가 말했다. 하지만 베니는 이해할 수 있었다. 톰이 한 말이 떠올랐다. 찰리는 현상금 걸린 좀비를 찾기 쉽도록 나무에 좀비를 묶어 둔다고 했었다.

그는 자신들이 어디에 와있는지 깨달았다.

굶주린 숲이다.

닉스가 라일라를 향해 휙 돌아섰다. "이게 *재미있어*?"

라일라는 눈을 움찔했다. "응. 아주 재미있어. 너희 얼굴!"

라일라가 깔깔거렸고 그 소리에 반응한 좀비들이 오랫동안 신음을 뱉었다.

"여기는 *뭐 하는* 곳이야?" 닉스가 물었다.

베니가 닉스에게 설명했다. 라일라는 베니의 말을 듣고 고개를 끄덕였다. 닉스는 겁에 질린 표정이었다. 라일라는 좀비를 데려간 뒤 남은 줄이 아직 매여있는 나무들을 가리켰다.

"맙소사……." 닉스가 말했다. "좀비들을 수확하는 셈이네."

"가끔." 라일라가 말했다. "나 여기 온다. 줄 풀어준다. 보내준다."

"왜?"

"찰리가 온다고 생각하면 풀어준다."

"매복이네. 멋지다." 베니가 미소 지으며 말했다. "미친 짓이긴 해도……. 괜찮네."

닉스는 좀비들에게서 눈을 떼지 못했다.

"여기에 몇 명이나 있어?"

라일라가 곰곰이 생각하다 어깨를 으쓱했다. "3000. 더 많이."

"끔찍해."

라일라는 다시 어깨를 으쓱하더니 베니 쪽으로 고개를 돌렸다.

"끔찍해?"

"잘 모르겠어." 베니가 말했다.

라일라가 닉스에게 말했다. "나 여기 두 번 와서 풀어줬다. 끈 다 잘랐어."

"왜?"

"풀어주려고. 저것들 나 따라왔어. 물 옆으로."

"이런." 베니가 말했다. "콜드워터 계곡에서 좀비들을 봤었어. 네가 풀어준 거였어?"

라일라가 끄덕였다.

"가끔……. 그것들 본다. 묶였다. 나 슬퍼. 줄 풀고 멀리 데려간다."

"데려간다고? 어떻게 물리지 않고 좀비를 이동시켜?" 베니가 물었다.

라일라는 베니가 멍청한 소리를 한다는 듯 빤히 보았다.

"이것들 느려. 나는 안 느려." 그러고는 자기 팔뚝을 꼬집었다. "이것들 살 쫓아가."

베니는 비틀거리는 좀비 떼가 이렇게나 아름다운, 그리고 엽기적인 사라진 소녀를 쫓는 장면을 상상하며 침을 꿀꺽 삼켰다.

라일라는 나뭇잎 사이로 보이는 하늘을 올려다보며 태양의 위치를 살폈다.

"갈 시간이야."

그러고는 뒤돌아서 굶주린 숲 더 깊숙한 곳으로 걷기 시작했다. 그녀가 옆을 지나갈 때마다 좀비들은 그녀가 지나가는 방향으로 고개를 돌리며 어떻게든 그녀의 살점을 뜯으려고 버둥거렸다. 하지만 사라진 소녀는 그들이 눈에 보이지 않는다는 듯 전혀 신경을 쓰지 않았다.

베니와 닉스는 이 공간에 숨겨진 모순들을 생각하느라 한동안 발을 떼지 못했다. 좀비들이 나무에 묶여 있든, 현상금이 걸려 끌려갔든, 자유롭게 풀려났든, 이 공간 자체가 너무 공포스러웠다.

가까이에 있는 좀비들은 그치지 않고 신음을 뱉었고, 살아있는 살점의 냄새만 맡고 있기가 고통스럽다는 듯 딱딱 소리가 나도록 턱을 열었다 닫았다 했다.

"네 여자친구 좀 미친 것 같아." 닉스가 말했다.

"아주 고오맙지만 내 여자친구 아니거든. 그리고 형은 저런 사람들을 '신의 손길에 닿았다'라고 표현했었어."

"라일라는 누구의 손길에도 닿은 적 없이 혼자 미친 것 같은데. 생각해 봐. 이 장소가 그저 으스스하기만 하냐고. 여기에서 나가야 해." 닉스가 말했다. "당장."

"네 말에 동의해." 베니가 동의했지만 라일라를 따라잡으려고 서둘러 길을 올라가면서 베니는 이 광경을 마음에 새겨 두려고 계속해서 뒤를 돌아보았다. 머릿속에 아이디어들이 떠올랐다. 짓궂으면서도 섬뜩한 아이디어였다.

닉스가 베니의 표정을 읽으며 말했다. "왜 그래?"

"아무것도 아니야." 베니가 둘러댔다. 그의 머릿속에 떠오른 생각을 닉스와 공유하고 싶지는 않았다. 아직은 아니었다.

46

세 사람은 바위 절벽으로 둘러싸인 공터에 도착했다. 몇백만 년 동안 깎인 바위 절벽 아래로 폭포수가 쏟아져 내려 콜드워터 계곡을 향해 흘렀다. 정말 신비한 곳이었다. 숲에는 덩굴 식물과 왜소한 소나무들이 제멋대로 자라고 있었고, 바닥에 솔잎이 두껍게 깔려

있었다. 절벽 밑바닥에는 유리알처럼 투명한 물이 고여 요동치고 있었다. 하지만 공터 주변으로 각각 썩은 정도가 다른 죽은 동물들이 널려 있었다. 냄새가 코를 찔렀고 공기 중에는 파리떼가 날아다녔다.

닉스가 구역질을 했다. 베니는 주머니를 뒤적여 민트 반죽 통을 꺼냈고, 코 밑에 반죽을 발라 냄새를 막는 방법을 닉스에게 일러주었다. 그러다 문득 어젯밤부터 닉스가 자신의 냄새를 견디고 있었다는 사실을 깨닫고 닉스의 참을성에 감탄했다. 베니의 옷에서는 여전히 카다베린 때문에 지독한 냄새가 나고 있었다.

라일라는 오솔길과 공터가 만나는 자리에 서 있었다.

"여기." 라일라가 폭포를 가리키며 말했다.

"어디—? 공터를 지나야 돼?" 베니가 물었다.

라일라는 끄덕였다. 그리고 눈앞에 보이는 빈 들판을 가리켰다.

"내 발 가는 곳에 발 놔."

베니는 라일라가 무슨 말을 하는지 바로 이해하지 못했다. 그래서 라일라가 공터 안을 지그재그로 걷는 동안 베니는 차가운 물가를 향해 일직선으로 곧장 걷기 시작했다. 그러자 라일라가 몸을 홱 돌리며 말했다. "그만!"

라일라는 자신이 밟은 자리를 도로 밟으며 재빨리 베니에게 되돌아왔다.

"바보야?" 라일라가 거칠게 쏘아붙였다. 그리고 베니의 앞에서 무릎을 꿇고 솔잎을 파헤친 다음 땅 한 부분을 들어 올렸고, 숨어있던 바늘과 다른 폐품 조각들이 정교하게 꿰매어져 있는 철망이 드러났다. 철망 아래에는 구덩이가 파여있었는데, 바닥에 뾰족한 나무 막대기가 가득 꽂혀있었다.

"이런, 젠장!" 베니가 말했다.

닉스가 공터를 가리키며 물었다. "여기가 다 이렇게 되어있어?"

"응." 라일라가 유령의 속삭임 같은 목소리로 답했다. "그래서, 내 발 봐. 내가 걷는 곳만. 알아?"

"완전히 알겠어." 베니가 대답했다.

그들은 라일라를 따라 한 줄로 공터를 가로지르며 절벽으로 다가갔다. 어디를 밟아야 할지 모르는 사람은 절대 안전하게 절벽까지 갈 수 없을 것 같았다. 베니는 대단하다고 생각했다.

절벽을 따라 소나무가 자라고 있었고, 베니와 닉스는 절벽 바로 앞까지 가서야 소나무들 뒤로 난 좁은 길을 발견했다. 길은 폭포 뒤쪽 움푹 팬 공간으로 이어졌다. 폭포수가 절벽과 약간 간격을 두고 쏟아졌고, 떨어지는 물 뒤쪽으로 폭 1.5m 높이 2m 정도 되는 동굴 입구가 보였다. 동굴 입구에는 라일라가 어딘가에서 구해온 두꺼운 산업용 비닐이 몇 겹이나 덮여있었다. 라일라는 비닐을 밀며 동굴 안으로 들어갔고 베니와 닉스도 라일라를 따라 축축하고 작은 공간으로 들어갔다. 3m 뒤쪽에 비닐이 또 하나 걸려 있고, 비닐 뒤에는 두꺼운 천이 걸려 있었다. 베니는 정말 기발하다고 생각하며 속으로 감탄했다. 바깥쪽 비닐이 물을 막아주었고 두꺼운 천은 빛이 새어 나가지 않도록 해 주었다. 두 개가 겹쳐 있으면 폭포가 떨어지며 나는 천둥 같은 소리도 덜 시끄럽게 들렸다. 라일라가 가장 먼저 안으로 들어갔고 닉스가 안쪽을 밝히려고 두꺼운 천을 들고 있는 동안 베니가 라일리의 뒤를 따랐다. 라일라는 아랑곳하지 않고 점점 더 어두운 동굴 안쪽으로 들어갔고, 곧 성냥불을 켤 때 나는 유황 냄새가 풍겼다. 라일라가 성냥불로 기름 등불에 불을 붙이자 포근한 노란 빛이 넓은 동굴 안을 은은하게 밝혔다.

베니와 닉스는 말문이 막혔다. 동굴 안은 보물창고 같았다. 안락의자 하나와 작은 테이블이 놓여있었고, 접시를 올려두는 철제 거치대도 보였다. 통조림 음식이 가득한 드럼통과 오래된 장난감, 책들도 있었다. 책이 엄청나게 많았다. 기계 사용 설명서, 소설, 단편집, 시집, 유명인의 전기와 유머집, 잡지, 만화책도 있었다. 동굴 벽면과 온 사방에 책들이 쌓여있었다. 닉스는 믿을 수 없다는 표정이었고, 소리 없이 입 모양으로만 '우와'하며 감탄사를 연발했다.

라일라는 두 사람과 책을 번갈아 보다 말했다. "나 읽어."

라일라가 모으는 물건은 책뿐만이 아닌 듯했다. 두꺼운 백과사전 더미 위에 판자를 놓아 만든 테이블이 있었는데, 판자가 휘어질 정도로 무기들이 잔뜩 올려져 있었다. 권총 여러 자루와 총알 몇 상자가 보였고, 칼, 골프채, 창과 도끼도 있었다. 이 정도의 무기라면 당장 전쟁이 시작된다 해도 이기고도 남을 것 같았다. 그리고 베니는 라일라가 실제로도 그렇게 살고 있다는 사실을 깨달았다. 라일라는 전쟁 중이었다. 그는 라일라의 시선을 느끼며 테이블로 걸어갔다. 총알을 장전하는 법이 적힌 설명서가 펼쳐져 있었고, 책에는 손때가 묻어있었다. 납 총알과 화약이 가득 담긴 커피 깡통과 다양한 크기의 총알을 만들 수 있는 거푸집과 주물도 보였다. 마을에도 비슷한 물건을 가진 사람은 몇 명뿐이었다.

"정말 대단하다." 베니가 말했다.

라일라는 어깨를 으쓱했다. 그녀에게는 일상을 보내는 평범한 공간일 뿐이었다.

라일라는 담요를 개켜서 바닥에 깔더니 앉으라는 말 대신 손으로 담요를 가리켰다. 그녀는 작은 돌 화로에 불을 피웠다. 베니는 연기가 동굴에 머물러 있지 않고 위로 향하는 것을 알아채고 천장에 구멍이 있는지 보려고 허리를 약간 굽히며 고개를 들었다. 햇빛이 들어오지 않는 것을 보니 연기가 곧장 밖으로 나가는 것이 아니라 바위 틈새로 빠지는 것 같았다. 형도 인정할 만한 솜씨라고 베니는 생각했다.

라일라는 자신에게는 일상인 일들을 하느라 바빴고, 베니는 그녀를 가만히 지켜보았다. 라일라는 안전을 가장 중요하게 생각했고, 혹시 빛이 새 나갈까 봐 입구에 걸려 있는 천부터 꼼꼼하게 닫았다. 깊은 산속의 밤은 칠흑같이 어두워서 아무리 작은 불빛이라도 몇 킬로 밖에서도 보일 수 있었다. 그 뒤 라일라는 입구에 줄 두 개를 걸었다. 첫 번째 줄에는 빈 깡통과 철 조각이 여러 개 묶여 있었다. 평소에는 두꺼운 천 뒤에 조용히 매달려 있지만 누군가가 천을 건드리면 큰 소리를 내서 그녀에게 위험을 알릴 수 있게끔 만든 장치였다. 그리고 그녀는 정강이 한 가운데를 지나는 높이에 은줄을 걸었다. 침침한 동굴 안쪽에서는 줄이 보였지만 밖에서 천을 열고 안으로 들어오려는 사람은 은줄에 걸려 넘어지게 되어있었다. 두 가지 장치 덕분에 라일라가 자는 동안 누구도 동굴 안으로 숨어 들어올 수 없었고, 그녀를 공격하기 전에 넘어질 수밖에 없었다. 숙련된 킬러인 소녀라면 어둠 속에 넘어진 *침입자*들을 단숨에 처리하고도 남을 것이다.

"이 함정을 진짜 써 본 적이 있어?" 베니가 물었다.

베니와 닉스와 친구들은 스카우트 활동을 하며 간단한 부비트랩에 대해 배운 적이 있었다. 부비트랩은 좀비의 공격을 늦추는 데 효과가 좋다고 했다.

줄들이 팽팽하게 매여있는지 확인하려고 라일라가 손가락으로 줄을 당기자 기타 줄을 튕기는 소리가 났다.

"한 번." 라일라가 말했다. "잘 됐다."

"좀비? 아니면 인간?" 닉스가 물었다.

라일라가 어깨를 으쓱했다. "상관없다."

동굴 입구를 완전히 막은 후 라일라는 허리띠를 풀어 침대로 사용하는 나무 팔레트 위에 올려 두었다. 그리고 창은 여러 종류의 골프채와 야구 방망이, 하키 스틱, 손잡이가 긴 도끼를 꽂아두는 낡은 우산꽂이에 꽂았다.

"라일라." 닉스가 말했다. "여기, 이 안에 있는 것 전부, 되게 멋져. 다 너 혼자 옮긴 거야?"

라일라가 냄비에 물을 붓고 고기와 채소 조각을 넣었다.

"나 혼자. 다른 사람 없어."

"책은 이 중에서 몇 권이나 읽었어?"

"다." 라일라가 함께 걷기 시작한 뒤 처음으로 미소 지었다. 허리를 숙여 냄비를 뒤적이기 시작했다. "나……. 읽어, 음, 말보다 잘해. 미안해."

"미안하다고?" 베니가 들뜬 목소리로 말했다. "라일라, 너 정말 멋있어! 닉스, 라일라 정말 멋지지……?"

베니는 신이 나서 닉스를 돌아보았지만 닉스의 눈빛이 얼음장처럼 차가웠고, 베니는 이상한 낌새를 눈치채고 잠시 주춤하며 재빨리 지난 몇 초를 곱씹었다. 라일라는 화로 불빛에 얼굴이 환해져서 몸을 숙인 채 웃고 있었다. 라일라의 닳을 대로 닳은 셔츠가 그녀의 몸을 완벽하게 가리지 못하고 있었고, 이제까지 전혀 상황을 이해하지 못하던 베니는 갑자기 자기가 처한 상황을 깨달았다. 그리고 닉스가 자신과 라일라를 유심히 보고 있다는 사실 또한 아주 똑똑히 깨닫게 되었다. 베니는 자신의 이마를 한 대 쥐어박고 싶은 심정이었고, 당장 지진이 나거나 좀비 떼가 침입해 준다면 감사할 것 같았다. 베니는 방금 하던 질문에 말을 덧붙여 상황을 모면하려고 했다.

"이 많은 책들을 다 읽었다니 말이야."

어리석은 시도였고, 전혀 먹힌 것 같지 않았다.

베니는 자신이 라일라의 몸에 아무 관심이 없었다는 사실을 어떻게든 증명하려고 닉스에게 씩 웃어 보였다. 닉스는 화초 하나는 거뜬히 죽일 수 있을 것 같은 냉랭한 미소를 지어 보였다.

청한테 둔하다고 욕을 먹어야 할 사람은 모기가 아니었어. 입가가 부자연스럽게 떨리는 것을 느끼며 베니가 생각했다.

닉스가 라일라에게 물었다. "책 읽는 법은 조지 아저씨가 알려줬어?"

사람들 사이의 분위기를 읽는데 서툰 라일라는 고개를 끄덕이며 다시 자리에 앉았다.

"응. 우리는 꼭 읽었어. 매일매일. '아는 것이 힘이야'." 라일라가 조지의 목소리를 흉내 내며 말했다.

두 사람은 고개를 끄덕였다. 라일라에게 질문할 기회를 엿보던 베니가 물었다.

"라일라, 이제껏 쭉 혼자였던 거야? 그러니까······. 게임랜드에서 도망친 뒤로?"

라일라가 끄덕였다. "혼자."

"어떻게 살아남았어?" 닉스가 물었다.

닉스를 보는 라일라의 눈빛이 급격히 식었다.

"보이면." 라일라가 말했다. "죽여."

"이런." 닉스가 말했다.

베니가 말했다. "기착지 수도사들은? 안 도와줬어?"

"수도사······. 우리 말 안 해. 그 사람들 음······. 일 있어. 나도 일 있어."

"톰 형 말로는 형 일행이 널 두 번이나 봤다던데."

"톰." 라일라는 그의 이름을 나지막이 되뇌고는 고개를 저었다.

"나랑 닮았어. 나보다 나이가 많고, 머리가 까맣고 피부색도 어두워. 키가 크고, 검을 들고 다녔어."

라일라는 얼굴이 환해지며 미소 지었고, 그 미소를 본 베니는 라일라가 톰이 누군지 알뿐만 아니라 뭔가가 더 있을 수도 있겠다고 생각하게 되었다.

"검 가진 남자." 라일라가 말했다. "아주, 음, 예뻐." 라일라는 동의를 구하듯 닉스를 보았다. "예뻐?"

"멋있어." 닉스가 말했다. "섹시해."

라일라는 그 단어가 좋은 듯 보였다.

"섹시해." 그리고 베니를 돌아보았다. "그런데, 죽었어?"

베니가 끄덕였다. "해머가 총을 쏴서 좀비 떼 사이로 떨어졌어."

라일라의 미소가 사라졌다. "그럼 걷는 사람이다."

베니는 생각조차 하고 싶지 않아서 말을 돌렸다.

"라일라……. 형 말로는 네가 사람들에게 새로운 게임랜드가 어디에 있는지 말해줄 수 있다던데."

"무슨 사람들?"

"마을에 있는 사람들. 마운틴사이드."

라일라가 어깨를 으쓱했다. "왜?"

"형은 찰리를 체포하고 싶었던 것 같아. 체포라는 말 알아?"

"읽었어. 옛날 세상일. 지금 세상 말고."

"그렇지." 닉스가 씁쓸하게 말했다. 그러고는 라일라의 팔에 손을 가져다 댔다. "우리한테 말 해줘. 그 사람들이 조지에게서 너랑 애니를 납치해간 다음 어떻게 됐어?"

"조지." 그의 이름을 말하는 라일라의 나지막하고 슬픈 목소리는 마치 다시는 되돌리지 못할 그녀의 아이 시절 목소리 같았다. 라일라는 복잡한 감정과 뒤죽박죽이 된 기억을 더듬으며 말했다. "조지를 때렸어. 죽었어, 나 생각했어. 하지만……. 아니야?"

"아니었어." 베니가 말했다. "다쳤지만 살아남았어. 깨어나자마자 너와 네 동생을 찾기 시작했대. 그러다 형을 만났고 함께 너희를 찾았대. 하지만 찾을 수 없었지. 조지는 어디를 찾아야 할지 몰랐던 것 같아. 게임랜드가 여기서 얼마나 멀어?"

"멀어. 빠른 걸음 3일. 여기서 산 두 개 지나가." 라일라가 말했다. "알아야 해. 어떻게, 음⋯⋯. 찾는지. 찾는 거 힘들어."

"조지는 찾지 못했어. 게임랜드에서 무슨 일이 일어나는지 소문만 무성했대. 그래서 너무 괴로웠고."

라일라는 마지막 말이 무슨 뜻인지 잠시 생각하다가 고개를 끄덕였다.

"조지는 우리 사랑했어. 조지 사랑했어. 조지⋯⋯. 죽었어?"

"그런 것 같아. 수도사 말로는 조지가 목을 맸다고 했대."

라일라는 큰 소리로 폭소를 터뜨리며 고개를 저었다.

"아니야." 라일라가 단호하게 말했다.

"형도 믿지 않아."

그들은 잠시 말을 멈추고 동굴 속을 서성였다.

"살해당한 게 아닐까?" 닉스가 말했다. "찰리한테."

"아니면 그 무리 중 하나거나." 베니가 말했다. 라일라는 입을 굳게 다물고 아무 말도 하지 않았다.

"라일라⋯⋯. 애니에 대해서도 말해줄 수 있어?"

"애니." 칼을 품은 듯 서늘하던 라일라의 눈빛이 촉촉하게 젖어 반짝였다. "우리 데려갔어. 게임랜드에 여자애들 많다. 남자애들도. 우리⋯⋯. *싸우게 만든다.*" 마지막 말에는 남자 백 명은 죽일 수 있을 것 같은 독기가 서려 있었다.

"놈들이 너희한테 싸움을 붙였다고?" 닉스가 물었고 베니는 눈

살을 찌푸렸다. 답을 듣고 싶지가 않았다.

라일라는 고개를 저었다.

"노력했어. 그 사람들이 여러 번 노력했어. 우리 그 사람들이랑 싸웠어. 물고. 차고. 눈 찌르고. 조지가 가르쳐 줬어. 애니도." 라일라는 손마디에서 소리가 날 정도로 주먹을 꽉 쥐어 보였고 그녀의 눈에 불빛이 반사되어 광기 어린 위험한 눈빛을 자아냈다. "강해져, 조지가 말했어. 강해져서 살아남아. 조지가 매일 말했어."

"조지 말이 맞아." 베니가 말했다. "나도 만나 봤으면 좋았겠다. 정말 좋은 분 같아."

라일라는 베니를 평가하듯 천천히 위아래로 훑어보았다. 그를 다시 본 것 같았다. 어쩌면 처음으로 베니를 제대로 보고, 그가 어떤 사람인지 *파악하려는* 것 같기도 했다. 라일라는 고개를 끄덕였다. 하지만 베니는 그녀가 자기 말에 동의하는 것인지 아니면 입 밖으로 내지 않은 자기 생각을 확신하는 것인지 알 수 없었다.

"그래서 놈들이랑 싸운 거야?" 닉스는 질문에 어울리지 않는 날카로운 말투로 물었다.

라일라는 베니에게서 눈을 떼지 않고 말했다, "응."

"그 *사람들*은 어떻게 했어?" 이번에는 닉스의 목소리에 동정이 조금 섞여 있었다.

"나 때렸어." 라일라가 아무것도 아니라는 듯, 자신이 견뎌온 일들에 비하면 별일 아니라는 듯 어깨를 으쓱했다. 닉스는 얼굴이 창백해졌고 베니는 온몸을 부들부들 떨었다. "많이 때렸어. 음식 없었어."

닉스가 욕을 뱉었다.

라일라는 다시 한번 어깨를 으쓱했다. "나 더 강해졌어. 나 화났어. 엄청 화났어."

"그리고 애니는?"

"애니……. 도망쳤어."

그들은 라일라를 바라보았고, 그녀의 담갈색 눈에 고여있던 눈물이 햇볕에 그을린 뺨을 타고 흘러내렸다. 눈물은 등불 빛을 반사하며 다이아몬드처럼 반짝였다.

"도망쳤어?"

"싸웠어, 그리고 도망쳤어. 폭풍 치는 밤, 비도 많이 왔어. 애니가 달렸어, 못생긴 남자가 쫓아갔어. 헤머. 그 남자가 쫓아갔어. 애니가 발 헛디뎠어. 진흙 위에 미끄러졌어. 넘어졌어. 심하게. 머리가 돌에 부딪혔어."

"이런……."

"내가 아무것도……. 못 했어." 라일라는 자신의 기억을 부인하듯 고개를 저었다. "그 사람들 애니 두고 갔어. 빗속에 쓰레기처럼. 애니가 아무것도 아닌 것처럼. 나는 벌써 도망쳤어, 이틀 전에, 그런데 돌아갔어. 몰래, 조용히. 애니 데리러. 하지만……. 애니 찾았을 때 애니는 없어졌어. 벌써 없어졌어. 그리고 애니……. 돌아왔어."

"이런, 맙소사……."

"물려고 했어."

라일라의 눈에서 눈물이 더 쏟아졌다.

라일라는 그 일에 대해 더 이상 말하지 않았다. 닉스는 라일라에게 동생을 어떻게 했는지 물었지만 라일라는 그저 고개만 저었다. 베니는 방금 라일라가 한 이야기와 톰이 해 준 이야기를 맞춰보았다. 라일라는 한 남자의 기억을 없애고 싶어 했고, 그 남자는 모터시티 해머였다. 그녀는 혼자 절망적인 나날들을 견디며 언젠가 해머를 죽여 그가 자신과 여동생에게 한 짓에 대한 복수를 할 수 있을지도 모른다는 희망으로 그와 닮은 형상을 닥치는 대로 죽인 것이었다.

"정말 유감이야." 닉스가 말했다.

라일라가 굳은 표정으로 닉스를 보며 얼음장 같은 목소리로 말했다. "유감? 그러면 애니가 돌아와?"

"아니⋯⋯. 하지만 나는⋯⋯."

"'유감' 같은 말 하지 마. 죽은 사람한테 해. 살아있는 사람한테 필요 없어."

라일라는 거칠게 숟가락을 집어 들고 스튜를 마구 저었고, 그 바람에 스튜가 화로로 튀었다. 베니는 손을 뻗어 닉스의 손을 잡았다.

"세상이 어떻게 이렇게 잔인할 수가 있지?" 닉스가 조용히 물었다.

베니는 그 질문에 답할 수 없었다. 하지만 지금 손을 잡을 사람이 있다는 사실과 잡은 손에서 느껴지는 온기가 이 세상에 잔인함만 남은 것은 아니라는 사실을 일깨워주었다.

닉스가 말했다, "라일라, 우리랑 함께 마을로 갈래?"

라일라가 그들을 올려다보았다. "왜?"

"안전하잖아." 닉스가 말했다.

"지금 안전해."

"마을은 더 안전해." 닉스가 말했지만 라일라는 그저 웃기만 했다.

"찰리랑 해머가 마을에서 너희 엄마 죽였어." 그러고는 베니를 가리켰다. "여기서 쟤네 형 죽였어. 안전한 곳은 없어." 베니나 닉스가 그 말에 답할 틈도 주지 않고 라일라가 덧붙였다. "여기서는 *내가* 죽인다. 걷는 사람들, 나쁜 남자들. 죽이면 살아. 여기 안전해."

그 뒤 스튜가 완성될 때까지 아무도 말을 하지 않았다. 라일라는 음식을 접시에 담아냈다. 베니는 아무렇지도 않은 표정을 유지하느라 애를 먹었다. 야생 소녀가 하지 *말아야* 할 일이 있다면 요리가 아닐까 싶었다. 스튜에서는 뜨거운 음식물 쓰레기 같은 맛이 났다. 닉스 역시 겉으로는 맛있게 먹는 것처럼 보이지만 사실 거의 먹지 못하고 있었다.

"라일라." 베니가 말했다. "핑크아이 찰리의 캠프가 이쪽이지? 산의 반대편?"

라일라가 끄덕였다.

"닉스, 너도 들었잖아." 베니가 말했다. "아이들이 거기 있다고 했다며."

"응." 닉스가 몸서리치며 말했다. "놈들은 아이들을 게임랜드로 데려갈 거야. 나를 데려가려고 했던 곳이야."

"게임랜드." 라일라가 사냥하는 고양이처럼 이를 바득바득 갈며 말했다. 그녀는 손목 힘줄이 바이올린 줄처럼 팽팽해지도록 포크를 쥔 손에 힘을 주었다. "애니."

"응, 게임랜드." 닉스가 힘없이 단조로운 목소리로 말했다.

"찰리와 해머가 우리 가족들을 망쳐놨어. 놈들은 시체들의 땅에 있는 그 어떤 좀비보다 훨씬 악질이야. 좀비로 가득 찬 이 세상보다 그들이 더 나빠. 적어도 좀비들은 자신들이 하는 짓이 잘못됐다는 건 몰라. 찰리랑 해머는 아니지. 놈들은 악마야."

"악마." 라일라가 말했고 닉스도 그 말을 되풀이했다.

"베니, 이제 어떻게 할 거야?" 닉스가 물었다.

베니는 자기 그릇을 내려놓고 팔꿈치를 무릎에 올리며 앞으로 기대앉았다.

"들어봐." 베니가 말했다. "내가 사람들이 생각하는 영웅이랑은 거리가 먼 사람이기는 하지만, 아직 마을로 돌아갈 수는 없을 것 같아. 사실, 저 어딘가 아이들이 잡혀있다는 걸 알면서 마을로 돌아가서는 안 된다고 생각해."

"그래서 어떻게 하고 싶은데?" 닉스가 물었다. "찰리네 캠프로 가서 아이들을 풀어달라고 해?"

"잘 모르겠어. 하지만 *뭐*든 해야만 해." 베니가 말했다. 격양된 표정으로 자리를 박차고 일어난 그는 말을 하면서 왔다 갔다 걷기 시작했다. "놈들이 저 어딘가에 살아있고, 앞으로도 계속 사람들을 죽이고 그 가족들을 망칠 게 뻔한데 지금까지와 똑같이 살 수는 없어. 누군가는 저들을 멈추려고 노력이*라도* 해야 해. 형 말로는 첫 번째 밤 전에 사람들이 아무것도 하지 않았다고 했어. 길바닥에서 굶어 죽는 가족이 있어도 그냥 뒀었대. 나는 그렇게는 못하겠어. 그런 세상에서 살고 싶지 않아."

"하지만 캠프에." 라일라가 말했다. "사람 너무 많아."

"얼마나 있어?"

라일라는 곰곰이 생각했다. "아마 열둘 아니면 스물."

"놈들은 많고……." 닉스가 말했다.

"……우리는 부족해." 라일라가 닉스 대신 말을 맺었다.

베니가 갑자기 자리에 멈춰 섰다.

"잠시만, 잠시만……. 생각 좀 할게. 라일라, 네 말이 맞아. 우리는 수가 적어. 맞아……. 그래……. 그렇지……."

베니는 말끝을 흐리며 마치 동굴과 산을 꿰뚫고 찰리의 캠프가 보이기라도 하듯 바위 천장을 올려다보았다. 베니의 머릿속에서 좋은 생각이 떠올랐다. 얼토당토않은 정신 나간 짓이면서, 어리석고 불가능해 보이는 계획이었다.

"왜 그래?" 닉스가 말했다.

"응?" 베니가 생각을 방해받은 듯 되물었다.

"왜 그렇게 웃어?"

그는 자신이 웃고 있다는 사실조차 모르고 있었고, 딱히 웃을 이유도 없었다. 그의 머릿속에 떠오른 계획은 웃기지 않았다. 오히려 위험했다.

"좋아." 베니가 말했다. 그의 눈이 등불보다 밝게 타올랐다. "나한테 생각이 있는데 너희는 좋아하지 않을 것 같아."

"말해." 사라진 소녀가 재촉했다.

"우리가 성공하려면." 베니가 말했다. "놈들의 주의를 먼저 돌린 다음 아이들을 빼내야 해."

"주의를 어떻게 돌려? 놈들은 이 지역을 아주 잘 알아. 항상 보초를 서고 있을 거야. 우리가 뭘 하든 놈들이 못 알아챌 리 없어."

베니는 아주 묘하고 음침한 미소를 두 친구에게 지어 보였다.

"아니." 베니가 말했다. "장담하는데, 놈들은 생각도 못 할 계획이야."

그리고 베니는 계획을 설명하기 시작했다.

47

라일라와 닉스는 거의 2분 가까이 아무 말도 없이 베니를 뚫어지게 보았다. 냄비 속의 스튜가 부글부글 끓다가 타기 시작했고, 폭포수 떨어지는 소리가 동굴 안에 나지막하게 울려 퍼졌다. 동굴 저 안쪽에서 메트로놈을 켜놓은 듯 물방울이 리듬감 있게 떨어졌다. 베니는 자리에 서서 두 친구의 침묵이 끝나기를 기다렸다.

"너 미쳤어." 라일라가 말했다.

"그럴지도 모르지." 베니가 말했다.

"진심이야?" 닉스가 물었다.

"응 완전히 진심이야." 베니가 말했다.

라일라가 타는 냄새를 풍기기 시작한 스튜를 불에서 내려 바위 위에 올렸다. 그녀는 닉스 쪽으로 허리를 숙였다.

"쟤······. 다쳤어?" 라일라는 혹시 베니가 머리를 다친 게 아니냐고 물으며 자기 머리를 만졌다. 닉스가 한 손을 앞뒤로 뒤집어 보였다.

"아무래도 그런 것 같아." 닉스가 말했다.

"성공할 수도 있다니까." 베니가 말했다.

"죽을 수도 있고." 닉스가 말했다.

"그럴 수도." 베니가 인정했다. "아마 죽을지도 몰라."

"아닐 수도 있어." 라일라가 말했고 베니와 닉스는 라일라를 쳐다보았다. 그녀의 입가에 묘한 미소가 스쳤다. 베니의 계획을 곰곰이 되짚어보는 듯했다.

"응. 아닐 수도 있어." 베니가 말했다.

닉스는 손가락으로 자신의 헝클어진 붉은 머리카락을 쓸어내리며 말했다. "아닐 수도 있긴 하지." 다른 둘보다 훨씬 미심쩍은 목소리긴 했지만, 닉스도 마침내 동의했다.

세 사람의 그림자 때문에 동굴은 우주만큼 넓어 보였다.

"이 계획이 미친 계획인 건 너도 인정하지?" 닉스가 말했다.

"그래." 라일라가 자신의 머리를 두드리며 말했다. "아주 미쳤어."

"확실히." 베니가 고개를 끄덕였다. "하지만 *정의로운* 일이기도 해."

닉스가 코웃음을 쳤다. "정의는 죽었어."

베니가 다시 한번 의미심장한 미소를 지었다. "그렇기는 하지."

라일라가 그를 돌아보았다. 라일라의 입가에도 마냥 밝지만은 않은 환한 미소가 번져있었다.

닉스는 뜸을 들였지만, 핑크아이 찰리와 모터시티 해머가 갈가리 찢어 놓은 심장을 베니의 정신 나간 계획이 꿰매 주는 듯한 기분이 들었다. 곧 그녀 역시 미소 지어 보였다.

이 소년 소녀 셋이 짓고 있는 미소를 본다면 누구든 공포에 질려 슬금슬금 도망칠 것 같았다.

베니는 그렇다고 확신했다.

48

베니가 계획을 털어놓은 후 그들은 계획을 요리조리 찬찬히 뜯어 보며 점검했고, 신속하게 움직여서 오늘 당장 실행에 옮겨야만 한다고 결론지었다. 필요한 것들은 라일라가 모아둔 무기와 장비 안에서 모조리 찾을 수 있었다. 필요할 만한 물건들을 챙기는 동안 라일라는 베니에게서 눈을 떼지 못했고, 베니는 그녀의 따가운 시선을 느끼고 있었다. 그리고 닉스가 라일라에게서 눈을 떼지 않고 있다는 사실도 알았다. 그는 닉스가 라일라에게 텔레파시라도 보내고 있는 게 아닌지 궁금해졌다. 만약 그렇다면 라일라는 닉스에게서 날아오는 핵폭탄급 공격에 면역이 되어있거나 전혀 상관하지 않는 것 같았다. 어쩌면 오랫동안 혼자 살며 사춘기도 혼자 지낸 탓에, 자신이 느끼는 감정이 무엇인지, 두 사람에게 자신이 어떻게 보일지, 또는 사람들과 어떻게 상호작용하는지를 잘 모르는 것 같기도 했다. 베니는 청이 함께 있으면서 자신에게 상황을 설명해 준다면 얼마나 좋을까 생각했다.

장비들을 다 챙긴 뒤 라일라는 그들을 동굴 밖으로 안내했고 여기저기 함정이 가득한 공터를 지나 숲으로 들어갔다. 라일라는 눈에 잘 띄지 않는 지름길을 따라 민첩하게 이동했다. 베니와 닉스는 계곡을 건너고, 자갈밭을 지나고, 가시덤불 밑을 기고, 빛이 아롱진 오솔길을 따라 달리는 내내 라일라를 따라잡으려고 애를 써야 했다. 그해 여름을 통틀어 가장 더운 날인 것 같았다. 셋 다 땀으로 범벅이 되었지만, 신경 쓰는 사람은 아무도 없었다. 목표를 생각하면 지칠 새도 없었다. 곧 찰리에게 복수할 수 있다는 생각에 그들의 가슴속에는 태양보다 뜨거운 불이 타오르고 있었다.

산 반대편에 있는 현상금 사냥꾼들의 캠프까지는 거의 두 시간이 걸렸다. 라일라는 흰 샐비어가 무성하게 자란 바위 절벽 위로 그들을 안내했다. 좁은 절벽 가장자리에 납작 엎드린 뒤, 나뭇잎들을 끌어당겨 몸을 숨겼다. 찰리의 캠프는 이상하리만치 훤히 노출되어 있었다. 숲을 가로질러 테이블처럼 평평한 평지로 이어지는 오솔길들도 보였다. 옆 부분이 모두 금속판으로 덧대어진 무역용 마차 세 대가 각각 오솔길을 막고 있었다. 캠프 한가운데 있는 울타리 안에 말들이 가두어져 있었다. 뜨거운 오후인데도 말들은 전부 카펫 코트를 걸치고 있었다. 라일라는 말없이 보초를 서는 사람들과 캠프 안에 있는 사람들을 하나하나 가리키며 인원을 파악했다.

닉스는 나지막이 욕을 뱉었다. 캠프에는 남자들이 23명이나 있었다. 닉스는 베니를 쳐다보았지만, 베니는 두려움 때문에 미친 듯이 빠르게 뛰는 심장이 닉스에게 보일 것 같아서 입을 꾹 다물고 있었다. 베니가 동굴 속에서 생각해낸 용기와 복수심과 광기로 똘똘 뭉친 계획이 갑자기 너무 불안하게 느껴졌다.

현상금 사냥꾼들이 이렇게 많이 모여있을 줄은 몰랐다. 베니는 캠프 구석구석을 살폈고, 아이들을 가둔 우리가 눈에 들어왔다. 돼지들을 가둘 때 쓰는 것 같은 우리였다. 남자 두 명이 보초를 서며 가둬놓은 아이들을 감시하고 있었다. 베니는 아이들이 몇 명이나 있는지 세려고 했지만 달아오른 캠프 바닥에서 아지랑이가 피어올라 숫자를 다 세는 데까지 한참이 걸렸다. 열 명 남짓도 아니고 총 열아홉 명이 갇혀 있었다. 갇힌 아이들의 수와 캠프를 안 사람들의 수가 늘어난 것으로 보아, 합류한 지 얼마 안 된 현상금 사냥꾼들이 있는 것 같았다.

아이들 열아홉 명 중 남자아이가 다섯, 여자아이가 열네 명이었다. 가장 나이가 많은 아이가 12살쯤 돼 보였고, 가장 어린아이는 8살 정도 된 것 같았다. 쭈그리고 앉아있는 아이들의 목에 가죽 목줄이 채워져 있었고, 가죽 목줄에 달린 쇠고리에 밧줄이 연결되어 아이들을 한 덩어리로 묶고 있었다.

처음 캠프를 내려다보았을 때 들었던 계획에 대한 불안감은 동물처럼 우리 안에 갇혀 옹기종기 모여 앉아있는 아이들을 보자마자 사라졌다. 닉스가 도망치지 못했다면 그녀도 가죽 목줄을 차고 저 아이들과 함께 우리 안에 갇혀 있었을 것이다. 그리고 라일라는 저 지옥을 직접 경험했다.

베니는 핑크아이 찰리가 캠프 한가운데를 지나는 모습을 발견하고 손가락으로 그를 가리켰다. 그리고 마치 사냥용 엽총으로 목표물을 조준할 때처럼 찰리를 따라 손가락을 움직였다. 베니가 품은 희망을 총알처럼 쏠 수 있었다면 찰리는 지금쯤 흙바닥 위로 쓰러져 죽어있을 것이다.

그들은 작은 소리도 내지 않도록 조심하면서 엉금엉금 기어 절벽 가장자리를 벗어나서 버드나무 밑에 모여 섰다.

"더 어렵다." 라일라가 말했다. "생각했던 것보다."

"아이들도 더 많아. 열아홉 명이나 있어."

베니는 땅 위를 대충 쓸고 작은 나무 막대기를 집어 캠프를 그리기 시작했다. 다른 둘은 베니의 그림에서 잘못된 부분을 고치고 세부 사항을 덧붙였다. 베니는 라일라에게 콜드워터 계곡, 고속도로, 산림 관리소 탑과 최근 지나친 중요한 지형지물을 그림에 표시해 달라고 부탁했다. 베니는 오랫동안 아무 말도 하지 않고 지도를 바라보았다. 그는 허리를 뒤로 젖혀 태양의 위치를 파악했다. 스카우트에서 피니 단장에게 태양을 이용해 시간을 계산하는 법을 배운 덕에 해가 질 때까지 대충 얼마나 남았는지 계산할 수 있었다.

"좋아, 어두워지기 전까지 다섯 시간 정도 남았어." 베니가 속삭였다.

"더 짧아." 라일라가 엄지손가락 들어 어깨 뒤쪽을 가리키며 말했다. 라일라가 가리킨 쪽에는 먹구름이 잔뜩 끼어있었다.

"비가 온다고?" 닉스가 물었다. "도움이 될까 방해가 될까?"

"비는 나빠." 라일라가 말했다. "안 들려, 안 보여."

"안 들리고 안 보이기는 저들도 마찬가지야." 베니가 말했다. "비가 오면 오는 대로 상황에 맞춰 행동하면 돼. 우리한테 유리한 방법을 찾을 수 있을 거야."

라일라가 절벽 너머를 흘깃 보며 말했다.

"지금 가야 한다. 할 일 많아." 라일라는 그렇게 말한 뒤 잠시 머뭇거렸다. 뭔가 생각하고 있는 것처럼 보였다. 라일라가 천천히 입을 뗐다. "지금 가야만 해. 나는 할 일이 많아." 라일라는 조금 부끄러운 듯했다. "생각하는 거……. 읽는 거랑 달라. 더……. 어려워. 생각을……. 말로 하는 거."

"내가 만약 너만큼 혼자 오래 살았다면 그 정도도 못 했을 거야." 닉스가 말했다. "그리고 지금도 베니보다는 나은 것 같은데?"

"뭐야?" 베니가 툴툴거렸지만 얼굴은 웃고 있었다.

"이상해." 라일라가 말했다. "다시……. 말하고 싶을 줄 몰랐어, 사람들이랑. 나 애니랑 조지랑만 말해. 머릿속에서."

그녀를 만난 후 처음으로 라일라라는 사람을 들여다볼 수 있는 창문 하나가 열린 것 같았다. 아주 작은 틈에 불과했지만, 그녀의 내면을 조금은 들여다볼 수 있었다. 라일라의 겉모습을 무기와 빠른 동작으로 설명할 수 있다면, 그녀의 내면은 황량한 외로움과 슬픔으로 가득 찬 듯했다.

"라일라." 베니가 말했다. "이게 다 끝나면……."

"응?"

"너를 알아가고 싶어. 우리가 친구가 되었으면 좋겠어." 베니는 귀를 쫑긋 세우고 그의 말을 듣고 있는 닉스를 힐끔 보았다. "너, 나, 닉스. 그리고 다른 친구들도. 모기 미첼과 루 청도."

"'친구'." 라일라는 마치 한 번도 본 적 없는 단어인 것처럼 베니의 말을 따라 했다. "왜?"

베니는 설명을 하려고 입을 열었지만, 닉스가 먼저 답했다. "왜냐하면, 함께 모든 일을 겪고 나면, 모든 게 끝났을 때 우리는 이미 가족이나 다름없으니까."

베니가 하려던 말은 아니었지만, 닉스 말도 일리가 있었다. 베니는 고개를 끄덕였다.

라일라는 한참 생각하더니 말했다. "내일 이야기하자."

"좋아." 닉스가 말했다. "나는…….."

"내일 살아있으면."

라일라는 뒤를 돌았고 떠날 채비를 하며 무기를 점검했다.

"라일라." 베니가 말했다. "우리가 해낼 수 있다고 생각해?"

미소를 짓거나 확신에 찬 말을 건네는 대신 라일라는 짧게 한마디 했다. "노력해야지." 그리고 잠시 하던 일을 멈추고 베니의 눈을 똑바로 보았다. "왜?"

"왜. *뭐가*?"

"돌아가도 돼. 마을로. 너랑 닉스. 이 사람들은." 라일라는 아이들이 갇힌 우리 쪽으로 손을 흔들었다. "네 사람 아냐. 그런데……. 왜?"

베니는 그 물음에 답할 말이 없었다. 자신에게 일어난 일과 아직도 일어나고 있는 일에 대한 자신의 감정을 돌아볼 시간이 없었다. 인간의 명예와 존엄을 이야기하며 감동적인 대답을 하거나 후손들이 두고두고 기릴 명언이 될 만한 대답을 하고 싶었다. 하지만 베니의 입에서 나온 말은 이것뿐이었다. "우리가 저들을 안 막으면……. 누가 막아?"

라일라는 베니의 말을 곱씹었다. 그녀의 담갈색 눈동자가 베니의 머릿속을 꿰뚫어 보는 듯했다. 라일라가 진지한 표정으로 고개를 끄덕였다. 베니의 머릿속에서 마음에 드는 생각을 읽었거나, 어쩌면 그의 말이 꾸밈없이 솔직해서 마음에 든 것 같았다.

"노력해야 해." 라일라가 말했다.

"노력해야지." 베니가 끄덕이며 말했다. "형을 위해서, 닉스의 엄마를 위해서 그리고…….애니를 위해서."

라일라는 잠시 눈을 감은 채 아무 말도 하지 않고 고개만 끄덕였다. 그러고는 다른 말 없이 뒤를 돌아서 나무들 사이로 유유히 사라졌다.

베니와 닉스는 평원을 내려갔고, 일렬로 자란 굵은 소나무 아래에서 몸을 숨길만 한 구석진 장소를 찾았다. 몇 시간 뒤 작전을 시작할 때까지 그 자리에서 숨어있기로 했다.

머리 위로 독수리 한 마리가 상승기류를 타고 유유히 날고 있었다.

베니는 닉스를 향해 손을 내밀었고 닉스는 베니 옆으로 와서 자리를 잡고 앉았다. 둘은 베니의 물병에 담긴 물을 벌컥벌컥 들이킨 다음 라일라가 준 육포로 배를 채웠다. 육포의 맛은 스튜보다 약간 덜 역겨운 정도였지만, 둘은 배가 고팠고 먹는 것 말고는 딱히 할 일도 없었다. 둘은 거의 한 시간 동안 아무 말도 하지 않았다. 베니는 그 시간 동안 계획을 돌이켜보고 자신이 생각하지 못한 부분은 없는지 생각했다. 수정해야 할 부분이 많았다. 사실 계획이 성공할 확률보다 잘못될 확률이 훨씬 컸다.

"인생이 참 묘해." 베니가 말했다.

"뻔한 말씀이십니다, 대장님."

"그게 아니라, 2주 전에 내가 생각할 수 있었던 최고로 불행한 일은 배급이 끊기기 전에 일을 찾지 못하는 거였어. 여름 내내 너, 나, 청, 모기 우리 모두 한없이 놀고, 웃고, 떠들었잖아. 참 웃을 일이 많았어. 사는 게 재미있었다고."

닉스가 힘없이 끄덕였다.

"나는 믿어야만 해." 베니가 말을 이었다. "우리가 이겨낼 수 있다고. 오늘 밤뿐만이 아니라, 전부 다."

"왜 굳이 사서 고생해야 하지? 아무 의미도 없어 보이는데."

"닉스, 그게 문제야. 나는 아무 의미 없다고 생각하지 않아. *네가* 중요하고 우리가 중요하잖아. 우리가 이 일을 잘 끝내고 다시 웃을 수 있을 거라고, 다시 웃고 싶어질 거라고 믿어야 해."

닉스는 고개를 저었다. "모르겠어. 지금은 그런 상상조차 하기가 힘들어."

베니는 답할 말이 없었다. 닉스의 말이 훨씬 설득력 있었고, 자신이 방금 한 말은 헛된 희망과 뻔한 낙관주의에 불과한 것 같았다.

그들은 나란히 앉아 숲에서 들려오는 소리를 들었다.

"베니?" 한참 뒤 닉스가 조용히 물었다.

"응?"

"어젯밤에……. 네가 나한테 키스했을 때……."

베니의 목구멍이 갑자기 꽉 막힌 듯했다. "응."

"왜 그랬어? 그러니까……. 내가 화가 많이 났는데 진정시킬 다른 방법이 생각 안 났던 거야? 아니면 네가 진짜 원했던 거야?"

"나……?"

"답하기 싫으면 안 해도 돼."

베니는 숨을 깊이 들이쉬었다. "내가 원했으니까 키스한 거야."

닉스는 끄덕였다. "어젯밤에 넌 내가 자는 줄 알았겠지만, 네가 사라진 소녀 카드를 보고 있을 때 깨어있었어.”

베니는 잔디 한 줄기를 뽑아서 다른 손 손가락 사이에 넣고 천천히 잡아당겼다. 잔디가 비단결처럼 보드라웠다.

“그랬어?” 베니가 물었다.

“카드를 버리는 것도 봤어.”

“그랬어?” 베니가 다시 한번 부드럽게 말했다.

“응⋯⋯.”

닉스는 다른 말은 하지 않았다. 두 사람은 그 후 오랫동안 아무 말도 하지 않았다. 닉스가 베니의 어깨에 살포시 머리를 기댔고, 둘은 그 자리에서 태양의 열기가 한풀 꺾일 때까지 기다렸다.

49

늦은 오후가 되자 해는 두꺼운 회색 구름에 완전히 모습을 감췄다. 기온은 떨어졌지만 습도가 올라가면서 공기는 마치 뜨거운 수프 속처럼 변했다. 베니는 소나무 밑동에 기대앉아 졸고 있었다. 꿈속에서 그는 라일라의 동굴 밖 폭포가 내던 우렁찬 소리와 비슷한 소리를 들었다. 처음에는 먼 곳에서 작게 들려오다가, 꿈속 세상의 그가 그 소리를 진짜 폭포 소리로 만들었고, 찰리와 해머에게 쫓기며 숲속을 달리는 꿈과 아주 잘 어울리는 효과음이 되었다. 꿈속에서 찰리와 해머는 좀비가 되어있었지만 성격은 살아있을 때 그대로인 것 같았다. 그들은 베니를 조롱하는 듯한 목소리로 고함을 치고 ‘애송이 베니’라고 부르며 으름장을 놓았다. 베니는 바람처럼 빠르게 달렸지만 어찌 된 일인지 주변 풍경은 제자리 뛰기를 하는 것처럼 거의 움직이지 않았다. 비틀비틀 걸어오던 현상금 사냥꾼 좀비들이 그의 목덜미를 낚아챌 수 있을 정도로 거리가 좁혀졌다.

폭포 소리가 점점 커졌고, 베니는 폭포가 점점 가까워지는 모양이라고, 폭포를 향해 달리고 있다고 생각했다. 하지만 주위를 둘러보니 그는 현상금 사냥꾼들의 캠프가 있는 평원 위에 있었다. 무언가 베니를 스치고 지나가는 느낌이 들어 고개를 돌리니 닉스가 옆에서 비명을 지르며 달리고 있었다. 그런데 베니의 귀에 닉스의 목소리가 들리지 않았다. 우렁찬 폭포 소리가 계속해서 커졌다. 소리가 갑자기 낮고 굵어지더니 물이 튀는 소리가 아니라 시끄럽게 윙윙거리는 소리로 바뀌었다.

"베니!" 닉스가 그의 이름을 불렀지만, 입 모양과 소리가 맞지 않았다.

윙윙거리는 소리가 너무 컸다.

"베, 니!"

화들짝 놀란 베니는 닉스의 목소리로 자신을 부른 사람이 옆에서 달리고 있는 소녀가 아니라는 사실을 깨달았고, 그 순간 자신이 꿈을 꾸고 있다는 것을 알게 되었다. 그리고 현실 세계의 닉스가 자신을 향해 소리치고 있다는 것도 알게 되었다. 그는 눈을 번쩍 떴다. 꿈속에서 보였던 캠프도, 좀비들도 사라지고 없었다. 하지만 윙윙거리는 소리는 아직 들렸다. 낮고 시끄러운 소리가 점점 더 커졌다.

"베니!" 닉스가 소리쳤다.

"왜…… . 무슨 일이야?"

"이리 와서 좀 봐!"

닉스는 베니의 손을 잡아당겨 일으킨 뒤, 그들이 몸을 숨기고 있던 나무 아래 은신처 밖으로 잡아끌었다. 그리고 캠프가 내려다보이는 절벽 위가 아니라 숲으로 이어지는 길 쪽으로 그를 이끌었다. 닉스가 그의 손을 꽉 잡고 달리기 시작했고, 베니도 닉스를 따라 달렸다.

"뭐야? 무슨 소린데?"

"이리 와서 직접 *봐*!"

둘은 전력을 다해 뛰어서 숲속 공터에 도착했다. 닉스는 자리에 멈춰서서 손가락으로 무언가를 가리켰다. 닉스가 알려주기 전에 이미 베니는 닉스가 가리킨 쪽을 보고 있었다. 우렁찬 소리를 내는 물체를 보자마자 베니의 눈이 휘둥그레지고 입은 딱 벌어졌다.

커다란 날개가 달린 은색과 흰색이 섞인 물체가 산 위를 날고 있었다. 베니는 그 물체를 만질 수 있을 것처럼 손을 뻗었다. 하늘을 나는 물체는 천천히 움직이는 듯 보였지만 착각이었다. 그저 멀리 있어 그렇게 보일 뿐, 물체는 우뚝 선 주변 산들보다 더 높이, 두꺼운 먹구름 바로 밑을 날고 있었다. 앞으로 한 시간쯤 있다가 날이 어두워지면 그 물체가 안 보일 것 같았다. 폭풍이 치기 시작하면 물체가 보이지도 들리지도 않을 것이다.

두 사람은 손을 잡고 자리에 서서 우렁찬 소리를 내며 머리 위를 지나는 물체를 올려다보았다. 그 물체는 위풍당당한 자태로 하늘을 가로지르며 서쪽 수평선에서 동쪽 수평선을 향해 날고 있었다. 시체들의 땅과는 아주, 아주 먼 하늘 위를 날고 있었다.

"이해가 안 돼." 베니가 말했다.

닉스가 고개를 저었다.

"어디서 온 걸까?"

"동쪽에서."

"아니야……. 동쪽으로 가고 있어." 베니의 말에 닉스는 고개를 저었다.

"동쪽에서 와서 돌아가는 중이야. 내가 먼저 보고 널 부르러 갔던 거야."

그들은 거대했던 물체가 점점 작아져서 모기만 해졌다가 아예 보이지 않게 될 때까지 자리를 지켰다. 우렁찼던 소리도 물체와 함께 사라졌다. 그 후 다시 새들의 노랫소리가 들릴 때까지 거의 5분 동안 숲에는 정적이 흘렀다. 두 사람은 공터에서 떠나지 못한 채 10분을 더 서 있었다. 물체가 다시 돌아오길 간절히 바랐다.

베니가 말했다. "닉스……. 우리가 본 게 진짜야? 제발 꿈이 아니라고 말해줘."

닉스는 희망에 찬 초록색 눈동자를 반짝이며 폭풍도 물러가게 할 수 있을 것 같은 환한 미소 지었다.

"베니, 진짜야. 우리가 봤어."

"하지만 어떻게? 말도 안 돼."

닉스는 고개를 저었다. 두 사람은 함께 동쪽을 바라보았다. 방금 본 물체는 첫 번째 밤이 있기 전 세상, 다른 세상에서 온 것이었다. 어떤 물건인지는 역사책에서 배워서 알고 있었지만 직접 본 적은 없었다. 볼 수 있을 거라고 기대하지도 않았었다. 둘은 먼 하늘에서 쉽사리 시선을 떼지 못했다.

하지만 유유히 느릿느릿 하늘을 날던 비행기는 돌아오지 않았다.

50

그들은 방금 본 물체에 대해 무슨 말을 해야 할지 몰랐다. 기묘하고 멋졌지만, 자신들이 하려는 일을 생각하면 그저 꿈만 같았다.

"형한테 말해줄 수 있으면 좋겠다." 베니가 말했다.

"엄마한테 말해줄 수 있으면 좋겠어." 닉스가 덧붙였다. "베니……. 만약 모든 게 끝나면……."

"끝날 거야, 모든 게 *끝나면.*" 베니가 닉스의 말을 바로잡았다.

닉스는 희박한 가능성을 생각하며 보일 듯 말 듯 하게 고개를 끄덕였다.

"다 끝나고 나면." 닉스가 말했다. "저 비행기에 대해 알아보자."

"당연하지, 사람들한테 다 말해서……."

"안 돼." 닉스가 단호하게 말했다. "우리가 알아내야 해. 라일라가 맞아……. 우리는 이제 집이 없어. 우리는……. 어떻게 말해야 할지 모르겠지만, '연결고리가 없어졌다'라고 해야 하나? 우리는 누구와도 연결되어 있지 않아. 특히 마운틴사이드라는 마을과는 더더욱."

"모기와 청이 있잖아."

닉스가 어깨를 으쓱했다.

"네가 원하면 돌아가도 돼. 하지만 나는 비행기를 따라가고 싶어."

"어디로? 비행기가 동쪽으로 갔다는 것 말고는 아무것도 모르잖아."

"동쪽에서 와서 한 바퀴 돌고 다시 돌아갔어. 왜일까? 이쪽 지역을 탐색 중이었을까? 혹시 메시지를 보내려던 건 아닐까?"

"무슨 메시지?"

"따라오라는 메시지." 닉스가 어깨를 으쓱했다. "나는 신앙심이 있는 사람은 아니지만……. 아까 그건 계시였다고 생각해."

"만약 아니면?"

"맞는지 아닌지 알아낼 거야. 어쨌든 마운틴사이드에서의 내 삶은 끝났어."

베니는 닉스의 말을 곱씹다가 구름이 짙게 깔린 동쪽 하늘을 올려다보았다.

"응." 베니가 한참만에 입을 열었다. "어쩌면 나도 그런지도 모르겠어."

"나는 결정했어. 내일까지 살아있다면 나는 동쪽으로 갈래."

"뭔가가 있을지, 아니면 좀비 300만 명 말고는 아무것도 없을지 모르잖아."

"당연히 있을 거야. 좀비 300만도 있고. 비행기를 수리하고 연료를 넣어서 움직이게 할 수 있는 사람들도 있을 거야. 비행기라니. 충분히 의미 있어. 엄청난 의미가 있지."

번개를 머금은 먹구름이 번쩍하고 빛났다.

"네가 동쪽으로 가면." 베니가 말했다. "나도 갈게."

둘은 키스하며 서로의 진심을 확인했다.

두 시간 후 그들 머리 위로 사나운 폭풍이 몰려왔다. 베니는 이번 폭풍도 이틀 전 마을을 강타한 폭풍만큼 강하리라고 생각했다.

맙소사, 베니는 생각했다. *그게 고작 이틀 전이라니.*

그 후 두 시간이 채 못되어 흰색이었던 구름이 옅은 회색으로 변했다가, 멍 같은 보라색으로 물들었다가, 한밤중처럼 캄캄해졌다. 낮은 지대에서 불어오는 세찬 바람이 바닥에서 잎사귀와 나뭇가지와 흙을 낚아채 대포알을 쏘듯 허공에 날렸다. 빗방울은 아직 떨어지지 않았지만, 습도가 높아진 탓에 절벽에서 내려와 찰리 패거리의 캠프로 살금살금 이동하는 동안, 마치 물속을 지나는 것 같은 기분이 들었다. 라일라는 아직 돌아오지 않았고 지난 몇 시간 동안 나타날 낌새도 보이지 않았다. 라일라는 성공했을까? 아니면 베니가 자신의 멍청한 의견을 앞세워 라일라를 사지로 보낸 것일까?

바람이 유령의 흐느낌 같은 소리를 내며 나무들 사이를 지났다. 베니가 한 번도 들어본 적 없는 소리였고, 자신이 처한 상황에도 불구하고 어쩐지 베니의 마음 한구석은 이런 으스스한 분위기를 반기고 있었다. '멋지다'라고 하고 싶지는 않았다. 다시는 저 말을 하지 않겠다고 다짐했었다. 지금 이 꾸밈없는 태곳적 같은 분위기는 뭐랄까……. 훌륭했다. 자연이 성을 내며 고함치는 것 같았다. 베니는 이 캠프에 있는 남자들이 벌인 일에 자연이 화가 나서 고함을 치고 있다고 믿고 싶었다. 어쩌면 자연은 주근깨 가득한 붉은 머리 미소녀와, 큰 담갈색 눈을 가진 킬러와, 영웅과는 거리가 먼 침울하고 볼품없는 소년이 하려는 일을 응원하고 있는 것 같기도 했다.

바람에 날아오는 나뭇잎을 헤치며 기어가면서 베니는 미소를 감출 수 없었다. 닉스는 베니를 보며 고개를 저었다. *상관없어, 베니는 생각했다. 닉스는 어차피 날 미쳤다고 생각하니까.*

찰리 마티아스가 텐트 덮개를 확 젖혀 열었고, 거센 바람에 그는 거의 쓰러질 뻔했다. 찰리는 강풍에 맞서기 위해 몸을 숙여 어린나무를 붙잡아 몸을 지탱했다. 주변에 있던 잡동사니들이 모두 날아다니고 있었다. 냄비 하나가 그의 옆을 지나쳐 날아갔고, 도토리와 솔방울이 그를 사정없이 때렸다.

그는 커다란 손으로 눈을 보호하며 다른 남자들에게 장비를 지키라고 소리쳤다.

그는 공포에 질린 아이들이 다닥다닥 붙어 앉아있는 우리를 가리켰다.

"조이! 가서 물건들 좀 챙겨!"

허리를 숙인 채 세차게 내리는 비를 뚫고 앞으로 나아갔다. 그는 우리를 둘러싼 울타리를 넘어 아이들에게 다가갔다. 아이들을 쥔 가죽 목줄을 한데 모으는 역할을 하는 밧줄의 반대쪽 끝이 작은 나무에 감겨있었다. 거센 바람이 불어올 때마다 나무가 앞뒤로 휘둘렸고, 조이 덕은 밧줄을 더 팽팽하게 당겨서 나무의 좀 더 아래쪽 두꺼운 밑동 부분에 다시 묶었다.

베니와 닉스가 10m 밖에서 캠프를 지켜보고 있었다. 그들은 금이 간 바위 뒤 어둠 속에 몸을 숨기고 있었다. 베니는 조이 덕이 나온 텐트를 가리켰다. 바람이 불어올 때마다 덮개가 열렸고 그 틈으로 빈 트랑의 얼굴이 보였다.

"저기다." 베니가 다급하게 속삭였다. "저기에서 우선 놈들의 시선을 뺏을 거야."

그는 재빨리 닉스에게 자신의 생각을 전했다.

"빈을 어떻게 지나가려고?"

"생각해 볼게."

"좋아, 하지만 찰리와 해머가 우리에서 멀리 떨어지도록 만들어야 해." 닉스는 폭풍을 뚫고 소리를 전달하려고 베니의 귀에 입을 바짝 붙인 채 말했다.

베니가 끄덕였다. 폭풍 때문에 일이 복잡해졌다. 30분 전까지 캠프 안 남자들은 대부분 텐트 안에 있었지만, 지금은 모두 분주하게 뛰어다니고 있었다. 베니가 툴툴거리자 닉스는 고개를 저었다.

"빈도 곧 텐트에서 나올 거야."

"그래, 그럴 수도 있지."

"라일라는 어디에 있을까? 지금쯤 돌아왔어야 하지 않아?"

"좀 더 기다려 보자."

베니도 말은 그렇게 했지만 속으로는 걱정이 되기 시작했다. 라일라는 20분쯤 전에 돌아왔어야 했다. 그녀가 돌아올 수 없을지도 모른다고 생각하니 가슴이 철렁했다.

바람이 속도를 약간 늦추기 시작하자 둘은 먹구름을 올려다보았고, 푸른 빛이 감도는 먹색 구름은 이제 천천히 소용돌이를 그리고 있었다.

"이런, *제발 좀!*" 베니가 절망적으로 말했다. "우리 편 좀 들어주면 어디가 덧나? 정말 아주 *잠깐*이라도."

굵은 빗방울이 베니의 오른쪽 눈에 툭 떨어졌다.

하늘은 잠깐도 내어주지 않을 작정인 것 같았다.

베니는 조용히 욕을 뱉으며 눈을 닦았다. 그들은 고개를 돌려 캠프 쪽을 바라보았다. 현상금 사냥꾼들은 이제 여기저기 흩어진 자기 소지품을 챙기곤 대자연을 향해 추한 농담을 던지며 웃고 있었다. 우리 안에 갇힌 아이들은 한껏 움츠리고 있었다. 베니는 바위 뒤 그늘의 거의 끝자락에서 최대한 몸을 쭉 빼고 현상금 사냥꾼들이 다음에는 무엇을 할지 파악하려 했다.

우리 안에 모여 앉은 아이들의 가장 바깥쪽에 가장 나이 많은 소녀가 앉아있었다. 12살쯤 된 소녀는 무릎을 꿇고 양팔을 뻗어 다른 아이들의 어깨를 감싸고 있었다. 얼굴은 눈물로 얼룩져 있었지만 끊임없이 위로될 만한 말들을 속삭이며 아이들을 토닥이고, 안심시키고, 진정시켰다. 소녀가 고개를 들어 앞을 보았을 때, 베니와 눈이 정면으로 마주쳤다. 무릎을 꿇고 앉아있던 소녀는 캠프에 있는 다른 사람들에게는 보이지 않는 바위 뒤쪽을 볼 수 있었고, 덕분에 금이 간 바위 뒤에 쭈그리고 앉아있는 베니와 눈이 마주치게 된 것이었다. 소녀의 눈이 휘둥그레지면서 다른 아이들에게 무슨 말을 하려고 입을 뗐지만, 베니는 재빨리 손가락을 입술에 갖다 대고 고개를 저었다.

소녀가 입을 닫았다.

베니는 손가락을 입에 댄 채 소리 없이 입만 벙긋거리며 말했다. '준비해!'.

소녀의 입이 베니의 입 모양을 따라 움직였고, 이내 고개를 한번 끄덕였다. 그리고 죽기 전까지 다시는 지을 일 없을 것 같던 표정을 지어 보였다. 소녀의 얼굴에 미소가 떠올랐다.

곧 빗방울이 후드득 떨어지기 시작했다.

그리고 잠시 뒤, 하늘에 구멍이라도 난 듯 물벼락이 쏟아졌다.

"완벽하네." 베니가 말했다. 큰 소리로, 평소와 같은 목소리였지만 상관없었다. 바로 옆에 서 있는 닉스조차 베니가 한 말을 듣지 못할 만큼 비가 세차게 내리고 있었다.

51

베니는 닉스를 가까이 당겨 그녀의 귀에 대고 빠르게 말했다.

"더 기다릴 수 없어." 베니가 소리쳤다. "라일라가 안 돌아올 것 같아."

"그런 말 하지 마."

"알겠어……. 어쨌든 지금 라일라가 없잖아. 우리끼리 알아서 해야 해. 나한테 생각이 있어. 네가 해줬으면 하는 일이 있는데……."

비가 끊임없이 세차게 쏟아졌지만, 하늘은 아직도 베니가 원하는 만큼 충분히 어둡지 않았다. 그는 이런 폭우가 얼마나 더 쏟아질지 가늠할 수 없었다. 만약 라일라가 돌아오기 전에 그친다면 그의 작전은 역사상 가장 짧은 구출 시도로 끝나고 말 것이다.

"조심해!" 닉스가 말했다.

"너야말로 조심해!" 베니가 말했다.

둘은 서로를 향해 웃어 보였고, 베니는 닉스를 끌어당겨 키스했다. 그럴 시간이 없었지만 베니는 아랑곳하지 않았다. 만약 이 키스

가 그들의 마지막 키스라면 가장 황홀한 키스가 되어야 했다. 아무
런 말도 없이, '사랑한다'라는 말도 주고받지 않았다. 지금 이 키스
가 작별 키스라고 믿고 싶지 않았다. 키스가 끝난 후 베니가 닉스를
놔주었고, 둘은 여전히 황홀함에 취해 몸을 휘청였다. 베니는 정말
미치도록 살고 싶었다.

　그는 돌아서서 아무 말도 없이 떠났다.

　베니는 숲속으로 들어가서 캠프를 빙 둘러 빠르게 뛰었고, 그동
안 비에 젖은 진흙 위에 몇 번이나 미끄러졌다. 베니가 내는 소리는
세찬 빗소리에 흡수되어 아무것도 들리지 않았다. 온몸이 흠뻑 젖
었고 옷과 무기가 무겁게 느껴졌지만 머릿속에 새겨둔 한 장면을
기억하며 멈추지 않고 달렸다. 잔뜩 웅크린 채 옹기종기 모여있던
아이들과 가장 나이 많은 소녀의 희망에 찬 미소가 머릿속에서 떠
나지 않았다. 비록 상황은 절망적이었지만 소녀는 이 세상 어딘가
자신들을 가엾게 여겨주는 누군가가 있다는 사실에 기뻐하며 미소
짓고 있었다. 베니가 넘어질 때마다 소녀의 미소가 그를 다시 일으
켜 세웠다. 진흙 길 위를 철벅거리며 앞으로 나아가려니 폐가 타는
듯 숨이 찼지만, 우리 안에 웅크리고 있는 아이들을 생각하면 힘이
불끈 솟고 정신이 또렷해졌다. 두려움에 심장이 쪼그라들 것 같았
지만 소녀의 얼굴과 아이들의 모습을 떠올리면 떨리는 걸음을 한
발 한발 내디딜 수 있었다.

　베니는 캠프 바로 앞, 숲길이 끝나는 지점에 도착했고, 죽은 나무
두 그루 사이의 진흙 바닥에 미끄러지듯 멈춰 섰다. 보초병 한 명이
보였다. 노란 우비를 입은 덩치 큰 남자 한 명이 더블배럴 총에 비

가 들어가지 않도록 총구를 땅 쪽으로 향하게 메고 있었다. 오후 내내 이 순간을 기다리며 오랫동안 깊이 고민했고, 지금 베니는 둘 중 하나를 선택할 수 있었다. 몰래 캠프로 들어가거나, 보초 서는 남자를 공격해야 했다.

캠프로 들어갈 가능성만 생각하면 첫 번째 선택이 더 나아 보였다. 하지만 만약 베니가 지나간 후에도 남자가 그 자리에 남아있으면 라일라가 돌아왔을 때 그가 라일라를 발견할 수도 있었다. 베니는 그렇게 두지 않기로 마음먹었다. 지금은 어린애가 아니라 어른처럼 행동해야 할 때였다. 그는 죽은 나무 두 그루 중 더 두꺼운 나무 쪽으로 살금살금 다가갔다. 오래된 나무들이 바닥에 떨어져 있었고, 잘못 밟았다가는 가지가 부러지면서 큰 소리가 날 것 같아 조심스럽게 걸음을 옮겼다. 캠프에 있는 사람들에게는 들리지 않겠지만 보초 서는 남자는 확실히 소리를 들을 수 있을 것이다.

보초병은 비를 피하려고 절벽 쪽으로 걸어가서 주머니를 뒤적이기 시작했다. 그는 파이프 담배와 성냥을 꺼내 불을 붙이려고 절벽 아래 움푹 들어간 곳에서 완전히 절벽 쪽을 보고 섰다. 베니는 그 순간을 놓치지 않았다. 그는 몸을 굽혀 죽은 나뭇가지 하나를 집어 들었다. 목검 길이 정도 되는 옹이가 많은 나뭇가지였다. 남자가 파이프에 불을 붙였고, 그의 우비 모자 위로 담배 연기가 구불구불 피어올랐다. 베니는 나뭇가지를 목검 쥐듯 쥔 다음 진흙 바닥 위를 고양이처럼 살금살금 걸어서 그를 공격할 수 있을 정도로 가까이 다가갔다.

마침내 그가 베니를 발견했다.

남자는 반사신경이 좋았다. 재빨리 파이프를 버리고 엽총을 들어 올렸다. 어깨끈이 젖어있어 엽총이 미끄러져 버렸고, 그 순간 베니는 앞으로 점프해 온 힘을 다해 그의 얼굴을 내리쳤다. 오래된 나뭇가지가 힘없이 산산조각이 나면서 축축하게 젖은 나무 껍데기들이 남자의 뺨과 코 위로 우수수 떨어졌다.

남자가 비틀거리며 뒤편 절벽으로 쓰러졌다. 나뭇가지에 맞은 충격은 그를 죽일 만큼 세지 않았다. 그러나 그는 쓰러지면서 바위에 머리를 세게 들이받고 말았다.

그의 머리가 쿵 하고 부딪히는 소리는 천둥에 가려 들리지 않았다. 베니는 남자의 온몸이 부르르 떨리는 모습을 지켜보았다. 그는 무릎을 꿇더니 베니의 발 바로 몇 센티미터 앞 진흙 바닥에 철퍼덕 소리가 나도록 얼굴을 받으며 쓰러졌다.

베니는 쓰러지는 남자를 잠시 멍하니 보다가 부러진 나뭇가지를 바닥에 버리며 뒤돌아섰다.

"한 놈 처치했고." 베니가 중얼거렸다. "스물두 놈밖에 안 남았네. 축하 파티라도 열어야겠어."

베니는 전력을 다해 빗속을 달렸다.

닉스는 바닥을 기어서 캠프의 가장 바깥쪽에 있는 텐트 쪽으로 이동했다. 텐트 주인은 비가 오기 시작하자 텐트를 나와서 캠프 저편으로 뛰어갔었다. 닉스는 안에 사람이 없는지 확실히 하려고 텐트 옆에서 귀를 쫑긋 세운 채 한참을 기다렸다.

닉스가 칼을 꺼냈다.

"베니, 빨리 와." 그녀가 속삭였다. "제발……."

베니는 캠프 가장자리에 도착해서 아무도 모르게 안쪽으로 침입했다. 나무 여러 그루에 걸쳐 묶은 방수포 천막 아래 현상금 사냥꾼 무리가 모여있었다. 베니는 나무가 벼락을 맞기도 한다는 사실을 떠올렸다. 하지만 적당한 때에 벼락이 내려 이 괴물 같은 놈들이 저절로 구워지는 행운은 자신에게 찾아올 것 같지 않았다.

베니는 어둠 속에 몸을 숨긴 채 텐트 뒤쪽으로 자리를 옮겨 쭈그려 앉았다. 텐트 안에서는 불빛도 새 나오지 않고 아무런 기척도 느껴지지 않았다. 빈 트랑이 아무리 조용한 성격이어도 이렇게 죽은 듯이 가만히 있지는 않을 것 같았다. 베니는 진흙 바닥에서 돌멩이를 주워 텐트 앞쪽에 떨어지도록 던졌다.

아무 소리도 들리지 않았고 인기척도 없었다. 무슨 소리인지 확인하려고 얼굴을 내미는 사람도 없었다.

베니는 미소 지으며 캠프에서 자신을 볼 수 없도록 텐트 바깥쪽을 따라 자리를 옮겼다. 텐트의 입구가 보이자 돌멩이 하나를 주워 이번에는 텐트 안으로 던졌다.

여전히 아무 소리도 나지 않았다.

베니는 숨을 한 번 들이쉰 뒤 텐트 안으로 들어갔다. 안이 너무 캄캄해서 생각해둔 물건을 찾으려고 손을 더듬거리며 몇 초를 버렸다. 하지만 손에 잡히는 물건이라고는 양말과 모서리가 접힌 책과 세면용품뿐이었다. 베니가 찾던 물건은 잡히지 않았다.

위험을 감수하고 불을 켜야 했다.

"젠장." 그는 성냥갑을 찾으려고 주머니를 뒤적이며 속삭였다. 성냥갑을 한번 흔든 뒤, 빈 트랑의 침낭에 손을 대충 문질러 물기를 닦았다. 그다음 성냥갑을 열어 안에 남아있는 성냥 세 개 중 하나를 꺼냈다.

베니는 눈을 감고 심호흡했다. 그리고 성냥갑의 까끌한 면에 성냥을 탁, 하고 그었다. 성냥이 즉시 환하게 빛을 내며 텐트 전체를 밝혔다. 침낭 두 개가 보였고 주변에 쓰레기들이 흩어져 있었다. 엽총 두 자루가 침낭 옆에 놓여있었다. 베니는 문득 자신이 원했던 물건을 찾지 못할 것 같은 생각이 들었다. 그 물건이 없으면 모든 계획은 물거품으로 돌아가게 된다. 베니의 머릿속에 불안감이 엄습해 올 때쯤, 침낭 베개 밑에 가죽 가방이 깔린 모습이 눈에 들어왔다.

드디어, 원하는 물건을 찾았다.

"다행……." 베니가 숨을 내쉬었다.

"*뭐야!*"

누군가 외치는 소리가 들렸고, 베니는 그 목소리의 주인을 바로 알아보았다. 조이 덕이었다.

텐트 입구가 닫혀있어서 베니를 보지는 못했겠지만, 텐트 안이 환하게 빛나는 것을 수상하게 생각한 듯했다. 밖에서 사람들이 고함을 지르기 시작했고, 진흙 바닥을 철벅거리며 텐트를 향해 걸어오는 발소리도 들렸다. 빨리 행동하는 수밖에 없었다. 베니는 타고 있던 성냥을 침낭 위에 떨어뜨리고 가죽 가방을 어깨에 들춰 멘 뒤 칼을 꺼냈다.

성냥불이 침대보로 옮겨붙더니 삽시간에 텐트 전체로 번져나갔다. 베니는 칼로 텐트 뒤쪽을 찢었다. 서두르면서도 재빨리 머리를 굴려 알루미늄 뼈대를 감싸고 있는 바닥 쪽 천을 가로로 그었고, 찢긴 천을 위로 잡아당긴 뒤 그 틈새로 뱀처럼 기어 텐트를 벗어났다. 벌어졌던 텐트 천이 제자리로 돌아가자 텐트 뒤쪽은 아무 일도 없던 것처럼 멀쩡해 보였다.

베니는 진흙 위로 배를 밀며 기어서 평원 가장자리에 도착했다. 언덕 아래로 십여 미터를 구를 때까지도 캠프 사람들이 고함치는 소리가 아주 가깝게 들렸다. 그는 마치 축축한 진흙 덩어리가 된 것처럼 가만히 웅크린 채 주변 풍경에 섞여들었다.

남자들의 고함이 점점 커졌고, 그는 위험을 무릅쓰고 뒤를 돌아보았다.

텐트가 이글이글 타고 있었다.

빈 트랑과 조이 덕은 불붙은 텐트를 보며 멍하니 서 있었다. 캠프 곳곳에서 다른 현상금 사냥꾼들이 몰려들었고 누군가는 고함을 치고 누군가는 깔깔대며 웃었다. 총을 쏘는 사람은 없었다. 숲이나 언덕 아래를 살펴볼 생각도 없는 듯했다. 빈 트랑은 조이 덕을 향해 돌아서서 베트남어로 고함을 친 뒤, 가슴팍을 세게 밀쳤다. 조이는 뒷걸음질을 치다가 진흙 바닥에 미끄러져 엉덩방아를 찧었다. 다른 현상금 사냥꾼들은 배꼽을 잡고 웃었다. 빈 트랑은 조이 덕을 넘어뜨린 것으로는 분이 안 풀리는지 살쾡이처럼 으르렁거리며 그의 배 위에 올라탔고, 불타는 텐트를 등진 채 주먹을 날리기 시작했다.

베니가 바랐던 것보다 훨씬 잘 되어가고 있었다. 빈 트랑은 조이 덕이 텐트에 불이 붙을 만한 물건을 두고 나왔다고 생각했고, 자기 물건들을 잃은 게 분해서 조이 덕에게 사정없이 주먹질을 해댔다.

"신이 있긴 있네." 베니는 어둠 속으로 걸어가면서 혼잣말했다. "유머 감각은 좀 별나신 것 같고."

그는 어둠에 몸을 숨긴 채 캠프 바깥쪽을 따라 이동했다. 퍼붓는 빗소리를 뚫고 남자들의 함성 소리와 웃는 소리가 들려왔다. 베니의 심장이 갑자기 덜컥 내려앉았다. 닉스도 남자들의 소리를 듣고 있을까? 계획했던 대로 베니가 남자들의 주의를 끌었다고 있다고 생각할까? 만약 그렇다면 닉스가 너무 빨리 행동을 개시할 수도 있었다.

베니는 온 힘을 다해 달렸다.

그러던 중, 보이는 것보다 깊게 팬 물웅덩이에 발을 잘못 디뎠고, 그는 그만 진흙에 얼굴을 처박으며 넘어지고 말았다. 그의 손에서 떨어진 작은 성냥갑이 빗물에 쓸려 시야에서 사라지는 모습을 보며 베니는 새파랗게 질려 버렸다.

"안 돼!" 베니가 울부짖었다.

그가 외치는 소리를 아무도 듣지 못한 것이 그나마 다행이었다. 사실 이제는 아무래도 상관없었다. 성냥이 없으면 계획은 물거품이 될 수밖에 없었다.

닉스는 텐트 옆쪽을 칼로 그어 열고 재빨리 안으로 들어갔다. 아이들이 갇힌 우리가 바로 텐트 밖에 있었다. 닉스는 한 손에 칼을 든 채 무릎을 꿇고 비가 억수로 쏟아지는 텐트 밖을 살폈다. 열두 살짜리 소녀가 팔로 다른 아이들을 감싸며 가장 바깥쪽에 앉아있었다. 아이들은 자신들이 처한 상황에도 불구하고 차분함을 유지하려고 애쓰는 듯했다. 소녀가 베니 이야기를 해 주었는지 아이들은 울고 있지 않았다. 아직 눈물이 고인 큰 눈에 희망을 품은 채 폭풍우 속을 뚫어지게 살피고 있었다.

보초를 서던 남자 하나가 텐트 앞을 지나쳤다. 닉스는 그가 캠프 가운데로 난 길로 몇 걸음 내려가서 목을 길게 빼고 빈 트랑의 텐트에서 무슨 일이 있는지 살피는 모습을 지켜보았다. 그가 가던 길을 따라 계속 걸었으면 했지만, 그는 보초를 서던 자리 근처에 머물러 있었다.

"자, 간다." 닉스가 혼잣말로 속삭이며 몰래 텐트 밖으로 나갔다. 몸을 최대한 낮춘 채 옆걸음을 쳐서 아이들이 갇힌 우리 울타리에 어깨를 부딪칠 때까지 이동했다. 아이들이 헉하고 숨을 들이마셨고 닉스는 아이들을 조용히 시켰다. 그리고 이 순간이 꿈이 아니라는 사실을 느낄 수 있도록 우리를 둘러싼 울타리 사이로 팔을 넣어 아이들을 토닥여주었다. 그리고 울타리 바깥쪽을 따라 코너 부분까지 이동해 보초 서던 남자를 살폈다. 그는 아직도 목을 길게 빼고 우렁찬 빗소리를 뚫고 들려오는 소리에 귀를 기울이고 있었다.

닉스는 몸을 일으켜 재빨리 울타리 반대편으로 넘어갔다. 진흙 위에 착지한 그녀는 웅숭그린 채 모여있는 아이들 곁으로 다가갔다. 날이 어두운 데다 온몸이 진흙 범벅이어서 몸을 숨기기가 쉬웠다. 보초 서던 남자가 어깨너머로 우리를 힐끔 보았지만 웅크린 채 모여 앉아있는 아이들 말고는 아무것도 발견하지 못했다. 그는 툴툴거리며 고개를 돌린 뒤 다시 불구경에 집중했다. 빈과 조이는 서로를 죽일 듯 때리고 있었고 다른 사냥꾼들은 모두 함성을 지르며 싸움을 부추겼다.

닉스는 가장 나이가 많은 소녀에게 칼을 보였다. 잠시 눈이 휘둥그레졌던 소녀는 곧 상황을 이해했다. 닉스는 이를 꽉 물고 밧줄 다발을 자르기 시작했다. 1분이 채 되지 않아서 밧줄이 끊어졌다.

닉스는 열두 살 소녀를 당겼다.

"울타리를 넘어서 비탈을 내려가. 아래쪽에 길이 있어. 쭉 따라가면 계곡이 나와. 길을 벗어나지 말고 멈춰서도 안 돼. 이해했어?"

"네! 그런데 누구……?"

"중요하지 않아." 닉스가 딱딱하게 말했다. "빨리 뛰어!"

소녀는 힘겹게 울타리를 넘어가서 첫 번째 아이가 울타리를 넘을 수 있도록 잡아주려고 손을 내밀었다.

그때, 커다랗고 어두운 형체가 빗속에서 나타났고 아이들은 모두 공포에 질린 눈으로 그를 올려다보았다.

핑크아이 찰리가 그들을 내려다보고 있었다. 그는 닉스의 얼굴에 총구를 들이댔다.

52

"이런, 몹쓸 애꾸눈 아저씨가 여기 있었네." 핑크아이 찰리가 소리쳤고, 그 소리가 어찌나 컸는지 조이와 빈이 주먹다짐을 하는 곳에서 들리는 웃음소리와 왁자지껄 떠드는 소리, 빗소리를 뚫고 베니의 귀에까지 들렸다. 불붙은 텐트 주위에 모여있던 현상금 사냥꾼들은 전부 하던 일을 멈추고 고개를 돌렸고, 찰리가 돼지우리 옆에 서서 어제 도망친 빨간 머리 여자아이에게 총을 겨누고 있는 모습을 보았다. 남자들은 새로운 유흥거리라도 발견한 듯 웃어젖혔고, 재미있는 구경을 가까이에서 보려고 우리 옆으로 모여들기 시작했다. 빈이 조이를 밀쳐 떼어냈고, 피와 멍으로 얼룩진 두 사람은 몸을 일으키고는 비틀거리는 걸음으로 다른 사람들을 따라 우리 쪽으로 이동했다.

숨어있던 베니는 몸을 낮추고 마차 두 대 사이 어두운 공간으로 달려갔다. 왼쪽에 있는 마차 반대쪽에 큰 모닥불이 피워져 있었다. 그는 목을 길게 빼고 캠프 상황을 살폈다.

"움직이기만 해봐, 앙큼한 계집애야," 찰리가 말했다. "손해를 감수하고라도 널 좀비 밥으로 던져 줄 거니까. 내가 못 할 것 같아?"

그 말을 듣는 베니의 심장이 덜컥 내려앉았다. 베니는 캠프 안을 더 자세히 보하려고 마차 옆을 기어 올라갔다. 눈 앞에 펼쳐진 광경에 비가 오는데도 입술이 바짝바짝 말랐다. 진흙 범벅이 된 닉스는 우리 안에 서 있었고, 찰리는 울타리 밖에 서서 바위같이 단단한 손으로 권총을 겨누고 있었다. 닉스의 표정은 감출 수 없는 증오와 소름 끼치는 공포로 가득 차 있었다. 라일라의 얼굴에서 느껴지던 음울함이 닉스의 아름다웠던 얼굴에 드리우기 시작했고, 이유를 딱 꼬집어 설명할 수는 없지만, 라일라의 얼굴보다 훨씬 잔혹하게 느껴졌다. 한 번도 문명과 교류한 적이 없는 라일라는 어떤 생각이든 얼굴에 고스란히 드러나지만, 닉스는 이제껏 자신을 통제하고 감정을 다스리는 데 익숙했기 때문인 것 같았다. 지금 베니가 보고 있는 닉스의 표정에는 날것 그대로의 감정이 담겨있었다.

남자 두 명이 울타리를 넘어가서 닉스를 양쪽에서 둘러쌌다. 그들은 닉스가 위험하다고 생각하지는 않았지만, 그녀가 들고 있는 큰 사냥용 칼은 신경이 쓰이는 듯했다. 찰리는 총구를 까딱하며 닉스가 꼭 쥐고 있는 칼을 가리켰다.

"돼지 잡는 칼은 내려놓는 게 좋을 텐데."

닉스는 칼을 내려놓지 않았다. 가슴에 끌어안듯 칼을 쥔 채 절망적인 표정으로 주위를 둘러보며 빠져나갈 구멍을 찾았다.

찰리는 총구를 움직여 닉스 대신 열두 살 소녀에게 겨눴다.

"칼 내려놓지 않으면 귀여운 꼬맹이 머리에 구멍이 날 줄 알아."

소녀는 자신이 곧 죽을지도 모른다는 것을 깨닫고 고개를 빳빳하게 들었다. 그리고 찰리의 발아래 진흙 바닥에 침을 탁 뱉었다.

찰리는 권총의 해머를 내렸다.

닉스가 칼을 바닥에 내려놓았다. 뾰족한 쪽이 먼저 떨어지면서 칼은 마치 아서 왕의 검처럼 진흙 바닥에 꽂혔다. 닉스는 후회하며 아래를 내려다보았다. 남자 중 한 명이 육중한 팔을 닉스의 어깨 위에 얹었다.

베니는 어둠 속을 바쁘게 살피다가 마차 반대편에서 활활 타고 있는 모닥불을 발견했다. 그는 재빨리 움직여 가죽 가방을 열고 끝까지 살아남아서 쓸 수 있길 바랐던 물건들을 꺼냈다. 그리고 손을 아래로 해서 가방을 모닥불 속으로 천천히 던졌다. 가방이 모닥불 한가운데 떨어지면서 불꽃이 높이 튀어 올랐다. 남자들이 무슨 일인지 보려고 뒤를 돌았지만, 베니는 이미 어둠 속으로 모습을 감춘 뒤였다.

"방금 뭐였지?" 찰리가 물었다.

"아무것도 아니야, 대장." 현상금 사냥꾼 중 하나가 말했다. "밑에 깔렸던 장작이 주저앉거나 했겠지."

닉스가 기회를 놓치지 않았다. 그녀는 재빨리 허리를 숙여 칼 손잡이를 낚아챈 뒤, 최대한 빠르게 몸을 돌렸다. 베니는 강철이 번쩍하는 것을 보았다. 닉스의 왼쪽에 있던 남자가 허리를 굽히고 고통에 몸부림치며 무너져내렸다. 모닥불 쪽을 살피던 다른 한 명이 소리를 듣고 고개를 돌렸을 때, 이미 닉스는 그를 향해 칼을 휘두르고 있었다. 그는 가슴에 칼이 꽂힌 채 고꾸라졌다.

찰리 마티아스가 깜짝 놀라며 광기 어린 고함을 지르더니 닉스쪽으로 총구를 돌려 방아쇠를 당겼다.

총성 대신 폭탄 세례를 퍼붓는 소리가 들렸다. 베니가 모닥불 속에 던진 조이 덕의 가방 안에 폭죽이 담겨있었고, 찰리가 방아쇠를 당긴 순간 폭죽이 일제히 터지기 시작한 것이었다. 찰리는 갑작스러운 소리에 깜짝 놀라 제대로 조준하지 못했고, 그의 총알은 닉스의 머리를 맞추는 대신 머리카락만 스치고 지나갔다.

밤하늘 가득 날카로운 폭발음이 연달아 울려 퍼졌다. 자신들이 폭격을 당하고 있다고 생각한 현상금 사냥꾼들은 모두 숨을 곳을 찾아 자취를 감췄다. 폭죽은 이리저리 돌아다니며 사방에서 터졌고, 사냥꾼들이 엽총과 권총을 발사하는 가운데, 압도적으로 큰 폭죽 소리가 허공 가득 울려 퍼졌다. 베니가 웅크리고 있던 자리 바로 옆으로 총알 십여 개가 날아와 마차 옆에 붙은 금속판에 구멍을 냈고, 베니는 마차 아래로 굴러 들어가 몸을 숨겼다. 나무와 금속판이 갈가리 찢기는 소리에 온몸이 벌벌 떨렸다.

닉스는 사냥꾼의 가슴팍에 꽂힌 칼을 뽑아 들고 울타리로 돌진해 힘껏 도약하면서 찰리를 찌르려고 칼날을 높이 쳐들었다. 하지만 찰리가 재빨리 거대한 손을 휘둘러 닉스를 때렸다. 닉스의 어깨에 충격이 전해졌고, 놀랄 만큼 강한 힘에 닉스는 거의 날아가다시피 했다. 그녀는 바닥에 떨어진 뒤에도 1.5m 가까이 미끄러졌다. 닉스의 손에서 벗어난 칼이 바닥에서 빙그르 돌았다.

베니는 마차 밑에서 몸을 숙인 채 모든 광경을 지켜보았고, 닉스가 바닥에 떨어지는 모습에 가슴에서 화가 욱하고 치밀었다. 그는 몸을 굴려 마차 밑을 빠져나왔고, 어둠 속에서 찰리를 처리할 생각으로 마차 뒤쪽을 돌아 캠프 바깥쪽을 따라 전력 질주했다.

현상금 사냥꾼들은 계속해서 총을 쏴댔고 누군가가 쏜 산탄 총알이 울타리 안에 갇혀 있던 덩치 좋은 클라이즈데일 말의 옆구리를 맞췄다. 말은 괴성을 내며 앞발을 치켜들었고, 뼈와 근육을 합쳐 거의 900kg 가까이 되는 무게로 자신에게 매여있던 끈을 잡아당기자 끈은 실처럼 힘없이 끊어져 버렸다. 클라이즈데일 말의 발굽이 다른 말들을 때리자, 다른 말들도 일제히 괴성을 지르고 발길질을 시작했고, 결국 줄을 끊고 울타리 밖으로 달아났다. 난리를 피우다 상처를 입은 데다 끊임없이 들려오는 폭죽 소리에 겁을 집어먹은 말들은 캠프를 가로질러 질주했고, 숨어있던 현상금 사냥꾼들도 혼비백산해서 이리저리 뛰기 시작했다. 사냥꾼 한 명은 어찌할 바를 모르고 몇 번이나 이쪽저쪽으로 방향을 바꾸다가 몸을 숨길 때를 놓치는 바람에 질주하는 말 떼에 치여 진창에 처박혀버렸다. 해머가 말들을 붙들어보려고 했지만, 오히려 말에 들이받혀 조이 덕의 불타는 텐트 쪽으로 나가떨어지고 말았다. 해머는 아주 세게 곤두박질쳤지만, 몸에 불이 붙자 아픔도 잊은 채 비명을 지르며 데굴데굴 굴렀다.

열두 살 소녀가 아이들을 울타리 밖으로 밀어 넘기고 있었다. 소녀가 마지막으로 울타리를 넘었고 그들은 어두운 숲속을 향해 달렸다. 아이들이 뛰는 모습을 보면서 베니는 문득 자신이 서 있는 길이 닉스가 아이들에게 따라가라고 일러준 길이라는 사실을 깨달았다. 그는 아이들을 피해 나무 뒤로 숨어 보려고 했지만, 아이들은 이미 베니를 발견하고 비명을 지르고 있었다.

찰리는 자기 무리 중 하나가 아이들을 막고 있겠거니 하며 고개를 돌렸다.

그는 베니와 정면으로 눈이 마주쳤고, 잡혀있던 아이들 19명이 베니 옆을 지나 어둠 속으로 도망치는 모습도 보았다.

핑크아이 찰리의 표정이 분노로 일그러졌고, 그는 베니에게 총을 겨눴다.

베니 역시 자신의 권총을 들었다.

53

"일이 점점 재미있게 돌아가네." 찰리 마티아스가 으르렁거렸다.

"베니!" 닉스가 소리쳤지만, 해머가 그녀 뒤로 다가와 강철같은 팔을 그녀의 목에 둘렀다. 다른 현상금 사냥꾼들은 다사다난했던 밤에 흥미거리가 생겼다는 듯 껄껄 웃기 시작했다.

"총 맞는 게 그렇게 재밌으면." 베니가 말했다. "행복하게 죽을 수 있겠네."

찰리가 웃었다.

"꼬마야, 네 형은 그런 농담을 아주 맛깔나게 잘했었어. 그런 헛소리를 지껄일 때 너처럼 목소리가 찍찍 갈라지면 하나도 재미가 없잖니."

총이 무거웠지만 베니는 팔에 힘을 주며 버텼다. 찰리는 위협을 느끼지도 않는 듯했다. 비가 잦아들고 있었고 마지막 폭죽이 펑 터지더니 곧 정적이 흘렀다. 베니는 입술을 한번 핥았다. 진흙과 차게 식은땀이 섞인 맛이 났다.

"아가야, 아직 목숨이 붙어있을 때 방아쇠를 당겨야 할 텐데."

"그러려고." 베니가 앞으로 다가서며 말했다. 자신의 행동이 공격적으로 보이기를 바랐다. 하지만 찰리는 그저 즐거워 보였다. "하지만 먼저 물어볼 게 있어."

찰리는 웃으며 현상금 사냥꾼들을 둘러보았다. 대부분 말들을 붙잡으러 가고 없었지만, 재미있는 구경거리를 지켜보려는 몇 명이 남아있었고, 그들 역시 베니를 향해 총을 겨누고 있었다.

"꼬마가 모닥불 옆에 둘러앉아서 수다라도 떨고 싶은가 본데, 너무 귀엽지 않아?"

"어떻게 하면 남자다워질 수 있는지 궁금한가 보지." 한 명이 외쳤다.

"이 무리에 끼고 싶은 거 아냐?" 빈 트랑이 말했다.

"눈물이라도 쏟으면서 톰한테 일어난 일을 따지려나." 해머가 말했다. 그는 여기저기가 긁혀있고 온몸에는 숯 검댕이 묻어있었지만, 생각보다 상태가 심각해 보이지 않았다. 그는 베니를 살기 어린 눈빛으로 노려보았고 베니는 해머에게 잡히는 순간 오늘 밤 자신이 벌인 일에 대한 대가를 톡톡히 치르게 되리라고 생각했다.

베니는 찰리가 고개를 돌리고 있는 동안 총을 쏠 수도 있었지만, 지금이라도 라일라가 나타나 주기를 간절히 바랐다. 라일라가 나타나 마지막 계획을 실행해 준다면 닉스를 구할 수 있었다. 하지만 베니 뒤쪽 숲속에서는 잦아드는 빗방울이 나뭇잎 위로 떨어지는 소리와 나무 사이를 지나는 바람 소리 말고는 아무 소리도 들려오지 않았다.

자신에게 겨눠진 총구가 전혀 위협이 되지 않는다는 듯 찰리는 다시 베니를 바라보았다.

"그래, 꼬맹아, 묻고 싶은 질문이 있단 말이지, 그렇다면 이 찰리 아저씨가 들어 줘야지. 찰리는 모두의 친구니까."

현상금 사냥꾼들이 모두 깔깔대며 웃었다.

"왜 이런 짓을 하지?" 베니가 물었다. "그러니까……. 이런 짓을 하고도 어떻게 멀쩡하게 살 수 있는 거야?"

찰리가 쿡쿡거리며 웃었다.

"꼬맹이가 철이 덜 들었구나, 내가 악마 같지? 그래, 넌 나를 비난하고 싶을 거야. 왜냐하면 나는 힘으로 내가 원하는 것을 얻으니까. 하지만 넌 이 세상이 어떻게 돌아가는지 몰라. 세상은 첫 번째 밤 이전과 하나도 달라지지 않았어. 세상이 달라졌다고 이야기하는 사람은 멍청이거나 거짓말쟁이지."

그는 한 발짝 다가섰고 베니는 반사적으로 뒷걸음질 쳤다. 찰리는 신이 나 보였고 허리를 굽혀 베니를 빤히 보았다.

"너는 내가 아기 돼지를 괴롭히는 나쁜 늑대라고 생각하지? 괴물이라고 생각하지? 시체들의 땅에는 나보다 훨씬 악랄한 것들이 많아. 좀비 이야기를 하는 게 아니란다. 너는 악함이 뭔지 몰라."

"지금 내 눈앞에도 보이는데."

"이런, 꼬마야. 나는 나쁜 사람이 아니야……. 힘을 가진 사람일 뿐이야. 나는 역사 속 왕들 같은 정복자일 뿐이야. 게임랜드 때문에 나를 악마라고 부르고 싶은 거냐? 게임랜드가 악의 근원 같아? 애야, 인간들을 말살하고 문명을 파괴해서 세상의 반을 정복한 사람들도 있었어. 그 사람들을 역사가 뭐라고 칭하는 줄 아니? 영웅이야! 왕, 대통령, 챔피언, 탐험가. 미국을 세운 백인들이 원주민한테 초대받았다고 생각하니? 아니야……. 우리는 이 땅을 빼앗았어. 우리가 힘이 셌거든. 그리고 역사는 그런 이야기들로 가득하지. 어쩔 수 없는 자연의 섭리야. 우리가 먹이사슬 꼭대기의 포식자로 태어난 것처럼 말이지. 가장 잘 적응하는 놈이 살아남는 건 당연한 거야. 우리 유전자에 그렇게 적혀있다고. 강한 자가 *빼앗고*, 강한 자가 *만들고*, 약한 자는 강한 자가 그렇게 하도록 돕는 거야. 이 세상이 그렇단다."

"당신은 틀렸어." 총이 더는 버틸 수 없을 정도로 무거워졌다. 베니의 팔이 후들거렸다.

"네 눈을 보면 알아. 너도 내 말이 맞는 걸 알지만 영웅이 되고 싶은 마음에 인정하지 않을 뿐이야." 찰리가 한 걸음 더 다가섰고, 베니는 이번에도 뒤로 물러섰다. 물러서지 않으려면 방아쇠를 당겨야 했지만 베니는 도저히 그렇게 할 수 없었다. 아직 때가 아니었다. 찰리가 말을 이어나갔다. "학교에서 애들한테 역사를 가르친다지. 옛날 세상이 어땠고, 이 대단한 나라를 세운 영웅들이 누구였고, 어쩌고저쩌고. 하지만 장군들 중에 원하는 것들을 원할 때 얻어내지 않고 전쟁에서 이긴 장군이 있을 것 같아? 자기 사람들이 필요한 걸 필요할 때 취하지 못하게 하면서 전쟁에 이긴 장군이 있을 것 같아? 역사에서 승자는 도시나 나라를 정복하면 전리품을 쓸어 담았고, 그에 합당한 성대한 파티를 열었어. 어떤 사람이 목숨을 바쳐 싸웠다면 그에 따른 대가가 있어야 하는 거야. 그래야 공평하지."

"대체 그게 무슨 소리야? 당신은 침략군에 맞서 싸우는 장군이 아니야. 사람들에게 자유를 주려고 싸우는 것도 아니잖아. 당신은 정당한 *명분*을 가지고 싸우는 게 아니라고!"

찰리의 표정이 굳었다.

"아니라고? 내가? 잘 들어, 네가 사는 세상 이야기를 해 줄 테니까. 우리가 마운틴사이드를 처음 세울 때 내가 있었어. 나, 찰리 마티아스가 말이야. 그 거지 발싸개 같은 마을을 내 손으로 지었다고. 처음 시체들의 땅에 무역로를 개척할 때 앞장선 것도 나였어. 담장을 튼튼히 하려고 주변 마을을 돌며 장비들을 모아 마차에 싣고 온 사람도 내가 처음이었어. 병원을 털어서 의료품을 대량으로 들여온 사람도 나야. 지금 무역 상인이나 도시 소탕대를 경호하는 사람들도 나 아니면 내가 교육한 사람들이야. 내가 마을로 생존자들도 데려왔지. 시체들의 땅을 떠돌던 몇백 가족을 마운틴사이드로 데려온 사람이 나라고. 네가 평생 만나 본 사람들보다 내가 구한 사람들이 더 많단다, 꼬마야……. 그러니까 내가 명분도 없이 싸운다는 이야기는 취소하는 게 좋을 거야."

찰리는 한 걸음 더 다가섰고, 머릿속이 혼란스러워진 베니는 이번에는 뒤로 물러서지 못했다.

"베니!" 닉스가 외쳤다. "그놈 말 듣지 마. 너를 흔들어 놓으려는 수작이야."

닉스가 계속 말하려고 했지만, 해머가 이두박근과 팔뚝 근육을 자랑하며 닉스의 입을 막았다. 베니는 입술을 핥았다.

찰리가 말했다. "옛날 옛적에, 이 산에서 좀비한테 쫓기며 반쯤 죽어가던 여행자 무리를 만난 적이 있었어. 그 무리에는 말라깽이 일본 꼬마 한 명과 그의 동생도 끼어있었지……. 내가 그들을 마운틴사이드로 안내했어. 그러니까 애야, 내가 좋은 명분 없이 싸운다고 하기 전에 먼저 너에 대해서 제대로 알아야 하지 않을까? 지금부터 100년 뒤, 역사책에서 첫 번째 밤과 그 뒷이야기를 다룰 때 후손들은 나를 좀비 전쟁에서 활약한 위대한 영웅으로 소개할 거야. 나, 찰리 마티아스를."

베니는 찰리를 믿고 싶지 않았지만, 그가 하는 말이 사실이라는 것을 알았다. 적어도 베니가 아는 한 사실이었다.

"그런 일을 했을 수도 있겠지." 베니가 후들거리는 오른손을 왼손으로 받치며 말했다. "하지만 그렇다고 해도, 지금 당신이 하는 짓들을 할 권리는 없어."

"그래? '권리'는 법이 있을 때나 쓸 수 있는 말이지. 그런데 여기 시체들의 땅에는 법이 없거든. 좀비 밥이 된 네 형이 그 정도는 말해줬겠지. 마운틴사이드의 법은 게이트를 지나고 나면 아무 효력도 없어. 왜냐하면 담장 너머로 나와서 이곳에도 법을 *세울* 용기가 있는 사람은 없으니까. 나 말고는 아무도 없어. 그리고 내가 이 땅에서 대장질을 하는 이상 나는 내가 원하는 법을 만들 거야."

"법을 이야기하는 게 아니야." 베니가 이를 바득바득 갈며 말했다. 등 뒤의 숲속에서 바람이 신음하는 소리가 점점 크게 들렸다. 폭풍이 다시 몰아치려는 것일까? "옳고 그른 걸 이야기하는 거라고."

찰리가 웃었다. "내 얼굴에 총을 겨누고 나를 죽이려고 하면서 옳고 그름에 대해 강의를 하시겠다? 네가 판사나 배심원이나 검사라도 되냐? 아니면 오는 길에 모세처럼 불타는 가시덤불을 만나서 새 율법이라도 깨달으셨나? 처음 죽은 자들이 깨어나서 인간들을 먹어 치울 때 예전의 도덕은 다 사라진 거로 아는데. 정신 나간 소리처럼 들릴지 모르겠지만 나는 그게 정말 혁신적인 사건이었다고 생각해. 죽은 사람도 죽은 게 아니라는데 다른 규칙들도 바뀌어야 하잖아? 그러니까 이 찰리가 옳다고 결정하는 게 '옳은' 거라는 말씀이야."

"아니……."

베니가 말을 시작하려고 했지만, 찰리가 먼저 행동을 개시했다. 그가 왼팔을 옆으로 뻗었고, 베니는 자신도 모르게 눈으로 움직임을 쫓았다. 찰리는 그 틈을 타 빛의 속도로 오른손을 뻗어 베니의 손에서 권총을 쳐냈다. 그는 이제 한 발짝만 더 다가오면 베니와 가습이 맞닿을 정도로 가까이에 서 있었고, 얼굴은 감출 수 없는 분노로 일그러져 있었다. 찰리는 한 손으로 베니의 셔츠를 잡은 뒤 베니의 발끝이 땅에 닿을락 말락 할 때까지 들어 올렸다. 그러고는 힘을 잔뜩 실어 베니의 고개가 푹 꺾이도록 뺨을 친 뒤 손등으로 반대쪽 뺨을 후려쳐 쳐 이번에는 반대쪽으로 고개가 돌아가도록 만들었다. 얼굴을 맞은 충격보다 양쪽으로 목이 꺾인 충격이 몇 배는 컸고, 베니의 무릎은 힘없이 꺾였다.

"베니⋯⋯."

닉스가 울부짖었지만, 해머의 팔이 목을 단단히 조이는 통에 그녀의 입에서는 절망적으로 꺽꺽거리는 소리만 흘러나왔다.

핑크아이 찰리는 경멸에 찬 눈으로 베니를 밀쳤다.

"쓸모없는 쓰레기 같은 새끼. 총을 들고 있으니 간이 배 밖으로 나와서 잘도 주절댔다만, 기회가 왔을 때 방아쇠를 당길 배짱도, 머리에 든 것도 없지. 그래서 너 같은 놈들은 세상을 가질 수 없는 거야. 원하는 걸 얻고, 뭐가 옳고 그른지 정할 수 있는 사람은 나처럼 어려운 선택을 하고 힘든 일 하기를 두려워하지 않는 사람들이지. 꼬마야, 힘이 전부야. 그리고 안타깝게도 너는 힘이 없어."

"마음대로 지껄여!" 베니가 악에 받쳐 소리치며 찰리를 향해 달려들었다. 영리하고 민첩하게 싸우는 법을 배우기 위해 톰에게 받은 훈련의 효력은 여기까지였다. 베니는 아는 기술도 많이 없었고 싸움 실력을 측정할 수 있을 정도도 되지 않았다. 그가 가진 무기는 분노뿐이었다. 그는 찰리에게 젖 먹던 힘을 다해 돌진했고, 덩치 큰 현상금 사냥꾼은 두 걸음 뒤로 밀려났다. 베니는 몸을 낮추고 빠르게 달려서 찰리가 쓰러지기를 바라며 그의 허벅지에 어깨를 들이박았다. 찰리를 넘어뜨릴 수만 있다면 그를 밟아서 발목이나 무릎 정도는 부술 수 있을 것이다. 어쩌면 얼굴도.

하지만 찰리는 넘어지지 않았다. 진흙에 발꿈치를 단단히 박은 채 자신에게 돌진하는 베니를 멈춰 세우고는 팔등으로 베니의 옆머리를 쳤다. 베니는 찰리의 팔이 날아오는 것을 눈치채고 몸을 숙여 공격을 거의 피했지만, 찰리의 힘이 너무 세서 한쪽 무릎을 꿇을 수밖에 없었다. 베니는 분노로 가득 찬 신음을 뱉으며 찰리의 사타구니에 주먹을 날렸다. 하지만 찰리가 몸을 돌려 피하는 바람에 그의 골반을 때리고 말았다. 손가락이 전부 부러진 것처럼 아팠다.

"괜찮은 시도였어, 꼬마야." 찰리가 말했다. "시도라도 했다는 점은 인정해 주지. 기대 이상이야. 충분하지 않아서 문제지만."

찰리는 베니의 머리채를 잡아당겨 강제로 일으켜 세운 뒤 복부에 어퍼컷을 날렸고, 엄청난 충격에 베니의 발이 땅에서 붕 떴다. 찰리의 단단한 주먹에 복부 전체가 구겨져서 몸 안에 있던 공기가 다 빠져나간 듯했다. 베니는 얼굴이 파랗게 질리고 눈이 툭 튀어나온 채로 가쁘게 숨을 쉬며 넘어졌다. 입으로 공기를 들이마시려고 애쓰며 쌕쌕거리는 것 말고는 아무것도 할 수 없었다.

베니의 귀에 자신의 이름을 부르는 닉스의 목소리가 들렸다. 그녀는 해머에게 저항하면서 비명을 지르고 있었다.

찰리와 다른 현상금 사냥꾼들이 폭소를 터뜨리는 소리가 들렸다.

동물 울음 같은 소리를 내는 자신의 목소리도 들렸다.

찰리가 말했다. "디거, 스팅, 너희가 해 줄 일이 있어. 이 자식을 끌고 가서 우리 안에 묶어줘. 살살 다룰 필요 없어. 해머, 계집애한 테 예의를 좀 가르친 다음 같이 묶어 둬. 그리고 나머지 사람들은 아이들을 찾고, 캠프도 정돈하고. 일이 아주 완전 난장판……."

디거라는 남자가 베니를 들어 올리려고 허리를 숙였을 때, 무언 가가 어둠을 뚫고 날아와서 그의 등에 꽂혔다. 낮은 외마디 소리와 함께 디거의 숨이 꼴깍 넘어갔고, 그는 그대로 바닥에 얼굴을 박으 며 쓰러졌다. 베니는 멍하니 그를 보았고, 날갯죽지 사이에 칼자루 만 보일 정도로 깊게 박힌 칼이 눈에 들어왔다. 검은색 손잡이에는 홈이 패여 있었고, 등에 박히지 않은 날 부분을 보니 양날이었다.

베니는 머릿속에서 기억을 더듬었다. 분명 본 적이 있는 칼이었다!

그리고 허공에 비명 비슷한 소리가 울려퍼지더니 덩치 좋은 말 한 마리가 죽은 남자의 몸 위로 날아와 현상금 사냥꾼들을 헤집어 놓았다. 이 말은 캠프에서 도망친 살찐 마차용 말이 아니다.

아파치였다.

그리고 커다란 벅스킨 말을 탄, 깊고 야성미 넘치는 눈을 가진 피 투성이 남자가 걸레짝 같은 옷을 걸치고 반짝이는 검으로 현상금 사냥꾼들을 베는 모습이 보였다.

톰이었다.

54

"*형!*" 베니가 외쳤다. 베니는 눈앞의 광경이 현실인지 아니면 자 신이 완전히 돌아버린 건지 알 수 없었다. 있을 수 없는 일이었다,

아파치가 앞발을 쳐들고 현상금 사냥꾼 한 명의 가슴팍을 치자

그는 연발 산탄총이라도 맞은 듯 뒷걸음질 치며 나가떨어졌다. 다른 사냥꾼 하나가 말 옆구리로 달려들더니 톰을 안장에서 끌어 내리려고 잡아당겼다. 톰이 검을 휘두르자 남자는 비명을 지르며 넘어져 말굽에 밟혔다.

"제기랄" 찰리가 외쳤다. "톰 이무라야. 죽여!"

찰리는 총을 들었지만 베니가 진흙을 딛고 일어나 찰리의 어깨로 한 번 더 돌진했다. 이번에는 준비가 되어있지 않던 찰리는 베니와 함께 진흙 바닥 위로 엎어졌다. 찰리의 총이 발사되면서 텍사스 존 맥고란의 어깨에 구멍을 냈다. 총을 맞은 텍사스 존이 뒤로 주춤하면서 들고 있던 펌프 연사식 산탄총의 방아쇠를 당겼고, 날아간 총알들이 와일드 빌 페어차일드의 얼굴에 정통으로 떨어졌다.

베니는 자신이 찰리와 싸워서 이길 가능성은 없어도 톰을 쏘지 못하게 막을 수는 있다고 생각하고는 찰리의 팔로 달려들어 그의 손목을 꽉 깨물었다. 찰리는 고통으로 악을 쓰며 총을 떨어뜨렸지만, 대신 베니의 얼굴에 주먹을 날렸다. 베니는 코뼈가 부러지는 것을 느꼈다. 베니는 무릎으로 찰리의 허벅지를 두 번 찼지만 곧 찰리가 목을 부러뜨리고도 남을 정도로 강한 두 번째 펀치를 날리자 멀리 나가떨어졌다.

베니는 간신히 일어나 닉스를 찾으려고 두리번거렸다. 5m쯤 떨어진 곳에 해머가 닉스를 방패 삼아 붙들고 있는 모습이 보였다. 톰이 해머를 향해 다가갔다. 세차게 내리던 비는 가랑비로 바뀌었다가 이내 그쳤지만, 아직 천둥이 치고 있었고 서쪽 하늘에는 번개가 번쩍거렸다.

"검 내려놔, 톰, 안 그러면 이 계집애 목을 꺾어버릴 테니까." 해머가 위협했다. 해머는 정말 그렇게 하고도 남을 인간이었다. 그는 팔을 닉스의 목에 단단히 감고 있었고, 닉스의 발은 땅에서 3cm쯤 떨어져 있었다.

좀비가 된 줄 알았던 톰 이무라가 멀쩡히 살아 숨 쉬는 것을 보고 깜짝 놀랐던 다른 현상금 사냥꾼들은 이제야 충격이 조금 가신 듯했다. 그들은 총을 꺼내 톰에게 겨눴다.

톰이 고삐를 당기자 아파치가 걸음을 멈췄다. 아파치는 근처에 있던 좀비에게 온통 한 번씩 물어뜯겨 너덜너덜해진 카펫 코트를 아직도 입고 있었다.

"마리온, 안 그러는 게 좋을 거야." 톰의 목소리는 놀라울 정도로 차분했다. "여자애를 놔 줘."

"헛소리 집어치워. 너나 검을 내려놔. 안 그러면 이 계집애 머리통이 날아갈 테니까."

톰은 검을 한번 털어서 흐르는 피를 떨쳐냈고, 조이 덕의 얼굴에 피가 튀었다.

"베니." 톰이 말했다. "괜찮니?"

베니가 자리에서 일어섰다. 찰리에게 코를 맞은 충격 때문에 아직 머리가 핑 돌았다.

"응." 베니가 나직이 말했다.

"계집애를 풀어달라고 할 거면 값을 치러야지." 찰리가 으르렁거리며 몸을 일으켰다. 찰리의 총은 온통 진흙 범벅이 되어 쓸 수 없을 지경이 되었지만, 그가 직접 총을 쏠 필요는 없었다. 톰은 거의

473

현상금 사냥꾼 20명에 둘러싸여 있었다.

톰은 검을 천천히 들어 올려 검날 끝으로 모터시티 해머를 가리켰다.

"마지막 기회야, 마리온. 닉스를 놔 줘."

해머가 웃었고, 다른 현상금 사냥꾼들도 따라 웃었다.

"뭐 어쩌려고?" 해머가 비웃으며 말했다. "우리가 머릿수도 많고 무기도 너보다 많이 가지고 있는데. *네가* 뭘 할 수 있는데?"

"나?" 톰은 이 상황을 즐기는 듯했다. "뭐, 난 아무것도 안 할 거야. 하지만 너는 그 애를 놓아 *주게 될 거야.*"

"누구 마음대로?"

"내 마음대로!" 악에 받친 목소리가 어둠을 뚫고 나타났고 긴 강철 막대가 허공을 가르며 쉭, 하는 소리를 냈다. 은색 섬광이 번쩍하더니 날카로운 총검 날이 모터시티 해머의 왼 다리 뒤쪽을 그었다. 아킬레스건 힘줄이 끊어지면서 피가 분수처럼 뿜어져 나오자 해머는 어린 소녀나 낼 수 있을 법한 찢어지게 날카로운 비명을 지르며 바닥에 주저앉았다. 그는 닉스를 말 그대로 내팽개쳤고 닉스는 베니를 향해 비틀거리며 걸어갔다. 베니는 뛰어가서 닉스를 붙잡았다.

캠프 안에 있던 사람들은 일제히 모닥불 쪽으로 점프하는 희미한 형체를 따라 고개를 돌렸다. 그녀가 바닥에 착지하면서 몸을 틀며 창을 휘두르자 눈처럼 흰 머리칼이 휘날렸다. 갑자기 하늘에서 비가 떨어지기 시작했다. 그러나 떨어지는 빗방울은 거의 검은 색에 가까운 어두운색이었다. 해머가 두 손으로 목을 움켜쥐었고 그의 눈이 휘둥그레졌다. 오늘 밤 전투에서 핑크아이 찰리나 톰 이무라 중 누가 이기더라도 자신은 승자도 패자도 될 수 없다는 사실과 함께, 앞으로 펼쳐질 미래에 더 이상 자신의 역할이 없으리라는 끔찍한 확신이 해머의 휘둥그레진 눈에 가득 차 있었다. 해머는 뭔가 말하려고 입을 열었다. 자신의 심정이나 공포를 설명해보려 했지만, 이미 그의 목구멍은 아무 말도 할 수 없는 지경이 되어있었다.

그는 천천히 앞으로 넘겨졌다. 마치 세월을 이기지 못하고 쓰러지는 낡고 부식된 거대한 건물처럼 진창 위로 고꾸라졌다.

사라진 소녀가 세상의 증오와 상실감을 전부 담은 것 같은 차가운 담갈색 눈으로 해머를 내려다보며 서 있었다. 그리고 비 내리는 밤 자신의 동생을 쫓았던, 그리고 진창에 시신을 내팽개쳐두고 떠났던 남자의 미동 없는 등에 침을 뱉었다.

"맙소사." 닉스가 멍든 목을 주무르며 나지막하게 말했다.

찰리는 입을 벌린 채 믿을 수 없다는 눈빛으로 바닥에 엎어진 자신의 친구를 내려다보았다. 베니는 덩치 큰 현상금 사냥꾼의 머릿속에서 무슨 일이 일어나고 있는지 알 것 같았다. 베니는 찰리와 해머의 이야기를 거의 다 알고 있었다. 라퍼티네 잡화점에서 과거를 회상하는 그들의 이야기를 들으며 오후를 보낸 날이 수없이 많았다. 모험에는 언제나 두 사람이 함께였다. 2인조 악당으로 언제나 함께 다니며 서로의 능력을 끌어냈고, 서로를 지지하며 격려했다. 두 사람은 광활한 시체들의 땅에서 일어나는 모든 폭력의 오른팔과 왼팔이었다.

그리고 지금 해머가 죽었다.

몇 분 후면 그는 좀비로 다시 깨어날 것이다. 찰리와 해머가 증오하고 경멸했던, 자신들의 돈벌이 수단이자 유흥거리로만 생각했던 그들 중 하나가 되어있을 것이다.

베니는 찰리의 표정이 변하는 모습을 보았다. 놀라움으로 휘둥그레졌던 그의 눈이 살기를 품고 옆으로 가늘게 찢어지면서 입은 굳게 닫혔다. 마치 굶주린 짐승 같은 표정이었다.

"찢어 죽여버리고 말겠어." 찰리가 말했다. "5년 전에 끝냈어야 했는데, 이제라도 제대로 끝내주지, 네년 숨통이 끊어져서 지옥에 처박힐 때까지 비명을 지르게 될 거야."

라일라는 창을 들었고 찰리는 총을 들었다. 베니와 닉스는 라일라의 옆으로 걸어갔고 셋은 핑크아이 찰리와 맞설 준비가 되어있었다.

톰이 찰리와 그들 사이에 섰다.

"내가 오래전에 너한테 기회를 한 번 준 것 같은데." 톰이 말했다. "네 부하들은 모르겠지만, 네가 선셋 할로를 치려고 했을 때 내가 널 피떡으로 만들었지. 네 목숨이 내 손에 달렸었고 넌 싹싹 빌었어, 너한테 기회를 달라고 싹싹 빌었어. 변하겠다고, 이제 상황이 달라질 거라고 맹세했어. 그때 나는 이쪽에서 일어나는 나쁜 일에 모두 네가 연루되어 있는지 몰랐어. 게임랜드를 시작한 사람이 *너*인 줄, 게임랜드를 계속 존재하게 하는 사람이 *너*인 줄 몰랐지. 그때는 네가 다른 사람 밑에서 일하는 줄로만 알았어. 이제는 아니야, 찰리. 나는 이제 진실을 알아. 그리고 내 인생의 마지막 순간까지 널 제때 처리하지 못했다는 사실 때문에 괴로울 거야. 난 내가 옳은

476

일을 하고 있다고, 내가 자비를 베풀었다고 생각했어. 적이 궁지에 몰렸을 때 죽이는 건 옳지 않다고 생각했지." 톰의 얼굴이 자신에 대한 증오로 어두워졌다. "5년을 낭비했어. 5년 동안 희생된 목숨이 얼마나 많을까? 미래가 망가진 남자와 여자, 아이들이 대체 몇 명일까? 고문당하고 살해된 사람들은 또 몇 명일까?"

찰리 마티아스는 별로 감흥이 없는 듯했다.

"그래, 네가 날 속여서 궁지에 몰았던 적이 있지. 아주 대단했네. 그래서 네가 나보다 더 강하다고 생각해? 네가 *대단한 사람이라도* 된 것 같아? 너는 옛날 역사책 한 귀퉁이에 적힌 주석 정도밖에 안 되는 놈이야. 너는 경찰도 아니고 사무라이도 아니야. 심지어 좋은 현상금 사냥꾼도 아니야. 그럴 배짱도 없지. 멍청한 겁쟁이 새끼 주제에."

베니는 앞으로 나아가서 찰리 마티아스의 얼굴에 주먹을 날렸다. 베니의 주먹에는 14년 묵은 마음속의 갈등과 분노가 담겨있었고, 그 주먹을 정통으로 맞은 찰리는 몸이 반쯤 틀어졌다.

"우리 형은 겁쟁이가 아니야!" 베니가 악을 쓰며 말했다.

시간이 멈춘 것 같았다.

찰리는 천천히 몸을 돌려 그들을 바라보았다. 턱에 보랏빛 멍이 잡히기 시작했지만, 그의 자존심에 난 상처에 비하면 겉으로 보이는 멍쯤은 아무것도 아니었다. 그는 재미있다는 듯 눈을 굴리면서 잔인하게 미소 지었다.

"꽤 강력한 한 방이었어, 꼬마야." 찰리가 말했다. "손은 괜찮니?"

베니는 아무 말도 하지 않았다. 사실 손이 부러진 것같이 아팠고, 비명을 참기 위해 입을 꽉 물어야 했다. 주먹에 있는 모든 말초신경이 번쩍거리며 뇌로 고통을 전달하는 것 같았고 손가락 마디마디는 풍선처럼 부푸는 느낌이었다. 그는 고통을 억누르며 눈물을 참으려고 애썼다. 찰리를 증오하는 마음에 집중하며 닉스를 살릴 방법을 찾아내려고 했다. 비가 떨어지기 시작했고 나무들이 신음이 더 커졌다.

찰리가 베니를 가리켰다.

"넌 마지막에 해치워 줄게. 우선 네 형부터 처리한 다음 사라진 소녀를 게임랜드로 끌고 가서 무기 없이 구덩이에 처넣고 얼마나 버티는지 볼 거야. 빨간 머리 계집애도 마찬가지야. 재미있을 것 같지 않아? 그런 다음 널 좀비 먹이로 던져 줄 거야, 한 번에 손가락 하나씩."

닉스가 찰리를 향해 돌진했지만, 톰은 그녀의 어깨를 붙잡아 멈춰 세웠다.

"그만둬 닉스." 톰이 중얼거렸다. "저 짐승 같은 놈은 내 차지야."

찰리는 두 손으로 덤벼보라는 듯한 동작을 취한 뒤 다른 현상금 사냥꾼들에게 들리도록 크게 외쳤다. "톰, 무슨 약이라도 먹은 거야? 너는 완전히 포위됐고 수도 한참 열세야. 우리는 끝장을 볼 때까지 싸울 거야. 공평하게 싸울 생각 없어. 넌 죽은 목숨이야. 네가 고속도로에서 어떻게 좀비들을 피했는지 모르겠지만 여기로 돌아와서는 안 됐어. 그것도 혼자."

"그렇지." 톰이 맞장구쳤다. "나도 공평하게 싸울 생각 없어. 그래서 말인데, 난 혼자가 아니야."

찰리는 잠시 깜짝 놀란듯했다. 현상금 사냥꾼 몇 명이 눈빛을 교환하다가 천천히 주위를 둘러보았다. 비는 여전히 내리고 있었지만, 숲에서 들리는 신음은 바람 소리가 아니었다.

좀비들이 캠프를 둘러싸고 있었다.

톰과 라일라가 마주 보며 의미심장한 미소를 주고받았다.

55

좀비들은 캠프 안으로 느릿느릿 걸어왔다. 그들이 내뱉는 신음은 굶주림으로 가득 찬 달랠 수 없는 곡소리였고, 이제 그들은 잠시나마 허기를 채울 수 있을 예정이었다. 현상금 사냥꾼들은 소리 지르며 도망치다가 서로에게 부딪혀 넘어졌다. 총을 가진 사람들은 전부 방아쇠를 당기기 시작했다.

"베니!" 닉스가 소리쳤다. 좀비가 그들에게 가까이 다가오자 닉스는 베니를 밀쳐냈다. 그녀는 좀비의 팔 아래로 몸을 낮추고 무릎을 거칠게 찼고, 좀비가 쓰러지는 동안 현상금 사냥꾼 한 명 쪽으로 좀비를 밀쳤다. 그는 비틀거리는 좀비와 함께 바닥에 쓰러졌고, 좀비가 썩어가는 이빨을 어깨에 꽂아 넣자 소리를 꽥 질렀다.

라일라는 창의 뒤쪽 끝을 사용해서 좀비들의 가슴팍을 밀쳐 쓰러뜨리며 뒤로 물러났다.

"나랑 가!" 라일라가 외쳤고 베니와 닉스는 라일라 쪽으로 모였다. 둘 다 가진 무기가 없었다. "총!" 라일라가 외쳤지만, 베니는 누군가가 자신을 쏘려고 하는 줄 알고 주위를 두리번거렸다. 하지만 닉스는 라일리가 무슨 말을 하는지 알아듣고 그녀의 총집으로 손을 뻗어 총을 꺼냈다. 자동식 총이었다. 현상금 사냥꾼 셋이 마차 쪽으로 물러나는 동안 닉스는 총의 슬라이드를 뒤로 당기고 두 손으로 사격 자세를 취했다.

베니는 낡은 정비사 작업복을 입은 덩치 큰 좀비가 현상금 사냥꾼의 목덜미를 붙잡아 나무로 밀치는 장면을 보았다. 정비사 좀비를 굶주린 숲 나무에 묶어두었던 밧줄이 아직도 손목에 달려있었다. 그의 뒤쪽 어둠 속에서 움직이는 형체들이 보였다. 그들의 썩어가는 목과 빼빼 마른 허리에 묶인 밧줄이 달랑거렸고, 초점 없는 시커먼 눈들은 모닥불을 반사해 이글이글 타는 것처럼 보였다.

베니는 뿌듯하기도 하고 안심도 되었다. 정신 나간 계획이었고 생각했던 것보다 오래 걸렸지만 어쨌든 그들은 성공했다. 라일라가 해내리라고 믿었어야 했다.

하지만, 형이 돌아오다니! 당연히 죽은 줄 알았던 톰이 돌아와서 자신들을 구해주리라고는 상상조차 못 했었고, 계획을 아무리 곱씹어도 톰이 어떻게 돌아왔는지는 설명할 수 없었다. 게다가 그가 라일라와 주고받던 눈빛, 그가 했던 말을 생각하면 그는 좀비들이 캠프로 오고 있다는 사실을 알았던 것 같았다. 어떻게 알았을까? 사라진 소녀와 대화하고 싶어 하더니 오는 길에 그녀를 만나 드디어 이야기를 나누게 된 것일까? 오늘 이 폭풍우 치는 잔인한 밤에?

베니는 톰을 찾으려고 고개를 돌렸고, 전장에서 한창 싸우는 중인 그가 보였다. 그와 찰리 사이에 좀비들이 서 있었다. 현상금 사냥꾼들이 톰에게 달려갔고 동시에 좀비 대여섯이 톰을 둘러쌌다.

그리고 베니는 마침내 톰 이무라가 누구인지 눈으로 확인하고 *이해했다.*

톰은 완벽하게 계획한 것처럼 움직였다. 찰리의 패거리 중에서 사납기로 유명한 빅 짐 스타가 톰의 어깨를 붙잡고 그를 돌려세웠지만, 톰은 손의 힘을 따라 뒤를 돌며 왼손을 뒤로 뺐다가 번개 같은 속도로 그에게 뻗었다. 빅 짐이 목을 부여잡고 물러섰다. 그리고 그가 바닥에 넘어지기 전에, 검을 위로 크게 한 번, 왼쪽으로 한 번 휘두르니 좀비 둘이 나가떨어졌다. 조커 브릴이 권총을 꺼내 그를 향해 쐈지만, 톰은 그가 권총을 잡는 것을 이미 눈치채고 총구가 그에게 향하기 전에 몸을 피하며 검을 휘둘렀다. 조커 브릴의 총과 총을 들었던 팔이 공중에 날아올랐고, 그동안 톰은 뒤를 돌아 다른 좀비의 다리를 베었다. 그가 일어서서 액스맨 산티아고의 가슴을 향해 검을 두 번 휘두르자 그의 몸통에 X자로 베인 상처가 생겼다. 톰은 산 사람이든 시체든 자신을 공격하는 이들을 베고 또 베고 뒤돌아서 또 베었고, 전부 그 앞에 무릎을 꿇었다. 베니의 눈에 공터 저쪽에서 충격과 경외심의 중간쯤 되는 표정으로 모든 광경을 지켜보고 있는 찰리가 들어왔다.

그 순간 손 하나가 베니의 다리를 붙잡았고, 베니는 넘어지고 말았다. 땅에 넘어지면서 고개를 돌렸을 때, 흐리멍덩하고 생기 없는 눈을 한 모터시티 해머가 피가 가득 고인 입을 벌린 채 자신을 끌어당기고 있는 모습이 보였다.

베니는 비명을 지르며 그의 얼굴을 사정없이 발로 찼지만, 그는 이제 고통을 느낄 수 없는 존재였다. 그러자 닉스가 해머의 손목을 밟더니 권총을 그의 이마에 거칠게 가져다 댄 뒤 방아쇠를 당겼다. 그는 머리가 뒤로 꺾이더니 곧 바닥에 고꾸라지면서 영원한 죽음을 맞이했다.

"고마워!" 베니가 숨을 헐떡이며 말했고 닉스는 그를 일으켰다.

"여기!" 라일라가 말했다.

그녀는 해머의 옆에서 무릎을 꿇고 그가 항상 차고 다니던 쇠몽둥이가 달린 벨트를 풀어 베니에게 넘겼고, 베니는 부은 손으로 벨트를 받아들었다.

베니는 악 소리를 내며 욕을 한번 뱉고는, 간신히 손가락을 오므렸다. 살짝 금이 간 것뿐이야, 라며 자신을 달랬지만, 빈 트랑이 도축용 칼을 쥐고 그를 향해 달려들자 통증을 느낄 겨를조차 없어졌다. 조이 덕이 닉스를 붙잡았고 좀비 넷이 라일라를 향해 비틀거리며 움직이고 있었다.

"너와 네 형은 정말 성가신……" 빈 트랑이 말했지만 베니는 그가 뭐라고 하든 듣고 싶지 않았다. 그는 해머의 파이프로 빈 트랑의 칼 옆면을 강하게 때린 뒤, 곧이어 그의 이마를 세게 내리쳤다. 빈 트랑의 눈에 초점이 풀리자 베니는 파이프를 머리 위로 한껏 들어 올렸다가 내리쳐서 그를 완전히 쓰러뜨렸다. 베니는 자신이 사람을 죽였는지 어쨌는지 생각할 겨를이 없었고 신경도 쓰지 않았다. 그는 닉스와 라일라를 도와야 했다. 하지만 뒤를 돌았을 때 이미 닉스는 뒤로 물러서며 걸음을 옮길 때마다 총을 한 발씩 쏘고 있었다. 총알은 조이 덕에게 날아갔고 그는 총알이 몸통에 박히는 충격으로 정신 나간 사람이 조종하는 꼭두각시가 춤을 추듯 비틀거렸다.

마지막 총알이 그의 머리를 맞혔고 그는 수녀복 입은 좀비와 양복을 입은 남자 좀비 사이로 쓰러졌다. 좀비들은 자신들에게 떨어진 먹잇감을 끌고 마차 뒤로 사라졌다.

닉스는 조이 덕이 쓰러지는 모습을 멍하니 보다가 총을 내렸다.

"맙소사……." 닉스가 잠긴 듯한 목소리로 중얼거렸다.

베니는 그녀가 조이 덕을 죽이고 충격에 빠졌다고 생각했지만, 다른 좀비 하나가 닉스를 향해 다가가자 그녀는 차분하고 냉정하게 뒤돌아서 좀비의 미간 정 가운데를 정확히 맞혔다.

좀비는 베니 옆으로 고꾸라졌고, 베니가 고개를 돌렸을 때 라일라가 자신을 향해 돌진하는 마지막 좀비 넷을 해치우는 모습이 보였다. 흐르는 빗물 사이로 보이는 라일라의 얼굴에는 미소가 번지고 있었다. 이 상황에 *미소라니*.

정말 무시무시한 아이라니까, 베니가 생각했다. 사라진 소녀는 산전수전을 겪으면서 모습만 '사라졌던' 게 아닌 모양이었고 그런 그녀를 평범하게 살도록 할 방법이 있는지 의문이 들었다. 그러기에는 그녀가 자신 내면의 황무지 속으로 너무 깊이 들어가 버린 게 아닐까?

"베니!"

톰의 목소리에 베니는 정신이 번쩍 들었고, 톰이 자신을 향해 달려오는 모습을 보았다. 아직 살아있는 현상금 사냥꾼들은 모닥불 옆에서 그들을 향해 거리를 좁혀오는 좀비들에 맞설 준비를 하고 있었다.

"동쪽 길로 가!" 톰이 외치며 피 묻은 검 끝으로 동쪽을 가리켰고, 베니는 조금 전 아이들이 도망친 길을 향해 뒤돌았다. 좀비들이 보이지 않는 유일한 길이었다. 라일라는 그 길이 오래전에 내려앉은 바위 절벽의 한 부분이며 오르막길인 데다 다른 길들처럼 숲과 바로 연결되어 있지 않아서 도망치기에 가장 적당하다고 했었다. 미리 세워둔 계획인데도 막상 혼란스러운 상황이 되자 베니는 머리가 하얘져서 갈피를 못 잡고 머뭇거렸다.

"달려!" 톰이 외치자마자 아파치가 어둠을 뚫고 나타나서는 동물적인 촉으로 안전한 길을 따라 질주했다. 베니는 도망치면서도 캠프에서 시선을 뗄 수가 없었다. 아직 살아있는 현상금 사냥꾼 여덟 명 주위로 좀비 수천이 몰려들고 있었다. 그토록 나쁜 짓을 하고 수없이 해를 끼쳤는데도, 그들의 마지막을 보고 있자니 아주 잠깐 그들에게 동정심이 생겼다. 오래전 선셋 할로에서 무슨 일이 있었는지는 모르지만, 톰도 지금 자신이 느끼는 동정심으로 찰리를 살려주지 않았을까 하는 생각이 들었다.

하지만 저들을 구할 수는 없었다. 잠시도 망설이지 않고 도망치는 것을 보니 라일라와 닉스도 그렇게 생각하는 듯했다. 톰도 마찬가지였겠지만, 후퇴하며 베니를 따라잡았을 때 그 역시 잠시 뒤를 돌아보았다.

"살려둘 수는 없어." 톰이 말했다.

"맞아." 베니가 속삭였지만, 그의 답은 빗소리에 묻혀버렸다.

"가서 여자아이들을 따라잡아." 톰이 말했다. "나는 너희들이 안전하게 벗어날 때까지 이 길을 지킬게. 아파치는 남겨 둬, 내가 떠날 때 신속하게 움직여야 할 것 같으니까."

베니는 길을 따라 뛰어가서 휘파람을 불었고. 아파치는 잠시 망설이는 듯하더니 곧 베니 쪽으로 달려왔다. 베니는 키가 작은 나무에 풀기 쉬운 매듭으로 아파치의 고삐를 묶었다.

"형…… 어떻게…… 어떻게 살아났어?"

톰은 베니를 보며 한 번 웃어 주었다.

"네가 카다베린을 병을 제대로 닫지 않고 던지는 바람에 옷에 카다베린이 쏟아졌잖아, 네가 날 살린 거나 다름없어. 바닥에 떨어질 때 좀비 한가운데로 떨어졌는데도 아무도 나한테 달려들지 않았어. 적어도 바로 달려들지는 않더라. 카다베린이 몇 초를 벌어준 덕분에 자동차 밑으로 들어갈 수 있었어. 그 밑에서 몇 시간을 버텼지. 네가 어디로 갔는지도 몰랐고, 네가 살아있는지도 알 수 없었어."

"이런…… 많이 다쳤어? 형이 피범벅이 된 걸 봤는데."

"산탄총에 맞았어. 총알을 제거하려면 힘 좀 들겠지만, 더 심할 수도 있었는데 다행이지." 총성과 비명이 점점 커지고 있었다. "회포는 나중에 풀자, 꼬맹아. 서둘러야지."

베니는 톰이 시키는 대로 했다. 뒤를 돌아 닉스와 사라진 소녀를 따라 죽음을 등진 채 캠프를 벗어났다.

하지만 모퉁이를 돌았을 때 베니는 미끄러지듯 멈출 수밖에 없었다. 닉스와 라일라가 길 양쪽에 서 있었고 50m쯤 떨어진 곳에 열두 살 소녀와 다른 아이들이 서 있었다. 그리고 진흙 범벅이 된 채 동화 속 괴물처럼 험악하고 끔찍한 얼굴을 하고 서 있는 핑크아이 찰리가 보였다.

그는 팔을 앞으로 곧게 편 채 권총을 들고 있었지만, 아까와는 달리 총을 쥔 팔이 후들거렸다. 숨을 가쁘게 몰아쉬었고. 그의 빨간 눈에서는 피눈물이 흘렀다. 뺨에 상처가 깊이 나 있었고 그의 찢어진 셔츠 사이로 상처투성이인 근육질 몸이 보였다.

"싹 다 지옥으로 보내주지." 그는 낮은 소리로 씩씩거렸다. "네놈들이 내 전부를 앗아갔어. 괴물들을 데려와서 같은 인간인 우리를 공격했지."

베니는 이를 꽉 물었고, 닉스가 대신 찰리에게 대꾸했다. "당신은 우리와 같은 인간이 아니야. 괴물 같은 놈. 당신이 우리 엄마를 죽였어. 당신은 인간도 아니야."

닉스는 자신의 총을 찰리에게 겨눈 뒤 방아쇠를 당겼다. 하지만 찰리는 그녀의 의도를 알아채고 재빨리 한쪽으로 몸을 숙였고, 총알은 한 뼘 정도 빗나가고 말았다. 슬라이드가 잠기면서 탄창이 비었음을 알리는 텅 빈 딸깍 소리가 났다. 닉스는 절망적으로 신음을 뱉으며 찰리를 향해 권총을 던져 찰리의 어깨를 맞혔지만, 그는 살짝 움찔할 뿐이었다. 라일라가 창을 던져 공격했지만, 찰리가 재빨리 피하는 바람에 창은 그를 스쳐가는 데 그쳤다. 하지만 그의 배에 긁힌 자국이 빨갛고 선명하게 남았고, 찰리는 고통스러워하며 울부짖었다. 그는 창을 집어 들어 창 끝이 진흙 바닥에 박히도록 내던졌다. 그러고는 반대 손으로 주먹을 쥐고 라일라의 배를 힘껏 쳤다. 라일라는 무릎을 꿇고 자리에 쓰러졌고 잡초 수풀 위에 속을 게워냈다. 닉스가 라일라의 창을 잡아보려 했지만, 찰리가 손 등으로 닉스를 쳤고, 그녀는 길 가장자리까지 밀려서 가파른 낭떠러지 아래로 떨어질 듯 비틀거렸고, 중심을 잡으려고 팔을 휘저었다.

그때 베니가 움직이기 시작했다. 그는 닉스에게 달려가 손목을 잡고 낭떠러지 안쪽으로 당긴 뒤, 찰리에게 달려들었다. 베니는 아직 들고 있던 해머의 파이프를 세게 휘둘러 찰리의 머리를 내리쳤다. 찰리는 뻔한 공격에 웃기 시작했지만, 베니는 평범한 자신을 하찮게 만드는 이 대단한 사건 속에서 뻔한 공격을 하다 맞고, 바닥에 내리꽂히고, 물건처럼 던져지는 데 신물이 났다. 그는 파이프를 휘두르는 척하다 허공에서 팔을 멈춘 뒤 왼손으로 찰리의 코에 주먹을 날렸다. 엄청난 힘이 실리지는 않았지만, 코뼈는 쉽게 부러졌다. 코를 정통으로 맞은 찰리의 머리가 기우뚱했고, 그의 콧구멍에서는 피가 뿜어져 나왔다.

베니는 그 틈을 타 파이프로 찰리에게 회심의 일격을 날렸다.

그는 양손으로 파이프를 잡고, 14년 전 메이저리그 경기였다면 야구공을 외야 관람석으로 보내기에 충분할 정도로 세게 휘둘렀다. 베니의 모든 것을 담은 공격이었다. 분노와 증오, 고통과 두려움, 열정과 혼란까지. 그리고 애정과 슬픔도 섞여 있었다. 닉스와 닉스의 엄마, 라일라와 라일라의 동생 애니, 열두 살 소녀와 그녀 주위에 웅숭그린 채 모여있던 아이들, 톰과 제시 라일리에 대한 톰의 상실감, 그리고 이 혐오스러운 악당에게 당했다고 알려진 피해자와 알려지지 않은 피해자 모두를 위한 감정이었다.

베니는 그 모든 감정을 담아 찰리 마티아스에게 딱 한 번 파이프를 휘둘렀다.

그리고 그 한 번으로 족했다.

덩치 큰 현상금 사냥꾼은 옆걸음을 치며 비틀거렸다. 맞은 충격으로 그의 머릿속에 있던 감각과 통제력이 전부 끊어진 듯했다. 그는 비틀거리며 라일라를 안은 채 쭈그리고 있는 닉스를 지나쳤다. 찰리는 엉거주춤 몸을 돌리며 중심을 잡아보려고 했지만 이미 균형감각이 사라진 뒤였고, 길 가장자리를 살짝 바깥쪽에 발을 디뎠다. 그의 커다란 발밑으로 까마득한 어둠이 몇백 미터나 이어지고 있었다. 찰리 마티아스는 절망과 두려움이 담긴 눈빛으로 베니를 한 번 쏘아보았다.

베니는 그의 눈에서 조금이나마 죄책감이 보이길, 자기가 한 짓을 깨닫고 반성하는 기미가 보이길 바랐다. 그랬다면 좋았을 것이다. 완벽한 결말이었을 것이다.

하지만 찰리의 눈에는 증오만 가득했다.

그리고 그는 벼랑 아래로 떨어졌다.

빗소리와 캠프에서 들려오는 마지막 총성 몇 발과 굶주린 좀비들의 신음에 가려 찰리가 바닥에 떨어지는 소리는 들리지 않았다. 베니는 길 가장자리에 섰다. 발밑으로 아무것도 보이지도 들리지 않아서 마치 이 세상 끝에 발을 디디고 있는 것 같은 생각이 들었다. 그는 해머의 파이프를 든 손을 뻗은 뒤 손바닥을 펼쳐 벼랑 아래로 파이프를 떨어뜨렸다. 앞으로도 무기가 필요할 수도 있었다. 베니도 알고 있었지만, 무기는 또 찾으면 그만이었다. 하지만 그 파이프는 파이프에 맞아 죽은 악당만큼이나 더럽게 느껴졌다.

그는 닉스와 라일라 옆으로 가서 무릎을 꿇고 앉았다. 둘은 눈이 휘둥그레진 채 베니의 어깨 너머로 길가에서 눈을 떼지 못했다. 베니는 닉스의 어깨에 머리를 기댔고 닉스는 베니를 양팔로 안아주었다. 라일라는 두 사람을 감싸 안았다. 그리고 다른 손들이 그들을 감쌌다. 열두 살 소녀와 다른 아이들이 모여 그들을 안아주었다.

톰은 아파치의 등에 앉아 서로 껴안고 있는 아이들을 지켜보았다. 아이들이 있는 곳에서 총성 한 발이 들리자 전력을 다해 달려온 참이었다. 그는 눈앞의 광경을 보고 이내 무슨 일이 있었는지 파악했다.

베니와 라일라와 닉스와 다른 아이들이 훌쩍이기 시작했다.

톰 역시 고개를 푹 숙인 채 흐느꼈다.

선셋 할로

그들은 아무 말도 하지 않고 나란히 남동쪽을 향해 걸었다. 마운 틴사이드에서 꽤 멀리 나와 있었다. 주유소 하나를 지나며 톰은 처음 보는 수도사에게 인사했다. 하지만 걸음을 멈추지는 않았다. 한낮의 태양이 쨍쨍 내리쬐고 있었다.

베니의 손에는 붕대가 감겨있었다. 손마디 하나에 금이 가고 손목도 삐었지만, 캠프에서 전투를 치른 후 2주 동안 빠르게 회복했다. 톰은 이집트 미라처럼 보였다. 의사인 구리잘라 선생이 톰의 몸에서 산탄 총알을 41개나 찾아냈고, 뽑지 않고 두는 편이 나은 총알도 열 개쯤 있다고 했다. 톰은 총알을 그냥 두겠다고 했다.

라일라도 점차 회복되는 중이었지만 속도가 더뎠다. 찰리에게 배를 맞고 갈비뼈 세 개가 부러졌다. 그녀는 루 청의 가족과 함께 지내고 있었다. 청네 집에 남는 방이 있을 뿐 아니라 청의 고모가 간호사였기 때문이었다. 라일라가 마을과 마을 사람들의 극진한 대접에 감동을 받았는지 모르지만, 만약 그렇다 해도 겉으로 티를 내지는 않았다. 라일라가 창을 들고 다니지 못하게 하느라 청의 집에서 작은 소란이 일어나기도 했다.

닉스와 라일라가 베니와 청을 따돌리고 몇 시간 동안 딱 붙어 앉아 수다를 떨 정도로 친해지자 베니는 의외라고 생각했다. 닉스는 둘이 무슨 이야기를 했는지 베니에게 절대 이야기해 주지 않았다.

어느 날 청의 집에서 돌아오는 길에 베니가 말했다. "라일라의 입장을 이해하려고 노력중이야. 자신이 어디에 속하는지 헷갈릴 테니까."

"라일라는 우리와 함께 할 거야." 닉스가 말했다.

"우리가 여기를 떠나면? 청네 집이나 커시 시장 집에서 지내면서 여기에 남는 게 낫지 않을까?"

닉스가 고개를 저었다. "라일라가 무슨 일을 겪었는지 그들이 이해할까?"

"우리는 이해하고? 닉스⋯⋯. 우리는 그녀가 어떤 사람인지 잘 모르잖아."

닉스는 어깨를 으쓱하며 얼굴을 가린 붉은 머리카락 한 올을 쓸어 넘겼다.

"그럴 수도 있지. 하지만 우리가 다른 사람들보다는 라일라를 잘 이해하잖아."

둘은 집으로 돌아갔다. 닉스가 베니의 방을 쓰는 바람에 베니는 소파에서 생활했다. 소파가 불편하기는 했지만 베니는 그다지 개의치 않았다.

모기가 두 사람을 보러 왔었지만, 아직 다 낫지 않은 상태였다. 머리를 다치기는 했지만 그는 베니와 닉스의 사이를 눈치챘다. 베니는 모기가 화를 낼지도 모른다고 생각해 마음의 준비를 하고 있었지만, 모기는 그날 밤 일을 겪은 뒤 많이 변해있었다. 그는 생각에 잠겨 고개를 끄덕이다가 집으로 돌아갔다.

천 년이 흐른 것 같은 느낌이었다. 게임랜드는 아직도 존재했지만 이제 그들은 게임랜드가 어디에 있는지 알았다. 하지만 라일라의 이야기를 들으면 마을 사람들이 생각을 바꾸고 뭐라도 할 거라 기대했던 베니는 실망할 수밖에 없었다. 마을 사람들은 충격을 받고 라일라를 위로했지만, 시체들의 땅이 너무 멀리 있다고 했다. 자신들이 할 수 있는 일이 없다거나 작전을 실행하기에는 너무 위험하다고 하기도 했다. 이틀쯤 지나자 사람들은 그런 이야기조차 꺼내지 않았다.

"전부 담장 밖에서 일어나는 일이라 이거지." 베니가 툴툴거렸다. "다른 행성에서 일어나는 일처럼 생각한다니까."

"사람들한테는 그렇지." 닉스가 말했다. "엄마가 처음 게임랜드 이야기를 꺼냈을 때도 사람들은 아무것도 하지 않았어."

아무것도 하지 않는다니, 추악하디 추악한 진실이었다.

톰에게 투덜대며 이야기해 보기도 했지만, 그 역시 먼 산을 보며 말을 돌렸다. 하지만 그는 매일 한 시간 이상 작업실에 틀어박혀 총알을 만들었고, 작업실 벽에는 지도를 걸어두었다.

베니와 닉스, 톰은 매일 아침 대화를 나눴다. 어쩔 수 없이 치러야 했던 전투나 자신들이 저지른 끔찍한 일에 관한 이야기는 하지 않았다. 그들은 비행기에 관해 이야기했다. 톰도 비행기를 봤다고 했다. 동쪽에서 날아와 산 위를 천천히 날다 다시 동쪽으로 돌아간 비행기를 톰 역시 지켜보고 있었다.

"뭘 하고 있었던 것 같아?" 어느 날 밤, 톰이 자러 간 뒤 베니가 닉스에게 물었다. "비행기는 어디로 갔을까?"

"모르겠어. 내가 생각한 섬들 쪽은 아닌 것 같아." 닉스가 말했다. "어딘가……. 다른 곳. 여기와는 다른 곳일 거야."

"여기도 나쁘지 않아. 이제 찰리도 없잖아."

닉스의 초록 눈동자에 그늘이 드리웠다.

"베니, '여기' 사람들은 게임랜드가 있다는 걸 알면서도 아무것도 하지 않잖아." 닉스는 고개를 저었다. "나쁘지 않은 거로는 부족해. 적어도 나한테는. 더는 안 되겠어."

그 후 베니는 비행기가 어디에서 왔는지 닉스가 알고 싶어 한다는 이야기를 톰에게 했고, 톰이 그 생각에 콧방귀를 뀌지 않을까 했다. 톰은 그러지 않았다. 다음 날 아침 지도 한 다발이 식탁 위에 놓여있었다. 미국의 주들이 세세히 그려진 지도들이었다.

캠프에서 전투를 치른 지 보름이 되던 날, 톰은 베니에게 의뢰받은 영결식 일이 하나 있다고 했다.

"네가 함께 가 주었으면 좋겠어."

베니는 한숨을 쉬며 말했다.

"할 수 있을지 모르겠어."

톰은 베니와 함께 식탁에 앉았다.

"부탁해." 톰이 말했다. "이번이 마지막이야. 그리고 더는 안 해. 이번 일은……. 혼자 할 수가 없어서 그래."

베니는 톰을 오랫동안 빤히 쳐다보다가 고개를 끄덕였다.

"그래." 베니가 말했다. "하지만 이번 일을 마치고 나면 나도 더는 안 할래."

닉스도 그들과 함께 떠났다. 하지만 여정의 처음만 함께했다. 닉스는 전보다 대하기가 더 힘들었다. 웃음도 없어졌지만 베니는 이해할 수 있었다. 그녀는 좀비 이야기를 담은 책을 쓰며 몇 시간을 보냈다. 매일 베니와 함께 목검을 쓰는 법을 훈련했다. 훈련을 할 때면 그녀의 아름다운 얼굴이 냉혹한 표정으로 딱딱하게 굳었고, 베니는 그녀가 검을 휘두를 때 베니의 얼굴에서 다른 누군가를 보는 것 같다고 확신했다. 자신을 구덩이에 넣어 좀비와 싸움을 붙이려고 했던 남자들의 얼굴을 상상하는 것 같았다.

"시간을 좀 주자." 훈련을 시작한 다음 날 톰이 말했다.

"그래야지." 베니가 답했고, 톰은 미소 지었다. "닉스가 필요하다면 얼마든지."

9월이 끝나가던 어느 날, 그들은 날이 밝기도 전에 마운틴사이드를 떠났다. 톰이 길을 안내했다. 조용히 슬픔과 상실감을 삭이려는 것인지 톰은 대부분 말없이 혼자 걸었다. 베니와 닉스는 그의 뒤를 따랐다. 그들을 둘러싼 세상과 세상이 던지는 위협에 촉각을 곤두세우며 걷고 있었지만, 함께 걸으니 안심이 되고 힘도 나는 것 같았다. 다만, 두 사람 중 누구도 그런 말을 입 밖으로 꺼내지는 않았다.

그들은 데이비드 수도사와 젊은 두 여자가 지내는 기착지를 찾았다. 점심을 먹는 동안 베니와 톰과 닉스는 자신들이 겪은 일들을 이야기해주었다. 수도사와 여자들은 오랫동안 눈빛을 교환했고, 고통스러운 죽음을 이야기할 때는 슬픈 표정을 지었다가, 핑크아이 찰리와 모터시티 해머가 없는 미래를 상상하며 희망적인 표정을 짓기도 했다.

"닉스." 베니가 말했다. "여기서 혼자 기다려도 괜찮겠어?"

"응." 닉스가 말했다. "너희 형이 너는 할 일이 있다고 하던데."

"형이 그랬어?"

닉스는 오묘한 표정을 지었다. 그를 꿰뚫어 보는 듯했다.

"전부 말해줬어. 너희 형이 무슨 일을 하고, 네가 무슨 일을 하는지. 너희 가족 사업이랑 영결식이 필요한 이유도."

베니가 닉스의 얼굴을 어루만졌다.

"닉스, 정말⋯⋯."

"베니 이무라." 닉스는 보기 힘든 미소를 지어 보이며 말했다. "여기, 시체들의 땅에 있는 기착지에서 '널 정말 사랑해' 같은 말을 하면 엉덩짝을 걷어차 줄 거야."

닉스는 부서질 듯 연약한 미소를 지어 보였다. 영롱하게 반짝이던 예전 닉스와 복잡한 심경으로 괴로워하는 지금의 닉스가 그 미소 안에 함께 녹아있는 듯했다. 베니는 그녀의 두 가지 모습 모두 사랑했지만, 닉스에게 걷어차이고 싶지는 않았고. 그녀가 정말로 자신의 엉덩이를 차버릴 수도 있다는 것도 의심하지 않았다.

"내가 무슨 멍청한 소리라도 하는 줄 알겠네." 베니가 말했다.

닉스는 눈썹 한쪽을 올리며 베니를 바라보았다.

"발로 차이거나 쪽팔림을 당하지 않고 키스 한 번만 받을 수 있을까?"

베니에게 그 정도는 허락되었다. 닉스는 입맞춤으로 대답을 대신했다.

베니와 톰은 정오에 다시 길을 떠났다. 몇 시간 동안 말을 거의 하지 않고 걸었다. 그들이 사과가 주렁주렁 달린 나무들을 지나고 있을 때, 태양이 구름을 뚫고 모습을 드러냈다. 톰이 사과 몇 개를 땄고, 두 사람은 사과를 모두 먹었다. 그 후 높은 벽돌 담으로 둘러싸인 한 마을의 단단한 철문에 다다를 때까지 두 사람은 거의 말을 하지 않았다. 철문에 표지판이 붙어있었다. '선셋 할로.'

철문 밖에는 쓰레기와 오래된 뼈들, 불타고 뼈만 남은 자동차들이 방치되어 있었다. 벽 바깥쪽에는 총알 자국이 나 있었다. 철문의 오른쪽에는 흰 페인트로 이렇게 적혀있었다. *처리 완료 구역. 철문을 열지 마시오. 출입 금지.* 그리고 그 아래 쪽에 T.I.라는 이니셜이 쓰여 있었다.

베니가 손가락으로 문구를 가리켰다.

"형이 썼어?"

"몇 년 전에." 톰이 답했다.

철문은 닫혀있었고 자물쇠로 잠긴 쇠사슬이 철창을 둘둘 감고 있었다. 사슬과 자물쇠는 새것처럼 보였고 기름칠 되어 반짝였다.

"여기는 뭐 하는 곳이야?" 베니가 물었다.

톰이 그의 손을 뒷주머니에 꽂아 넣고 표지판을 올려다보았다.

"출입 제한 주택지라고 부르던 곳이야. 철문은 불청객들을 막고 안에 있는 사람들을 안전하게 보호하는 역할을 했어."

"제 역할을 했어? 그러니까…… 첫 번째 밤에 말이야."

"아니."

"사람들이 다 죽었어?"

"거의 다. 도망친 사람도 있고."

"왜 잠겨있어?"

"예전과 같은 이유로." 톰이 답했다.

그는 볼을 한번 부풀리고는 청바지 오른쪽 앞주머니를 뒤져 열쇠를 꺼냈다. 그는 베니에게 열쇠를 보여 준 뒤 자물쇠를 열고 문을 밀어 열었다. 그리고 사슬을 다시 철문에 두르고 이번에는 안쪽에서 자물쇠를 채웠다.

둘은 길을 따라 걸었다. 집들은 비바람에 상해있었고 길 위에는 14년 동안 떨어진 나뭇잎 조각들이 지저분하게 쌓여있었다. 정원마다 잡초가 자라고 있었지만, 좀비는 보이지 않았다. 어떤 집 문에는 시든 꽃장식이 달린 십자가가 붙어있기도 했다.

"작업할 곳이 여기야?" 베니가 물었다.

"응." 톰이 부드럽고 아늑한 목소리로 답했다.

"지난번 그 사람 같은 의뢰야? 해럴드 시먼스?"

"비슷해."

"그 일……. 힘들었는데." 베니가 말했다.

"그랬지."

"형……. 나는 이런 일인 줄 몰랐어. 어릴 때 좀비 놀이를 많이 했잖아. 형도 알지? 좀비 잡기 놀이. 하지만……. 현실은 내가 생각했던 거랑 너무 달라."

"꼬맹아, 본 적도 없이 *이런* 일을 상상할 수 있었다면 네가 걱정될 것 같은데. 네가 *무서워*질 것 같아."

베니는 고개를 저었다.

"이 일을 계속하면 아마 나는 미쳐버릴 거야. 형은 대체 어떻게 이 일을 계속해 온 거야?"

톰은 그 질문을 온종일 기다렸다는 듯 베니를 향해 돌아섰다.

"이 일을 해서 제정신일 수 있었어." 톰이 말했다. "이해돼?"

베니는 톰의 말을 한참 생각했다. 새들이 나무 위에서 지저귀는 소리와 우렁찬 매미 울음소리가 들려왔다.

"첫 번째 밤 이전의 세상을 알아서 그런가?" 톰이 끄덕였다. "형이 이렇게 하지 않으면 아무도 하지 않을 테니까?" 톰이 끄덕였다. "외로웠겠다."

"응." 톰이 베니를 지그시 보았다. "난 항상 네가 나와 함께 일해주길 바랐어. 내가 하는 일을 도와줬으면 했어."

"내가 할 수 있을지 모르겠어."

"언제나 네 선택이야. 할 수 있으면 해. 못하겠으면, 믿을지 모르겠지만 그것도 이해해. 이 일을 하기가 쉽지 않지. 현상금 사냥꾼들이 나쁜 짓을 벌이고 있다는 사실을 알게 되기까지도 엄청난 용기가 필요했으니까."

"어떻게 여기에는 놈들이 안 왔지?"

"왔었어. 한 번."

"어떻게 됐는데?"

톰이 어깨를 으쓱했다.

"어떻게 됐냐니까?" 베니가 다시 한번 물었다.

"사람들이 왔을 때 나도 여기 있었어. 아주 우연히."

베니는 톰을 빤히 보았다.

"형이…… 놈들을 죽였구나." 베니가 말했다. "그렇지?"

톰은 열 걸음을 걷고 나서야 입을 열었다.

"다 죽이지는 않았어." 다시 다섯 걸음 정도를 간 뒤 덧붙였다. "한 명은 살려뒀어."

"그게 찰리였지? 찰리가 그 이야기를 한 거였어."

"응."

"왜 그냥 놔 준 거야?"

"소문을 퍼뜨리라고." 톰이 말했다. "다른 현상금 사냥꾼들한테 이 장소를 넘보면 안 된다고 말하라고."

"그 말을 들었어? 다른 현상금 사냥꾼들이?"

톰은 미소 지었다. 악의 없는, 과장되지 않은 미소였다. 희미하고 칼날처럼 날카로운 미소가 그의 살짝 비쳤다가 사라졌다.

"생각을 명확히 전달하려면 극단적인 행동까지 해야 할 때가 있어. 그러지 않으면 계속 똑같은 말을 반복하게 되지."

베니가 톰을 빤히 보았다.

"몇 명이었어?"

"열 명."

"그리고 그중 한 명만 살려뒀고."

"응."

"그러니까 아홉을 죽인 거네?"

"응." 나무 사이로 비스듬히 떨어지는 늦은 오후의 햇볕이 도로에 아른거렸고, 집들의 왼편에 보라색 그늘이 칠해졌다. 붉은 여우 한 마리와 고양이 새끼 세 마리가 그들 앞을 잽싸게 지나갔다. "살려두지 말아야 할 놈을 살려둔 거지."

"어떻게 알았겠어? 빈이나 조이 같은 그 패거리의 다른 놈을 살렸으면…… 좀 달랐을지도 모르지."

"아마도. 하지만 그런 가정은 하고 싶지 않아. 나는 선택을 했고 내 선택 때문에 사람들이 고통받았어."

"형……. 그 선택을 할 때, 이미 찰리를 이겼었지?"

"응. 찰리는 이미 다쳤었고 무기도 없는 상태였어."

"그럼 형은 옳은 일을 한 거야. 형이 미래를 볼 수는 없잖아. 찰리가 달라지겠다고 약속했을 때, 형은 찰리를 믿었던 거지?"

톰이 끄덕였다.

베니가 말했다. "나도 똑같이 했을 거야. 자비나 동정심이 잘못된 선택이 될 수 있는 세상에서는 살고 싶지 않았을 테니까."

"찰리는 형이 자기를 살려둔 게 잘못된 일이라고 말했지만 그놈 말이 맞는 건 아니야."

톰은 아무 말도 하지 않았지만 고개를 끄덕이며 동생을 향해 미소 지어 보였다. 슬퍼 보이는 미소였다. 그들은 자리에 서서 처음으로 서로가 얼마나 중요한 존재인지 생각했다. 그리고 서로의 가치를 깨달았다.

톰이 손가락으로 어딘가를 가리켰고, 베니는 마당에 복숭아나무가 제멋대로 자라고 있는 집 대문을 향해 고개를 돌렸다.

"저기야."

"좀비가 저 안에 있어?"

"응." 톰이 말했다. "둘이 있어."

"묶어야 해?"

"아니. 이미 거기까지 해 뒀어. 몇 년 전에. 집마다 좀비가 들어있어. 안식 절차가 끝난 좀비들도 있고, 다른 좀비들은 가족들이 부탁하길 기다리는 중이야."

"역겹게 들릴 수도 있는데, 왜 그냥 집마다 들어가서 의식을 치르면 안 되는 거야? 안식을 취할 수 있게 형이 놓아 줄 수도 있잖아."

"이 마을 사람들의 가족들이 마운틴사이드에 많이 살고 있어. 좀 오래 걸릴 수는 있지만, 사람들은 보통 누군가 가족들을 찾아서 의식을 치러주길 원하게 돼. 내가 하는 것처럼 존엄성을 지키면서 마지막 말을 전할 수 있는 방식으로. 남은 사람이 영원히 떠나보낼 준비가 되어야 진짜 영결식을 치를 수 있는 거야. 내 말이 무슨 말인지 알겠어?"

베니가 끄덕였다.

"사진은 있어? 여기 안에 있는……. 사람들 말이야. 확실히 하려면 어떻게 생겼는지 알아야 하잖아?"

"집 안에 사진이 있어. 그리고 난 선셋 할로에 살았던 사람들을 하나하나 다 알아. 여기에 자주 왔었어. 집마다 다니면서 죽은 사람들을 묶어 놓은 사람이 나야. 수도사 몇 명이 도와주기는 했지만 여기 사람들을 다 아는 사람은 나였어." 톰이 현관으로 걸어갔다. "준비됐어?"

베니가 톰을 한번 보고 문으로 시선을 옮겼다.

"내가 이 일을 했으면 하는 거지?"

톰은 슬퍼 보였다.

"*같이* 했으면 좋겠어."

"내가 내 몫의 일을 하면……. 나도 형처럼 되겠지. 이런 일을 계속하면서."

"응."

"영원히?"

"모르겠어, 베니. 이 일을 그만할 생각이라고 말했지만 진짜 그럴 수 있을지는 모르겠어. 우리가 미래를 볼 수는 없잖아?"

"내가 못 하겠다면?"

"말했듯이, 네가 못 하면 내가 하면 돼. 그리고 오늘 밤은 기착지에서 지내고 내일 아침에 마을로 돌아갈 거야. 그리고……. 너와 닉스와 나는 동쪽으로 갈 건지 이야기를 해봐야겠지. 비행기가 어딘가에는 착륙했을 테니까."

"형……. 이미 물어본 것 같은데……. 왜 마을 사람들은 밖으로 나와서 이런 곳을 되찾지 않는 걸까? 우리가 좀비들보다 훨씬 강하잖아. 여기는 담장으로 가려져 있기도 하고, 우리가 전부 되찾을 수 있지 않아?"

톰이 고개를 저었다.

"나도 매일 그런 생각을 해. 하지만 사람들은 마을 안에 있어야 안전하다고 생각해."

"그렇지 않아. 사케토 씨나 닉스네 엄마를 봐. 정말 멍청한 생각이야."

"그렇지." 톰이 맞장구쳤다. "정말 멍청한 생각이야."

그는 문고리를 돌려 문을 열었다.

"들어올 거지?"

베니는 문 앞까지 발을 디뎠다.

"이 안도 안전하지 않지?"

"안전한 곳은 없어. 너희 세대가 안전하게 만들지 않는 이상. 우리 세대는 시도조차 하지 않기로 한 것 같거든."

그들은 그 순간 자신들이 주고받는 말 속에 겉으로 보이는 것보다 훨씬 큰 의미가 담겨있다는 사실을 알고 있었다.

두 형제는 집 안으로 들어갔다.

톰이 앞장서서 현관 앞 홀을 지났고, 널찍한 거실이 나왔다. 한때는 빛이 잘 들고 바람도 잘 통했을 것 같은 공간이었지만, 지금은 삭막한 공기 속에 뿌연 먼지만 날리고 있었다. 벽지는 빛이 바랬고 바닥에는 짐승이 지나다닌 흔적이 보였다. 차갑게 식은 벽난로 위로 액자가 가득 걸려 있었다. 액자 속에는 가족사진들이 끼워져 있었다. 엄마와 아빠. 교복을 입고 웃는 아들. 파란색 담요에 싸인 아기. 형제가 함께 찍은 사진과 사촌들, 그리고 조부모로 보이는 사람들의 사진도 있었다. 모두가 웃고 있었다. 베니는 자리에 서서 오랫동안 사진들을 구경했다. 그리고 하나를 벽에서 내렸다. 결혼사진이었다.

"이 사람들은 어디에 있어?" 베니가 나지막하게 물었다.

"여기에." 톰이 답했다.

사진을 든 채로 베니는 톰을 따라 응접실을 지나 주방으로 들어갔다. 열린 창문 밖으로 나무가 울창한 마당이 보였다. 등받이가 달린 의자 두 개가 창문 앞에 놓여있었고 의자에 말라비틀어져 가는 좀비들이 앉아있었다. 둘 다 형제의 발소리에 고개를 돌렸다. 턱은 명주 노끈으로 묶여 닫혀있었다. 남자는 낡은 파란색 경찰 제복을 입고 있었고, 여자는 주름 장식이 많이 달린 흰색 파티용 원피스를 입고 있었다. 원피스 소매 부분에는 검붉은 피 얼룩이 져 있었다. 베니는 좀비들의 앞으로 가서 사진과 좀비들을 번갈아 보았다.

"잘 모르겠는데."

"많이 보다 보면 구별이 돼." 톰이 말했다. "귀 모양이나, 광대뼈의 높이, 턱뼈의 각도, 코와 윗입술 사이의 거리 같은 특징을 보면 돼. 그런 특징들은 몇 년이 지나도 바뀌지 않아."

"할 수 있을지 모르겠어." 베니가 다시 말했다.

"너한테 달렸어." 톰이 부츠에서 칼을 뽑아 들었다. "내가 한 명을 맡을게, 네가 다른 한 명을 맡아. 네가 결심이 서고 준비가 되면."

톰은 남자의 뒤에 섰다. 그는 좀비의 머리를 지그시 밀어 숙인 뒤 칼끝을 뒷덜미에 올렸다. 모든 과정을 천천히 진행하며 베니에게 다시 한번 방법을 일러주었다.

"아무 말도 안 해?" 베니가 말했다.

"이미 했어." 톰이 말했다. "몇천 번은 했을 거야. 네가 할 말이 있을 것 같아서 여태 기다리고 있었어."

"나는 이 사람들을 알지도 못하는데." 베니가 말했다. "내 생각에……"

톰의 눈에서 눈물 한 방울이 떨어져 격렬히 움직이는 좀비의 목덜미에 떨어졌다.

톰이 칼을 꽂아 넣자 움직임이 멈췄다. 허무하다 싶을 만큼 간단했다.

톰은 잠시 고개를 숙인 채 울음을 삼켰다.

"미안해요." 톰이 말했다. "편히 쉬세요."

그는 훌쩍이며 칼을 베니에게 내밀었다.

"못 하겠어!" 베니가 물러서며 말했다. "맙소사, 난 못해!"

톰이 칼을 든 채 자리에 서 있었다. 뺨을 타고 눈물이 흘렀다. 톰은 아무 말도 하지 않았다.

"형……. 제발, 나한테 이러지 마." 베니가 말했다. 톰이 고개를 저었다. "형, 부탁이야."

톰이 칼을 내렸다.

여자 좀비는 자신을 묶은 끈을 몸무게를 실어 힘껏 밀면서 날카로운 신음을 뱉었다. 그 소리가 베니의 마음을 후벼파는 듯했다. 베니는 귀를 막고 등을 돌리고 섰다. 그는 뒷문과 벽 사이 구석에서 고개를 허리를 숙인 채 고개를 세차게 흔들었다.

톰은 가만히 자리를 지키고 서 있었다.

베니는 아주 오랫동안 일어나지 못했다. 그러고는 고개를 들더니 이마를 벽에 댔다. 의자에 앉아있는 좀비는 계속 쉿소리를 내며 신음했다. 베니는 뒤로 돌아서 무릎을 꿇었다. 그리고 팔을 들어 코를 쑥 닦고는 훌쩍였다.

"영원히 저렇게 있겠지?"

톰은 아무 말도 하지 않았다.

"그래." 베니가 자기 질문에 답했다. "그렇지."

그는 자리에서 일어섰다.

"좋아." 베니는 손을 뻗었다. 손과 팔이 덜덜 떨리고 있었다. 칼을 건네는 톰의 팔도 떨리기는 마찬가지였다.

베니는 좀비의 뒤에 서서 좀비의 목에 칼을 대기까지 대여섯 번 칼을 들었다 놨다 했다. 그리고 결국 마음을 다잡았다. 톰이 옆에서 어디를 조준해야 하는지, 칼을 어떻게 꽂는지 알려주었다. 베니가 칼끝을 목덜미 위에 올렸다.

"칼을 넣을 때는." 톰이 말했다. "신속하게 해야 해."

"고통을 느낄까?"

"모르겠어. 하지만 우리가 느끼잖아. 빨리 끝내야 해."

베니는 눈을 감았고 오래된 기억이 떠올랐다. 흰 블라우스와 빨간 소매. 옷 소매가 빨간색이었던 것이 아니라 엄마의 피였다. 베니는 거칠게 숨을 한 번 들이쉰 뒤 말했다.

"사랑해요, 엄마."

베니는 재빨리 칼을 꽂았다.

엄마는 영원히 잠들었다.

베니는 칼을 떨어뜨렸고 톰은 베니를 안아주었다. 둘은 함께 무릎을 꿇고 주방 바닥에 주저앉아서 세상을 무너뜨릴 것처럼 큰 소리로 펑펑 울었다. 의자에는 영원히 잠든 두 사람이 말라비틀어진 입을 꾹 닫고 서로를 향해 고개 숙인 채 축 처져 있었다.

두 형제가 집을 떠날 무렵에는 태양이 산등성이에 걸려 있었다.

그들은 함께 뒷마당에 무덤을 만들었다. 톰은 집 문을 닫고, 철문에 걸린 사슬을 잠갔다. 둘은 갔던 길로 나란히 되돌아왔다.

"첫 번째 밤에." 베니가 말했다. "그러니까 오래전에, 엄마가 소매 부분이 빨간 옷을 입었던 게 기억나. 엄마의 비명도. 형이 나를 안고 달렸던 것도 기억해. 내가 뒤를 돌았을 때 엄마 뒤로 아빠가 나타났었어."

"맞아." 톰이 말했다. "그랬어."

"소매가 빨간색이었던 건······. 엄마는 아빠한테 이미 물렸던 거야. 맞지?"

톰이 힘없이 답했다.

"응. 아빠가 물린 뒤 어떻게 됐는지 이미 보셨지. 어머니는 똑똑하신 분이셨고 상황을 파악하셨어. 우리가 안전하길 바라셨지. 어쩌면 몸 안의 변화를 이미 느끼고 계셨을 수도 있어. 허기라던가. 나도 잘 모르겠어. 하지만 어머니는 너를 데리고 꼭 살아남으라고, 도망치라고 애원하셨어."

톰은 두 손으로 얼굴을 감쌌다. 오랫동안 묻어두었던 슬픔과 끔찍한 기억을 떠올리는 그의 몸 전체가 바들바들 떨리고 있었다.

"형이······. 형이 나를 살렸구나." 톰은 아무 말도 하지 않았다. "그리고 내가 형을 싫어하는 걸 알고 있었으면서, 형은 겁쟁이라고 생각한다는 걸 알고 있으면서, 왜 여태 *말해주지* 않았어?"

톰은 고개를 들고 팔등으로 눈물을 훔쳤다.

"네가 내 말을 이해할 만큼 충분히 나이가 들었을 때 너는 이미 네가 생각한 대로 믿고 있었어. 내가 진실을 이야기했으면 네가 과연 믿어줬을까? 네가 나를 따라 이곳으로 나오지 않았더라면 내 말이 믿겼을까?"

베니는 천천히 고개를 저었다.

"그래서 기다렸어."

"이런……. 많이 힘들었겠다."

톰은 어깨를 으쓱했다.

"언젠가는 이런 날이 올 줄 알았어."

베니는 코를 한 번 훌쩍이고는 손으로 눈을 비볐다.

"캠프에서 놈들이랑 한바탕 싸우고 나서부터였던 것 같아. 그때부터 형을 이해했어."

톰이 끄덕였다. 둘은 집을 나섰다. 베니는 아직 칼을 들고 있었다. 날은 진즉에 깨끗이 닦았지만, 아직 홈이 패인 손잡이 부분을 꼭 쥐고 있었다.

"나는 엄마에 대한 기억이 별로 없어." 베니가 말했다. "그래서 형을 이해하게 됐을 때도 엄마가 그렇게까지……."

베니는 말을 잇지 못했다. 그럴 필요도 없었다. 톰이 베니의 어깨에 손을 올렸고 둘은 그 상태로 마을 정문을 향해 걸어갔다.

"내가 가지고 있어도 돼?" 베니가 톰에게 칼을 보이며 물었다.

"왜?" 톰이 되물었다.

베니의 눈은 아직 퉁퉁 부어있었지만, 이제 눈물은 말라 있었다. "필요할 것 같아서." 베니가 말했다.

톰은 멈춰서서 베니를 오랫동안 바라보았다. 그의 미소에는 슬픔이 어려있었지만, 눈은 애정으로 가득했다. 그리고 자랑스러움도 묻어났다. 그는 부츠에 달린 칼집을 떼서 베니에게 건넸다. 베니는 자신의 부츠에 칼집을 달았다.

"가자." 톰이 마을 정문 쇠창살에 사슬을 걸고 자물쇠를 채우며 말했다. "기착지로 가야지. 닉스가 기다리겠다."

"이제 마운틴사이드가 집처럼 느껴지지 않아. 나한테도 그렇고, 닉스한테는 더더욱."

"다 같이 동쪽으로 가자." 톰이 말했다. "시체들의 땅 저편에는 뭐가 있는지 봐야지."

"비행기가 있겠지." 베니가 말했다.

"비행기가 있겠지." 톰이 맞장구쳤다.

베니 이무라는 단단한 철문을 돌아보고 담벼락에 적힌 경고문을 읽었다. 그리고 고개를 끄덕였다.

두 사람은 땅거미 지는 하늘 아래 닉스가 기다리고 있는 기착지를 향해 묵묵히 걸었다. 광활한 침묵이 내린 시체들의 땅을 형제는 나란히 걸어갔다.

〈끝〉

감사의 말

기꺼이 베니와 톰 이무라의 세상으로 들어와 준 현실 세계의 사람들에게 감사의 말을 전합니다. 세상이 끝나더라도 여러분과는 언제나 함께이리라 믿습니다. 나의 에이전트 사라 크로와 하비 클링어. 사이먼 앤 슈스터의 데이비드 게일과 네바 울프. 낸시 킴-콤리, 티파니 슈미트, 그렉 샤우어, 롭 사케토와 안드레아 사케토, 랜디 커시와 프랜 커시, 제이슨 밀러, 샘 웨스트멘시, 키이스 스트렁크, 찰리 밀러와 지나 밀러, 아서 멘시 그리고 필라델피아 라이어스 클럽(Philly Liars Club). 그레고리 프로스트, 던 라퍼티, 엘에이 뱅크스, 존 맥고란, 윌리엄 라쉬너, 에드 페티트, 메리 존스, 마리아 람브라, 로라 슈록, 켈리 시먼스, 키이스 스트렁크와 데니스 타포야.

저자의 허락을 받아 찰스 드 린트(Charles De Lint)의 『어니언 걸(*The Onion Girl*)』에서 인용문 발췌.
제니퍼 리 라이어에게 허락을 받아 리처드 프라이어의 말 인용.

옮긴이 | 배지혜

뉴욕 시립대 버룩칼리지 경제학과를 졸업했다. 유학 시절 재미있게 읽던 작품을 한국어로 옮기고 싶다는 욕심이 생겼고, 현재 글밥아카데미를 수료한 뒤 바른번역 소속으로 활동중이다. 역서로는 『지속가능한 여행을 하고 있습니다』, 『이제 쓰레기를 그만 버리기로 했다』, 『돈 없이도 돈 모으는 법』이 있다.

시체와 폐허의 땅

1판 1쇄 펴냄 2021년 7월 2일
1판 1쇄 펴냄 2021년 7월 9일

지은이 | 조너선 메이버리
옮긴이 | 배지혜
발행인 | 박근섭
편집인 | 김준혁
펴낸곳 | 황금가지

출판등록 | 2009. 10. 8 (제2009-000273호)
주소 | 06027 서울 강남구 도산대로 1길 62 강남출판문화센터 5층
전화 | **영업부** 515-2000 **편집부** 3446-8774 **팩시밀리** 515-2007
홈페이지 | www.goldenbough.co.kr

도서 파본 등의 이유로 반송이 필요할 경우에는 구매처에서 교환하시고
출판사 교환이 필요할 경우에는 아래 주소로 반송 사유를 적어 도서와 함께 보내주세요.
06027 서울 강남구 도산대로 1길 62 강남출판문화센터 6층 민음인 마케팅부

한국어판 ⓒ황금가지, 2021. Printed in Seoul, Korea
ISBN 979-11-5888-959-3 03840

㈜민음인은 민음사 출판 그룹의 자회사입니다.
황금가지는 ㈜민음인의 픽션 전문 출간 브랜드입니다.